KB026852

조선 후기
사대부가사

한국
고전
문학
전집

024

조선 후기
사대부가사

장정수 옮김

문학동네

머리말

지난한 작업이었다. 작업한 지 10여 년 만에 마침내 매듭을 짓게 되었다. 원문에 주석을 달고 현대어로 옮기는 첫 단계 작업은 그다지 오래 걸리지 않았다. 주석과 현대어역을 다듬는 과정에서 처음 생각했던 것과 달리 2~3년 내에 끝날 작업이 아님을 깨달았다. 주석을 보완하고, 가사의 맛을 살리면서 현대인이 쉽게 이해할 수 있도록 현대어역을 다듬는 데 또다시 많은 시간이 걸렸다. 가사 한 편 한 편에 대한 해제는 작품에 대한 완전한 해석과 분석, 작가에 대한 충분한 이해가 없으면 제대로 작성할 수 없기에 많은 시간이 소요되었다.

대학원에서 고전문학을 공부하기 시작한 이래 지금까지 원전을 읽고, 입력하고, 주석을 달고, 현대어로 번역하는 작업을 연구의 출발로 삼고 있다. 작품에 대한 정확한 판독과 이해 없이 연구하는 것은 사상누각에 불과하다고 믿기 때문이다. 최근 들어 가사 작품을 대거 수집·정리하는 작업이 한차례 이루어졌고, 젊은 세대가 한문과 고어에서 멀어지면서 원전 자료와 주석 작업에 대한 관심이 줄어들었다. 그 결과 기왕에 이루어진 작업에 대한 검증 없이 주석과 현대어역을 그대로 참고해 작품 의미를 잘못 이해하는 경우가 빈번하게 발생하고 있다. 이에 작품을 최대한 정확하게 이해하려고 노력했으며, 가사를 공부하는 사람들에게 꼭 필요한 정보를 제공하고자 역주 작업에 심혈을 기울였다.

내가 대학원에서 한창 공부할 때 가사 문학 전공자인 지도교수님께서 "가사는 말이야, 밥 같아"라고 하신 말씀이 생각난다. 가사는 소설처럼 드라마틱하지도 않고, 시조처럼 정서를 함축적으로 아름답게 표현하지도 않아 밋밋하고 재미없다고 느껴질 수 있지만 매일 먹어도 질리지 않는 밥 같은 담백한 맛이 있다는 말씀이셨다. 그 맛을 조금 알게 된 지금, 가사의 맛을 즐기는 사람들이 많지 않다는 것이 참으로 안타깝다. 전공자가 아닌 사람들은 중고등학교 때 교과서에서 배운 가사 작품 외에는 어떤 작품이 있는지조차 모르는 것이 현실이다. 이는 지금까지 대중이 가사 문학, 더 나아가서는 고전문학을 다양하게 접할 기회가 없었다는 것을 의미한다.

문학동네 한국고전문학전집은 정확한 자료 정리와 고전문학의 대중화라는 두 가지 목적을 동시에 추구한 기획이다. 이 책은 이러한 취지에서 마련된 조선시대 가사 문학 선집의 일환으로 조선 후기 사대부가사를 대상으로 한다. 조선 후기 가사는 작가의 신분에 따라 사대부가사, 서민가사, 규방가사로 분류하지만 이들 사이의 경계가 모호한 경우도 있고, 작가가 분명하게 밝혀지지 않은 경우도 많아 범주화하는 데 어려움이 따른다. 하지만 조선시대 가사 문학의 시대적 흐름과 다양한 유형을 소개하고자 '조선 후기 사대부가사'라는 이름으로 작품 17편을 엮었다.

이 책에서는 조선 후기 사대부가사의 대표 유형인 강호가사, 현실비판가사, 세태가사, 애정가사, 유배가사, 기행가사, 교훈가사를 선정했다. 조선 전기부터 이어져온 유형들은 조선 후기에 이르러 어떤 변모를 보이는지, 조선 후기에 새롭게 등장한 유형들은 어떠한지, 조선 후기 사대부가사의 다양한 면모와 핵심적인 특징을 파악할 수 있도록 작품 선정에 심혈을 기울였다. 선정된 작품은 대부분 작가가 사대부로 밝혀졌지만, 작가를 정확하게 알 수 없는 경우 작품 내용과 관련 문헌 등을 통해 사대부의 작품으로 추정할 수 있는 작품을 선정했다. 「만언사」는 중인 신분인 작가가 쓴 작품이지만 유배 문학이 사대부 문화에서 나온 것이므로 사대부의 유배가사와 비교해볼 만하여 수록했다.

작업을 마치며 지도교수님이셨던 고故 정재호 선생님의 말씀을 떠올려본다. 선생님께서는 "장선생이 하는 작업은 다른 사람들에게 봉사하는 연구야. 그런 연구가 많이 필요해"라고 하시며 격려해주셨다. 선생님께서는 "주석 작업은 추수가 끝난 들판에서 이삭을 줍는 것과 같다"고도 하셨다. 추수가 끝난 휑한 들판에서 못다 주운 이삭이 발견되는 것처럼 주석 작업 또한 끝없이 수정하고 보완해야 할 부분이 나온다는 뜻으로 하신 말씀이다. 여러 번 검토하고, 고치고 또 고쳤지만 선생님의 말씀대로 줍지 못한 이삭이 분명 남아 있을 것이다. 남아 있는 이삭은 이 책을 보시는 분들께서 하나씩 주워주시기를 부탁드린다.

이 책이 나오기까지 함께해주신 문학동네 편집부와 편집자 유지연 선생님께 감사를 드린다. 가사에 관심이 없었던 사람들이 가사에 관심을 갖게 되고, 연구자들이 가사를 연구하는 데 이 책이 조금이나마 도움이 되기를 간절히 바란다.

2021년 4월
오랜 작업을 마치며 안암동 연구실에서
장정수

차례

현대어역본

1. 조선 후기 사대부가사 17편을 주제별로 분류하고 창작 연도에 따라 수록했다. 작가의 신분을 알 수 없는 작품도 있는데, 「갑민가」와 「합강정가」는 작가가 지방 하층 사족인 것으로 판단하여 사대부가사에 포함시켰다. 「만언사」는 작가의 신분이 중인이지만 유배 문학이 사대부 문화에 속하므로 역시 수록했다.

2. 각 작품마다 맨 앞에 해설을 붙여 해당 작품의 서지 및 이본 사항을 밝히고, 작가의 생애, 작품의 창작 배경 및 특징, 문학사적 의의 등을 개략적으로 설명했다.

3. 독자들이 편하게 작품을 읽을 수 있도록 최대한 현대어로 바꿔 쓰고, 주석을 최소화했다. 주석은 문맥을 파악할 수 있도록 내용 설명에 중점을 두고, 고사나 어휘에 대한 주석은 간략히 처리했다. 대신 원본에 상세한 주석을 제공해 정확한 정보를 얻을 수 있도록 했다.

4. 원문에 부기된 서문, 발문 등의 기록도 제시했으나, 한문으로 되어 있는 경우 번역문만 제시하고 한문 원문은 원본에만 제시했다.

5. 한글 맞춤법과 표준어 규정에 따라 표기했으나 가사의 맛을 살리고자 가사의 율격 및 어조를 고려해 번역했다.

6. 원문에는 장 구분이 없으나 독자의 이해를 돕고자 장을 나누고 장마다 소제목을 붙였다. 또한 본문에서 띄어쓰기를 하고 문장부호를 사용했으며, 대화나 인물의 직접 서술은 따옴표를 써서 구분했다.

7. 의미 파악이 어려운 어휘나 구절은 문맥을 추정해 번역하거나 다른 이본을 참조해 번역했다.

8. 판독할 수 없는 글자는 글자 수만큼 '□'로 나타냈다.

원본

1. 원문에 부기된 서문, 발문 등의 기록도 제시했으며, 한문으로 되어 있는 경우 원문과 번역문을 모두 제시했다.
2. 대상 작품에 이본이 있는 경우 작품 말미에 저본으로 삼은 판본을 밝혀두었다.
3. 표기는 원전의 표기를 그대로 따르되, 독자의 편의를 위해 현대어역본과 마찬가지로 장을 나누고 장마다 소제목을 붙였다. 또한 가사의 율격을 고려해 행을 나누었으며, 띄어쓰기 외에는 다른 문장부호를 사용하지 않고 원전 그대로 제시했다.
4. 판독할 수 없는 글자는 글자 수만큼 '□'로 나타냈다.
5. 주석의 표제어는 가급적 현대어 표기로 바꾸어 제시했으며, 표제어가 한자인 경우에는 한자를 병기했다.
6. 주석에 한문 원전을 인용할 때는 번역문을 앞에 두고 괄호 안에 한문을 제시했다.
7. 의미 파악이 어려운 어휘나 구절은 독자의 이해를 돕고자 가급적 문맥에 따라 의미를 추정해 제시했으나, 의미를 전혀 알 수 없는 어휘나 구절은 미상으로 처리했다.
8. 의미 파악이 어렵거나 표현의 차이가 있는 어휘나 구절은 [교감] 표시를 하고 이본을 비교해 주석을 달았다. 단순한 표기 차이는 교감을 하지 않았다.
9. 원문에 달려 있는 주석은 [원주]라고 표시했다.

제 1 부 ◉

강호가사

「목동가」牧童歌」는 휴와休窩 임유후任有後, 1601~1673가 지은 문답체 강호가사다. 목동은 초부樵夫, 어부와 더불어 탈세간적脫世間的 인물을 상징하며 조선조 사대부들이 시와 그림으로 즐겨 표현한 소재다. 「목동가」는 이러한 목동의 이미지를 바탕으로 공명의 무상함과 안분지족을 제시한 작품이다.

임유후는 26세인조 4년, 1626에 정시 문과에 급제해 관직에 진출했으나, 28세에 동생 임지후任之後와 숙부 임취정任就正이 반란 음모에 가담했다는 이유로 죽임을 당하자 「절의문絶義文」을 지어 아우와 의를 끊고 울진으로 낙향했다. 이후 임유후는 효종 때인 50대에 다시 등용되어 본격적으로 관직생활을 하며 담양 부사, 예조 참의, 경기 감사, 호조 참판 등을 역임했다.

「목동가」는 「목동문답가牧童問答歌」 「목우가牧牛歌」 등으로도 불리며 이본 13종이 전한다. 작자에 대해서는 이황설과 임유후설이 대립하다가 임유후설로 의견이 모아졌으며, 창작 시기에 대해서는 20세 전후 창작설과 2차 울진 거주 시기인 61~66세 창작설이 맞서고 있다. 20세 전후 창작설은 『순오지』의 "광해군 때의 혼란기를 맞아 조정에 진출할 뜻이 없어 「초사楚辭」의 뜻을 담아 「목동문답가」를 지었다"는 기록에 의거한 것이며, 61~66세 창작설은 임창순 본의 추기追記와 「만휴선생행장초萬休先生行狀草」의 "선생이 울진에 내려와 있을 적에 아침에 세수를 하다가 목동이 소를 몰고 가는 장면을 보고 손녀에게 대필하게 했다"는 기록에 근거한 것이다.

문가問歌와 답가答歌로 양분되는 구성에서 문가는 공명 추구의 당위성과 방법 및 그것을 달성한 인물을 나열하고, 답가는 이를 반박하며 안분지족의 필요성과 공명을 추구한 인물의 비참한 말로를 제시함으로써 주제를 선명하게 구별한다. 이처럼 문가와 답가에서 대조적인 주제를 부각시키고 있지만 사대부에게 입신양명과 자연귀의는 상충되는 개념이 아니라 표리 관계에 있다. 수신제가치국평천하修身齊家治國平天下를 학문의 궁극적 목표로 삼는 사대부들에게 입신양명은 당연한 것이다. 하지만 세상에 도道가 없어 부귀공명을 누리는 것이 도리어 화禍를 불러들여 죽음을 자초하게 된다면, 도를 지켜 안빈낙도하는 것이 사대부가 추구해야 하는 바람직한 삶의 방식이 된다.

「목동가」는 사대부들의 이 같은 출처관出處觀을 잘 보여주는 작품이다. 이 작품은 표면적으로 사대부와 목동이 묻고 답하는 형식으로 되어 있지만, 실질적으로는 입신양명의 꿈을 실현하고 싶은 욕망과 벼슬길에 나갈 수 없는 자신의 운명을 긍정적으로 받아들임으로써 인생무상의 달관을 합리화하는 사대부의 내적 갈등 과정을 보여주는 자문자답이라 할 수 있다.

목동가牧童歌

임유후任有後

문가問歌

인생이 유한한데 허망하게 죽으면 슬프지 않겠는가

녹음방초 언덕에서 소 먹이는 저 아이야
인간 영욕을 아는가 모르는가.
인생 백 년이 풀끝의 이슬 같아
삼만 육천 일을 다 살아도 덧없거늘
하물며 장수 단명이 운명에 달렸으니 죽고 살기 정할쏘냐.
여관旅館 같은 이 세상에 하루살이같이 나왔다가
공명도 못 이루고 초목같이 썩게 되면
빈산에 뒹구는 백골이 느껍지 않겠는가.

재상, 무관, 문관이 되어 이름을 떨쳐야 한다
━━━━━━━

하늘의 뜻을 이어 법칙을 세움은 성인聖人의 사업이요

아름다운 이름을 후세에 전함은 대장부의 할일이라.

생애는 유한하고 죽을 날은 알 수 없으니

유한한 생애에 썩지 않을 이름을

영원히 전하여 천지天地와 함께 무궁하려고

시경詩經 서경書經 백가어百家語를 낱낱이 외워내어

공자 맹자 안회顔回 증자曾子 일마다 본받아서

직설1)이 되기를 기약하고 요순堯舜과 비슷해져

강구연월康衢煙月에 태평가를 부르면서

사방팔방을 태평성대로 만들어두고2)

환과고독鰥寡孤獨에게 은혜를 베풀며

손무와 오기3)를 아이 보듯 하니 위청과 곽거병4)은 관심이나 두겠는가.

만마천병萬馬千兵 지휘하여 풍운風雲을 부쳐내어 우주를 흔들리라.

천산에 활을 걸고5) 한해6)를 뛰어 건너

긴 칼 빼내어 푸른 하늘 도움 받아

온갖 오랑캐 다 몰아 내친 후에

━━━

1) 직설(稷契): 중국 고대 요임금 시절의 뛰어난 신하인 직과 설.
2) 공자 맹자~태평성대로 만들어두고: 모든 일에 공자, 맹자, 안회, 증자 같은 성인을 본받아서, 직과 설 같은 어진 신하가 되고, 요순에 견줄 만한 정사를 베풀어 세상을 태평성대로 만들겠다는 의미다.
3) 손무(孫武)와 오기(吳起): 춘추시대 병법가.
4) 위청(衛靑)과 곽거병(霍去病): 한 무제(漢武帝) 때 장수.
5) 천산(天山)에 활을 걸고: 천산은 중국 감숙성(甘肅省) 청해(靑海)에 있는 기린산을 말한다. 당나라 장수 설인귀(薛仁貴)가 이곳에서 화살 3발로 사람 셋을 연이어 거꾸러뜨려 돌궐을 쉽게 평정하고 활을 천산에 걸어두었다는 고사가 전한다.
6) 한해(瀚海): 몽고 항원산(杭爰山)에 대한 음역. 또는 사막이나 북해를 가리키는 말.

커다란 대장인大將印을 허리 아래 비껴 차고
능연각⁷⁾에 초상肖像 걸고 진수성찬 누리리라.
내 재주 얕고 좁아 장수 재상 못 되어도
혼탁한 세상 초탈한 사나이나 되리라.
글재주 뛰어난데 온갖 책 읽어두고
아름다운 경치를 장난삼아 읊으니
난조鸞鳥 봉황 내려오는 듯 거북 용이 춤추는 듯
상서로운 빛 받은 듯 상서로운 기운 띤 듯
광채가 찬란하며 변화가 무궁하여 강이 서로 뒤트는 듯
한밤중 밝은 달과 산호 같은 흰 옥이 첩첩이 쌓인 듯
아황과 여영⁸⁾이 금슬琴瑟을 원망하는 듯
농옥⁹⁾과 왕자진¹⁰⁾이 백옥 퉁소 부는 듯
서른여섯 상제上帝와 천상의 신선들이
천상 음악을 십이루十二樓에 벌인 듯.
아름다운 궁궐에서 성인을 모시고 있어
도성에 이름나니 임금님 총애 그지없다.
구중궁궐九重宮闕에서 문한직文翰職을 누리다가
그 글이 보존되어 만고에 전해지면
소 먹이는 저 아이야, 그 아니 즐거우냐.

---

7) 능연각(凌煙閣): 당나라 때 개국공신 24명의 초상을 그려 걸었던 누각.
8) 아황(娥皇)과 여영(女英): 중국 요임금의 두 딸이며 순임금의 부인.
9) 농옥(弄玉): 춘추시대 진목공(秦穆公)의 딸로 퉁소를 잘 불었다.
10) 왕자진(王子晋): 주나라 영왕(靈王)의 태자로 생황을 잘 연주했다.

영달에는 귀천이 문제되지 않으니 입신양명을 위해 힘써라

이 세 일로 떨친 후엔 할일이 전혀 없다.

하늘이 사람 낼 때 쓰지 않는 이 없으며

나라에서 사람 쓸 때 귀천을 보지 않으니

하늘이 내신 이내 몸이 덕행 닦으면 사군자士君子 되고 던져두면 하우下愚 된다.

내 재주 갖고서 내 한몸만 뛰어나고자 하면

재능이 있는데도 나라 위해 쓰지 않음이니 세상 사람 누가 알겠는가.

자세히 들어봐라. 손꼽아 이르리라.

이윤이 솥을 지고[11] 부열은 달구 들고[12] 강태공이 낚시 들며[13]

영척[14]과 백리해[15]는 소 치기로 늙었으니

고생스럽고 천하기가 이 사람들만할까마는

탕왕이 예물 보내고[16] 고종이 꿈을 꾸고[17]

수레 뒤 큰곰이 목야에서 위엄을 떨치고[18]

---

11) 이윤(伊尹)이 솥을 지고: 은나라 재상 이윤이 탕왕의 처인 유신씨(有莘氏) 집의 요리사가 되어 탕왕에게 천하의 도리를 음식에 비유해 설명했다는 고사가 전한다.

12) 부열(傳說)은 달구 들고: 은나라 때 부열이 부암(傅巖)의 들에서 담장 쌓는 노역을 하다가 고종을 만나 재상으로 발탁되었다. '달구'는 땅을 단단히 다지는 데 쓰는 기구.

13) 강태공(姜太公)이 낚시 들며: 강태공이 나이 칠순에 위수에서 낚시하며 때를 기다린 지 10여 년 만에 주나라 문왕을 만나 문왕의 스승이 되었다.

14) 영척(甯戚): 춘추시대 위나라 사람. 제나라에 가서 남의 소를 기르며 살고 있었는데 환공이 자신을 등용해주기를 바라는 뜻으로 쇠뿔을 두드리며 백석가(白石歌)를 부르자, 환공이 그 노래를 듣고 영척을 재상으로 등용했다고 한다.

15) 백리해(百里奚): 춘추시대 우(虞)나라 사람. 우나라가 망한 뒤 백리해는 초나라에 억류되어 있었는데, 진목공이 그가 어질다는 소문을 듣고 양가죽 다섯 장을 몸값으로 주고 데려와 재상으로 삼았다.

16) 탕왕(湯王)이 예물 보내고: 탕왕이 3번이나 사람을 보내 폐백으로 이윤을 초빙한 일을 말한다.

17) 고종이 꿈을 꾸고: 고종이 부열을 꿈에서 보고 그를 찾아가 정승으로 삼은 일을 말한다.

18) 수레 뒤~위엄을 떨치고: 강태공이 주나라 무왕을 도와 은나라를 정벌하던 때의 위엄을 말

백석가 그치고[19] 양가죽 다섯 장에 팔려가니[20]
빈궁과 영달榮達이 귀천을 따지겠는가.
어와 저 아이야, 이 말을 들었는가?
성군聖君 만나기 바라는가? 뛰어난 재주 가졌는가?
시절 운수가 그렇더냐? 부귀를 꺼리느냐?
생각지도 못한 사이 세상일을 버렸는가?
입신양명을 남의 것처럼 던져두고
궁벽한 시골에서 오락가락하는가?

답가答歌

부귀는 하늘에 달려 있다
━━━━━━━━

어와 그 누구신가? 어떠한 사람인고?
모습이 초췌하니 초나라 대부 굴원[21]이신가?
남은 목숨 시들어가니 학사學士 유자후[22]신가?
눈썹을 찡그리시니 시름이 많으신가?
발끝으로 서 계시니 어디를 보시는가?

한다. 목야(牧野)는 주나라가 은나라 주왕(紂王)의 군대와 싸워 대승을 거둔 곳이다.
19) 백석가(白石歌) 그치고: 영척이 제환공 눈에 띄어 등용된 것을 말한다.
20) 양가죽 다섯 장에 팔려가니: 춘추시대 진목공이 양가죽 다섯 장을 속죄금으로 주고 포로
가 된 백리해를 데려와 재상으로 삼은 것을 말한다.
21) 굴원(屈原): 전국시대 초나라의 충신. 초나라 회왕(懷王)을 섬겼으나 간신의 모함으로 강남
에 귀양 갔다가 멱라수(汨羅水)에 빠져 죽었다.
22) 유자후(柳子厚): 당나라 문인 유종원(柳宗元). 광서성(廣西省) 유주로 귀양 갔는데 그것을
슬퍼하다 병으로 죽었다.

아름다운 기약[23] 기다리는가? 이별의 한이 크신가?
해질녘 대나무에 혼자 우두커니 기대
내 근심 버려두고 무슨 말씀 하시는가?
영락榮落은 운수에 달려 있고 부귀는 하늘에 달렸으니
구한다고 곁에 오며 던져둔들 어디 갈까.
하늘이 만물 냈으니 살아갈 일 다 있도다.

저마다 분수가 있으니 분수를 지키며 살겠다

우리는 미련하여 대도大道를 몰라도
인생이 저러함을 소 치기로 아느니라.
송아지 어미 좇아 그늘에서 자유롭게
푸성귀 뜯어먹고 시냇물 마시면서
누웠다 일어났다 제 맘대로 다니기와
코뚜레 코에 끼고 긴 고삐에 굳게 매여
푹 곤 콩대와 삶은 콩을 배불리 먹을지라도
불 같은 여름볕에 쟁기까지 매고서
한평생 수고함이 저희 중에 본다면
어느 것이 한가하고 어느 것이 괴로운고?
한때 빛나기야 희생犧牲만한 것 있을까만
헌 덕석 물리치고 비단 거적 가로 덮고
밧줄 굴레 벗기고 붉은 실로 묶어내어

23) 아름다운 기약: 임금을 미인에 비하여 임금 만나는 것을 말한다. 중세 문학에서 미인은 어진 왕을 가리키는 말로 흔히 사용된다.

예관禮官이 고삐 들고 종묘로 몰아가서
백정의 큰 도끼에 뼈마디가 흩어지니
저에게 물어보면 어느 소 되려 할꼬.
우리는 잘 보고서 내 분수만 지키리라.

이름난 많은 이가 벼슬길에서 고초를 겪었다

고금에 어질기는 공자 맹자 만한 이 있을까만
광인에게 포위되고24) 진채 사람에게 액을 당하시며25)
다섯 나라 성안에서 목탁이 되셨으니26)
막대 박고 밭 갈던 이 그가 옳지 않던가27).
원수를 갚은 후에 나라가 편해지니
부차의 촉루검을 오자서伍子胥에게 주었단 말인가28).
충성이 적었던가 공적功績이 없었던가.
상채 동문 밖에서 누런 개를 탄식함29)은 무슨 일인고.

24) 광인(狂人)에게 포위되고: 양호(陽虎)라는 사람이 광 지방에서 포악한 짓을 했는데, 공자가
이 고을을 지날 때 광 지방 사람들이 공자를 양호로 착각해 포위한 일을 말한다.
25) 진채(陳蔡) 사람에게 액을 당하시며: 공자가 채나라에서 3년 동안 거주하고 초나라에 초빙
을 받아 가던 중 진나라 대부와 채나라 대부가 보낸 사람들에게 포위되어 7일 동안 굶주리며
고초를 겪은 일을 말한다.
26) 다섯 나라~목탁(木鐸)이 되셨으니: 공자가 위(衛), 송(宋), 정(鄭), 진(陳), 채(蔡) 다섯 나라
의 성안에 머물며 도(道)를 펼쳤던 것을 말한다. '목탁'은 세상 사람을 가르쳐 인도하는 정신적
지도자를 의미한다.
27) 막대 박고~옳지 않던가: '자기 뜻을 펴고자 세상을 두루 돌아다녔던 공자의 삶보다 세상
을 피해 은거했던 노인의 삶이 옳지 않을까'라는 의미다.
28) 부차(夫差)의 촉루검(屬鏤劍)을~주었단 말인가: 오왕(吳王) 부차가 오자서의 도움으로 패
권을 잡았는데, 그 뒤로는 서시(西施)의 미색에 빠져 정사를 게을리했다. 이에 오자서가 간하자
부차가 오자서에게 촉루검을 주어 자결하게 했다.
29) 상채(上蔡) 동문(東門)~개를 탄식함: 처음으로 되돌릴 수 없음에 대한 후회와 평생 좇았던

토끼를 다 잡으니 사냥개 삶기더라[30].

한신은 무슨 죄로 삼족이 멸망했으며[31]

백기는 어찌하여 무안군武安君도 못 지냈는고[32].

예로부터 문인文人은 모두 다 박명하데.

이백 두보의 문장 만 길 되는 광채 뿜을 만하건만

유명세 치르던 이백은 야랑夜郎으로 귀양 가고

두보는 성도成都 초당草堂에서 고초를 겪었네.

바다 같은 문장이 세상에 또 있는가.

동정호洞庭湖 봄바람에 물결이 일어나니

조주에서 팔천 리[33] 고향도 멀구나.

문장이 옥玉 같았으니 글이나 못하든지

시골 벼슬살이 십이 년에도 형벌이 남았는가.

강변 갈림길에서 눈물이 그지없다[34].

미산의 초목은 누굴 위해 시드는고[35].

마름과 연잎으로 옷을 짓고 난초를 얽어 차고[36]

권력의 무상함을 말한다.

30) 토끼를 다~사냥개 삶기더라: 토사구팽(兎死狗烹)을 말한다.

31) 한신(韓信)은 무슨~삼족(三族)이 멸망했으며: 한신과 내통하던 진희(陳豨)가 반란을 일으키자, 여후가 소하(蕭何)와 모의해 한신을 속여 궁중으로 오게 해 처형하고 삼족을 멸했다.

32) 백기(白起)는 어찌하여~못 지냈는고: 진(秦)나라 장수 백기가 소왕 때 무안군에 봉해지고 전쟁에서 많은 공도 세웠으나 후에 응후(應侯), 범수(范睢)와 틈이 생겨 파면당하고 사사(賜死)된 것을 말한다.

33) 조주(潮州)에서 팔천 리: 조주는 한유가 불교를 신봉하는 헌종에게 불교를 비판하는 글을 지어 올렸다가 좌천된 곳이다. 8천 리는 조주에서 도성까지의 거리를 말한다.

34) 강변 갈림길에서 눈물이 그지없다: 유종원이 유주 자사(柳州刺史)로 좌천되어 갈 때 아우와 작별하면서 지은 시에 "이별의 눈물 흘리며 강변을 넘어간다(雙垂別淚越江邊)"라는 구절이 나온다.

35) 미산의 초목(草木)은~위해 시드는고: 미산은 소식(蘇軾)의 고향이다. 소순(蘇洵), 소식, 소철(蘇轍) 삼부자가 미산의 정기를 타고났다는 뜻으로 당시 사람들이 "미산에 삼소(三蘇)가 태어나자 초목이 모두 시들었다"라는 노래를 불렀다고 한다.

36) 마름과 연잎으로~얽어 차고: 은자의 차림새를 말한다.

이소³⁷⁾ 구장³⁸⁾의 문장이야 월까마는
세상에 홀로 깨어 있어 못가로 쫓겨났으니³⁹⁾
황혼이 찾아온들 미인이 오던가⁴⁰⁾.

인생이 꿈과 같으니 부귀빈천을 잊고 살겠다

산중에 사향노루 깊이 숨어 있건마는
봄바람이 야단스러워 향내를 불어내니
사냥꾼 날쌘 화살 피하기도 어려운데
미끼 단 털낚시를 어찌하여 다투는고⁴¹⁾.
인생이 꿈이니 험한들 상관할까.
취한 채 살다가 꿈속에서 죽게 되면
만고에 깨달은 이 몇이나 되겠는가.
영천에서 귀 씻기니 상류에서 소 먹이기⁴²⁾
어떠하였는지 내 노래 들어보소.

---

37) 이소(離騷): 중국 초나라 굴원이 조정에서 쫓겨나고서 시름을 노래한 부(賦).
38) 구장(九章): 굴원이 지은 『초사楚辭』의 편명.
39) 세상에 홀로~못가로 쫓겨났으니: 굴원이 혼탁한 세상에서 홀로 고결하게 행동하다 조정에서 쫓겨난 뒤 실의에 잠겨 강가에서 노닐고 못가에서 읊조리던 일을 말한다.
40) 황혼이 찾아온들 미인이 오던가: 저녁에 미인과 만날 약속을 했지만 황혼이 찾아와도 미인이 자기를 만나러 오지 않았다는 의미다. 죄를 지어 쫓겨난 굴원을 임금이 찾지 않았음을 말한다.
41) 사냥꾼 날쌘~어찌하여 다투는고: 가만히 있어도 사냥꾼의 위협에 목숨이 위태로운데, 어째서 미끼를 다투다가 위험을 초래하는가라는 뜻이다. 헛된 부귀를 탐하다가 곤경에 처하게 됨을 경계하는 말이다.
42) 영천(潁川)에서 귀~소 먹이기: 요임금 때 은사인 소부(巢父)와 허유(許由)가 기산과 영수에서 숨어살았는데, 요임금이 허유에게 나라를 맡기려 하자 허유는 더러운 이야기를 들었다면서 영천에서 귀를 씻었으며, 소를 몰고 온 소부는 허유가 귀를 씻은 더러운 물은 소에게도 마시게 할 수 없다며 돌아갔다는 고사가 전한다.

한 곡조 부르리라. 서울이 어디인가.
구름이 험하구나. 산빛이 어두우니
석양이 가깝구나. 공명을 뉘 알더냐.
부귀빈천 나는 모르네. 도롱이 추켜 입고
퉁소를 비껴 잡아
소 등에 비스듬히 타고 술집으로 향하노라.

이는 휴와休窩 임유후任有後가 지은 것이다. 공公이 광해조 때 벼슬에 나
갈 뜻이 없어, 이 노래를 지어 하는 일 없이 한가롭게 지내는 흥취에 부
쳤다. 과거 급제의 복福과 영욕의 문門에 초연한 것은 『초사楚辭』의 뜻을
따른 듯하다.

「일민가逸民歌」는 지암支庵 윤이후尹爾厚, 1636~1699의 친필 일기인 『지암일기支庵日記』 1698년숙종 24 6월 26일조에 실려 있는 강호가사다.

윤이후는 고산 윤선도의 손자이며 공재 윤두서의 아버지로, 44세에 생원시에 급제하고 숙종 15년1689 기사환국이 일어나던 해에 54세로 문과에 급제해 성균관 전적典籍, 사간원 정언正言 등을 역임했다. 56세 때 함평 현감으로 내려왔다가 1년 만에 서인西人 어사 이인엽李寅燁, 1656~1710의 감찰로 벼슬을 그만두고 향리인 해남으로 돌아왔다. 이후 벼슬길에 나가지 않고 옥천玉泉과 죽도竹島에서 한적하게 지내다가 숙종 25년1699에 세상을 떠났다. 「일민가」는 그가 벼슬에서 물러난 지 7년 후에 지은 가사로 이때의 소회를 읊은 작품이다.

「일민가」는 강호한정江湖閑情에 지극한 즐거움을 느끼는 은사隱士의 노래가 아니라 현재의 좌절에서 벗어나 중앙 정계로 복귀하고자 하는 작자의 바람을 표출한 노래라 할 수 있다. 작가는 자연에 이념을 투영하거나 자연을 수기修己의 장으로 인식하지 않고, 자연을 감각적·즉물적 취락醉樂의 공간으로 삼아 흥취를 즐기면서도 정계 진출에 대한 욕망을 드러낸다. 표면적으로는 전원생활의 즐거움과 흥취를 노래하지만, 실질적으로는 자신을 중앙 정계에서 쫓겨난 유배객으로 인식하고 있음이 곳곳에서 확인된다.

'학문과 덕행을 갖추었으나 세상에 나가지 않는 사람'이라는 뜻의 '일민逸民'을 제목으로 내세운 것부터 작가가 중앙 정계를 의식하고 있음을 보여준다. 또한 엄자릉, 하계진과 비교하며 자신의 은거가 자발적으로 자유롭게 행해지고 있음을 자랑하지만, 자기 처지를 굴원에 비유하고 좌천당한 이의 쓸쓸한 심회를 토로하는 「수조가」를 거론함으로써 현재 처지에서 벗어나고 싶은 억울하고 울울한 심회를 내비치고 있다. 결사에서는 자신의 가슴에 맺힌 응어리는 임금만이 풀어줄 수 있다며 중앙 정계로의 복귀를 직접적으로 호소한다. 이는 개인적으로 종손으로서 가문을 발전시켜야 한다는 의무감의 발로이며, 정치사적으로 어느 한 당파의 장기 집권이 허락되지 않았던 상황이 재기를 꿈꾸게 했기 때문이라 할 수 있다.

17세기 마지막 강호가사 작품인 「일민가」의 시가사적 의의로 17세기 강호가사의 특성인 도덕적 근본주의의 퇴색, 즉물적 자연 인식, 자긍 의식의 소멸 등이 강화되었다는 점과 17세기 중후반 강호가사 가운데서도 출사를 경험한 재지사족이 좀더 솔직하고 강하게 재출사 의지를 보인 노래라는 점을 들 수 있다. 또한 「일민가」는 창작 당시 작자가 친필로 기록한 원전이 현전하는 까닭에 300여 년 전 가사 문학의 형식을 엿볼 수 있을 뿐 아니라 노래의 뜻이나 기교, 수법 등을 원작 상태로 평가할 수 있다는 장점을 지닌다.

일민가逸民歌

윤이후尹爾厚

강호에 은거하며 지난날을 돌아보다

이 몸이 늦게 나서 세상에 할 일 없어[1]
강호江湖의 임자 되어 풍월로 늙어가니
속세 떠난 맑은 복이 없다고야 할까마는
돌이켜 생각하니 애달픈 일 많고 많다.

벼슬길에 나갔다가 액을 당하고 고향으로 돌아오다

만물 중 귀한 것이 사람이 으뜸인데
그중에도 총명한 남자로 태어나서

[1] 이 몸이~일 없어: 자신이 때를 잘못 만나 세상에 쓰이지 못했다는 의미다.

평생 먹은 뜻이 일신부귀一身富貴 아니었는데

세월이 쏜살같고 학업에 때를 놓쳐

늙어서야 공명을 겨우겨우 이뤄내니2)

행동이 남다르고 세상살이 험난하여

여러 해 남을 따라 낮은 벼슬 다니다가

봄날이 빨리 가니 효심이 그지없어

구리 도장 빌려 차고 수레를 바삐 몰아3)

남쪽 고을 백 리 땅에서 백성과 함께 쉬렸더니4)

이마 흰 사나운 범5) 어디서 나왔단 말인가.

가뜩이나 옅은 벼슬 생각 하루아침에 사라졌다6).

젖은 옷 벗어놓고7) 황관黃冠으로 갈아 쓰고

채찍 하나 떨쳐 쥐고서 거침없이 돌아오니8)

산천은 변함없고 송죽松竹이 반기는 듯.

사립문 찾아들어 정원을 가꾸니

거문고 타고 글 읽는 것 내 분수 아닌가.

앞내에서 고기 낚고 뒷산에서 약초 캐어

내 손으로 일하며 여생을 보내니

---

2) 늙어서야 공명을 겨우겨우 이뤄내니: 윤이후는 54세에 증광문과에 급제해 전적, 정언 등을 역임했다.

3) 구리 도장~바삐 몰아: 지방관으로 부임하는 것을 가리키는 말이다. 구리 도장은 수령이 차는 관인(官印)을 말하며, 임금의 명에 따라 관직이 바뀔 수 있으므로 '빌려 찬다'고 표현했다.

4) 세월이 쏜살같고~함께 쉬렸더니: 작가가 56세 때 부모님을 모시려고 함평 현감으로 부임한 것을 말한다.

5) 이마 흰 사나운 범: 자신을 감찰하여 벼슬에서 물러나게 한 어사 이인엽을 말한다.

6) 이마 흰~하루아침에 사라졌다: 작가는 이인엽이 권력을 휘두르는 바람에 벼슬길을 버리고 귀향해 남해에 모옥을 지어놓고 여생을 보냈다.

7) 젖은 옷 벗어놓고: 벼슬을 그만둔 홀가분한 심정을 젖은 옷을 벗은 것에 비유한 구절이다.

8) 채찍 하나~거침없이 돌아오니: 벼슬을 그만두고 돌아올 때 채찍 하나 외에는 아무것도 가지고 오지 않았다는 뜻으로, 청렴함을 나타낸다.

인생의 즐거움이 이밖에 또 없도다.

은거지 주변 아름다운 경관

전원의 남은 흥을 저는 나귀에 모두 실어[9]
석양에 흥청대며 돌길을 돌아오니
눈앞에 아스라이 섬 하나 기이한데
희미한 물안개는 십 리를 둘렀도다.
삼신산三神山이 흘러왔나. 오호五湖에 비해 어떠한가.
푸른 솔은 늘어지고 푸른 대는 무성한데
빼어난 초당 몇 칸 물위에 비치니
그윽한 정취 끝이 없고 상쾌함도 짝이 없다.

강호에서의 한가로운 생활

대낮에 한가하여 봄잠을 실컷 잔 후
한 발 넘는 낚싯대를 어깨에 둘러메고
조각배 흘리저어 가는 대로 버려두니
강바람은 산들산들 흰머리를 흩날리고
갈매기는 오락가락 벗이 되어 넘노네.
엄자릉의 칠리탄은 물색하여 찾아오고[10]

---

9) 전원의 남은~모두 실어: 당나라 시인 맹호연이 녹문산에 은거할 때 다리를 저는 나귀를 타고 다니면서 시를 읊으며 즐겼다고 한다.
10) 엄자릉(嚴子陵)의 칠리탄(七里灘)은 물색하여 찾아오고: 후한 광무제가 제위에 오르자 엄

하계진의 경호수는 총애로 얻었으니[11]

양가죽 옷 못 벗으니 숨기 어렵지 않으며,

임금님 은혜 입었으니 어떻게 갚겠는가[12].

아마도 이 강산은 얽매인 곳 전혀 없어

몇 해 동안 주인 없다 내 손에 돌아오니

하늘이 주신 벼슬인가. 사람 힘으로 얻을쏘냐.

인간 세상 꿈을 깨어 세상을 다 버리니

굴원 종적 알 수 없다. 어부생활 뉘 다투리.

박잔[13]에 술을 부어 알맞게 먹은 후에

수조가[14] 길이 읊고 혼자 서서 흔들대니

호탕한 미친 흥을 행여 남이 알겠는가.

벌써 저물었느냐. 먼산에 달 떠오른다.

그만하고 쉬어보자. 바위에 배 매어라.

패랭이 비껴쓰고 대지팡이 여기저기 짚으며

모랫둑 돌아들어 돌길로 올라가니

오류댁[15] 맑고 깨끗한데 경치가 새롭구나.

솔 아래 거닐면서 원근遠近을 바라보니

자릉이 광무제를 피하여 칠리탄에 은거했는데, 광무제가 그를 찾기 위해 천하에 명을 내린 것을 말한다.

11) 하계진(賀季眞)의 경호수(鏡湖水)는 총애로 얻었으니: 당나라 시인 하지장(賀知章)이 만년에 사직하고 도사(道士)가 되어 고향으로 돌아갈 적에 현종이 그에게 안휘성(安徽省) 무호현(蕪湖縣)에 있는 경호(鏡湖)의 섬계(剡溪) 한 굽이를 하사했다.

12) 양가죽 옷~어떻게 갚겠는가: 엄자릉은 광무제를 피해 은거했지만 은사의 옷차림인 양가죽 옷을 벗지 못해 광무제에게 발견되었으며, 하지장은 황제에게 하사받은 곳에 은거했으므로 둘 다 자유로울 수 없었다. 반면 작자는 누구에게도 얽매이지 않아 자유롭게 은거생활을 하고 있음을 말한다.

13) 박잔: 조그만 박을 반으로 갈라 만든 잔.

14) 수조가(水調歌): 곡조 이름으로, 임금을 그리는 시를 가리킨다.

15) 오류댁(五柳宅): 도연명의 호가 오류선생(五柳先生)이므로 도연명의 집을 말한다. 실제로는 버드나무 5그루가 있는 집을 가리킨다.

달빛이 물에 비쳐 하늘과 땅에 각각 있네.
즐겁고 평화로워 내 신세 다 잊겠구나.

강호에 은거하며 임금님의 만수무강을 빌다

맺힌 마음 풀리기는 임금님께 달렸으니[16]
음악으로 시름 잊던 사안謝安이 나와 같네[17].
내 근심 무익한 줄 모르지 않건만은
천성을 못 바꾸니 진실로 우습구나.
두어라 강호의 일민逸民 되어 임금님 만수무강이나 빌리라.

---

16) 맺힌 마음~임금님께 달렸으니: 정치적 재기를 바라는 화자의 마음을 드러낸 구절이다.
17) 음악으로 시름~나와 같네: 진(晉)나라 은사인 사안이 동산(東山)에 은거할 때 매번 기생을 데리고 다니며 풍류를 즐겼는데, 화자 자신도 노래로 시름을 달랜다는 의미다.

「낙은별곡樂隱別曲」은 남도진南道振, 1674~1735이 1722년경종 2경에 지은 강호가사로, 경기도 용문산 북쪽 계곡에 자리잡은 낙은암樂隱岩 주변 일곡팔경逸谷八景을 완상하면서 한가로이 살아가는 은일 군자의 빈이무원貧而無怨하는 태도와 안빈낙도하는 심정을 노래했다.

남도진은 조선 후기 은일지사로 자는 중옥仲玉, 호는 농환재弄丸齋이며 조선조 개국공신 남재南在, 1351~1419의 11세손이자 증이조참판 남택하南宅夏, 1643~1718의 아들이다. 어려서부터 글재주가 뛰어나 기동奇童으로 일컬어졌으나 과거 공부에 힘쓰지 않고 학문과 저술에 전념했다. 41세 때 부친의 명으로 회시會試에 응시했으나 시권試券을 불사르고 물러나왔으며, 45세 때 부친상을 당한 후에는 과거 공부를 포기하고 경기도 가평군 설악면 방일리訪逸里에 은거했다.

남도진은 경서와 주역 읽기에 힘써 『계몽차기啓蒙箚記』『예서차기禮書箚記』『주역차기周易箚記』『고람역고考覽易』 등 많은 저술을 남겼다. 또한 안진경·유종원의 필법을 배워 글씨체가 반듯했으며, 와룡관을 쓰고 학창의 입기를 좋아했다고 한다. 친구 우세일禹世一, 1670~1722에게서 탄금법을 배웠으며, 시조와 가사를 즐겨 시조 3수와 가사 「낙은별곡」「봉래가蓬萊歌」를 지었다. 「낙은별곡」은 『낙은별곡가첩樂隱別曲歌帖』『농환재가사집弄丸齋歌詞集』『제세당필사본濟世堂筆寫本』에 이본 3종이 전하며, 기행가사인 「봉래가」는 전하지 않는다.

이 작품은 낙구落句를 갖추고 3·4, 4·4조의 자수율을 보이며, 시상이 기승전결의 정연한 구성으로 짜여 있는 등 강호가사의 전통적 형식을 따르고 있다. 하지만 전대의 강호가사와 달리 연군 의식을 표출하지 않으며, 구성과 내용 면에서도 다른 양상을 보인다. 강호가사의 일반적 구성 방식인 사계절 변화에 따른 묘사가 나타나지 않으며, 시적 화자와 세속 관리들의 생활을 여름과 겨울로 대비해 편안하고 한가로운 자신의 모습과 관직에 있는 사람들의 분주한 모습을 대조적으로 서술함으로써 시적화자의 삶이 더욱 긍정적인 가치를 지닌다고 주장한다.

또 전대의 강호가사에서는 세속이 "마음에 맺힌 시름"(「성산별곡」) "주토공명走兎功名, 부운부귀浮雲富貴"(「지수정가」) 같이 간접적으로 지칭되었으나 「낙은별곡」에서는 세속이 바로 중앙 정계의 관료로 지칭되며, 강호는 성리학적 세계와 거리를 둔 현실

공간으로 그려진다. 시적 화자는 세상과 단절하고자 하는 의지를 강하게 표출하며, 속세는 잊은 채 자연에 감응하는 고답적 관념을 추구한다. 「낙은별곡」에서 또 한 가지 주목할 것은 시적 화자가, 형의 가족과 자기 가족이 모여 사는 삶을 가치 있고 행복하게 여긴다는 점이다. 이는 전대 강호가사가 자연 완상 끝에 연군 의식을 표출하며 안빈낙도를 다짐하는 것과는 상당히 다른 전개로, 강호가사의 시대적 변모를 보여준다. 조선 후기에 이르러 강호가사가 자연과의 정신적 합일 추구라는 성리학적 가치관에서 벗어나, 자연을 삶의 공간으로 인식하고 가족과 가문의 화목과 번영 등 현실적 가치를 지향하는 쪽으로 변화했다고 볼 수 있다.

낙은별곡樂隱別曲

남도진南道振

명리에 뜻이 없어 낙은암에 은거하다

야단스러운 조물주가 산천을 빚어낼 때
낙은암樂隱岩 깊은 골짜기를 날 위해 만들었으니
봉우리도 빼어나고 경치도 뛰어나다.
어와 주인 늙은이 명리名利에 뜻이 없어
속세를 하직하고 산속에 깃들이니
내 생애 담백하나 내 분수니 상관하랴.

낙천지명하니 세상 걱정 없다

농환재弄丸齋 맑은 창가에서 주역을 살펴보니
소장진퇴[1]는 성현의 밝은 가르침이요

낙천지명²⁾은 성현의 깊은 경계로다.

달을 희롱하고 말 잊고 앉았으니

천지天地를 몇 번이나 왕래한 듯하구나.

거문고 비껴 안아 무릎 위에 놓아두고

평우조平羽調 한 곡조를 보허사步虛詞에 섞어 타며

긴 가사歌詞 짧은 노래 천천히 불러낼 때

흥이 솟아나니 세상 걱정 전혀 없다.

남쪽 마을 늙은 벗님, 북쪽 마을 젊은이와

소나무 언덕에 섞여 앉아 차례 없이 술을 부어

두세 잔 기울이고 무슨 말씀 하는가.

"앞 논에 벼가 좋고 뒷내에 고기 많데.

봄산에 비 온 후에 고사리도 살졌다네."

한가하게 이런 이야기로 소일하기 충분하니

떠들썩한 시비是非야 귓결엔들 들릴쏘냐.

한가로운 삶을 삼정승 지위와도 바꾸지 않겠다

해당화 핀 깊은 곳에 낚싯대 메고 내려가며

어부사漁父詞 한 곡조를 바람결에 흘려 불러

목동의 피리 소리에 넌지시 화답하니

석양 방초芳草 길에 걸음이 더디구나.

동풍이 슬쩍 불어 가랑비를 재촉하는데

---

1) 소장진퇴(消長進退): 작아졌다 커지고, 나아갔다 물러섬. 음양의 이치를 말하며, 여기서는 세상사가 변화하는 이치를 가리킨다.
2) 낙천지명(樂天知命): 천명을 깨달아 즐기면서 이에 순응함.

도롱이 걸치고서 바위 위에 앉으니
용면[3]을 불러내어 이 모습 그리고 싶네.
영욕을 상관치 않으니 세상일 내 알겠는가.
주육酒肉에 빠진 분들 부귀를 자랑 마오.
여름날 더운 길의 먼지 속에서 분주하며[4]
겨울밤 추운 새벽에 대루원[5]서 서성이니[6]
자네는 좋다 하나 내 보기엔 괴롭구나.
어와 내 신세 말할 테니 자네는 들어보소.
삼복에 날 더우면 백우선白羽扇 높이 들고
바람 부는 창가에 기대 다리 펴고 누웠으니
편안한 이 거동을 그 누가 겨룰쏘냐.
동지 밤 눈 온 후에 더운 방에서 이불 덮고
목침을 돋워 베고 해 돋도록 잠을 자니
편하기도 편할시고 고단함이 있을쏘냐.
삼정승 귀하다 하나 나는 아니 바꾸리라.
값으로 따진다면 만금인들 당할쏜가.
보리밥 맛들이니 팔진미 부럽잖고,
헌 베옷이 알맞으니 비단 가져 무엇 할까

---

3) 용면(龍眠): 송나라 때 화가 이공린(李公麟). 인물 묘사에 특히 뛰어났다.
4) 먼지 속에서 분주하며: 수레와 말이 일으키는 먼지 속에서 분주하게 오감을 말한다.
5) 대루원(待漏院): 이른 아침에 대궐로 들어가려는 사람이 대궐 문이 열리기를 기다리던 곳.
6) 여름날 더운~대루원서 서성이니: 분주하고 고달픈 벼슬살이를 표현한 말이다.

낙은암의 아름다운 봄 경치 속에서 노닐다

내 신세 한가하구나. 경치도 맑고 깨끗하다.
녹문산[7] 달빛 아래 나뭇가지에 안개 끼니
방덕공龐德公의 맑은 절개 산처럼 높고 물같이 기네.
율리[8]의 높은 바람 소유산[9]을 불어 넘어
낙천당樂天堂 베개 위에서 이내 꿈을 맑게 하네.
천마봉 씩씩한 형세 구름에 닿았으니
동쪽 하늘 돌아갈 때 몇 겹 동안 갈았는고[10].
천만년 지나도록 낮아질 줄 모르도다.
중산中山의 아침 안개 절벽 가운데 덮여 있고
곡령鵠嶺의 어두운 구름 처마에 비꼈구나.
용문산 그림자가 팔절탄八節灘에 잠겼으니
입협立峽서 내려온 물 와룡추臥龍湫 되었구나.
물결을 잔잔히 다스려 만곡萬斛의 물 담았으니
노룡老龍이 서린 자취 굴곡이 되어 있다.
풍운風雲을 언제 좇아 굴을 옮겨갔는고.
옥류폭玉流瀑 노한 물살 돌을 박차며 떨어지니
합포合浦의 구슬을 옥쟁반에 굴리는 듯
은고리로 수정 발을 난간에 건 듯하네.
티끌 묻은 긴 갓끈을 탁영호濯纓湖에 씻어내니

---

7) 녹문산(鹿門山): 한나라 말 은사 방덕공(龐德公)과 당나라 맹호연이 은거했던 산.
8) 율리(栗里): 도연명이 은거했던 곳.
9) 소유산(巢由山): 요임금 때 고사(高士)인 허유와 소부가 은거했던 기산(箕山).
10) 천마봉(天磨峰) 씩씩한~동안 갈았는고: 오랜 시간에 걸쳐 갈고 닦여 천마봉이 만들어졌다는 의미다. 옛날에는 천동설을 믿었기에 동쪽 하늘이 돈다고 생각했다.

귀 씻던 옛 할아비[11] 자네 혼자 높을쏘냐.

반곡천盤谷川 긴 물굽이 초당을 둘렀으니

드넓은 저 강물아 속세로 가지 마라.

안개 낀 모래톱에 막대 짚어 무릉계武陵溪로 내려가니

양 언덕에 도화桃花 날려 붉은 안개 자욱하다.

물위에 뜬 꽃을 손으로 건진 뜻은

봄 경치를 세상에 누설할까 해서라네.

단구丹丘를 넘어 들어 자연뢰紫煙瀨 지나가니

향로봉에 남은 안개 햇빛에 눈부시다.

구변담鷗邊潭에 고인 물이 거울처럼 맑구나.

속세 잊은 저 백구白鷗야, 너와 나 벗이 되어

안개 낀 강변에서 세상 잊고 노닐자꾸나.

청학동靑鶴洞 좁은 길로 선부연仙釜淵 찾아가니

반고씨 적[12] 생긴 가마솥[13] 공교히 만들었네.

형산에서 만든 솥[14]을 그 누가 옮겨왔나.

바위 사이 걸린 폭포 위아래 못에 떨어지니

까닭 없이 벼락 소리 대낮에 들리는구나.

자연에 도취하여 해 지는 줄 잊었는데

쌍계암雙溪庵 먼 북소리 갈 길을 재촉하네.

퉁소 소리에 봄을 담아 유교柳橋로 돌아드니

11) 귀 씻던 옛 할아비: 요임금 시절 은사인 허유를 말한다.
12) 반고씨(盤古氏) 적: 아득한 옛날. '반고씨'는 천지가 개벽될 당시에 맨 먼저 나와서 세상을 다스렸다는 중국 신화 속 인물.
13) 가마솥: 가마솥 모양의 연못인 선부연을 말한다.
14) 형산(衡山)에서 만든 솥: 황제가 수산(首山)의 구리를 캐어 형산 밑에서 솥을 주조했다고 한다.

서산西山의 상쾌한 기운 사의당[15)에 이어졌네.

형님과 함께 자연 속에서 여생을 마치겠다

어와 우리 형님 벼슬할 뜻 전혀 없어
공명을 사양하고 삼족와[16)로 돌아오니
재앙의 여파가 신변에 미칠쏘냐.
긴 베개 높이 베고 두 늙은이 나란히 누웠는데
슬하의 모든 자손 차례로 늘어서니
먹으나 못 먹으나 이 아니 즐거운가.
아마도 산천에서 노닐며 남은 세월 마치리라.

15) 사의당(四宜堂): 남도진의 형인 남도규(南道揆)의 서재 당호(堂號).
16) 삼족와(三足窩): 남도진의 형인 남도규의 서재 당호.

제2부

⊙

현실비판가사

「갑민가甲民歌」는 성대중成大中. 1732~1812이 함경도 북청 부사로 있을 적에 갑산민甲山民이 지은 현실비판가사로, 필사본『해동가곡海東歌曲』과 성대중의 저서『청성잡기靑城雜記』에 실려 전한다. 작품 끝에 붙어 있는 기록으로 볼 때 창작 연도는 1792년인 듯하며, 작가는 중앙 권력에서 소외된 채 경제적으로 몰락해간 지방 하층 사족으로 추정된다.

「갑민가」는 갑산민과 생원의 대화체로 이루어진 작품이다. 도입부에서 생원이 야반도주하는 갑산민의 초라한 행색을 묘사하고, 힘들더라도 떠돌아다니지 말고 고향에 정착하라고 권하자 갑산민이 이주할 수밖에 없는 자신의 비참한 현실을 기술하는 답변 형식으로 구성되어 있다.

작가는 전가사변형全家徙邊刑을 당해 갑산으로 쫓겨 온 집안의 후예로 보인다. 전가사변은 조선시대에, 죄인을 그 가족과 함께 변방으로 옮겨 살게 한 형벌로 함경도 개척의 한 방편으로 이용되었다. 남쪽 지방 양반이었던 그의 조상은 갑산에 와서 대대로 향임을 맡을 정도로 향촌에서 세력을 과시했지만 작가 대에 이르러 신분이 바뀌어 군사로 강등된다. 군포세를 내지 못하고 도망간 사람이 있을 경우 일가붙이에게 대신 물리던 족징族徵과 지방관과 아전, 상인이 협잡해 구하기 어려운 공물을 백성 대신 납부해주고 폭리를 취하는 방납防納 제도의 폐해로 작가의 가족은 완전히 몰락하게 된다. 「갑민가」는 이 같은 조선 후기 함경도 지역민의 삶을 생생히 그려내고 있다.

이처럼 「갑민가」는 대화체와 갑산민의 구체적 서사를 통해 18세기 후반 함경도 지방 백성의 생활상과 조선 사회의 폐단을 효과적으로 그려냈다는 점에서 뛰어난 작품으로 평가받는다.

「갑민가」의 주제에 대해서는 갑산민을 통해 양반 관료 사회의 수탈 및 부패를 과감하게 폭로하고 비판하지만 문제의 근본 원인을 파헤치거나 구체적 해결 방법을 제시하지 못한다는 견해와 표면적으로는 갑산민이 군정, 신역 때문에 신음하는 참상을 노래하지만 심층적으로는 북청 부사인 성대중의 선치善治를 찬양하는 것이라는 의견이 있다.

갑민가甲民歌

갑산민甲山民

생원의 말: 군역 피해 도망가지 말고 살던 곳에서 계속 살아라
━━━━━

어저 어저 저기 가는 저 사람아

네 모습 보아하니 군역軍役 피해 도망가는구나.

허리 위를 볼 것 같으면 베적삼이 깃만 남았고

허리 아래 굽어보니 헌 잠방이 노닥노닥.

꼬부랑할미 앞에 가고 절름발이 뒤에 간다.

십 리 길을 하루에 가니 몇 리 못 가 엎어지리.

내 고을의 양반이 다른 고장 옮겨 살면 천賤케 되기 예사거늘

고향 군정軍丁 싫다 하고 자네 또한 도망하면

나라 인심 똑같으니 근본 숨기고 살려 한들 어디 간들 면할쏘냐.

차라리 네 살던 곳에 아무렇게나 뿌리박혀

칠팔월에 인삼 캐고 구시월에 담비 잡아

공채公債 신역身役 갚은 후에 그 나머지 두었다가

함흥 북청北靑 홍원洪原으로 장사 돌아다니며 몰래 매매할 때
후한 값 받고 팔아내어 살기 좋은 너른 곳에
집과 논밭 다시 사고 온갖 세간 장만하여
부모처자 보호하고 새 즐거움 누리려무나.

갑산민의 말: 온갖 고초 겪고서 더이상 어쩔 수 없어 떠난다

어와 생원인지 초관哨官인지
그대 말씀 그만두고 이내 말씀 들어보소.
이내 또한 갑산甲山 백성이라 이 땅에서 나서 자라 이때 일을 모를쏘냐.
우리 조상 남쪽 양반으로 진사 급제 계속하여
금장옥패1) 비껴 차고 시종신2)을 다니다가
시기하는 이의 참소讒訴 입어 온 집안이 쫓겨난 후
나라 끝 이 땅에서 칠팔 대를 살아오니
조상 이어 하는 일이 읍내 아전 첫째로다.
들어가면 좌수 별감 나가서는 풍헌風憲 감관監官
유사有司 장의掌議 자리 나면 체면 차려 사양했는데
애달프다 내 시절에 원수의 모해謀害로 군사軍士로 강등되단 말인가.
내 한몸이 무너지니 좌우전후 많은 일가 차차 군대에 편입되겠구나.
조상 제사 받드는 이내 몸은 하릴없이 매여 있고
걱정 없는 여러 친척 자취도 없이 도망하고
여러 사람 모든 신역 내 한몸에 모두 지니

---

1) 금장옥패(金章玉佩): 벼슬아치가 차는 도장과 장식품.
2) 시종신(侍從臣): 임금을 수행하던 벼슬아치.

한몸 신역 석 냥 오 전, 담비가죽 두 장이라.

없는 열두 사람 세납까지 합쳐보면 사십육 냥

해마다 맡아 무니 석숭³⁾인들 당할쏘냐.

약간 있는 농사 그만두고 인삼 캐러 산에 들어가

허항령虛項嶺 보태산寶泰山을 돌고 돌아 찾아보니

인삼 싹은 전혀 없고 오갈피 잎이 날 속인다.

할 수 없이 빈손으로 돌아와 팔구월 고추바람 안고

도로 입산하여 담비 사냥하려고

백두산 등에 지고 국경 지대 강 아래로 내려가서

싸리 꺾어 막집⁴⁾ 짓고 잎갈나무로 모닥불 피우고

하느님께 손 모아 빌며 산신님께 소원 빌어

물채출⁵⁾을 갖춰 꽂고 좋은 징조 바라는데

내 정성이 부족한지 좋은 징조 붙지 않네.

빈손으로 돌아서니 삼지연三池淵이 잘 곳이네.

입동 지나 삼 일 후에 밤새도록 눈이 오니

눈 깊이 다섯 자 넘어 네댓 걸음 못 옮기겠네.

양식은 떨어지고 옷은 얇으니 앞날 근심 다 떨치고

목숨 살려는 욕심에 죽을 각오로 길을 헤쳐

인가人家를 찾아오니 검천거리劍川巨里 입구로다.

이른 새벽 인가는 한잠 들어 적막하네.

집을 찾아 들어가니 혼비백산 반죽음 되어 말 못 하고 넘어져서

더운 구들 아랫목에 송장같이 누웠다가

인사를 마친 후에 두 발끝을 굽어보니 열 발가락 간데없네.

---

3) 석숭(石崇): 중국 진(晉)나라 부호이자 문장가.
4) 막(幕)집: 임시로 간단하게 막처럼 꾸민 집.
5) 물채출: 미상.

간신히 목숨 건져 소에게 실려 돌아오니

팔십 되신 우리 노모 마중나와 하시던 말씀,

"살아왔다 내 자식아. 소득 없이 돌아온들 모든 신역 걱정하랴".

논밭 집 모두 팔아 사십육 냥 돈 가지고

파기소把記所 찾아가니 중군中軍 파총把摠이 호령하길,

"우리 사또 분부 중에 각 초군哨軍의 여러 신역 담비가죽 외에 받지 말라 했다.

관청 명령 지엄하니 하릴없이 물리치노라".

돈 가지고 물러나와 글을 지어 소송하니,

"번거롭게 소송 말라" 판결하고 군노軍奴 장교將校 차사差使 보내 성화같이 재촉하니,

늙은 부모 수의壽衣 만들 팔승八升 베 네 필 두었는데

여덟 냥 빌려서 받고 팔아다가 채워내니 오십여 냥 되겠구나.

삼수三水 각 진鎭 두루 돌아 담비가죽 스물여섯 장 사니 십여 일 걸렸구나.

성화같은 관가 분부 차지6) 잡아 가두었네.

불쌍한 병든 처는 옥중에서 기다리다 목을 매어 죽었구나.

내 집 문 앞 돌아드니 어미 불러 우는 소리 하늘에 사무치고

의지할 데 없는 노부모는 인사불성 되었으니 기절한 탓이로다.

여러 신역 바친 후에 시체 찾아 장사하고

신주神主 모셔 땅에 묻고 애끊도록 통곡하니

미물인 뭇새가 저도 또한 섧게 운다.

변방 땅의 우리들이 나라 백성으로 태어나서

군사 싫다 도망하면 오랑캐가 되겠지만

6) 차지(次知): 남을 대신해 대가를 받고 형벌을 받던 사람.

한몸에 여러 신역 지다가 능력 없어
또 금년이 돌아오니 정처 없이 떠도노라.
임금님께 아뢰자니 대궐 문이 멀리 있고
요순 같은 우리 임금 일월日月같이 밝으신들
항아리 밑 같은 변방에 임금님 은혜 미칠쏘냐[7].

생원의 말: 북청 부사는 군정과 신역을 공평하게 처리한다

그대 또한 내 말 듣소. 타향 소식 들어보게.
북청 부사 누구신가, 성명 잠깐 잊었네.
많은 군정 편안하게 해주고 백골도망[8] 원망 풀어주네.
각 부대 초관들이 여러 신역을 민가의 대소大小 따라 나누어 거두니
많으면 닷 돈 몇 푼 적으면 서 돈이라.
인근 고을 백성들이 이 말 듣고 남부여대男負女戴 모여드니
군정 허오[9] 없어지고 민가 점점 늘어간다.

갑산민의 말: 북청처럼 해달라고 소송했다가 형장만 맞았다

나도 또한 이 말 듣고 우리 고을 군정 신역

---

7) 항아리 밑~은혜 미칠쏘냐: 엎어진 항아리 속에 볕이 들지 않는 것처럼 변방에는 임금의 은혜가 미치기 어렵다는 의미다.
8) 백골도망(白骨逃亡): 백골징포를 피해 도망하는 일을 일컫는다. '백골'은 죽은 이를 살아 있는 것처럼 명부에 올려놓고 군포를 징수하던 일.
9) 허오(虛伍): 군적에 등록만 되어 있고 실제로는 없던 군 장정.

북청처럼 해달라고 관찰사에게 민원을 올렸건만
본읍本邑 판결 맞다 하고 본 관아로 돌려보내니
시비를 묻지 않고 옭아매고 한차례 매를 치데.
천신만고 끝에 놓여나 고향의 생계 다 버리고
이웃 친구 하직 없이 노인을 부축하고 어린아이 손을 잡고 한밤중에
후치령厚峙嶺 길 비껴 두고 금창령金昌嶺을 허위허위 넘어
단천端川 땅을 바로 지나 성대산星岱山을 넘어서면 북청 땅이 아닌가.
거처의 좋고 나쁨 다 떨치고 모든 식솔 보호하고 신역 없는 군사 되세.
우리 고을 신역 이러하면 친척을 떠나고 조상 산소 버리겠는가.
비나이다 비나이다 하느님께 비나이다.
충군애민忠君愛民하는 북청 원님 우리 고을에 빌려주시면
군정 도탄 그려다가 동헌에 올리리라.
그대 또한 내년 이때 처자 동생 거느리고
이 고갯길로 들어설 때 그때 내 말 깨달으리라.
내 심중에 있는 말씀 횡설수설하려 하면
내일 이때 다 지나도 반도 못 하리라.
해가 곧 지려 하고 갈 길 머니 하직하고 가노라.

이상은 청성공青城公성대중이 북청 부사였을 때 갑산 백성이 지은 노래다.

「합강정가合江亭歌」는 1792년정조 16에 제작된 작자 미상의 현실비판가사로,「합강정선유가合江亭船遊歌」라고도 불린다.「합강정가」는『삼족당가첩三足堂歌帖』, 고대본『악부樂府』『아악부가집雅樂部歌集』『전가보장傳家寶藏』등 문헌 8종에 실려 전한다.

「합강정가」는 당시 전라 감사인 정민시鄭民始가 순시를 나와 적성강赤城江 부근 합강정에서 여러 고을 수령을 모아놓고 호화로운 뱃놀이를 하느라 온갖 민폐를 끼친 일을 고발한 작품이다. 이 가사가 한양 숭례문에 걸리고 궁중에까지 알려지면서 관련자들이 유배당한 일이『정조실록』에 기록되어 있다.

「합강정가」의 작자는 학식을 겸비한 하층 사족으로 추정된다. 작가가 한자 조어를 많이 사용한 것, 인근 수령에 대한 정보를 자세히 알고 있는 점, 감사의 순시에 맞춰 과거가 열린 것과 국기일國忌日에 잔치를 벌인 것을 강하게 비난하는 점을 근거로 들 수 있다.

「합장정가」는 전라도 지역의 현실적 모순을 고발함으로써 지방 민심을 대변한 작품이라 할 수 있는데, 제작 연대가 분명하고 실제 사건을 배경으로 한 까닭에 당대 사회상을 확인하는 데 중요한 자료가 된다. 또한 이 작품은 문제 상황을 제시하는 데 그치지 않고 그 원인을 모순된 사회구조에서 파악해 지식인 계층이 가진 문제의식을 명확히 드러내고 있다. 특히 수취제도와 과거제도에 대한 비판은 당시 조선 사회 근간을 흔들 만한 정면 도전이라 할 수 있다. 또한「합강정가」는 현실비판을 소재로 한 한시가 집중적으로 생산된 조선 후기에, 하층 사족에 속하는 지식인이 우리말 가사를 지어 민중과 연대를 꾀함으로써 부조리한 현실을 개혁하려는 방안을 모색했다는 점에서 문학사적 의의를 지닌다.

합강정가合江亭歌

　전라全羅 감사監使 정민시[1]가 임자년1792년, 정조 16 9월에 순창淳昌을 순회하여 합강정合江亭에서 뱃놀이할 때 수령守令 수십 명을 불러 차사[2]를 정했는데, 기생 담당 차사도 있고 어물魚物 맡은 차사도 있고 나머지 자질구레한 차사 등 이름이 무수하여 다 기록하지 못한다. 그때 전라도 사람이 이 노래를 지어서 기록하니 노래 지은 사람의 성명은 무엇인지 알지 못한다.

---

1) 정민시(鄭民始, 1745~1800): 조선 후기의 문신. 영조가 사도세자를 폐위하려 할 때 세자를 옹호한 시파(時派)의 우두머리였다.
2) 차사(差使): 중요한 임무를 위해 파견하는 임시직.

순시 나온 감사가 백성 걱정은 하지 않고 뱃놀이에 정신 팔리다

구경 가세 구경 가세 합강정에 구경 가세.
때는 구월 이십삼일 길일인가 명절인가.
순시巡視 나온 우리 감사 이날에 뱃놀이하니
천추절 성절일3) 즐거우나 창오산 저녁 구름 슬프도다.
관찰사 부임 뜻밖이나 남쪽 백성 괴로움 내 알쏜가.
뱃놀이 좋을시고. 가을걷이 급함을 생각하랴.

감사에게 아부하느라 수령들이 백성을 수탈하여 잔치 준비를 하다

돌을 깨서 강 막는 데 한 달이나 걸렸구나.
산을 뚫어 길 낼 때에 민가 무덤 옮겼구나.
울부짖는 저 귀신아 풍경 좋은 탓이로다.
범 같은 우리 감사 조금도 원망 마라.
음식 거마車馬 장막帳幕 온갖 채비 밤낮으로 준비하고
큰 물고기 낚아내어 배 안에서 요리하네.
응향각凝香閣을 숙소 삼고 세여울서 배를 탄다.
물 가운데 떠내려가니 강산도 좋을시고.
감사에겐 풍류요 백성에겐 원수로다.
인간 세상에 남은 액운厄運 물나라에 미쳤도다4).
오 리 밖 기회정期會亭에 술과 고기 낭자하네.

---

3) 천추절(千秋節) 성절일(聖節日): 천추절은 중국 황태자의 생일이고, 성절일은 중국 황제와 황후의 생일이다.
4) 인간 세상에~물나라에 미쳤도다: 사람들뿐 아니라 강(江)도 수난을 당한다는 의미다.

여러 고을 관리가 대접한 것이라. 백성의 피와 기름 아닌가.

다과상의 연꽃 모양 다식茶食 시골 백성 처음 본다.

기이하고 화려하구나. 한 상에 백금百金이 들었구나.

백성 원망은 하늘에 사무치고 풍악은 땅을 흔드네.

종일 놀고도 부족하여 불 밝히고 논단 말인가.

산간 백성 관솔불 들어 물과 땅이 환하구나.

적벽강에 늘어선 배에 주유周瑜가 지른 불인가5).

방석불6) 띄울 때 십 리 강물 꽃밭 같다.

새벽달 기울 때 응향각으로 돌아오니

백성을 동원하여 삼십 리 먼길에 횃불 늘어세웠구나.

깃발 절월7) 앞세우고 아전 장교 뒤따를 때

아름다운 담양 기생 무슨 명령 받들었는고.

오역鰲驛 역마驛馬 비껴 타고 의기양양하구나.

약지 못한 함열咸悅 현감 공갈恐喝은 무슨 일인고8).

윗사람 명령 받은 수령분들 누구누구 와 계시는고.

일흔 다 된 능성綾城 수령 백 리 길을 숨가쁘게 달려왔네.

남원 부사 순창 군수 음식 대접 골몰한다.

담양 부사 창평昌平 현감 기생 인솔 바쁘구나.

중폄 맞은9) 나주 목사 아첨하러 와 계시는가.

명문 후예 남평南平 현감 풍류 시중 무슨 일인고.

---

5) 적벽강(赤壁江)에 늘어선~지른 불인가: 삼국시대 오나라 손권의 장수인 주유(周瑜)가 제갈공명과 함께 적벽에서 조조의 군사를 화공법으로 크게 무찌른 것을 말한다.
6) 방석(方席)불: 뱃놀이할 때 섶을 방석 모양으로 만들어 불을 놓고서 강물에 띄워 주위를 밝히는 용도로 사용했다.
7) 절월(節鉞): 부절과 도끼. 관찰사나 유수가 지방에 부임할 때 임금이 내주던 물건.
8) 아름다운 담양~무슨 일인고: 감사의 수청을 들라는 명을 받은 기생이 의기양양하게 역마를 타고 가는 모습을 보고 눈치 없는 함열 현감이 기생의 방자함을 꾸짖는다는 의미다.
9) 중폄(中貶) 맞은: 근무 평가에서 중(中)을 받은.

너의 조부 높은 품격 생각하면 선비들에게 부끄럽기 그지없다.

임실 현감 곡성 수령은 항문이라도 빨겠구나.

익산 군수 전주 판관 아첨하는 모습 보기 싫다.

애처롭다 화순 수령 옥과玉果 수령 뒤처질까 염려하여

뒤 봐줄 친구 다 두었네. 내일 거취 묻지도 마소.

수레가 잇따르니 길에 오가는 이 몇 천인고.

잔치 준비로 고통받는 백성의 처지를 하소연하다

장마 가뭄에 피해 입은 백성이 관찰사 가을 순행 기다림은

가을걷이 부족함을 채워줄까 해서인데 지나는 곳마다 죄를 묻는 폐단 있네.

무논 재해도 감췄는데 목화밭이야 거론할까.

백 묘畝나 되는 벌건 땅에 백지징세10)하는구나.

인자한 우리 임금 곡식 한 묶음도 모래 덮일까 염려하는데

불쌍한 백성 논밭에다 좁은 길 넓히란다11).

각읍 관리 독촉하니 채찍 몽둥이 낭자하다.

허다한 관인들이 대호大戶 소호小戶에 분담시켜

사방四方 부근 십 리 안에 닭과 개가 멸종하네.

부자는 괜찮지만 가련한 이 가난한 자로다.

해는 기울고 이정12)은 저녁밥 재촉할 때

---

10) 백지징세(白地徵稅): 수확이 없어 면세받아야 할 땅에 억지로 세금을 매기는 일.
11) 불쌍한 백성~길 넓히란다: 관찰사가 행차하는 길을 넓히는 데 불쌍한 백성의 논밭을 수용하는 것을 말한다.
12) 이정(里正): 지방 행정 조직의 최말단인 이(里)의 책임자.

텅 빈 부엌에서 우는 아낙 발 구르며 하는 말이,

"방아품에 얻은 양식 한두 되 있건마는

채소도 있건마는 그릇은 누구에게 빌릴꼬".

앞뒷집 돌아보니 섣달그믐에 시루 빌리는 격이로다[13].

한 마을 닭과 개 다 먹어치우고 집집마다 또 거둔단 말인가.

대호에는 한 냥 넘고 소호에도 육칠 전이라.

이 놀이 다시 하면 이 백성 못 살겠네.

낙토樂土에서 태어난 사람 태평성대 좋다 하여

편안히 지내더니 하릴없이 떠도네.

한 사람의 호사豪奢가 몇 사람의 난리 되고

집과 논밭 다 팔고서 어디로 가잔 말인고.

감사의 비행을 간할 의로운 선비가 없음을 개탄하다

비나이다 비나이다 하느님께 비나이다.

우리 임금님 어진 마음 밝은 촛불 되게 하시어 비추소서 비추소서.

소문에 들리기를 아전 향원鄕員 벌한다기에

간악한 이 벌하는가 여겼더니 음식과 도로道路 탓하는구나.

노예 차출 무슨 일인고. 순령수의 권세로다[14].

음식은 넘쳐나고 뇌물은 공공연히 오고가니

좋을시고 좋을시고 상평통보 좋을시고.

---

13) 섣달그믐에 시루 빌리는 격이로다: 어느 집이나 시루를 사용하는 섣달그믐에 남의 집으로
시루를 얻으러 다닌다는 뜻으로, 되지도 않는 일에 애쓰는 것을 말한다.
14) 노예 차출~순령수(巡令手)의 권세로다: 집집마다 노예를 차출하는 것이 순령수 마음대로
이루어진다는 의미다. 순령수는 대장의 호위를 맡으며, 순시기·영기(令旗)를 드는 병졸이다.

많이 주면 무사하고 적게 주면 트집잡네.
춘당대春塘臺에 치는 장막 오목대梧木臺에 무슨 일인고
참람僭濫한 과거장서 재주 겨루는 유생儒生들아
오십삼 주15) 시향詩鄕 예향禮鄕에 의로운 선비 하나 없단 말인가.
먹을 복 좋은 우리 감사, 출세운 좋은 우리 감사
들어오시면 육조판서 나가시면 팔도 감사
공명도 거룩하고 부귀도 그지없다.
망극하도다 나라 은혜여, 감격스럽도다 임금님 은혜여.
한 토막 절개라도 있다면 온 힘을 다해 은혜에 보답하리라.
배은망덕하게 되면 자손에게 화가 미치리라.

15) 오십삼 주(五十三州): 조선시대에 전라도가 53주였다.

제3부

⊙

세태가사

「순창가淳昌歌」는 이운영李運永, 1722~1794의 가사집 『언사諺詞』에 수록되어 있는 가사 작품 7편 중 하나로, 순창의 아전 최윤재가 기녀들을 고발한 사건을 소재로 다루어 그들 사이의 갈등을 묘사한 세태가사다.

이운영은 목은牧隱 이색李穡의 14대손으로, 1759년 사마시에 합격해 이듬해 세마洗馬가 되고, 정조가 즉위하자 형조정랑에 부임했다. 이후 금성 현령과 면천 군수를 역임하고, 금산 군수를 거쳐 돈녕부도정敦寧府都正, 동지중추부사에 이르렀다. 용모가 단정하고 평온한 인상을 풍겨 들판에 서 있는 인자한 노인처럼 보였다 한다. 또한 항상 마음에 여유가 있어 집에 식량이 떨어져도, 태연히 집안을 청소하면서 단정히 앉아 책을 탐독했다고 한다. 평소 바둑을 좋아했는데, 김조순金祖淳의 아버지가 이를 알고서 성천 지방의 유명한 옥돌(玉石)을 보내오니, 이운영은 그것으로 바둑판(碁局)을 만들어 바둑 두기를 즐기면서 호를 '옥국재玉局齋'로 지었다. 문장에 능하고 글씨를 잘 썼으며, 저서로는 『옥국재유고』가 있다.

이운영은 역사적 사건, 개인적인 경험, 여항 이야기 등 구체적인 사건이나 이야기를 소재로 한 가사를 즐겨 지었다. 『언사』에는 민요 형식으로 서술된 「수로조천행선곡水路朝天行船曲」 「초혼사招魂詞」 「세장가說場歌」와 허구적·서사적 내용을 다양한 양식으로 서술한 「착정가鑿井歌」 「순창가淳昌歌」 「임천별곡林川別曲」이 수록되어 있으며, 그의 아들 이희현李羲玄, 1765~1828이 지은 「정주가定州歌」도 함께 수록되어 있다.

「순창가」는 1760년경 이운영이 부친 이기중의 임소인 담양에 머물렀을 때 순창 아전과 기녀들 사이에 벌어진 송사 사건을 보고 듣고서 이를 소재로 삼아 창작한 가사로 보인다. 서사적 구성에 따라 전개하고 극적인 장면을 배치하는 방식을 취했는데, 크게 순창 아전 최윤재의 발괄 소지가 제시된 전반부와 재판 과정이 서술된 후반부로 구성되어 있다. 「순창가」는 등장인물이 직접적으로 대립하는 상황을 보여주지 않고도 두 인물의 진술을 각각 제시해 대립 구도를 더욱 강조하고, 대화체를 사용해 작품의 현장감을 살리고 있다. 또한 이 작품은 양반과 평민 사이에 있으면서 자신보다 지위가 높은 양반에게는 아무 말도 못 하면서 자신보다 신분이 낮은 기녀들에게 죄를 떠넘기는 비겁한 아전과 신분 계층 맨 밑에 있어 인간 대접을 받지 못하고 억압과 수탈에 고통을 겪는 힘없는 기녀라는 전형적 인물을 그려내 서사적 구성 방식에 더 가까이 다가갔다고 할 수 있다.

　이 작품의 의미에 대해서는 순창 아전 최윤재라는 인물을 통해 수령들의 부도덕한 삶을 풍자하고 기녀들의 고달픈 삶을 간접적으로 드러냈다는 시각과, 작가 자신이 유람을 적극적으로 즐겼기에 관리들의 호화로운 연회와 호색을 풍자하려는 의도가 있었던 것은 아니며 터무니없는 송사를 벌여 관찰사까지 나서게 한 소동의 해학성에 이끌려 작품화한 것으로 보는 시각이 대립하고 있다. 이운영은 노론 명문가 출신이지만 청렴하게 관직생활을 했고, 자식들에게도 음식과 옷 등의 사치를 금했으며, 힘들고 어렵게 살아가는 백성에 관심을 가졌다. 이러한 품성을 지녔던 점을 볼 때, 이 작품이 단순히 흥밋거리로 창작된 것이 아니라 하층 백성에 대한 관심에서 창작된 것으로 봐야 할 듯하다.

순창가 淳昌歌

이운영 李運永

순창 서리 최윤재가 기생들 때문에 낙상했다며 소지를 올리다

"순창 서리胥吏 최윤재는 사또님께 소지所志 올려

원통함을 아뢰오니 올바르게 처결해주소서.

구월 십사일은 담양 부사 생신이라

소인의 사또가 사흘 전에 달려갈 때

소인이 수행원으로 행차를 따라갔는데

광주光州 고을 목사와 화순和順 창평昌平 남평南平 원님

십사일 아침식사 후에 일제히 모이셨네.

바야흐로 큰상에 성찬을 벌여놓고

관악기 현악기는 누각에 늘어놓고

기묘한 곡조 힘차게 부르는 사람 상좌上座에 앉아 있고

도내道內의 제일 명창 담양 순창 명기들이

춤과 노래 준비하여 이날을 보낸 후에

보름달 밝은 밤에 약속 장소 어디인가[1].

호남 소금강[2]의 경치를 보시려고

화려한 육각六角 양산 청산에 나부끼고

다섯 마리 말이 끄는 쌍가마는 단풍 숲으로 들어갈 적에

옥패玉佩는 쟁그랑쟁그랑 걸음마다 울리고

낭랑한 말소리는 말 위에서 오간다.

동산의 고상한 놀이[3] 용문의 눈구경[4]에

기생이 따라감은 예부터 있는지라

아리따운 기생들이 의기양양 무리 지어

말 타고 군졸들과 수레를 뒤따르니

백발의 화순 원님 기생에게 다정하여

굽이진 곳에서 자주 돌아보시기에

소인은 아랫사람이라 말에 앉아 있기 황송하여

탔다가 내렸다가 내렸다가 탔다가

오르락내리락 몇 번인 줄 모르겠네.

황급히 내렸다가 다시 올라타려다가

석양에 큰길 아래서 헛디뎌 넘어져서

돌들이 흩어진 곳에 콩 태太 자로 자빠지니

팔다리도 부러지고 옆구리도 삐어서

---

1) 보름달 밝은~장소 어디인가: '다음에는 보름날 밤에 만나 놀자고 약속한 곳이 어디인가'라는 뜻이다.

2) 호남 소금강(小金剛): 전라남도 순창에 있는 강천산(剛泉山).

3) 동산(東山)의 고상한 놀이: 진(晉)나라 사안(謝安)이 회계 땅 동산에서 20년 동안 은거하면서 한가로이 산수에서 노닐 적에 항상 가무에 능한 기녀를 대동했다고 한다.

4) 용문(龍門)의 눈구경: 송나라 사희심(謝希深)과 구양수(歐陽脩)가 숭산(嵩山)을 유람하고 저물녘에 용문의 향산(香山)에 이르러 눈이 내리는 가운데 석루(石樓)에 올라 도성을 바라보고 있었는데, 서도(西都)의 태수로 있던 전유연이 음식과 기생을 보내고서 용문의 눈경치를 구경할 것을 권유한 고사를 말한다.

어혈瘀血이 마구 흘러 가슴이 펴지지 않는데
금령이 엄하여서 개똥도 못 먹고[5]
병세가 기괴하여 날로 점점 위중해지니
푸닥거리 경經읽기는 모두 다 허사虛事로다.
이제는 하릴없이 죽을 줄 알았더니
곰곰이 앉아 생각하니 이것이 누구 탓인고?
강천剛泉에서 배행陪行하던 기생들의 탓이로다.
'네 쇠뿔이 아니라면 내 담이 무너지랴[6].'
옛날부터 속담에 이런 말이 있었으니
죽어가는 소인 목숨 불쌍하지 않으신가.
소인이 죽거든 저년들을 죽이시어
불쌍하게 죽는 넋을 위로하여주시려나
실낱같이 남은 목숨 살려주시길 바라나이다."

기녀들을 잡아들여 심문하다
▬▬▬▬▬▬▬▬▬

어와 놀랍구나, 살인이 났단 말인가.
형방刑房 영리營吏 처리하여 범인을 잡았구나.
도화와 춘운은 담양부에 공문 보내고
수화와 차겸은 순창군에 공문 보내니

---

5) 금령(禁令)이 엄하여서~못 먹고: 민간요법에, 떨어지거나 넘어져서 생긴 어혈을 치료하는
데 흰 개똥을 약으로 썼는데, 그렇게 하지 못하게 하는 금령이 있었던 듯하다.
6) 네 쇠뿔이~담이 무너지랴: 자기 잘못으로 생긴 손해를 남에게 뒤집어씌우려고 트집을 잡
는다는 뜻의 속담.

지자군⁷⁾은 분주하고, 성화같이 재촉하니
형방 사령使令이 잡아들여 도착 즉시 압송하네.
선화당宣化堂에 좌기⁸⁾하고, "분부를 들어라.
너희는 어찌하여 사람을 죽게 했는가?
사람을 상하게 한 자 벌받고 살인자 죽는 법은
법률에 분명하니 네가 무슨 변명을 하겠는가?
순창 서리 최윤재가 만약에 죽게 되면
너희들 네 사람이 무사하기 어려우니
곤장 팔십 대가 될는지 태笞 오십 대가 될는지
한차례 심문審問하고 거제 남해 이원利原 벽동碧潼 삼수三水 갑산甲山
동서남북 간에 어디로 보낼는지
상처가 있나 없나 자세히 살핀 후에
속대전 펼쳐놓고 법률을 적용할 것이니
우선 너희들은 사실대로 자백하라".
흰 백 자字 위에 동그라미 치고 그 아래 수결하고⁹⁾
크나큰 칼 목에 씌워 감옥으로 보내니
의녀醫女 춘운은 금년에 스물이요
의녀 도화는 금년에 스물넷이요
의녀 수화는 금년에 스물다섯이요
의녀 차겸은 금년에 스물하나라.

---

7) 지자군(持字軍): 지방관아들 사이에서 공문서나 물건을 가지고 다니던 사람.
8) 좌기(坐起): 관아의 으뜸 벼슬에 있는 사람이 출근해 집무하는 것을 말한다.
9) 흰 백(白)~아래 수결(手決)하고: 죄인을 심문한 내용을 기록하고 죄인의 수결을 받는 것을 말한다.

기녀들이 자신들의 처지를 하소연하며 무죄를 주장하다

"죄가 중하다고 저리 분부 내리시니
물불에 들라 하신들 감히 거역하리까.
죽이시거나 살리시거나 처분대로 하려니와
저희들도 원통하여 생각을 아뢸 것이니
일월日月같이 밝으신 순찰 사또님께
한 말씀만 아뢰고 매를 맞고 죽겠나이다.
저희들은 기생이요 최윤재는 아전이라
기생이 아전에게 간섭할 일 없사옵고
화순 사또 뒤돌아보시기는 구태여 의녀들을 보시려 하셨던 건지
산 좋고 물 좋은데 단풍이 우거지니
경치를 구경하려다 우연히 보셨던 건지
아전이 인사 차려 자기 말에서 내려오다
우연히 낙마했으니 만일에 죽는다 한들
어찌 의녀들이 살인한 게 되리이까.
기생이라 하는 것은 가련한 인생이라.
논밭 노비가 어디 있사오며
쌀 한 줌 돈 한 푼 주는 이 있으리까.
먹고 입기를 제가 벌어 하는데
오 일마다 교방敎坊에서 음률을 익히고
누비 바느질 상침上針질과 솜 피우기를
관가 이력에 맞춰 밤낮으로 애쓰고,
대소 관원이 오락가락 지나갈 때
차모茶母야 수청守廳이야 소임 맡아 나섰는데,
한 벌뿐인 옷이나마 초라하게 하지 않고

큰머리 노리개를 남만큼 하느라고
밤낮으로 탄식하고 기생임을 원망했는데,
가뜩이나 서러운 중에 운수가 고약하여
순찰 사또 분부 내려 벗 보기[10]를 금하시니
얼어서도 죽게 되고 굶어서도 죽게 되어
이제는 하릴없이 죽을 줄 아옵나니,
종아리를 맞아도 더없이 원통한데
연약한 몸이 큰칼을 목에 메고
천둥벼락 같은 위엄 아래 정신이 아득하여
죄를 아룀이 늦어져 황공하나이다."

기녀들의 무죄를 선고하다

"어허 그러하더냐? 진정 그러하구나.
순창 서리 항소 사연 모두가 모함이요
너희들 네 사람을 풀어주어 석방하거늘
너희 말 들어보니 말마다 그럴듯하다."
감사監司 병사兵使 수령 님네 이렇든 저렇든
덕을 베풀려면 베풀 곳에 베풀어라.
그래도 선비의 도리 따라야 오복五福이 갖추어지리라.

---

10) 벗 보기: 벗 사귀기. 여기서는 기생들이 후견인이 되어줄 남자와 사귀는 것을 말한다.

「임천별곡林川別曲」은 이운영의 가사집 『언사諺詞』에 수록되어 있는 일곱 작품 가운데 하나로, 영감이 할미에게 성적 결합을 요구하는 상황을 둘러싸고 벌어지는 해프닝을 다룬 세태비판가사다.

　이운영의 가사는 세태와 사회 갈등을 문제삼는 작풍이 특징이다. 이 작품 또한 양반인 영감과 평민인 할멈의 논쟁에서 할멈이 승리하는 이야기를 통해 양반을 조롱하고 풍자해 웃음을 유발한다. 양반의 가치관을 전도시키는 할멈과 늙고 초라한 자신의 현재 모습을 인정하지 않고 허세 부리는 영감이 벌이는 대결에서, 작가가 양반과 평민의 갈등 양상을 드러내고자 하는 의도가 명확하게 표출된다. 노생원이 과거의 세도와 영화를 들먹이며 위세 부리는 이야기는 점잖은 체통이나 유교 이념을 저버리고 현실적 욕망에 따라 행동해 위상이 추락한 양반을 풍자한다. 반면 할멈이 양반의 권위에 굴하지 않고 가족 간 유대로 양반과 맞서는 모습에서는 하층민의 강한 생명력이 나타난다. 이러한 대립은 삶의 여건이 나빠지고 지위는 몰락했어도 여전히 우월감을 지니던 양반계층과 이념보다는 실질적 가치를 중시하는 평민층 사이에서 갈등이 생기던 조선 후기 사회의 현실을 보여준다.

　「임천별곡」은 작가가 경험하거나 목격한 사실을 기록한 것이 아니라 여항에 떠돌던 이야기를 가사로 창작한 것으로 보인다. 일화적 구성, 두 인물의 생생한 대화, 평이한 구어체 사용, 대화 속에 자연스럽게 녹아 있는 속담과 한시, 낙천적인 해학성, 발랄하고 직설적인 성의 표출 등이 민중 설화 채록에 기반한 야담의 세계와 상통함을 보여준다.

이운영 李運永

주막집 손님인 생원이 주인 할멈의 방에 들어가 수작을 걸다

"거기 있는가, 주인 할멈? 내 말 잠깐 들어보소.
어젯밤 서리 내린 후 구들이 차기도 차더라.
할멈의 아랫목은 덥고 차기 어떠한고?
진밥과 마른 음식 아침저녁으로 지어내니
늙은이 허물하겠는가? 나 조금 들어가세."
"아아 그 누구신가? 유성 손님 아니신가?
나그네 추우시다니 주인이 민망하오.
누추함을 허물 말고 이리 들어오소서."
"어허 무던하다. 궁둥이가 뜨뜻해온다.
맹세코 오늘밤은 나가지 못하겠구나.
할멈의 떡국 사발 몇 그릇 되었는가1)?
할멈의 가슴에 손 조금 넣어보세."

주인 할멈이 점잖게 거절하다

"아이구 놀랐구나. 음흉하게 바라보는가?
어제오늘 꿈자리가 어수선하더니
오늘밤에 꿈을 꾸니 숟가락 던지는 것이 보이데[2].
세상 천하 만고萬古 조선 팔도에도 기괴하다.
생원님 손을 꼽아 내 나이를 세어보소.
갑자 을축 병인 생에 환갑 진갑進甲 다 지나고
쉰에 스물 하고 또 한 살 더 먹었네.
이제 무슨 마음 있어 서방 품에서 자겠는가."

싫은 척하지 말라며 생원이 재차 요구하다

"어져 그런 말 마소. 늙은 말이 콩 마달까[3]?
너도 늙고 나도 늙었으니, 두 늙은이 서로 만난들
너만 알고 나만 알고 귀신도 모를 것이니
주변에 사람 없고 밤 깊으니 황혼괴[4] 오늘이라.
범증의 말처럼 때를 놓치지 않고[5]
얼핏 해치우면 무슨 상관 있겠는가."

---

1) 할멈의 떡국~그릇 되었는가: '몇 살이나 되었는가'라는 뜻이다.
2) 오늘밤에 꿈을~것이 보이데: 숟가락 던지는 꿈은 질환·사고·사망·관재 등 유고가 발생할 징조로 풀이되는 흉몽이라 한다.
3) 늙은 말이 콩 마달까: 어떤 것을 별로 좋아하지 않을 것으로 보이겠지만 사실은 남 못지않게 그것을 좋아한다는 뜻의 속담.
4) 황혼괴: 미상.

할멈이 가족들이 알게 되면 곤욕을 치를 것이라며 생원을 꾸짖다

"이 양반 어디 양반이 저다지 미쳤는가?
생원님도 양반이니 양반답게 행세하여
마상봉한식⁶⁾과 화소함전성미청⁷⁾을
사랑에 높이 앉아 음풍농월吟風弄月이나 할 것이지
흰 수염 나부끼며 바지춤에 손을 넣고
여염집으로 다니면서 계집이나 찾으려 하니 우습구나.
백로가 물고기 엿보는 걸⁸⁾ 어디 가서 배우셨는가?
오장五臟머리 틀어지고 얌통머리 없어 보인다.
내 나이 칠십 넘어 여든 줄에 들었으니
만일에 실성하여 벗 보기⁹⁾를 한다면
청춘소년 한삼자리¹⁰⁾ 세상에 무수하고
용산장 덕평장德坪場의 면화 흥정하는 놈과
돈푼 깨나 있는 대구 장수 황화荒貨 장수
상평통보 육자배기¹¹⁾ 주머니서 쩔렁쩔렁
이런 놈을 품어 자고 귀하게나 여길 것이지

---

5) 범증(范增)의 말처럼~놓치지 않고: 한 패공(沛公)이 진(秦)의 관중 땅에 먼저 쳐들어간 것을 항왕에게 사과하러 홍문(鴻門)의 주연에 갔을 때, 범증이 항왕에게 기회를 놓치지 말고 이 자리에서 패공을 쳐 죽이라고 몇 번이나 눈짓했으나 항왕이 응하지 않아, 이를 눈치챈 패공이 도망간 일을 말한다.
6) 마상봉한식(馬上逢寒食): 말 위에서 한식날을 맞이하니.
7) 화소함전성미청(花笑檻前聲未聽): 꽃이 난간 앞에서 웃는데 소리는 들리지 않네.
8) 백로가 물고기 엿보는 걸: 백로가 물고기를 잡아먹으려 호시탐탐 노리듯이 여자를 취할 틈을 엿보는 것을 말한다.
9) 벗 보기: 벗 사귀기. 정부(情夫)를 만든다는 뜻.
10) 한삼자리: 미상.
11) 상평통보 육자배기: 상평통보 노랫소리라는 뜻이니 돈이 많은 것을 의미한다.

생원님 두 주먹은 사력초권공공시[12]요

동전 한 푼 콩 한 조각도 없는 줄 뻔히 아는데

어느 바보가 생원님을 품어 잘까.

내 아들 득손이는 급창及唱 겸 고庫지기

내 딸년 초심이는 번番을 드나드는 수급비水汲婢 우두머리

아저씨 삼촌 사촌 오촌에 늦손자 오라버니

군아軍衙와 관청의 삼반 하인[13], 누가 내 친척 아니겠는가.

한밤중에 한마디 외치기만 하면

항우의 주먹일지 장비의 팔뚝일지

성질이 소 같은 놈 가랑잎에 불붙는 놈

더벅머리 술에 취해 비틀비틀 다 모여서

생원님 흰 상투를 앞뒤로 쥐고 흔들고

귀때기 한번 치면 불똥이 펄펄 나고

넓적한 잔등이를 북 치듯 치고 나서

양미간을 향하여서 태껸 한번 하게 되면

생원님 조그만 몸 추풍낙엽 될 것이니

재 무덤 두엄 가에 콩 태太 자로 자빠져서

'아야 아야 살인이야' 한들 안팎 꼽추 누가 되겠는가.

발 없는 말이 천리 가니, 이 말이 공주公州 가면

생원님댁 아내께서 노발대발하면서

치맛자락 휘두르며 전반[14]으로 곤장 치고 발치귀양[15] 보낼 것이니

---

12) 사력초권공공시: 미상. 별로 세지 않다는 뜻인 듯하다.
13) 삼반 하인(三班下人): 삼반관속(三班官屬). 지방 각 부군(府郡)의 향리·장교·군노·사령을 통틀어 이르는 말.
14) 전반(剪板): 종이 따위를 오릴 때 눌러 대는 좁고 긴 나뭇조각.
15) 발치귀양: 발밑으로 쫓겨난다는 뜻이니, 여기서는 부인에게 박대받는다는 말.

이 양반 절대로 그런 말 다시 마오."

생원이 자신의 신분과 인맥을 내세우며 할멈을 꾸짖다

"어허 원통하고 분하다. 큰 욕을 당했구나.
양반을 몰라보고 네가 그리하는가.
가문일랑 묻지 마라. 월산대군月山大君 증손이라.
감종실[16]이라 이른 말은 곧이듣지 마라.
명망이 거룩하여 고암서원考嚴書院 장의掌議를 지냈도다.
초나라 삼려대부 굴원이 나와 동갑에
일이 삼사 차례대로 세면 칠십 세가 내 나이라.
아이 때 장자 천 번 맹자 천 번 읽어
시와 부 논하기 즐겨, 기이한 시 손에 들고 유람다니네.
왕희지 조맹부의 서체로
공도회公都會 백일장 증광시 별시 대과 소과에
일등 이등 장원 둘째 매번 높은 등수로 합격하니
구만리 먼 하늘에 침 뱉고 기약했네[17].
서울의 벼슬아치 날 모르는 이 누가 있으며
충청도 일대 유명한 어르신네
한 번 보고 두 번 보면 다 우리 친구로다.
전승지前承旨 중화부사中和府使 죽자 살자 하는 사이요
너희 고을 사또님과도 어릴 적에 놀았도다.

---

16) 감종실(監宗室): 임금의 친족 가운데 종친부의 정6품 벼슬인 감(監)이 될 만한 자격을 갖춘 사람.
17) 구만리 먼~뱉고 기약했네: 당연히 높은 관직에 오를 것이라고 생각했다는 의미다.

안대의 손행수孫行首와 내동내 박좌수朴座首는
내 풍채 흠모했는데, 늘그막에 이리되니
마음을 둘 데 없어 사방으로 돌아다니니
가을밤 적막한데 나그네가 잠 못 들어
머리 흰 영감과 노파가 등잔불 아래 마주앉아,
다 마른 젖가슴 있는 줄 뻔히 알고
양반이 풍정風情에 취하여 조금 달라 했다고
동냥은 못 줄망정 쪽박조차 깨뜨릴쏘냐.
네 말을 들으니 몹시도 분하다.”

생원이 부끄러워하며 고향으로 돌아가다

수령에게 소장訴狀 내고 감영에 항소하여
속대전 펼쳐놓고 사대부 욕보인 죄 적용하여
곤장 백 대 때린 후에 삼천 리 먼 곳 유배 보낼까
율문 따라 법대로 시행하려 했는데
곰곰이 생각하니 그렇지 아니하다.
나그네와 주인으로 삼 년 남짓 정이 깊으니
계집의 그 정도 말 벌하여 무엇 하리.
창랑자취[18]라는 옛말이 틀리겠는가.
바다 같은 마음으로 웃어넘길 뿐 어찌하겠는가.

---

18) 창랑자취(滄浪自取): 창랑의 물이 맑으면 갓끈을 씻고, 창랑의 물이 탁하면 발을 씻는다.
세상의 깨끗함과 더러움에 따라 자기 거취를 결정한다는 의미로, 굴원의 「어부사」에 나오는
구절이다.

아이야, 말 내어라. 고향으로 돌아가자.
아아 뒤통수 부끄러워 어찌 갈까.

제4부

⊙

애정가사

연작가사 「승가僧歌」는 결혼한 젊은 사대부 남성이 우연히 만난 비구니를 유혹하자 비구니가 그 유혹에 흔들리는 과정을 보여주는 편지 형식의 애정가사다. 「승가」라는 제목으로 묶이는 작품들은 「송여승가送女僧歌」 「승답사僧答辭」 「재송여승가再送女僧歌」 「여승재답사女僧再答辭」 「승가타령」이며 이본에 따라 제목에 약간 차이가 있다.

　현재 전하는 작품 수는 이본을 포함해 26편 정도이며, 송가送歌와 답가答歌 4편이 모두 실려 있는 문헌은 『악부樂府』(고대본)와 『전가보장』이다. 이본에 따른 가장 큰 차이는 남성의 환속 회유에 대한 여승의 태도인데, 『악부』본 「여승재답사」에서는 불도로 회심回心할 것을 다짐하고 다음 생에서 결연할 것을 기약하지만, 『전가보장』본 「승우답」에서는 자기 처지를 슬퍼하면서 남자의 구애를 받아들이는 것으로 결말을 맺는다.

　그간 이 작품의 작자에 대해서는 무명씨, 남도사南都事, 남철 등 논란이 있었는데 근래 임천상任天常, 1754~1822의 『시필試筆』과 조수삼趙秀三, 1762~1849의 『추재기이秋齋紀異』 등의 기록을 바탕으로 의금부도사를 역임한 남휘南徽, 1671~1732와 그의 소실이 된 비구니 옥선玉禪이 그 주인공이며, 가사 내용 또한 허구가 아니라 실제 인물의 이야기를 작품화한 것임이 밝혀졌다(안대회, 「연작가사 『승가僧歌』의 작자와 작품 성격」, 2009).

　「승가」는 처음에 단일 작품으로 창작되었다가 점차 연작가사의 형태로, 문답이 편지글 형태로 나뉘면서 3~4편으로 늘어나고, 나중에는 각 편을 하나로 합친 형태의 「승가타령」까지 나타났으며, 사설시조도 파생된 것으로 추정된다. 이처럼 「승가」가 당시에 인기를 끌었던 이유는 사대부와 비구니의 사랑이라는 평범하지 않은 소재를 다루고, 대범하면서도 적극적인 남성이자 사대부의 간절한 구애에 갈등하는 여승의 태도를 솔직하게 그려 당시 사람들의 연애 감정을 대리 충족시켰기 때문이라고 볼 수 있다.

　「승가」의 문학사적 의미는, 「사미인곡」 「속미인곡」처럼 남성이 여성 화자가 되어 군주를 향한 충성을 고백하는 은유적 애정가사가 아니라 사대부가 본격적으로 남녀 사이 사랑의 감정을 표현한 가사라는 데 있다. 「승가」는 감정의 절제를 사대부의 미덕으로 여기는 관념을 깨고 적극적이고 직설적인 표현으로 상대를 향한 열렬한 구애를 나타냄으로써 18세기 이후 애정가사가 성행하는 기반을 마련했다고 할 수 있다.

승가僧歌

남휘南徽

송여승가送女僧歌

어와 보았구나. 저 선사禪師 보았구나.
반갑기도 그지없고, 기쁘기도 측량없네.
여자의 모습으로 남자 복색服色 무슨 일고.
저렇듯이 고운 얼굴 헌 누비에 싸인 모양
보름밤 밝은 달이 뗴구름에 싸인 듯
눈 속의 한매화寒梅花가 노송老松에 걸린 듯.
대모단大毛緞 족두리를 어이하여 마다하고
거친 무명 흰 고깔을 굵게 누벼 쓰고 있노.
윤주라[1] 너울을 어이하여 마다하고

---

1) 윤주라(潤州羅): 중국 윤주에서 나는 비단.

전라도 세대삿갓[2] 잘게 짜서 쓰고 있노.

달빛 무늬 비단 활옷 무슨 일로 마다하고

베 창옷 두루마기 생각 없이 입었는고.

백방수주[3] 네 폭 바지 어이하여 마다하고

대동목大同木 당바지[4]를 모양 없이 입었는고.

눈꽃 무늬 붉은 비단치마 무슨 일로 마다하고

삼베 속곳 무명 바지 어설프게 입었는고.

비단 신발 어디 두고 육총 짚신 신었는고.

긴 머리 어디 두고 돌 수박[5]이 되었는고.

옥 패물 금반지 어디 두고 백팔염주 걸었는고.

옆에 찬 삼승바랑[6] 칠보七寶 향낭香囊 대신인가.

용모의 곱고 밉기 치장으로 가릴까마는

꽃 같은 얼굴 헛되이 늙어감이 아깝지 아니한가.

가뜩이나 고운 얼굴에 가볍게 분 바르고

도화桃花 같은 붉은 입에 연지빛을 칠하고 싶네.

십팔주十八珠 귀걸이를 저 귀밑에 걸고 싶네.

팔자八字 모양 봄 산처럼 저 눈썹 그리고 싶네.

구름 같은 검은 머리 일이 년 길러내어

은비녀 금비녀로 앞모습 꾸민 후에

석웅황[7] 진주투심[8]으로 뒤태를 꾸미고 싶네.

---

2) 세대삿갓: 가늘게 쪼갠 대로 만든 삿갓.
3) 백방수주(白紡水紬): 비단 이름.
4) 당(唐)바지: 당고(唐袴). 조선 선조 때 남자들이 입던 바지의 한 가지.
5) 돌 수박: 삭발한 머리를 비속하게 이르는 말.
6) 삼승바랑: 굵은 베로 만든 바랑.
7) 석웅황(石雄黃): 붉은 갈색 빛깔의 장식용 돌.
8) 진주투심(眞珠套心): 족두리 가운데 부분에 진주를 박은 것.

홑장삼 삼사 폭에 솜씨도 좋거니와
기역 니은 디귿 리을 언문도 익혔구나.
가문일랑 묻지 마라, 양반가의 예쁜 딸이로다.
어진 왕후도 그랬으니 첩실 됨이 괴이하랴[9].
착하고 어진 배필 가리고 다시 골라
글 잘하고 활 잘 쏘는 양반 서방께 맡기고 싶네.
아름다운 이름 벌써 듣고 한번 보기 원했는데
하늘이 내 뜻 알았는지 귀신이 감동했는지
부부의 인연인지 삼생三生의 원수인지
두미斗尾 월계月溪 인적 없는 좁은 길에서 둘이 만나
추파를 보낼 적에 눈에 가시 됐단 말인가[10].
광나루 함께 건너 마장문馬場門 돌아들 때
어찌하여 가는 길이 남북으로 나뉘었노.
붉은 입술 반쯤 열고 대지팡이 잠깐 들어
"평안히 행차하시오. 후일에 다시 보사이다".
말고삐 잡고 바라보니 한없는 정情이로다.
아장아장 걷는 걸음 가슴에 불이 난다.
한 걸음 두 걸음에 길이 점점 멀어가니
이전에 듣던 말이 어찌 귀에 맴도는가.
봄 들판에 노는 새는 간장肝腸을 베는 듯
헤어져 가는 길에 구름안개 자욱하다.
홀린 듯 취한 듯 말에 실려 돌아오니
초당草堂의 달밤 적막한데 생각도 많을시고.

---

9) 어진 왕후도~됨이 괴이하랴: 중국의 현명하고 어진 왕후도 첩실이 되었는데, 여승이 남의
첩실 된다 해도 이상할 것 있겠느냐는 의미다.
10) 눈에 가시 됐단 말인가: 눈에 가시가 박힌 것처럼 눈에 밟힌다는 의미다.

한매화 한 가지를 창 앞에 심고 싶네.
벽도화碧桃花 한 가지를 난간에 꽂고 싶네.
꿈에서는 만나보나 잠 깨면 허사로다.
못 보아 병이 되고 못 잊어 원수로다.
굽이굽이 쌓인 근심 풀 곳이 전혀 없다.
약수弱水 삼천리에 청조靑鳥를 겨우 얻어
종이 한 장 펼쳐놓고 자세하게 그려내니
한잠 잔 누에 속에 가득 든 실 같구나[11].
인편人便이 떠날 때에 다시 펴 보고 전하는 말이,
"서창에 해 지도록 소식을 기다릴 것이니
답장을 안 하더라도 꾸짖지나 마소그려".
무정하기도 무정하다. 야속하다 하리로다.
외손뼉이 못 운단 말 옛날부터 들었는데
짝사랑 외기러기 나 혼자뿐이로다.
선사님 생각해보소. 내가 아니 가련한가.
우연히 만나보고 죄 없이 죽게 되니
이것이 뉘 탓인가. 불쌍치도 아니한가.
잠깐 생각하여 다시금 헤아려보소.
대장부 한목숨을 살려주면 어떠할꼬.

---

11) 한잠 잔~실 같구나: 구구절절한 사연이 마치 한잠 자고 일어난 누에 배 속에 가득 든 실처럼 많다는 뜻이다. '한잠'은 누에가 먹기를 중단하고 첫번째 탈피를 하는 동안에 자는 잠이다.

승담사 僧答辭

어와 그 뉘신고. 한양 호걸 아니신가.
내 이름 언제 듣고 내 얼굴 언제 봤나.
무심히 가는 중을 반기기는 무슨 일인고.
머리 깎은 중의 얼굴 덜 미운 데 어디기에
저토록 눈에 들어 병조차 났단 말인가.
어버이 여읜 후에 서러운 맘 둘 데 없어
삭발하고 승려 되어 세상 생각 끊었는데
가을봄 다 지나고 창 앞 앵두 붉었으니
세월을 헤아리니 스물둘이 되었구나.
요조숙녀 아니니 군자 배필 어찌되며
꽃다운 나이 지났으니 혼인하기 바라겠는가.
세상 생각 끊은 후에 정욕情慾을 아주 잊고
좋은 옷과 잠자리의 남의 살맛 모르는데
소년 풍채 고운 모습 꿈에라도 생각할까.
달바위 저편에서 양반 보고 절하기와
살곶이 이편에서 하직하여 인사하기는
내 몸이 중이니 중의 행실 한 것이라.
하룻길 동행하여 풍채를 흠모하니
마음에 품은 정이 있는지 없는지 누가 알까.
갑작스러운 편지 한 통 어디에서 왔단 말인가.
반갑게 떼어 보니 날 못 잊는 마음이로다.
은근한 깊은 뜻이 감사는 하지마는
중에게 하신 말씀 행여 남이 알세라
덧없이 이별하고 불당으로 돌아오니

섭섭한 마음이 없기야 할까마는
답장을 아뢰려고 붓을 들고 생각하니
마음이 산란하여 무슨 말씀 아뢰올지
이내 마음 아득하여 아뢸 말씀 전혀 없네.
불쌍터라 하신 말씀 애매한들 어찌하리[12].
세상 인연 남아 있어 환속을 할지라도
기질氣質이 미련하니 첩의 도리 어찌하며
미천한 이내 몸이 사람됨이 어리석고
성품이 강인하여 남의 시앗은 되기 싫으니
나 같은 사람은 생각도 마오소서.
의술을 모르는데 남의 병을 어찌 알며
인명人命이 재천在天하니 내가 어찌 살려내리.
천금 같은 귀한 몸을 부질없이 상傷치 말고
공명에 뜻을 두어 속절없이 잊으시고
관계없는 중의 몸을 더럽게 여기시고
영화롭게 지내다가 젊고 예쁜 고운 임을
다시금 구하여서 천세를 누리소서.

재송여승가 再送女僧歌

선사님 하신 말씀 말씀마다 옳건마는
그 말씀 그만두고 내 말씀 들어보소.

_____

12) 불쌍터라 하신~애매한들 어찌하리: '불쌍하더라'고 한 말이 무슨 의미인지는 분명하지 않
지만, 따져 물어 확인할 수도 없으니 어찌하겠는가라는 뜻이다. 남자의 연민 어린 말에 살짝
흔들리는 화자의 마음을 표현한 듯하다.

고운 얼굴 아른대니 그립지 않겠는가.

그대 이름 알건마는 번거로워 말 못 하네.

머리를 깎았지만 고운 태도 어디 가며

남자옷 입었지만 얼굴조차 변할쏜가.

우연히 만나보고 저절로 병이 나니

온몸이 황홀하여 만사에 뜻이 없다.

아마도 이내 일은 나도 나를 모르겠네.

어버이 여읜 사람 모두 중이 될 양이면

조선 팔도 사람 중에 남을 이 몇이나 될꼬.

아미타불 관세음보살 천만번 외우면서

죽비竹篦와 경쇠를 무수히 두드린들

그것으로 부처 되며 죽은 부모 살아올까.

고사리 삽주나물 맛이 좋다 하지마는

염통산적 양볶이 중 어느 것이 낫겠는가.

메밀 잔의 비단 끈이 중요하다 하지마는[13]

원앙 베개 호접몽[14] 어느 것이 낫겠는가.

그 얼굴 그 행실로 시부모 사랑 못 받으며,

행실을 닦아내면 마누라가 시샘할까.

세상에 고운 계집 너뿐이라 할까마는

저마다 복이 없어 내 눈에 못 들었네.

아까운 저 얼굴이 헛되이 늙었구나.

한매화 옮겨다가 창 앞에 심고 싶네.

초양왕과 무산신녀도 운우지정[15] 나누었고

13) 메밀 잔의~중요하다 하지마는: 미상.
14) 호접몽(胡蝶夢): 꽃에 날아드는 나비의 모습으로, 부부간의 화합을 의미한다.
15) 운우지정(雲雨之情): 남녀의 육체적 사랑을 이르는 말. 초나라 회왕(懷王)이 꿈속에서 무산

은하수에 가로막힌 직녀성도 견우를 만나는데
선사님은 무슨 일로 저렇게도 쌀쌀한가.
삼간초옥三間草屋 적막한데 외로이 혼자 앉아
세상을 아주 잊고 염불만 공부하다
자네 인생 죽고 나면 울어줄 이 뉘 있으리.
사공처럼 혼자 앉혀 홍두깨로 턱을 괴어
채독16)에 입관入棺하여 더운 불에 찬재 될 때17)
적막공산寂寞空山 궂은비 속에 우는 귀신 자네로세.
내 말씀 옳게 여겨 마음을 돌이키면
부귀도 누릴 것이요 백년을 해로하리.
부부가 금실 좋아 자손이 가득하면
뛰는 놈 기는 놈에 헌머리에 이 꼬이듯18).
영화롭게 누리다가 죽은 뒤를 돌아보면
번성한 자손들이 비단으로 염습하여
화려한 상여에 상주들이 북적일 때 즐겁지 않겠는가.
세상에 좋은 일이 이것 말고 또 있는가.
아마도 이내 병은 살아날 길 전혀 없다.
차라리 다 버리고 범나비로 태어나서
선사님 가는 곳마다 따라가며 앉으리라.
살인자는 죽인다 하니 나 죽으면 너도 죽으리라.

(巫山)의 선녀와 잠자리를 같이했는데, 선녀가 이별하며 자기는 아침에는 구름이 되고 저녁에는 비가 되어 매일 양대(陽臺) 아래로 내려온다고 했다는 고사에서 유래한다. 초양왕과 무산신녀가 운우지정을 나누었다는 건 잘못 알려진 것이다.
16) 채독: 싸릿개비나 버들가지 따위의 오리를 결어 독 모양으로 만들고 안팎으로 종이를 바른 그릇.
17) 사공(沙工)처럼 혼자~될 때: 불가(佛家)의 화장 장면을 묘사했다.
18) 헌머리에 이 꼬이듯: 상처가 나서 헌데가 생긴 머리에 이가 꼬이듯 사람이 떼 지어 몰림을 이르는 속담이다.

여승재답사 女僧再答辭

장안 호걸 뒤숭숭한데 험한 욕을 면하고자
부모 사랑 하직하고 비단옷도 버리고서
산중에 깊이 들어 부처님 앞에 분향하고
왼팔에 연비[19]하고 진심으로 맹세하며
외로이 깊이 잠겨 남녀 정욕 끊었는데
우연한 한 번 출입에 군자 편지 받으니
여자의 굳은 절개 변치 말자 했는데
긴긴 사연 살펴보니 봄눈 녹듯 하는구나.
열 번 찍어 굳은 나무 고금에 없다더니
내 마음 열이라도 차마 막기 어려워라.
삭발하자 생각할 때 철석같이 마음먹고
세월이 빨리 흘러 백발 되기 바랐는데
세월이 더딘 건지 봄빛이 지루했던 건지
군자의 생각 달랐던 건지 버린 몸이 눈에 띄어
편지글 한두 번에 평생 공부 흩어진다.
춘정春情이 무심하여 깊이 든 잠 절로 깬다.
인간 재미 끊어진 후 불도佛道만 숭상했는데
희고 고운 얼굴 누가 알던가. 춘풍이 건듯 불어
삼색 도화 피는 곳에 봄 나비 노닐면서
가지마다 앉을 때와 공산空山에 낙엽 흩어질 때
원앙새 미워하며 깎은 머리 원망했는데
이런 마음 수습하여 다시금 생각하네.

---

19) 연비(燃臂): 불교에서 계를 받을 때 불붙인 향으로 팔을 찍는 의식.

대장부의 허튼 말씀 이 가운데 떨어지니 변통하기 어렵도다[20].

내 비록 돌이킨들 남의 이목 어찌하리.

잊히지 않는 정이 이러하니 사양키도 어렵도다.

운모병풍雲母屛風 둘러치고 첩이 되어 받들려 해도

천금 같은 낭군 몸이 만약에 병들면

아무리 뉘우친들 넋이라도 구경할까.

첩의 행실 작정하고 의술을 먼저 배워

낭군의 깊이 든 병에 불사약을 올리려 한들

당감투 사기 위해 다리전塵에 갈 수 없고

곁마기 큰저고리를 어느 장수가 외상 줄까[21].

뛰는 말 걷는 종을 협문夾門 밖에 세웠다가

황혼이 겨워갈 때 가고 오지 않겠는가[22].

이런 태도 건방지나 이 다 낭군 위함이라.

이 말이 새나가면 넋이라도 부끄러우리라.

극락세계에서 다시 나서 재상가 딸로 태어난다면

바느질 길쌈, 내 소임을 남의 손을 아니 빌리며[23]

새로운 백년화락百年和樂 낭군에게 달렸으니

은덕恩德을 내려서 지극히 사랑한다면

백골이 진토 될지라도 평생을 섬기리라[24].

---

20) 봄 나비~변통하기 어렵도다: 꽃 피는 봄날과 낙엽 지는 쓸쓸한 가을에는 승려가 된 것을 후회하다가도 마음을 다잡곤 했는데, 이렇게 마음이 뒤숭숭할 때 남자의 유혹이 있으니 피하기 어렵다는 의미다.
21) 당(唐)감투 사기~외상 줄까: 혼수를 장만할 방도가 없음을 말한다.
22) 뛰는 말~오지 않겠는가: 정식으로 첩이 되는 건 어려우니 밤에 몰래 왔다 가는 게 어떻겠냐는 의미다.
23) 바느질, 길쌈~아니 빌리며: 바느질, 길쌈 등을 남의 손 빌리지 않고 직접 시중들겠다는 의미다.
24) 극락세계에 다시~평생을 섬기리라: 현생에서는 첩이 될 수 없으나, 내생에서는 재상가의 딸로 태어나 낭군과 혼인해 바느질, 길쌈 등을 손수하며 평생 섬기며 살겠다는 뜻이다.

「금루사金縷辭」는 향촌사족 민우룡閔雨龍, 1732~1801이 1778년에 창작한 애정가사다.

민우룡은 1772년영조 48에 제주 통판通判으로 부임하는 전우성全宇成을 따라가 제주도를 유람했는데, 그곳에서 애월愛月이라는 기생과 정분을 맺고 돌아왔다. 그후 1776년영조 52에 다시 제주도를 방문해, 그사이 장사하는 남편과 결혼해서 살고 있는 애월과 다시 만나 정분을 나누었다. 1778년 애월과 관계를 끊고 자신의 애절한 심경을 가사로 나타낸 것이 「금루사」다. 「금루사」는 남녀의 자유로운 애정 표현을 엄격히 제한하던 사회 분위기 속에서 사랑의 감정을 진솔하고 과감하게 토로했으며, 더욱이 작가의 실제 경험을 바탕으로 창작한 작품이라는 점에서 주목할 만하다.

「금루사」는 유배가사나 연군가사에서 흔히 나타나는 적강讁降 모티브를 차용함으로써 낭만적 분위기와 구조적 통일성을 획득한 것이 특징이다. 연군가사나 유배가사에서는 적강이 임과 화자를 분리시키고 슬픔을 유발하는 기능을 하는 데 반해, 이 작품에서는 선계에서부터 인연이 있었다는 숙명을 강조하고 화자의 고귀함을 드러내는 장치로 쓰인다. 화자에게 특별한 신분적 배경을 부여함으로써 더욱 환상적이고 낭만적인 작품 분위기가 형성된다. 아울러 적강 모티브는 화자와 애월(낙포선녀)이 천상에서 내려와 지상에서 다시 만나지만 사랑을 이루지 못한 채 천상으로 돌아간다는 구조적 통일성을 마련하는 데 기여한다.

「금루사」의 또다른 특성으로는 화려한 시각적 이미지와 색채감을 들 수 있다. 이 작품에서는 연꽃 같은 얼굴, 버들잎처럼 가는 눈썹, 숱이 많고 검은 머리, 백옥같이 희고 깨끗한 피부, 가냘픈 허리, 붉은 입술 등 관습적 표현을 동원해 애월의 아름다움을 그려내는데, 시각적 이미지에 색채감을 가미함으로써 더욱 화려하고 선명하게 대상을 형상화하는 효과를 거둔다. 또한 「금루사」에서는 애월을 고소설에 나오는 여주인공에 비유해 절세가인으로 묘사한다. 이처럼 관습적으로 묘사된 여성 형상은 현실성과 개별성을 상실해, 애월이 남성 화자의 시각에 따라 관념화된 하나의 개체로 존재하게 되는 한계를 드러낸다.

「금루사」는 임에 대한 절실한 그리움을 직접적으로 표출하고, 상대 반응에 상관없이 일방적으로 애정을 요구하며, 임을 원망하거나 한탄하는 화자의 감정을 여과 없이 토로함으로써 사대부가사의 절제미에서 일탈된 양상을 보여준다. 이는 18세기 초부터 유흥 공간에서 「춘면곡」류의 애정가사를 향유한 경험에서 기인한 것으로 19세기 남성 화자 애정가사의 정서와 연결된다.

금루사 金縷辭

민우룡 閔雨龍

인간 세상에 함께 귀양 온 선녀를 그리워하다

어와 저 낭자야, 내 말씀 들어보소.

속세에 묻혔다고 옛 인연을 잊을쏘냐.

낙포선녀落浦仙女가 바로 전생의 너로구나.

남관南關의 백면서생도 신선인 줄 누가 알리.

요지연瑤池宴서 반도蟠桃 훔친 사람 너이건만

주고받은 것이 같은 죄라 너와 내가 귀양 왔네.

넓고 아득한 천하에 동서로 나뉘니

넓고 넓은 푸른 바다 은하수가 되었네[1].

너도 나를 보려 하면 산이 첩첩 가려 있고

---

1) 넓고 아득한~은하수가 되었네: 화자와 애월이 각자 육지와 제주도에 살아 서로 멀리 떨어져 있어 마치 견우와 직녀처럼 만나지 못했다는 말이다.

나도 너를 보려 하면 한라산이 아득하다.

다시 선녀를 만나 서로 깊이 사랑하다

평생에 한이 되고 자나깨나 원하더니
옥황상제가 감동했는지 선관仙官이 두둔했는지
태을선2)의 연잎 배에 돛을 높이 달아
자라 수염에 배를 매고 영주산에 들어오니3)
아름다운 꽃과 나무 선계仙界의 경치로다.
풍경도 좋지만 좋은 인연 더욱 좋다.
연꽃 얼굴 버들눈썹 전생 모습 그대로요
검은 머리 흰 피부는 세속 모습 전혀 없다.
정원루定遠樓 밝은 달에 월모사4)를 자아내어
꾀꼬리 제비 지저귀는 봄날 운우지정雲雨之情 나누니
인간 세상 사월 팔일 천상에선 칠일5)이로다.
사랑도 그지없고 태도도 갖추었네.
부드러운 가지 새로 돋은 잎은 왕랑6)의 옥단7)인 듯
춤추는 가는 허리는 양소유8)의 적경홍9)인 듯

<hr>

2) 태을선(太乙仙): 천신(天神)의 이름.
3) 영주산(瀛州山)에 들어오니: 작자 민우룡이 1772년 제주 통판으로 부임하는 전우성을 따라 제주도에 와서 경치 좋은 곳을 찾아다닌 일을 말한다.
4) 월모사(月姥絲): 월하노인이 남녀 인연을 맺어준다는 끈.
5) 칠일(七日): 견우와 직녀가 만난다는 칠월 칠석을 말한다.
6) 왕랑(王郞): 조선시대 소설『왕경룡전王慶龍傳』의 남주인공인 왕경룡.
7) 옥단(玉檀): 조선시대 소설『왕경룡전』의 여주인공.
8) 양소유(楊小游): 조선시대 김만중이 지은 소설『구운몽』의 남주인공.
9) 적경홍(狄驚鴻):『구운몽』에 나오는 미인.

맑은 눈동자는 진진[10]이요 붉은 입술은 빙빙[11]이네.

깊은 사랑 고운 태도 비할 데 전혀 없다.

봄물결 깊은 곳에 원앙이 떠노는 듯

붉은 꽃 활짝 폈는데 나는 나비 머무는 듯.

부용장芙蓉帳 드리우고 합환몽[12] 이룰 때에

비단 적삼 후려잡고 속삭이며 하신 말씀,

"청산이 늙지 않고 녹수가 영원하니

전생前生 차생此生 굳은 연분 백년을 기약하고

후생後生에 가더라도 떠나지 않으리라".

너는 죽어 농옥[13] 되고 나는 죽어 자진[14] 되리.

나무 되면 연리지連理枝요 고기 되면 비목어比目魚라.

선녀가 변심하다

산과 바다에 맹세하고 천생연분 믿었는데

새 정이 미흡한데 중도中道 변심 무슨 일인고.

본성이 거칠어 도로 노류장화路柳墻花 되었으니

꽃다운 맹세도 뜬구름이요 사랑도 덧없도다.

성안 한 걸음 밖에 삼천 리 약수 망망하네[15].

10) 진진(眞眞): 중국 전기소설 『화공전畵工傳』의 여주인공.
11) 빙빙(聘聘): 번역소설 『빙빙전聘聘傳』의 주인공.
12) 합환몽(合歡夢): 남녀가 잠자리를 같이하며 즐기는 것을 말한다.
13) 농옥(弄玉): 중국 춘추시대 진목공(秦穆公)의 딸로, 퉁소를 잘 부는 소사(簫史)에게 시집가서 소사에게 퉁소 부는 법을 배워 나중에 부부가 함께 신선이 되어 하늘로 올라갔다고 한다.
14) 자진(子晉): 왕자(王子) 진(晉). 주나라 영왕(靈王)의 태자로, 생황을 잘 불어 봉황의 울음소리를 냈다고 한다. 도술을 배운 지 30여 년 후에 신선이 되어 승천했다고 한다.
15) 성안 한~약수(弱水) 망망(茫茫)하네: 성안 가까운 곳에 있으면서도 삼천 리나 되는 약수에 가로막힌 것처럼 만나기 어려움을 이르는 말이다.

고운 눈썹 가는 허리 누구에게 자랑하며
금 떨잠에 옥가락지 끼고 어디에서 노니는고.
청조靑鳥는 오지 않고 두견이 슬피 울 때
여관 불빛 적막한데 온 가슴에 불이 난다.
이 불을 누가 끄리오. 임 아니면 할 수 없네.
이 병을 누가 고치리. 임이 바로 편작扁鵲이라.

마음을 돌려 삼생연분을 이어가길 바라다

맺힌 마음 외사랑이 나는 점점 깊어지건마는
무심한 이 임은 허랑하고 박정하다.
삼경三更에 못 든 잠을 사경四更에 겨우 들어
나비말16)을 높이 달려 옛길을 찾아가서
꽃 같은 얼굴을 반갑게 만나보고
온갖 수심을 낱낱이 풀렸더니
오동잎에 비 떨어지는 소리에 꿈에서 깨어나니
어스레한 새벽 달빛에 작은별 뿐이로다.
어와 내 일이야 진실로 우습도다.
너도 생각하면 뉘우침이 있으리라.
옥경玉京에 올라가서 상제上帝께 아뢸 때
이 말씀 다 아뢰면 네 죄가 무거우리라.
다시금 생각하여 마음을 돌이켜서
삼생의 오랜 인연 저버리지 말게 하라.

---

16) 나비말: 꿈속에서 나비를 말로 삼아 타고 감을 말한다. 장자의 호접몽(胡蝶夢)에서 가지고 온 말이다.

제5부

◉

유배가사

「북찬가北竄歌」는 이광명李匡明, 1701~1780이 지은 유배가사로, 조선 후기 당쟁하의 유배생활과 당쟁에서 밀려나 몰락한 가문의 고단하고 암울한 상황을 생생하게 보여주는 작품이다.

　이광명은 소론의 거두 이진유李眞儒의 막냇동생인 이진위李眞偉, 1681~1710의 아들로, 일생 동안 벼슬을 하지 못하고 강화도에 살며 정제두鄭齊斗, 1649~1736에게서 양명학을 배웠다. 이광명이 55세 되던 1755년에 나주괘서羅州掛書 사건이 일어나 신임사화辛壬士禍 때 노론사대신을 제거하는 데 앞장섰다가 영조 등극 후 죽임을 당한 이진유에게 역률이 추시되자, 이광명도 연좌율에 따라 갑산에 유배되었다. 이광명은 그곳에서 24년간 유배생활을 하다가 78세로 생을 마감했는데, 유배 중에 지은 가사 「북찬가」와 시조 3수, 한시 200여 수, 갑산 풍속을 한글로 기록한 「이주풍속통夷州風俗通」 등이 『증참의공적소시가贈參議公謫所詩歌』에 실려 전한다.

　「북찬가」는 화자가 자신의 외로운 처지와 서울을 떠나 강화도에 정착하게 된 사정, 아무 잘못 없이 유배를 가게 된 경위, 유배지까지의 노정과 억울하고 원통한 심회, 추운 북방에서의 고통스러운 유배생활, 어머니에 대한 그리움과 해배를 바라는 간절한 마음 등을 곡진하게 서술한 작품이다. 이 작품은 자전적 술회를 통해 독자의 공감을 불러일으키며, 유배생활의 고통을 구체적으로 묘사해 실감나게 보여준다. 또한 적절한 비유를 사용함으로써 유배객의 원통한 심회와 가족에 대한 그리움을 진솔하게 토로해 유배가사를 대표할 만한 수작으로 꼽힌다.

　조선 전기 유배가사가 대체로 허구적 공간을 설정하고 연군가적戀君歌的 어조를 띠는 데 반해, 「북찬가」는 연군적 정서가 약화되고 유배지에서의 고통스러운 경험과 노모에 대한 그리움이 중심을 이룬다. 이에 대해 '정치적 색채를 의도적으로 배제하고 가문의 유지·보존 같은 사적 측면을 강조하는 작품'이라는 평가와 '영조의 효치孝治 정책을 충실히 이행해 효친과 연군의 관계를 확장하고, 위정자와 유배객의 심리적 교감을 드러냄으로써 궁극적으로 정계 복귀 염원을 담은 작품'이라는 엇갈린 평가가 존재한다.

북찬가 北竄歌

이광명 李匡明

한양 땅을 떠나 바닷가에 은거하다

가련하다 이내 몸 누구에게 비할꼬.
십 세에 고아 되니 부친 얼굴 알겠는가.
일평생 버려졌으니 벼슬 생각 하겠는가.
친척이 다 버리니 친구야 말해 무엇 하겠는가.
아내조차 병약하니 출산도 힘들구나.
형제는 본디 없고 양아들마저 잃어
오륜에서 벗어나니 팔자도 곤궁하다.
편모偏母만 의지하여 즐거움이 이뿐이라.
고아의 두려워하는 마음 넘칠 듯 다칠 듯.
벼슬에도 뜻이 없어 세상을 피하리라.
번화한 한양 땅을 한창때에 하직하고
바다 구석으로 깊이 들어와 암혈巖穴에 숨었으니

서울 손님 못 만나니 세상 시비是非 내 알던가.
소원을 이루었는가. 복지福地가 여기로다.

편모를 봉양하며 여생을 보내기로 결심하다

콩죽을 못 먹어도 슬하에서 항시 모셔
어머니 가르침 스승 삼아 삼천지교三遷之教 바라보고
아들 노릇 딸 노릇에 어린아이 놀이 일삼으며[1]
어머니 연세 높아지니 멀리 갈 생각 하겠는가.
절사[2] 길도 못 다니니 마음이 서운하여
집 뒤로 이장移葬하고 아침저녁 문안하니
생전 봉양 제사 받드니 정과 예의 거의 펼칠 듯하네.
출세는 못 하지만 힘닿는 대로 받들리라.

무고를 입어 유배를 당하다

후사後嗣 없어 쓸쓸하니 내 힘껏 다하려고
온갖 근심 다 버리고 여생을 즐겼는데
놀랐구나. 묵은 불에 연못 고기 재앙 만나니[3]
삼십여 년 너그러운 은혜 입었으니 오늘날 또 면할까.

1) 어린아이 놀이 일삼으며: 중국의 효자인 노래자(老萊子)가 70세에도 색동옷을 입고 어린애 장난을 하면서 늙은 부모를 즐겁게 해주었다고 한다.
2) 절사(節祀): 절기나 명절에 지내는 제사.
3) 묵은 불에~재앙 만나니: 이진유의 역모 죄에 연좌되어 유배된 것을 말한다.

향옥^{鄕獄}에 나아가 처분을 기다릴 때
대낮에 벼락 내려 눈 위에 서리 치니
눈앞에 닥친 재액을 독에 든들 피하겠는가.
이 몸의 화복^{禍福}이야 저 하늘만 믿지마는
외로운 우리 편모 그 누가 위로할꼬.
임금께서 현명하시어 옳고 그름 가리시니
특별한 임금님 말씀 운다고 내려지겠는가.
죽은 나무 봄을 만나 마른 가지에 싹 돋으니
남쪽 귀양이나 북쪽 귀양이나 죄가 아니라 영광일세.
놀라신 어머니께서 감읍^{感泣}하며 기다리시겠네.

노모와 눈물로 작별하다

이 은혜 이 천행^{天幸}은 결초^{結草}한들 다 갚을까.
어리석은 강도상⁴⁾도 본받기는 측은하거늘
친밀하던 판금오⁵⁾는 내가 언제 저버렸나.
불모지 찾고 찾아 북쪽 끝에 내던져지니
어머니 들으시고 놀라는 듯 다행으로 여기는 듯.
험한 길 생각 않고 밤낮으로 달려와서
하룻밤 하룻낮을 손잡고 작별할 때
육십 된 백발옹^{白髮翁}이 팔순의 병든 노모 떠나올 때
수천 리 끝없는 길 다시 볼 기약 있겠는가.

---

4) 강도상(江都相): 조선시대 관직명.
5) 판금오(判金吾): 의금부 최고 관직인 판의금부사.

이내 모습 이내 이별 고금에 듣지 못했네.
햇빛도 처량하거늘 철석鐵石인들 견딜쏜가.
어머님 진정시키려고 모진 마음 돌려먹고
서러운 마음 눌러 담고 눈물을 참고 참아
하직하고 문 나서니 가슴이 터지는구나.

귀양길에 올라 유배지에 도착하다

팔척장신八尺長身 웅크리고 짐말에 실렸으니
창릉참昌陵站서 수십 리인 송추를 지나갈 때
조상의 가르침 듣는 듯 아이의 혼이 따르는 듯[6].
억울하고 분한 회포 통곡한들 풀릴쏘냐.
어명이 지엄하니 잠시라도 지체할까.
못 쓸 말을 채쳐 모니 엎어지고 넘어지네.
전에 놀던 양주楊州 땅의 알던 사람 다 피하고
청화현淸化縣에 낮에 들어가니 주인은 좋다마는
내 행색 보잘것없으니 가는 곳마다 곤욕이라.
자고 새면 가고 가니 지나온 길 나날이 멀어지네.
보리비탈서 큰비 만나 옷을 다 적시고
고산령高山嶺 겨우 올라 한양을 굽어보니
뜬구름이 가로막아 남북 구별 못 하겠네.
양천사梁泉寺 찾아들어 사생死生을 기도하고

---

6) 송추(松楸)를 지나갈~따르는 듯: 송추는 조상의 무덤이라는 뜻도 있으므로, 송추를 지나면서 선산을 떠올린다는 의미다.

앞일을 점검하니 내 신세 불운하다.

벼슬 높은 옛 벗은 수레 타고 달리는데

잘못 없는 초원[7] 손님은 쫓아서 도망하네[8].

말 못 하는 강산인들 이 모습을 보겠는가.

낙민루樂民樓 만세교萬歲橋를 꿈결에 지났구나.

관남關南 관북關北 갈린 길에서 단천端川으로 향하다가

청해영靑海營서 말을 쉬다가 부령富寧 귀양객 해후邂逅했네.

길주吉州 명천明川 어디메오. 서로 바라보니 멀기도 멀구나.

안변安邊의 참혹한 소식 놀랍고 슬프구나. 떠도는 소문 꿈이었으면.

영남 지방 땅끝으로 저도 가는구나[9]. 이리저리 흩어지니 근심스럽기
짝이 없다.

쓸쓸한 한줄기 길에 이 몸이 더욱 섧다.

후치령厚峙嶺 매덕령賣德嶺 인적 없는 곳을 굽이굽이 쉬어 넘어

능귀촌能歸村으로 길을 잡아 호린역呼獜驛으로 돌아들어

백두산 곁에 두고 여진국女眞國 남은 터에

잎갈나무 숲을 헤쳐내고 가시울타리 쳤으니

생면부지 촌놈에게 거처를 의지하고

아이에게 편지 주어 본가에 보낼 때에

고향이 궁벽한 곳이라 부모 이별한 정 아득하다.

---

7) 초원(草原): 함경도 정평부에 있었던 역.
8) 벼슬 높은~쫓아서 도망하네: 높은 벼슬에 있는 옛 벗은 수레를 타고 달리는데, 죄 없이 초
원역(草原驛)까지 온 자신은 친구를 피해 도망한다는 의미다.
9) 영남(嶺南) 지방~저도 가는구나: 영조 31년(1755) 을해옥사 때 이광명의 사촌인 이광현(李
匡顯)은 영남 기장(機張)으로 유배되었다.

고통스러운 유배생활을 하다

삭풍朔風은 들이치고 산으로 싸인 골짜기에
해묵은 얼음 남아 있고 초가을에 눈이 오네.
모든 풀이 먼저 시드니 곡식이 될 수 없네.
귀리밥도 못 먹는데 멥쌀이야 구경할까.
채소도 주리는데 생선 고기 생각할까.
가죽옷으로 여름 나니 무명 이불로 추위 어찌 견딜꼬.
마니산 사곡沙谷 별세계의 산해진미 어디 두고
악지惡地로 이름난 곳 삼수三水 갑산甲山에서 온갖 물건을 그리는고.
가을 국화 없는 곳에서 굴원인들 저녁밥 먹을까[10].
피리 소리 두견새 소리 못 들으니 백낙천도 할말 없네[11].
맺힌 시름 풀린다면 이내 괴로움 말해볼까.
토산土産인 박주薄酒도 그나마 팔지 않고
기생 풍류 하건마는 무슨 경황에 노래할까.
장평산長平山 허천강虛川江 유람에도 뜻이 없네.
민간 풍속 좋다 하나 이웃도 아니 온다.
봇[12] 덮고 흙으로 바른 방에 문 닫고 홀로 있으니
파리 모기는 창을 가리고 벼룩 전갈 벽에 가득한데
앉은 곳에서 낮을 지내고 누운 자리서 밤을 새워
잠을 깨면 한숨이요 한숨 끝에 눈물일세.

---

10) 가을 국화~저녁밥 먹을까: 날씨가 추워 국화도 피지 않는 곳에서는 굴원도 유배생활을
하기가 힘들 것이라는 의미다.
11) 피리 소리~할말 없네: 자신이 유배 와 있는 곳에서 악기 소리와 두견새 소리도 들을 수 없
으니, 백낙천이 이곳에 귀양 왔다면 「비파행琵琶行」 같은 시를 짓지 못했을 것이라는 의미다.
12) 봇: 자작나무 껍질.

어머니를 그리워하다

밤마다 꿈에 뵈니 꿈을 빌려 평상시 삼고 싶네.
백발 노모 못 보면은 편지라도 자주 왔으면.
기다린들 종이 올까. 오는 데 한 달 넘네.
못 볼 때는 기다리나 보면은 시원할까.
노친 소식 내 모르는데 내 소식 노친 알까.
천산만수千山萬水 막힌 길에 이내 괴로움 누가 알꼬.
묻노라 밝은 달아, 두 곳에 비치느냐.
따르고 싶구나 떠가는 구름. 남쪽으로 가는구나.
흐르는 냇물 되어 집 앞에 두르고 싶네.
나는 새나 되어 창 앞에 가 노닐고 싶네.
내 마음 헤아려보니 노친 형편 말해 무엇 하겠는가.
여의주 잃은 용이요 키 없는 배 아닌가.
가을바람에 낙엽같이 어디 가서 머무실꼬.
집안도 파산하고 친척들은 흩어졌으니
길에서 방황하려 해도 헤맬 곳이 전혀 없네.
어느 때에 주무시며 무엇을 잡숫는고.
밤낮으로 살폈는데 어느 자손 대신할꼬.
나 아니면 누가 모시며 어머니밖에 누가 날 사랑할꼬.

자신의 처지를 한탄하다

모자의 정 남달라 잠시도 떨어지지 못하더니
조물주가 미워하셨나. 이렇게 멀리 떨어져 왔는고.

말년 은거 잘못했나 지난 허물 못 깨달았나.
천명天命인가 가운家運인가 누구를 원망할꼬.
사당 문안 오래 못 하고 산소 돌볼 방법 없네.
사시가절四時佳節 다 보내고 제삿날 돌아올 때
향 못 피우고 술 못 올리는 일 생전에 처음이라.
먼 변방에 날 던져두고 어머니 마음 오죽할까.
마지못해 떠났으면 형제나 두던가.
형제가 없거든 후손이나 있던가.
독신이 후사 없어 모실 사람 하나 없이
끝없이 애만 쓰게 하니 불효도 막심하다.
신세한탄 소용없어 차라리 잊자 하나
한恨을 일으키는 정이 생각할 때마다 저절로 나니
긴긴 낮 깊은 밤에 멀리 떨어져 그리워함 한결같아
하루도 열두 때요 한 달도 서른 날에
날 보내고 달 지내며 벌써 거의 반년이네.
이럭저럭 한 해 넘으면 사나 마나 무엇 할꼬.
고락苦樂이 순환하니 어느 날에 돌아갈꼬.
사면赦免 조서詔書 내리거든 웃음 웃고 이 말 하리.
효성으로 다스리는 우리 성군聖君 내년 봄에 은혜를 내리소서.

「만언사萬言詞」는 조선 정조 때 대전별감大殿別監을 지낸 안도환安道煥이 추자도에 귀양 가서 겪은 괴로움을 노래한 장편 유배가사다.

「만언사」는 이본 10여 종이 남아 있는데, 「만언」「만언사」「만언사謹言辭」「만언사萬言詞」「샤고향」「청년회심곡靑年悔心曲」「안도은가」등 다양한 제목으로 전한다. 이본에 따라 작가명 또한 안도원, 안조원, 안조환, 안도은 등으로 다르게 표기되어 있어 작가명을 정확히 알 수 없었는데, 최근 조선왕조실록에 의거해 안도환으로 확정되었다. 당시 독자들에게 많은 인기를 끌었던 「만언사」는 세책가에서 유통되기도 했으며, 후대에 허구적 주인공의 이야기로 소설화된 「청년회심곡」으로 재탄생하기도 했다.

「만언사」의 작가 안도환은 정조 때 별감, 서제書題, 규장각 감서 등을 지낸 인물로, 중한 죄를 지어 1781년정조5 4월경 추자도에 유배되었다가 이듬해 8월 이후에 나로도羅老島로 이배되었으며 같은 해 12월 3일 해배되어 고향으로 돌아왔다. 가람본 「만언」의 후기에는 안도환이 "어인御印을 도적했다"고 서술되어 있는데, 『승정원일기』에는 엄형嚴刑, 엄수嚴囚라고만 기록되어 있어 사실을 확인하기는 어렵다. 다만 서제와 감서가 궁중의 문서를 관리하던 하리인 점을 감안할 때 임금의 총애를 믿고 문서와 관련된 범죄를 저지른 것으로 생각된다.

「만언사」는 김진형의 「북천가」와 함께 조선 후기 유배가사의 대표 작품으로 꼽힌다. 「만언사」는 작가의 신분이 사대부가 아니라 중인이며, 그가 유배를 간 이유가 정치적 문제 때문이 아니라 범법 행위를 저질렀기 때문이라는 점에서 다른 유배가사 작품들, 특히 전기 유배가사와 큰 차이를 보인다. 성리학 이념에 바탕을 두고 연군과 충절을 강하게 표출하는 사대부의 전형적인 유배가사와 달리, 「만언사」는 험난한 유배생활을 핍진하게 묘사하고 개인적 고통을 토로하는 데 집중해 유배가사의 변화를 체감하게 한다. 또한 「만언사」와 「북천가」는 유배자의 신분과 유배를 간 이유에 따라 유배생활이 어떻게 다른지 대조적으로 보여주어 조선 후기 유배 현실을 살펴보는 데 도움이 된다.

「만언사」는 작가가 나로도로 이배되기 전까지 추자도에서의 유배생활을 서술한 작품으로, 본사인 「만언사萬言詞」 외에 「만언답사萬言答詞」「사부모思父母」「사처思妻」「사자思子」「사백부思伯父」등 각 편이 유기적으로 연결된 연작가사다. 「사부모」「사처」

「사자」「사백부」는 가족에 대한 화자의 그리움과 추억의 정서를 핍진하게 표출하며, 「만언답사」는 「만언사」에 대해 작가가 살고 있는 집의 주인이 답변하는 형식으로 교훈적 성격을 띤다. 즉 「만언사」 연작은 임금에 대한 충성을 노래하는 유배가사, 삶에 대한 성찰을 담은 교훈가사, 부모와 처자에 대한 그리움을 토로하는 규방가사가 한데 버무려진 작품이라 할 수 있다. 이러한 복합적인 성격 때문에 사대부 남성이 주로 향유하던 유배가사가 규방가사 문화권에 침투해 유통·전승될 수 있었던 것으로 판단된다. 한편 가족에 대한 그리움을 간략히 표현하지 않고 확대해 「사부모」「사처」「사자」「사백부」 등 개별 작품으로 나눈 의도는, 자기 처지에 대한 공감을 유발하고 정조의 효치孝治 사상에 부합하는 태도를 보임으로써 해배의 기회를 얻고자 한 것으로 추론할 수 있다. 본사인 「만언사」는 연작 중 가장 많은 분량을 차지하며 중심을 이루는 작품인데, 유배지에서 지난 34년 동안의 생애를 회고하고 자탄과 회한에 싸인 현재 심정을 토로하는 것이 주된 내용이다.

「만언사」의 문학사적 의의는 주로 사실성·서사성·서민성 측면에서 거론되어왔다. 사실성·서사성은 조선 후기 가사에서 보편적으로 발견되는 경향이며, 해학적 표현을 통한 희화화戱畵化는 민요나 판소리 등 서민 문학의 영향을 받은 것으로 독자의 동정심과 자조적 웃음을 유발하는 역할을 한다. 또한 「만언사」에는 민요·판소리·규방가사·잡가·시조·한시·십이가사 등 여타 갈래의 모티브와 유사한 사설이 많이 보인다. 이는 다양한 문학 장르를 수용해 행동·인물·정서·상황에 따른 다른 표현과 형상화 방법으로 작품 분위기를 바꿔 장편가사의 지루함을 덜어주고 흥미를 높여준다.

안도환1)

지나간 세월을 돌이켜보며 탄식하다

어와 벗님들아, 이내 말씀 들어보소.
이 세상 살아감이 느껍지 아니한가.
평생을 다 살아도 다만 백 년이요
하물며 반드시 백 년 살기 어려우니
사람은 백대를 지나는 나그네요
넓은 바다의 좁쌀 한 톨이라.
여관 같은 세상의 지나가는 나그네로다.
빌려온 인생이 꿈같은 몸 가지고서
남자의 할일을 평생토록 다해도
풀 끝의 이슬같이 오히려 덧없거늘

---

1) 안도환(安道煥): 원본에는 안조원(安肇源)으로 표기되어 있다.

어화 내 일이여, 세월을 헤아리니
반평생도 채 못 되어 서른넷이 되었구나.
지난 일 생각하고 지금 일 헤아리니
번복도 셀 수 없고 부침浮沈도 끝이 없다.
남들도 이러한가 나 홀로 이러한가.
비록 내 일이나 나 역시 모르겠네.
긴 탄식 짧은 탄식 절로 나니 섬 가운데서 상심할 뿐이로다.

유복하고 반듯하게 소년 시절을 보내다

우리 부모 날 낳을 때 죽은 나를 낳았는데
부귀공명 누리려던 건지 외딴섬에서 고생하려던 건지
목숨이 길었던 건지 신선술을 시험한 것인지
하루 동안 죽었던 아이 갑자기 살아나니
사주팔자 모아내어 평생 길흉 점칠 때에
수명 재산 건강 평안함 다 가졌으니 귀양 갈 운 있었으랴.
비단옷을 몸에 입고 노래자2)를 본받아서
부모 슬하에 어린 척하며 걱정 없이 자랐는데
어와 기박하다. 나의 운명 기박하다.
열한 살에 모친상 당해 통곡하며 기절했을 때
그때에나 죽었더라면 지금 고생 안 할 것을
한세상을 두 번 살아 즐거움 누리려고 그랬던가.

---

2) 노래자(老萊子): 춘추시대 초나라의 효자. 70세가 되었는데도 때때옷을 입고 부모 곁에서
재롱을 피웠다고 한다.

모친 잃고 슬퍼하며 몇 년을 보냈던고.

십 년을 길러주신 외가 은혜, 호의호식 바랐겠는가.

잊은 일도 많지만은 갚을 겨를 없었도다.

태임 태사[3] 덕을 갖춘 새어머니 들어오셔

맹모의 삼천지교 일마다 본받으시고

증자 어머니가 북을 던진 일[4]은 날 믿고 아니 하시니

울어서 눈 속 죽순을 얻음[5]은 지성至誠이 하늘을 감동시킨 것이요

백 리 밖에서 쌀을 지고 옴[6]은 효자가 할 도리로다.

출세하여 이름을 날림은 집안의 광채光彩로다.

세상에서 먼저 할 일 글밖에 또 있는가.

통사通史 고문古文 사서삼경 당음唐音 장편長篇 송명시宋明詩를

분명하게 숙독熟讀하고 글자마다 외웠으니

읽기도 하려니와 짓긴들 아니 할까.

꽃 피고 버들 날리는 봄날과 국화 피는 등고절登高節에

문사文士들과 벗이 되어 음풍영월吟風詠月 일삼을 때

당시唐詩는 격에 맞고 송명시는 재치 있네.

글과 글씨 한가지니 쓰기도 하오리라.

부잣집 벽에 붙인 글씨, 사치하는 공자公子들의 병풍 글씨 쓰니

왕희지王羲之의 진체晉體인가 조맹부趙孟頫의 촉체蜀體인가.

유명무실하다 하나 한때 재동才童으로 불렸는데

---

3) 태임(太姙) 태사(太姒): 태임은 주나라 문왕(文王)의 어머니, 태사는 무왕(武王)의 어머니로
모두 현모양처의 대명사다.
4) 증자(曾子) 어머니가~던진 일: 증자와 이름이 같은 증삼(曾參)이라는 자가 살인을 하자, 증
자의 어머니는 아들이 살인을 했다는 이야기를 듣고도 "내 아들은 살인하지 않을 사람이다"
하면서 태연하게 베를 짰는데, 사람들이 두 번 세 번 고하자 북을 내던지고 달아났다 한다.
5) 울어서 눈~죽순을 얻음: 중국 삼국시대 오(吳)나라의 효자인 맹종(孟宗)의 고사가 전한다.
6) 백 리(百里)~지고 옴: 공자의 제자인 자로가 부모님을 봉양하려고 백 리 밖에서 쌀을 지고
왔다는 고사가 전한다.

요조숙녀 얻지 못해 전전반측轉輾反側 생각하니
첫날밤이 늦어간다. 열아홉에 혼인하니
바른 정조貞操 본을 받아 삼종지도三從之道 알았으니
내조 잘하는 어진 처는 집안 일으킬 징조로다.
어질고 덕 있는 우리 백부 구세동거九世同居 본받아서
한집안이 함께 살며 고락苦樂을 함께하니
의식衣食 구별 누가 알던가. 구차함을 몰랐도다.

주색에 빠져 허송세월하다

입신양명 길을 찾아 권문귀택權門貴宅 어디어디.
장군將軍 문하門下 비장裨將인가 의정부議政府의 기실7)인가.
천금준마千金駿馬 타고 다니며 노는 것이 더욱 좋다.
번화한 거리에서 뽐내며 나도 잠깐 놀아보리라.
이전 마음 모두 잊고 호방한 마음 홀연히 나서
황혼에 백마 타고 미친 듯 다니니 협객 경박자輕薄子 다 따른다.
두릉杜陵 장대章臺 천진교天津橋도 명승지라 하였으니
삼청동三淸洞 필운대弼雲臺 광통교廣通橋도 놀이터가 아니겠는가.
꽃 피는 아침 달 밝은 밤 빈 날 없이 기생집 거닐 때에
술 향기에 취하고 미인에게 빠져
비단옷 입고 고운 태도로 노래와 춤으로 희롱할 때
호방한 선비 그 누구신가, 술 취한 신선 부러워하겠는가.
만사를 잊었으니 입신양명 생각하겠는가.

---

7) 기실(記室): 문서를 담당하는 보좌관.

소년놀이 그만하자. 부모 근심 깊으시다.
번화한 거리 사랑하니 젊은 아내 늙어간다.

궁에 들어가서 일하다 삭탈관직당했다가 복권되다

옛 마음 다시 나니 하던 공부 다시 하자.
무관武官 녹봉 넉넉하니 부모 봉양하렸더니
내 할일이 아닌지 수삼 년을 채 못 하고
놀고먹게 되었구나. 상업을 일삼다
어약원御藥園에 들어가니 대궐로 가는 길이 열려,
미천한 몸이 임금님을 가까이서 모시길 바랐겠는가.
비단옷을 몸에 감고 기름진 음식 실컷 먹으며
화려함을 띠었으며 부귀에 싸였으니,
복이 지나치면 재앙이 생긴다더니 나랏일을 잘못하여
삭탈관직削奪官職당한 후에 칠 일 동안 옥중에서 지내니
곱던 옷이 초라해지고 좋은 음식 맛이 없다.
시간 맞춰 출근하다 뜻밖에 한 말 양식으로 연명하게 되니
임금님 은혜 망극하나 기쁨이 지극하여 도리어 눈물난다.
어와 과분하다 임금님 은혜 과분하다.
감서監書로 승진한 것은 생각할수록 과분하다.

다시 죄를 지어 유배를 당하다

번화부귀繁華富貴 다시 하고 금의옥식錦衣玉食 다시 하려고

한양 성내 넓은 길로 호화롭게 다닐 적에
뜸하던 친척들이 다시 친한 척하며
여기 가도 손을 잡고 저기 가도 반겨 하니
출세도 하고 이름도 날렸다 하겠네.
만사가 뜻대로 되니 임금님 은혜 모르겠는가.
분골쇄신하여 나라 위해 충성하렸더니
갑작스러운 부귀는 상서롭지 않은지라 약한 말에 짐 싣는 격[8] 된 것
인지
성盛함이 극에 달하면 반드시 무너지니
흥이 다하여 슬픔이 이른 것인지
다 오르면 내려오고 가득하여 찢어진 것인지
좋은 일엔 마가 끼니 꽃밭에 불을 지른 것인지[9]
인간 세상에 일이 많아 조물주가 시기한 것인지
환한 대낮 맑은 날에 천둥 번개 급히 치니
혼백魂魄이 흩어진다. 세상일을 알겠는가.
옷 무게도 못 이길 약한 몸에 이십오 근斤 칼을 쓰고
수갑 족쇄 찬 후에 옥중에 갇히니
내 지은 죄 헤아리니 산과 바다 같구나.
아깝다 내 일이여 애달프다 내 일이여.
평생에 충과 효 다 갖추길 한마음으로 원했는데
한 번 일 잘못하니 불충불효 다 되었다.
후회한들 소용없네. 뉘우친들 무엇 하리.

---

8) 약한 말에~싣는 격: 재주와 힘이 부족한 사람이 능력에 벅찬 일을 맡음을 비유적으로 이르
는 말.
9) 꽃밭에 불을 지른 것인지: 화전충화(花田衝火). 젊은이의 앞길을 막거나 그르치게 함을 이르
는 말이다. 여기서는 행복한 가운데 찾아온 갑작스러운 불행을 말한다.

등잔불 치는 나비 저 죽을 줄 알았으며
녹을 먹는 어느 신하가 죄지으려 할까마는
큰 액이 닥치고 눈까지 어두우니
마른 섶 등에 지고 불속에 듦과 같네.
재가 된들 뉘 탓이리. 살 가망 없다마는
목숨을 살려주어 섬으로 보내시니
어와 성은聖恩이야 갈수록 망극하다.

한강에서 부모 친척과 이별하다

강나루에 배를 매고 부모 친척 이별할 때
슬픈 울음 외마디소리에 근심스러운 구름 머무는 듯.
손잡고 이른 말씀, 잘 가라 당부하니
가슴이 막히는데 대답이나 나올쏜가.
취한 듯 미친 듯 눈물로 하직한다.
강 위에 배 떠나니 이별하는 때로다.
산천이 근심하니 부자 이별 할 때로다.
노 젓는 소리에 화살같이 배 떠가서
어느새 한줄기 강과 나란히 가고 있네.
바람결에 울음소리 빈 강을 건너오니
행인도 눈물 흘리네. 내 가슴 미어진다.
아버지를 부르며 엎어지니 애고 소리뿐이로다.
하늘 향해 부르짖고 땅에 머리 찧은들 아니 갈 길 되겠는가.

유배길에 올라 해남에 도착하다
━━━━━━

범 같은 사령使令은 빨리 가자 재촉하니
할 수 없이 말에 올라 앞길을 바라보니
청산은 몇 겹이며 녹수는 몇 굽이인가.
넘을수록 산이로다. 건널수록 물이로다.
석양은 재를 넘고 공산空山도 적막하다.
녹음은 우거지고 두견새 슬피 우니
슬프다 저 새소리 소쩍새는 무슨 일인가.
네 일로 우는 것이냐 내 말을 하는 것이냐.
가뜩이나 허튼 근심 눈물에 젖었구나.
나무마다 안개 맺히니 내 근심 머금은 듯
온 숲에 이슬 맺히니 내 눈물 뿌리는 듯.
굼뜨던 말 빨리 가니 앞 참站은 어디메요?
높은 고개 반겨 올라 고향을 바라보니
아득한 구름 속에 갈매기만 날아가네.
경기 땅 다 지나고 충청도로 달려들어
계룡산 높은 산을 눈결에 지나치니
고을마다 문서 받고 곳곳에서 점고點考하여
은진恩津을 넘어서니 여산礪山은 전라도라.
익산 지나 전주 들어가 성城과 산천 둘러보니
반갑다 남문 길이여 한양 길과 비슷하다.
온갖 가게 늘어서 있으니 종로를 지나는 듯.
한벽당寒碧堂 깨끗한데 아침해가 높이 뜨니
만마골 넓은 뜰에 긴 내가 비꼈구나.
금구金溝 태인泰仁 정읍井邑 지나 장성長城에서 역말 갈아타고

나주 지나 영암 들어가 월출산을 돌아드니
만학천봉萬壑千峰이 공중에 솟아 있다.
동석암動石巖 방아석이 이 산에 있다 하니
우리나라 명산名山이오 경치도 좋다마는
내 마음 막막하니 어느 겨를에 살펴보리.
천관산天冠山을 가리키고 달마산達摩山을 지나치니
밤낮없이 며칠 만에 바닷가에 왔단 말인가.

바다를 건너 추자도에 들어가다

바다를 바라보니 파도도 세차도다.
끝없는 바다요 한없는 파도로다.
하늘과 땅 나뉜 후에 천지가 넓다기에
하늘 아래 넓은 것이 땅인가 하였더니
지금 보니 온 천하가 물이로다.
바람도 쉬어 가고 구름도 쉬어 넘네.
나는 새도 못 지나니 저기를 어찌 가리.
때마침 부는 서북풍은 내 길을 재촉한다.
뱃머리의 흰 깃발 한 쌍 동남쪽을 가리키니
천석 실은 대동선大同船에 쌍돛을 높이 달고
건장한 도사공都沙工이 뱃머리에 나와 서서
'지국총' 선先소리 하자 '어사와'로 화답할 때
마디마디 처량하니 귀양객 마음 어떠할까.
고개 돌려 한양을 바라보니 뜬구름이 해를 가려 보이지 않는구나.
내 가는 길 어떤 길인가, 무슨 일로 가는 길인가.

불로초를 구하려고 삼신산 찾아가나.

동남동녀童男童女 아니건만 방사方士 서불10) 찾아가나.

동정호洞庭湖에 달 밝은데 악양루岳陽樓에 오르려는가.

소상강에 궂은비 내리는데 아황娥皇과 여영 조문하려는가11).

전원이 황폐해지려 하니 귀거래를 하는가12).

오호에 배를 띄워 명철보신하려는가13).

긴 고래에 올라타고 대낮에 승천하려는가14).

부모처자 다 버리고 어디로 혼자 가노.

우는 눈물 못이 되어 바닷물을 보태려는데

어디선가 먹구름이 홀연 광풍狂風 일으켜

산 같은 높은 물결 뱃머리를 눌러 칠 때

크나큰 배 조리㶊簾 되니 오장육부 다 나온다15).

임금님 은혜로 남은 목숨 모두 죽게 되겠구나.

초한시대 전쟁터의 장군 기신16) 될지언정

---

10) 서불(徐市): 진시황 때 도사로, 진시황에게 불사약을 캐오겠다고 속여 동남동녀 500명을 데리고 동해로 떠났으나 돌아오지 않았다.

11) 소상강(瀟湘江)에 궂은비~여영(女英) 조문하려는가: 순임금이 남쪽으로 순행을 나갔다가 창오산에서 죽자, 두 비(妃)인 아황과 여영이 소상강에서 슬피 울며 뿌린 눈물이 소상강 대밭에 떨어져 대나무에 붉은 점이 생겼다고 한다.

12) 전원(田園)이 황폐해지려~귀거래(歸去來)를 하는가: 전원이 황폐해지려 하니 관직을 그만두고 고향으로 돌아감을 말한다. 도연명(陶淵明)의 「귀거래사歸去來辭」에 나오는 말이다.

13) 오호(五湖)에 배를 띄워 명철보신(明哲保身)하려는가: 춘추시대 월나라 공신인 범려(范蠡)가 월왕 구천(句踐)을 도와 오왕 부차(夫差)를 쳤으나, 구천이 어질지 못함을 알고 나서는 오래 살아남기 어렵다고 여겨 벼슬을 내어놓고 미인 서시(西施)와 함께 오호에 배를 띄우고 놀았다 한다.

14) 긴 고래에~대낮에 승천(昇天)하려는가: 이백이 채석강에서 달을 건지려다 물에 빠져 죽은 것을 두고, 이백은 원래 하늘의 신선이었는데 지상으로 유배 왔다가 기한이 차서 물속 고래를 타고 날아올라갔다는 전설이 있다.

15) 크나큰 배~다 나온다: 배가 조리처럼 흔들려 멀미가 심하다는 의미다.

16) 기신(紀信): 한나라 고조 유방(劉邦)의 신하로, 고조가 항우와 싸우다 매우 위급한 지경에 빠졌을 때 한고조로 가장해 대신 죽고 그를 탈출시켰다.

해질녘 멱라수汨羅水의 굴원 되기 원치 않았는데
이 또한 천명이니 할 수 없다. 죽고 삶을 어찌하리.
사흘 동안 죽다 살아 노를 놓고 닻을 푸니
물길 천리 다 지나고 추자도楸子島가 여기로다.

고달픈 유배생활이 시작되다

사면을 돌아보니 날 아는 이 뉘 있으리.
보이는 것이 바다요 들리는 것이 물소리라.
바닷물이 다 흐른 뒤 모래 모여 섬이 되어
추자도 생겼으니 하늘이 만든 지옥 여기로다.
바닷물로 성을 싸고 구름 낀 산으로 문을 만들어
세상과 끊어졌으니 인간 세상 아니로다.
풍도성17)이 어디메요 지옥이 여기로다.
어디로 가잔 말인고. 뉘 집으로 가잔 말인고.
이 집에 가 주인 삼자 하니 가난하다 핑계하고
저 집에 가 의지하자 하니 사정 있다 핑계 대니
이 집 저 집 아무덴들 귀양객 주인 누가 되려 할까.
관가에서 핍박하니 할 수 없이 맡았으나
관인官人 두려워 못 한 말을 만만한 내 다 듣네.
세간 그릇 던지면서 화를 내어 하는 말이,
"저 나그네 생각해보소. 주인이 불쌍하지 않은가?
이 집 저 집 잘사는 집 한두 집이 아니건만

17) 풍도성(酆都城): 귀신이 다스리는 곳. 사람이 죽으면 간다는 곳이다.

관인들은 뇌물 받고 손님들은 부추기는 말 듣고
인연 있어 구태여 내 집에 와 계시는가?
내 살림 담백淡泊한 줄 보시니 알지 않겠는가?
앞뒤에 논밭 없고 바다에서 생계를 이어가니
나와 처자 세 식구도 풀칠하기 어려운데
양식 없는 나그네는 무엇 먹고 살려는가?"
집이야 없겠는가, 기어들고 기어나오니
방 한 칸에 주인 들어가니 나그네 잘 데 없다.
띠 자리 한 장 얻어 처마 밑에 거처하니
장기瘴氣에 눅눅하여 짐승도 많고 많다.
서산에 해가 지고 그믐밤 어두운데
남북촌 두세 집은 관솔불에 희미하다.
어디서 슬픈 소리 내 근심 더하는구나.
별포別浦에 배 떠나니 노 젓는 소리로다.
눈물로 밤새고 나니 아침에 밥 주는데
덜 찧은 보리밥에 무장醬 덩어리뿐이로다.
그도 저도 전혀 없어 굶을 적은 없겠던가.
여름날 긴긴날에 배고파 힘들어라.
의복을 돌아보니 탄식이 절로 난다.
땀이 배고 때가 올라 굴뚝 막은 멍석 같네.
어와 내 일이야 가련하게 되었구나.
쌀밥에 좋은 반찬 어디 가고 보리밥에 소금 간장 되었으며
비단옷 어디 가고 누더기를 입었는가.
이 몸이 살았는가 죽어 귀신 되었는가.
말을 하니 살아 있지 모양은 귀신이네.
한숨 끝에 눈물나고 눈물 끝에 어이없어

도리어 웃음 나니 미친 사람 되겠구나.

자기 잘못을 뉘우치다

어와 보릿가을 되니 맥풍麥風도 서늘하다.
앞산 뒷산에 황금을 펼쳤으니
지게를 벗어놓고 앞산에서 굽혔다 폈다 하며
한가하게 보리 베는 농부, "묻노라, 저 농부야.
밥 외에 보리단술 몇 그릇 먹었느냐?"
청풍淸風에 취한 얼굴 술 깬들 무엇 하리.
연년이 풍년 드니 해마다 보리 베어
마당에 두드리고 방아에 찧어내어
일부는 밥쌀 하고 일부는 술쌀 하여
밥 먹어 배부르고 술 먹어 취한 후에
배 두드리며 격양가를 부르도다.
농가의 재미가 저런 줄 알았더라면
공명을 탐하지 말고 농사에 힘쓸 것을.
백운이 즐기는 줄 청운이 알았다면[18]
꽃 찾는 벌과 나비 그물에 걸렸으랴.
어제 옳던 말이 오늘은 그릇된 줄 아니
뉘우치는 마음이 없기야 할까마는
범한테 물릴 줄 알았으면 깊은 산에 들어가며

18) 백운(白雲)이 즐기는~청운(靑雲)이 알았다면: 백운은 농부의 삶을, 청운은 입신출세를 의미한다.

떨어질 줄 알았으면 높은 나무에 올랐으며
파선破船할 줄 알았으면 전세田稅 대동선에 실었으며
실수할 줄 알았으면 내기 장기 벌였으며
죄지을 줄 알았으면 공명을 탐하려 할까마는
산지니 수지니 해동청 보라매가
우거진 숲에 고개 숙여 날아와 산꿩 들오리 채서 날아갈 때
아깝다 걸렸구나 두 날개 걸렸구나.
먹는 데 탐이 나서 가시를 몰라보았구나.

주인에게 박대를 당하다

어와 민망하다 주인 박대 민망하다.
술도 안 먹은 헛 주정에 욕설조차 심하구나.
혼자 앉아 군말하듯 나 들으라 하는 말이,
"건넛집 나그네는 정승政丞의 아들이요
뒷집의 손님네 판서判書의 아우로서
나라에 죄를 짓고 외딴섬에 들어와서
옛말은 하지 않고 여기 사람 일을 배워
고기 낚기 나무 베기 자리 치기 신 삼기에
보리동냥 하여다가 주인 양식 보태거늘
한 사람은 무슨 일로 공밥을 먹으려는가?
쓰자고 하는 열 손가락 꼼짝도 아니하고
걷자고 하는 두 다리를 옴짝도 아니하네.
썩은 나무에 박은 끌인가 전당 잡은 촛대인가[19]
종 찾으러 온 상전인가 빚 받으러 온 빚쟁이인가

동성同姓 이성異姓 친척인가 얼굴이나 아는 친구인가
양반인가 상민인가 병자인가 반편이인가.
꽃이라서 두고 보고 괴석怪石이라서 놓고 볼까.
은혜 끼친 일이 있어 특명으로 먹으려는가.
제가 지은 죄 누구 탓인가. 제 설움을 내 알던가.
밤낮으로 우는 소리 슬픈 소리 듣기 싫다".

인륜을 모르는 이들과 함께 살게 된 자신의 처지를 한탄하다

한 번 듣고 두 번 듣고 원통하기도 하다마는
풍속을 보아하니 이상하기 그지없다.
인륜이 없으니 부자간에 싸움이요
남녀 분별 없으니 계집이 등짐 지네.
방언도 괴이하니 높고 낮음 알겠는가.
다만 아는 것이 손꼽아 주먹셈이라
둘 다섯 홑 다섯에 뭇 다섯 꼽기로다[20].
포악과 탐욕이 예의염치 되었으니[21]
다툼과 송사로 효제충신 삼았도다[22].
무지無知가 그러하고 막지莫知가 이러하니

---

19) 썩은 나무에~잡은 촛대인가: 썩은 나무에 박아놓은 끌이나 전당으로 잡아놓은 촛대처럼 꼼짝도 않음을 비유한 말이다.
20) 둘 다섯~다섯 꼽기로다: 수를 제대로 셀 줄 몰라 손가락을 꼽으며 '다섯이 둘' '다섯이 여럿' 하는 식으로 계산을 한다는 뜻이다.
21) 포악과 탐욕이 예의염치(禮義廉恥) 되었으니: 예의염치가 없고 포악과 탐욕이 일반적임을 이른다.
22) 다툼과 송사(訟事)로 효제충신(孝悌忠信) 삼았도다: 이 사람 저 사람과 다투고 마을 사람들과 송사를 벌이는 것이 효제충신을 대신했다는 의미다.

왕의 교화 미치지 않으니 행동이 오랑캐 같다.
사람 마음 아니니 사람 도리를 책망하며,
내가 귀양 안 왔다면 이런 일 보았으며,
조그만 실개천에 두 발 빠진 소경이
눈먼 것을 한탄하지 개천을 시비하며,
주인 아니라고 짖는 개를 꾸짖은들 무엇 하리.

생계를 위해 동냥에 나서다

아마도 할 수 없다. 생계를 생각하자.
고기 낚기 하자 하니 물멀미를 어찌하며
나무 베기 하자 하니 힘 모자라 어찌하며
자리 치기 신 삼기는 모르는데 어찌하리.
어와 할 수 없다. 보리동냥 하오리라.
망건 벗고 갓 숙이고 홑중치막에 띠 풀고
볼 넓은 육총 짚신에 세살부채로 얼굴 가리고
담배 없는 빈 담뱃대 소일消日 조로 쥐고서
비슥비슥 걸어가니 걸음마다 눈물난다.
세상사 꿈이로다. 내 일 더욱 꿈이로다.
엊그제는 부귀자富貴者요 오늘 아침 빈천자貧賤者니
부귀자가 꿈이던가 빈천자가 꿈이던가.
장주호접莊周蝴蝶 황홀하니 어느 것이 참 꿈인가.
한단침[23]을 벤 꿈인가 남양초려 큰 꿈[24]인가.

23) 한단침(邯鄲枕): 한단(邯鄲)의 여관 베개라는 뜻으로, 인생의 덧없음과 영화의 헛됨을 비유

화서몽 25)에 칠원몽26)에 남가일몽27) 깨고 싶네.

꿈속 일이 흉하니 서벽대길 쓰리라28).

가난한 집 지나치니 넉넉한 집 몇 집인고.

사립문에 들어갈까 마당에 서 있을까.

철없는 어린아이 소 같은 젊은 계집

손가락으로 가리키며 귀양다리 온다 하네.

어와 괴이하다. 다리 지칭 괴이하다.

구름다리 나무다리 징검다리 돌다린가.

정월 십오일 대보름날 밝은 달에

한양 시장 열두 다리 다리마다 밟을 적에

옥 술병 금 항아리 다리 다리 술상이요

피리 소리 노랫소리 다리 다리 풍류로다.

우대29)로 밟은 다리 썩은 다리 헌 다리요

금천교錦川橋에 내리밟아 장흥고長興庫 앞 밟은 다리

붕어다리 수문다리 백목다리 송교다리

모전교毛廛橋 다리 밟아 군기시軍器寺 앞 밟은 다리

아랫다리 철물鐵物다리 파자把子다리 두 다리요

적으로 이르는 말이다.

24) 남양초려(南陽草廬) 큰 꿈: 제갈량이 남양의 초가에 은거하면서 세상을 다스릴 큰 꿈을 가지고 있었던 것을 말한다.

25) 화서몽(華胥夢): 황제(黃帝)가 낮잠을 자다 꿈에 화서국(華胥國)이란 나라에 가서 그 나라가 이상적으로 잘 다스려진 모습을 보고 왔다는 데서, 태평성대 또는 낮잠을 말한다.

26) 칠원몽(漆園夢): 장자의 나비 꿈을 말한다. 장자가 칠원현(漆園縣)에서 관리를 지냈다고 한다.

27) 남가일몽(南柯一夢): 남쪽 가지 밑에서 꾼 꿈이란 뜻으로, 덧없는 꿈이나 한때의 헛된 부귀영화를 이르는 말이다.

28) 꿈속 일이~서벽대길(書壁大吉) 쓰리라: 나쁜 꿈을 꾸면 벽에 '서벽대길(書壁大吉)'이라고 써 붙이는 민간 풍속이 있었다고 한다.

29) 우대: 서울 도성 안 서북쪽 지역을 이르던 말.

중촌[30)]으로 광통廣通다리 굽은다리 수표다리
효경孝經다리 다음 다리 하랑河浪 위 다리로다.
도로 올라와 중학中學다리 다시 내려가 향다리요
동대문 안 마전馬廛다리 서대문 안 학鶴다리요
남대문 안 수각水閣다리 모든 다리 밟은 다리[31)]
이 다리 저 다리에 금시초문 귀양다리.
수종水腫다리 습濕다리에 온양 온천의 저는 다리인가.
아마도 이 다리는 헛디뎌 병든 다리.
두 손길 늘어뜨리니 다리에 가까워라.
사지 중 손과 다리 그 사이 얼마 되리.
한 층을 조금 높여 손이라고 하려무나.
부끄러움 먼저 나니 동냥 말이 나올쏜가.
가운뎃손가락 입에 물고 나지 않는 헛기침 하며
허리를 굽히는 것은 공손한 뜻이로다.
내 허리 가엾다. 하인에게 절을 하네.
내 인사 두서없다. 종에게도 존대하네.
혼잣말로 중얼거리니 귀신이 들렸는가.
그 집 사람 눈치 알고 보리 한 말 떠서 주며
"불쌍하다 가져가소. 귀양객 동냥 예사라오".
마주보고 받을 때는 마지못해 인사하네.
그럭저럭 얻은 보리 들고 가기 무거우니
어느 노비가 날라주리. 어떻게든 져보리라.
갓은 쓰고 지려니와 홑중치막 어찌하리.

---

30) 중촌(中村): 중인(中人)들이 살던 서울 성안 한복판에 있던 구역.
31) 붕어다리 수문다리~밟은 다리: 모두 청계천에 있었던 다리다.

주선周旋이 으뜸이니 변통變通을 아니할까.
넓은 소매 구기질러 품속으로 넣고 보니
이상하지 아니하다. 긴 등거리 제법이네.
아마도 꿈이로다 일마다 꿈이로다.
동냥도 꿈이로다 등짐도 꿈이로다.
뒤에서 당기는가 앞에서 미는가.
아무리 구부려도 자빠지니 어찌하리.
멀지 않은 주인집을 천신만고 겨우 오니
벼슬아치 앞에 다녀왔나 땀이 등을 적시겠구나.
저 주인의 거동 보소. 코웃음치고 비웃으며
"양반도 할 수 없다. 동냥도 하시는고?
중인도 속절없다. 등짐도 지시는고?
밥벌이를 하셨으니 저녁밥을 많이 먹소".
네 웃음도 듣기 싫고 많은 밥도 먹기 싫다.
동냥도 한 번이지 빌어먹기 매번 하랴.
평생에 처음이요 다시 못 할 일이로다.
차라리 굶을망정 이 노릇은 못 하겠네.
무슨 일을 하잔 말인가. 신 삼기나 하리라.
짚 한 단 적셔놓고 신날부터 꼬아보니
종이 노도 모르는데 짚 새끼를 어찌 꼬리.
다만 한 발 채 못 꼬아 손바닥이 부르트네.
할 수 없이 내어놓고 노 꼬기나 하리라.
긴 삼대 벗겨내어 자리 노를 배워 꼬니
오동에 낙엽 지고 가을바람 소슬한데
오리는 가지런히 날고 물과 하늘 한 빛이구나.
근심 많은 이내 마음 노 꼬기에 부쳤도다.

임을 그리워하며 자기 신세를 한탄하다

날이 가고 밤이 새니 어느 시절 되었는고.
노란 국화 붉은 단풍이 수놓은 비단 같고
온 산 초목이 잎마다 가을바람 소리로다.
새벽 서리 지는 달에 외기러기 슬피 우니
잠 없는 객이 먼저 듣고 임 생각 절로 난다.
보고 싶어라 보고 싶어라 우리 임 보고 싶어라.
날개 돋친 학이 되어 날아가서 보고 싶구나.
만리장천萬里長天에 구름 되어 떠나가서 보고 싶구나.
낙락장송落落長松에 바람 되어 불어가서 보고 싶구나.
오동잎 지는 가을밤에 달이 되어 비추어보고 싶구나.
벽사창碧紗窓 앞 가랑비 되어 뿌리면서 보고 싶구나.
봄가을 몇몇 해를 밤낮으로 떨어지지 않다가
산 첩첩 물 겹겹 머나먼 곳에 소식조차 끊어지니
철석간장 아니거늘 그리움을 견딜쏜가.
어와 못 잊겠구나. 임 그리워 못 잊겠구나.
용천검龍泉劍 태아검太阿劍에 비수匕首 단검短劍 손에 쥐고
청산리 벽계수를 힘껏 베어와도
끊어지지 아니하고 한데 이어 흐르니
물 베는 칼도 없고 정 베는 칼도 없다.
물 끊기도 어려우니 마음 끊기 어려워라.
용문의 바위가 가볍고 옥정의 물이 흐리며32)

---

32) 용문(龍門)의 바위가~물이 흐리며: 용문의 바위가 가벼워지고 유정한 강물이 흐려졌다는
말로, 상황이 심하게 변했음을 의미한다.

상전秦田이 벽해碧海되고 벽해가 상전 되어도
임 그리는 마음이야 변할 줄이 없건마는
내 이리 그리는 줄 아시나 모르시나.
모르시고 잊으셨나. 아시고 속이시나.
내 아니 잊었는데 임이 설마 잊었으랴.
풍운風雲이 흩어져도 모일 때가 있으니
눈서리 친다 한들 비와 이슬 아니 올까.
울면서 떠난 임을 웃으며 만나고 싶네.
이리저리 생각하니 가슴속에 불이 난다.
간장이 다 타니 무엇으로 끄겠는가.
끄기도 어려운 불 오장五臟의 불이로다.
하늘 물33) 얻으면 끌 수도 있건마는
알고도 못 얻으니 혀가 말라 말이 없다.
차라리 빨리 죽어 이 설움을 모르고 싶네.
포구浦口 가에 퍼져 앉아 종일토록 통곡하고
바다에 몸을 던져 죽으려 함도 한두 번이 아니며
적막한 중문重門 굳게 닫고 온갖 일 다 버리고
굶어 죽으려 함도 몇 번인지 아실른가.
일각一刻이 여삼추如三秋하니 이 고생을 어찌할꼬.
사립문에 개 짖으니 나를 놓아줄 공문公文인가.
반겨 나가 물어보니 황아34) 파는 장수로다.
바다에 배가 오니 석방 문서 가진 관선官船인가.
일어서서 바라보니 고기 잡는 어선이라.

---

33) 하늘 물: 임금의 은혜를 의미한다.
34) 황아: 일용 잡화.

하루 열두시를 몇 번이나 기다렸는고.
설움 모여 병이 나니 온갖 증세 한꺼번에 나온다.
배가 고파 허기증에 몸이 추워 냉증이요
잠 못 들어 현기증 나니 조갈증燥渴症은 늘 앓는 병이로다.
술로 든 병이면 술을 먹어 고치며
임으로 든 병이면 임을 만나 고치니
공명功名으로 든 병을 공명하여 고치려고 한들
활을 맞고 놀란 새가 과녁에 앉으려 하겠는가.
신농씨神農氏 꿈에 뵈어 병 고칠 약을 배워
소심단小心丹 회심환回心丸에 근심탕을 먹은들
천금준마 잃은 후에 외양간 고침이요
온갖 기술 다 배우자 눈 어두워지는 일이로다.

유배지에서 고통스럽게 겨울을 보내다

어와 이사이에 해 벌써 저물었다.
맑은 가을 다 지나고 추운 겨울 되었단 말인가.
강촌에 눈 날리고 북풍이 세차게 불어
높고 낮은 산이 백옥경白玉京 되었으니
십이루오성35)이 이 길로 통하겠네.
저 건너 높은 산에 홀로 선 저 소나무
오상고절傲霜孤節을 내 이미 알았노라.
광풍이 아무리 친들 두려워할 리 없건마는

---

35) 십이루오성(十二樓五城): 신선들이 사는 천상 세계.

도끼 멘 나무꾼이 다른 나무 있건마는
아름드리나무 몰라보고 행여나 찍을세라.
활짝 핀 동백꽃은 눈 속에 붉어서
눈 덮인 장안長安에 붉은 학의 머리 같다.
엊그제 그런 바람 간밤의 이런 눈에도
높은 절개 고운 빛을 고침이 없으니
춘풍 속 도리화桃李花는 도리어 부끄럽다.
어와 옷이 얇으니 눈바람에 어찌하며
버선 신발 다 없으니 발이 시려 어찌하리.
하물며 밖에 누웠으니 얼어죽기 틀림없다.
주인의 도움 받아 반 간 방에 의지하니
흙으로 벽 발랐으니 종이 맛 알겠는가.
벽마다 틈이 벌어지니 틈마다 벌레로다.
대(竹) 얽어 문 만들고 헌 자리로 가리니
작은 바람 가리지만 큰바람 아니 들까.
섬 안에 나무 귀해 조석朝夕 밥 겨우 짓네.
가난한 손님방에 불기운이 쉽겠는가.
적막한 빈방 안에 게 발 물어 던진 듯이[36]
곱송그려 새우잠 자며 긴긴밤 새울 때
위로는 한기 들고 아래로 냉기 올라와
이름이 온돌이나 바깥보다 못하구나.
온몸이 얼음 되어 오한이 절로 난다.
송신送神하는 손대[37]인가 과녁 맞은 화살인가

---

36) 게 발~던진 듯이: '까마귀 게 발 던지듯이'라는 속담과 같은 뜻으로, 볼일 다 보았다고 내던져져 외롭게 된 모양을 비유적으로 이르는 말이다.
37) 손대: 내림대. 굿할 때 무당이 신을 내리게 하는 데 쓰는 나뭇가지.

비바람에 떨리는 문풍진가 칠보잠七寶簪의 금나빈가
사랑하는 이 만나 안고 떠나 겁이 나서 놀라 떠나.
양생법養生法도 모르면서 고치38)까지 하는구나.
눈물 흘러 베개 밑에 얼음조각 버석거린다.
새벽 닭 홰치며 우니 반갑다 닭의 소리.
단봉문丹鳳門 대루원待漏院서 대궐 문 열리기 기다리던 때로구나.
새로이 눈물지고 긴 탄식 하는 차에
동창이 이미 밝았고 태양이 높이 떠서
게으르게 일어앉아 곱은 다리 펼 때에
삭정이를 자르는가 마디마다 소리 난다.
돌담뱃대에 잎담배 넣어 쇠똥 불에 붙여 물고
양지를 따라 앉아 옷의 이를 잡아낼 때
빗지 않은 흐트러진 머리 두 귀밑을 덮었으니
푸석하게 마른 얼굴에 눈코만 남았구나.
내 행색 가련하다. 그려내어 보고 싶네.
오색단청 진하게 칠해 그리운 데 보내고 싶네.
예전의 깊은 정을 만에 하나 옮겨주신다면39)
오늘날 이 고생이 꿈속 일 되련마는
기러기 다 날아간 후에 편지도 못 전하니
산 첩첩 물 겹겹 하니 내 그림을 누가 전할꼬.
사랑스럽다 이 볕이여. 얼었던 몸 다 녹는다.
백 년을 다 쪼인들 싫다고 하랴마는

---

38) 고치(叩齒): 양생법의 하나로, 이의 뿌리를 튼튼하게 하려고 윗니와 아랫니를 자주 마주치
는 것을 말한다.
39) 예전의 깊은~하나 옮겨주신다면: 임금이 만에 하나라도 옛정을 잊지 않고 은혜를 베풀어
준다면.

한 조각 구름에 이따금 그늘지니
찬바람 지나칠 때 뼈 시려 애처롭다.
오늘도 해가 지니 이 밤을 어찌하며
이 밤을 지낸들 오는 밤을 또 어쩌리.
잠이 없거들랑 밤이나 짧거나
밤이 길거들랑 잠이나 오거나
많고 많은 밤이 오고 밤마다 잠 못 들어
그리운 이 생각하고 몹시도 애태우며
목숨이 붙어 있어 밥 먹고 살았으나
인간 세상 만물 중에 낱낱이 헤아려보니
모질고 단단한 것 나밖에 또 있는가.
깊은 산속 백액호白額虎인들 나만큼 모질며
돌 때리는 철몽둥이가 나같이 단단할까.
가슴이 터져오니 터지거든 구멍 뚫어
고미장지 세살장지 완자창을 갖춰내어
이처럼 답답할 때 여닫아보고 싶네.
어와 어찌하리. 설마 한들 어찌하리.
귀양 온 이 나뿐이며 인간이별 나 혼자랴.
소무의 북해 고생도 돌아올 때 있었으니[40]
설마 나만 홀로 고생하다 돌아가지 못하랴.

---

40) 소무(蘇武)의 북해~때 있었으니: 한 무제(漢武帝) 때 공신인 소무가 흉노에 사신으로 갔다
가 선우(單于)에게 억류되는 바람에 19년 만에 귀국한 고사.

지난날을 돌아보며 자기 처지를 한란하다

무슨 일에 마음 붙여 시름을 잊어보리.
작은 낫 손에 쥐고 뒷동산에 올라가니
풍상風霜이 섞어 친 후 만물이 쓸쓸한데
절개 곧은 푸른 대는 홀로 봄빛 띠고 있네.
곧은 대 뽑아내어 가지 쳐서 다듬으니
한 발 넘는 낚싯대는 좋은 물건 되었기에
청올치41) 가는 줄에 낚시 매어 둘러메고
"이웃집 아이들아, 오늘이 날이 좋다.
샛바람 아니 불고 물결이 고요하니
고기가 물 때로다. 낚시질 함께 가자".
삿갓을 젖혀 쓰고 짚신을 죄어 신고
낚시터로 내려가니 내 놀이 한가롭다.
원근遠近 산천이 햇빛을 띠어서
넓은 바다가 모두 다 금빛이로다.
낚시를 드리우고 무심히 앉았으니
은빛 나는 큰 물고기 절로 와서 무는구나.
내 마음은 구태여 고기를 잡으려는 것이 아니로다.
지취志趣를 취한 것이로다. 낚싯대 떨쳐 드니,
모래사장에 잠든 백구 내 낚싯대 그림자에
저 잡을 것이라 여겨 다 놀라 나는구나.
백구야 날지 마라, 너 잡을 내 아니로다.
네 본디 영물이니 내 마음 모르느냐?

---

41) 청올치: 칡의 속껍질로 꼰 노.

평생의 곱던 임을 천리에 이별하니
사랑은커녕 그리움 못 이기어
근심이 쌓이니 마음을 둘 데 없어
흥취 없는 낚싯대를 일없이 던졌지만
고기도 관심 없는데 하물며 널 잡으랴.
그래도 내 마음을 혹시라도 못 믿거든
네가 가진 긴 부리로 내 가슴 쪼아 헤쳐
가슴속 붉은 마음 보면은 알리라.
공명도 다 버리고 갈 수도 있지마는
이사이 일 없으니 성세聖世에 한가한 백성 되어
너 쫓아다닐 것이니 날 보고 날지 마라.
네 벗님 되리라. 백구와 대화하니
어둑어둑 해가 진다. 낚은 고기 꿰어 들고
강촌으로 돌아들어 주인집 찾아오니
문 앞을 지키는 개는 날 보고 꼬리 친다.
견디기 힘든 내 고생 오래된 줄 알겠구나.
짖던 개 아니 짖고 주인으로 아는구나.
한나절 잊었던 시름 자연히 다시 나니
아마도 나의 시름 잊으려 하니 어렵구나.
강마을에 달이 지고 은하수 기울도록
등불 없는 방안에 눈 감고 앉아 있으니
참선하는 노승老僧인가 경經을 읽는 맹인인가.
팔도명산 어느 절의 중 소경을 누가 봤나.
누운들 잠이 오랴. 셈 가림도 많고 많다.
이내 셈이 무슨 셈이 이다지 많던고.
남경南京 장사 북경北京 가서 갑절 장사 남겼는가

북경 장사 남경 가서 반절 장사 밑졌는가.

이 셈 저 셈 아무 셈도 그만큼 셌으면 다 세었지.

창고에 넣은 금은보화 싸전(米廛) 포목전 셈인가.

낮에도 셈을 세고 밤에도 셈을 세고

앉아도 셈을 세고 누워도 셈을 세고

이리 세고 저리 세고 치세고 내리세고

세다가 다 못 세니 무한한 셈이로다[42].

오래오래 맺힌 설움 누구에게 말할꼬.

북쪽 벽은 증인 되어 내 설움 알련마는

알고도 아무 말 없으니 아는지 모르는지.

담배는 벗이 되어 내 설움 위로한다.

먹고 떨고 담아 붙여 한 번에 네댓 대 피우니

현기증 나고 두통 나니 설움 잠깐 잊힌다.

잊힌들 오랠쏜가. 홀연 놀라 생각하니

어와 이 무슨 일인고. 내 몸이 어찌 여기 왔노.

번화한 고향 어디 두고 적막한 외딴섬에 들어왔으며

큰 기와집 어디 두고 반 간 초가집에 의지하며

안팎 담장 어디 두고 밭고랑에 빈터뿐이며

세살장지 어디 가고 죽창문(竹窓門)을 닫았으며

글씨 그림 바른 벽 어디 가고 흙벽을 붙였으며

산수 그린 병풍 어디 가고 갈대발을 둘렀으며

각장장판(角壯壯版) 어디 가고 갈대 자리 깔았으며

겨울 솜옷 어디 가고 봄 누비옷 입었으며

---

42) 누운들 잠이~무한한 셈이로다: 밤에 잠이 오지 않거나 낮에 시간이 가지 않을 때 수를 센다는 의미다.

정주 탕건宕巾 어디 가고 봉두난발 맨머리며
안팎 버선 어디 가고 다리가 얼어 검붉으며
가죽신 어디 가고 육총 짚신 신었으며
조반43) 점심 어디 가고 한 끼 먹기 어려우며
백통 담뱃대 어디 가고 돌담뱃대 물었으며
사환 노비 어디 가고 품팔이가 되었는고.
아침이면 마당 쓸기 저녁이면 불 때기
볕이 나면 쇠똥 줍기 비가 오면 도랑 치기
주인이 들에 가면 집 지키며 보리 멍석의 새 날리기.
집치레 의복 사치 나도 전에 하였던가.
좋은 음식 맛난 맛은 벌써 거의 잊었도다.

새해를 맞아 고향과 가족을 그리워하다

시름에 싸여 있어 날 가는 줄 몰랐는데
생각 없는 아이들은 묻지도 않은 말을
한 밤 자면 설이 오니 떡국 먹고 윷 놀자 하네.
아이 말을 곧이들으랴. 귓등으로 들었는데
이웃집에 떡 치는 소리 들리기에
손을 꼽아 날을 세니 오늘밤이 그믐이네.
타향에서 명절 맞는 이 나뿐이 아니로다.
서리 같은 귀밑머리 또 한 살 먹는단 말인가.
송구영신送舊迎新이 이 하룻밤 사이로다.

---

43) 조반(早飯): 아침밥을 먹기 전에 간단하게 먹는 음식.

어와 평소에 그렇던가. 저녁 밥상 그렇던가.
못 보던 나무 반盤에 수저 갖추고 장醬김치에
쌀밥이 푸짐하다. 생선 토막 풍성하다.
그래도 설이로다. 배부르니 설이로다.
고향을 떠나온 때 어제로 알았더니
내 이별 내 고생이 작년 일 되었단 말인가.
어와 섭섭하다. 세배 못 해 섭섭하다.
집에 계신 부모님은 백발이 늘었을 것이고
외로운 아내는 얼마나 지루할까.
다섯 살 때 떠난 자식 여섯 살 되겠구나.
나 아니라 남이라도 내 설움은 섧다 하리.
천리 멀리 떨어져 해가 벌써 바뀌도록
한 마디 집안 소식 꿈에서도 못 들었네.
구름 낀 산이 막혔는가. 강과 바다가 가렸는가.
비단 창 앞 한매寒梅 소식 물어볼 데 없구나.
바닷길 일천 리가 멀기도 하지마는
약수弱水 삼천 리에 청조靑鳥가 소식 전하고
은하수 구만리에 까마귀 까치 다리 놓고
북쪽 바다 위 외기러기 상림원上林苑에 날아드는데
우리집 소식 어찌하여 이다지 막혔는가.
꿈에나 혼이 가서 고향을 보련마는
원수 같은 잠이 와야 꿈인들 아니 꾸랴.
흐르는 것이 눈물이요 지는 것이 한숨이라.
눈물도 한限이 있고 한숨도 끝이 있지.
내 눈물이 모였으면 추자도가 잠겼으며
내 한숨을 피워냈으면 한라산을 덮었으리.

강기슭에 해 지고 어촌이 안개에 잠길 때
사공은 어디 가고 빈 배만 매였는고.
산 위의 휘파람 소리 소 모는 아이로다.
송아지는 하산하여 외양간 찾아오고
저녁 새는 숲에 들어 옛 둥지로 날아드니
짐승도 집이 있어 돌아갈 줄 알건마는
사람은 무슨 일로 돌아갈 줄 모르는고.
보는 것이 다 서럽고 듣는 것이 다 슬프니
귀 먹고 눈 어두워 듣고 보지 말고 싶네.
이 설움 오래갈 줄 분명하게 안다면
한 가지 일 결심하여[44] 만사를 잊으리라.
나 죽은 무덤 위에 논을 만들지 밭을 갈지
한줄기 혼백이 있을는지 없을는지
시비 분별이야 들으려 한들 쉬울쏜가.
비 올지 눈이 올지 바람 불어 서리 칠지
어렴풋한 하늘 뜻을 알 가망 없다마는
험궂은 이 인생이 살고 싶어 살았으랴.
제 잘못을 모르고서 요행을 바라자니
봄날 구십 일이 번화함을 자랑하여
미더운 하늘 이치 봄이 절로 알게 하니
마디마디 간장이 굽이굽이 다 썩는다.

---

44) 한 가지 일 결심하여: 여기서는 스스로 목숨을 끊는 것을 의미한다.

봄날을 맞아 자기 신세를 한탄하다

간밤에 바람 불다 앞산에 빛이 나니
나무 나무 잎이 나고 가지 가지 꽃이 핀다.
우거진 방초 속에 봄 새소리 들리거늘
낮잠 깨어 일어앉아 창문을 열고 보니
창 앞의 꽃 몇 가지는 웃는 듯 반기는 듯.
반갑다 저 꽃이여. 옛날 보던 꽃이로다.
한양성에도 저 봄빛 한가지며
고향 동산에도 이 꽃이 피었는가.
지난해 오늘 웃으며 보던 꽃이
금준金樽에 술을 부어 꽃 꺾어 수를 세며
장진주將進酒 노래하며 무궁무진 먹으려 할 때
내가 번화함 즐기므로 저 꽃을 보았는데,
금년 오늘 눈물 뿌리며 보는 꽃은
아침밥 부족하여 낮이 되면 시장하니
막걸리 한 잔이 돈 없이 쉽겠는가.
내 고생과 슬픔으로 저 꽃을 다시 보니
작년 꽃과 금년 꽃이 꽃빛은 한가진데
작년 사람 금년 사람 처지가 다르구나.
아마도 인생 고락이 잠깐의 꿈이로다.
이런저런 허튼 근심 다 후려쳐 던져두고
옷과 밥 원하는 설움 눈앞 설움 난감하다.
한번 옷을 입은 후에 춘하추동 다 지내니
안팎 구분 없는 솜옷은 내 옷밖에 또 있는가.
검기도 검구나. 온랭溫冷도 맞지 않다.

옻칠에 감물 칠했나 숯장수 먹(墨)장이인가.
여름에 더울 때는 겨울을 기다렸는데
겨울이 하도 추우니 여름이 생각난다.
누군가 씌운 망건(網巾)인가 누군가 입힌 철갑인가[45].
사계절 차이 없이 봄가을만 되었으면.
팔꿈치 드러나니 그것이야 견디겠지만
바지 밑 떨어지니 이 아니 민망한가.
내 손수 깁자 하니 기울 것 전혀 없다.
애꿎은 실만 허비하다 이리저리 얽어내니
바느질도 뛰어나고 솜씨도 사치스럽다.
전에는 작던 양(量)이 무슨 일로 커졌는고.
한 술에 요기하고 두 술에 물리더니
한 그릇 담은 밥은 주린 범에 가재로다[46].
아침 밥 저녁 죽이면 부자를 부러워하랴.
아침에 죽이더니 저녁은 간데없네.
못 먹어 배고프니 허리띠 탓이로다.
허기져 눈 들어가니 뒤통수에 닿을 듯하다.
정신이 아득하니 안개에 싸인 듯하다.
한 굽이 넘었구나. 두통이 심하니
팔진미 무엇인가. 봉탕[47]을 모르겠네.
밥 한 되 얼른 지어 실컷 먹고 싶네.

적극적으로 생계를 도모하다

이런들 어찌하며 저런들 어찌하리.

온갖 고생을 어떻게 한들 어찌하리.

의식이 넉넉한 후에 예절을 알 것이나

굶주림 추위 심한들 염치를 모르겠는가.

"사람이 궁하면 못 할 일이 없다"고 옛 성인이 일렀으니

죽어도 관을 벗지 않음은 군자의 예절이요[48]

굶주려도 곡식을 쪼지 않음[49]은 장부의 염치이니

바람이 세차게 분 후에 강한 풀을 알게 되니

궁할수록 굳건함은 청운의 뜻이로다[50].

한 달에 아홉 끼를 먹거나 못 먹거나

십 년 동안 관 하나를 쓰거나 못 쓰거나

예절을 버리겠는가 염치를 모르겠는가.

내 벌어 내가 먹어 구차함을 면하리라.

처음에 못하던 일 나중에 다 배우니

자리 치기 먼저 하려고 틀 꽂아 날을 걸어

바늘대 뽐내면서 바디[51]를 들었다 놓을 때

두 어깨 빠지고 손목이 빠지는 듯.

---

48) 죽어도 관(冠)을~군자의 예절이요: 공자의 제자인 자로(子路)가 위(衛)나라에서 벼슬하다가 내란 중에 죽게 되었는데, "군자는 죽어도 관을 벗지 않는다" 하고서 관을 고쳐 쓰고 끈을 다시 매고 죽었다 한다.
49) 굶주려도 곡식을 쪼지 않음: 봉황은 굶주려 배가 고파도 땅에 떨어진 곡식 낱알을 쪼아 먹지 않는다고 한다.
50) 궁할수록 굳건함은 청운(靑雲)의 뜻이로다: 왕발의 「등왕각서」에 "늙을수록 더욱 강해진다면 어찌 노인의 마음을 알겠는가. 가난할수록 더욱 굳세다면 청운의 뜻을 저버리지 않을 것이다"라는 구절이 있다.
51) 바디: 베틀, 가마니틀, 방직기 따위에 딸린 기구의 하나.

받은 삯을 갚으려니 젖 먹던 힘 다 쓰인다.
멍석 한 닢 짜내니 보리 닷 말이 수공이요
도래방석 엮어내니 돈 오 푼이 값이로다.
약한 근력 억지로 써서 부지런을 떨자 하니
손끝에 피가 나서 열 손가락 골무 꼈네.
이렇게라도 살자 하니 살자 하는 내 잘못됐다.
한 오라기 목숨이 끊어질 만도 하다마는
내 목숨 모질어 죽지도 못하는구나.
사람 목숨 중한 줄을 이제야 알겠도다.

임에게 용서해주기를 호소하다

그 누가 세월이 흐르는 물 같다던고.
내 설움 오랠수록 화약이 될 듯하다.
날이 지나 달이 가고 해가 지나 돌이 됐네.
작년에 베던 보리 올해 다시 베어 먹고
지난여름 낚던 고기 이 여름에 또 낚으니
새 보리밥 받아놓고 가슴 맺혀 못 먹으니
뛰는 생선 회를 친들 목에 넘어가겠는가.
설워함도 남보다 심하고 못 견딤도 유별하니
내 고생 한 해가 남의 고생 십 년 같다.
벌이야 받을망정 고진감래 언제 할꼬.
하느님께 비나이다. 서러운 바람 비나이다.
책력冊曆도 해 지나면 다시 보지 아니하고
노여움도 밤 지나면 풀어져 잊어버리니

세상일도 오래되고 사람 일도 오래되었으니
천만사千萬事 씻어버리고 그만저만 용서하시어
끊어진 옛 인연을 다시 잇게 하옵소서.

「북천가北遷歌」는 조선 철종 때 김진형金鎭衡, 1801~1865이 지은 장편 유배가사다.

1850년철종 1 김진형은 늦은 나이인 50세에 증광문과增廣文科에 병과로 급제해, 1853년철종 4 홍문관 교리로 있을 때 이조판서 서기순徐箕淳이 공적인 일을 저버리고 당리黨利만 꾀한다고 그를 탄핵했다가 수찬 남종순南鍾順에게 공격을 당해 함경도 명천으로 유배되었다. 김진형은 1856년철종 7 문과중시에 다시 급제했으며, 1864년고종 1 에는 시정時政의 폐단을 상소했으나 조대비趙大妃의 비위를 거슬리게 한 구절이 있어 전라도 고금도古今島에 유배되기도 했다. 명천 유배 시 경험을 기록한 가사가 「북천가」 인데, 한문 일기 「북천록北遷錄」과 함께 그의 유고집 『청사유고晴蓑遺稿』에 실려 전한다.

「북천가」는 유배생활의 고난과 비애를 그리기보다 풍류와 기생과의 애정사에 초점을 맞춘 독특한 작품이다. 「북천가」를 이끌어가는 두 가지 의식은 사대부로서의 체면과 방탕한 풍류다. 「북천록」은 유가 규범을 강조하는 경향이 강한 반면, 「북천가」는 방탕한 풍류를 중심으로 작품이 전개된다. 이는 「북천가」가 규방 부녀자에게 흥미 위주의 파적거리를 제공하고자 하는 의도에서 창작되었기 때문이라고 볼 수 있다. 기녀와의 애정 행각을 일종의 무용담으로 자랑하고자 한 사대부들의 과시욕과 여행과 애정의 서사를 통해 일탈의 욕망과 설렘의 정서를 충족하고자 한 여성들의 문학적 욕구가 맞물리면서 이 작품이 생성되었다고 추론할 수 있다. 실제로 「북천가」가 경상도 지역 규방을 중심으로 활발하게 유통된 정황이 포착되며, 그 과정에서 군산월의 입장과 내면을 형상화한 「군산월애원가」라는 가사가 창작되어 유통되기도 했다.

「북천가」는 유배가사이면서도 기행가사의 구성과 흥취를 보여주는데, 여정에 따른 장소와 사건에 대한 경험을 상세히 묘사하는 서사적·사실적 경향을 보인다. 또한 대화체를 빈번하게 사용해 현장감을 제공하면서 고소설의 대화 표지(~가 하는 말이)와 판소리의 행동 표지(~의 거동 보소) 등을 활용해 장면을 묘사하는 점은 조선 후기 가사가 타 장르를 수용한 양상이라 할 수 있다.

북천가北遷歌

김진형金鎭衡

소인을 탄핵하다 유배를 당하다

세상 사람들아, 이내 거동 구경하소.
과거를 보려거든 젊었을 때 하지 않고
오십에 급제하여 무슨 일로 다 늙어 분주한가.
공명이 늦었지만 처세나 약빠르지
공연히 내달려서 소인과 척을 져서
형벌을 무릅쓰고 임금님께 상소하니
예전으로 본다면 빛나고 옳건마는
적막한 이 세상에 남다른 행동이라
상소 한 장 올라가자 온 조정이 울컥한다.
어와 황송하다. 임금께서 진노하셔
삭탈관직하시면서 엄하게 꾸중하니
운수 사나운 이내 몸이 고향으로 돌아갈 때

춘풍에 배를 타고 강호로 향하다가

남수찬[1] 상소에 명천明川으로 유배되니 놀랍도다.

홀로 떠날 준비 하노라니 한강 풍랑 괴이하다.

근심스런 모습으로 동대문에서 처벌을 기다리니

고향은 적막하고 명천이 천리로다.

두루마기에 흰 띠 띠고 북쪽 하늘 향해 서니

사고무친四顧無親 외로운 몸 죽는 줄 그 누가 알리.

사람마다 이런 일 당하면 울음이 나겠지만

임금 은혜 갚을 수 있으니 유쾌하기도 유쾌하구나[2].

임금님의 신하 되어 소인을 잡아먹고

엄명을 받들고 변경으로 가는 사람

천고에 몇몇이며 우리 왕조에 그 누구인고.

칼 짚고 일어서서 술잔 잡고 춤을 추니

이천 리 귀양객이 장부丈夫답기도 하구나.

한양에서 회양까지의 여정: 더위 속 장마철에 유배를 떠나는 심회

좋은 듯이 말을 타니 명천이 어디메냐.

더위는 화로 같고 장마는 지독한데

나장羅將을 뒤세우고 청지기를 앞세우고

---

1) 남수찬(南修撰): 김진형을 논척한 수찬(修撰) 남종순(南鍾順). 수찬은 조선시대 홍문관 정6품
에 해당하는 벼슬이다.
2) 사람마다 이런~유쾌하기도 유쾌하구나: 임금을 위해 간언하다가 유배 가게 되었으니 당당
하다는 의미다.

인명원[3]으로 내달려서 다락원(樓院)서 잠깐 쉬어
축석령(祝石嶺) 넘어가니 대궐이 멀어진다.
슬프다 이내 몸이 홍문관(弘文館) 교리(校理)로
날마다 책을 끼고 임금님 모시다가
하루아침에 정 떼이고 하늘 끝으로 가겠구나.
구중궁궐(九重宮闕) 바라보니 구름과 안개 끼어 아득하고
남산은 아른거려 꿈속에 아득하다.
밥 먹으면 길을 가고 물 건너면 재를 넘어
십 리 가고 백 리 가서 양주 땅 지난 후에
포천읍 지나서 철원 땅 밟은 후에
영평읍 건너가서 김화 김성 지나니
회양읍이 마지막이라. 강원도 함경도 길이 든던 것과 같구나.

회양에서 원산까지의 여정: 한밤중에 철령을 넘다

회양서 점심 먹고 철령(鐵嶺)을 향해 가니
청산은 험난하고 길은 촉도[4] 같네.
요란한 운무(雲霧) 중에 해 저물기 시작하여
남여[5]를 잡아타고 철령을 넘는구나.
나무는 울창하여 햇빛을 가리고
바위는 빽빽하여 엎어지고 자빠지니

---

3) 인명원(仁明園): 정조의 후궁인 원빈(元嬪) 홍씨(洪氏)의 묘소. 고려대학교 이공대학에 있었
으며 애기능터라 불렸다.
4) 촉도(蜀道): 중국 장안(長安)에서 촉으로 들어가는, 사다리를 걸쳐놓은 듯한 매우 험한 길.
5) 남여(藍輿): 의자와 비슷하게 생긴, 뚜껑이 없는 가마.

중턱에 못 올라서 거의 황혼 되었도다.
꼭대기에 올라서니 초경初更이 되었구나.
일행이 허기져서 기장떡 사 먹으니
떡 맛이 색달라서 향기 있고 훌륭하다.
횃불을 준비시켜 불빛 속에 내려가니
남북을 모르는데 산 모양을 어찌 알리.
한밤중에 산을 내려와 주막에서 잠을 자고
새벽에 출발하니 안변읍이 어디메냐.
하릴없는 내 신세야 함경도 귀양객 됐단 말인가.
함경도 초입이요 우리 태조 고향이로다[6].
산천이 광활하고 나무가 울창하다.
안변읍에 들어가니 본관 사또 나오면서
자리 깔고 병풍 펴고 음식을 대접하니
시원하게 잠을 자고 북쪽 향해 떠나가니
원산元山이 여기인가 인가人家도 굉장하다.
바닷소리 요란한데 물화物貨도 쌓였구나.

덕원에서 함흥까지의 여정: 친분 있는 고원 수령의 접대를 받다

덕원읍서 점심 먹고 문천읍서 잠을 자고
영흥읍에 들어가니 웅장하고 아름답다.
태조대왕 출생지로 기운이 상서롭네.
그림 같은 산천 중에 바다 같은 관아官衙로다.

---

6) 함경도 초입이요~태조 고향이로다: 태조 이성계가 함경도 영흥에서 태어났다.

본관 사또 즉시 나와 인사하고 대접하며

점심상 보낸 후에 채색 병풍 꽃자리 준비하네.

죄를 지은 몸인지라 인사하고 보낸 후에

고원읍에 들어가니, 그곳 수령 오긍진은

친분이 남달라서 나를 보고 반겨하네.

천리 객지에서 날 반길 이 이 어른뿐이로다.

책방에 맞아들여 음식을 대접하며

다정하게 위로하고 말 주고 의복 주며 노자 주고 사령使令 주네.

고을 형편 생각하니 미안하기 그지없다.

새벽에 출발하니 비까지 오는구나.

갈 길이 몇천 리며 온 길이 몇천 리냐.

하늘 같은 높은 고개 고향을 막고 있고

저승 같은 귀문관鬼門關은 오령에 섞였구나[7].

떠도는 이내 몸은 향할 곳이 어디메냐.

초원역草原驛서 점심 먹고 함흥 감영에 들어가니

만세교萬歲橋 긴 다리는 십 리에 뻗쳐 있고

아득한 넓은 바다는 들판을 둘러 있고

긴 강[8]은 도도滔滔하게 만고에 흐르고 있다.

구름 같은 성가퀴 보소. 낙민루樂民樓 높고 높다.

인가의 저녁연기 가을 강의 그림이요

서산에 지는 해는 나그네 시름이라.

술잔 잡고 누樓에 올라 칼 만지며 노래하니

무심한 떼구름은 고향으로 돌아가고

---

7) 저승 같은~오령(五嶺)에 섞였구나: 험난한 귀문관이, 중죄인을 유배 보내던 곳인 중국 오령에 비길 만하다는 의미다.
8) 긴 강: 성천강(城川江)을 가리킨다.

유심有心한 태평소 소리 울적한 마음 더하는구나.
고향 그리는 이내 눈물 긴 강에 던져두고
낙민루를 내려와 성안에서 잠을 자니
서울은 팔백 리요 명천은 구백 리라.

함흥에서 마천령까지의 여정: 병이 났는데도 쉬지 않고 길을 가다

비 맞고 유삼油衫 쓰고 함관령咸關嶺 넘어가니
고개도 높거니와 수목이 훌륭하다.
내려올 땐 남여 타고 큰길에선 걸었구나.
길가의 큰 비석이 비각9) 단청 아름답다.
태조대왕 등극 전에 고려국 장수 되어
말갈에 승전한 공덕비功德碑가 어제 같다.
역말을 잡아타고 홍원읍에 들어가니
넓은 바다 둘렀는데 읍내 모습 절묘하다.
점심 먹고 떠나서 평가역서 잠을 자다.
내 온 길 생각하면 천 리만 되겠는가.
근력은 실낱같고 목숨은 거미줄 같다.
천천히 길을 가서 살고 볼 일이지만
어명을 받들었으니 잠시라도 지체할까.
죽기를 각오하고 물불을 안 가리니

---

9) 비각(碑閣): 영흥 동쪽에 있는, 태조 이성계의 이모 봉씨의 집 언덕에 세운 이태조기적비(李太祖紀績碑)를 이른다.

온몸에 땀띠 돋아 곪아터질 지경 되고
뼛속에 더위 들어 자고 나면 설사한다.
나장이 하는 말이, "나으리 거동 보니
얼굴은 핼쑥하고 근력이 위태로우니
하루만 조리하며 북청읍서 묵읍시다".
"무식하다 네 말이여. 어명을 받든 몸이
한시라도 지체하랴. 이 한 몸 살고 죽기
하늘에 달렸으니 네 말이 대견하나
한번 가보겠노라." 북청읍서 잠을 자고
남송정에 들어가니 바다는 넓고 넓어
동쪽 하늘 끝이 없고 만산이 첩첩하여
남쪽 방향 아득하다. 마옥역서 점심 먹고
마천령摩天嶺에 다다르니 안팎 재 육십 리는
하늘에 닿아 있고 공중에 달린 길은
밧줄같이 서렸구나[10]. 다래 덤불 얽혔으니
밤중같이 어둡고 쌓인 바위 위태로워
머리 위에 떨어질 듯. 하늘인가 땅인가
저승인가 이승인가. 꼭대기에 올라서니
보이는 것이 바다요 들리는 것이 물소리네.
며칠 동안 길 위에 있다 이 재를 넘는구나.
이 고개 넘고 나니 고향 생각 다시 없다[11].
햇빛만 은근히 머리 위에 비치는구나.

---

10) 공중에 달린~밧줄같이 서렸구나: 좁은 고갯길이 구불구불하게 펼쳐진 모습을 밧줄을 포개어 감아놓은 것 같다고 표현했다.
11) 이 고개~다시 없다: 고개가 너무 험해 다시 고개를 넘어 고향으로 돌아가고 싶은 생각이 나지 않는다는 뜻이다.

임연에서 명천까지의 여정: 길주 수령이 기생을 보냈지만 거절하다

임연역林淵驛서 점심 먹고 길주읍에 들어가니
성곽도 훌륭하지만 여염집이 더욱 훌륭하다.
비 오고 바람 부니 떠날 길 아득하고
읍내서 묵자 하니 본관本官에게 폐가 될까 불안하다.
수령 나오고 책방 나오는데 초면에도 친구 같다.
음식은 먹지만은 기생 놀음 관심 없네.
어명을 받들었으니 꽃자리 관심 없고
죄를 지었으니 기생이 호화롭다.
박복한 이 몸 보면 분상12)하는 상주 같네.
기생을 물리치고 비단 자리 걷어내니
본관 사또 하는 말이, "영남 양반 고집 세다".
비 맞으며 길 떠나니 명천이 칠십 리라.
이 땅을 생각하면 묵특13)의 옛 땅이로다.
황폐한 성城의 한 줌 흙은 왕소군14)의 무덤이요
팔십 리 장연호長淵湖는 소무15)의 간양도16)라.
회홍촌 이릉대17)는 지금도 원통하다.

---

12) 분상(奔喪): 먼 곳에서 부모가 돌아가셨다는 소식을 듣고 급히 집으로 돌아감.
13) 묵특(冒頓): 한(漢)나라 때 흉노의 추장 이름. '용맹한 자'라는 뜻이라고 한다.
14) 왕소군(王昭君): 중국 한나라 원제(元帝)의 궁녀. 흉노와의 화친 정책으로 흉노의 선우(單于)에게 강제로 시집갔으나 평생 한나라를 그리워하다 자살했다.
15) 소무(蘇武): 전한(前漢)의 충신. 무제(武帝) 때 흉노에 사신으로 갔다가 억류된 지 19년 만에 귀국했는데, 절개를 굳게 지킨 공으로 전속국(典屬國)에 봉해졌다.
16) 간양도(看羊島): 장연호 가운데 있는 섬. 한나라 충신 소무가 흉노에 잡혀가 간양도에서 양을 돌보며 고초를 겪었다.
17) 이릉대(李陵臺): 이릉(李陵)의 무덤. 이름은 전한 무제 때 기도위(騎都尉)의 신분으로 병력

백용퇴[18] 귀문관은 앞재 같고 뒷뫼 같다[19].
고창古滄 역말 잡아타고 귀양지로 들어가니
백성도 번성하고 성곽이 웅장하다.

유배지에 도착하여 시와 술로 세월을 보내다

주막에 들어앉아 공문을 부친 후에
맹동원의 집을 물어 본관에게 정하라 하니
본관의 전갈 받고 삼공형三公兄 나오면서
병풍 자리 음식상을 주인 시켜 대령하고
풍악風樂을 앞세우고 주인과 함께 나와 앉아
처소에 연락하여 "모셔라" 전갈하니
슬프다 내 일이여 꿈에서나 들었던가.
이곳이 어디메뇨. 주인집 찾아가니
높은 대문 넓은 사랑 삼천석꾼 집이로다.
본관과 초면이라 서로 인사 다한 후에
본관이 하는 말이, "김교리 이번 유배,
죄 없이 오는 줄은 북관北關 수령 아는 바요,
온 백성이 울었으니 조금도 슬퍼 말고
나와 함께 노십시다. 악공 기생 다 불러라.
오늘부터 놀자꾸나". 그러나 이내 몸이

5천 명을 이끌고 흉노의 기병 8만과 싸우다 투항하고 20년 동안 흉노 땅에서 살다가 죽었다.
18) 백용퇴(白龍堆): 중국 신강에 있는 사막.
19) 백용퇴 귀문관은~뒷뫼 같다: 앞뒤로 백용퇴와 귀문관 같은 험한 지형이 펼쳐져 있음을 이른다.

유배 온 사람이라 꽃자리에 손님 대접
기생 풍류 무엇이냐. 일일이 물리치고
혼자 앉아 소일하니 경내(境內)의 선비들이
소문 듣고 배우기를 청하며 하나 오고 두셋 오니
육십 명 되는구나. 책 끼고 와 배움 청하고
글제(題) 내어 골라달라 부탁하네. 북관의 수령 관장
무장만 보다가 문관의 명성 듣고
한사코 달려드니 내 일을 생각하면
남 가르칠 공부 없어 아무리 사양해도
벗어날 길 전혀 없어 밤낮으로 끼고 앉아
글로 세월 보내도다. 고향 생각나면 시를 짓고
심심하면 글 외우니 변방의 외로운 몸이나
시와 술에 마음 붙여 문밖으로 안 나가고
편히 편히 날 보내다 가을바람에 놀라 깨니
변방 산에 서리 왔네. 남쪽 하늘 바라보면
기러기 처량하고 북병영(北兵營)을 굽어보니
오랑캐 땅이로다. 개가죽 상하의(上下衣)는
상놈이 다 입었고 조밥 피밥 기장밥은
주민의 양식이네. 본관의 큰 은혜와
주인의 정성으로 실낱같은 이내 목숨 한 달 반을 보존했네.

집에서 소식이 오다

천만뜻밖 명록이가 집안 소식 가져왔네.
놀랍고 반가워서 미친놈이 되었구나.

절역絶域에 있던 사람 고향에 돌아온 듯하네.
나도 나도 이럴망정 고향이 있었던가.
봉투를 떼어 보니 정겨운 편지 몇 장인가.
폭마다 친척이요 면面마다 고향이라.
종이 위의 점과 획은 자식 조카 눈물이요
옷 위의 얼룩은 아내의 눈물이라.
소동파의 조운20)인가 양대운우 불쌍하다21).
그사이 사람 죽어 생사가 갈렸단 말인가.
명록이와 마주앉아 눈물로 문답하니
집 떠난 지 오래니 그후 일을 어찌 알리.
"산 첩첩 물 겹겹 멀고먼 길 너 어찌 돌아가며
덤덤히 쌓인 회포 다 그릴 수 있겠느냐?
명록아 말 들어라. 무사히 돌아가서
우리집 사람더러 살았더라고 전하여라.
죄명이 가벼우니 사면赦免이 쉬우리라."

본관 사또의 권유로 칠보산으로 유람을 가다

어느덧 추석날에 집집마다 성묘하니
우리집 사람들도 성묘를 하는구나.
본관 사또 하는 말이, "이곳의 칠보산七寶山은
함경도 명승지라 금강산과 같이 치니

---

20) 조운(朝雲): 소식(蘇軾)의 애첩.
21) 양대운우(陽臺雲雨) 불쌍하다: 초 양왕이 꿈에 무산선녀를 만나 사랑을 나눈 고사를 끌어
와 자신을 그리워하면서도 만나지 못하는 아내의 처지를 말했다.

칠보산에 한번 가서 산수유람 어떠한가?"
나도 역시 좋건마는 도리상 난처하다.
먼 곳에 쫓겨온 몸이 명승지서 노는 일이
분수에 편치 않고 남 보기에 괴이하니
마음에 좋지만은 안 가기로 작정하니
본관 사또 하는 말이, "그렇지 아니하다.
악양루岳陽樓 황강黃岡 경치는 왕우칭 등자경의 사적事跡이요
적벽강赤壁江 뱃놀이는 구양수 소동파의 풍정風情이니
김학사金學士의 칠보산 놀음 무슨 흠 있으리오".
그 말을 반겨 듣고 기쁘게 일어나서
나귀에 술을 싣고 칠보산에 들어가니
구름 같은 무수한 봉우리 그림 같은 광경이네.
박달령 넘어가서 금강동 들어가니
골짜기마다 물소리는 흰 옥을 깨트리는 듯하고
봉우리마다 단풍 빛은 비단 장막 둘렀구나.
남여를 높이 타고 개심사 들어가니
먼산엔 구름 끼고 가까운 봉우리는 물형物形이네.
육십 명 선비들이 앞에 서고 뒤에 서니
풍정도 좋지마는 광경이 더욱 좋다.

칠보산에서 군산월을 만나다

어둑어둑 해 질 때 개심사에 들어가서
하룻밤 새운 후에 새벽에 일어나서
세수하고 문을 여니, 기생 둘이 앞에 와서

절하고 하는 말이, "본관 사또 분부 내어,
'김교리님 칠보산서 너 없이 놀이 되랴.
당신은 사양하나 내 도리야 그럴쏘냐.
산신山神도 섭섭하고 원숭이 학鶴도 슬프리라.
너희 둘을 보내니 나으린들 어찌하랴.
부디부디 조심해서 칠보산 놀이 거행하라'
사또 분부 받잡고 소녀들 대령하오".
우습고 부끄럽다 본관 사또 정성이여.
풍류남자 시주객詩酒客은 남관南關의 나뿐인데
신선의 땅에 와서 너를 어찌 피하리오.
풍류남자 방탕한 정 매몰차기 어려워서
방으로 들라 하고 이름 묻고 나이 물으니
한 년은 매향梅香인데 방년 십팔 세요
하나는 군산월인데 꽃 같은 십구 세로다.
승려 불러 음식 시키고 노래 시켜 들어보니
매향의 평우조平羽調는 구름 비 흩어지는 듯하고
군산월 양금洋琴 소리에 만학천봉萬壑千峯 푸르도다.

개심대에 올라 풍류를 즐기다

지로승指路僧 앞세우고 두 기생 옆에 끼고
깊은 골짜기 사이로 개심대에 올라가니
단풍은 비단 같고 물소리는 거문고 같다.
창고봉倉庫峰 노적봉露積峰과 만장암萬丈巖 천불암千佛巖과
탁자봉卓子峰 주작봉朱雀峰은 그림처럼 둘러 있어 온갖 모양 높고 높다.

악양루가岳陽樓歌 한 곡조를 두 기생이 불러내니
온 산이 더 푸르고 단풍이 더 붉도다.
고운 손으로 양금 치니 솔바람인가 물소린가.
군산월의 손결 보소 곱기도 고울시고.
봄 산의 풀 순22)인가 안동 박골23) 금란초인가.
양금 위에 노는 손이 보드랍고 안쓰럽다.
남여 타고 나아가서 하마대下馬臺에 올라서니
아까 보던 산 모양이 갑자기 달라져서
모난 봉우리 둥그렇고 희던 바위 푸르도다.
절벽에 새긴 이름 조정朝廷에 온 듯하네.
산을 안고 돌아가니 방선암訪仙巖이 여기로다.
기암괴석 우뚝하니 갈수록 황홀하다.
일 리里를 들어가니 금강굴이 특이하다.
집 같은 높은 굴에 이끼 낀 돌 외로워라.

신선놀음을 하던 중 군산월에게 반하다

연적봉 기이하다. 회상대會象臺 향하다가
두 기생 간데없어 찾느라 애쓰는데
어디선가 가곡 한 곡조 하늘에서 들려와
놀라서 바라보니, 회상대에 올라앉아
단풍 가지 꺾어 쥐고 만장암 구름 위에서

---

22) 봄 산의 풀 순: 봄날에 갓 자란 어린 풀잎.
23) 안동 박골: 안동시 풍산읍의 지명.

사람을 놀래키네. 어와 기이하다.
이 몸이 이른 곳이 신선의 동굴이라.
평생의 인연으로 선계(仙界)에 자취 남겨
바람에 부친 듯이 이 광경 보는구나[24].
연적봉 지난 후에 선연(仙緣)을 따라가니
연화봉 절바위는 하늘에 솟아 있고
배바위 서책봉(書冊峰)은 눈앞에 솟아 있고
생황봉(笙簧峰) 보살봉은 신선의 동굴이네.
매향은 술잔 들고 만장운[25] 한 곡조 부르고
군산월 앉은 모습 분명히 꽃이로다.
오동나무 거문고에 금실로 줄을 매어
대쪽으로 타는 모습 거동도 곱거니와
가냘픈 손결 끝에 오색이 영롱하다.
너의 거동 보고 나니 군명(君命)이 엄하여도
반할 뻔하겠구나. 미인 앞에 영웅 열사 없단 말은
역사책에도 있느니라. 내 마음 단단하나
너한테야 큰소리치랴. 본 것이 큰 병이요
안 본 것이 약일런가. 이천 리 변경에서
단정한 몸으로 귀양살이 잘한 것이
모두 다 네 덕이로다. 양금 연주 끝낸 후에
절집에 내려오니 산승(山僧)의 음식 보소. 정갈하고 향기롭다.

24) 평생의 인연으로~광경 보는구나: 전생에 신선과 인연이 있어서 바람결에 불려오듯 우연히 선경(仙境)에 이르게 되었다는 뜻이다.
25) 만장운(萬丈雲): 한없이 높은 구름이라는 뜻으로, 노래 제목인 듯하다.

군산월을 잊지 못하다

이튿날 돌아오니 회상대서 놀던 일이
전생인가 꿈속인가. 하늘 끝 나그네가
이럴 줄 알았던가. 흥 다하여 돌아와서
수노首奴 불러 분부하되 "칠보산 유산遊山 때는
본관이 보냈기에 기생을 데려갔으나
돌아와 생각하니 호사스러워 불안하다.
다시는 기생이 못 오도록 지휘하라".
선비만 데리고서 시 짓고 술 마시니
청산은 글이 되어 술잔에 떨어지고
녹수는 그림 되어 종이 위에 단청 된다.
군산월 고운 모습 꿈에서 깬 듯하다.

가을이 되어 쓸쓸한 감회를 읊다

날짜가 며칠이냐? 구월 구일 오늘이냐?
당나라 한림翰林 이태백은 용산龍山에서 취했고
조선의 김학사는 재덕산在德山에 올랐구나.
술과 국화 앞에 놓고 남쪽 고향 상상하니
복병산26) 단풍 풍경 이활27)이 독차지하고
울타리 아래 국화는 주인이 없겠구나.

---

26) 복병산(伏屛山): 경상북도 안동군에 있는 산.
27) 이활: 인명. 김진형의 조카뻘 되는 친척.

파리한 늙은 아내 술잔 들고 슬퍼하는가.

가을달이 낮 같으니 아내 생각 간절하다.

칠보산에 반한 몸이 소무굴蘇武窟 보려 하고

팔십 리 경성 땅에 장연으로 들어가니

북해北海가 큰 못 중에 간양도看洋島 외로워라.

가을 경치 끝없는데 갈꽃이 슬프도다.

푸른 바다 아득히 끝없이 펼쳐졌고

낙엽은 이리저리 천고에 날리는구나.

충신의 높은 자취 어디 가서 찾아볼까.

어와 거룩하구나 소중랑[28]이 거룩하구나.

나도 나도 이렇게 임금님을 멀리 떠나

절역에 몸을 던져 마음이 슬펐는데

오늘날 이 섬 위의 모습이 똑같구나.

지는 해에 칼을 짚고 글 짓고 돌아서니

변방의 눈바람 속에 촉도 같은 길이로다.

귀문관 돌아드니 음침하고 괴이하다.

세 겹으로 둘렸으니 온몸이 오싹하다.

길가의 무덤 하나 왕소군의 무덤인가.

처량한 어진 혼에 백양이 슬프도다[29].

추풍秋風에 한恨 머금고 붉은 뺨에 눈물 흘렸구나.

쟁쟁거리는 환패環佩 소리 달밤에 우는구나.

술 한 잔 가득 부어 왕소군 혼 위로하고

유정[30]으로 들어오니 명천읍이 십 리로다.

---

28) 소중랑(蘇中郎): 전한(前漢)의 충신 소무(蘇武).
29) 백양(白楊)이 슬프도다: 백양나무 잎이 떨리는 모습을 슬퍼하는 것으로 의인화했다.
30) 유정(柳亭): 함경남도 단천군의 지명.

유배에서 풀려나다

주막에 들어가니 경방자京房子 달려든다.
무슨 기별 왔는가. 방환放還 명령 내렸구나.
성은이 망극하여 눈물이 쏟아진다.
문서를 손에 들고 남향하여 백배하니
동행의 거동 보소. 축하도 대단하다.
식전食前에 말을 타고 주인을 찾아가니
온 집안이 경사로다. 광경이 그지없다.
죄명이 없었으니 평인平人이 되었구나.
성은을 덮어쓰고 밝은 세상 다시 보니
삼천 리 고향땅이 지척이 아닌가.
담 하나 두고 못 오더니 군산월 대령한다.
아무렇지 않은 듯이 웃으며 축하하길,
"나으리 풀려나니 오죽이나 축하할까".
칠보산 우리 인연 춘몽처럼 아득했는데
이날에 너를 보니 그것도 군은君恩인가.
그리다가 만난 정이 맛나고도 향기롭다.
본관의 거동 보소. 삼현육각 거느리고
내 처소로 나오면서, 축하하고 손잡으며
"김교린가 김학산가 임금님 은혜인가.
나도 이리 기쁘거늘 임자야 오죽할까.
홍문관 교리 정든 사람 잠시라도 천하게 하랴.
그 자리서 제명除名하고 그길로 나왔노라[31]".

---

31) 홍문관 교리~그길로 나왔노라: 김진형이 좋아하던 군산월을 천한 신분으로 둘 수 없으므

이다지 생각해주니 감사하기 그지없다.
군산월을 다시 보니 새 사람 되었구나.
가시밭에 섞인 난초 옥표 화분에 옮겼구나.
티끌 속 야광주가 박물군자 만났더냐[32].
풍성에 묻힌 칼[33]이 누굴 보고 나왔더냐.
꽃다운 어린 자질 임자를 만났구나.
화촉 밝힌 깊은 밤과 바람 불고 달 밝은 맑은 날에
글 지으면 화답하고 술 있으면 함께 마시니
정분도 깊거니와 호사豪奢도 그지없다.

군산월을 데리고 귀향길에 오르다

시월에 말을 타고 고향을 찾아가니
본관의 성대한 덕 보소. 남자옷 짓고 가마 내어
이백 냥 노자 주고 군산월에게도 따로 하나 주며
떠날 때 하는 말이, "모시고 잘 가거라.
나으리 서울 머물 때 너에게야 내외하랴.
천리 강산 큰길에서 김학사의 꽃이 되어
비위를 맞추면서 좋게 좋게 잘 가거라".
가마를 앞세우고 풍류남자 내달리니

로 바로 기적(妓籍)에서 빼주고 나왔다는 뜻이다.
32) 티끌 속~박물군자(博物君子) 만났더냐: 흙속에 묻힌 야광주가 진가를 알아보는 사람을 만나 가치를 인정받듯이 새롭게 단장한 군산월이 완전히 새 사람이 되었다는 의미다.
33) 풍성(豐城)에 묻힌 칼: 세상에 드러나지 않고 오랫동안 감춰져 있던 보검. 여기서는 완전히 변신한 군산월의 모습을 비유했다.

오던 길이 넓고 넓다. 길주읍에 들어가니
본관의 거동 보소. 비단 자리 깔고 화촉 켠 너른 방에
기악妓樂이 가득하다. 군산월 하나로도
풍정이 넉넉한데 얼굴마다 군산월이니
금상첨화 되었구나. 아침 일찍 출발하여
임연역서 점심 먹으니 바다는 아득하여
동쪽 하늘 끝이 없고 첩첩한 변방 산이 모두 다 섭섭하다.

군산월의 정체가 탄로나다

추풍에 말을 달려 성진읍에 들어가니
북평사北評事 맞춘 듯이 나와 두 문관 합석하니
길주 단천 홍원 삼읍三邑 군사 모였구나.
금촉金燭이 영롱한데 평사評事 덕에 호강하네.
본관이 하는 말이,
"학사가 데려온 사람 꼴골이 기이하다.
서울 사람인가 북도北道 사람인가, 청지긴가 사환使喚인가?
이름은 무엇이며 나이는 지금 몇 살이냐?
손 보고 눈매 보니 이렇게 잘생긴 남자 처음 보네".
웃으며 대답하되, "북도 아이 데려다가
남쪽 고을로 옮긴 후에 장가들여 살게 하려 하오".
군산월이 자취 감춰 악사들 속에 앉았는데,
평사가 취한 후에 "김교리 청지기야,
내 곁에 이리 오라". 명령을 못 어기여
공손하게 나아가니, "손 내어라 다시 보자.

어찌 그리 기이하냐?" 하얀 모피 토시 속에서
손을 반만 내미니 평사가 덥석 쥐려 할 때
빼치고 일어서니 계집의 좁은 소견
미련하고 미련하다. 사나이 모양으로
손잡거든 손을 주고 희롱에 태연하면
어찌어찌 넘어가련만 가뜩이나 수상하여
올려보고 내려다보며 군관軍官이며 기생들이
요리조리 보던 차에 매몰차게 빼치느냐?
평사가 눈치채고 "몰랐노라. 몰랐노라.
김학사의 아내신 줄 몰랐구나. 몰랐구나".
모두가 크게 웃고 뭇 기생 달려드니
아까 보던 남자 몸이 계집과 통정通情하겠구나.
양색兩色 비단 두루마기에 옥판玉板 달아 아얌 쓰고
꽃밭에 섞여 앉아 노래를 주고받으니
천상의 옥동자인가 꽃밭의 수나비인가.
닭 울자 일출 보러 망양정望洋亭에 올라가서
금촉에 불 밝히고 옥 술병에 술을 부어
마시고 취한 후에 동해를 건너보니
태양이 올라오며 다홍 바다 되는구나.
부상扶桑은 지척이요 해는 수레바퀴로다.
대풍류 울리면서 바다를 건너보니
하루살이 같은 이내 몸이 성은도 망극하다.
북관에 못 왔더라면 이 놀음 어찌하며
급제를 안 했더라면 군산월이 데려올까.

지방관들이 제공하는 풍류를 즐기며 돌아오다

평사를 이별하고 마천령 넘어갈 때
구름 위에 난 길로 남여 타고 올라가니
군산월 앞세우면 눈앞에 꽃이 피고
군산월 뒤세우면 뒤쪽에 선동仙童 있네.
단천에서 점심 먹고 북청읍서 잠을 자니
한밤중 깊은 정은 두 사람만 아느니라.
금석金石 같은 약속이요 태산泰山 같은 인정이라.
이원利原서 점심 먹고 영흥읍서 잠을 자니
본관이 나와보고 밥 보내고 대접하네.
고을도 큰데다가 기악妓樂이 대단하다.
대풍류 끝난 후에 행절이[34] 만 잡아두니
곱기도 고울시고. 연꽃 같은 정신精神이요
요염한 태도로다. 새벽에 길을 떠나
덕원德源 정평定平 지난 후에 고원읍에 들어가니
본관 사또 반기며 달려나와 손잡으며 "경사를 만났구나".

군산월을 집으로 돌려보내다

문천文川에서 점심 먹고 원산元山 장터서 묵으니
명천이 천여 리요 서울이 육백 리라.
주막집 깊은 방에서 새벽에 세수하고

---

34) 행절이: 기생 이름.

군산월을 깨우니 몽롱한 수해당화

이슬에 휘어진 모습 귀하고도 아름답다.

유정하고 무정하다. "이야기 할 것이니 너 잠깐 들어보겠느냐?

예전에 장대장張大將이 제주 목사 끝난 후에

정들었던 수청 기생 버리고 나왔는데

바다를 건넌 후에 차마 잊지 못하여서

배 잡고 다시 건너 기생을 불러내어

허리에 찬 비수 빼서 얼굴을 벤 후에

돌아와서 대장 하고 만고명인萬古名人 되었도다.

나는 본래 문관이라 무관과 다르므로

너를 오늘 보내는 게 장대장의 비수로다.

이내 말 들어봐라. 내 본래 영남 출신으로

옹졸한 선비 몸이 기생 데리고 천 리 길 오면서

천고에 없는 호강 끝나게 하였으니

죄명을 어제 벗고 기생 끼고 서울 가면

분수에 황송하고 남 보기에 괴이하며

모양이 고약하다. 부디부디 잘 가거라.

다시 볼 날 있으리라." 군산월이 거동 보소.

깜짝 놀라면서 원망하며 하는 말이,

"버릴 마음 있으시면 중간에 하지 않고

사고무친 천리 밖에 게 발 물어 던지듯이³⁵⁾

이런 일도 하십니까? 나으리 은혜로

사랑은 배부르나 나으리 무정키로

풍전낙화風前落花 되었구나". "오냐 오냐 내 본뜻은

---

35) 게 발 물어 던지듯이: 볼일 다 보았다고 내던져져 외롭게 된 모양을 이른다.

십 리만 가자던 게 천리가 되었구나."
저도 부모 있는지라, 슬픈 마음에도
웃으며 "그리하오" 눈물로 "그리하오".
바닷소리 우레 같고 촛불은 깜빡이는데
다홍치마에 눈물 떨어지니 학사머리 희겠구나.
가마에 태워서 저 먼저 돌려보내니
천고에 악한 사람 나 하나뿐이로다.
말 타고 돌아서니 안변읍이 삼십 리라
남자의 마음인들 인정人情이야 없겠는가.
이천 리 길 수중 보배 하루아침에 놓쳤구나.
풍정도 잠깐이라 흥진비래興盡悲來 되겠구나.
안변 원員이 하는 말이, "어찌 그리 박정하오?
판관 사또 무섭던가? 남의 눈이 무엇이냐?
장부의 헛된 마음 상하기 쉬우리라.
내 기생 봉선이를 남장 시켜 앞세우고
철령까지 동행하여 회포를 잇게 하소".
봉선이 불러내어 따라가라 분부하니
얼굴이나 모양이나 군산월이 비슷한데
깊고도 깊은 정이 새 얼굴 보고 잊힐런가.
눈바람 아득한데 북쪽 하늘 다시 보니
춘풍에 날린 꽃이 진흙에 구르는 듯
가을 하늘 외기러기 짝이 없이 가는구나.
철령을 넘을 적에 봉선이 하직하니
얄궂은 이내 몸이 익숙한 것이 이별이라. 다시 어찌 못 만나랴.

즐거운 마음으로 집으로 돌아오다

남여 타고 재 넘으니 북도 산천 끝이 난다.

설움도 끝이 나고 인정도 끝이 나고

남은 것이 귀흥歸興이라. 회양서 점심 먹고

김화 김성 지난 후에 영평읍 건너서서

철원 땅 밟은 후에 포천읍에서 잠을 자니

한양이 어디메냐 귀흥이 도도하다.

갈 때엔 풀이 우거졌더니 올 때엔 눈보라 치고

갈 때는 흰옷이더니 올 때는 청포로다[36].

어제는 유배객流配客이더니 오늘은 한림학사로다.

술 먹고 말을 타면 풍정이 절로 나고

산 보고 물 건너면 노래가 절로 난다.

죽다 산 이 몸이야 천고호걸 이 몸이야.

축석령 넘어가니 삼각산 반가워라.

하늘 가운데 솟았으니 귀흥이 더욱 높고

온 나무에 서리꽃 피니 눈 위에 봄빛이네.

삼각산에 재배再拜하고 다락원에 들어가니

여관 주인 맞추어 나와 울음으로 반기는구나.

동대문 들어가니 임금님이 평안하시도다.

행장을 정리하여 고향으로 돌아가는구나.

새재를 넘어서니 영남이 여기로다.

오천澳川에서 밤새우고 가산嘉山에 들어오니

---

36) 갈 때는~때는 청포(靑袍)로다: 귀양 갈 때는 죄를 지은 몸이라 흰옷을 입고 있었는데, 유배에서 풀려 돌아올 때는 다시 관복(官服)을 입고 있다는 뜻이다.

온 집안이 무탈하여 예전 모습 그대로네.
어린것들 반갑구나. 이끌고 방에 드니
애쓰던 늙은 아내 부끄러워하는구나.
어여쁘다 수득어미[37], 군산월이 네 왔느냐?
박잔에 술을 부어 마시고 취한 후에
삼천 리 길 겪은 고생, 일장춘몽一場春夢 깨었구나.
어와 김학사야, 급제 늦었다 한하지 마라.
남자의 천고사업 다하고 왔느니라.
강호에 편히 누워 태평하게 늙게 되면
무슨 흠이 또 있으며 구할 일이 있겠는가.
글 지어 기록하니 부녀들 보신 후에
후생에 남자 되어 내 노릇 하게 하소.

철종대왕 계축년 겨울 시월에 홍문관 부수찬 지제교 겸 선전관 문신
청사산인晴簑散人이 쓰다.

---

37) 수득어미: 김진형의 첩이다.

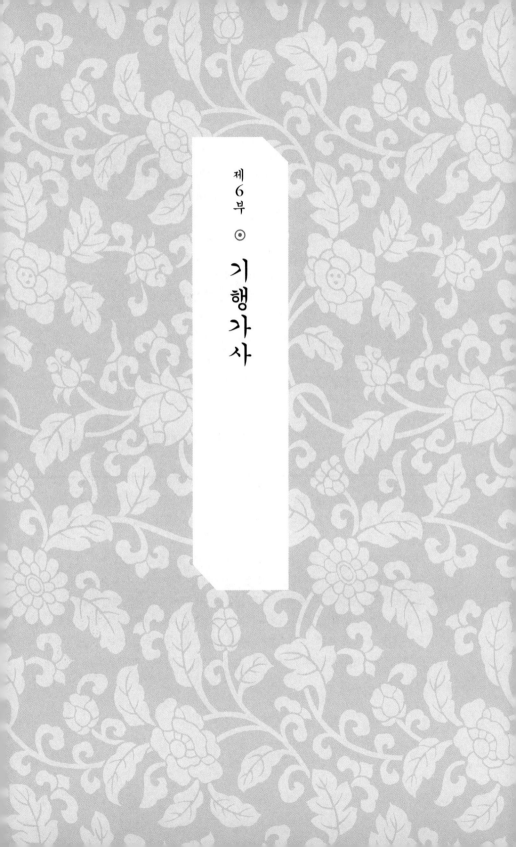

제6부

⊙

기행가사

「영삼별곡寧三別曲」은 옥소玉所 권섭權燮, 1671~1759이 34세1704년. 숙종 30에, 삼척 부사로 재직하던 장인 이세필李世弼, 1642~1718의 임소를 방문하고 지은 기행가사로, 『옥소고玉所稿』「추명지推命紙」에 수록되어 있다.

옥소는 조선조 숙종·영조 대에 활동한 문인으로, 노론 명문가 출신이다. 당대 기호 성리학계 대표 학자인 권상하權尙夏, 1641~1721가 그의 백부이며, 숙종조 명재상 이세백李世白, 1635~1691이 외조부다. 옥소는 어려서부터 총명함과 문재로 칭찬을 받았으나 일찍이 과거를 포기하고 유람과 문필 활동으로 일생을 보냈다. 그는 89세의 나이로 세상을 떠날 때까지 전국 방방곡곡을 여행한 경험을 작품으로 남겼는데, 60여 권에 달하는 방대한 문집에 한시문漢詩文과 가사 2편, 시조 75수가 실려 전한다.

「영삼별곡」은 옥소가, 거주지인 충북 제천을 출발해 영월을 거쳐 삼척까지 여행한 경험을 노래한 것으로, 제목은 영월의 '영'과 삼척의 '삼'을 따서 지었다. 작품 내용은 '여행 동기 및 출발 상황(서사)-제천에서 영월까지의 노정, 영월에서 단종 유적지를 돌아본 소회, 영월에서 삼척까지 심산유곡을 지나면서 겪은 일, 청옥산과 동해 바다 일대의 기이한 경관, 삼척 성내에서 감상한 월출(본사)-여행을 마친 소감(결사)'으로 이루어져 있다.

「관동별곡」「관동속별곡」 등 이전 기행가사에서는 대체로 화자가 산수를 유람하면서 호연지기를 기르고 선정을 베풀기를 다짐하는 등 유가적 자연 인식 및 우국충정, 통치자로서의 우월 의식이 드러나는 데 반해, 「영삼별곡」에서는 화자가 자연을 미적 감상 대상으로 인식하고 산수 유람을 통해 정신적 위안과 휴식을 얻고자 한다는 점에서 차이를 지닌다. 또한 이전 시기의 기행가사가 인상적인 몇몇 장면을 중심으로 그곳에서의 감흥을 토로하는 서정성을 주로 살린 데 반해, 「영삼별곡」은 여행지의 뛰어난 경관과 역사 유적·지역 풍속·서민의 일상 등 여정에서 보고 들은 것과 체험한 것을 흥미진진하게 들려줌으로써 여행 문학의 성격을 한층 부각시킨다. 이처럼 「영삼별곡」은 감흥 중심의 서정적 전기 기행가사에서 구체적이고 사실적인 서술이 두드러지는 후기 장편 기행가사로 나아가는 중간 위치에 있다는 점에서 문학사적 의미를 지닌다.

권섭權燮

병들어 누워 있다가 뒷절 중의 권유로 유람을 떠나다

이 몸이 천지간에 쓰일 데 전혀 없어
삼십 년 세월을 흐지부지 보내었다.
풍류 정취情趣 끝이 없어 선계仙界의 인연으로
녹수청산綠水靑山에 분수대로 다녔는데
잠깐 동안 병이 들어 시골집을 닫았더니
뒷절의 어떤 중이 시끄럽기도 하구나.
지팡이 천천히 짚고 와 나에게 하는 말이,
"네 병을 내 모르랴. 천석고황泉石膏肓이라.
봄바람이 느릿느릿 불어 꽃은 거의 다 졌는데
산중에 비 갓 개니 날씨도 맑을시고.
어와 이 사람아, 철없이 누워 있으려나.
지팡이 바삐 짚고 가는 대로 가자꾸나[1]".

즉시 일어앉아 창을 열고 바라보니
맑은 바람 건듯 불고 새소리 지저귀는데
시냇가 방초芳草 길이 동쪽 골짜기로 이어졌네.

청령포에서 단종을 추모하다

아이종 불러내어 뼈 드러난 여윈 말에게
채찍을 건어쥐고 마음대로 가게 하니
때마침 삼월삼질 아름다운 계절이라
아이들과 촌로村老들이 춘흥春興을 못 이겨
탁주병 둘러메고 느릿느릿 노래 부르며
오락가락 다니는 모습 한가하기도 하구나.
석양이 비끼는데 말 등에서 잠이 들어
첩첩 산골짜기를 꿈속에 지나치니
주천酒泉서 흘러내린 물이 청령포淸泠浦에 닿았구나.
말에서 내려 사배四拜하고 어이어이 우니,
절벽은 하늘을 찌르고 인적이 끊겼는데
사철나무 옛 가지에 두견 소리 무슨 일인고.
창오산2) 해 저문 구름 속에 갈 길도 멀구나.

---

1) 지팡이 바삐~대로 가자꾸나: 특별한 목적지를 정하지 말고 마음 닿는 대로 가자는 의
미다.
2) 창오산(蒼梧山): 중국 호남성의 순임금의 무덤이 있는 곳. 여기서는 단종의 무덤인 장릉(莊
陵)을 가리킨다.

산골 마을에서 밤을 보내다

동강東江을 건너려고 물가에 내려오니
사공은 어디 가고 빈 배만 걸렸는가.
상앗대 손수 잡아 거슬러올라가니
금강정錦江亭 붉은 난간 어렴풋이 보이기에
잠시 올라앉아 머리를 들어보니
봉래산3) 제일봉第一峯에 채색구름 어렸는데
신선을 마주보고 무슨 일 물을 듯이
물 건너 성긴 □□ 푸른 연기에 잠겼구나.
청산은 은은하고 푸른 시내 둘렀는데
운리촌雲離村 뫼 밑 마을 이름도 좋을시고.
산골 집엔 손님 없어 개와 닭뿐이로다.
귀리 데친 밥에 풋나물 삶아내어
자리 펴 앉혀놓고 싫도록 권하는구나.
어와 이 백성들 기특도 하구나.
험한 내 스무 굽이 건너고 다시 건너니
십 리 되는 긴 골짜기에 절벽은 좋건마는
돌길 험한 곳에 양쪽 골짜기 닿았으니
머리 위 조각하늘 보일락 말락 하는구나.
밀거니 당기거니 엎어지며 나아가니
별이실4) 외딴 마을 해는 어이 빨리 지는가.
봉당封堂에 자리 보아 더새고 가자꾸나.

3) 봉래산(蓬萊山): 영월읍 영흥리와 삼옥리에 걸쳐 있는 산.
4) 별이(別異)실: 마을 이름.

밤중에 사립문 밖에 긴 바람 일어나며
새끼 곰, 큰 호랑이 그르렁대며 우는 소리
산골에 울려서 정신이 혼란하다.
칼 빼서 곁에 놓고 이 밤을 겨우 새우고
앞내에 빠진 옷을 쥐어짜서 손에 쥐고
긴 벼랑길 도로 달려가[5] 아궁이 불에 쬐어 입으니
진秦나라 때 숨은 백성 이제 와 보게 되면
무릉도원이 여기보다 낫단 말 못 하리라.

청옥산 산행을 하다
—————

하늘가에 가로지른 뫼 대관령에 이어졌으니
위태롭고 높은 댓재 촉도난이 이렇던가[6].
하늘에 돋은 별을 발돋움하면 만지겠구나.
망망대양이 그 앞에 둘러 있어
대지와 산악을 밤낮으로 흔드는 듯.
밑 없는 큰 구렁에 한없이 쌓인 물이
만고에 한결같이 차고 줆이 있었던가.
천지간 장壯한 경치 반 이상 물이로다.
아마도 저 기운이 무엇으로 생겼는고.
언젠가 성인聖人 만나 이 이치 여쭈리라.

———

5) 앞내에 빠진~도로 달려가: 내를 건너가려다가 물에 빠져서 옷이 젖자 멀리 떨어진 벼랑길
을 통해 왔던 곳으로 돌아간다는 의미다.
6) 위태롭고 높은~촉도난(蜀道難)이 이렇던가: 중국 서촉(西蜀)으로 가는 산길이 지극히 험함
을 말한다.

바윗길에 익숙한 중에게 대(竹) 남여藍輿 느슨히 메게 하고
깎아지른 험한 벼랑 얼른 지나쳐서
청옥산靑玉山 속으로 첩첩이 돌아드니
운모병풍7) 비단 장막8) 좌우로 펼쳤구나.
운교雲橋를 걸어 건너 솔숲 속에 앉아 쉬며
"나무하는 아이들아, 지난 일 물어보자.
바람에 움직인 돌 내려진 지 그 몇 해며9)
짝 없는 옛 성문城門은 어느 때에 쌓았는고?"
"이 손님 뉘시기에 어찌 들어와 계시는고?"
낫 메고 새끼 찬 앞절의 상좌인데
"땔나무하러 와서 무심히 다니오니
진관암眞觀庵 없어진 줄은 우리 다 알지마는
그 밖에 모르는 일은 목적에 부쳤도다10)."
뫼 밑에 서린 용이 변화도 무궁하여
어둡고 깊은 오래된 소沼를 집으로 삼고 있어
백 척 절벽에 비단 한 필 걸어두고11)
한낮에 골짜기에서 천둥소리 계속 나니
구부리고 살펴보던 내 행동이 싱겁구나12).

---

7) 운모병풍(雲母屏風): 흰 바위가 첩첩이 둘러 있는 모양을 운모에 비유한 말이다.
8) 비단 장막: 산속에 온갖 꽃이 피어 있는 모습이 수를 놓은 비단 장막 같다는 말이다.
9) 바람에 움직인~몇 해며: 두타산에 있던 흔들바위가 오래전에 떨어졌음을 가리킨다.
10) 그 밖에~목적(牧笛)에 부쳤도다: 그 밖의 일들은 기록이나 기억에 남아 있지 않고 모두 잊혔으니, 목동의 슬픈 피리 소리를 통해 세월의 무상함만 느낀다는 뜻이다.
11) 백 척(百尺)~필 걸어두고: 백 척이나 되는 언덕에서 물줄기가 쏟아져내리는 모습을 형용한 것이다.
12) 구부리고 살펴보던~행동이 싱겁구나: 실제로 용이 사는가 하고 소(沼)를 굽어보던 자신의 행동이 싱겁다는 뜻이다.

삼척의 유적과 동해를 구경하다

고운 모래 연달아 밟아 동해로 내려가서
백옥 기둥[13] 늘어선 곳에 헤치고 앉으니
동서東西를 모르는데 원근遠近을 어찌 알리.
바다 위에 떠 있는 돛이 줄지어 펼쳐 있으니
엊그제 어디 지나 어디로 간단 말인고.
어촌의 늙은 사공 손짓해 불러내어
바다 위 소식을 실컷 물은 후에
횃불을 들게 하고 성문을 들어가니
요란한 나팔 소리에 바다에서 달이 돋았구나.
금소정琴嘯亭으로 도로 달려가니 칠선七仙은 그 누구인고.
금잠구사[14]는 몇 해나 되었는고.
소동파의 적벽에 학 그림자 그쳤는데[15]
상서로운 소식을 헛되이 기다리는구나[16].
긴 칼 빼내어 손안에 걸어쥐고
긴 노래 한 곡조를 목놓아 부르니
산호벽수헌珊瑚碧樹軒에 바람 맞으며 기대앉아

---

13) 백옥 기둥: 흰 기둥처럼 우뚝 솟은 바위들을 이른다.
14) 금잠구사(金簪舊事): 매년 단오일에 금비녀와 사모(紗帽), 서대(犀帶), 단령(團領) 등으로 까마귀에게 제사지내는, 삼척 지방의 옛 풍속.
15) 소동파(蘇東坡)의 적벽(赤壁)에~그림자 그쳤는데: 학의 그림자가 그쳤다는 말은 신선이 될 기회가 없음을 의미한다. 소동파의 「후적벽부」에, 낮에 적벽에서 놀 때 큰 학 한 마리가 뱃전을 스치고 지나갔는데, 그날 밤 꿈에 도사가 찾아왔기에 이름을 물어도 대답하지 않다가 소동파가 그의 정체를 알아차리고 낮에 본 그 학이 아니냐 하니 도사가 돌아보며 웃었다는 이야기가 실려 있다.
16) 상서로운 소식을 헛되이 기다리는구나: 상서로운 시대가 되어 임금이 자신을 불러주기를 바라는 화자의 심정을 표현한 것이다.

이태백李太白 풍채를 다시 만나보겠구나.
장경성 밝은 빛이 바로 그것 아니던가[17].
태백산 깊은 곳 거기에 가 있는가.

세상 영욕을 잊고 평생 유람이나 하겠다

오르며 내리며 실컷 돌아다니니
어와 요란하구나. 내 아니 허랑虛浪하냐.
유하주[18] 가득 부어 달빛 섞어 마시니
가슴이 상쾌하여 발꿈치 들면 날겠구나.
인생 백 년에 근심과 즐거움 모르는데
꿈같은 속세의 영욕을 알겠는가.
패랭이 미투리 다 떨어져버리도록
산림과 호해湖海에서 마음껏 노닐면서
이럭저럭 지내다가 아무렇게나 하리라.

---

17) 장경성(長庚星) 밝은~그것 아니던가: 장경성의 다른 이름인 '태백성'이 이태백의 이름과
같기에 이태백이 죽어 장경성이 된 것이라고 표현했다.
18) 유하주(流霞酒): 신선이 마신다는 술.

「북새곡北塞曲」은 구강具康, 1757~1832이 1812년순조 12 9월부터 1813년순조 13 3월까지 암행어사 임무를 띠고 관북 지방을 다녀온 경험을 노래한 장편 기행가사다. 이때의 경험을 한문으로 기록한 암행어사 일기 「휴휴자자주행로편일기休休子自註行路編日記」가 함께 전한다.

구강은 1795년정조 19 39세 때 과거에 합격하고 여러 관직을 지내다 56세 때 함경도 암행어사에 임명되었는데, 추운 겨울에 험준한 관북 지방 산길을 다니면서 민정民政을 시찰한 경험과 여러 가지 견문을 「북새곡」에 사실적으로 익살스럽게 기술했다. 이 작품은 암행어사가 지은 유일한 가사로, 암행어사의 행적과 19세기 관북 지방의 민속을 살필 수 있는 중요한 자료로서 가치가 있다.

「북새곡」에서 가장 눈에 띄는 서술 기법은 삽화의 첨가다. 작자는 다양한 부류의 북관 백성과 접촉하면서 겪은 일화를 해학적 필치로 그리는데, 주로 사건 현장을 재현하는 수법으로 표현하기에 삶의 단면을 생생히 묘사할 뿐 아니라 독자에게 웃음도 제공한다. 「북새곡」의 또다른 표현상 특징은 대화체 수용이다. 대화체를 수용한 대부분의 가사가 화자의 의견을 주장하거나 상대방의 이야기를 이끌어내기 위한 장치로서 간단한 질문에 긴 호흡의 답변을 늘어놓는 방식을 취하는 데 반해, 이 작품은 실제 대화 상황을 그대로 보여준다. 즉 일상 어휘와 방언, 등장인물의 말투를 그대로 가져와 사건과 등장인물을 더욱 생생히 묘사함으로써 현장감과 사실성을 높인다.

「북새곡」은 북관 백성에 대한 연민과 암행어사로서의 자부심이 주된 정조를 이루고 있으나, 다양한 대상과 경험이 서술되어 화자의 감정이나 의식 또한 복합적 양상을 띤다. 북관 지역에서 화자가 제일 먼저 느낀 감정은 험악한 지형에 대한 두려움이다. 추운 겨울, 남쪽과 판이한 험준한 곳에서 죽을 고비를 넘기면서 화자는 북관 산천의 위엄을 절감한다. 또한 19세기 전반은 지방 수령과 아전·향임이 유착해 비리와 수탈을 일삼아 민생고가 가중되던 상황이었기에, 「북새곡」에는 북관 백성의 참담한 현실에 대한 연민과 공감, 탐학한 수령과 아전들에 대한 분노가 강하게 드러난다. 더불어 노정에서 목격한 조선 건국자들의 사적을 예찬하고, 유교적 예도에 어긋나는 지방민의 풍속을 조롱하고, 임금에게 헌수하는 등의 내용은 유교 이념으로 무장한 집권 관료의 모습을 보여준다.

북새곡北塞曲

구강具康

함경도 암행어사를 제수 받다

험난한 북쪽 변방 가는 길에 북새곡 지어보자.

험하기도 하거니와 멀기도 하구나.

바로 가면 삼천 리요 돌아가면 오천 리라.

땅끝은 북쪽이라 홀몸으로 간다더라.

참말로 도망간 남의 종을 찾을 곳이로다.

□□□□□□□□□ □□□□□□□□□

봉서封書 유척鍮尺 품에 품고 마패는 옆에 찼다.

□□□□□□□□□ □□□□□□□□□

무덤 앞 한 조각 비석에 우자憂字 낙자樂字 새겼는가.

□□□□□□□□□ □□□□□□□□□

살았을 때 우락憂樂이지 우락이 얼마나 되리[1].

---

1) 살았을 때~얼마나 되리: 살아 있어야 근심과 즐거움을 말할 수 있는 것이니, 짧은 인생에

늙은이나 젊은이나 여러 말 마오시오.
아이야, 술 부어라. 취하여 잠이나 들리라.

함경도를 향해 떠나다

□□□□□□□□□ □□□□□□□□□
다락원서 말 먹이고 솔모루서 잤구나.
□□□□□□□□□ □□□□□□□□□
그사이 칠 일 만에 다섯 고을 지났구나.
□□□□□□□□□ □□□□□□□□□
말 탈 방법 없더라. 지팡이 깎아내어
□□□□□□□□□ □□□□□□□□□
산꼭대기에 앉은 모양 아득하기도 하구나.
□□□□□□□□□ □□□□□□□□□
내 이곳에 앉은 줄 우리 가족 어찌 알리.
□□□□□□□□□ □□□□□□□□□

석왕사 중이 옷을 구걸하다

예서부터 함경도라 지형이 꺼져서 깊기도 깊구나.
이쪽이 높은 줄을 저편으로 인해 알겠노라.
앉아 쉬고 서서 쉬니 내려가는 길 십 리로다.

근심과 즐거움이 얼마 되지 않는다는 의미다.

시절이 구월이라 골짜기마다 단풍나무
다홍 장막 둘렀으며 가을바람 소슬하다.
고산高山에서 비를 맞고 석왕사釋王寺에 들어가니
도롱이를 반쯤 둘러 옷차림 볼 것 없다.
반 넘게 수염 기른 밉살스러운 취한 중이
손님 모습 거지인데 거지에게 구걸하는 말이,
"소승 장삼 낡아 □□□□□□□
여벌이 있으시면 소승에게 시주하오.
오백이십 나한羅漢님과 부귀공명 빌어드리리다".
내 대답 들어보소. "내 본래 가난하여
영흥永興 고을에 구걸 가니, 단벌 도포 벗어주고
저고리만 입고 가면 관아 문엔들 들이겠는가.
관가에 들어가서 옷가지나 얻게 되면
올 적에 다시 찾아와 두루마기 벗어줌세."
철모르는 민대가리 보채는 일 우습더라.

문천에서 연어를 사려다 무안을 당하다

덕원德源으로 가자꾸나. 원산元山 마을 들어오니
남관2)에선 큰 도시라 경치가 번화하더라.
북쪽 바다 처음 보니 넓고도 넓은 물이
갠 날에 우렛소리 같고 수레 백만 대가 구르는 듯.
종일토록 이 소리 들으며 문천文川 역촌 들어가니

2) 남관(南關): 함경남도 일대를 이른다.

저 건너 다리 아래 사람들이 모여 섰네.
벌거벗고 물에 들어가 연어잡이 한다기에
돈 서푼 손에 쥐고 거짓으로 사러 가니
큰 고기 잡아내어 풀망태에 넣으니
보기도 장하도다. 저 사람들 시험하세.
그중에 미운 놈께 "여보시오, 고기 사세".
"사려거든 사가시오. 두 돈 팔 푼 내시려나?"
"흥정에 에누리한단 말 예전에 들었는데
흔한 고기 비싸게 파니 이 사람 욕심 많다.
내 생각과 다르니 서푼 받고 파시려나?"
"어디서 온 키 큰 양반 쓸데없는 말 다시 마소.
아무것도 모르면서 고기 사자 하는구나.
거저 하나 나눠줄까. 이 양반 어서 가소."
"있으라고 한들 아니 갈까. 가라 하니 가는구나."

함흥에서 임무를 위해 각지로 흩어지다

고원高原으로 가자꾸나. 고원서 자고 영흥 가니
관청의 연한 과줄 누가 한 조각 주겠는가.
수수엿 유명하니 사다가 요기하세.
이낭청李郎廳과 전집리全執吏는 수월하게 먹는데
이 없는 구생원具生員은 녹이느라 더디구나.
다 먹고 언제 가리. 우물거리며 가자꾸나.
가고 가서 석양 때에 정평定平서 자고 함흥咸興 가니
함흥 사람들 사람 알아보는 것 신통하여라.

우리 종자從者 각각 나가서 잡화雜貨 짐을 풀어내어
바늘 골무 담뱃대를 숫자대로 나눈 후에
"지서방과 승려들은 홍원洪原 북청北靑으로 바로 가고
이낭청과 전집리는 나를 따라 장진長津 가세".
서북으로 나뉘니 "부디부디 거듭 부디
밥 잘 먹고 잠 잘 자고 병 없이 다니다가
아무 달 아무 때에 경흥慶興에서 만나자.
육진六鎭 칠읍七邑 자세히 보소. 나올 때에 다시 살피세".
인정이 그러한지 마음 약해 그런지
떠나기도 어렵거니와 어찌 염려 없겠는가.
"잘 가세. 금방 보세. 일찍 들어가고 늦게 떠나소."

장진에 가서 환곡과 세금의 폐단을 해결하다

이 사람의 의관 보소. 두루마기 몇 조각을
누구 손으로 기웠는지 조각마다 수십 조각이네.
길이가 짧은데다 소매까지 좁구나.
헝겊 넣어 삼은 짚신 뒤축까지 동여매고
꺾어진 차양 갓은 끈조차 이어서 매고
테두리만 남은 담비 휘양 턱 아래 매었으니
바람도 피하려니와 모습 감추려 함이로다.
귀신인가 탁발승인가 양반인가 평민인가.
거동이 괴이하니 그 속을 뉘 알리오.
한일자 외통길에 종적을 감출쏘냐.
발설하면 아니 되니 역노들아 조심해라.

장진이 급하다 하니 어서어서 가리라.

중령中嶺도 험하지만 부전령赴戰嶺이 무섭더라.

막대를 턱에 괴고 잠깐잠깐 서서 쉬니

앉으려 한들 앉을 곳 없다. 눈 위에 앉을쏘냐.

황초령 바라보니 부전령은 할아비로다[3].

올라가자니 숨이 차고 내려가자니 허리 아파

자칫하면 죽겠구나. 온몸에 땀이로다.

기운이 거의 다하고 정신이 어지러운데

남자인지 여자인지 헌 누더기 입은 무리가

어린 자식 등에 업고 자란 자식 손에 끌고

울면서 눈물 씻고 엎어지며 오는 모양

차마 보지 못하겠구나. 나직이 묻는 말씀,

"어디에서 오며 어디로 가려는가?

굶주려서 가는 사람들인가? 가게 되면 얻어먹나?

아무데나 마찬가지니 날 따라 도로 가면

자네 원님 만나보고 편히 살게 하여줌세".

겨우겨우 대답하되, "우리 살던 곳은 장진이라.

여러 해 흉년 들어 살길이 없는 중에

도망한 사람 신구新舊 환곡을 있는 자에게 물리니

제 것도 못 바치면서 남의 곡식 어찌할꼬.

못 바치면 매맞으니 매맞고야 살겠는가.

정처 없이 가게 되면 죽을 줄 알건마는

아니 가고 어찌하리. 굶고 맞고 죽을 지경이니

---

3) 황초령(黃草嶺) 바라보니 부전령은 할아비로다: 황초령이 험한 것에 비하면 부전령은 아무 것도 아니라는 의미다.

차라리 걱정없이 구렁에나 묻히면
도리어 편할 것이라. 이런 까닭에 가노매라".
급히 급히 넘어가자. 이 백성들 살려보세.
둘째 령 올라서서 고을 지경 바라보니
열 집에 일곱 집은 휑하니 비었더라.
읍중으로 들어가니 남은 집엔 곡소리라.
작년의 이천여 호가 금년엔 칠백 호라.
어리석은 유부사柳府使와 답답한 이도호李都護는
나라 곡식도 중하지만 인명人命을 돌보지 않는가.
백성 없으면 곡식 받아 그 무엇에 쓰려는가.
출두한 후 명을 내려 이징里徵 족징族徵 없애고
허두잡이4) 부역들을 태반이나 덜어주고
신구 환곡 칠만 석은 탕감하자고 아뢰겠네.
지력地力은 없어지고 날씨는 일찍 추워져
수확이 만 곡5)도 아니 되니 백성이 있을쏘냐.
진으로서 읍 되기는 생각도 할 수 없고
읍으로서 진이 되면 도리어 다행이네6).

육진·삼수로 가는 험난한 길

여기에서 어디로 갈까? 육진 지나 삼수三水 가자.

---

4) 허두(虛頭)잡이: 실재하지 않는 사람을 부역이나 징세 대상자의 숫자에 넣는 것.
5) 만 곡(萬斛): 곡은 열 말.
6) 진(鎭)으로서 읍(邑)~도리어 다행이네: 인구가 점점 줄어 진이 읍이 되는 것은 생각조차 할
수 없고 읍이 진으로 강등되면 그나마 다행이라는 의미다.

압록강 따라서 팔백 리 반 되는 길이

좁고 또 좁아 베 넓이도 안 되더라.

이때는 시월이라 곳곳마다 빙판이네.

"헛디딜라 조심하소. 저승이 지척이네."

다래 덤불 칡 넌출을 붙들며 기어가니

팔다리 부은데다 두 손바닥에 못 박혔더라.

이 언덕 겨우 내려와 험한 여울 건너려니

배 이름이 마상이인데 말 먹이 담는 구유 같다.

아무리 위험한들 안 탈 수 있을쏘냐.

검고 깊고 넓은 물이 산중에서 솟아나니

구당협[7]이 이렇던가. 황공탄[8]이 여기로다.

집채 같은 큰 배라도 건너기 어려운데

버들잎 같은 배에 칠 척 몸을 실었구나.

굴원 선생 조상할 일[9] 경각에 달렸는데

생각 없는 저 사공이 하는 말 들어보소.

"엊그제 이 배에서 두 사람이 죽었습네."

전전긍긍할 때에 이 말씀 어떠한가.

십년감수는 한 번도 어려운데 아홉 번은 무슨 일인고.

탈없이 언덕에 오르니 임금님이 도우셨나.

---

7) 구당협(瞿塘峽): 중국 사천성에 있는, 물살이 매우 사나운 협곡.
8) 황공탄(惶恐灘): 중국 강서성에 있는 십팔탄(十八灘)의 하나.
9) 굴원(屈原) 선생 조상(弔喪)할 일: 초나라 대부 굴원이 간신의 모함으로 강남에 귀양 갔다가 멱라수(汨羅水)에 빠져 죽었으므로, 여기서 굴원을 조상한다는 말은 물에 빠져 죽는 것을 의미한다.

육진 지방의 풍속

어찌하여 육진인가? 별해別害 신방神方 묘파廟坡로다.
자작구비自作仇非 강구江口 어면魚面 함흥서는 서편이네.
누구누구 지키던가? 만호萬戶 권관權管 있더라.
관가의 지붕 보니 자작 껍질로 이었구나.
담보다 못한 성城이로다. 조약돌로 둘렀구나.
인가人家가 몇인고? 진鎭 아래에 서너 집씩
높은 것은 닭의 홰요 낮은 것은 돼지우리라.
아전이 군사 되고 군사가 아전 되어
형편 따라 바꿔 하니 사람이 많다고 각각 하랴.
제 모습 차렸으면10). 일마다 기담奇談이라.
다박머리에 길게 대답하는 통인은 어쩐 일인고.
귀리는 멥쌀이요 강낭콩은 팥이로다11).
바다가 팔구백 리니 소금 얻어 먹을쏘냐.
나무 항아리 속 갓김치는 소금 없이 담갔으니
시고 떫고 싱거운 맛 과연 그 밥에 그 반찬이네.
기름을 맛보려 한들 참깨 들깨 있을쏘냐.
불 켜는 모습 가엾다. 잇개나무 옹두리나
한 발 되는 겨릅대에 좁쌀 뜨물 묻혀 말려
쇠테 두른 정자丁字 나무에 어설프게 가로질렀는데

---

10) 아전이 군사~모습 차렸으면: 아전과 군사가 구별 없이 형편 따라 바꿔서 하는 것은 사람
이 적어서가 아니라 기강이 없어 그런 거니 제대로 모습을 갖추길 바란다는 뜻이다.
11) 귀리는 멥쌀이요 강낭콩은 팥이로다: 쌀이 부족해 쌀밥에 팥을 섞어 먹는 대신 귀리에 강
낭콩을 넣어 먹는다는 의미다.

반반시[12]도 못 되어 덧없이 꺼지더라.

종이가 귀하니 창 바른 종이 보소.

자작 껍질 엷게 벗겨 더덕 귀 줄기로 붙였으니

바람은 막겠지만 햇빛이야 보겠는가.

보기 싫은 너와집은 육 간 칠 간 한 길이로

되는대로 지었는데 정주간鼎廚間이 길더라.

그 안에 무엇무엇 함께 있던고.

소와 돼지 개 닭 짐승 사람과 섞여 자데.

못 살겠더라 못 살겠더라 육진서는 못 살겠더라.

산돼지 호랑이 표범 곰과 이리 승냥이 들소 등이

뛰며 울며 서며 앉아 밤낮으로 장난하고

아기들을 잡아다가 통째로 삼킨다데.

동지섣달 추울 때에 대들보도 못 견디어

언 껍질이 튀어나올 땐 쇠뇌[13]보다 무섭다데.

칠월에 서리 오고 팔월에 눈 오기는

삼 년 중에 이 년이요 오 년 중에 삼 년이라.

오조와 귀리는 겨우겨우 먹지마는

멥쌀에 팥 넣은 밥은 평생토록 맛볼쏘냐.

삼베는 있지마는 목면木棉 보기 쉽지 않다.

갓 삿갓 쓰려 하니 대와 갈대 있을쏘냐.

테 좁은 노벙거지[14]를 성글게 엮어 썼데.

개가죽 긴 저고리는 팔자 좋아야 얻어 입고

사슴가죽 통바지는 사치하는 이나 겨우 입고

---

12) 반반시(半半時): 한 시간의 반의 반. 아주 짧은 시간을 일컫는다.
13) 쇠뇌: 쇠로 된 발사 장치가 달린 활.
14) 노벙거지: 실, 삼, 종이 따위를 꼰 줄로 만든 벙거지.

가난한 이는 버선 벗고 검고 낡은 베저고리를
겨울이 다 지나도록 벗을 줄 모르더라.
이러한 사람들이 손님 대접 알겠는가.
맨 처음 인사가, "평안하오? 어디 사시오?
먼 길에 시장하겠소. 담배질하시오".
우습구나 너희 인사. 세번째는 어떻던고?
이리로 들어오란 말이 안으로 붙으라데.
아무리 붙으라고 하나 남녀가 유별하다.
두 줄기 세 줄기 담배 환자[15] 팔도에 없는 일을
삼수 와서 처음 듣네. 담배가 사람을 살리는가.

삼수의 아전들이 암행어사의 신분을 눈치채다

종이 붓 먹 파는 척 길청에 들어가서
"전라도 순천 사는 나그네가 산수 구경 겸하여서
무산茂山 고을 가는 길인데 남의 집에 들기 어려우니,
주인께서 보살피시어 종잇장 붓 자루나 받아
문서나 적으시고 저녁밥 한 그릇 먹인 후에
한 자리 빌려주어 하룻밤 묵게 해주소".
이 아전 거동 보소. 뒤 보고 앞 보더니
하나둘씩 도망쳐서 문 잠그고 다 나가데.
이 행색이 초라하나 시골 사람 아닌 줄을

---

15) 담배 환자(還子): 관청에서 봄에 곡식을 꾸어주고 가을에 곡식 대신 담배로 받는 것을 말한다.

맹랑하게도 짐작하고, 말하기 괴롭기에
이렇다저렇다 않고 스스로 피하기에
열없이 도로 나와 사면을 둘러보니
아무래도 수상한지 관문官門 밖에 사람들이
오륙십 명 무리 지어 가는 곳만 보더라.
대여섯 줄 쓰고 도장 찍은 종이 길가에 떨어졌기에
알아보려 집어보니 풍헌風憲에게 보내는 전령傳令이라.
"환자를 급하게 갚지 말고 족징할까 염려 말라.
열세 말씩 가져오면 그대로 받으리라."
우습다 모르겠는가. 이 전령 본 지 오래되었네.
보라고 빠트렸으니 다시 알게 해 무엇 하겠는가[16].

갑산의 풍속

후주厚州로 들어가자. 오백 리 험한 산천
간신히 건너가니 강계江界 영원寧遠 지역이라.
물정 모르는 읍 설치 논의, 장진 모양 되겠구나[17].
숨어사는 남의 종과 도망한 살인 죄인
오합지졸 모였으니 믿을 것 전혀 없다.
땅은 몹시 좁고 흉년 들면 죽을 데로다.
인근 읍이 머니 곡식 수송 어찌하리.

---

16) 보라고 빠트렸으니~무엇 하겠는가: 암행어사가 출두했음을 알고, 환자를 재촉하지 말라는 내용을 담아 풍헌에게 보내는 문서를 일부러 길에 떨어뜨려 암행어사가 보도록 했으니 굳이 출두할 필요가 없다는 뜻이다.
17) 장진(長津) 모양 되겠구나: 장진처럼 읍이 되었다가 다시 진으로 격하되는 상황을 말한다.

이십 일 만에 갑산甲山 오니 폐단도 많을시고.

지난 환곡 산더미 같고 녹용 진상 어렵더라.

촌민들의 생계는 무엇으로 하던고.

담비를 사냥하여 먹은 환곡 바치려 하니

몹쓸 원員이 오게 되면 강제로 사들이고 빼앗아가는구나.

이것만 그러한가. 녹용도 마찬가지로다.

기생들의 가난 보소. 무명치마 졸라 입고

만호 권관이 데려가면 남병사南兵使의 첩이 된 듯

기뻐하기 측량없네[18]. 그것이 무슨 영화 되리.

불면 날아가는 메조 밥도 변변히 못 먹는데

그 무엇이 기뻐서 자청하여 가려는고.

한 계집이 서너 서방 당연하게 여기는 풍속을

본서방이 좋게 여겨 밤이면 오라 하니

그 사나이 비위가 특별하구나. 오랑캐보다 심하더라.

달고 검은 참들쭉이 여기 산產이 진품眞品이라.

그 국물에 국수 만 것 빛도 곱고 맛도 달다.

갑산에서 무산으로 가는 고개를 넘으며 죽을 고비를 넘기다

무산으로 넘어갈 때 지난 고개 말하리라.

속산령束山嶺을 만들고서 백산령白山嶺은 무슨 일인고.

높고 험한 설관령은 하늘을 받치고 있고

---

18) 만호(萬戶) 권관(權管)이~기뻐하기 측량없네: 변방에서는 높은 벼슬을 보기 어려우므로 만호나 권관에게 불려가도 마치 남병사의 첩이라도 된 듯이 좋아한다는 의미다.

이송령^{李松嶺}이 멀구나. 이송령으로 족하거늘
구십 리 안에 형제 같은 일곱 령이 있구나.
저물도록 굶주렸으니 배고파 어찌할꼬.
구절령^{九折嶺} 강팔령^{江八嶺}은 오를 뜻이 전혀 없다.
이외에 열네 령은 높낮이를 다툴쏘냐.
구름인가 안개인가 산도 같고 바다도 같다.
활에 다쳐 겁내는 새처럼 같은 모양 보게 되면
마음이 두렵고 다리가 떨리더라.
전나무 잣나무는 잇개나무와 섞여 있어
누가 와서 해칠까 염려 없이 자랐으니
크기도 크지만 곧기도 곧을시고.
대들보 선박 되련마는 외진 곳에 있으니
천하제일 장인^{匠人}인들 알 수가 있을쏘냐.
아깝다 이 재목^{材木}이 눈비에 썩으리라.
갑산 무산 두 산중에 영약도 있으련만
신농^{神農}이 없으니 맛볼 사람 다시 없다.
어찌하여 소나무가 없고 어찌하여 새가 없노.
백산차^{白山茶}는 황제차^{皇帝茶}라 이곳밖에 없다더라.
잇개나무 진액 어디에 쓰노? 헌데에 명약이네.
동인진^{同仁鎭}에 다다르니 깎은 듯한 곤장덕^{棍杖德} 고개로다.
이 고개 넘어가면 허항령^{虛項嶺}이 거기로다.
이 고개 넘으려는 이 사람마다 눈물이라.
허항령 어렵기는 북관에서 유명하니
열 사람 오르다가 다섯 여섯 죽는데.
산신^{山神}이 모질어서 나그네가 조금만 잘못하면
목이 공연히 빠지기에 고개 이름이 허항^{虛項}이네.

그렇기에 이 고개엔 왕래하는 사람 없다 하데.
수천 리서 온 나그네 생사를 모르게 될 것이니
저 사람들 우는 뜻은, 밉지 않은 이 늙은이
죽으러 가는 일이 자연히 불쌍해서니
아무리 북쪽 사람인들 측은지심 없을쏘냐.
죽은들 어찌하리. 설마 어찌되겠는가.
아무튼 끔찍하더라. 삼백 리 긴긴 고개에
나는 새도 없는데 사람이야 있을쏘냐.
아름드리 굵은 나무 바람을 못 이겨서
뿌리까지 넘어져서 비스듬히 누웠으니
이 이름이 진동震動이라. 진동이 무슨 뜻인고.
사람마다 무서워하기에 진동한다 하더라.
뿌리는 검각 같고 줄기는 장성 같네[19].
굶주린 종자들이 고개를 넘느라 기운이 쇠진하고
넘어지는 여윈 말은 몇 번이나 일으키네.
성황당城隍堂 음침하다. 귀신이 있겠구나.
나무 끝이 흔들흔들 음산한 바람 일어나며
휘파람 세 마디 들리는데 마디마다 애원하는 듯하더라.
어떤 사람 어떻게 죽어 원귀가 되었는가.
일행이 괴이하여 절하며 빈다더라.
메밀 범벅 한 솥과 백지 석 장 걸고 오데.
내 상황 위급하여 사지가 묶이는 듯
말하려 해도 할 수 없고 얼굴이 검푸르니

19) 뿌리는 검각(劍閣)~장성(長城) 같네: 쓰러진 고목의 뿌리 모양이 마치 험한 검각산 같고,
가로로 누운 줄기가 마치 장성처럼 길다는 의미다.

곁에 있던 사람 황급하여 봉서 마패 거두면서
눈물이 비 오듯 하니 속으로 한심하데.
정신을 가다듬어 기운차게 일어서며
술 한 잔 마신 후에 강개慷慨하게 속으로 하는 말이,
"지신地神들은 호위護衛하여 악귀를 쫓아주소.
왕명으로 오는 사자使者 지신인들 모를쏘냐.
봉래蓬萊 산천 신령들이 또한 우리 임금 신하이니
돕지 않고 어찌하리. 급히 급히 보옵소서".
이윽고 옛내 왔네. 지친 말을 채찍질하여
백두산 곁에 두고 삼지연三池淵 지나오니
이날 밤 구십 리를 불 없이 올 때에는
두렵고 위험하더라. 쉬려 한들 어디서 쉬리.
우수수 앞 수풀에 무슨 짐승 지나가니
이틀 밤 밖에서 샐 때 목석인들 견딜쏘냐.
옷은 떨어지고 바람은 지진 난 듯 부니
뼈마디가 깎이고 살점이 떨어지겠네.
큰 나무 베어다가 성처럼 빙 둘러 불을 피워
사람이든 말이든 머리를 불 쪽으로 두고
아무쪼록 살기 위해 참으려니 오죽할까.
불쌍한 이 덕쥐[20]로다. 날 위하여 등을 대고
뒤돌아 앉았으니 불기운이 온들 쪼일쏘냐.
만일에 눈비 오면 살려고 한들 살겠는가.
하늘이 도우셨는지 귀신이 감동했는지
이틀 밤 재앙 없이 목숨을 지켰으나

20) 덕쥐: 인명(人名).

눈을 끓여 귀리밥 데워 장 없이 먹으려니
배에서는 오라 하나 목구멍에서 받지 않데.

무산의 각박한 인심

팔십 리 무산 길에 인가를 겨우 찾아
날 저문 후 태산촌에 주인 찾아 들어가니
개가죽 입은 놈이 반말을 던지면서
문을 막고 흘겨보며 "괴이하구나, 웬 손님인고?
우리 장모 병환 중이니 행인을 어찌 들이리.
우리 처남 거북해하니 가지 않고 어찌할꼬".
내 먼저 대답하기를, "저문 날 모르는 길에
어디로 가라 하노? 갈 곳을 일러주소.
사람도 사람 쫓나? 무산 인심 괴이하구나.
호랑이 표범 이리 승냥이 별것인가. 사람 중에는 너로구나".
그래도 가라 하니 역졸들이 오죽할까.
뺨 치며 발로 차니 저 사람이 호령하길,
"이놈들아, 양반 치고 누가 귀양 가려느냐?
병든 장모 놀라셔서 병환 심해져 돌아가시면
살인 죄인 될 것이니 너희 놈들 가지 마라".
"있으라 하니 갈쏘냐? 우리 여기 있다 따져보자."
말 짐 풀고 들어가니 전들 다시 어찌하리.
무산 놈들 극악하더라. 남계촌서 묵으려는데
탕건 쓴 키 큰 주인이 구레나룻 치켜올리며
팔 뻗으며 호령하니 무섭기도 무섭더라.

"여러 놈이 이 밤중에 뛰어드니 도둑인가?
너 같은 놈 때문에 내 집에 화살총을 두었노라."
조약돌을 겨우 피하고 수마석을 만났구나[21].
약하게 굴다가는 낭패를 보겠구나.
나 역시 호령하길, "네 화살 무섭구나.
내 짐 속에 큰 칼 있어 시험하려 하던 차에
너 같은 놈 잘 만났다. 겨루어보겠는가?"
어쩔 수 없는 시골 사람이 내 꾀를 어찌 알리.
내 허풍 곧이듣고 제 허풍 움츠리며
신 신고 갓 쓰면서 너그럽게 하는 말이,
"다시 보니 높은 손님일세. 이 사람을 허물 마오.
해포 동안 병든 작은딸이 안방에 누워 있으니,
누추하다 마시고 어서어서 들어오시오".
곰가죽 깔아주며 담뱃불 붙여주데.
산중에 짐승 많기에 화살총은 있더라.
이후에는 손님 만나면 대접하라 타일렀네.
대개 추운 지방 북도北道 사람 궁핍한 사람 보게 되면
업신여김 심하고 거북한 사람은 대접하데.
큰 창옷 입은 이는 높은 손님으로 생각하며
열 그릇 밥을 얻어먹어도 선물 주면 화내기에
종이 속에 골무 바늘 몰래 내어 두고 왔네.

---

21) 조약돌을 겨우~수마석(水磨石)을 만났구나: 작은 어려움을 간신히 면했는데 더 큰 어려움을 만남을 비유한 말이다.

험한 산길을 지나느라 고생하다

산 양쪽 절벽 사이에 난 촉도蜀道를 다시 만나
오 리를 기어가니 손바닥이 핏빛이라.
쓰리고 뻣뻣하여 자작 껍질로 동여맸네.
또 한 곳 다다르니 할 수 없다 어찌할꼬.
위는 태산이요 아래는 큰 강이라.
산에서는 말 못 타고 강에는 배가 없다.
중간의 좁은 길이 길맛가지²²⁾ 없은 모양이니
사람은 기겠지만 말은 메고 가야 하네.
메고 가면 가겠지만 사람 적어 어찌하리.
반갑다, 소리 나네. 사냥 포수 여섯 놈이
산돼지 둘러메고 희끗희끗 넘어오네.
"여보시오, 포수 보살. 여러 사람 힘 빌려보세."
포수가 대답하되, "이리로는 산양이나 겨우 오지
예부터 소와 말은 지나지 못하는 곳이로세".
"한 계책 생각했으니 이 말을 매어주소."
여럿이 옳다 하고 일시에 치켜드니
짐승도 영물이네. 사람에게 몸을 맡겨
흔들흔들 매어서 다 가도록 조용하데.
이곳 이름 물어보니 수심빈愁心濱이라 하더라.
오죽하면 수심愁心인가. 수심할 수밖에 하릴없데.
회령會寧서 조반 먹고 종성鍾城으로 가려는데

---

22) 길맛가지: 길마의 몸을 이루는 말굽 모양의 나뭇가지. '길마'는 짐을 싣거나 수레를 끌기 위해 소나 말 따위의 등에 얹는 안장이다.

삼사 리 못 가서 갑자기 음산하고 추우며
북쪽에서 무슨 기운이 어둑어둑해지면서
바람은 눈을 날리고 눈은 바람을 좇아
지척을 알 수 없으니 순식간에 열 길이나 쌓였네.
말의 배까지 빠지니 말 위에서 견딜쏘냐.
아마도 갈 수 없다. 오던 길 찾으려니
순식간의 변화 보소. 구렁이 언덕 되고
언덕이 산이 되니 옛길을 찾을쏘냐.
중간에서 겨우 자고 다시금 떠나오니
행인이 없으니 길이 어찌 나겠는가.
마부 두서넛에게 길을 내라 분부하니
불쌍하다 우리 마부, 언 발이 모두 빠져
허리만 보이는구나. 넘어질 때 무수하다.
밴들 오죽 고플쏘냐. 불쌍하다 우리 마부.
행영行營 성안에 들어가서 도시都試 구경하자구나.
말 타고 총 쏘기는 나라 안에서 제일이네.
본영本營 선달先達 우세창은 칠형제가 급제했으니
세상에 드문 일을 지방에서 보는구나.

삼수·갑산·무산의 민간 풍속

이날 밤 삼사경三四更이 되도록 잠이 안 와
삼수 갑산 무산 땅을 다시금 생각하니
집집마다 나무 굴뚝 한 길씩 세워두고
내(川)마다 물방아는 열 개 스무 개 걸려 있어

머리를 마주대고 서로 번갈아 절하는 듯하고
나무 싣는 나무발구²³⁾ 소에 매어 왕래할 때
강원도서 보았는데 세 고을선 흔하더라.
사내아이 장가갈 때 권마성勸馬聲은 무슨 일인고.
여자아이 신행新行할 때 따르는 사람 무수한데
쇠등에 틀을 만들어 치마폭을 둘러치고
동아줄 긴 고삐는 수십 보나 뻗쳤으니
도리어 지루하더라. 호사豪奢랄 것 전혀 없네.
늙은 처녀 오늘밤에 서방 맞이 호사로다.
아기를 낳게 되면, 글하는 놈 활 쏘는 놈일 것이니
어미 신행 지루하나 그렇다고 아니 낳을까²⁴⁾.
장진에서 회령까지 이천팔백오십 리 오는데
괴이하데. 그곳 사람 일생 동안 안 죽던가.
무덤들이 있을 텐데 어찌하여 못 보겠는고.
들어보니 그럴듯하다. 봉분을 하게 되면
흉악한 곰 짐승이 무덤인 줄 짐작하고
어떻게든 파헤쳐서 시신을 파먹으니
이런 까닭에 그곳 사람 죽으면 평토²⁵⁾하니
가엾고 불쌍하다. 네[四] 고을 사람들은
살아서 재미없고 죽어도 편할쏘냐.
이 생각 저 생각에 동방이 밝아오네.
곧바로 일어나서 볼하진乶下鎭 지나오니

---

23) 나무발구: 말이나 소에 매어 나무를 실어나르는 썰매.
24) 어미 신행~아니 낳을까: 신부의 신행길이 지루하다 해서 결혼하지 않고 아이를 낳지 않을
수는 없다는 의미다.
25) 평토(平土): 관을 묻은 뒤 흙을 다져서 평지같이 평평하게 메움.

하늘의 조화인듯 산으로 둘러싸인 여기가 오국성五國城이로다.
휘종徽宗 흠종欽宗 대송황제大宋皇帝 금나라에 잡혀서
여기 와서 갇히니 천고에 부끄럽다.
황제 예복 어디 두고 청개26)만 뒤따랐는가.
황제를 귀하다 마라, 선비보다 못하구나.
고령진高嶺鎭 동문 밖에 두 무덤이 처량한데
그곳 사람들이 가리키며 황제 무덤이라 하데.
슬프다. 두 황제가 오국성을 떠나
고국으로 못 가시고 변방에 떠도는 혼이 되어
의지할 곳 없구나. 원한이 오죽하랴.
두견새 울지 않는 겨울이라 다행이다.
이삼월에 만났다면 눈물을 금할쏘냐.
종성鍾城의 부계俯溪 베는 가늘기로 이름났다.
두 필을 짜려 하면 일 년 만에 겨우 마쳐
한 필에 스무 냥씩 쉽게 받는다데.
어떤 이가 사서 입노. 비단 준들 바꿀쏘냐.
베짜기는 잘하지만 말소리는 잘못 짜데.
개가 짖나 돼지가 우나. 아무리 사투린들
빡빡 빽빽 소리지르니 손님 귀를 뚫으려나.
열 마디 중 둘만 안들 그 누가 괴이하달꼬.
네 소리 그만 듣고 내 길이나 가리라.

---

26) 청개(靑蓋): 푸른 비단으로 만든, 일산(日傘) 모양으로 된 의장(儀仗).

경흥에서 일행과 합류하다

경흥부터 육진六鎭이요 서수라西水羅는 땅끝이라.
적지27) 적도28)는 옛 자취요 백마白馬 백룡白龍 이야기는 참말이라.
환조대왕29) 초기에 여진족이 침입하여
이리로 피하실 때 최씨30)와 함께했으니
고공단보가 서쪽 물가 따라온 것과 비슷하지 않은가31).
바다는 아득한데 여진의 옛터로다.
감초甘草가 중국 약재지만 여기서도 진상하데.
북도에는 없는 삼밭 숲 누런 붕어를
두어 번 맛을 보니 과연 시골 별미로다.
약속대로 읍내에서 우리 종인從人 만나니
반갑기도 측량없다. "어떻게 왔는고? 병은 없었던가?"
꿈에 자주 보이던 말과 점쟁이에게 묻던 일을
낱낱이 말한 후에 웃으며 앉아서 보는구나.
떠난 지는 넉 달이요 다니기는 사천 리라.
여기서부터 되돌아오니 경원으로 나오리라.

---

27) 적지(赤池): 함경북도 경흥군에 있는 못. 태조의 조부인 도조(度祖)의 꿈에 남적지(南赤池)에
사는 용이 나타나 도와주면 후세에 경사가 있을 거라고 하자, 도조가 이튿날 남지(南池)로 가서
백룡과 싸우는 흑룡을 화살로 쏘아 죽였다. 연못이 피로 온통 붉게 되어 '적지'라 불리게 되었다.
28) 적도(赤島): 함경북도 경흥군 만포호 앞바다인 조산만에 있는 섬으로, 이성계의 증조부 익
조(翼祖)가 여진족을 피해 임시로 옮겨와 살던 곳이다.
29) 환조대왕(桓祖大王): 이성계의 아버지.
30) 최씨(崔氏): 환조의 부인. 최한기(崔閑奇)의 딸이다.
31) 고공단보(古公亶父)가 서쪽~비슷하지 않은가: 주나라 문왕의 조부인 고공단보가 빈(邠) 땅
에 살다가 적인(狄人)의 침략을 견디다 못해 그곳을 떠나 기산 아래에 자리잡아 살게 된 것과
환조대왕이 여진족을 피해 경흥군으로 옮겨온 것이 비슷하다는 의미다.

훈융진에서 중국 땅을 바라보다

훈융진訓戎鎭 지날 때에 되놈들이 바라보데.

중국 땅이 지척이라. 작은 강이 막았으니

닭 개 소리 들리더라. 요지要地라 하리로다.

후춘後春도 삼십 리라. 요지가 아니겠는가.

성림도32) 큰 사냥을 못 본 일이 한스럽다.

황자파黃柘坡 진관鎭管 뒤에 우뚝 선 저 바위야

진나라 때 금장33)인가 한나라 때 구리 기둥34)인가.

곧기도 곧거니와 둥글기도 둥글더라.

형제같이 둘이 섰으니 구별할 길 없구나.

함께 옮겨다가 내 집 앞에 두고 싶네.

아깝다 너희들을 누가 와서 구경하리.

미원장35)이 본다 해도 어른이라고 절하리라.

영달진永達鎭 긴긴밤에 큰 눈이 오는구나.

앞길은 이천 리요 눈바람은 계속되는데

창자를 끊는 듯한 변방의 태평소 소리

오경五更이 다 가도록 객의 꿈을 깨우는구나.

경원부慶源府에 들어갈 때 모진 바람 귀를 베데.

다 떨어진 담비 토시 무명 장갑 허리띠를

끼고 매고 띠었지만 무슨 소용 있겠는가.

---

32) 성림도: 지명.

33) 금장(金掌): 한 무제가 신선술에 미혹되어 동(銅)으로 신선 모양을 만들어 그 손바닥에 승로반(承露盤)을 떠받치게 하여 천상의 감로를 받게 했다고 한다.

34) 한나라 때 구리 기둥: 후한(後漢)의 복파장군(伏波將軍) 마원(馬援)이 교지국(交趾國)을 원정하고서 한나라와 남방 외국의 경계선을 표시하고자 구리 기둥 2개를 세웠다고 한다.

35) 미원장(米元章): 미불(米芾, 1051~1107). 중국 북송(北宋)의 서예가이자 화가.

등골이 차가운 쇠 같고 배 속이 얼음이라.
무슨 말 하자 하니 입이 얼어 벙어리라.
내 나이 오십육 세에 이런 추위 못 보았다.
이런 추위 겪는 줄을 한양 친구 아시던가.
목조대왕[36] 계시던 용당龍堂이 이곳이라.
강을 두른 석벽이 절로 굳건한 성 되어
만 명이라도 못 열겠구나. 이른바 하늘이 내린 요새로다.
저놈의 영고탑[37]이 삼백 리 못 된다니
엿새만 허비하면 갔다 올 수 있건마는
국경 넘는 죄인 될쏘냐. 이 생각 어리석다.
중국 땅이 불안하면 이리로 온다 하데.
길 빌리는 폐단 생기면 어떻게 무사하리.
허락키도 막기도 난감하니 방도를 익혀두소.

온성에 출두하여 죄인을 다스리다

온성穩城이 몇 리인가. 우리 말이 지쳤구나.
서성西城 밖에서 잠깐 쉬어 말에게 꼴을 얻어 먹이려는데
갑자기 소주 장수 앞에 와 팔려 하니
그 술을 먹어보자. 촌사람 솜씨 아니로다.
관가 술이 분명하다. 그 사정 모를쏘냐.
내가 술 좋아함을 태수가 듣고서

---

36) 목조대왕(穆祖大王): 이성계의 고조부.
37) 영고탑(寧古塔): 청나라의 발상지인 만주 길림성 영안현에 있는 탑.

미리 독에 빚어 여기 와서 기다린 지

여러 날이 되었더라. 수상하게 오는 손님을

나인 줄 짐작하고 일부러 싸게 팔더라.

자연히 이 소식을 바람결에 얼핏 들었으니

아는 체해 무엇 하리. 담뱃대 둘을 주고

한 병을 기울이니 감홍로(甘紅露)와 다름없네.

속 깊도다 이부사(李府使)야. 네가 날 언제 알더냐.

여기부터 종성까지 오십 리가 된다 하니

저문 길에 바삐 가다 얼음 밑에 빠졌구나.

버선 행전(行纏) 다 적시고 동태가 되었구나.

이 몰골 이 거동을 남 보이기 부끄럽다.

뭇사람 가운데 출두하고 남여(藍輿) 위에 높게 앉아

억지로 발을 드리운들 그 누가 두려워하리.

저 기생 하는 말 보아라. "저 양반이 어사신가.

어사또 몰골 보소. 그 집이 가난한가.

갓은 어찌 꺾어지고 옷은 어찌 새까만가.

발 맵시 더욱 좋다. 짚신조차 신었구나.

키 크고 얼굴 길면 어사라고 하던가.

들을 때는 범(虎)일 것 같더니 보니까 미역이로다.[38]"

가만히 살펴보니 내가 봐도 초라하다.

위의를 갖춘 후에 좌수 이방 잡아들여

몹시 치며 심문(審問)하니 정강이가 찢어지데.

큰칼 씌워 봉인하고 끌어내어 하옥하니

---

38) 들을 때는~보니까 미역이로다: 암행어사가 호랑이처럼 무섭다고 들었는데, 키만 크고 더
러운 옷을 입은 몰골이 마치 미역 같다는 뜻이다.

그 기생의 눈치 보소, 고슴도치 되었더라.
아까는 조롱하더니 지금은 떠는구나.

부령으로 가는 길에 화재와 지진을 만나다

네 거동 그만 보고 회령會寧으로 가오리라.
회령서 자고 어디 갈꼬. 부령富寧으로 가오리라.
어두울 때 고풍산古豊山 원院집으로 들어갔는데
밤중에 숨이 막혀 놀라 깨어 일어나니
온 방에 연기가 가득 병풍에 불이 붙데.
저고리 찾아보니 개자추39)가 되었더라.
하마터면 화장될 뻔했구나. 중의 신세 면했다40).
남의 옷 얻어 입고 부령으로 가오리라.
부령 가는 길 무섭더라. 불시에 지진 나서
멀쩡한 평지가 도처에서 꺼지니
그 속에 한번 들어가면 다시 나올 수 있을쏘냐.
알압다41) 우리 일행 다행히 면했구나.
갔다가 삼수 올 때 때마침 바람 불면
아름드리나무들이 불시에 넘어지니
공교롭게 그때에 그 사이로 지난다면

---

39) 개자추(介子推): 중국 춘추시대의 은사(隱士). 진(晋)나라 문공(文公)이 망명할 때 19년 동안
그를 충성스럽게 모셨는데, 문공이 귀국 후에 벼슬을 주지 않자 면산(綿山)에 숨어 나오지 않
았다. 문공이 잘못을 뉘우치고 그를 나오게 하려고 산에 불을 질렀으나 기어이 나오지 않고 타
죽었다고 한다.
40) 중의 신세 면했다: 다행히 머리카락은 타지 않았다는 의미다.
41) 알압다: 미상.

벼락이 떨어질 때 넨들 넨들 살겠는가.
황지黃紙가 특이한데 재가승在家僧이 만들더라.
누렇기는 금박 같고 매끄럽기는 비단 같다.
가진 것이 있으면 바꾸어오고 싶데.
읍내 지나 오 리 밖에 형제암이 특이하더라.
황자파 그 바위와 기상이 다르더라.
행인이 말을 멈추고 길 갈 줄 모르더라.

수성 역촌에서 석도령을 만나다

수성輪城 역촌에 머물 때에 누가 먼저 앉아 있던고.
곤장코 주걱턱에 누른 뺨이 넓적하더라.
석도령이라 부르던가. 석도령의 거동 보소.
제가 언제 날 봤다고 반갑다 인사하고
부령 사는 선비이며 도령이라 자칭하네.
"어찌하여 도령이며 지금 나이 몇 살인고?"
"서른네 살 먹었는데 장가들 길 없노라"고
검은 눈썹 찌푸리고 긴 한숨 자주 쉬네.
"무슨 일로 장가 맛을 지금까지 못 보셨는고?"
"내 집안 좋건마는 가난한 탓이로세.
부자는 제가 싫다 하고, 가난한 자는 내가 싫다 하여
그럭저럭하다가 좋은 시절 다 보내고
어느덧 궁하게 되어 삼십이 넘었도다."
"지금 장가들 데 있는가? 어떤 곳이 합당하던고?"
"우리 동네 십 리 밖에 이별감李別監이라 하는 사람

무남독녀 두었는데 재주가 비범하고
살림이 넉넉하니, 여기에 장가들면
그 재물 내 것 되어 일생이 편안하리.
중매 들 사람 있으면 장가든 후 그 재물을
반 넘게 나눠줄 테니 그 아니 좋을쏜가."
어리석다 석도령아. 내 수단을 어찌 알리.
"친하게 지내자 석도령아. 명천으로 오겠는가?"

회령·부령의 혼인 풍속

어쨌든 괴이하데. 회령 부령 풍속이여.
딸자식 낳게 되면 삼십까지 혼인 안 시키고
실컷 실컷 부리다가 다 늦게야 서방 맞춰주니
자식 낳기 때 지나고 오래잖아 늙은이 되네.
이러해서 그러한지 함경도 사람 아내 사랑,
불 때기 물긷기와 나물 캐기 방아 찧기
사나이 손수하고 여자는 모르더라.
평생 동안 출입 않고 방안에서 하는 일이
바느질 베짜기와 어린아이 젖먹이기라.
여러 여자가 한방에서 소곤 속닥하련마는
밤낮으로 조용하여 아무 소리 안 들리네.
이 풍속 대단하다. 고을마다 이러하데.

경성·명천의 형세

경성으로 들어가니 북병사北兵使는 어디 갔는고.
행영에 들어간 지 두 달이 되었더라.
북평사北評事 보려 하니 개시42) 보러 회령 갔데.
본관이 겁 많더라. 감투도 못 쓰고 뛰어나오데.
제승헌制勝軒이 큰 집이라 누가 능히 제압할꼬.
산세가 기이하니 낮고 굽은 눈썹 같다.
십육 세 나이 같은 홍도紅桃 벽도碧桃 두 기생이
다홍치마 초록 저고리 입고 내게 와서 절하는데
얼굴도 말끔하고 검무가 일등이네.
하룻밤 노니오니 이런 구경 항상 하랴.
지명은 명천인데 귀문관鬼門關이 험하구나.
온 바위 온 나무가 눈으로 덮였으니
이러한 흰 세계에 밝기도 하련마는
본색이 음침하니 눈빛조차 검어 뵈데.
더부룩한 잣나무는 우두나찰牛頭羅刹 벌려 선 듯
움푹한 구덩이는 철산지옥鐵山地獄 벌여놓은 듯.
죄 없으니 관계없데. 무사히 지났구나.
칠보산七寶山이 명산이라 오르고 싶지마는
큰 눈이 쌓였으니 오를 길 전혀 없다.
북도에 눈이 많이 올 땐 처마까지 쌓여서
출입을 못한다데. 다행히 이러한 눈

---

42) 개시(開市): 우리나라와 청나라의 무역을 위해 회령·경원에 둔 시장으로, 북관개시(北關開市)를 이른다.

아직은 본 일 없네. 본 일 없다고 기뻐 마소.
이 앞의 많은 고개 어서어서 넘어보소.
성곽이 보잘것없다. 곳곳이 무너졌네.
이십사관二十四關 다 지나도 이런 성곽 처음 보겠네.
해마다 성정곡[43] 받아 어떻게 하고서
석회 한 되 돌 한 덩이 들인 곳 전혀 없다.
지킬 곳 휑하니 사성使城 부장部將 무엇 하겠는가.
명천 대구 유명하니 길고 넓고 살쪘더라.
부령에 공문 보내 이별감 데려다가
석도령 중매하려고 신랑감 오라 하여
혼인날 정하고 사주단자 의양단자[44]
편지지 빼어 곱게 써서 별감더러 받으라 하니
꿇어앉아 두 손으로 벌벌 떨며 받아가네.
석도령의 거동 보소. 절하고 춤추는 모습
너푼너푼 죽금죽금 광대 재인才人 같구나.
성사가 됐는지 못 됐는지 뒷소식 모르겠네.

길주·성진·단천의 풍속과 일화

길주吉州에 공문 보내고 오후에 들어가니
돈 못 쓸 곳에 돈 많기는 길주가 으뜸이네.
만 냥 거래하는 집의 문서를 조사하니

---

43) 성정곡(城丁穀): 성을 지키거나 보수하기 위해 거두는 세금.
44) 의양단자(衣樣單子): 신랑 또는 신부가 입을 옷의 치수를 적은 종이.

살려달라 빌지마는 국법을 어찌하리.
관가의 팔선녀[45]는 좋지 않은 소식이네.
송월이 불러보세. 옛적의 수청 기생인데
사촌형님 감사監司 적에 순력巡歷 길에 사랑했네.
"어느덧 십이 년 지나 너조차 늙었구나.
옛말 하여 무엇 하리. 마음만 어지럽다.
아홉 살 난 네 딸이 노랫소리 뛰어나더라.
가진 것 별로 없어 네게 줄 것 전혀 없다.
네 원님 나오거든 재물이나 주라 하마.
긴 이야기 하지 말자. 할일이 무수하다."
길주의 전복 차돌 중국보다 낫다더라.
삼백 명 친기위[46]는 정예병이라 하겠구나.
북관에 천 명이오 남관에 천 명이오
감영에 천 명이라. 합하여 삼천 명인데
갑옷투구 산뜻하고 말 타고 활 쏘기는
다른 군사 만 명과도 바꿀 수 없겠더라.
이 사람들 잘 돌보소. 한 사람이 열 사람 감당하리.
성진城津 객사客舍 기이하데. 높은 데 지었으니
앞에는 푸른 바다요 뒤에는 들판이라.
그림으로 그리려니 형용하기 어렵네.
문어 홍합 전복 해삼 그 아래서 잡더라.
저녁 반찬 신기하데. 서울 사람 먹이고 싶네.
새벽밥 재촉하여 먹고 단천端川으로 향하려니

---

45) 관가(官家)의 팔선녀(八仙女): 기생 8명을 가리킨다.
46) 친기위(親騎衛): 변방을 지키기 위해 함경도 사람들으로 조직한 기병대.

마천령이 높고 높구나. 앉아 쉬며 하는 말이,
"또다시 이런 고개 만나니 남은 쓸개 마저 녹네".
말조차 겁을 내어 갈 생각 아니하니
눈 속의 저 비탈길 어찌할꼬. 위험하다.
좌우로 부축받아 겨우겨우 넘었구나.
단천에 보배 많다. 금은 동철 다 나더라.
돌담뱃대 팔각형으로 깎아서 시장마다 팔더라.
여기서부터 돈을 쓰니 오고가는 사람들이
돈으로 포목布木 사며 포목으로 돈을 사데.
곳곳에서 파수꾼이 행장을 보여달라기에
북쪽으로 오천 리 길 몹시도 괴롭더니
예서부터 이 일 없어 시비가 덜 생기더라.

이원·북청·홍원·장진의 풍속과 일화

덕쉬야, 남관 왔다. 북관 일 끝맺고 가자.
북관 아홉 고을 중 서쪽으로 네 고을에
일제히 공문 보내 이상한 구실 없게 하세[47].
삼잉곡[48]과 성정곡과 백일곡과 한유곡[49]과

47) 일제히 공문~없게 하세: 어사출또 시 처리한 일에 대해 공문을 보내 재확인함으로써, 지방 관들이 겉으로 그럴듯한 구실을 내세워 제대로 처리하지 않는 일이 없도록 하겠다는 의미다.
48) 삼잉곡(三剩穀): '잉곡'은 세곡(稅穀)이나 대여곡(貸與穀) 등을 징수할 때 보관상 손실을 이유로 1석(石)마다 1되씩 추가로 징수하는 곡식이다. 삼잉곡은 잉곡을 3배로 하는 것을 말한다.
49) 백일곡과 한유곡: 미상.

양반 환작⁵⁰⁾ 누정자⁵¹⁾들 백성에게 고통 준 일

엄하게 경계하여 다 없앤 후 보고를 하라 하소.

보고서가 차차 온다. 빠짐없이 가져와서

누만석累萬石을 얻었으니 그도 적지 않더라.

그 백성들 노래 들소. 어사의 은혜라데.

죄인들이 많건마는 거기서 다 판결하고

영 넘긴 일 없었더니⁵²⁾ 감격하더라데.

마운령摩雲嶺이 또 높으니 이원利原 가는 길이 근심이라.

남여를 얻어 타려 할 때 우스운 일 있더라.

타는 이도 쳇불 탕건 메는 이도 쳇불 탕건 썼으니

귀천을 어찌 알리. 어찌하여 쳇불 탕건 썼나.

머리마다 쳇불 탕건 구생원을 본받았는가.

고을은 작지마는 바다 경치 멀리 보인다.

꼬막이 맛있구나. 생것은 처음 맛보네.

둥글고 살찌기는 말굽떡 모양이고

연하기는 입에 넣어 이 없어도 씹겠구나.

바닷가 고을 비슷하나 흔하고 귀한 것 각각이라.

북청이 도회지라 관아도 웅장하다.

온갖 물건 다 있으니 사람 살 만하더라.

군물軍物 성가퀴 튼튼하니 남병사가 있는 데로다.

동문 밖 우물물이 천하에 으뜸이라

"여러 해 먹게 되면 벙어리도 말을 한다".

---

50) 환작(換作): 조세를 다른 물품으로 대신 바치던 일. 논밭의 세를 쌀 대신 베로 내기도 했다.

51) 누정자(漏丁者): 호구 대장에 등록이 누락된 장정.

52) 영(嶺) 넘긴 일 없었더니: 고개를 넘어 다른 지역으로 옮겨가서 일을 처리한 적이 없었다는 의미다.

사람마다 일컫는데 과연 그러하더라.

이틀을 마셔보니 가슴속이 상쾌하더라.

대체로 추운 함경도 지방 물맛이 너무 세데.

홍원의 의두루依斗樓는 승경이라 하리로다.

바다는 넓고 멀어 끝없이 흘러가고

산들은 점점이 유정幽靜하게 둘러 있고

아득한 상선商船들은 작은 술잔 띄운 듯.

북두단심앙 동명백발수53)는

이 늙은이 글이니 굳은 충정 드러냈네.

일출을 보려는데 구름이 방해하네.

이 장관도 연분이 있는가. 성진서는 안개 덮고

서수라 남포南浦서는 눈발이 종일 날려

이 세 곳 그냥 지나니 다시 볼 데 없다 하데.

장진에서 여기까지는 집집마다 우물길에

동아줄 굵게 꼬아 기다랗게 깔았으니

눈이 오면 통로 되니 훌륭한 방법이로다.

주막도 본 적 없고 시장도 못 보겠더라.

촌가가 있는 데는 홍살문을 세웠더라.

너와집과 굴피집과 겨릅집과 돌집이요

초가집은 전혀 없고 기와집은 약간 있네.

육진 다리54) 유명하더니 머리 긴 사람 드물더라.

담비가죽 족제비가죽 흔하다더니 개가죽밖에 본 일 없다.

북쪽 끝 고운 빛은 잊지 못할 두 나무로다.

---

53) 북두단심앙(北斗丹心仰) 동명백발수(東溟白髮愁): 충성스러운 마음으로 북두칠성을 우러르며, 동해 바닷가 늙은이가 수심에 젖다.

54) 다리: 여자들이 머리숱 많아 보이게 하려고 덧넣었던 딴머리.

자작나무에서 가루 따고 갯버들로 그릇을 만들더라.
바늘 열 개에 꿩 한 마리 종이 한 묶음에 고운 베 사 척尺
사려 하면 쉽다 하니 꿩과 베는 흔하더라.
귀한 것이 무명 모시요 높은 것이 좌수 별감이라.
마음속에 기록한 것 어찌 다 이야기하리.

함흥에서 태조의 유적을 돌아보다

함흥으로 다시 가자. 함관령을 어찌 넘으리.
뛸 수 없고 날 수 없다. 기는 것도 매번 하랴.
인손[55]은 뒤를 밀고 여장[56]은 앞을 막으소.
앞사람의 발뒤축이 뒷사람의 이마 위에
번번이 걸리니 그 무슨 까닭인고.
뒷자락 잡아매고 앞자락 걷어쥐고
마지막 고개를 처음처럼 넘어가네.
만세교萬歲橋 못 미쳐서 낙민루樂民樓에 올라앉아
성천강城川江 굽어보니 맑기가 거울 같다.
물 깊이 얼마인고. 깊고 얕기 별로 없데.
산세는 웅장하고 들 빛은 한 빛이라.
발해의 먼 구름은 봉우리마다 일어나며
대낮에 벼락 소리 요란하게 들리더라.
무변대야성천월이요 욕상고루발해운[57].

55) 인손: 인명(人名).
56) 여장: 인명(人名).

이 대구는 내 글이니 순찰사가 판에 새겨 걸리라.

넓고 넓은 모래사장 십만 갑병^{甲兵} 추격할 만하네.

높고 높은 누각 위에 오백 미인 춤을 추어

태평 시대 장식하면 남아의 통쾌한 일이리라.

지락정^{知樂亭}이 넓고 조용하니 눈앞이 기이하다.

산봉우리는 눈썹 같고 집들은 빗살 같다[58].

우뚝 솟은 남문루^{南門樓}는 그림 속 집이로다.

북산루^{北山樓} 빼어나고 격구정^{擊毬亭} 탁 트였다.

술과 풍악으로 곳곳이 놀 만하데.

본궁[59]에 알현하자. 우리 태조 옛 도읍터라.

쓰시던 검은 갓은 테두리만 남아 있고

쓰시던 누런 화살은 무게가 무겁더라.

심으신 삼지송^{三枝松}은 손때가 그냥 남아

노룡^{老龍}이 서린 듯하니 눈서리를 겁낼쏘냐.

미천한 일개 신하가 다행히 받들어 모시니

임금 은혜 아니시면 이런 기회 만날쏘냐.

영흥 · 정평의 토산과 유적

함관령서 길게 놀고 정평으로 말을 몰아

---

57) 무변대야성천월(無邊大野成川月)이요 욕상고루발해운(欲上高樓渤海雲): 드넓은 들판엔 성천의 달이 비추고, 높은 누각에 올라 보니 발해엔 구름이 자욱하네.

58) 산봉우리는 눈썹~빗살 같다: 봉우리는 눈썹처럼 둥그스름하고, 인가가 빗살같이 늘어서 있다는 뜻이다.

59) 본궁(本宮): 함흥에 있는, 태조 이성계의 오대조의 신위(神位)를 모시던 궁.

흑석 고개에 앉은 것은 흑석 보기 위해서네.

언덕에 깔렸기에 두어 조각 주워보니

검기는 자석 같고 미끄럽기는 활석滑石 같다.

수레 쓰는 남관 사람 수북하게 쪼개다가

바퀴에 바르면 기름보다 낫더라.

서울 재상宰相 알게 되면 초헌軺軒에 쓰겠구나.

오래지 않아 진상하리. 백성들 수고로운 일 생겼구나.

현판 글자 메워보면 중국 숯먹보다 나으리라.

초원서 역마 갈아타고 영흥으로 돌아드니

아전들 풍속은 온순하고 고을 풍속이 억세더라.

남관서는 큰 고을인데 환자 군정軍政 어렵더라.

동남으로 십삼 리에 흑석이 있다 하니

이 마을이 용릉60) 같다. 지원 원년61) 시월에

우리 태조 강헌대왕62) 탄생하신 곳이로다.

명나라 홍무洪武 오월에 준원전63)을 지은 후에

임금님 초상 모셨으니 영희전64)과 같더라.

관복官服 입고 참배하고 고적古蹟을 구경하니

전 왕조의 호적 쓰신 글자가 선명하다65).

쓰신 방법은 요사이와 다르더라.

궁위령宮闈令과 한참봉韓參奉이 폐단을 아뢰니

60) 용릉(舂陵): 나라를 세운 임금이 태어난 땅을 가리킨다.
61) 지원 원년(至元元年): 고려 충숙왕 4년(1335). '지원'은 원나라 순제의 연호다.
62) 강헌대왕(康獻大王): 태조 이성계의 시호.
63) 준원전(濬源殿): 조선 발상을 기념하던 전각으로, 태조 이성계의 태(胎)를 묻은 곳이다. 함경남도 영흥군 순녕면에 있다.
64) 영희전(永禧殿): 조선시대에 태조·세조·원종·숙종·영조·순조의 영정을 모시던 전각.
65) 전 왕조의~글자가 선명하다: 준원전에 관한 기록을 담은 『준원전고사록濬源殿故事錄』의 첫머리에 이성계의 호적에 관한 이야기가 나온다고 한다.

그 말이 옳더라. 따로 문서에 넣으리라.

객사에 돌아와서 달 밝고 잠 안 오니

"저 기생 노래해라. 이 꽃 다 피고 나면 다시 꽃이 없겠구나[66]".

각 관의 절구비를 볼 수 있는 곳 없더라[67].

이전에 기생으로 이름난 곳은, 오는 원員이 조사하여

원래 있던 얌전한 기생을 대비代婢 넣고 빼가니[68]

남은 것이 오죽하랴. 절굿공이에 겨 묻은 것[69] 같고

얼굴빛이 얼룩덜룩 분 바른 것 괴이하더라.

차라리 오리알에 제 똥 묻은 것 같더라[70].

황아장수 송도松都 놈을 함부로 얻었으니

여러 계층 사람과 어울림은 이년들의 재주로다.

고운 것은 여염집 계집이니 열에 여섯 곱다더라.

남남북녀 일컫기는 여염 계집 말함이라.

이상하다 저 시골에서 바느질이 기이하다.

이 말이 쓸데없으니 쓸데없는 말 말고 가리라.

<hr>

66) 이 꽃~꽃이 없겠구나: 눈앞의 기생 말고는 볼만한 인물이 없음을 비유적으로 표현했다.
67) 각 관(官)의~곳 없더라: 관아의 절구질하는 여종을 모두 기생으로 만들어 실제로 관아에서 허드렛일하는 여종을 보기 어렵다는 의미다.
68) 원래 있던~넣고 빼가니: 대비정속(代婢定贖). 옛날에 관청의 여종이나 기생이 자기 대신에 다른 사람을 사서 넣고 자신은 자유의 몸이 되는 일을 말한다.
69) 절굿공이에 겨 묻은 것: 얼굴이 곱지 않고 얼룩덜룩한 모양을 절굿공이에 겨 묻어 있는 모양에 비유했다.
70) 차라리 오리알에~것 같더라: '오리알에 제 똥 묻은 격'이라는 속담과 같은 의미로, 제 본색에 과히 어긋나지 않아 별로 흠잡을 것 없이 그저 수수하다는 말이다.

고원·문천·덕원·함흥의 토산과 형세

고원 고을 궁핍하나 아이기생 많다더라.
어디 원이 하던 말이, "고원을 지나거든
홍옥이란 아이기생 머리 얹어주고 가오.
어여쁘고 춤 잘 추고 노래가 명창이라.
글 잘하고 술 잘 먹는 어사또가 그냥 갈까?"
"그대 같은 젊은 선비가 남에게 사양하노?
미행微行으로 지나려 하니 그 아이 어찌 보겠는가?"
천불암이 어디인가. 문천이라 하더라.
순찰사의 글을 보니 볼 만도 하건마는
천 길 절벽 길에 눈 치우는 이에게 폐가 된다.
고원 지나 문천서 자고 덕원으로 곧바로 가니
동편으로 적전리赤田里는 익조대왕71) 나신 곳이라.
터조차 깊고 두터우니 쌓은 덕이 백년을 가리라.
원산이 쇠퇴한 후로 덕원이 가난하다데.
해마다 오륙천 냥 상세商稅를 바치더니
몇 년 동안 흉년 들어 장사꾼이 드물더라.
바다가 얼었으니 어선도 귀하구나.
고을마다 전만 못하다 하니 그리하여 어찌하리.
함흥이 번화하다고 옛날부터 전해졌는데
지금은 가엾더라. 각 읍인들 옛날 같으랴.
남대천 긴긴 다리 만세교에 버금가네.
이 다리 넘어서면 여기가 안변 읍내로다.

71) 익조대왕(翼祖大王): 이성계의 증조부.

갈 때는 지나쳤으니 올 때나 들어가자.
남쪽 기슭에 우뚝 선 집 표표연정飄飄燕亭이란 이름과 같네.
안변 배와 함흥 사과 다른 곳보다 낫다더라.
잣 맛과 꿩고기는 회양淮陽보다 못하더라.

섣달그믐을 맞아 회포가 일다

이날이 섣달그믐이라 누구와 함께 밤을 샐꼬.
천리서 온 나그네 회포도 무궁하다.
처자 형제 어디 있노. 내 생각 오죽하랴.
어찌하리. 늙은 몸이 명 받들어 변방에서
온갖 고생 하다가 다행히 여기 오니
한양이 멀지 않다. 얼마 후에 돌아가리.
오륙 개월이 오랜던가. 육천 리가 멀다 하랴.
다만 늙고 병든 몸이 종종 춥고 굶주리며
높은 고개 험한 계곡에서 십전구부[72] 했으니
도중에 불행하여 만일에 병이 들어
적막한 외딴 마을에서 길게 누어 눈감으면
나랏일을 못 마치니 나라 은혜 저버리게 되고,
처자 동생 모습도 불쌍하지 아니한가.
이리저리 헤매며 날 찾으러 오는 모양
아무리 혼백인들 불쌍하지 않겠는가.

72) 십전구부(十轉九赴): 열 번 구르고 아홉 번 넘어짐. 고생을 심하게 했다는 의미다.

마계[73] 위에 길게 누워 가던 길로 올 것이니
고개마다 오를 때에 초혼招魂인들 누가 할쏘냐.
이런 말 다시 하고 지금은 웃건마는
그때 행색 누가 알리오. 황당하다 하리로다.
우리 임금 덕택으로 온전하게 거의 오니
무슨 걱정 있겠는가. 고향 생각 잠깐 참고
잘 자고 내일랑은 석왕사서 쉬오리라.

석왕사를 돌아보다

급창及唱이 아뢰기를, "석왕사 승통僧統 중이
사또님께 문안하오." "들어오라." 다시 보니
가증스럽던 일 잊을쏘냐. 옷 달라던 너로구나.
이 중놈의 거동 보소. 허겁지겁 엎드리며
"죽여주십시오. 사또님께 소승 목숨 바치나이다".
"올라오라, 이 중놈아. 너를 어찌 속일쏘냐."
본관에게 말하여 무명 한 필 얻어주고
다담상의 과줄 다식 다 물려주어 먹였구나.
남산 역참에서 조반 먹고 단속문斷俗門 바라보니
갈 때는 단풍이더니 올 때는 흰 눈이라.
불이문不二門 들어가서 청설당聽說堂에 앉아 쉬니
팔십여 명 많은 중이 차례로 합장하네.
머리에는 고깔 송낙 손에는 염주 목탁

길고 길다 소매길이 땅에 끌린 검은 장삼
귀에 넘게 팔을 들어 휩쓸어 절을 하고
"문안드리오" 한 후에 "나무아미타불"이라.
전집리야, 옛이야기를 자세히 이르리라.
"태조대왕 왕위에 오르시기 전 이상한 꿈 꾸시고
설봉산雪峯山 아래 토굴 속 무학대사無學大師 찾아가서
'얼굴 검은 스님아, 꿈 해몽을 하여주소.
세 꿈을 꾸었는데, 한 꿈은 집이 무너지는데
서까래 셋을 등에 지고, 또 한 꿈은 일만一萬 집의
모든 닭이 함께 울고, 또 한 꿈은 두 가지니
꽃이 뚝뚝 떨어지고 거울이 떨어지니
그 무슨 징조인고? 길흉을 묻잡노라'.
선사가 풀어 대답하되, '꿈의 징조 길하도다.
서까래 셋 등에 지니 임금 왕王 자 아닐런가.
모든 집에서 닭이 우니 고귀한 지위 축하하고,
꽃이 떨어지니 열매가 열릴 것이요
거울이 떨어지니 소리 어찌 없으리오.
임금 되실 꿈이시고 군왕의 얼굴이라.
몸을 잘 보존하소서. 나중에 다시 뵈리라'.
등극한 지 삼 년 된 때 큰절을 지으시고
석왕사라 이름하니 임금 왕 자 해명한 까닭이로다.
무학을 높이시어 국사國師라 하시고
오백 년 가깝도록 봄가을로 불공하데.
뜰 가운데 심으신 배 지금까지 열리더라."
태종 숙종 영조 정조 네 임금 쓰신 글씨
집 짓고 비석에 새겨놓았으니 천만년 무궁하겠네.

경오년[74] 홍수 후에 장인 시켜 보수하여
누각이 새로워져 단청이 빛나고
섬돌도 겹겹이 쌓여 두 길이나 되더라.
석가여래 관음보살 오백나한 지장보살
아난존자 가섭존자迦葉尊者 나무아미타불들을
깊은 집에 차례대로 모셔두고 예불할 때
백단향 피워놓고 화엄경 펼쳐 쥐고
종 치며 경쇠 치며 백팔염주 목에 걸고
아침저녁으로 빌 때에 없는 신령도 있겠구나[75].
다홍빛 비단 휘장이요 갖은 꽃을 수놓은 방석이요,
금으로 장식한 작은 팔첩 병풍이요 침향 화류樺榴로 만든 좌탑坐榻이요,
순금 오동烏銅 향로 향합 이무기 모양인가 사자 모양인가.
옥등이며 유리등과 주석 불기佛器 구리 불기
여러 임금이 내리신 것이라 과하지 않을쏘냐.
설봉산 곰취 좋다. 연하고 향기로워
해마다 사월이면 두 상자씩 진상하데.
천엽 같은 석이버섯 기름소금에 무쳐내어
송이 자반 섞어가며 흰밥을 싸 먹으면
맛이 아주 뛰어나다. 고기 준들 바꿀쏘냐.

74) 경오년(庚午年): 순조 10년(1810).
75) 아침저녁으로 빌~신령도 있겠구나: 아침저녁으로 정성스럽게 비니 없는 귀신도 기도를
들어줄 듯하다는 의미다.

북관 지방 암행을 끝내는 감회

두 달을 길에서 묵으며 남북관南北關을 왕래하여

몰랐던 일 다시 알고 문서를 꾸몄도다.

남관에 공문 보내 "곡식을 나눠줄 때 선이자 떼는 것을

엄하게 금지하소. 백성이 짐을 덜게 되리라".

오늘은 심심하니 북관에 대해 못 한 말을

내 다시 할 것이니 옆 사람들 들어보소.

사대왕76) 덕 쌓으신 옛 땅이 북관이라.

여진족이 왕래하여 오래도록 황폐했는데

김종서는 개척하고77) 이세화는 보수하여78)

반석이 되었더라. 그 공이 새길 만한데.

청나라 목극등79)이 백두산에 국경 정해

산남山南 산북山北으로 잘라 내어 두 나라 울타리가 되었더라.

고금에 감사 노릇 잘하기는 남구만南九萬이 제일이요

전후에 어사 노릇은 이오천80)이 으뜸이네.

또 한 가지 특이한 일이, 낙민루 오른편 길에

경상 감사 선정비善政碑가 어쩐 일로 여기 섰노.

만세교 다리 나무 낙동강에 떠내려오니

---

76) 사대왕(四大王): 태조의 선조인 목조·익조·도조·환조를 이른다.
77) 김종서(金宗瑞)는 개척하고: 김종서가 육진을 개척해 두만강을 경계로 확정한 것을 말한다.
78) 이세화(李世華)는 보수하여: 1684년(숙종10)에 함경감사 이세화의 건의에 따라 병마첨사진(兵馬僉使鎭)이었던 무산을 무산부(茂山府)로 승격하고, 처음으로 읍을 설치해 수령을 둔 것을 말한다.
79) 목극등(穆克登): 청나라 오라총관(烏喇摠管)을 지냈으며, 1712년 우리나라에 와서 조(朝)·청(淸) 양국의 국경을 정하는 백두산정계비를 세웠다.
80) 이오천(李梧川): 영조 때 암행어사로 활약한 이종성(李宗城, 1692~1759).

관찰사 박문수朴文秀가 북관 일을 짐작하고
몇만 석 곡식 옮겨 북쪽 사람 살렸으니
그 비碑가 아니라도 재상감이라 하리로다.

북관 지방의 방언과 특이한 풍속

자네도 들어봤는가. 북쪽 사투리 우습더라.
여기란 말은 영각이요 저기란 말은 정각이라.
늙은 여인 만나면 마누라고 못 하겠더라.
마누라란 말에 화를 내어 네 마누라냐 욕한다네.
사람 만나 길 묻기를, "아무 데를 저리로 가나?"
사납게 대답하길, "누가 아니라콩".
말버릇 괴이하데. 콩 자는 무슨 뜻인고?
어떤 이는 오라 하면 귀 빠지게 달아나고
어떤 이는 가라 하면 코가 닿게 엎드리데.
엎드리나 달아나나 흘깃흘깃 돌아보노?
엊그제 갓 낳은 아이 냉수에 넣어보기
기품氣稟을 시험하니 육진서 그리하데.
시골의 삼척동자 상투는 무슨 일인고.
나무할 때 간편하다. 아이 어른 요망하다.
멀리 있는 일가친척 죽으면 어찌하노.
피부와 살은 다 벗기고 뼈다귀만 모아다가
상자 속에 넣어 메니 편리하긴 하겠지만
어찌 차마 하던고. 아마도 짐승이로다.
무산 갑산 그렇더니 단천 이원 또 같더라.

모두 다 그러하랴. 그중에도 거룩한 이 없을쏘냐.
학행學行도 진실하고 마음도 충직한 사람
이따금 있건마는 누가 그를 등용하리.
효자 열녀 행실 적은 문서가 무수하더라.
조수鳥獸와 한 무리가 되고 목석과 함께 살아
세상 사람 모를망정 충신 의사義士 없을쏘냐.

암행어사의 임무를 마치고 귀가한 감회

이런 말 그만두고 행장을 수습하세.
철령이 삼십 리라 넘어가면 타도他道로다.
타도 말해 무엇 하리. 어서어서 가리라.
다락원 넘어와서 왕십리 돌아드니
잠실 건너 둥구레는 내 벗의 집이로다.
굶주린 술 찾아 먹고 회포 다 풀겠구나.
반년 넘게 다니다가 삼월에 보고하고
내 집에 돌아오니 모든 일이 한恨이 없다.
전원田圃이 황폐해지고 집이 쇠퇴한들
무슨 상관 있겠는가. 노병老兵이 살아왔다.
평생토록 게을러 산중에 문을 닫고
나 홀로 누웠으니 어느 벗님 날 찾으리.
조정에서 어찌 알고 임금님께서 지명하시어
관북 암행어사 중임을 맡기시니
변변치 못한 썩은 선비 무슨 일을 알던가.
황공하고 민망하여 몸 둘 곳이 없더라.

임금님의 망극하신 은혜를 어찌할꼬.
오늘날 당하여서 조금이나마 갚으려는
그 마음 지극하니 그나마 볼만하네.

암행어사의 고충

능한 것이 좋더냐? 쾌한 것이 언짢더라.
원 노릇 착실히 하면 원수가 온들 어찌하며
원 노릇 잘못하면 친척인들 어찌하리.
소문이 다 옳더냐? 죄 없는 이 죄에 들어
만일에 죄를 주면 재앙이 자손에게 미치지 않을쏘냐.
이 염려 저 생각에 잠이 온들 자겠는가.
여러 달 굶주리다 혹시 혹시 출두하면
음식은 성대하나 하나라도 살로 가랴.
여러 날 추위에 떨다 더운 방에 들어오면
가슴이 답답하니 먹는 것이 냉수로다.
그 누가 어사 벼슬 좋다고 하던고.
봉고파출封庫罷黜 유쾌한 일인가. 형문 곤장 차마 하랴.
못할 일 억지로 하니 제 마음씨 나빠지고
소송에 진 사람은 원망하며 몹쓸 말 지어내니
모르는 사람 어찌 알리. 그 말을 곧이듣네.
고맙다는 사람은 잠깐이요 원수는 여러 대代로다.
괴롭기는 저 혼자니 못 할 것이 어사로다.
어찌 다 좋으리. 부끄러운 일 없으면
무슨 상관 있겠는가. 상관할 일 있더라.

내 애써 다니면서 백성 고통 자세히 알아
낱낱이 보고했는데 조정에서 살펴보고
열에서 일고여덟 시행을 안 하면
허망하지 않겠는가. 이 일이 상관있다.

북관 백성의 고충

하물며 북도 백성 위로할 것 많더라.
위로하여주시면 나라 위해 물불을 안 가리리.
불쌍하다 북도 백성. 한양이 수천 리라
감사도 모르는데 임금을 어찌 알리.
제 몸에 고통스러운 일 아무리 있더라도
누구에게 말할쏘냐. 형편이 하릴없다.
죽으라면 죽을 수밖에 무슨 수가 있을쏘냐.
날 보고 길을 막아 울며 놓지 아니하니
내가 차마 가겠는가. 머물며 위로한 말,
"우리 주상 전하님이 너희 고통 염려하셔
날 보내어 알리려고 하시니, 내 가서 아뢸 것이니
죽지 말고 기다려라. 은택이 미치리라".
비노니 햇빛 아래 백배百拜하고 비노니
봄기운이 은택을 베풀 때 그늘진 곳부터 먼저 하면
먼 곳의 저 사람들 거의 다 살 수 있으리.
반생半生 넘게 늙은 몸이 임금님 은혜 아니시면
육천오백 리 먼길을 탈없이 왔겠는가.
아이야, 잔 씻어라. 천황씨天皇氏 일만 팔천

지황씨地皇氏 일만 팔천 합하여 삼만 육천 세를
우리 님께 빌자꾸나.

「동유가東游歌」는 1862년경에 홍정유洪鼎裕, 1829~1879가 창작한 금강산 기행가사로 하버드대학교 연경도서관에 소장되어 있다. 현재 알려진 금강산 기행가사 중에서 가장 길며 조선시대 사대부의 여행 풍속을 잘 보여주는 작품이다.

홍정유는 병자호란 때 순절한 홍익한의 후손이자 옥국재玉局齋 이운영李運永의 진외고손陳外高孫으로, 박규수·김윤식과 인척 관계인 경화사족이었다. 철종 3년 24세로 식년시에 합격해 무주 부사茂朱府使 등 지방관을 역임하면서 치적을 남겨 조정에서 높은 평가를 받았다.

작자는 소과에 급제하고 10년이 지나도록 변변한 관직에 오르지 못했다. 1862년 34세에 "독서해서 문한文翰을 성취한 후에는 입신양명해서 치군택민해야 하고 그다음 여유가 있으면 명산대천을 유람해야 대장부라 칭송받을 수 있다"며 금강산 유람을 떠났는데, 「동유가」는 이때 금강산 유람 경험을 노래한 작품이다.

「동유가」의 가장 두드러지는 특성은 일기 형식으로 구성되어 있다는 점이다. 이 작품은 '여행의 동기(서사)-금강산까지의 여정(본사 1)-금강산에서의 유람 경험(본사 2)-회정 및 감회(결사)'로 이루어져 있다. 일기체로 날짜별 여정, 경유지 지명, 견문, 경물 등을 구체적으로 길게 서술하여 객관적·사실적 서사물 성격을 띠게 되었다.

이 작품의 문학적 탁월성은 치밀하게 대상을 관찰하고 사실적으로 여정을 서술한다는 점에 있다. 「동유가」는 전기 기행가사에서 흔히 발견되는 서정성과 유교 이념이 탈색된 반면, 여행 중의 행위, 사건, 견문을 자세하게 서술하거나 지방 풍속, 생활, 경물을 구체적으로 묘사하는 등 여행 경험에 더 많은 비중을 두고 있다. 이는 유자儒者가 갖춰야 할 덕과 기상의 배양보다는 탐승 욕구와 낯선 곳에 대한 호기심이 여행 동기가 되었음을 말해준다. 또한 사실주의 산수관山水觀의 영향 및 사회 현실과 사물에 대한 궁리와 해석에 관심을 가진 경화사족의 학문적 분위기와 연관되는 것이라 볼 수 있다.

금강산 유람을 떠나다

사람이 이 세상에 남자로 태어나서
백 년을 사는 동안 할일도 많을씨고.
한적한 곳에서 독서하여 문장가가 된 후에
벼슬길에 나아가 임금께 충성하고 백성에게 선정을 베풀며
나머지 한가한 때 명산대천名山大川에 가보아야
비로소 세상에서 대장부라 칭하느니라.
사마천은 스무 살 때 천하를 유람하고[1]
소영빈蘇穎濱은 열아홉에 서울 구경 하고 나서
문장을 발휘하고 공업功業도 이루었네.

---

1) 사마천(司馬遷)은 스무~천하를 유람하고: 사마천이 20세에 천하를 유람하고 돌아와 『사기』
를 지었다고 한다.

어와 이내 나이 서른둘에 또 둘이라.

스물넷에 소과 급제 후 어느새 십 년이네.

공명에 둔 뜻이 없다고야 할까마는

집안과 나라 태평하고 이사이 일없으니

나막신 정리하고 시詩 주머니 수습하여

전유암²⁾의 평생 성벽性癖 동소문의 천리 유람 본받아

행장을 떨쳐내어 어디로 향하리오.

우리나라 명승지 중 풍악楓嶽이 으뜸이라.

삼신산 중 봉래산이요 오악 중 형남산荊南山이라.

승지 명산 유람할 때 동반자 그 누군고.

고롱은 시중들고 능암은 이부자리 운반하고

고두에게 짐 지우고 능암의 상좌 신진이와

다섯 사람 나란히 강원도로 들어가니

이때는 어느 땐고 임술년 봄 삼월 이십팔일이라.

한양에서 회양부까지

간밤부터 내리던 비 개고 날씨가 쌀쌀한데

온 산이 울긋불긋 산천이 아름다우니

길가의 흔한 경치 모두 다 빼어나다.

이르는 곳마다 구경하기 바빠서

가슴이 상쾌하고 발걸음 경쾌하니

오백 리 밖 금강산 한걸음에 다다를 듯.

---

2) 전유암(田游巖): 당나라 은사(隱士).

죽장망혜^{竹杖芒鞋}를 형편대로 신고 짚어
흥인문 달려나와 관왕묘^{關王廟} 앞에 가니
먼저 떠난 능암 하인 뒤좇아오는구나.
인명원³⁾ 지나치고 개운사^{開運寺} 찾아가니
조그만 암자 속에 수십여 명 승려들이
절 인심 고약하여 불자^{拂子} 흔들며 도둑 쫓네.
밤새도록 야경^{夜警}하여 잠을 전혀 잘 수 없다.
이십구일 아침 먹고 대원암^{大圓庵} 잠깐 보니
뜰 아래 서 있는 반송^{盤松} 크고도 절묘하다.
절 뒤 고개 넘어서니 북바위 대로^{大路}로다.
숨은설 무너미 거쳐 다락원서 점심 먹고
의정부 서오랑 축석령^{祝石嶺} 넘어서니
양주 땅 다 지나고 포천이 여기로다.
잘 있거라 삼각산아, 오는 길에 다시 보자.
빈터 지나 솔모루까지 팔십 리 와 묵으니
이날은 장날이라 악기 소리 요란하다.
삼십일 일찍 떠나 파발막^{擺撥幕} 얼른 지나
구^舊장거리서 아침 먹고 숯장터 만세교^{萬世橋}
포천을 지나니 영평^{永平}이 여기로다.
모래는 깨끗하고 두 물줄기 합류하는데
봉황대^{鳳凰臺}가 어디냐 백로주^{白鷺洲} 여기 있네.
시냇가 괴석^{怪石} 위에 올라앉아 둘러보니
산봉우리 완만하고 꽃과 버들 만발한데

---

3) 인명원(仁明園): 정조의 후궁인 원빈(元嬪) 홍씨(洪氏)의 묘소. 고려대학교 이공대학이 위치한 자리에 있었으며 애기능 터라 불렸다.

물새는 오락가락 경치가 아주 좋다.
십 리 밖 양문역梁文驛에 도착하니 대낮이 되었는데
먼길을 걷는 것이 태어나서 처음이라
발 아프고 몸 피곤하여 일찌감치 쉬고서
사월 초일일에 느지막이 출발하여
느릅정서 아침 먹고 굴을내 지나오니
한줄기 맑은 시내 보개산寶盖山서 발원하여
곳곳마다 기암괴석 있어 구경처 되었다.
서기울은 영평이요 실제는 철원이라.
풍전역豊田驛서 점심 먹고 피로가 심하므로
바쁘게 걸어서 어염계에 다다르니
마침 김화金化 역말 관아 일로 나왔다가
빈 말로 돌아가기에 삯을 주고 순조롭게 얻어 타고
가로개고개 넘으니 날이 저문지라
횃불을 들게 하고 떠나 지경터서 묵으니
이십 리 또 왔으며 철원 김화 접경이로다.
초이일 해 돋을 때 아침 먹고 일찍 떠나
시무정 새숯막으로부터 생창역生昌驛에 내려오니
대천 가 장오숲이 김화읍을 둘러 있네.
삯말이 뒤처져서 그대로 걸어와서
망바위서 점심 먹으니 사십 리 왔구나.
점심 후에 출발하여 구정벼루 중고개 지나
김화 땅 지나 서서 김성으로 가렸더니
날도 저물었고 다리도 피곤하여
진목眞木서 잠을 자고 초삼일 일찍 나서
십여 리 가서 김성 읍내서 아침 먹고

피금정披襟亭에 올라 보니 냇가에 지은 집이
비록 황폐해졌으나 경치가 훌륭하다.
삯말을 얻어 타고 경파 지나 능곡陵谷오니
언덕 위에 꽃이 붉고 시냇가에 버들 푸르러
산 첩첩 물 겹겹한 곳에 또 한 마을 있구나.
숯가마서 가랑비 맞고 창도역昌道驛에 들어가는데
말과 사람 속도 달라 동행들 뒤처지고
사내종과 상좌 중이 뒤쫓아 따라왔기에
주막을 정하고서 문 닫고 편히 누워
두 아이 불러들여 소리 내지 말라 당부하고
문틈으로 엿보니 고롱과 능암 선사禪師
나란히 바삐 걸어 속고서 지나는 모습
포복절도할 만하나 웃음을 겨우 참고
일부러 한참 후에 사내종 시켜 살펴보니
이리저리 방황하며 집집마다 묻고 다닌다.
하인 보고 쫓아와서 웃으려다 화내려다
원망하며 조롱하며 한바탕 장난친다.
삯말을 보내고 점심을 먹은 후에
비 맞고 또 떠나서 판교板橋에 와 묵으니
십 리 조금 넘고 의복이 다 젖었네.
철원부터 이리 오며 이따금 살펴보니
산수는 첩첩하고 인가人家는 드문데
자갈밭이 단단하여 쌍겨리4)로 밭을 갈고
주막에 기름 없어 관솔로 불 밝혔는데

---

4) 쌍겨리: 소 두 마리가 끄는 쟁기.

방구석에 흙을 발라 굴뚝처럼 만들고서
아래에다 아궁이 내고 불을 빼앗듯 하는구나.
갯버들 베어다가 바자처럼 엮어 짜서
채마밭 둘러막아 울타리 삼았고
읍내와 역점驛店 중에 넉넉하게 사는 집은
얇은 청석靑石 너와 쪽으로 지붕을 덮었는데
삐져나온 틈 속으로 하늘이 비친다.
아주 깊은 두메산골 풍속이 수수하여
세간살이 집 꾸밈이 투박하고 힘들어 보인다.
초사일 저녁때에 먹구름이 끼기에
일제히 출발하여 장오고개 넘어갈 때
길은 굽이지고 돌사다리 험하여서
언덕이 가팔라서 본이비탈이라고 하는데
한 고개 넘어서니 또 한 고개 높구나.
그 가운데 큰 내 있고 수십여 간 다리 놓았는데
이쪽은 김성이요 저편은 회양이네.
하류 얕은 곳에 거룻배 매어두고
장마에 다리 떠내려가면 행인을 건네준다네.
깊은개 지나서 신안역 찾아오니
주자朱子와 우암尤庵 선생 영당影堂이 있는데
갈 길이 바빠서 참배를 못 하니
현인賢人을 사모하는 후학後學 마음 섭섭하기 가이없다.
점심 먹고 일어서니 날씨가 서늘하다.
당아지고개 넘어 너분들 주막 지나니
길가의 비석 하나 우습고 신기하다.
좌수座首 현玄 아무개의 선좌비善佐碑라 하더라.

칠송정 지나올 때 큰 소나무 하나 서 있는데
굵기는 두어 아름 높이는 여남은 길 되더라.
마침 늙은 어부 하나 지나가다 하는 말이,
"전하는 말에 저 소나무가 병자호란 겪었다네".
들으니 신기하여 두 번 세 번 돌아보고
고개 둘 또 넘어서 회양부淮陽府에 들어가니
해는 아직 덜 저물고 삼백팔십 리 왔네.

회양부에 머물며 주변 명승지를 구경하다

주막에 들어앉아 겉옷을 내어 입고
하인을 보내어 관아에 알리라 하고
차차 나아가서 삼문三門 앞에 다다르니
통인通引이 벌써 나와 어서 들어오라 재촉하네.
동헌東軒으로 바로 가니 저녁밥이 준비되어 있구나.
진외종대부5) 먼저 뵙고 일어나서
책실册室에 먼저 오니 사람마다 다 반기네.
저녁밥 먹은 후에 장청6)에서 잠을 자다.
초오일 늦게 일어나 사또를 뵙고서
아침밥으로 전철煎鐵에 고기 지져 일행이 포식하니
어젯밤의 냉면부터 오늘 아침 고기맛이
여드레 오는 동안 나물에 주린 창자

---

5) 진외종대부(陳外從大父): 진외가의 종대부. 곧 할머니의 남자 친척 형제를 말한다.
6) 장청(將廳): 군아와 감영에 속한 장교가 근무하던 곳.

갑작스러운 고량진미膏粱珍味에 위장이 놀란 듯.
산사차山査茶 가끔 달여 배 속을 달래고서
고을 규모를 자세히 둘러보니
산골짜기 기이하고 수석水石이 둘렀는데
인가가 드물어 드문드문 있구나.
봉래각蓬萊閣 독중당은 동헌이 되었고
와치헌臥治軒은 책실 되고 안채는 수십여 간
객사客舍는 담 옆이요 관청은 뜰 가에 있네.
서진강西津江서 흘러내린 물 합강정 앞을 지나
북강에 합류하여 한강수 되었으니
봉래산 만이천봉 중 십여 봉 그림자만
담아서 흘려다가 경강京江에 내려놓고
읍청루挹淸樓 압구정鴨鷗亭에 나눠서 보고 싶네.
비소암 높은 봉우리 관아 뒤에 서 있는데
흙산 위 기암괴석 서너 덩이 뭉치었다.
서편의 높은 언덕 용머리라 이르기에
올라가서 구경하니 높이는 수십여 장에
금모래 펼쳐 있어 사오십 명 앉겠구나.
비소암을 바라보고 서진강을 굽어보며
인가를 세어보니 수백여 호 남짓 된다.
문어 전복 회를 쳐서 술안주로 먹어보니
산중의 귀한 음식 특별히 맛이 있다.
영동嶺東이 가깝기에 이따금 온다 하네.
문루門樓에 올라앉아 부중府中을 굽어보니
오고가는 손수레 반통7) 한가한 경치로다.
초육일 아침에 동헌에 들어가니

"산고수장헌水長軒이 멀지 않고 경치 좋으니
식후에 함께 나가 구경하자" 하시기에
여러 동행과 옥련玉蓮 봉선鳳仙 두 기생과
서진강 다리 건너 정자 위에 올라가니
새로 지은 육 칸 집이 견고하고 정교하며
언덕 아래는 냇물이요 냇물 가에 큰 바위 있는데
그 바위 둥글어서 조대釣臺라 부르니
은거하던 엄자릉8)의 처사處士 풍도 여기 있다.
들판은 아득하고 구름 낀 산 점점이 흩어져 있는데
한줄기 강 가운데 가로놓인 저 긴 다리
행인이 왕래할 때 그림 속 같구나.
강변에 활터 닦아 과녁을 세우고서
읍중 무사들이 모여서 활쏘기 연습하기에
솜씨를 뽐내고자 활과 화살 잠시 빌려
한 순巡에 두엇 맞혀 겨우 부끄럼 면했구나.
십 리 진평촌에 목은牧隱 영당 찾아가니
공사를 갓 시작해 반 넘게도 못 하여서
영정을 말아두었기에 참배는 못 하였네.
아까 수장헌서 점심을 먹을 때에
냉면에 송편 하고 화전을 지져놓고
전병을 부치는데 물에다 가루 타서
밀개떡 모양으로 얇게 부쳐내어
사면으로 두루 말아 인절미 모양 같다.

---

7) 반통: 미상.
8) 엄자릉(嚴子陵): 후한 광무제 때 은사(隱士)인 엄광(嚴光).

저녁밥 먹은 후 책실에 가 뜰에서 거니는데
건너편 높은 산에 불빛이 환하여
성가퀴 모양으로 둥글게도 둘러 있고
싸리비 모양으로 묶어서도 타오르는데
하인에게 물어보니 화전火田에 불을 놓았는데
바람에 날리어 멀리 번져 붙었는데
십 리 밖에서 시작하여 나흘째 되었다네.
초칠일 아침 후에 이곳에 전갈하길
광대를 데리고서 장청에 와 놀게 한다기에
행장을 가지고서 책실로 옮겼더니
오후에 사또께서 부르시기에 내려가니
큰상 받으시고 우리는 작은 상에
다 각상各床 차렸는데 장청 음식이라 하네.
저녁밥은 비빔밥에 산나물 넣고 겨자 쳐서
주객主客이 모두 같이 한 그릇씩 먹은 후에
밤 깊은 후 장청에 가 전날처럼 잠을 자다.

회양부를 떠나 금강산에 들어가다

초팔일 아침 먹고 금강산을 향할 때
능암과 그 제자를 먼저 떠나보내고서
봇짐과 바랑은 궤짝에 넣어 말에 싣고
장조림과 고추장 항아리 빈 궤짝 속에 넣어
말 두 필 주시기에 싣고서 나눠 타다.
아침밥으로 닭백숙 배부르게 먹여놓고

내외 금강산 큰절들과 고성高城 통천通川 길청에다
본부本府 이방 편지 써서 관가 도장 찍어내어
군노軍奴 이호성에게 주어서 앞세우고
서울 가는 인편 있다기에 집에 편지 부친 후에
사또께 하직하고 삼문 밖으로 달려나가
뒷고개에 올라보니 오늘은 초파일이라.
부중 집집마다 장대를 높이 세우고
등을 달고 줄불 놓아 이날을 즐기는데
긴 막대와 깃발들은 서울과 비슷한데
조금 달라 보이는 건 곧은 잣나무를
여러 개 늘여 이어 버레줄9) 두엇 매어
술등 화로 모양으로 사오십 군데 세웠는데
연이어 잣나무를 껍질 벗겨 지고 오며
관가 분부 지엄하여 집마다 세운다네.
그래도 읍중이라 시골보다 많이 낫다.
광석廣石 주막 남쪽 길로 가림 가서 점심 먹고
불위기고개 넘어 화천和川을 찾아가니
인가는 사오십 혼데 산천이 아주 깊다.
벽천碧川 시냇길이 풍악으로 뻗어 있어
정송강鄭松江 관동별곡과 다름이 없구나.
능암은 벌써 가고 날은 저물어서
일행이 묵으니 오십 리 왔다 하네.
주막에 빈대 많아 밤새도록 잠 못 자고
초구일 일찍 일어나니 새벽부터 오던 비가

---

9) 버레줄: 벌이줄. 물건이 버틸 수 있도록 이리저리 얽어매는 줄.

아침까지 뿌리더니 늦게야 그치기에
사람과 말 재촉하여 는개 맞고 길을 떠나
쇠골 지나 풀미골 가서 주막을 찾아드니
어제 능암 사제師弟 여기 와서 묵고
우리를 기다리다 말방울 발굽소리에
문을 열고 내다보고 반겨서 따라와서
점심을 같이 먹고 오후에 함께 떠나다.
십 리 남짓 가서 비가 막 올 듯하더니
동풍이 부는 곳에 가랑비 많이 오기에
또 십 리 가서 신읍서 묵으니 의복이 다 젖었네.
광석부터 이리 오며 골짜기로 통한 길이
돌사다리 지나면 고개 뒤 높아 있고
고개 지나 평지에는 나무가 빽빽한데
깊은 골짜기엔 얼음조각 그냥 있다.
골짜기마다 흐르는 물 곳곳이 대천일세.
말 타거나 걸으며 보니 모두 다 구경처라.
초십일 아침 먹고 목패령까지 십 리 올 때
좌우엔 단풍나무 푸른빛을 담뿍 띠고
높은 언덕 험한 길에 굵은 돌이 쌓였으며
냇가의 속새풀이 갯가의 줄10) 잎처럼
사면에 우거져서 지천에 널려 있다.
이곳 사람 베어다가 마소를 먹인다네.
고개를 올라서니 높기도 하구나.
안개가 자욱하여 지척 분간 어려운데

10) 줄: 볏과의 여러해살이풀.

대체로 발아래 모든 산이 건너다 보이고
봉래산 만이천봉이 또렷이 보인다 하네.
한두 층 내려서니 안개 차차 사라져서
좌우 언덕 보이는데 살구꽃 만발하고
자갈밭 맑은 시내 굽이마다 이따금 인가 있네.
십여 리 내려와서 북창北滄서 점심 먹는데
골짜기가 그윽하여 살만 한 곳이로다.
시내 건너 철이령鐵伊嶺의 탑거리塔巨里 지나올 때
절벽 아래 깔린 돌이 기이하고 깨끗하여
괴석 모양 같고 석가산石假山과 비슷하며
너럭바위 어깨가 파여 폭포수 절묘하다.

내금강 장안동 일대를 유람하다

이십 리 길 장안사長安寺를 오후에 도착하여
만천교萬川橋 물을 건너 범종루 아래에서
여덟 칸 판도방判道房에 숙소를 정한 후에
이층 법당 들어가서 자세히 구경하니
네 기둥은 십여 길이요 공중엔 닫집 있고
금부처 일곱이 죽 벌여 앉았구나.
동편의 신선루와 그 옆의 해은암에
문루마다 이름 새겨 빈틈없이 붙였으며
잘 지은 용성전은 원당願堂이 되었구나.
석가봉 관음봉은 그 높이 수천 길에
돌 빛이 약간 희며 필산筆山처럼 깎아 섰고

지장봉^{地藏峯} 장경봉^{長慶峯}은 수백 길 남짓한데
흙산이 섞여서 화초가 난만하다.
관음 지장 장경 세 봉우리 산 밑마다 암자 있어
세 곳 다 그 봉우리 이름 따라 일컫는다.
영원동^{靈源洞}서 내려온 물이 수미팔담^{須彌八潭} 두 골짜기 물과
만천교서 합류하여 북창으로 흘러가네.
산천이 맑고 곱고 골짜기가 그윽하여
마음은 쾌활하고 경치가 빼어나니
앞길에 있는 경치 짐작할 수 있겠구나.
명산의 좋은 물에 약 달여 먹어보니
맛은 더욱 산뜻하고 효과도 배나 낫다.

내금강 명경대 일대를 유람하다

저녁에 편히 쉬고 십일일 조반 후에
안개가 말끔하게 걷히고 날씨가 온화하니
내외금강 명승지 차례로 찾으리라.
가마 타면 대충 보니 가마 타서 무엇 하리.
시축^{詩軸}과 찬합은 부복승^{負卜僧}에게 지게 하고
소창^{小氅}옷 걷어 매고 미투리 동여맨 후
지로승^{指路僧} 앞세우고 돌길에 막대 짚어
해은암 옆을 지나 백천동^{百川洞} 찾아가니
명원동 냇물 줄기 작은 폭포 되었으며
둘러싼 삼인봉^{三印峯}이 석벽^{石壁}이 더욱 좋다.
외나무 비탈길로 명연담^{鳴淵潭}에 올라가니

십여 칸 반석 위에 흰 눈이 흩날린다[11].

김동金同 거사居士 지난 행적 중에게 얼핏 듣고

석양 속에 새긴 이름 대강 살펴본 연후에

도로 장안사 와 점심 먹고 다시 떠나

만천교 상류 건너 지장암 잠깐 보니

암자가 정갈하여 공부하는 이 더러 있다.

다시 내려와 내를 건너 석가봉 앞에서

오리봉 쳐다보니 모양이 비슷하다.

옥경대玉鏡臺에 올라앉아 명경대明鏡臺 바라보니

사오십 길 넓은 바위 공중에 서 있는데

청산靑山의 진면목을 비추어 보려는지

한 조각 구리거울 아침해에 건 듯하고

그 아래 받친 층대 또 구십 길 되겠구나.

짙은 안개 누른빛이 황천강黃泉江 되어 있고

언덕에 돌담 막아 지옥문이라 하네.

명경대 바위 뒤에 두 군데 구멍 뚫려

큰 것은 금사굴金蛇窟 작은 것은 흑사굴黑蛇窟인데

중에게 물어보니 영원대사靈源大師 도술이라 하네.

시내 한줄기를 십여 차례 뛰어 건너

신라 왕자[12]의 피세대避世臺를 잠깐 쉬며 돌아보고

오륙 리 또 더 가니 영원암靈源庵이 여기로다.

십여 간 깨끗한 집 터가 많이 높아 있고

전면에 둘린 봉우리가 이름 모양 비슷하다.

---

11) 십여 칸~눈이 흩날린다: 반석 위에 물보라가 흰 눈처럼 날리는 모습을 묘사한 구절이다.
12) 신라 왕자: 신라 경순왕의 아들인 마의태자(麻衣太子). 신라가 고려에 항복하자 이에 반대하여 금강산에 들어가 베옷을 입고 풀뿌리와 나무껍질을 먹으며 여생을 보냈다고 한다.

십왕봉을 한번 보면 열 봉우리 높다랗고
그 앞의 판관봉判官峰은 사모관대한 모양이요
옆으로 여러 봉이 구부정하였으니
이것은 일컫기를 죄인봉이라 하고
죄인봉 앞의 봉은 사자봉使者峰이라 하며
장군봉은 갑옷투구 모양 동자봉은 아이 모양
서편의 모래 언덕 옥초대沃焦臺라 부르기에
그곳에 올라서서 동편을 바라보니
백마봉 흰빛이 공중에 솟아 있고
촉대봉 차일봉遮日峯은 좌우에 벌어졌고
북으로 흘러내려 여러 봉 둘렀으니
마면봉馬面峰은 말상 같고 우두봉牛頭峰은 쇠머리니
십분十分의 오륙五六이 다 각각 비슷하다.
그중에 상지장봉上地藏峰 지장봉地藏峰 위에 있어
크고 높은 까닭에 상지장이라 하네.
절 앞의 큰 냇물이 백마봉서 흘러오고
동남쪽 언덕 위에 돌층대 단정히 쌓았는데
그 이름을 물어보니 백석대白石臺라 하는데
영원대사 도 닦으며 예불하던 터이로다.
이날 밤 달이 밝아 밤 깊도록 구경하고
십이일 조반 후에 점심밥 싸서 지고
망군대 찾아갈 때 수렴동水簾洞 들어가니
삼층 너럭바위 위에 긴 폭포 그저 있어
선명한 백옥 빛이 수정 발을 드리운 듯
서울로 비기면 금류동 옥류동13) 같은 승경지로다.
바위틈 돌 모서리며 절벽의 나무다리 지나

문탑^{門塔}에 다다르니 큰 바윗돌 포개져서
네모반듯한 대궐 문 모습 같구나.
장벽^{障壁}을 기어올라 고개 하나 넘어서니
조그마한 도솔암^{兜率庵}이 바로 언덕 아래 있어
망군대^{望軍臺}를 등에 지고 석가봉과 여러 봉을 굽어본다.
주지승이 물을 데워 바리때에 점심 주네.
망군대를 바라보고 한참을 올라가니
사자목 좁은 길이 험한 고개 막았구나.
대^臺 위에 올라서서 남쪽을 바라보니
백탑 증명탑 다보탑이 또렷이 다 보이고
김성 김화 철원 땅이 눈앞에 벌였으며
과천 관악산이 희미하게 보인다 하는데
구름과 안개 있어 멀리 보진 못 하고서
표훈사^{表訓寺}로 향하려고 고갯목14) 넘어갈 때
고랑 같은 골짜기와 지붕 같은 비탈길15)을
쇠사슬 붙들고서 간신히 내려와서
측백 덤불 얽힌 언덕이며 바위틈 험한 곳을
연이어 내려오는데 이십여 리 되겠구나.
절벽 사이 틈 진 곳에 작은 석불^{石佛} 앉아 있고
봉우리 위에 돌담 쌓은 곳 석가여래 왕경처요
청계수 옥계수는 이름만 남아 있다.

---

13) 금류동(金流洞) 옥류동(玉流洞): 서울 수락산에 옥류동·금류동·은선동 세 폭포가 아름다운
경관을 이루고 있다.
14) 고갯목: '고개'의 방언.
15) 고랑 같은~같은 비탈길: 고랑처럼 좁은 골짜기와 지붕처럼 가파른 비탈길.

내금강 표훈동 일대를 유람하다

백화암白華庵에 들어오니 중의 고적古蹟 많구나.

사명대사 영각影閣 있고 비석도 세웠으며

부도석浮屠石 드문드문 여덟아홉 되겠구나.

보현암普賢庵 청련암靑蓮庵 원각암圓覺庵이 건너편에 있다 하나

볼 것이 별로 없어 구경하러 가지 않고

여기부터 길이 좋아 이삼 마장 남여 타고

표훈사 올라가서 능파루凌波樓서 잠깐 쉴 때

벽 위 목각 현판 차례로 자세히 보니

장인丈人 이李 능주공 신묘년 첫여름에

두어 친구 동행하여 이곳을 지나실 때

이름 새겨 붙이신 것 보기에 반갑도다.

큰방16)을 숙소로 정하고 남여꾼 재촉하여

정양사正陽寺 헐성루歇惺樓의 석양 경치 보려고

가파른 언덕길을 사오 리 더 나가서

누樓 위에 올라가니 새로 지은 육 칸 집이

터가 높고 환하여 눈앞이 탁 트여서

금강산 만이천봉 눈앞에 벌였는데

석양이 비친 곳에 본래 모습 또렷하여

동북으로 중향성衆香城은 눈빛같이 희고

그 너머 비로봉毘盧峰이 어렴풋이 솟았으며

앞쪽의 망군대가 혈망봉과 같이 서서

구름에 솟아나서 하늘에 닿았으니

---

16) 큰방(房): 절에서 여러 승려가 함께 거처하며 식사하는 방.

아까 우리들이 저곳에서 왔건마는
지금 앉아 생각하니 꿈속인 듯 황홀하여
사람이 난다는 말이 헛말이 아니로다.
백마봉 아래편에 서 있는 십여 봉은
장안사 영원암서 다 본 산이로다.
중향성 양쪽으로 또 한 겹 둘렀으니
상가섭봉上迦葉峰 하가섭봉下迦葉峰은 웅장하게 큰 산이고
소향로봉小香爐峰 대향로봉大香爐峰은 노적더미 모양이요
그 아래 청학대靑鶴臺가 수구水口 막아 둘러 있다.
뒷쪽의 팔각전八角殿에 금부처 앉아 있고
앞쪽의 육모 법당엔 분칠한 부처 있네.
그 앞에 큰방 짓고 고승이 늘어앉아
화엄경 법화경에 염불 공부 힘쓰는데
늙은 퇴운당17) 대사 여러 중의 스승으로
생김새가 깨끗하여 도기道氣가 있어 보인다.
방광산放光山이 주봉主峯이요 천일대千一臺가 백호白虎로다.
천일대라 하는 대가 남쪽으로 멀지 않기에
지로승 데리고서 수백 보 건너가니
천 길가량 높은 언덕에 금잔디가 오륙 칸
담뿍 깔려 있어 구경처 되었으며
만천봉 푸른빛이 더욱 보기 좋다.
큰절에 내려오니 보슬비가 오는구나.

17) 퇴운당(退雲堂): 18세기 후반에서 19세기 초반에 활동한 승려 신겸(信謙).

내금강 태상동 일대를 유람하다

저녁밥 먹은 후에 밤새도록 곤히 자고

십삼일 쾌청하거늘 조반 후에 내달려서

수미탑 보려고 금강문에 들어가니

두 덩어리 큰 바윗돌 머리를 마주대어

조금 굽혀 나갈 만큼 돌문이 되어 있다.

금강문 세 글자를 바위에 새겼는데

진외고조 옥국재공[18]께서 팔분체[19]로 쓰신 글씨를

회양 대부大父께서 작년 봄에 승통僧統에게 분부하여

깊숙하게 새겨서 자획字劃이 뚜렷하다.

만폭동萬瀑洞을 곁에 두고 청호연靑濠淵을 찾아가니

폭포가 골짜기서 병 모양을 이루었고

용곡담龍谷潭의 바위 모양 용이 굽이치는 듯하다.

용추를 굽어보니 성낸 폭포 못이 되어

밤낮으로 부딪치는 소리 대풍류 잇따르네.

청학대 옆으로 해서 관음봉 앞에 가니

노루봉 작은 돌이 뛰는 모양 비슷하고

학소대鶴巢臺 금강대는 선학仙鶴이 깃들였는데

춘풍옥저春風玉箸 호의현상縞衣玄裳 관동별곡 생각난다.

내원통內圓通 높은 암자 시야가 멀어서

청학대靑鶴臺 위 인印바위가 주먹 모양 분명하다.

수미칠곡담須彌七曲潭으로 돌아들어 만절동萬折洞 구경하니

---

18) 옥국재공(玉局齋公): 조선 후기 문신 이운영(李運永, 1722~1794).

19) 팔분체(八分體): 예서(隸書) 이분(二分)과 전서(篆書) 팔분(八分)을 섞어 장식 효과를 낸 글씨체로, 한(漢)나라 채옹이 만들었다고 한다.

동쪽으로 흐르는 물 바다로 흘러가고
태상동太上洞 청령뢰淸冷瀨는 고색창연古色蒼然하고 시원하며
자운담紫雲潭 물줄기는 구름을 피우는 듯하고
적룡담赤龍潭 너럭바위 돌 빛이 붉으며
우화담羽化潭 강선대降仙臺서 신선을 만나려는지
영랑점永郎岾 깊은 골에 신선의 학이 머무르네.
진불암眞佛庵 빈터 옆에 삼난三難바위 서 있는데
난리 세 번 겪을 것이라는 말이 법기보살20) 영험靈驗이라.
칠곡서 떨어진 폭포 굽이굽이 기묘하고
수미봉 바로 아래 수미대 험한 돌 모서리
간신히 여기 올라 수미폭포 찾아가서
반석에 늘어앉아 건너편 바라보니
첩첩이 쌓은 돌이 수백 길 높은데
아래는 넓고 위는 좁아 탑 모양과 비슷하니
하늘 조화造化 아니면 인력人力으로는 못 하리라.
옆으로 보게 되면 부처 앉은 모습이요
앞으로 보게 되면 돌층대와 비슷하니
대체로 수미탑이 장관이라 하리로다.
구구대 본 후에 원통암 와서 점심 먹을 때
김좌수와 이기보가 술 한 병 가지고서
멀리 와서 대접하며 정으로 권하기에
후의에 감사하여 한 잔 술에 잠깐 취해
부중서 만나기로 약속하고 바로 헤어진 후
남은 술 가지고서 헐성루에 다시 올라

---

20) 법기보살(法起菩薩): 금강산에 거주하고 있다는 보살.

한 잔씩 먹고 취한 후에 승경을 다시 보니
날씨가 청명하여 어저께 못 보던 봉
구름 밖에 숨었다가 차례로 나설 때에
영랑봉 금잔디가 눈썹처럼 고우며
일출봉日出峰 월출봉月出峰은 붓끝같이 솟아 있어
완연히 석양 속에 살아서 움직인다.
저녁밥 갖다 먹고 달 뜨기 기다리니
황혼이 막 지나며 중천에 달이 떠서
온 산과 골짜기에 밝은 빛이 비치니
헐성루 뛰어난 경치 사계절 밤낮 마찬가지네.
달 밝고 서늘한 밤에 흥취를 못 이겨서
달빛 아래 거닐어 큰절에 와 잠을 자고
십사일 조반 후에 삼불암 구경하니,
백화암 바로 아래 큰 바위에 새겼는데
전면의 세 화상畫像은 지공21) 나옹22) 무학대사23)요
옆으로 두 화상은 김동 거사의 무리요
뒷면에 오십삼불 삼층으로 새겼구나24).

---

21) 지공(指空): 원나라 때 고승(高僧). 나옹화상에게 인가(印可)를 주었다.
22) 나옹(懶翁): 고려 말기 승려 혜근(惠勤)의 법호.
23) 무학대사(無學大師): 여말 선초(麗末鮮初)의 고승.
24) 삼불암(三佛巖) 구경하니~삼층으로 새겼구나: 삼불암은 장안사에서 표훈사로 가는 길 중간에 있는 거대한 삼각형 바위로 문(門)바위라고도 한다. 나옹 스님과 표훈사 김동 거사에 관한 전설이 전한다.

내금강 만폭동 일대를 유람하다

금강문으로 도로 들어가 만폭동에 들어가니

바위에 새긴 이름 조정 대신 다 있구나.

바둑판 새기고서 삼산국[25] 세 글자 새겼고

또 그 옆의 쉰두 글자 옥국재공 필적이요

봉래풍악원화동천[26]은 양사언楊士彦의 글씨로다.

초입의 금강金剛 두 글자 김동자金童子 아홉 살 때 글씨로다.

수백 칸 넓은 바위에 여러 골짜기서 흘러내린 폭포가

한곳에서 합류하여 섞여 돌며 뿜어내니

이러므로 이 폭포를 만폭萬瀑이라 하는구나.

삼산국 글자 조금 옆에 바윗돌 괸 곳에

이름 세 글자 크게 새겨 유람 행적 표시하고

팔담八潭으로 가는 길에 세두분洗頭盆 찾아가니

보덕각시[27] 머리 감던 돌구멍 깊숙하다.

백룡담白龍潭 볼작시면 수석이 깨끗하고

흑룡담黑龍潭 검푸른 물은 팔담의 첫 굽이요

비파담琵琶潭 둘러싼 돌이 거문고 복판腹板 같고

벽하담碧霞潭 물기운은 안개가 자욱하며

장벽에 분설담噴雪潭이 굽이쳐 솟을 때에

은하수가 어디인가. 흰 눈이 날리는 듯하다.

---

25) 삼산국(三山局): 삼신산 신선들이 이곳에 이르러 경치에 홀려 떠날 생각을 잊고 바둑을 두며 놀았다고 한다.

26) 봉래풍악원화동천(蓬萊楓嶽元化洞天): '봉래' '풍악'은 금강산의 다른 이름이며, '원화동천'은 만폭동의 다른 이름으로 기묘함과 아름다움을 다 갖춘 으뜸가는 골짜기라는 의미다.

27) 보덕각시: 보덕굴 설화에 나오는 여인으로, 관세음보살의 화신이다.

언덕 밑에 파인 바위 굴 모양 같기에
들어가 쳐다보니 돌 빛이 오색五色이라.
사십여 층 돌계단으로 보덕굴에 올라가니
절벽에 의지하여 조그맣게 지은 암자
왼쪽은 돌부리에 사오 척尺 돌기둥 세우고
오른쪽은 백 길 골짜기에 십구층 구리 기둥을
중간의 돌 턱진 곳에 받쳐서 세워놓고
쇠사슬 가로걸고 사층으로 갈고리를 달았는데
높고 우뚝하여 보기에 위태롭다.
그 속에 한 칸쯤 되는 굴이 있는데
도배를 깨끗이 하고 부처 네 구 안치했다.
마룻바닥 구멍으로 그 밑을 굽어보니
평지가 아득하여 현기증 날 듯하다.
도로 내려와 물을 건너 진주담眞珠潭 바라보니
물줄기 후려쳐서 공중에 뿜는 방울
무수한 수정 구슬 소반에 담아 헤치는 듯.
돌에 새긴 칠언절구 우암 선생 친필이라.
귀담龜潭은 거북 형상 선담船潭은 배 모양인데
장마에 돌이 밀려 볼만한 것 전혀 없고
화룡담火龍潭 깊은 못이 너럭바위 아래 있어
뿜으며 들썩이며 변화가 무궁하다.
사자봉 높은 돌이 용소를 굽어보는데
바위 중턱 파인 곳에 돌 하나 끼여 있다.
중의 말이 황당하여 대강 건져 들으니
"저 바위의 사자가 화룡火龍더러 말하기를,
'이내 몸 육중하여 무너져 내려가면

너의 깊은 못이 터전도 없을 테니
네가 재주 많다 하니 내 발 조금 고여 다오'.
화룡이 옳게 여겨 건너편 산에 올라
저 돌을 빼다가 이 바위 괴었다네".
들으니 그럴듯해 건넛산 바라보니
과연 산중턱에 돌 하나 빠진 틈이
이 돌 갖다 끼울 만큼 크기가 비슷하다.

내금강 백운대 일대를 유람하다

한바탕 웃고 나서 한참을 가리킨 후
일 마장 걸어가서 마하연摩訶衍에 들어가니
법기보살 고르신 터 칠성봉이 둘러 있고
이십여 칸 판도방과 그 뒤의 아자방亞字房에
공부하는 두세 중이 경쇠 치고 염불하네.
전나무 같은 나무 뜰 앞에 서 있는데
빛 붉고 새잎 났는데 계수桂樹라 부르네.
큰방을 지나서 객방客房에서 묵는데
서울 사는 박첨지가 어저께 가섭동迦葉洞서
비탈길에 헛디뎌 낭떠러지 떨어져서
네 번을 구르고서 나무에 바지 걸려
다행히 목숨 구해 많이 다치진 아니하고
얼굴 조금 벗겨져서 조리하고 누웠다기에
모르는 처지지만 찾아가서 문병하다.
점심 후 일어나서 백운대白雲臺 구경 갈 때

만회암萬灰庵 올라가니 중 두엇이 염불한다.

옷 갓 벗어 맡기고서 되놈 같은 차림새로

한 고개 넘어가니 절벽이 막아섰네.

쇠사슬 붙들고서 기어서 올라가서

왼편 비탈 오솔길로 수백여 보 내달아서

금강수金剛水약수 찾아서 두세 그릇 먹어보니

그 맛이 맑고 차서 오장五臟이 시원하다.

도로 고개로 와 남쪽 산등성이로 가니

칼날같이 좁은 길이 좌우는 낭떠러진데

얼마 못 가니 백운대 돌바위라

앉아서 굽어보니 그 아래 □□□□

마른 개울에 너럭바위 드문드문 널려 있다.

중향성이 지척이라 산 밑까지 자세히 보니

기묘한 모습은 혈성루보다 못하구나.

혈망봉穴望峯 꼭대기에 바위틈이 구멍 되어

저쪽 편 하늘빛이 이편에서 내다보이네.

정양사와 향로봉을 마주 건너 바라보고

법기봉 높은 봉우리 이름은 담무갈28)인데

부처 모습 비슷하여 가부좌한 듯하다.

날씨가 많이 추워 잠깐 보고 다시 내려와

만회암에 다다라서 옷차림 고치고서

건넛산 바라보니 바위 위에 또 바위 있는데

사람 모습 같아서 이름이 동자봉童子峰인데

머리 위에 가로놓인 돌이 어미를 이었다 하네.

---

28) 담무갈(曇無竭): 금강산에 머물고 있다는 보살. 법기보살로 많이 알려져 있다.

노승들의 허황한 말 한두 곳이 아니로다.
마하연으로 내려와 지대방²⁹⁾서 쉬는데
새벽에 보슬비 내려 많이 올까 염려했는데
십오일 쾌청하기에 아침밥 일찍 먹고
큰방으로 들어가니 금부처 앉은 옆에
산홋가지 모양의 석매화^{石梅花} 화분 놓였는데
자줏빛에 끝은 희고 꽃눈같이 잔구멍에
가지마다 찬란하여 보기에 기묘하고
본래 돌로 만든 것이라 들어보니 무겁구나.
이삼 리 나아가서 불지암 찾아가니
암자가 깨끗하고 그 앞의 감로수가
맛이 달고 빛이 맑아 또 세 그릇 먹었도다.
일 마장 가서 묘길상 앞에 가니
석벽에 새긴 부처 높이가 오륙 길 넘고
그 앞 넓은 뜰엔 잔디가 수십여 칸 깔렸으며
무척 큰 장명등^{長明燈}이 중간에 놓였으며
좌우 언덕 숲에 진달래 만발하다.
사선암^{四仙巖} 작은 바위 네 수령 자고 간 곳이고
백화담^{白華潭} 깊은 못 빛 측백 뿌리 흰 진 때문이네.
오륙 리 험한 길에 나무 그늘 바위 언덕엔
겨울 눈이 덜 녹아서 한 자 두께나 남아 있다.
안무재 올라서니 회양 고성 경계요
고개는 보잘것없는데 시야가 탁 트여서
중향성 백운대와 비로봉 단발령이

───

29) 지대방(房): 절의 큰방 머리에 있는 작은 방. 이부자리, 옷 등을 넣어두는 곳이다.

좌우에 늘어서 있어 또렷이 다 보인다.

외금강 은선대 일대를 유람하다

유점사楡岾寺 남여꾼과 지로승 대령하여
남여 타고 십 리 와서 점심 먹는 곳에 다다르니
길가에 움집 짓고 냇물에 밥을 지어
큰절에서 나와서 일행을 대접하네.
점심 후 오솔길로 오 리 남짓 가서
은선대隱仙臺 올라가니 백운대 같은 바위
십여 명 앉을 만하고 높이는 수백여 길
전망을 볼 것 같으면 광활하기도 하구나.
서편의 칠보대가 바위 일곱 기이한 모습이요
동쪽으로 큰 바다의 만리창파萬里滄波 내려다보이고
북쪽으로 불정대佛頂臺가 천 길 절벽 위에 서 있는데
긴 폭포 날려서 열두 굽이 뚜렷하며
앉아 있는 바위 남쪽으로 진달래 철쭉 만발하다.
크고 작은 모든 돌이 모두 다 물형物形이네.
한참을 구경하고 큰길로 내려올 때
물속의 바위 구멍 푸른 못이 되었는데
지로승 이른 말이, 옛날에 아홉 용이
오십삼불에게 쫓겨서 달아날 때
이 구멍으로 들어가서 구룡연九龍淵에 갔다 하네.
효운동曉雲洞 지나오니, 바위의 팔분체 세 글자
옥국재공 친필인데 이름 써서 표하셨다.

반야암 옆으로 해서 유점사에 들어오니
이십팔 칸으로 지은 산영루山映樓가 굉장하고
법당에 올라가서 부처님 자리 쳐다보니
목가산木假山처럼 생긴 느릅나무 뿌리에
틈틈이 수놓은 방석 위에 오십삼불 앉아 있다.
그 뒤의 금부처 하나 귀양 온 부처라기에
중에게 물어보니, 오십삼불 나오실 때
금강산 주인 보살 이곳같이 좋은 터를
구룡에게 잃은 죄로 여기에 귀양 왔다 하네.
절 안에 전하는 보배 차례로 내어 보니
자개 술잔 소라 술잔에 옥 술잔 하나 또 있으며
갑에 넣은 패엽경30)과 진주 방석 한 벌 있고
인목대비31) 직접 쓰신 한문 불경 책 한 권과
어필御筆로 된 사패賜牌 문서 족자 하나 또 있구나.
사명대사 얻어온 부처 앞 오동烏銅 향로
그 외에도 하사품이 무수히 있구나.
오탁수烏啄水를 보니 듣던 말과 판이하여
우물을 돌로 네모지게 짰는데
북쪽 편 두 군데에 구멍이 크게 뚫려
보시기 주둥이만큼 물길이 되었으니
까마귀가 쪼았다는 말을 백 번도 더 들었네.
십삼층 돌탑 만들어 법당 앞에 세웠으며
무연실無煙室이라 하는 데는 큰 재齋가 들면

---

30) 패엽경(貝葉經): 패다라엽(貝多羅葉)에 바늘로 새긴 불경.
31) 인목대비(仁穆大妃): 조선 선조의 계비.

큰 가마솥과 쇠 시루에 밥 짓는 곳인데
큰 나무를 불살라 넣어도 연기가 안 나니
아무리 운구³²⁾라도 이상하고 신통하다.
서편 노후사盧侯祠는 옛날에 고성 군수
노춘盧椿이라 하는 이가 오십삼불 나오실 때
이 면面 권농勸農과 함께 길을 인도한 후에
그 공덕으로 인하여 부처가 되었다네.
저녁밥 먹은 후에 암자 구경 하러 가니
동편의 흥서암興瑞菴과 서편의 자묘암慈妙菴이
다 큰절에 속해 있어 같이 부역賦役한다 하네.
능암의 제자 신진이가 노독路毒으로 몸이 아파
구경도 안 하고 흥서암에 누웠기에
잠깐 보고 도로 와서 객방에서 묵다.
십육일 조반 후에 중내원中內院을 찾아와서
선담船潭에 다다르니 폭포 모양 기이하다.
대체로 금강산이 내외산內外山이 각각 달라
내산은 돌산이요 외산은 토산인데
이곳 토산 속 석벽이 어쩐 일인가.
반석이 길게 파여 배 모양 같네.
만경대萬景臺 앞으로 해서 첫사자목 넘어서서
구연동九淵洞 아홉 폭포 맨 밑층 굽어보고
만경대 바라보니 구름 속에 서 있는 듯.
또 한 고개 올라서니 중내원이 가깝도다.
미륵봉 아래 언덕에 조그만 암자 있는데

---

32) 운구: 미상.

그 높이 얼마인지 천만리가 내다보이네.
뒤쪽의 백마봉과 앞쪽의 향로봉에서
은선대와 마찬가지로 바다가 내려다보이는데
좌우의 기암괴석 거북 모양과 흡사하다.
점심은 큰절에서 대접하러 나왔는데
밥이 아직 멀었기에 미륵봉 구경 갈 때
고롱은 노독으로 가지 않고 누웠기에
능암과 고두를 데리고 내달아서
지로승 앞세우고 오류 리 올라가니
길에 큰 바윗돌 엇갈리게 놓인 속에
흰 눈이 쌓여 있어 한 줌 쥐어 먹어보니
시원키도 하거니와 요기도 되겠구나.
측백나무 얽힌 데 그 틈으로 길이 나서
뿌리도 당기고 바윗돌도 붙들고서
미륵봉 앞에 가니 정작 구경하려면
수십 길 절벽 위에 올라가야 본다는데
지로승과 동행들이 모두 다 못 간다기에
안주安州 사람 최崔수자[33]와 단둘이 올라가서
미륵봉 바로 뒤 편평한 너럭바위에
높이 앉아 두루 보니 사면이 광활하다.
수백 리 밖으로는 안개가 자욱하여
바다 밖과 서울 쪽은 자세히 안 보이지만
삼각산 제일봉은 발돋움하면 보이겠네.
비로봉 꼭대기를 편안히 바라보니

---

33) 수자(豎子): 더벅머리 아이.

은선대 만경대는 눈 아래 벌였으며
그 나머지 봉우리들 언덕같이 보이는구나.
봉우리 앞 굵은 바위 들쭉날쭉한 가운데
측백나무 덤불이 평지처럼 깔려 있다.
잠깐 동안 구경하고 석벽으로 내려올 때
험하고 위태롭기 내외산 중 처음이라.
이번 구경길에 장안사서 시작하여
냇물의 징검다리 못 건널 데 절반이라.
사자목 좁은 길은 생각하면 겁이 나고
만폭동 지날 때 공중의 외나무다리
아래는 몇 길인지 하물며 휘청휘청
비탈길 푹 파인 곳 외나무 썩은 다리
위태하고 불안했지만 여기 비하면 태평이라.
점심을 먹은 후에 첫사자목 도로 넘어
만경동서 잠깐 쉬어 반야암에 찾아드니
수삼십 칸 높고 크게 지은 암자
마루 넓고 시원하여 한식경을 앉아 쉬고
백련암白蓮庵 명적암明寂庵이 멀지 않은 곳에 있건마는
암자는 마찬가지라 찾아보지 아니하고
시내 건너 큰절에 와서 저녁밥 먹은 후 쉬다.

해금강 삼일포 일대를 유람하다

십칠일 조반 후에 남여 타고 이십 리 가서
개재령介在嶺 넘어서서 상대上臺를 내려가니

해금강 바닷빛이 안개 속에 희미하다.
아흔아홉 굽이 돌아 자갈길로 십 리 내려가
백천교에 도착하니 거기부터 평지로다.
겸고지서 점심 먹고 고성까지 삼십 리 가니
관아는 쓸쓸하고 읍내도 고요하다.
해산정海山亭에 올라앉아 모든 현판 구경하다
우암 선생 칠언율시의 운자韻字에 차운次韻하고
경치를 둘러보니 바다는 십여 리 떨어져 있고
칠성봉 세 바위가 어슴푸레 보이는구나.
앞 언덕에 세운 과녁 문인 무인 함께 사용하는 듯하고
동귀암東龜巖 서귀암西龜巖이 거북의 형상이요
그 나머지 모든 바위 다 거북 모양이라.
지난번 원통암서 김좌수 하는 말이,
"해금강 보는 곳이 지명은 선돌인데
거기 사는 조서방이 자호自號는 내문이고
나와 많이 친한데 마침 인편 있기에
그대들 유람 행차 벌써 기별했으니
부디 그 집 찾아가서 묵으라"고 하기에
시간이 이른지라 동행과 의논하여
선돌로 바로 가서 조생趙生의 집 찾아가니
반갑게 맞아들여 지극히 접대한다.
문어 전복 회를 하고 해삼 홍합 전 부치고
숭어 전어 생선구이 닭도 잡고 계란 삶아
갖가지로 색 맞추고 간이 맞아 먹기 좋다.
황혼 후에 해변에서 월출을 구경하니
안개가 자욱하여 뚜렷하지 않지마는

물밑에서 떠오를 때는 보기에 장관이라.
십팔일 밝기 전에 앞 언덕에 올라앉아
일출을 구경할 때 안개가 그대로 있어
또 자세히 못 볼까 염려를 하였는데
이윽고 바다 위가 희미하게 붉어오며
구름이 얇아지고 물결이 술렁이다
다홍 공단 펼친 속에서 둥근 바퀴 솟아나니
온 세상이 순식간에 밝고 환하다.
천하에 이것보다 나은 장관 또 있는가.
식후에 배를 타고 해금강 구경 가니
칠성봉 바위 지나 해변으로 거슬러가니
햇빛이 비치어서 물속의 맑은 곳에
무수한 기암괴석 은은하게 바치는데
산홋가지 비슷하고 청강석靑剛石과 같으며
깔린 바위 물그림자 전복 껍질 무늬 같다.
물가에 선 봉우리가 필산처럼 늘어섰는데
형형색색이요 기기묘묘하여
사람 신선 귀신 부처 온갖 모양 황홀하다.
해금강 세 글자를 석벽에 새겼으며
바다 어귀에 어부들이 바위에 늘어서서
장대에 쇠갈고리 끼우고 줄낚시도 가지고서
지나가는 숭어 문어 찔러서 잡아낸다.
만경창파 가운데 무수한 고래들이
물 뿜고 희롱하여 물보라가 하늘에 닿을 때
시커먼 등마루에 키[34] 같은 갈기가
물굽이에 오르내려 보기에 훌륭하다.

육로로 돌아올 때 석산石山에 다니면서
금강산 진면목을 궤안간35)에 두고 보려고
기이하고 작은 돌을 여남은 개 골라 주워
짐 속에 깊이 넣고 점심 후 즉시 떠나
읍내를 다시 지나 대호정帶湖亭에 올라가니
언덕 위에 지은 정자 큰 시내가 내려다보이고
수풀이 둘렸는데 꾀꼬리 소리 신기하다.
북으로 십여 리의 삼일포三日浦 찾아가니
사자암 맞은편에 몽천암夢泉庵이 깨끗한데
전나무 대숲 속에 십여 칸 되는 절이로다.
한 굽이 푸른 호수를 삼십육 봉이 둘러막아
남병산 그림 속의 소향주 눈썹인 듯36).
배 한 척 띄워서 중을 시켜 노를 저어
물 가운데 석산 위의 사선정四仙亭에 올라가니
'무쌍승지 제일명구37)'라 쓴 주련柱聯을 붙였으며
무선대舞仙臺란 작은 바위는 신선이 춤추던 데요
단서암丹書岩 얕은 굴속에 여섯 글자 새긴 것
영랑永郎 술랑述郎 어디 가고 파도와 구름만 머무는가.
석벽에 새긴 옛사람 이름 반 넘게 잠겼으니
언덕과 골짜기가 변했는가 무슨 일로 찬물에 잠겼는가.

---

34) 키: 곡식 따위를 까불러 쭉정이나 티끌을 골라내는 도구.
35) 궤안간(几案間): 손이 닿는 가까운 곳을 뜻한다.
36) 한 굽이~눈썹인 듯: 삼일포를 둘러싼 삼십육 봉의 모습이, 남병산 그림에서 소주(蘇州)와 항주(杭州)가 눈썹처럼 그려져 있는 것과 같다는 뜻이다. 남병산은 중국 삼국시대 제갈량이 적벽대전에 앞서 동남풍이 불기를 빌었다는 곳이다.
37) 무쌍승지(無雙勝地) 제일명구(第一名區): 둘도 없는, 경치가 빼어난 최고의 명승지.

외금강 구룡연 일대를 유람하다

이십 리 양진역養珍驛 와서 일행이 시장하여
저녁밥 시켜 먹고 신계사神溪寺로 들어올 때
오 리를 겨우 와서 발 아파 힘들었는데
횃불과 남여꾼이 때마침 맞이하기에
또 오 리를 타고 가니 편하고 요긴하다.
저녁밥 먹지 않고 피곤하여 바로 자다.
십구일 비 오기에 절에서 머물다.
종일토록 시를 주고받으며 이날을 보낸 후에
이십일 날씨 흐리나 비가 오지 않기에
조반 후 남여 타고 구룡연 구경 갈 때
보광암普光庵을 옆에 두고 오 리를 나아가서
오선암五仙巖 잠깐 보니 다섯 수령 놀던 데요[38]
좌정암坐鼎巖은 크고 흰 돌이 솥같이 걸렸고
앙지대仰止臺에 올라앉아 우뚝 솟은 봉우리 쳐다보네.
금강문을 볼작시면 돌 틈에 큰 구멍 있는데
허리 펴고 십여 보를 언덕으로 돌아나가니
만폭동 금강문보다 다섯 배나 웅장하다.
남여꾼은 여기 두고 옥류동을 찾아가니
너럭바위 깔린 곳에 옥같이 흐르는 물이
이름이 헛되지 않도다. 상쾌하고 기묘하다.
무봉폭舞鳳瀑 못 미쳐서 비봉폭飛鳳瀑 바라보니

---

38) 오선암(五仙巖) 잠깐~놀던 데요: 조선시대, 금강산 주위 다섯 고을 원님들이 이곳에서 풍
류를 즐기면서 자신들을 신선에 비유해 저마다 신선 이름을 하나씩 새겨넣었다고 한다.

천 길 되는 절벽이 공중에 서 있는데
한줄기 맑은 냇물이 세 굽이 쳐서 날아내려
진주를 뿜어내어 주렴을 드리운 듯한데
무봉폭은 물이 없어 장마에나 본다 하네.
구성대 높은 돌은 봉황이 와 춤춘 곳인가[39].
연담소라 하는 지명을 바위에 새겼는데
구룡연 외팔담으로 갈라지는 어귀로다.
큰절에서 여기까지 길이 많이 험하여서
위태로운 나무다리 아홉 번 건넜네.
나머지는 언덕이고 이따금 절벽 비탈
한두 길씩 넘는 곳이 드문드문 있는데
소나무 참나무로 사다리를 만들어서
칠팔층 십여 층에 이십층도 되는구나.
반석 비탈 미끄러운 데 다래 덩굴 잡고 가고
징검다리 사이 뜬 곳은 건너뛸 데 많구나.
한마디로 늙은이 약한 사람은 가지 못할 곳이로다.
우리 일행들도 발 헛디딘 이 더러 있어
돌에도 미끄러지고 물에도 빠졌으나
다행히 평탄한 데라 다치지는 않았구나.
큰 폭포 맞은편의 바위에 늘어앉아
삼천 척 떨어지는 물 건너다 바라보니
석벽 백여 길이 병풍처럼 둘러 있고
허리가 꺾인 곳이 물길이 되었는데

---

39) 구성대(九成臺) 높은~춤춘 곳인가: 『서경』 「우서虞書」 「익직편益稷篇」에 "순임금이 만든 음악인 소소(簫韶)를 아홉 번 연주하자 봉황이 날아들어 춤을 추었다(簫韶九成, 鳳凰來儀)"라는 구절이 있다.

비 온 후 성난 폭포 몇 층을 보태어서
흰 비단을 드리우고 옥기둥을 세운 듯이
은하수 한 굽이가 공중에 드리워져
바위 밑 깊은 못에 담아 부어 찧을 때에
안개가 피어오르면서 흰 눈이 날리니
금강산 폭포 중에 제일 장관 여기로다.
한참을 구경하고 금강문에 도로 내려와서
남여 타고 절에 와서 점심을 먹은 후에
만물초^{萬物草} 가는 길이 온정^{溫井}을 지난다기에
극락고개 넘어서서 오 리 남짓 가니
주막집 바로 곁에 우물집⁴⁰⁾ 지었기에
문 열고 구경하니 상하탕^{上下湯}이 놓였는데
두 군데 똑같이 넓적한 돌로 네모지게 짰고
물빛은 흐릿하고 미지근하다 하네.
보슬비가 계속 내려 주막에서 머물고
이십일일 조반 후에 날 흐리고 안개 덮였는데
만물초 구경하려고 준비하고 내려가니
지로승과 주막 주인 붙들고 만류하길,
"만물초 가는 길이 왕복 칠십 리요
맑은 날에도 구름 끼면 못 보는데
하물며 비 오는 날은 지척 분간 못하니
미끄러운 돌사다리 천신만고 올라가서
산 밑만 겨우 보면 분하지 않겠는가".
들어보니 그럴듯하고 일행들도 옳다고 하여

---

40) 우물집: 빗물이 들어가지 않도록 우물 위에 지붕을 만든 것.

봉래산에 다시 올 약속을 만물초에 남겨두고
행장을 다시 차려 총석巖石으로 향할 때
금강 내외산을 이곳에서 작별하니
만이천 봉우리가 눈앞에 또렷하다.
절마다 지로승의 이름이 누구던가?
장안사는 의정이요 표훈사는 거안이요
유점사는 체준이요 신계사는 장함이라.
승지에서 놀던 자취 여섯 군데 남겼으니
만폭동 바위에 크고 깊게 이름 새겨두고
그 나머지 헐성루 장안사 표훈사 신계사 유점사
다섯 곳은 나무에 새겨 문루에 붙였으니
다른 날 다시 오면 낯설지 않으리라.

해금강 총석정 일대를 유람하다

계속해서 길을 떠나 성직촌 지나오니
십 리는 넉넉하고 고성 통천 경계로다.
예서부터 총석까지 바다를 옆에 두고
일백이십 리를 곧장 내려간다 하네.
바다를 내다보니 파도가 거세어
바람도 안 부는데 물결이 절로 일어
산같이 밀려와서 바윗돌에 부딪힐 때
우레가 진동하고 흰 눈이 날리는 듯.
흐리고 비가 오면 멀리까지 난다 하네.
물가 언덕 위에 소금 굽는 집 있는데

움막처럼 집을 짓고 그 속 흙가마에
바닷물을 졸여내어 소금을 만드는데
한 가마에 십여 석이 나오며 칠팔 일이 걸린다네.
장전역長箭驛까지 십 리 가니 가랑비가 많이 오네.
해변에 인가 적어 무인지경無人之境 많다 하여
비 맞고 이십 리 와 독벼루에 다다르니
수십 길 비탈진 바위가 독 엎은 모양이요
허리에 길이 나서 행인이 다니는데
길 아래 깎은 절벽 있고 그 밑이 바다로다.
다행히 길이 넓어 쌍가마도 다니겠구나.
일 마장 더 나가니 남사진南沙津 주막이라
더운 방 찾아가서 젖은 옷 말리고서
깨끗한 방 다시 얻어 저녁 먹고 편히 쉬다.
이십이일 조반 후에 비 때문에 늦게 떠나
이십 리 운암雲巖 가니 또 가랑비 오는구나.
여기서 백정봉百鼎峰이 십 리라 하건마는
비 오고 안개 끼어 구경할 길 없기에
하인과 짐꾼은 두백진頭白津에 가라 하고
뒤따라 내려올 때 큰길로 바로 가니
먼저 가던 하인들이 앞에 안 보이기에
이상하여 돌아오니 다리 건너 집 있는데
작은 산이 가로 둘러 길옆에선 안 보이네.
아까 하인들은 지름길로 바로 넘어가
우리를 기다리다 마주 찾아 나오기에
함께 들어가서 점심 먹고 즉시 떠나
문바위 찾아가니 백사장의 괴석 하나

오륙 장丈 높이인데 전면에 구멍 뚫려
양편이 마주보이고 맨 위층 돌 틈에
소나무 세 줄기가 노송老松이 되었으니
그 무슨 이치인가 이상하고 신기하다.
말뫼 지나 이십 리 와 달아고개서 묵으니
비는 다시 아니 오고 오십 리를 걸었구나.
이십삼일 쾌청키에 일찍이 아침 먹고
십오 리 나아가서 통천읍 들어가서
길청의 하인 시켜 사공을 알아보니
본면本面 주인 내보내서 지금 준비시킨다 하네.
이십 리 나아가서 고저촌庫底村에 다다르니
인가는 삼사백 호인데 부유한 이 많다 하네.
한 고개 또 지나서 총석정에 올라가니
사선봉四仙峰 네 기둥이 죽 벌여 서 있는데
푸른 옥 깎아내어 쇠기둥을 받친 듯
석벽을 둘러싼 돌도 모두 기둥 모양이요
환선정喚仙亭 빈터 앞은 접침처럼 바로 쌓여⁴¹⁾
모두 다 바닷가에 물결 쳐서 흩날리며
알섬이라 하는 데가 물길로 삼사십 리인데
모든 날짐승이 그곳에 가 알을 낳아
바닷가 백성들이 배 타고 가 주워 온다 하네.
덕원 포구 원산 포구 지형만 바라보이고
흡곡歙谷의 삼바위섬 십 리 남짓하다.

---

41) 환선정(喚仙亭) 빈터~바로 쌓여: 환선정 앞 빈터에 바위가 층을 이루어 쌓여 있는 모습을
표현한 것이다. '접침(摺枕)'은 짐승의 털을 넣고 누벼서 병풍처럼 여러 조각을 포개어 만든 베
개를 말한다.

삼남三南 북도北道 장삿배들 순풍에 돛을 달고
물위에 드문드문 조각구름 떠가는 듯하고
고기 잡는 작은 배는 파도 사이에 출몰하며
물가를 바라보니 바람밖에 없어 도리어 한가하다.
정자 지은 높은 언덕에 수백 보 되는 길이 나 있어
그 끝에 가서 보니 좌우에 서 있는 돌이
옹기 엎은 모양 같고 사람 모양 비슷하며
그 아래 작은 돌은 동이 늘어놓은 듯이
수삼 칸씩 빈틈없이 사이사이 깔려 있다.
배 잡아 대령시켜 타고 구경하려 했는데
구경할 데 거의 다 하고 풍랑도 요란하여
배 타기는 그만두고 점심 시켜 먹은 후에
금란굴金蘭窟로 내려가자고 사공에게 분부하니
"육로는 이십 리요 수로는 □□리인데
굴속을 보려 하면 □□□□ □□□□
오늘같이 바람 심한 날에 어찌 배를 타올쏜가".
내가 듣고 옳게 여겨 동행에게 이른 말이,
"만물초 훗날 기약에 금란굴도 함께 두세".
모두 웃고 일어서서 읍내를 도로 지나
소성교서 묵으니 칠십 리를 지나왔네.

다시 회양부로 돌아와 쉬다

이십사일 일찍 떠나 중대원中臺院 찾아오니
높고 험한 추지령楸池嶺이 눈앞에 놓였구나.

이곳에 구경할 것 한두 가지 아니로되
안개가 자욱하여 제대로 못 봤으니
푸른 바닷물이 어디인 줄 알겠으며
목련화 붉은 꽃을 어디에서 찾겠는고.
일흔일곱 굽이 지나 고개 위에 올라서니
속으로 땀이 솟고 겉으로 안개 끼어
솜저고리 창옷 소매 물을 짜게 되었구나.
고개를 올라올 때 갑작스러운 우렛소리에
우박 한줄기 내리는데 작은 대추 같구나.
화천으로 들어오니 안개 걷히고 날이 맑다.
점심 먹고 다시 나서서 가림 와서 묵으니
이날 온 길이 육십 리에 가깝구나.
이십오일 조반 후에 회양부로 들어와서
읍내 여염집서 옷 갈아입으려 앉았더니
그 주인 하는 말이, "오늘 사또께서
진평의 영랑 모신 곳에 참배하러 가셨다"기에
책실로 바로 가니 규산 김오여가
그저께 왔다 하며 집에서 온 편지 전하거늘
급하게 떼어 보니 평안하시다는 편지로다.
집안 모두 편안하고 내 몸이 무탈하니
객지에서 이보다 기쁜 일이 있겠는가.
이윽고 사또께서 행차에서 돌아오시기에
나아가 문안하고 산중 경치 말씀드린 후
도로 책방에 가 점심을 찾아 먹고
김좌수 만나보고 입석立石에서 잘 먹었단 말
자세히 전하니 많이 기뻐하는구나.

이십육일 흐리고 바람 불기에 사또와 책실에 가
통인들 불러다가 장기 두며 소일하고
이십칠일 날이 맑기에 진평의 영랑 사당 찾아가서
묵은 화상 봉안한 곳에 참배를 한 후에
수장헌에 올라가니 책실에서 함께 나와
통인과 기생들이 고기 잡아 회를 치며
비빔밥 점심하네. 종일토록 활을 쏘다.
이곳의 봉일사가 소총석^{小叢石}이라 하고
강둔 땅 취병대^{翠屛臺}가 경치가 좋다 하나
봉래산 본 후에 안목이 넓어져서
어지간한 경치는 귀 밖에 들리더라.

귀향길에 오르다

이십팔일 날 맑기에 행장을 수습하여
서울을 향하여서 조반 후 길 떠날 때
사또께 하직하고 관오리고개 오니
규산과 옥련 봉선 두 기생이 멀리 와 작별하네.
말 두 필 주시고서 경계까지 타라고 하시기에
짐 싣고 사십 리 와 깊은개에서 점심 먹고
책실에다 편지 쓰고 말을 돌려보낸 후에
짚신과 지팡이를 전과 같이 차리고서
사내종에게 짐 지우고 서울 길 바라보니
마음이 넉넉하여 걸음이 날 듯하다.
장오고개 얼핏 지나 창도역서 묵고

이십구일 날 맑기에 경파慶坡 뒤 지름길로 해서
진묵서 점심 먹고 김화서 자니 팔십 리 왔구나.
오월 초일일에 갈고개서 점심 먹고
십 리 와 풍전역에 비 맞고 들어와서
비가 계속 내려 그곳서 머무는데
마침 잡화雜貨 장수 서울에서 내려와서
약간 소식 전하는데 반신반의하겠구나.
초이일 또 비 오기에 늦게야 길을 떠나
여기서 삼부연三釜淵이 오 리쯤 되고
영평 화적연禾積淵이 서기울에서 삼 리로되
비도 오고 길도 돌기에 구경하기 그만두고
굴을내서 점심 먹고 영평 읍내 들어가니
서학정 정자집이 구조가 절묘하다.
죽마고우 홍봉소가 여기서 사는지라
전갈해서 만나보고 저녁밥을 부탁한 후
칠팔 리 떨어진 냇가의 금수정金水亭 찾아가니
언덕에 지은 집이 네 칸이 넘는데
좌우엔 단풍나무 그 아래 괴석 있고
물속 모래 빛이 황금을 펼친 듯하고
경도라 부르는 작은 섬 하나 있고
정자 지은 바윗돌에 금대琴臺라고 새겼구나.
앞산 고소성姑蘇城이 병풍처럼 둘렀으며
그 뒤 양반집은 백운루白雲樓란 현판 달았는데
시내를 내려다보고 있어 경치가 뛰어나다.
수삼 리 더 나가서 창옥병蒼玉屏 찾아가니
사암42) 문곡43) 두 선생의 서원書院이 높이 섰고

바로 냇물 건너 석벽이 서 있는데

돌 빛이 검붉으며 물속에 비쳐서

이름을 붙인다면 옥병玉屛이 마땅하다.

양봉래楊蓬萊 필적들이 이 두 곳에 많다 하되

날 저물고 피곤하여 일일이 찾지 않고

읍내로 들어오니 초경初更이 다 되었다.

봉소 집에 사랑舍廊 없어 양문대신[44] 종손의 집

주인 좋고 사랑 넓어 거기서 묵으니

초삼일 아침밥은 그 집 주인 담당이라.

영계구이 도라지나물 살지고 간이 맞다.

늦게야 떠나올 때 뒷날을 약속하며

"가을 단풍철에 이 고을 동면東面에 가서

삼부연 화적연과 백운사白雲寺 구경하고

현등사懸燈寺 조종암[45]과 곳곳에서 두루 놀아

말로 하기 힘든 승경 함께 구경합시다".

여럿이 크게 웃고 남대천南大川 건너서

가리마고개 지나 물어고개 넘어오니

옹기점이 있는데, 오지그릇 만드는 모습이

매통[46] 아랫부분 같은 나무에 흙을 이겨 올려놓고

두 발로 돌리면서 두 손으로 흙을 만져

주악 빚듯 빚어내어 칼로 베어 자르니

---

42) 사암(思菴): 조선 초 문신 박순(朴淳, 1523~1589)의 호.

43) 문곡(文谷): 조선 중기 문신 김수항(金壽恒, 1629~1689).

44) 양문대신(梁文大臣): 조선 후기 문인 이서구(李書九, 1757~1825)를 말한다.

45) 조종암(朝宗岩): 경기도 가평군 조종면 대보리에 있는, 조선시대 숭명배청(崇明排淸) 사상의 내용을 새긴 바위.

46) 매통: 벼의 겉겨를 벗기는 농기구.

항아리 뚝배기 귀때 등이 되는구나.
삼십 리 구장터서 점심 먹고 또 떠나서
비 맞고 이십 리 와 솔모루서 묵을 때
그 집의 여주인이 며느리를 꾸짖는데
도리가 전혀 없이 욕설까지 섞어가며
"요년 요년 간사한 년 불여우 같은 년아,
그 많은 눌은밥 네 동서나 조금 주지
개한테 찌꺼기 모두 주니, 개가 네 어미 아비냐?
어른이 말 물으면 뾰로통하고 서서
대답도 아니하니, 네깟 년이 어찌 그러하냐?
양즙 짜서 놓아둔 것 된장에 들이붓고
기름 짜서 담아놓은 것 걷어차서 엎지르고
깨소금 볶아둔 것 물 타서 내버리고
두부를 사다 주고 반찬 하라 하였더니
시렁 위에 얹어두어 쥐가 와서 먹게 하니
열 가지 중 한 가진들 쓸데가 있겠는가.
네 어머니 그 사람이 사돈 노릇 잘도 했지.
선채[47] 간 것 다 먹고서 이불솜도 안 넣었네.
차라리 서울에다 종으로나 팔아먹지[48].
너 데려오느라고 가마꾼이야 마馬삯이야
기어이 빚을 져서 밤낮으로 허덕이니
방정맞고 망할 년아 주리를 틀 년아.

---

47) 선채(先綵): 전통 혼례에서, 혼례를 치르기 전 신랑집에서 신부집으로 보내는 비단.
48) 네 어머니~종으로나 팔아먹지: 며느리의 친정어머니를 비난하는 내용이다. 결혼 전 며느리 집에 보낸 선채를 다 떼먹고 혼수 이불에 솜도 넣지 않고 딸을 시집보냈으니, 이로써 이익 볼 생각이면 서울 부잣집에 종으로 파는 것이 나았을 거라는 뜻이다.

이따금 때리면서 점잖지 않고 상스럽네.
아무리 상것이지만 무식도 하구나.
고롱을 돌아보고 옳고 그름 논쟁한다.
초사일 맑거늘 일찍이 길을 떠나
쇠골 와서 조반 먹고 축석령에 올라서니
잘 있었느냐 삼각산아, 우리 고향 가깝구나.
다락원서 점심 먹고 동소문으로 들어오니
신시49) 남짓 되었고 시장도 하기에
길가의 주막에서 밥 사서 요기하고
옷차림 더럽고 모습도 부끄러워
어둡기 기다려서 집에를 들어가니
조부모님 건강하시고 기력이 좋으시며
처자妻子들 탈없이 모두들 반겨 하고
달포 만에 만난 어린 딸은 낯설어하지 않네.

금강산 유람을 마친 감회

저녁 먹고 피곤하여 벗고 누워 생각하니
전후 삼십육일 만에 일천육백여 리 돌아다니며
만이천봉 구경하고 시 백사십 수 읊었으며
일행 다섯 사람이 병 없이 다녀왔으니
강산이 도왔는가 각각 복력福力인가.
내외 금강산 뛰어난 경치 눈앞에 삼삼하여

꿈인 듯 진경眞景인 듯 반신반의하겠구나.
듣고 본 좋은 경치 대강 적어 기록하고
도중의 우스운 일 간단하게 적었으니
아무나 보시는 이 짐작하여주오소서.
우리나라 명산이요 삼한三韓 때 고찰古刹들이
한곳에 모여 있어 천하에 유명하다.
세상의 호걸님들 다 한번 보옵소서.

제7부
⊙
교훈가사

「농가월령가農家月令歌」는 조선 헌종 때 다산茶山 정약용丁若鏞, 1762~1836의 둘째 아들인 정학유丁學游, 1786~1855가 지은 월령체 장편가사로, 농가에서 행한 월별 행사와 세시풍속을 제시하고 농업에 힘쓸 것을 권유한 작품이다.

「농가월령가」는 1년 12개월에 걸쳐 그때그때 해야 할 연중행사를 기록한『예기』「월령月令」편과 농사의 어려움을 노래한『시경』「빈풍豳風」7월편의 전통을 이어받고, 고상안高尙顔, 1553~1623의『농가월령農家月令』과 박세당朴世堂, 1629~1703의『색경穡經』「전가월령田家月令」같은 조선의 농사철과 농법에 초점을 둔 농서, 조선 후기에 활발히 편찬된『세시기』등의 영향을 받아 창작되었다고 본다.

또한「농가월령가」는 농업을 장려하고 농촌공동체의 화합을 강조하는 농부가류 가사의 성행에 직접적인 영향을 받아 출현했다고 할 수 있다. 즉 향촌 사회에서 중요한 위치를 차지한 향촌사족들이 국가 체제 정비에 필수적인 농촌공동체의 안정을 도모하고자 치자治者로서의 역할을 모색하는 과정에서 농부가류 가사가 탄생했고, 이를 구체적으로 보여주는 작품이「농가월령가」다.

「농가월령가」는 12달의 12단락 전후에 서사와 결사가 부가되어 전체 14단락으로 이루어져 있다. 서사에서는 일월성신日月星辰의 운행과 그에 따른 24절기의 형성, 현재 쓰이는 역법曆法의 기원에 대해 설명한다. 월별로 절기의 특성과 기후의 변화를 말하고, '~마라' '~하소' '~하자' '~리라' 등의 표현을 사용해 그 달에 해야 할 농사일과 집안일을 구체적으로 제시한다. 결사에서는 농업의 중요성을 다시 한번 강조하고, 고향에 머물며 농사에 힘쓸 것을 당부한다.

위와 같이「농가월령가」는 짜임새 있는 구성을 취하고 있지만, 월령별 작품 분량은 편차가 크다. 가장 많은 분량을 차지하는 부분은 시월령이며, 세시풍속이 주가 되는 정월령과 팔월령에 비해 농사일에 초점을 맞춘 삼월령과 유월령의 분량이 훨씬 많다. 시월령이 다른 달에 비해 압도적으로 분량이 많은 것은 강신일講信日 행사에 대한 내용을 길게 읊었기 때문인데, "효제충신 대강 알아 도리를 잃지 말라"는 요지의 동장님 훈계 말씀이 대부분이다.

「농가월령가」에서도 오륜의 기본이 되는 부자유친이 맨 앞에 나타나며 가장 많은 분량을 차지하지만, 부부유별과 형우제공에 관한 내용은 간략하게 나온다. 반면 향촌

내 질서 유지를 위한 장유유서와 임금의 은혜에 대한 보답, 향촌 사회의 화합과 상호 부조가 강조되어 있다. 아울러 여타 「오륜가五倫歌」와 마찬가지로 임금의 은혜에 대한 보답의 의미로 왕세王稅를 성실하게 납부할 것을 강조하며, 상업이나 고리대금업에 대한 위험성을 경고하고서 다른 곳으로 이주할 뜻을 두지 말고 자기 고향을 지키고 살면서 농업에 힘쓸 것을 권한다. 이는 「농가월령가」가 월별로 농가에서 행해야 하는 농사일과 집안일을 제시하면서도 궁극적으로는 향약을 매개로 한 농촌 사회의 질서 유지에 초점을 맞춘 작품임을 말해주는 것이라 할 수 있다.

농가월령가 農家月令歌

정학유丁學游

서사

천지 개벽하여 해 달 별이 비추었다.

해와 달은 각도角度 있고 별자리는 궤도 있어

일 년 삼백육십 일에 제 도수度數 돌아오므로

동지 하지 춘분 추분은 해그림자로 추측하고

상현 하현 보름 그믐 초하루는 달이 차고 이지러짐이로다.

대지 위 동서남북 곳에 따라 다르므로

북극을 기준으로 원근遠近을 헤아리네.

이십사절기를 열두 달에 배치하니

매달 두 절기가 보름 간격으로 드는구나.

춘하추동 왕래하여 자연히 한 해를 이룬다.

요순堯舜같이 착한 임금 역법曆法을 만드시어

천시天時를 밝혀내어 온 백성을 맡기시니

하夏나라 오백 년은 인월[1]로 정월正月 삼고
주周나라 팔백 년은 자월[2]로 정월正月 삼으니
지금 쓰는 역법이 하나라와 같아서
덥고 추운 절기 차례는 사시四時에 딱 맞으니
공자孔子께서 하나라 제도를 취하여 행하셨도다.

정월령

정월은 초봄이라 입춘 우수 절기로다.
산골짜기에 눈과 얼음 남았으나
교외 들판의 구름 빛이 변하도다[3].
어와 우리 임금, 백성을 사랑하고 농사를 중히 여겨
농사에 힘쓰라는 말씀 방방곡곡 반포하니[4]
슬프다 농부들아, 아무리 무지한들
네 몸 이해利害 고사하고 임금 뜻을 어길쏘냐.
논과 밭 반반씩 비슷하게 힘껏 가꾸리라.
한 해 풍흉豊凶을 예측하지 못하여도
있는 힘을 다하면 자연재해 면하니
제 각각 격려하여 게을리 굴지 마라.
한 해 계획은 봄에 달렸으니 모든 일을 미리 해라.

---

1) 인월(寅月): 음력 1월.
2) 자월(子月): 동짓달. 음력 11월.
3) 구름 빛이 변하도다: 옛날에는 태양 주변 구름 빛깔로 길흉, 가뭄과 홍수, 풍년 등을 점쳤다.
4) 농사에 힘쓰라는~방방곡곡 반포하니: 정조가 농사를 권장하고자 매년 설날에 팔도 관찰사와 사도(四都)의 유수(留守)에게 문서를 내렸다.

농지를 다스리고 농우農牛를 보살피고
재거름 재어놓고 한편으로 실어 내어
보리밭에 오줌 주기 작년보다 힘써 하소.
늙은이 근력 없어 힘든 일은 못하여도
낮이면 이엉 엮고 밤에는 새끼 꼬아
때맞추어 지붕 이으니 큰 근심 덜었도다.
과일나무 보굿 따고 가지 사이 돌 끼우기
초하루 새벽에 시험조로 하여보소.
며느리는 잊지 말고 소국주小麴酒 밑하여라[5].
봄날 온갖 꽃 필 때 꽃 앞에서 취해보자.
보름날 달을 보고 장마 가뭄 안다 하니
늙은 농부의 경험으로 대강은 짐작하네.
정초에 세배함은 인정 많은 풍속이라.
새 의복 차려입고 친척 이웃 서로 찾아
남녀노소 아동까지 삼삼오오 다닐 때에
워석버석 울긋불긋 빛깔이 화려하다.
사내아이 연 띄우기 계집아이 널뛰기
윷 놀아 내기하기 소년들의 놀이로다.
떡국 술 과일로 사당祠堂에 인사하네.
움파와 미나리를 무순에 곁들이면
보기에 신선하니 오신채五辛菜를 부러워하랴.
보름날 약밥 차례 신라 적 풍속이라.
묵은 나물 삶아 내니 고기맛과 바꿀쏘냐.

---

5) 밑하여라: 술밑을 하여라. '술밑'은 술을 담그려 쌀을 찐 다음 누룩을 그 쌀과 섞어 버무린
것을 말한다.

귀 밝히는 약술이며 부스럼 삭는 생밤이라.
먼저 불러 더위팔기 달맞이 횃불싸움
내려오는 풍속이요 아이들 놀이로다.

이월령

이월은 한봄이라 경칩 춘분 절기로다.
초육일 좀생이로 풍흉을 안다 하나[6]
스무날 날씨로 대강은 짐작하리[7].
반갑다 봄바람이 변함없이 문을 여니
말랐던 풀뿌리는 속잎이 싹이 난다.
개구리 우는 곳에 논물이 흐르도다.
산비둘기 소리 나니 버들 빛이 새로워라.
보습 쟁기 차려놓고 봄갈이 하오리라.
기름진 밭 가려서 봄보리 많이 심으소.
면화밭 갈아놓고 제때를 기다리소.
담배 모종 잇꽃 심기 빠를수록 좋으니라.
원림園林을 가꾸니 이익을 겸하도다.
한 부분은 과일나무요 두 부분은 뽕나무라.
뿌리가 상하지 않게 비 오는 날 심으리라.
솔가지 꺾어다가 울타리 새로 하고
담장도 보수하고 개천도 쳐 올리소.

6) 좀생이로 풍흉(豐凶)을 안다 하나: 좀생이는 28수의 하나인 묘성(昴星). 음력 2월 6일 밤에
이 별과 달 사이의 거리를 보아 그해 풍흉을 점쳤다.
7) 스무날 날씨로 대강은 짐작하리: 민간에서 영등날 날씨로 농사의 풍흉을 점치는 걸 말한다.

안팎에 쌓인 검불 깨끗하게 쓸어내어
불 피워 재 받으면 거름에 보탤 수 있으리라.
모든 가축 못 기르나 소 말 닭 개 기르리라.
씨암탉 두세 마리에게 알을 안겨 깨어보자.
산나물은 이르니 들나물 캐어 먹세.
고들빼기 씀바귀며 소루쟁이 물쑥이라.
달래김치 냉잇국은 입맛을 돋우니
본초강목本草綱目 참고하여 약재를 캐오리라.
창출 백출 당귀 천궁 시호 방풍 산약 택사
낱낱이 적어두고 때가 되면 캐어두소.
시골집에 여유 없으니 값진 약 쓰겠는가.

삼월령

삼월은 늦봄이라 청명 곡우 절기로다.
봄날이 따뜻하여 만물이 화창하니
온갖 꽃 만발하고 갖가지 새소리라.
쌍제비는 마루 앞의 옛집을 찾아오고
꽃밭에 벌 나비는 어지러이 날고 기니
미물微物도 때를 만나 즐김이 사랑스럽다.
한식날 성묘하니 백양나무8) 새잎 난다.
사무치는 조상 은혜 술과 과일로나 풀리라.
농부의 힘드는 일 가래질이 첫째로다.

8) 백양나무: 무덤가에 많이 심는 나무.

점심밥 넉넉하게 준비하여 때맞추어 배 불리소.

일꾼의 처자식들 따라와 같이 먹세.

농촌의 후한 풍속 한 말 곡식 아낄쏘냐.

물고랑 깊이 치고 두렁 밟아 물을 막고

한편에 모판 하고 그 나머지에 볍씨 뿌려

날마다 두세 번씩 부지런히 살펴보소.

약한 싹 세워낼 때 어린아이 보호하듯 하소.

농사 중 논농사는 아무렇게 못 하리라.

채마밭에 기장 조요 산밭에는 콩팥이로다.

들깨 모종 일찍 씨 뿌리고 삼 농사도 하오리라.

좋은 씨 가려서 품종을 바꿔보소.

보리밭 매어놓고 못논을 갈아두소.

들농사 하는 틈에 채소밭 안 가꿀까.

울 밑에 호박 심고 처마 가에 박을 심고

담 근처에 동아 심어 가자架子 세워 올려보자.

무 배추 아욱 상추 고추 가지 파 마늘을

종류별로 구별하여 빈 땅 없이 심어놓고

갯버들 베어다가 울타리 둘러막아

닭과 개를 막으면 자연히 무성하네.

오이밭은 따로 만들어 거름을 많이 하소.

농가의 여름 반찬 이밖에 또 있는가.

뽕나무 싹 살펴보니 누에 날 때 되었구나.

어와 부녀들아 누에치기에 전념하소.

잠실蠶室을 쓸고 닦고 모든 도구 준비하니

다래끼 칼 도마며 채광주리 달발이라.

각별히 조심하여 냄새를 없게 하소.

한식寒食 전후 삼사일에 과일나무 접붙이니
단행丹杏 이행梨杏 울릉도欝陵桃며 문배 참배 능금 사과
엇접 피접 도마접에 행차접이 잘 산다네.
청다래 정릉매는 오래된 등걸에 접을 붙여
농사를 마친 후에 화분에 심어 들여놓고
추운 겨울 초가집서 봄빛을 홀로 보니
실용은 아니지만 산중의 취미로다.
인가人家에 요긴한 것 장 담그는 일이로다.
소금을 미리 사서 법대로 담그리라.
고추장 두부장도 맛맛으로 고루 담자.
앞산에 비 그치니 살진 나물 캐오리라.
삽주 두릅 고사리며 고비 도라지 으아리를
삼분의 일은 엮어 달고 삼분의 이는 무쳐 먹세.
낙화落花를 쓸고 앉아 병瓶술로 즐길 때에
산촌서 준비하는 맛난 안주 이뿐이라.

사월령

사월이라 초여름 되니 입하 소만 절기로다.
비 온 뒤에 볕이 나니 날씨도 화창하다.
떡갈잎 퍼질 때에 뻐꾹새 자주 울고
보리 이삭 패어나니 꾀꼬리 소리 난다.
농사도 한창이요 누에치기도 한창이라.
남녀노소 농사 바빠 집에 있을 틈이 없어
적막한 사립문을 녹음 속에 닫았도다.

면화를 많이 가소. 방적이 근본이라.

수수 동부 녹두 참깨 사이 심기 적게 하소.

갈대 꺾어 거름할 때 풀 베어 섞어 하소.

묵은 논을 갈아엎고 이른모 심어보세.

양식이 부족하니 환곡還穀 타서 보태리라.

한잠 자고 일어난 누에 하루에 열두 번을

밤낮으로 쉬지 않고 부지런히 먹이리라.

뽕잎 따는 아이들아, 남겨둘 그루 생각하여

고목은 가지 꺾고 햇잎은 젖혀 따라.

찔레꽃 만발하니 작은 가뭄 없을쏘냐.

이때를 틈타서 내 할일 생각하소.

도랑 쳐서 물길 내고 비 새는 곳 기와 덮어

장마를 대비하면 뒷근심 더 없으리라.

봄에 짠 필疋 무명을 이때에 바래고

베 모시 형편대로 여름옷 지어두소.

벌통에 새끼 나니 새 통에 받으리라.

모든 벌이 한마음으로 여왕벌을 받드니

꿀도 먹으려니와 군신 도리 깨닫도다.

초파일 등 달기는 산촌에 중요치 않으나

느티떡 콩찌기9)는 제때의 별미로다.

앞내에 물이 주니 고기잡이하여보세.

해 길고 바람 자니 오늘 놀이 잘되겠다.

푸른 시내 백사장을 굽이굽이 찾아가니

늦게 핀 산철쭉에 봄빛이 남았도다.

---

9) 콩찌기: 초파일에 검정콩을 쪄 먹는 풍속이 있다.

그물을 둘러치고 큰 물고기 잡아내어
반석에 솥을 걸고 팔팔 끓여내니
팔진미 오후청10)을 이 맛과 바꿀쏘냐.

오월령

오월이라 한여름 되니 망종 하지 절기로다.
남풍은 때맞추어 보리 추수 재촉하니
밤사이 보리밭에 누른빛이 나는구나.
문 앞에 터를 닦고 타맥장打麥場 만들리라.
잘 드는 낫으로 베어다가 단을 묶어 헤쳐놓고
마주서서 도리깨를 보기 좋게 두드리니
불고 쓴 듯하던 집이 갑자기 풍성하다11).
얼마 안 되는 남은 곡식 바닥날 것 같더니
중간에 이 곡식으로 생계를 잇겠구나.
이 곡식 아니면 여름 농사 어찌할꼬.
하늘의 뜻 생각하니 은혜도 망극하다.
목동은 놀지 말고 농우를 보살펴라.
쌀뜨물에 꼴 먹이고 아침 일찍 자주 풀 뜯겨라.
그루갈이 모심기에 제 힘을 빌리도다.
보릿짚 말리고 솔가지 많이 쌓아
장마 때 쓸 나무 준비하여 그때에 걱정 없게 하소.

10) 오후청(五侯鯖): 진귀한 요리를 말한다.
11) 불고 쓴~갑자기 풍성하다: 깨끗하게 아무것도 남은 것 없던 집이 보리타작을 해서 갑자기 넉넉해졌다는 뜻이다.

누에치기 마칠 때에 사나이 힘을 빌려
누에섶도 만들고 고치나무 장만하소.
고치를 따오리라. 맑은 날 가리어서
발 위에 엷게 널고 햇볕에 말리려고
쌀고치 무리고치 누른 고치 흰 고치를
색깔대로 구분하여 조금은 씨로 두고
그 나머지 켜오리라. 물레를 차려놓고
왕채[12]에 올려내니 백설 같은 실을 내네.
사랑스럽다 그 얼레 소리 금슬錦瑟을 고르는 듯하네.
부녀들 애를 써서 이 재미 보는구나.
오월 오일 단옷날에 경치가 새롭도다.
오이밭에 첫물 따니 이슬에 젖었으며
앵두 익어 붉은빛이 아침 볕에 눈부시다.
목멘 영계 소리 연습 삼아 자주 운다.
향촌 아녀자들아, 그네는 그만두고
청홍 치마에 창포비녀 꽂아 명절을 허송 마라.
노는 틈에 할일이 약쑥이나 베어두소.
하느님이 인자하셔 뭉게뭉게 구름 이니
때 되어 오는 비를 그 누가 막을쏘냐.
처음에 부슬부슬 비가 내려 먼지를 적시더니
밤 깊어 오는 소리 세차게 떨어진다.
관솔불 아래 둘러앉아 내일 일 준비할 때
뒷논은 누가 심으며 앞밭은 누가 갈꼬.

---

12) 왕채: 물레의 바탕 위에 세우는 기둥 2개.

도롱이 접사리[13]며 삿갓은 몇 벌인고.
모찌기는 자네 하소. 논 심기는 내가 함세.
들깨 모 담배 모는 머슴아이 맡아 내고
가지 모 고추 모는 딸아기가 하려니와
맨드라미 봉선화는 너무 많이 심지 마라.
아이어멈 방아 찧어 들바라지 점심하고,
보리밥 파찬국에 고추장 상추쌈을
식구를 헤아려서 넉넉히 준비하소.
날이 샐 때 문을 나가니 개울에 물 넘는다.
농부가로 화답하니 격양가 아니런가.

유월령

유월이라 늦여름 되니 소서 대서 절기로다.
큰비도 때맞춰 내리고 더위도 극심하다.
초목이 무성하니 파리 모기 모여들고
성城의 못에 물 고이니 참개구리 울어댄다.
봄보리 밀 귀리 차례로 베어내고
늦은 콩 팥 조 기장을 베기 전에 대우[14] 들여
지력地力을 쉬지 말고 극진히 다스리소.
젊은이 하는 일이 김매기뿐이로다.
논밭을 번갈아가며 서너 차례 돌려 맬 때

---

13) 접사리: 농촌에서 모내기할 때 쓰던 비옷.
14) 대우: 초봄에 보리, 밀, 조 따위를 심은 밭에서, 심어놓은 작물 사이에 콩이나 팥 따위를 드
문드문 심는 일.

그중에 면화밭은 공력이 더 든다네.
틈틈이 나물밭도 북돋우어 잘 가꾸고
집터 울 밑 돌아가며 잡초를 없게 하소.
날 새면 호미 들고 쉴새없이 일을 하니
땀 흘러 흙이 젖고 숨막혀 쓰러질 듯할 때
때맞추어 점심밥 오니 반갑고 신기하다.
정자나무 그늘 밑에 자리를 정한 후에
점심 그릇 열어놓고 보리단술 먼저 먹세.
반찬이야 있건 없건 주린 창자 채운 후에
청풍淸風 속에 취하고 배부르니 잠시나마 즐겁도다.
농부야 근심 마라, 수고하는 값이 있네.
오조¹⁵⁾ 이삭 푸른 콩이 어느 사이 익었구나.
이로 보아 짐작하면 양식 걱정 오랠쏘냐.
해 진 후 돌아올 때 노래 끝에 웃음 나네.
희미한 저녁 안개 산촌을 싸고 있고
달빛은 어슴푸레 밭길을 비추도다.
늙은이 하는 일이 전혀 없다 하겠는가.
아침 일찍 오이 따기 뙤약볕에 보리 널기
그늘에서 도롱이 만들기 창문 앞에서 노 꼬기라.
하다가 고단하면 목침 베고 허리 쉬며
바람결에 잠이 드니 태평 시절 백성이라.
잠 깨어 바라보니 소나기 지나가고
먼 나무의 쓰르라미 석양을 재촉한다.
노파의 하는 일은 여러 가지 못 하여도

15) 오조: 일찍 익는 조.

묵은 솜 들고 앉아 알뜰히 피워내니
장마 속에 소일하며 낮잠 자기 잊었도다.
삼복三伏은 시속時俗 명절이요 유두流頭는 명절이라.
원두밭에서 참외 따고 밀 갈아 국수 하여
사당에 올린 다음 시절 음식 즐겨보세.
부녀자는 낭비 마라. 밀기울 한데 모아
누룩을 만들어라. 유두 누룩16) 세느니라.
호박나물 가지김치 풋고추로 양념하고
새로 난 옥수수를 일 없는 이 먹어보소.
장독을 살펴보아 제맛을 잃지 마소.
맑은 장 따로 모아 익는 즉시 떠내어라.
비 오면 뚜껑 덮기 단속하고 아가리를 깨끗이 하소.
남북촌 힘을 모아 삼구덩이 만들어보세.
삼대를 베어 묶어 익게 쪄서 벗기리라.
고운 삼은 길쌈하고 굵은 삼은 밧줄 꼬소.
농가에 요긴하기에 곡식과 같이 치네.
산밭 메밀 먼저 갈고 채소밭은 나중에 가소.

칠월령

칠월이라 초가을 되니 입추 처서 절기로다.
화성火星은 서쪽으로 가고 미성尾星은 중천에 있다.

---

16) 유두(流頭) 누룩: 유둣날에 참밀의 누룩을 구슬 모양으로 만들어 오색으로 물들이고 3개씩
포개어 색실로 꿰어 맨 것. 악신을 쫓는다 하여 몸에 차거나 문짝에 걸었다.

늦더위 있다 한들 절기야 속일쏘냐.
비 온 뒤에 금방 개고 바람 끝도 다르도다.
가지 위의 저 매미 무엇으로 배를 불려
공중에서 맑은 소리 다투어 자랑하는고.
칠석날 견우직녀 이별 눈물 비가 되어
성긴 비 내리다 개고 오동잎 떨어질 때
눈썹 같은 초승달은 서쪽 하늘에 걸렸구나.
슬프다 농부들아, 우리 일 끝나간다.
얼마나 남았으며 어떻게 된다 하노?
마음을 놓지 마소. 아직도 멀고멀다.
고랑 살펴 김매기 벼 포기의 피 고르기
낫 갈아 두렁 깎기 선산에 벌초하기
거름풀 많이 베어 더미 지어 모아두고
자채논¹⁷⁾에 새보기와 오조밭에 허수아비 세우기
밭 가의 길도 닦고 쌓인 모래도 쳐 올리고
기름지고 연한 밭에 거름하고 잘 갈아서
김장할 무 배추 남보다 먼저 심어놓고
가시 울로 미리 막아 손실이 없게 하소.
부녀들도 계획하여 앞일을 생각하소.
베짱이 우는 소리 자네를 위함이니¹⁸⁾
저 소리 깨우쳐 듣고 놀라서 다스리고,
장마를 겪었으니 집안을 돌아보아
바람에 곡식 말리고 햇볕에 의복 말리소.

17) 자채(紫彩)논: 일찍 여무는 벼를 심은 논.
18) 베짱이 우는~자네를 위함이니: 베짱이가 가을이 왔음을 알려 한가하게 지내는 자네를 깨우쳐준다는 의미다.

명주 조각 어서 뭉쳐 춥기 전에 짜내어서
늙으신네 기운 약하니 환절기를 조심하여
서늘한 가을 가까우니 의복을 신경쓰소.
빨래하여 바래고 풀 먹여 다듬을 때
달밤에 방망이 소리 소리마다 바쁘구나.
집안일에 골몰함이 한편으론 재미로다.
채소 과일 흔할 때에 저축을 생각하여
박 호박 썰어 말리고 오이 가지 짜게 절여
겨울에 먹어보소. 귀한 반찬 아니 될까.
올다래[19] 피었는가 면화밭 자주 살피소.
가꾸기도 잘해야 하나 거두기에 달려 있네.

팔월령

팔월이라 한가을 되니 백로 추분 절기로다.
북두칠성 손잡이 돌아 서쪽 하늘 가리키니
아침저녁 선선하니 가을 기운 완연하다.
귀뚜라미 맑은 소리 벽 사이서 들리는구나.
아침에 안개 끼고 밤이면 이슬 내려
백곡百穀이 열매 맺고 만물 결실 재촉한다.
들판을 둘러보니 힘 들인 일 공功이 있다.
백곡에 이삭 패고 물알[20] 들어 고개 숙여

---

19) 올다래: 일찍 익은 목화송이.
20) 물알: 아직 덜 여물어서 물기가 많고 말랑한 곡식알.

서풍(西風)에 익는 빛은 누런 물결 일어난다.
흰 눈 같은 면화 송이 산호 같은 고추타래
처마에 널었으니 가을볕이 밝게 비춘다.
안팎 마당 닦아놓고 발채[21] 옹구[22] 장만하소.
면화 따는 다래끼엔 수수 이삭 콩 가지요
나무꾼이 돌아오니 머루 다래 산열매로다.
뒷동산의 밤 대추는 아이들 차지로다.
알밤 모아 말렸다가 철 맞추어 쓰게 하소.
명주를 끊어내어 가을볕에 말려서
쪽물 들이고 잇꽃 물 들이니 푸르고 붉은 색깔이라.
부모님 연로하시니 수의(壽衣)를 준비하고
그 나머지 마름질하여 자녀의 혼수 하세.
집 위의 굳은 박은 요긴한 그릇이라.
댑싸리로 비를 매어 마당질에 쓰오리라.
참깨 들깨 거둔 후에 중오려[23] 타작하고
담배 묶음 녹두 말[斗] 팔아 돈 마련하여볼까.
장 구경도 하려니와 흥정을 잊지 마소.
북어쾌 젓조기로 추석 명절 쇠어보세.
햅쌀 술 올벼 송편 박나물 토란국을
선산에 제사하고 이웃집과 나눠 먹세.
며느리 휴가 받아 친정에 근친(覲親) 갈 때
개 잡아 삶아 건지고 떡 상자와 술병 주네.
초록 장옷 남색 치마 차려입고 다시 보니

---

21) 발채: 짐을 싣기 위해 지게에 얹는 소쿠리 모양의 물건.
22) 옹구: 새끼로 망태처럼 엮어 만든 농기구.
23) 중오려: 늦벼보다 조금 일찍 익는 벼.

여름 동안 지친 얼굴 회복이 되었느냐?
추석날 밤 밝은 달에 마음 놓고 놀고 오소.
올해 할일 다 못 했으나 내년 계획 세우리라.
밀짚 베어 더운갈이[24] 가을보리 갈아보세.
완전히 안 익었어도 급한 대로 걷고 가소.
사람 공력만 그러할까 천시도 이러하니
잠시도 쉴 틈 없이 마치면 시작하느니라[25].

구월령

구월이라 늦가을 되니 한로 상강 절기로다.
제비는 돌아가고 기러기 떼 언제 왔노.
푸른 하늘서 우는 소리 찬이슬 재촉한다.
온 산 가득 단풍잎은 연짓빛으로 물들고
울 밑의 노란 국화 가을빛을 자랑한다.
구월 구일[26] 명절이라 국화전 부쳐 조상께 제사하세.
계절마다 제사지내 조상 은혜 잊지 마소.
경치는 좋지마는 추수가 시급하다.
들 마당 집마당에 개상과 탯돌이라.
무논은 베어 깔고 마른논은 베어 들여

---

24) 더운갈이: 몹시 가물다가 소나기가 내린 뒤, 그 물로 논을 가는 일.
25) 사람 공력(功力)만~마치면 시작하느니라: 농사일은 사람이 때에 맞춰 노력해야 할 뿐 아니라 천시(天時)를 놓치면 안 되므로, 잠시도 쉬지 않고 추수를 마치면 바로 다음 일로 넘어가야 한다는 의미다.
26) 구월 구일(九月九日): 중양절(重陽節).

오늘은 점근벼 베고 내일은 사발벼 베네.

밀따리 대추벼와 등트기 경상벼라.

들에는 조 피 더미 집 근처엔 콩팥 더미

벼 타작 마친 후에 틈나거든 두드리세.

비단차조 이부꾸리 매눈이콩 홀애비콩을

이삭을 먼저 잘라 종자를 따로 두고

젊은이는 태질²⁷⁾이요 여자들은 낫질이라.

아이는 소 몰기 늙은이는 섬 싸매기

이웃집 힘을 합쳐 제 일 하듯 하는구나.

뒷목추기²⁸⁾ 짚 널기와 마당가에서 키질하기

한편으로 솜을 타니 씨아 소리 요란하다.

틀 차려 기름 짜기 이웃끼리 협력하세.

등불 기름도 하려니와 음식도 맛이 있네.

밤에는 방아 찧어 밥쌀을 장만할 때

찬 서리 내린 긴긴밤에 우는 아기 돌아볼까²⁹⁾.

타작 점심 하오리라. 닭고기 막걸리 부족할까.

새우젓 넣은 계란찌개 좋은 반찬 차려놓고

배춧국 무나물에 고춧잎장아찌라.

가마솥에 안친 밥이 태반이나 부족하다.

한가을 흔할 때에 나그네도 청하는데

한동네서 이웃하여 같은 들에서 농사하니

수고는 나누어 하고 없는 것도 서로 도우니

이때를 만났으니 즐기기도 같이하세.

---

27) 태질: 볏단이나 보릿단 따위를 개상에 메어쳐서 이삭을 떠는 일.
28) 뒷목추기: 타작할 때 북데기에 섞이거나 마당에 흩어져 남은 찌꺼기 곡식을 골라내는 일.
29) 찬 서리~아기 돌아볼까: 할일이 많아서 우는 아기를 돌아볼 겨를도 없다는 의미다.

아무리 바빠도 농우를 보살펴라.
소여물로 살을 찌워 제 공을 갚으리라.

시월령

시월이라 초겨울 되니 입동 소설 절기로다.
나뭇잎 떨어지고 고니 소리 높이 난다.
듣거라 아이들아, 농사일을 마쳤도다.
남은 일 생각하여 집안일 마저 하세.
무 배추 캐어 들여 김장을 하리라.
앞 냇물에 깨끗이 씻어 소금 간을 맞게 하소.
고추 마늘 생강 파에 젓국지 장아찌라.
독 곁에 중두리요 바탱이 항아리라.
양지에 움막 짓고 짚에 싸 깊이 묻고
장다리무와 알밤도 얼지 않게 간수하고
방고래 청소하고 쥐구멍도 막으리라.
창과 문도 발라놓고 바람벽에 흙 바르기
수숫대로 울타리 덧대고 외양간에 거적 치기
깍짓동³⁰⁾ 묶어 세우고 겨울 땔감 쌓아놓기.
우리집 부녀들아, 겨울옷 지었느냐?
술 빚고 떡 하여라. 강신³¹⁾ 날 가까웠다.
꿀설기 단자 만들고 메밀 찧어 국수 하소.

---

30) 깍짓동: 콩이나 팥의 깍지를 줄기가 달린 채로 묶은 큰 단.
31) 강신(講信): 향약(鄕約)에서, 조직체의 성원들이 한자리에 모여 술을 마시며 신의를 새롭게 다지던 일.

소 잡고 돼지 잡으니 음식이 풍부하다.

들 마당에 차일 치고 동네 사람 모아 자리 깔고

노소老少 차례 틀릴세라 남녀 구별 각각 하소.

풍물패 한 패 얻어 오소. 화랑花娘이 줄무지라.

북 치고 피리 부니 여민락與民樂이 제법이라.

이풍헌李風憲 김첨지金僉知는 떠들다 취해 쓰러지고

최권농崔勸農 강약정姜約正은 체괄이 춤을 춘다.

술잔을 올릴 때에 동장님 윗자리에 앉아

잔 받고 하는 말씀 자세히 들어보소.

어와 오늘 놀이가 누구 덕인고?

하느님 은혜도 그지없고 나라님 은혜도 망극하다.

다행히 풍년 만나 굶주림을 면하도다.

향약鄕約은 못 하여도 동헌32)이야 없을쏘냐.

효제충신 대강 알아 도리를 잃지 마소.

사람의 자식 되어 부모 은혜 모를쏘냐.

자식을 길러보면 그제야 깨달으리.

고생하여 길러내어 시집 장가 보내면

각각 제 몸만 알고 부모 봉양 잊을쏘냐.

기운이 쇠하면 젊은이를 의지하니

의복 음식 잠자리를 각별히 살펴드려

혹시나 병나실까 밤낮으로 잊지 마소.

섭섭한 마음으로 걱정을 하실 때에

중얼거리며 대답 말고 온화하게 풀어내소.

들어온 지어미는 남편의 거동 보아

---

32) 동헌(洞憲): 마을 사람들이 지켜야 할 규칙.

그대로 따라 하니 보는 데 조심하소.
형제는 한 기운이 두 몸에 나뉘었으니
귀중하고 사랑함이 부모의 다음이라
간격 없이 한데 합쳐 네 것 내 것 따지지 마소.
남남끼리 모인 동서 틈나서 하는 말을
귀에 담아 듣지 마소. 자연히 순종하리라.
몸가짐에 먼저 할 일 공순(恭順)이 첫째이니
내 부모 공경할 때 남의 어른 다를쏘냐.
말씀을 조심하여 인사를 잃지 마소.
하물며 상하 도리 높고 낮음 현격하다.
내 도리를 다하면 잘못이 없으리라.
임금의 백성 되어 은덕으로 살아가니
거미 같은 우리 백성 무엇으로 갚아볼까.
일 년의 환곡 신역(身役) 그 무엇이 많다 하리.
기한 전에 납부함이 도리에 마땅하다.
하물며 전답 세금 토지에 따라 등급 나누니
소출을 생각하면 십일세(十一稅)도 못 되는구나.
그러나 못 먹으면 재해 살펴 탕감해주니
이런 일 자세히 알면 세금 내기 거부할까.
한 동네 몇 집에 여러 성씨 모여 사니
서로 믿지 아니하면 어찌 화목하겠는가.
혼인에 부조하고 장례 우환 보살피며
수재 화재 도난 도와주고 없을 때에 빌려주어
나보다 넉넉한 이에게 심술 내어 시비 말고
그중에 환과고독(鰥寡孤獨) 특별히 구휼하소.
제 각각 타고난 복 억지로 못 바꾸니

자네들 헤아려보아 내 말을 잊지 마소.
이대로 해나가면 잡생각이 아니 나리.
주색잡기 하는 사람 처음부터 그랬을까.
우연히 잘못 들어 한 번 하고 두 번 하면
마음이 방탕하여 그칠 줄을 모르나니
자네들도 조심하여 작은 허물 짓지 마소.

십일월령

십일월은 한겨울이라 대설 동지 절기로다.
바람 불고 서리 치며 눈 오고 얼음 언다.
가을에 거둔 곡식 얼마나 되었던고.
몇 섬은 환자還子 갚고 몇 섬은 세금 내고
얼마는 제삿쌀 하고 얼마는 씨앗 하고
도조도 헤아려 내고 품삯도 갚으리라.
시계돈[33] 장리변[34]을 낱낱이 갚고 나니
풍성해 보이던 것이 남은 것 전혀 없네.
그러한들 어찌하리. 양식이나 모아두리라.
콩나물 우거지로 조반석죽朝飯夕粥하니 다행하다.
부녀자야, 너 할 일이 메주 쑤기 남았구나.
푹 삶아 많이 찧어 띄워서 재워두소.
동지는 명절이라 양기가 생기도다[35].

---

33) 시계(市契)돈: 시장에서 운영하는 계의 돈에서 빌려온 돈.
34) 장리변(長利邊): 높은 이자를 받고 돈이나 곡식을 빌려주던 돈놀이.
35) 동지는 명절이라 양기(陽氣)가 생기도다: 동짓날에 음(陰)의 기운이 다하고 양(陽)의 기운

시식時食으로 팥죽 쑤어 이웃과 즐기리라.
새 책력 반포하니 내년 절기 어떠한고?
해가 짧아 덧없고 밤이 길어 지루하다.
공채公債 사채私債 다 갚으니 관리官吏 면임面任 아니 온다.
사립문 닫았으니 초가집이 한가하다.
짧은 해에 아침저녁 밥 지으니 자연히 쉴 틈 없네.
등잔불 켜고 긴긴밤에 길쌈을 힘써 하소.
베틀 곁에 물레 놓고 틀고 짜고 타고 짜네.
자란 아이 글 배우고 어린아이 노는 소리
여러 소리 지껄이니 가정의 재미로다.
늙은이 일 없으니 돗자리나 매어보소.
외양간 살펴보아 여물을 가끔 주소.
짚 깔아 받은 퇴비 자주 쳐야 모이나니.

십이월령

십이월은 늦겨울이라 소한 대한 절기로다.
눈 속의 봉우리들 해 저문 빛이로다.
새해 전에 남은 해가 얼마나 걸렸는고?
집안의 여인들은 설빔을 장만하니
무명 명주 끊어 내어 온갖 색깔 들여내니
자주 보라 노란색과 푸른색 초록색 옥색이라.
한편으로 다듬으며 한편으로 지어내네.

이 움직이기 시작한다고 한다.

입을 것은 그만하고 음식 장만하오리라.
떡쌀은 몇 말이며 술쌀은 몇 말인고?
청주를 많이 만드세. 콩 갈아 두부 만들고
메밀로 만두 빚고 설날 고기는 계를 믿고[36]
북어는 장에서 사세. 납일臘日에 덫을 놓아
잡은 꿩 몇 마린고? 아이들 그물 쳐서
참새 잡아 지져 먹세. 깨강정 콩강정에
곶감 대추 생밤이라. 술통에 술 떨어지니
돌 틈의 샘물 소리 같네. 앞뒷집 떡치는 소리는
여기도 나고 저기도 난다. 새 등잔의 새발심지
불 켜놓고 밤샐 적에 윗방 봉당封堂 부엌까지
곳곳이 환하다. 초롱불 오락가락
묵은세배하는구나. 어와 내 말 듣소.
농업이 어떠한고? 일 년 내내 고생했으나
그중에 낙樂이 있네. 위로는 나라에 보탬 되고
안으로 제사와 부모 봉양 밖으로 손님 대접
형제 처자 혼인 장례 먹고 입고 쓰는 것이
토지 소출 아니면 돈 감당을 어찌할꼬.
예로부터 이른 말이 농업이 근본이라.
배 부려 뱃일하고 말 부려 장사하기
전당 잡고 빚주기와 시장판에 이자 놓기
술장사 떡장사며 주막 운영 가게 보기
우선은 넉넉하나 한 번 뒤뚱하면
파락호破落戶 빚쟁이 되어 살던 곳도 없어진다.

---

36) 설날 고기는 계(契)를 믿고: 조선시대에 공동으로 소를 구입해 잡는 구우계(購牛契)가 있었다.

농사는 믿는 것이 내 몸에 달렸으니,
절기도 진퇴 있고 농사도 풍흉 있어
홍수 가뭄 바람 우박 잠시 재앙 없기야 할까마는
극진히 힘을 들여 온 가족이 합심하면
극심한 흉년에도 굶어죽기 면하나니
제 고향 제가 지켜 떠날 뜻을 두지 마소.
하늘이 인자하시어 노하심도 한때로다.
자네도 생각해보소. 십 년을 계산하면
풍년이 이분二分이요 흉년이 일분一分이라.
이런저런 생각 말고 내 말을 곧이듣소.
하소정37) 빈풍시38)를 성인이 지었으니
지극한 뜻 본받아서 대강을 기록하니
이 글을 자세히 보아 힘쓰기를 바라노라.

---

37) 하소정(夏小正): 『예기』의 편명. 매월 사물과 기후를 기록한 책으로, 각 계절에 해야 할 행사를 알려주어 후세의 월령(月令)과 비슷한 역할을 했다.
38) 빈풍시(豳風詩): 『시경』「빈풍豳風」「칠월七月」을 가리키는데, 농가 연중행사를 시로 읊었다.

「오륜가五倫歌」는 황립黃岦· 1845~1895이 지역민의 풍속을 교화하기 위해 지은 교훈가사다.

황립은 자가 중립仲立, 호는 정포井圃이며, 평안도 별시에 등과해 승정원 가주서假注書, 승문원 박사, 홍문관 교리 등을 역임했다. 그가 관직에 나아가기 전 향리에 머물러 있을 때인 1882년, 시정의 유흥 문화가 향촌에 전파되는 상황을 걱정하며 이를 막고자 「오륜가」를 지었고, 평안도 관찰사 민병석閔丙奭이 1892년 백성을 위해 목판으로 인쇄해 펴냈다. 이후 「오륜가」는 석판본, 구활자본, 필사본 등의 형태로 전국적으로 유포되었다.

19세기 말에서 20세기 초까지 활발하게 향유된 「오륜가」는 모두 『소학』 『동몽선습』 등 동몽童蒙 교재를 본보기로 삼아 창작되었기에 체제나 표현이 천편일률이라 할 정도로 유사성이 많다. 「오륜가」는 대체로 서문序文, 부자유친父子有親, 군신유의君臣有義, 부부유별夫婦有別, 장유유서長幼有序, 붕우유신朋友有信, 총론總論 순서로 구성되어 있는데, 이러한 체제는 1541년 박세무가 지은 『동몽선습』과 관련이 깊다.

황립의 「오륜가」 또한 이러한 체제를 본받아, 서사에서 오륜의 중요성과 「오륜가」의 창작 동기를 서술하고, 둘째 단락부터 오륜의 구체적 항목을 순서대로 제시한다. 각 항목은 '~들아, ~들어보소'로 시작하여 먼저 각 항목의 당위성과 중요성을 강조하고 명령, 청유, 단정적 어조를 통해 구체적인 행위 규범을 제시하는 방식을 취하고 있다.

이 작품에서는 오륜의 다섯 항목이 균등하게 서술되어 있지 않고, '부자유친' 항목이 가장 많은 분량을 차지하며 '부부유별' 부분이 그 다음을 잇는다. '부부유별' 항목에서도 남편의 도리는 간략하게 서술된 반면 아내의 도리는 장황하게 서술됐다. 이는 19세기 교훈가사의 특징으로, 19세기에는 여성 문제가 교훈가사의 중요한 관심사로 부상했음을 의미한다.

19세기 말에서 20세기 초까지 활발하게 향유된 「오륜가」는 크게 세 계열로 나뉜다. 고대본 「오륜가」는 당대 현실 및 정치에 대한 비판, 냉소적인 태도, 불만 토로가 강하게 드러나 개인적 성격이 강하고, 『악부』 계열의 「오륜가」는 봉건 질서나 정치 현실에 무관심하며, 서술의 유기성이 떨어지고 중복·부연 현상이 나타나는 등 교화 목적보다는 대중적 교양 담론 차원에서 향유된 것으로 파악된다. 반면 황립의 「오륜가」
는 가정 및 향촌 사회의 질서를 강조하고, 구체적인 행위 규범을 제시함으로써 백성
을 당대 지배 이념인 성리학적 질서 안으로 끌어들여 그에 합당한 행동과 사고를 하
게 하려는 강한 의지를 드러내고 있다. 이는 황립의 「오륜가」가 봉건 체제에 대한 흔
들림 없는 믿음 속에서 유교 이념의 요체인 오륜을 향촌 자제에게 교육함으로써 부정
적 현실을 개선하고자 하는 공적·교화적 담론 성격을 띠고 있음을 나타낸다.

오륜가五倫歌

황림黃笠

오륜가 서

내가 이곳 관찰사가 된 지 벌써 삼 년이 되었다. 내가 도학道學이 밝지 못함을 민망하게 여기고 선비가 바르지 않음을 원통하게 여겨 일찍이 『덕행교범德行敎範』이라는 책을 만들어 도내에 반포하고 또 많은 물자를 들여 각읍에 학교를 설립하니, 모든 선비가 자못 훌륭하여 볼만한 점이 있었다. 그러나 이는 다 글 읽은 사람이 본받아 법으로 삼을 것이니, 저 여염의 백성이야 어떠한지 어찌 알겠는가? 슬프다. 사람마다 떳떳한 천성을 가졌으니 타고난 천성을 지켜야 함을 가르쳐 알게 하는 것이 바로 감사의 책임 아니겠는가. 근래 여항閭巷에 수심가[1], 잡타령[2]이 음란하고 방탕하여 풍속을 더럽힘이 또한 적지 않다. 이러므로 백성들이 날마다

---

1) 수심가(愁心歌): 구슬픈 가락의 서도 소리 중 하나로, 평안도의 대표적 민요.
2) 잡타령: 가곡, 가사, 시조 등 지식층이 즐기던 노래에 대하여, 대중이 즐겨 부르던 긴 노래를 통틀어 이르는 말.

행할 일을 언문으로 기록하여 집마다 깨우치고자 할 즈음에 어떤 사람이 말하기를, 황정포[3]의 「오륜가」 한 편이 백성에게 권할 만하다 하므로, 얻어서 살펴보니 『소학小學』의 요긴한 법을 대강 갖추었기에 즉시 간행하여 시골 마을에 반포하노라. 아, 요순이 설[4]에게 사도[5]를 맡기신 것과 삼대[6]가 모두 학교를 설립함은 다 오륜을 밝히려 함이요, 나의 『덕행교범』 또한 오륜을 밝히고자 함이다. 바라건대 우리 백성 된 이는 나의 애틋한 뜻을 알아 이 노래를 가지고 집안에서 익히고 여항에 전파하여 목동과 나무꾼이라도 입으로 외우고 몸으로 행하여 공연한 말이 되게 하지 않으면 저절로 예의 있는 풍속이 생겨날 것이다.

서

노래는 사람의 성정을 기르는 것이다. 근래에 음란한 소리가 여항에 퍼져 깨끗한 풍속을 더럽히고 있다. 만일 사관史官이 이를 수집하여 풍악에 올린다면 무엇으로 예의 있는 나라라 칭하리오. 내가 이를 민망하게 여겨 소학의 중요한 뜻을 빼내어 노래 두어 곡조를 만들고 오륜가라 칭하여 향촌 아이들에게 주어 아침저녁으로 외우게 하노라.

---

3) 황정포(黃井圃): 황립(黃岦). 정포는 그의 호.
4) 설(契): 순임금 때의 어진 신하.
5) 사도(司徒): 고대 중국에서 호구(戶口)·전토(田土)·재화(財貨)·교육에 관한 일을 맡아보던 벼슬.
6) 삼대(三代): 고대 중국의 세 왕조. 하(夏), 은(殷), 주(周)를 이른다.

오륜가

천지만물天地萬物 생긴 후에 귀한 것이 사람이로다.
무엇 때문에 귀하더냐. 오륜행실五倫行實 있기 때문이로다.
오륜의 도 할 수 있으면 삼재三才 중에 참여하고
오륜의 도 모르면 금수禽獸엔들 비할쏘냐.
부자유친父子有親 으뜸이요 군신유의君臣有義 다음이로다.
들어가면 부부유별夫婦有別 나가면 붕우유신朋友有信
형제간에 우애하면 장유유서長幼有序 자연히 알리라.
다섯 가지 하는 일이 옛글에 분명하다.
조목조목 말씀하여 사람마다 알게 하세.

부자유친

동네 아이들아, 부자유친 들어보소.
천지간에 중요한 사람 부모밖에 또 있는가.
부모 은공 생각하니 태산이 가볍도다.
아버님이 나으시고 어머님이 기르시니
열 달 만에 해산할 때 고생함이 그지없다.
목욕시켜 누인 후에 금옥같이 사랑하네.
홍역 천연두 앓을 때에 부모 마음 어떻더냐.
흉터 없이 순하게 앓으니 기쁘기도 한이 없다.
말 배울 때 기뻐하고 걸음마할 때 사랑하네.
자신 몸을 잊으시고 좋은 음식 좋은 의복
자식에게 먹이고 자식에게 입히네.

글자를 알 만하면 어진 스승 맞아다가
아무쪼록 사람 되라 소학小學 대학大學 가르치네.
관례를 지낸 후에 어진 배필 구하여서
혼인 예법 행할 적에 오죽이나 힘이 들까.
부모 은혜 말하려면 한입으로 이를쏘냐.
어와 우리 자식 된 자 부모 은혜 갚아보세.
부모 은혜 갚으련들 만분지일萬分之一 갚을쏘냐.
새벽에 일찍 깨어 문안부터 먼저 하고
즐기시는 음식으로 정성스레 차려드려
부모 한번 잡수시면 자식 마음 기쁘도다.
때 늦으면 시장할까 날이 차면 추우실까
마음속에 항상 두어 잠시도 부모 잊지 마세.
부모님의 하고픈 일 앞서 가서 먼저 하고
부모 곁에 항상 있어 평안케만 하여보세.
부모 취침하실 때에 자리 깔고 물러날 때
계절 변화 살펴봐서 춥게 말고 덥게 말고
평생을 하루같이 우리 부모 섬겨보자.
글 읽고 행실 닦아 군자의 몸 되어보세.
입신양명하는 곳에 부모님도 이름난다.
가난함을 근심 말고 농사지어 공양하자.
무논에 벼 심고 묵정밭에 조 심어서
벼는 베어 부모 공양 조는 베어 우리 양식.
뒷산에서 뽕 따오고 앞터에서 목화 따서
명주 짜서 부모 의복 하고 무명 짜서 우리 입세.
닭 돼지 개 골고루 기르고 큰 물고기 낚아다가
진수성찬 차려드려 우리 부모 공양하세.

위태한 데 가지 마라. 부모 근심하시리라.

주색잡기 멀리하자. 부모님께 욕되리라.

처자식 동생과 화목하니 부모님이 기뻐하네.

아무쪼록 효도하여 부모 은혜 갚아보세.

부모 만일 노하시면 자식 마음 송구하니

나직한 목소리로 낯빛을 부드럽게 하여

더욱더 공경하고 사랑하면 부모 감동하시리라.

악한 부모 둔 순임금도 기뻐하며 했거늘

하물며 우리 부자 부자자효父慈子孝 못 할쏘냐.

세월이 여류如流하니 부모님 늙어간다.

우리 부모 돌아가신 후면 효도할 데 없으리라.

지금 효도 못 하면은 평생 한이 되오리라.

부모 만일 병드시면 근심스럽고 안타까워

의약으로 간호하고 천지신명께 빌어보아

정성이 지극하면 신명神明이 감동하지 않을쏘냐.

불행하여 돌아가시면 하늘 같은 은혜 어찌할꼬.

성복成服 전에 안 먹어도 음식 생각 전혀 없다.

두 달 석 달 장사葬事 전에 마시는 것이 죽이로다.

수의와 관 갖추어서 선영先塋에 장사지낼 때

슬픈 가운데 정신 차려 예법대로 행하여라.

급한 가운데 잘못하면 평생 한이 되오리라.

우제虞祭 졸곡卒哭 지난 후에 상중 예절 어떻더냐.

굴건제복屈巾祭服 벗지 않고 밤낮으로 곡할 뿐이로다.

남녀 상차7) 구분하여 부부 함께 거처하지 않더라.

---

7) 상차(喪次): 상이 났을 때 임시 거처로 사용하는 천막.

나물 과일 안 먹는데 술과 고기 말할쏘냐.
소상小祥 대상大祥 잠깐 지나 담제禫祭 길제吉祭 다다랐다.
삼년상 마친 후에 사모할 곳 어디메뇨.
사당에 신주神主 모셔 없는 부모 계신 듯이
아침마다 찾아뵙고 초하루 보름에 분향하며
새것 나면 사당에 올리고 명절 되면 차례 하고
사중월四仲月에 시제時祭 하고 기일 되면 기제사忌祭祀 지내되
삼 일三日 칠 일七日 재계齋戒할 때 목욕하고 새 옷 입어
다른 마음 두지 말고 부모 생각할 뿐이로다.
하시던 일 생각하며 즐기던 것 생각하고
형편대로 알맞게 깨끗한 음식 차릴 때에
주인主人 주부主婦 내외와 제관祭官들이 정성을 다하는구나.
한결같이 정성 쓰면 부모께서 흠향歆饗하시리라.
만년유택萬年幽宅 저 산소에 부모 시신 편안하다.
자주자주 성묘하여 나무 심고 떼 입히고
한식 추석 양兩 명절에 제물 차려 제사하세.
자식 되어 이리하면 불효죄를 면하리라.

군신유의
━━━━━━━━━

나라 안 백성들아, 군신유의 들어보소.
임금 은혜 생각하면 부모보다 적을쏘냐.
구중궁궐 높은 집에 문무 관리 모으시고
수많은 백성 살리려고 나라를 다스리시더라.
이 나라에 사는 사람 누가 신하 아니 되리.

아침저녁 먹는 밥은 임금 땅에 심은 곡식이요
삼강오상三綱五常 하는 도道는 내 임금이 가르쳤다.
우리도 글 읽어서 이윤8) 주공9) 본받으세.
수신제가修身齊家 바로 하면 치국治國 임무 맡으리라.
치국 임무 맡거들랑 임금 은혜 갚아보자.
우리 임금 잘 섬기면 요순같이 되시리라.
속일 마음 두지 말고 바른 도로 섬겨보자.
아첨하면 소인小人이니 직간함이 당연하다.
어려운 일 당하거든 한 목숨을 아낄 것인가.
의義를 위해 죽게 되면 사는 것보다 영광이네.
문사文事에 뜻 없거든 무반武班을 일삼아서
육도삼략六韜三略에 능통하고 창칼 쓰기 배웠다가
위급한 상황 당하거든 공후公候 간성干城 되어보세.
문무에 재주 없어 동서반東西班이 못 되거든
임금님의 이 땅에서 농사짓기 일을 삼아
오곡이 풍년 든 후 창고에 쌓아놓고
나라 세금 먼저 내고 관가 경비 순하게 보태고
겨울에 일 없거든 군사 조련 익혔다가
우리 임금 부르실 때 앞다투어 먼저 가소.
신민臣民 되어 이리하면 불충죄不忠罪를 면하리라.

---

8) 이윤(伊尹): 은나라 탕왕의 신하.
9) 주공(周公): 주나라 문왕의 아들. 형인 무왕을 도와 은나라를 멸망시키고 천하를 통일했다.

부부유별

예의국禮義國의 남녀들아, 부부유별 들어보소.
천지 음양 본을 받아 남녀 배필 되었도다.
사랑도 지극하고 연분도 중하도다.
여섯 가지 예법[10] 차려 장가들고 시집가서
사랑舍廊에는 남자 살고 안방에는 여자 있네.
아내를 거느리되 내 몸부터 공경하고
남편을 섬길 때에 한결같이 유순하여
부부 예의 엄격하면 집안 법도 없겠는가.
진나라 때 각결卻缺이는 부부간에 공경하여[11]
김을 매다 밥 먹을 때 손님같이 대접하니
천고에 본보기 되어 역사책에 전해오네.
부부간에 하는 도리 공경밖에 또 있는가.
아내 소박하지 마라. 백년해로하오리라.
일부일처 지켜야 함은 옛글에 일렀으니
아내 두고 첩 얻지 마라. 집안 어지럽히는 근본이네.
남자는 글 읽으면 집안 다스리는 법 알 것이니
바깥일은 잠시 두고 부인 행실 의논하자.
계집자식 기를 적에 유순하게 가르쳐서
칠팔 세쯤 되거들랑 남녀유별 알게 하고

---

10) 여섯 가지 예법(禮法): 전통 혼례의 여섯 가지 예법. 납채(納采), 문명(問名), 납길(納吉), 납폐(納幣), 청기(請期), 친영(親迎).
11) 진(晉)나라 때~부부간에 공경하여: 진나라 사람 각결(卻缺)이 기(冀) 땅에서 밭을 갈 때 아내가 들밥을 내왔는데 서로 공경하여 대하기를 손님과 같이 했다. 진나라 대부 구계(臼季)가 이를 보고 문공에게 추천하여 하군대부(下軍大夫)로 삼게 했다.

여남은 살 나게 되면 집밖에 나가지 말게 하라.

얌전하고 정조 바르면 여중군자女中君子 되오리라.

옛 부인의 어진 행실 사모하여 본을 받고

의복 음식 하는 법과 제사 범절 알았다가

열다섯에 비녀 꽂고[12] 이십 세에 시집가서

살얼음판 디디듯이 이내 몸 조심하여

삼가는 마음에 늦게 자고 일찍 깨고

아는 일도 물어서 하고 잘한 일도 못한 듯이

못마땅한 일 당하거든 열 번 참고 백 번 참아

시부모께 효도하고 남편에게 공순하며

시동생과 화목하니 일가친척 칭찬한다.

칠거지악七去之惡 범치 말고 삼종지도三從之道 일삼아라.

화장 치장 부질없다. 근검절약 안 할 것인가.

여자가 지킬 행실 정절밖에 또 있는가.

금석金石같이 굳은 마음 서리처럼 씩씩하다.

백옥 같은 이내 몸을 더럽힐까 염려하여

평생에 하는 일이 일월日月같이 분명하다.

오라비 동생 시형제媤兄弟도 한자리에 못 앉는데

하물며 다른 친척 남녀 구별 없을쏜가.

친척집에 왕래 않고 집안에 항상 있어

무당 승려 멀리하니 기도 불공 말할쏘냐.

바깥일을 참견 마소. 암탉 우는 꼴 되리라.

불행하여 남편 여의면 평생의 죄인이라.

자결함이 으뜸이요 평생 수절 그다음이라.

---

12) 열다섯에 비녀 꽂고: 여자의 성인식인 계례(筓禮)를 가리킨다.

일신一身을 조심함이 여느 때에 비할쏘냐.
더러운 옷 쑥대머리로 어리석은 듯이 하고서
어린 자식 교훈하여 가문 보전하여보자.
공강¹³⁾의 맑은 절개 죽기로 맹세하고
탁문군¹⁴⁾의 모진 행실 일신을 더럽혔다.
백주시柏舟詩 읊는 곳에 모두가 칭찬하며
봉구황곡¹⁵⁾ 듣는 곳에 사람마다 침 뱉는다.
규중의 여자들은 길쌈 방적 하는 짬에
이런 도리 알았다가 어진 부인 되어보소.

장유유서

젊은이와 노인네들, 장유유서 들어보소.
장유유서 알려거든 형제부터 의논하자.
부모의 피와 살 같이 받아 형제의 몸 되었으니
천지간에 귀한 이야 형제밖에 또 있는가.
분가를 하지 말고 한집에서 같이 살며
형우제공兄友弟恭 잘하면은 즐겁기도 그지없다.
네 것 내 것 따지다가 정 줄어들기 쉬우리라.
형제 우애 끊어진 사람들아, 부끄럽지 아니하냐.

---

13) 공강(共姜): 위(衛)나라 태자 공백(共伯)의 아내. 공백이 죽자 부모가 개가시키려 했으나 「백주시柏舟詩」를 지어 죽음으로 절개를 지킬 것을 맹세했다.
14) 탁문군(卓文君): 한(漢)나라 부호 탁왕손(卓王孫)의 딸. 일찍 과부가 되었는데, 사마상여(司馬相如)의 거문고 소리에 반해 밤중에 그의 집에 찾아가 정을 통했다.
15) 봉구황곡(鳳求凰曲): 사마상여가 탁문군의 마음을 얻으려 연주한 노래.

부모님 슬하에서 너희 형제 자랄 때에
한 상에서 밥을 먹고 한 이불서 잠을 자며
진심으로 사랑하여 잠시도 못 잊다가
중간에 무슨 일로 전과 같지 못하더냐.
처자식에게 정이 옮겨 형제 사이 멀어졌느냐.
가업을 다투다가 우애를 잊었느냐.
어지신 순임금은 동생 원망 않으시고[16)
마음 맑은 백이숙제는 나라 사양했거늘[17)
자랄 때와 같다면 이간할 이 누가 있으며
함께 살던 정 생각하면 물욕으로 변할쏘냐.
다시금 생각하여 처음과 같이 사랑하소.
형 섬기는 마음으로 어른에게 공경하며
아우 사랑하는 대로 어린 사람 대한다면
장유 예절 분명하여 깔보거나 능멸함이 없으리라.
그중에 스승님은 임금님 아버지와 일체一體로다.
효제충신孝悌忠信 하는 행실 스승에게 배워 알고
외고 있는 성현聖賢의 글은 스승에게 들어 아니
그 은혜를 생각하면 무엇으로 갚을쏘냐.
부모 임금 스승 섬기는 도리대로 충효 같이 힘써보세.

---

16) 어지신 순임금은~원망 않으시고: 순임금의 이복동생인 상(象)이 완악한 아버지, 어머니와
공모해 순을 죽이려 했으나, 순은 우애의 정을 다하여 동생을 감화시킨 것을 말한다.
17) 마음 맑은~나라 사양했거늘: 은나라 왕자였던 백이(伯夷)와 숙제(叔齊)가 서로 왕위를 사
양하다가 나라를 떠난 것을 말한다.

붕우유신

어화 벗님네들, 이내 말씀 들어보소.
혼자 있기 적적하여 문밖에 잠깐 나가
사면을 살펴보니 상종할 이 누구던고.
행화촌[18]에 가는 사람 오라고 하건마는
이 사람 상종하면 흉측한 무리 되오리라.
청루靑樓에서 노는 소년 함께 가자 하건마는
이 소년 상종하면 방탕하기 쉬우리라.
장기바둑 두는 사람 한가한 듯하건마는
허송세월 허망하다. 그도 상종 못 하리라.
다시금 살펴보니 상종할 이 전혀 없다.
옳은 도리 점점 알고 어질다는 명성 돌아오니
아마도 좋은 벗은 이 벗밖에 다시없다.
어와 벗님네들, 다른 사람 상종 말고
현인군자 사귀어서 붕우유신 하여보소.

18) 행화촌(杏花村): 술집.

원본 ◉

강호가사

牧童歌

任有後

問歌

인생이 유한한데 허망하게 죽으면 슬프지 않겠는가

綠楊芳草岸1)의 쇼 먹이ᄂᆞᆫ 져 ᄋᆞ히야

人間榮辱을 아ᄂᆞᆫ다 모르ᄂᆞᆫ다

人生百年이 플긋틔 이슬리라

三萬六千 일을 다 사라도 초초커든2)

ᄒᆞᆷ믈며 修短3)이 命이어니 死生을 定ᄒᆞᆯ소냐

1) 녹양방초안(綠楊芳草岸): 잎이 우거진 버들과 향기로운 풀이 나 있는 물가 언덕.
2) 초초(草草)커든: 초초한데. '초초하다'는 '갖출 것을 다 갖추지 못해 초라하다' 또는 '바쁘고 급하다'라는 뜻. 여기서는 '덧없다'는 의미로 쓰였다.
3) 수단(修短): 수요(壽夭). 장수와 단명.

逆旅乾坤[4]의 蜉蝣[5]곳치 나와다가

功名도 못 닐오고 艸木곳치 석어지면

空山白骨[6]이 긔 아니 늦거온가[7]

재상, 무관, 문관이 되어 이름을 떨쳐야 한다

継天立極[8]은 聖人의 事業이요

流芳百世[9]는 大丈夫의 홀일이라

生涯는 有限ᄒ고 死日리 無窮ᄒ니[10]

有限ᄒᆫ 生涯로 석지 아일[11] 芳名을

傳之永久[12]ᄒ야 與天地無窮[13]ᄒ려

詩書 百家語[14]롤 字字이 (외)와내야

孔孟顔曾[15]을 일마다 法ᄒ야셔[16]

---

4) 역려건곤(逆旅乾坤): 마치 여관과 같은 세상이라는 뜻으로, 덧없고 허무한 세상을 이르는 말이다.

5) 부유(蜉蝣): 하루살이.

6) 공산백골(空山白骨): 빈산에 뒹구는 백골.

7) 긔 아니 늦거온가: 그것이 느껍지 않겠는가. '느껍다'는 마음에 북받쳐 참거나 견뎌내기 어렵다라는 뜻.

8) 계천입극(継天立極): 하늘의 뜻을 이어 도덕의 표준을 세움. 주희(朱熹)의 『중용장구中庸章句』 서문에 나오는 말이다.

9) 유방백세(流芳百世): 꽃다운 이름이 후세에 길이 전함.

10) 사일(死日)리 무궁(無窮)ᄒ니: 죽을 날은 끝이 정해지지 않았다는 뜻이니, 언제 죽을지 알 수 없다는 의미다.

11) 석지 아일: 썩지 않을.

12) 전지영구(傳之永久): 영구히 전함.

13) 여천지무궁(與天地無窮): 천지와 더불어 끝이 없음. 변함없이 영원하다는 뜻이다.

14) 백가어(百家語): 중국 전국시대 제자백가가 내세운 주장이나 글.

15) 공맹안증(孔孟顔曾): 공자, 맹자, 그리고 공자의 제자인 안회(顔回)와 증자(曾子).

16) 일마다 법(法)ᄒ야셔: 모든 일에 본받아서.

稷契로 期必ᄒ고¹⁷⁾ 堯舜을 비겨내야¹⁸⁾

康衢烟月¹⁹⁾의 太平歌을 브리면셔

四海八荒²⁰⁾을 壽域²¹⁾의 올러두고²²⁾

鰥寡惸獨²³⁾을 德澤의 ᄲᅵ이시며²⁴⁾

孫吳²⁵⁾를 ᄋᆞ히 보돗 衛霍²⁶⁾를 혜아리랴²⁷⁾

萬馬千兵을 指揮間에 너허두고

風雲롤 브처내야 宇宙를 흔들니라

---

17) 직설(稷契)로 기필(期必)ᄒ고: 직설이 되기를 기약하고. '직설'은 요임금의 어진 신하인 직(稷)과 설(契)이다.

18) 요순(堯舜)을 비겨내야: 요임금, 순임금과 비슷해져.

19) 강구연월(康衢烟月): 번화한 큰길에서 달빛이 연기에 은은하게 비치는 모습을 나타내는 말로, 태평성대의 평화로운 풍경을 이른다.

20) 사해팔황(四海八荒): 사방의 바다와 여덟 방위의 멀고 너른 범위라는 뜻으로, 온 세상을 이르는 말이다.

21) 수역(壽域): '인수지역(仁壽之域)'의 준말로, 일반적으로 태평성대를 뜻한다. 인수(仁壽)는 원래 『논어』 「옹야雍也」의 "인자는 장수한다(仁者壽)"라는 대목에서 나온 말인데, 이를 원용하여 『한서』 22권 「예악지禮樂志」에 이르기를, "한 세상의 백성을 몰아 인수 지역으로 인도한다면, 풍속이 어찌 성왕 강왕 때 풍속만 못할 것이며, 수명이 어찌 고종 때 수명만 못하겠는가(驅一世之民, 濟之仁壽之域, 則俗何以不若成康, 壽何以不若高宗)"라고 했다.

22) 올러두고: 올려두고. 만들어두고.

23) 환과경독(鰥寡惸獨): 환과고독(鰥寡孤獨). 늙어서 아내 없는 사람, 늙어서 남편 없는 사람, 어려서 어버이 없는 사람, 늙어서 자식 없는 사람을 아울러 이르는 말.

24) 덕택(德澤)의 ᄲᅵ이시며: 덕과 은혜에 싸이게 하며. 은혜를 입게 한다는 말이다.

25) 손오(孫吳): 중국 춘추전국시대 병법가인 손무(孫武)와 오기(吳起). 병법가를 대표적으로 일컬을 때 쓴다. 손무는 제나라 사람으로 오왕(吳王) 합려(闔廬)에게 등용되어, 오나라를 패자(霸者)로 만들었으며, 병법서인 『손자』 13편을 지었다. 오기는 위(魏)나라 사람인데, 증자에게 배우고 노나라 임금을 섬겼다. 제나라가 노나라를 침공하자 노나라에서 그를 장군으로 삼으려 하다가 그의 아내가 제나라 여자라는 것 때문에 의심하자, 자기 아내를 죽여 충성심을 보여 장군이 되었다.

26) 위곽(衛霍): 전한(前漢) 때 흉노를 무찔러 큰 공을 세운 위청(衛靑)과 곽거병(霍去病)을 이른다. 곽거병은 한 무제 때 명장으로, 18세에 시중(侍中)이 되어 위청을 따라 흉노 토벌에 나서 공을 세워 관군후(冠軍侯)에 봉해졌다. 3년 후인 기원전 120년 표기장군(驃騎將軍)이 되어 감숙(甘肅)으로 출정했고, 이후 6차례나 흉노 토벌에 나서 공을 세웠다.

27) 손오(孫吳)를~혜아리랴: 손무와 오기 같은 병법가도 발 아래로 보는데 위청과 곽거병 같은 장수에게 관심이나 두겠는가라는 뜻이다.

天山의 활을 걸고[28) 瀚海[29)를 쮜여 건너

長劒를 쌔혀내야 靑天룰 의지ᄒ고

离末罔兩[30)을 다 모라 내친 후의

말만훈[31) 大將印을 허리 아릭 비기 츳고

凌煙閣[32) 像 그리고 五鼎食[33)의 누리리나

내 지조 淺狹ᄒ야[34) 將相이 못 되여도

翩翩濁世[35)의 사나회나 되오리라

錦肝繡腸[36)의 萬古書 너허두고

風雲月露[37)를 붓 긋트로 희롱ᄒ니

鸞鳳[38)이 ᄂ리ᄂ 둣 龜龍이 춤추ᄂ 둣

---

28) 천산(天山)의 활을 걸고: '천산'은 중국 감숙성 청해(靑海)에 있는 기련산(祁連山)을 말한다. 당나라 장수 설인귀가 이곳에서 화살 3발로 세 사람을 연이어 거꾸러뜨려 돌궐을 쉽게 평정하고 활을 천산에 걸어두었다는 궁괘천산(弓掛天山)의 고사가 전한다.

29) 한해(瀚海): 몽고 항원산(杭爰山)에 대한 음역. 한나라 때 곽거병이 이곳에 6번 출정하여 멀리 사막을 건너고 하늘과 땅에 제사를 지내며 한해에 올랐다는 기록이 전한다.

30) 리말망량(离末罔兩): 이매망량(魑魅魍魎). 온갖 도깨비. 여기서는 온갖 오랑캐를 가리킨다.

31) 말만훈: 말〔斗〕만큼 큰.

32) 능연각(凌煙閣): 당 태종이 정관(貞觀) 17년(643)에 장손무기(長孫無忌)·두여회(杜如晦)·위징(魏徵)·방현령(房玄齡) 등 공신 24명의 초상화를 그려 걸어놓게 한 누각 이름으로, 공신각(功臣閣)의 대명사로 쓰였다.

33) 오정식(五鼎食): 솥 5개를 벌려놓고 먹는다는 뜻으로, 진수성찬을 일컫는다.

34) 천협(淺狹)ᄒ야: 얕고 좁아서.

35) 편편탁세(翩翩濁世): 혼탁한 세상을 초탈함.

36) 금간수장(錦肝繡腸): '금심수장(錦心繡腸)'과 같은 말. 오장육부에 아름다움이 가득하다는 뜻으로, 시문(詩文)의 재능이 출중하고 문사(文辭)가 화려함을 이르는 말이다. 이백의 「송종제영문서送從弟問序」에 "자운선 아우가 일찍이 술에 취하여 나를 보고 말하기를, '형의 심장과 간, 오장은 모두 수놓은 비단으로 되어 있단 말입니까? 그렇지 않다면 어떻게 입만 열면 문장을 이루고 붓만 휘두르면 글이 안개처럼 쏟아져 나온단 말입니까?'라고 했다(紫雲仙季, 常醉目吾曰, 兄心肝五臟, 皆錦繡耶. 不然, 何開口成文, 揮翰霧散)"는 데서 나온 말이다.

37) 풍운월로(風雲月露): 세도(世道)와 인심(人心)에 조금도 유익하지 않은 화조월석(花鳥月夕)만을 읊은, 실속이 없고 겉만 화려한 시문.

38) 난봉(鸞鳳): 난조(鸞鳥)와 봉황(鳳凰)을 아울러 이르는 말. 난조는 중국 전설에 나오는 상상의 새로, 모양은 닭과 비슷하나 깃은 붉은빛에 5가지 색채가 섞여 있으며, 소리는 오음(五音)과 같다고 한다. 봉황은 중국 전설에 나오는 상서로움을 상징하는 상상의 새로, 기린, 거북, 용과

祥光를 바닷는 돗 瑞色를 씌엿는 돗

光彩 燦爛호며 變化無窮호야 서로 가람[39] 뒤트는 닷[40]

夜光明月과 珊瑚白碧[41]이 疊疊이 ᄲ혓는 돗

娥皇 女英[42]이 琴瑟[43]을 원호는 돗

弄玉[44]과 王子晋[45]이 白玉簫를 빗겨는 돗

三十六帝[46]와 上界 羣仙이

勻天廣樂[47]을 十二樓[48]의 버려는 돗

金宮玉闕[49]의 聖人을 뫼와 이셔[50]

함께 사령(四靈) 또는 사서(四瑞)로 불린다. 수컷은 '봉', 암컷은 '황'이라 하는데, 덕이 높은 천자가 하강할 징조로 나타난다고 한다.

39) 가람: 강(江).

40) [교감] 서로~뒤트는 닷: 임씨본 '서루 가람 뒤트는 돗', 서강대본 '셔르 フ티 뒤트는 듯'.

41) 산호백벽(珊瑚白碧): 산호 같은 흰 옥.

42) 아황(娥皇) 여영(女英): 요임금의 두 딸이자 순임금의 부인. 순임금이 남쪽으로 순행을 나갔다 돌아오지 않아, 아황과 여영이 소상강까지 내려왔으나 더이상 길을 갈 수 없게 되자 피눈물을 흘리고 죽었다.

43) 금슬(琴瑟): 거문고와 비파를 아울러 이르는 말. 부부 사이의 정을 비유적으로 이른다.

44) 농옥(弄玉): 춘추시대 진목공(秦穆公)의 딸. 농옥이 음악을 좋아하므로 진목공이 퉁소를 잘 부는 소사(簫史)에게 시집을 보냈다. 소사가 날마다 농옥에게 퉁소를 가르쳐 봉새 울음소리를 낼 수 있게 되었는데, 몇 해 뒤에는 농옥의 퉁소 소리를 듣고 봉황이 날아와 모여들었다. 이에 목공이 딸 부부를 위해 봉루(鳳樓)를 지어주었는데, 두 사람이 몇 해 동안 봉루에서 내려오지 않다가 어느 날 봉황을 타고 하늘로 날아갔다고 한다.

45) 왕자진(王子晋): 주나라 영왕(靈王)의 태자로 생황을 잘 연주했으며, 「봉황음鳳凰吟」이라는 곡조를 만들었다고 한다.

46) 삼십육제(三十六帝): 도가(道家)에서, 천지 사이에는 하늘이 36개 있는데 그 가운데 36궁(宮)이 있고 궁마다 임금이 있다고 한다.

47) 균천광악(勻天廣樂): 균천광악(鈞天廣樂). 천상(天上)의 음악. '균천'은 하늘의 아홉 방위 가운데 중앙에 해당한다. 춘추시대 진(晋)나라 조간자(趙簡子)가 병이 들어 의식을 잃었다가 이틀 반 만에 깨어나 대부에게 이르기를, "내가 상제가 계신 곳에 가보니 매우 즐거웠다. 온갖 신과 함께 균천에서 노니는데, 광악 9곡을 연주하고 만인이 춤추니, 삼대의 음악과 같지 않으나 그 소리가 사람의 마음을 동하게 했다"고 한다. 『사기』 「조세가趙世家」.

48) 십이루(十二樓): 천상의 옥경(玉京)에 있다는 누각 12채.

49) 금궁옥궐(金宮玉闕): 금으로 만든 궁과 옥으로 아로새긴 대궐.

50) 뫼와 이셔: 모시고 있어서. '뫼옵다' '뫼옵다'는 '모시다'의 옛말.

靑雲[51) 紫陌[52)의 榮寵[53)이 그지업다
天門九重[54)의 文翰[55)으로 누리다가
石室金匱[56)로 萬古의 流傳ᄒ면
쇼 먹이ᄂᆞ 져 아희야 그 아니 즐거오냐

영달에는 귀천이 문제되지 않으니 입신양명을 위해 힘써라

이 세 일 썰친 후면 홀일리 젼혀 업다
하ᄂᆞᆯ리 사롬 낼 지 눌을 아니 용케 ᄒ며[57)
나라히 사롬 쓸 지 貴淺를 아니 보니
하늘 내신 이내 몸이 다가니면[58) 士君子요 더져두면 下愚[59)로다
니 지조 가지고 혼몸만 용챠 ᄒ면[60)
懷寶迷邦[61)이라 世上 뉘 알소니

51) 청운(靑雲): 고관대작을 비유적으로 이르는 말로, 현달함을 의미한다.
52) 자맥(紫陌): 도성(都城)의 길.
53) 영총(榮寵): 임금의 특별한 사랑.
54) 천문구중(天門九重): 구중궁궐. 겹겹이 문으로 막은 깊은 궁궐. '천문'은 대궐 문을 높여 이르는 말이다.
55) 문한(文翰): 문필 또는 문한직(文翰職)을 이른다. 문학직은 문필에 관한 일을 담당하던 관직이다. 과거 급제자만이 진출할 수 있는 문관직으로, 홍문관, 예문관, 규장각 등이 여기에 해당한다.
56) 석실금궤(石室金匱): 돌로 만든 방과 쇠로 만든 궤. 나라의 중요한 문헌을 보관하는 곳을 말한다.
57) 눌을~ᄒ며: 누구를 쓰지 않게 하며.
58) 다가니면: 닦아내면. 수양(修養)을 하면.
59) 하우(下愚): 아주 어리석고 못난 사람.
60) 용챠 ᄒ면: 용하자고 하면. 뛰어나고자 하면. '용하다'는 '재주가 뛰어나고 특이하다' '기특하고 장하다'라는 뜻.
61) 회보미방(懷寶迷邦): 재능이 있는데도 나라의 어지러움을 구하지 않음. 노나라 세도가 계손씨의 가신(家臣)인 양화가 공자를 만나고자 했으나 공자가 찾아오지 않으니 공자에게 삶은

330 | 강호가사

ᄌᆞ셔히 드러스라 손고바[62] 니로리라

伊尹이 솟틀 지고[63] 傅說은 달고 들고[64] 呂尙이 낙시 들며[65]

甯戚[66]과 百里奚[67]는 쇼 치기에 늘거시니

艱難코 쳔ᄒᆞ기야 이 사름만ᄒᆞ랴마는

天乙리 聘幣ᄒᆞ고[68] 高宗이 夢卜ᄒᆞ니[69]

돼지를 선물로 보냈다. 공자는 양화가 없는 틈을 타서 찾아가 사례를 하고 나오다가 길에서 그와 마주쳤다. 양화가 공자에게 "이리 와보시오. 그대에게 할말이 있소. 보배를 품고서 자기 나라가 어지럽게 두는 것을 인(仁)이라 할 수 있겠습니까?"라고 하니, 공자가 "그렇지 않지요"라했다. 양화가 "일하기를 좋아하면서도 자주 시기를 놓치는 것이 지혜롭다 할 수 있겠습니까?" 하니, 공자가 "그렇지 않지요"라고 했다. 양화가 "해와 달이 돌아가기를 그치지 않으니 세월이 나를 기다려주지 않을 것입니다"라 하니, 공자가 "알겠소. 내가 장차 벼슬하리다"라고 했다. 『논어』「양화」.

62) 손고바: 손꼽아. '손곱다'는 '손꼽다'의 옛말.

63) 이윤(伊尹)이 솟틀 지고: 이윤은 은나라의 어진 재상으로, 탕왕을 도와 걸(桀)을 치고 탕왕이 천하의 왕이 되게 했다. 이윤이 처음에 탕왕을 만날 길이 없자 탕왕의 처인 유신씨(有莘氏) 집의 요리사가 되어 솥과 도마를 등에 지고 탕왕을 만나 천하의 도리를 음식에 비유해 설명했다는 고사가 전한다.

64) 부열(傅說)은 달고 들고: 부열은 달구를 들고. 부열은 은나라 고종 때 어진 재상으로, 부암(傅巖)의 들에서 담장 쌓는 노역을 하다가 꿈에 본 성인을 찾아 나선 고종을 만나 재상으로 발탁되었다고 한다. '달구'는 땅을 단단히 다지는 데 쓰는 기구다.

65) 여상(呂尙)이 낙시 들며: 여상은 주나라 초기 정치가인 강태공으로, 나이 칠순에 위수(渭水)에 낚시를 드리우며 때를 기다린 지 10여 년 만에 주나라 문왕을 만나, 문왕의 스승이 되었다. 문왕은 조부인 태공이 항시 바라던 사람이라는 뜻에서 그를 '태공망(太公望)'이라 했다. 강태공은 병법에도 밝아 문왕이 죽고 나서는 무왕을 도와 목야의 전투에서 은나라 주왕(紂王)의 군대를 물리치고 주나라를 세우는 데 큰 공을 세웠고, 후에 제(齊) 땅을 영지로 받아 제나라의 시조가 되었다.

66) 영척(甯戚): 춘추시대 위(衛)나라 사람으로 집이 가난하여 품팔이를 해서 먹고 살다가 제나라에 가서 남의 소를 기르며 살고 있었는데, 환공이 자신을 등용해주기를 바라는 뜻으로 쇠뿔을 두드리며 노래하자 환공이 그 노래를 듣고 영척을 재상으로 등용했다고 한다.

67) 백리해(百里奚): 춘추시대 우(虞)나라 대부로 진(秦)나라 목공을 도와 패업을 이루었다. 백리해는 나라가 망하자 초나라의 포로가 되어 소를 먹이고 있었는데, 목공이 그가 어질다는 소문을 듣고 양가죽 5장을 몸값으로 주고 데려와 신하로 삼고 국정을 맡겼다.

68) 천을(天乙)리 빙폐(聘幣)ᄒᆞ고: '천을'은 은나라 탕왕의 존칭이다. 탕왕이 사람을 시켜 폐백을 전달하며 초빙하려 하자, 이윤이 자득(自得)한 모습으로 말하기를, "내 어찌 탕왕의 폐백을 받으리오. 내 어찌 초야에 묻혀 이대로 요순의 도를 즐기기만 하리오"라고 했다. 탕왕이 3번이나 사람을 보내오자, 이윽고 이윤이 생각을 바꾸어 말하기를, "초야에 묻혀 이대로 요순의 도를 즐기기보다 내 차라리 이 임금을 요순과 같은 임금으로 만드는 편이 낫지 않겠으며, 내 차

後車羆羆 70)이 牧野의 鷹揚ㅎ니71)

白石歌72) 긋치고 五羔皮 플녀가니73)

人生窮達이 貴賤이 아랑곳가

어와 뎌 아히야 이 말을 드러ᄂᆞᆫ다

風雲를 픔어ᄂᆞᆫ다74) 棟樑才를 가젓ᄂᆞᆫ다

時命이 그러터냐 富貴를 ᄭᅴ리ᄂᆞᆫ다75)

不識不知ㅎ야 世事를 ᄇᆞ려ᄂᆞᆫ다

라리 이 백성을 요순의 백성으로 만드는 편이 낫지 않겠으며, 나 자신이 직접 잘 다스려진 세상을 보는 편이 낫지 않겠는가"라고 했다.

69) 고종(高宗)이 몽복(夢卜)하니: 제왕(帝王)이 어진 재상을 얻는 것을 이른다. 고종은 부열을 꿈에서 보고 그를 찾아 정승으로 삼았다.

70) 후거비비(後車羆羆): 수레 뒤 큰곰. '후거비비웅[後車非羆熊, 수레 뒤에 태울 것은 큰곰이 아님]'에서 가져온 말이다. 주나라 문왕이 사냥을 떠나기에 앞서 점을 치니, "사냥에서 사로잡을 것은 용도 이무기도 아니고 범도 큰곰도 아니다. 사로잡을 것은 패왕을 보좌할 사람이다"라고 했다. 문왕이 사냥을 나가 과연 위수 가에서 낚시하고 있는 강태공을 만났는데, 그와 이야기를 나누고는 크게 기뻐하며 그를 수레에 태워 돌아왔다고 한다.

71) 목야(牧野)의 응양(鷹揚)하니: 목야에서 매처럼 위엄을 떨치니. 강태공이 주나라 무왕을 도와 은나라를 정벌하던 때의 위엄을 말한다. 『시경』 「대아大雅」 「대명大明」에 "상나라 군대가, 숲처럼 많이 모여, 목야에 진을 치니, 우리 군대가 일어나도다. 상제가 그대에게 왕림하시니, 그대 마음 변하지 말지어다. 목야는 넓고 넓으며, 박달나무 수레는 휘황찬란하고, 말들은 건장하도다. 태사인 상보가, 이때 매가 위엄 떨치듯이 하여, 저 무왕을 보좌해서, 군사 풀어 상나라를 정벌하니, 전쟁하던 날 아침 날씨가 청명하도다(殷商之旅, 其會如林, 矢于牧野, 維予侯興. 上帝臨女, 無貳爾心. 牧野洋洋, 檀車煌煌, 駟騵彭彭. 維師尙父, 時維鷹揚, 涼彼武王, 肆伐大商, 會朝淸明)"라고 한 데서 가져온 말이다.

72) 백석가(白石歌): 춘추시대 영척이 제 환공 눈에 띄어 등용되기를 바라면서 부른 노래. 일명 「반우가飯牛歌」라 하는데, 그 가사에 "남산의 깨끗한 돌이여, 흰 돌이 다 닳았네. 요순 같은 임금을 만나지 못하니 짧은 베옷은 정강이도 못 가리네. 새벽부터 밤까지 소를 먹이니 긴긴밤은 어느 때나 밝아올꼬(南山矸白石爛. 生不遭堯與舜禪. 短布單衣不掩骭. 從昏飯牛薄夜半. 長夜漫漫何時旦)"라고 했다. 제 환공이 이 노래를 듣고 영척을 평범한 사람이 아니라 여겨 그를 재상으로 등용했다고 한다.

73) 오고피(五羔皮) 플녀가니: 양가죽 5장에 팔려 가니. 진목공과 백리해의 고사에 나온다.

74) 풍운(風雲)를 픔어ᄂᆞᆫ다: 성군(聖君)을 만나기를 바라는가? '풍운'은 풍운지회(風雲之會)를 말하며, 구름과 용이 만나고 바람과 범이 만나듯이 밝은 임금과 어진 재상(宰相)이 서로 만남을 이른다. 또는 용이 바람과 구름의 힘을 입어 천지간을 날아가는 것처럼 영웅이 때를 만나 큰 공을 세움을 이른다.

75) ᄭᅴ리ᄂᆞᆫ다: 꺼리는가. 'ᄭᅴ다' 'ᄭᅴ리다'는 '꺼리다'의 옛말.

立身揚名을 外物[76]로 더져두고
烟郊艸野[77]의 오락가락ᄒᆞᄂᆞᆫ다

答歌 七十句

부귀는 하늘에 달려 있다

어화 긔 뉘신고 엇더ᄒᆞᆫ 사ᄅᆞᆷ이고
形容이 枯槁[78]ᄒᆞ니 楚大夫 三閭[79]신가
殘魂[80]이 零落[81]ᄒᆞ니 柳學士 子厚신가[82]
눈섭를 씽긔시니[83] 시롬이 만흐신가
발긋틀 뎌기시니[84] 어듸를 보시ᄂᆞᆫ고
佳氣를 ᄇᆞ라ᄂᆞᆫ가 別恨이 듕ᄒᆞ시가[85]

---

76) 외물(外物): 바깥 세계의 사물. 또는 자기 것이 아닌 남의 물건.
77) 연교초야(煙郊艸野): 안개와 노을이 낀 교외와 풀이 난 들이라는 뜻으로, 궁벽한 시골을 이른다.
78) 고고(枯槁): 야위어서 파리함.
79) 초대부(楚大夫) 삼려(三閭): 전국시대 초나라 삼려대부(三閭大夫)인 굴원. 굴원은 초나라 회왕(懷王)을 섬겼으나 간신의 모함으로 강남에 귀양 갔다가 멱라수에 빠져 죽었다. 그는 죽으면서도 조국과 임금을 위하는 마음을 바꾸지 않았기에 후대에 충신의 대명사로 일컬어진다.
80) 잔혼(殘魂): 겨우 살아남은 목숨.
81) 영락(零落): 시들어감.
82) 잔혼(殘魂)이~자후(子厚)신가: 당나라 문인 유종원이 정치적으로 몰락해 지금의 광서성 유주로 귀양 갔는데 그것을 매우 슬퍼하다 바로 병으로 죽은 것을 말한다.
83) 씽긔시니: '씽기다' '씽의다'는 '찡그리다'의 옛말.
84) 발긋틀 뎌기시니: 발끝을 제기시니. 발끝으로 서시니. '뎌기다'는 '제기다'의 옛말로, 발끝으로 다니다라는 뜻이다. 여기서는 까치발을 하고 누군가를 기다리는 모습을 나타낸다.
85) [교감] 佳氣를~듕ᄒᆞ시가: 아름다운 기약 기다리는가, 이별의 한이 크신가.『목동牧童』「목동가牧童歌」(『역대가사문학전집』 38권-1708번) '佳期를 두엇ᄂᆞᆫ가 別恨이 만흐신가'. '가기(佳期)'는 아름다운 기약이라는 뜻으로, 임금을 미인에 비유해 임금 만나는 것을 말한다. 『시경』「간혜簡兮」에 "산에는 개암나무가 있고, 습지에는 감초가 있도다. 내 누구를 그리워하는가. 서

日暮脩竹[86]이 혼즈 어득[87] 셔 이셔셔
내 근심 (던)져두고 므슴 말슴 ᄒ시ᄂ고
榮枯[88]ᄂ 關數[89]ᄒ고 富貴ᄂ 在天이라
구ᄒ다[90] 겨틔 오며 더져둔들 어디 갈가
天生萬物ᄒ야 살을 일[91]이 다 잇ᄂ니

저마다 분수가 있으니 분수를 지키며 살겠다
▬▬▬▬▬

우리ᄂ 蠢蠢[92]ᄒ와 大道[93]을 모르와도
人生 져러토다 쇼 치기예 아ᄂ이다
쇼야지 어이[94] 조차 綠陰間의 절노 노여
프섬긔[95] 쩨쳐먹고[96] 시ᄂ믈 흘니 마셔

방의 미인이로다. 저 미인이여, 서방의 사람이로다(山有榛, 隰有苓. 云誰之思, 西方美人. 彼美人兮, 西方之人兮)"라고 했는데, 현자가 성대(盛代)에 어진 왕을 생각하는 내용이다.
86) 일모수죽(日暮脩竹): 해질녘에 긴 대나무에 기대어 있음. 당나라 시인 두보(杜甫)가 쓴 「가인佳人」에 "날씨는 찬데 소매 얇은 여름옷 입고 저녁나절 긴 대나무에 기대어 있네(天寒翠袖薄. 日暮倚脩竹)"라는 구절이 있다.
87) 어득: '어둑하게'의 옛말. '어둑하다'는 '제법 어둡다' '되바라지지 않고 어수룩하다'라는 뜻. 고어 '어득어득기'가 '어둑하게' '우두커니'를 뜻하므로 '우두커니'로 볼 수도 있다.
88) 영고(榮枯): 번성함과 쇠퇴함.
89) 관수(關數): 운수에 달려 있음.
90) 구ᄒ다: 구한다고.
91) 살을 일: 살 일. 살아갈 일.
92) 준준(蠢蠢): 어리석고 미련함.
93) 대도(大道): 사람이 마땅히 지켜야 할 큰 도리.
94) 어이: 짐승의 어미.
95) 프섬긔: 푸성귀.
96) 쩨쳐먹고: 뜯어먹고. '떼치다'는 '떼다' '끊어버리다'라는 뜻.

누오락 닐락 ᄒᆞ며97) 제 믹으로98) 단이기와

콧쏘리 코의 ᄢᅵ고 긴 곳비 굿게 미야

고은 각디99) 살믄 콩 빗ᄀᆞ지 찰지라도

블 ᄀᆞᆺ튼 녀룸볏티 한 보를 마ᄌᆞ 메워100)

一生의 役役101)ᄒᆞ미 저희 즁의 볼쟉시면

어늬ᄂᆞᆫ 혼가ᄒᆞ고 어늬야 괴로온고

一時의 빗나기야 犧牲만 홀가마ᄂᆞᆫ

헌 덕셕102) 물니치고 錦薦103)를 ᄀᆞ리 덥고

삿104) 구리105) 벗기치고 紅綠106)으로 얼어내야107)

禮官이 곳비 들고 太廟로 모러가셔

庖丁108)의 큰 도최109)에 骨節리 제금나니110)

저ᄃᆞ려 므러보면 어늬 쇠 되려 ᄒᆞᆯ고

우리ᄂᆞᆫ 줄 보아111) 내 분만 직희려니

---

97) 누오락 닐락 ᄒᆞ며: 누웠다 일어났다 하며.
98) 제 맥(脈)으로: 제힘으로. 여기서는 '제 마음대로'라는 뜻으로 쓰였다.
99) 고은 각디: 푹 삶은 콩각대. '콩각대'는 '콩대'의 옛말.
100) [교감] 한 보를~메워: 큰 쟁기까지 매서. '보'는 '쟁기'의 옛말. '마ᄌᆞ'는 '마저'의 옛말. 이가원본 '한 결이 마조 메워'. 큰 쟁기를 마주 매어라는 뜻이다. '겨리'는 소 2마리가 끄는 쟁기의 옛말인 멍에를 말한다.
101) 역역(役役): 몸과 마음을 아끼지 않고 일에만 힘씀.
102) 덕셕: 덕석. 추울 때 소의 등을 덮어주는 멍석.
103) 금천(錦薦): 비단 거적.
104) 삿: 삭(索). 밧줄.
105) 구리: 굴레.
106) [교감] 紅綠: 임씨본 '紅絲', 서강대본 '홍ᄉᆞ'.
107) 얼어내야: 얽어내어. 묶어내어.
108) 포정(庖丁): 백정(白丁).
109) 도최: 도끼.
110) 제금나니: 각기 흩어지니. '제금나다'는 딴살림을 차려 나가다라는 뜻.
111) [교감] 줄 보아: 임씨본, 서강대본 '이롤 보아'.

이름난 많은 이가 벼슬길에서 고초를 겪었다

古今에 어질기야 孔孟만 홀가마는
匡人의 싸이시고[112] 秦蔡[113]의 익을 보샤
五國城中에 木鐸[114]이 되오시니[115]
막대 박고 밧 가더 니[116] 긔 아니 올톳던가
원슈를 갑푼 후의 나라히 편케 되니
夫差[117]의 屬鏤劍을 伍子胥를 주단 말가[118]

112) 광인(匡人)의 싸이시고: 광(匡) 지방 사람들에게 둘러싸이시고. 노나라 양호(陽虎)가 광
지방에서 포악한 짓을 했는데, 공자가 양호와 비슷하게 생겨 광 지방을 지날 때 그곳 사람들에
게 포위를 당해 곤욕을 치렀다고 한다.
113) 진채(秦蔡)의 액(厄)을 보샤: '秦'은 '陳'의 오기. 공자가 채나라에서 3년 동안 거주하고 초
나라의 초빙을 받아 가던 중 진나라 대부와 채나라 대부가 보낸 사람들에게 포위되어 7일 동
안 굶주리며 고초를 겪었던 일을 말한다.
114) 목탁(木鐸): 목탁은 쇠로 입을 만들고 나무로 추를 만든 큰 방울을 가리키는데, 고대에 정
교(政敎)를 낼 때 이것을 친 데서 유래해 세상 사람을 가르쳐 인도하는 정신적 지도자를 의미
하는 말로 쓰인다. 공자가 위(衛)나라에 있었을 때, 의(儀) 땅의 봉인(封人)이 공자를 뵙고 나와
시종하는 제자들에게 말하기를, "여러분은 공자가 자리 잃은 것을 어찌 걱정하는가? 천하에
도가 없어진 지 오래이니, 하늘이 장차 부자를 목탁으로 삼을 것이다(二三子, 何患於喪乎? 天下
之無道也久矣. 天將以夫子爲木鐸)"라고 했다. 『논어』 「팔일八佾」.
115) 오국성중(五國城中)에 목탁(木鐸)이 되오시니: 공자가 52세 때 노나라 대사구가 되었을 때
삼환(三桓) 씨 세력을 꺾으려 했으나 실패했고, 계환자가 주변 나라의 계략에 속아 쾌락에 빠
진 것을 만류하다 그와 대립하게 되었다. 이에 공자는 노나라에서 큰 뜻을 이루지 못할 것으로
판단하여, 벼슬을 사직하고 14년 동안 제자들과 위(衛)·송(宋)·조(曹)·정(鄭)·진(陳)·채(蔡) 등 여
러 나라를 돌아다녔다.
116) 막대~가더 니: 자로가 공자를 따라가다 뒤에 처졌는데, 지팡이에 대바구니를 걸어 메고
가는 노인을 만나 우리 선생님을 보았느냐고 물었다. 노인은 "사지를 움직여 부지런히 일하지
않고 오곡을 분별하지도 못하는데 누구를 선생이라 하는가?" 하고서 지팡이를 꽂아놓고 김을
매었다. 자로가 손을 모으고 서 있자, 노인은 자로를 집에 머물게 하고는 닭을 잡고 기장밥을
지어 먹이고 그의 두 아들에게 자로를 뵙게 했다. 다음날 자로가 돌아와 공자께 아뢰니 공자께
서 "은자다" 하고 자로로 하여금 돌아가 만나보게 했는데, 그가 도착하니 노인은 떠나가고 없
었다. 『논어』 「미자微子」.
117) 부차(夫差): 춘추시대 오나라의 왕. 아버지 합려(闔閭)가 월왕(越王) 구천(句踐)에게 패하
여 죽자, 그 원수를 갚고자 와신상담(臥薪嘗膽)하다가 마침내 이를 이루었으나 나중에 월나라
구천에게 패하여 자살했다.

忠誠이 젹돗썬가 功績이 업돗던가

上蔡東門外에 歎黃犬[119]은 므슴 일고

톳기를 다 잡으니 산영개 살미돗데[120]

淮陰侯[121] 므슴 죄로 三族지[122] 夷滅[123]ᄒ며[124]

白起ᄂᆞᆫ 어이ᄒ야 武安君도 못 지닌고[125]

文人은 녜로브터 사름마다 薄命ᄒᆞ데

萬丈光焰[126]이 李杜[127]만 홀가마ᄂᆞᆫ

---

118) 부차(夫差)의~말가: 오자서(伍子胥)는 원래 초나라 사람으로, 초나라 평왕(平王)이 소인의 참소를 듣고 오자서의 아버지와 형을 죽이자, 오나라로 망명해 장수가 되어 초나라를 쳤다. 평왕이 이미 죽은 후였으므로 오자서는 그 묘를 파내 시체를 매질하여 아버지와 형의 원수를 갚았고, 나중에 오나라가 패권을 잡게 했다. 그뒤 오왕 부차가 서시(西施)의 미색에 빠져 정사를 게을리하자 오자서가 이를 간하였는데, 부차가 촉루검을 주어 자결하게 했다. 오자서는 자결하면서, 자기 눈을 오나라 성 동문에 걸어 자기 말을 듣지 않고 자기를 죽게 한 오나라가 멸망하는 모습을 보게 하라는 유언을 남겼다.

119) 상채동문외(上蔡東門外)에 탄황견(歎黃犬): 이사(李斯)는 원래 초나라 상채(上蔡) 사람이지만 진으로 건너가 천하를 통일하고 승상이 되었다. 나중에 이세(二世)가 즉위하자 이사는 조고(趙高)의 모함으로 사형에 처하게 되었는데, 그는 감옥문을 나서면서 아들에게 이렇게 탄식했다. "너와 함께 다시 누런 개를 끌고 나란히 상채 동문을 벗어나 영리한 토끼를 쫓고 싶구나. 그러나 이것이 가능한 일이겠느냐?(吾欲與若復牽黃犬, 俱出上蔡東門, 逐狡兔. 豈可得乎)"

120) 톳기를~살미돗데: 토사구팽(兔死狗烹)을 말한다. '산영개'는 '사냥개'의 옛말. '살미다'는 '삶기다'. '-돗-'은 강조를 나타내는 어미.

121) 회음후(淮陰侯): 초한시대 한나라 공신인 한신(韓信).

122) 삼족(三族)지: 삼족(三族)이. '삼족'은 부계(父系)·모계(母系)·처계(妻系)를 통틀어 이르는 말이다.

123) 이멸(夷滅): 멸하여 없앰.

124) 회음후(淮陰侯)~이멸(夷滅)ᄒ며: 한나라 때 한신과 은밀히 내통하던 진희(陳豨)가 반란을 일으키자 여후가 소하(蕭何)와 모의하여 진희가 죽었다는 소문을 퍼뜨렸다. 그리고 반역자의 죽음을 축하하러 오라는 구실로 한신을 속여 궁중으로 오게 해 처형하고 삼족을 멸했다. 『한서』 권34, 「한신전韓信傳」.

125) 백기(白起)ᄂᆞᆫ~못 지닌고: 무안군(武安君)은 전국시대 진(秦)나라 장수 백기의 봉호(封號)다. 백기는 전쟁을 잘하여 전공을 세웠으나 재상 범수(范雎)가 왕명에 복종하지 않는다고 백기를 참소하여, 진 소왕(秦昭王)이 칼을 주어 자결하게 했다.

126) 만장광염(萬丈光焰): 만 길의 광염(光焰)을 토할 정도로 훌륭한 시라는 뜻. 한유(韓愈)가 지은 시 「조장적調張籍」에 "이백과 두보의 문장이 남아 있어, 만 길이나 높은 광염을 내뿜네(李杜文章在, 光焰萬丈長)"라고 한 데서 온 말이다. 『한창려집』 권5 「조장적調張籍」.

127) 이두(李杜): 당나라 시인인 이백(李白)과 두보(杜甫)를 아울러 이르는 말.

樓舡迫脅에 夜郞[128]이 어듸메며[129]

成都 艸堂에 生計도 고초홀샤[130]

바다 갓튼 文章이 世上의 쏘 이는가

春風洞庭[131]의 믈결좃차 니러나니

潮洲 八千里[132]의 故國도 멀셔이고

玉佩瓊琚[133]의 글리나 못ᄒ던가

投鄕[134] 十二年의 罪罰리 못 츳연가

---

128) 야랑(夜郞): 한(漢)나라 때 귀주(貴州) 서쪽에 있던 나라. 당나라 시인 이백이 일찍이 영왕(永王) 이린(李璘)의 막좌(幕佐)가 되었는데, 이린이 역모를 꾀하다 실패하자 이에 연루되어 야랑에 귀양 갔다.

129) 누선박협(樓舡迫脅)에 야랑(夜郞)이 어듸메며: 이백의 시 「증강하위태수양재贈江夏韋太守良宰」에 "한밤중에 수군이 오니, 심양에 깃발이 가득하네. 헛된 명성이 자신을 그르쳐서, 협박하여 누선에 오르라 하네(半夜水軍來, 潯陽滿旌旆. 空名適自誤, 迫脅上樓船)"라는 구절이 나온다. 이백이 잔치가 벌어지고 있던 태수의 배에 억지로 타야 하는 유명세를 치른 것을 말한다.

130) 성도(成都)~고초홀샤: 두보가 44세 때 안녹산의 난에서 적군의 포로가 되어 장안에 감금되었다가 탈출하여, 새로 즉위한 황제 숙종이 있는 행재소에 달려간 공으로 좌습유(左拾遺)의 관직에 올랐다. 관군이 장안을 되찾자 두보는 이곳으로 돌아와 조정에 출사했으나 1년 만에 화주(華州) 지방관으로 좌천되었다. 1년 뒤 기내(畿內) 일대에 대기근이 발생해 두보는 48세에 관직을 버리고 식량을 구하기 위해 처자와 함께 사천성 성도(成都)에 정착하여 완화계(浣花溪)에 초당을 세우고 살았다.

131) 춘풍동정(春風洞庭): 봄바람이 부는 동정호(洞庭湖). '동정호'는 중국 호남성 북부에 있는, 중국에서 제일 큰 호수다.

132) 조주(潮洲) 팔천 리(八千里): '潮洲'는 '潮州'의 오기. '조주'는 중국 광동성에 있는 고을 이름이다. 한유가 불교를 신봉하는 헌종에게 불교를 비판하는 글을 지어 올렸다가 조주자사로 좌천되었다. 8천 리는 조주에서 도성까지의 거리를 말하며, 한유가 지은 「좌천지남관시질손상左遷至藍關示姪孫湘」이라는 시에 "아침에 표문 한 장 구중궁궐에 올렸다가, 저녁에 조주로 좌천되니 길은 팔천 리로다. 임금님의 지혜 위해 폐단을 없애려 하니, 어찌 노쇠한 몸이 남은 생을 아끼겠는가(一封朝奏九重天, 夕貶潮州路八千. 欲爲聖明除弊事, 肯將衰朽惜殘年)"라고 한 데서 온 말이다. 여기서는 저자 자신의 고통스러운 유배생활을 한유의 고사에 빗대어 말했다.

133) 옥패경거(玉佩瓊琚): 아름다운 옥을 뜻하는 말로, 아름다운 꽃이나 시문(詩文)을 가리킨다. 한유가 「제유자후문祭柳子厚文」에서 유종원의 문장을 칭찬하여, "주옥 같은 그 문장은 몹시도 아름다운 말을 쏟아내보낸다"고 했다.

134) 투향(投鄕): 시골 선비가 지방관아의 관원이 되던 일.

越江 가롬길[135)]히 눈물 그지업다[136)]

眉山 草木은 눌 위호야 이우는고[137)]

荄荷로 옷슬 짓고[138)] 蘭岬롤 얼거 추셔[139)]

離騷 九章[140)]의 文字야 외랴마는

世上의 혼조 쐬야 澤畔의 내쳐시니[141)]

黃昏이 들러간들[142)] 美人이 오돗던가[143)]

---

135) 가롬길: '갈림길'의 옛말.

136) 월강(越江)~그지업다: 유종원이 유주 자사(柳州刺史)로 좌천되어 갈 때 아우와 작별하면서 지은 시 「별사제종일別舍弟宗一」에 "시들어가는 잔혼이 갑절이나 암담한 속에서, 이별의 눈물 흘리며 강변을 넘어간다(零落殘魂倍黯然, 雙垂別淚越江邊)"라는 말이 나온다.

137) 미산(眉山)~이우는고: 미산의 초목은 누구를 위하여 시드는고. 미산은 사천성에 있는 지명으로 소식(蘇軾)의 출생지다. '이울다'는 꽃이나 잎이 시들다라는 뜻. 미산에서 소순(蘇洵), 소식, 소철(蘇轍) 삼부자가 태어나자, 소씨 삼부자가 모두 산천의 정기를 타고났다는 뜻에서, 당시 사람들이 "미산에 삼소가 태어나자, 초목이 모두 시들었다(眉山生三蘇, 草木盡皆枯)"라는 노래를 불렀다고 한다.

138) 기하(荄荷)로 옷슬 짓고: 마름과 연잎으로 옷을 짓고. 은자들이 마름과 연잎을 엮어 옷을 만들어 입었다고 한다. 굴원이 지은 『이소경離騷經』의 "기하로 저고리를 만들어 입고, 부용으로 치마를 만든다(製荄荷以爲衣, 集芙蓉以爲裳)"라는 말에서 인용했다.

139) 난초(蘭岬)롤 얼거 추셔: 굴원의 『이소경』에 "강리와 벽지 등의 향초를 몸에 두르고, 가을 난초를 꿰어 허리에 찬다(扈江離與辟芷兮, 紉秋蘭以爲佩)"라고 했다.

140) 구장(九章): 굴원이 강남으로 추방당한 뒤 군왕을 생각하고 나라를 근심하며, 시름에 겨운 충정을 노래한 부(賦). 「귤송橘頌」「석송惜誦」「추사抽思」「애영哀郢」「섭강涉江」「사미인思美人」「비회풍悲回風」「석왕일惜往日」「회사懷沙」로 이루어져 있다.

141) 세상(世上)의~내쳐시니: 굴원의 「어부사漁父辭」에 "굴원이 쫓겨나 강가에서 노닐고 못가를 거닐며 시를 읊조렸다(屈原旣放, 游於江潭, 行吟澤畔)"라는 구절과 "모든 사람이 취했는데 나 혼자서만 깨어 있다(衆人皆醉我獨醒)"라는 구절이 나온다. '혼조 쐬야'는 혼탁한 세상에 혼자 고결하게 행동함을 말한다.

142) [교감] 黃昏이 들러간들: 임씨본, 서강대본 '黃昏이 드러온들', 「목동가」(『역대38-1706』) '黃昏이 돌러간들'.

143) 황혼(黃昏)이~오돗던가: 황혼이 된다고 한들 미인이 오던가. '들러가다'는 들어가다라는 뜻. 저녁에 미인과 만나자고 약속했지만 황혼이 찾아와도 미인이 자기를 만나러 오지 않았다는 의미다. 여기서 미인은 임금을 가리키며, 죄를 지어 쫓겨난 굴원을 임금이 찾지 않았음을 말한다. 굴원의 「이소」에 "황혼에 만나자 하시더니, 도중에 길을 바꾸고 마셨네. 처음에 이미 나와 약속했건만, 나중에는 생각을 바꿔 딴마음 품으셨네(曰黃昏以爲期兮, 羌中道而改路. 初旣與余成言兮, 後悔遁而有他)"라는 구절이 있다.

牧童歌 | 339

인생이 꿈과 같으니 부귀빈천을 잊고 살겠다

山中에 麝香놀니[144] 깁피도 잇건마ᄂᆞᆫ

春風이 헌ᄉᆞᄒᆞ야[145] 향ᄂᆡ를 브러내니

산자히[146] 놀닌 살흘 면키도 어렵거든

단 밋기 혈낙시[147]롤 어이ᄒᆞ야 돗토ᄂᆞᆫ고[148]

人生이 쑴이어니 멀ᄒᆞ던들 관(계)ᄒᆞᆯ가[149]

취ᄒᆞ여 ᄉᆞ랏다가 쑴쇽의 죽어지면

滔滔萬古[150]의 씨다ᄅᆞ 리[151] 몃 놋치리

穎川의 귀 씻긴의 上流의 쇼 먹이기[152]

엇더곰ᄒᆞ닷ᄂᆞ니[153] 내 노ᄅᆡ 드러보오

ᄒᆞᆫ 곡조 브ᄅᆞ리라 長安이 어듸메오

구롬이 머흐레라[154] 山光이 어두오니

---

144) 사향(麝香)놀니: 사향놀이. 사향노루가. '놀'은 '노루'의 옛말.
145) 헌ᄉᆞᄒᆞ야: 야단스러워. 수다스러워. '헌ᄉᆞ하다'는 수다를 부리다라는 뜻의 옛말.
146) 산자히: 산자이. '산자이'는 '산쟁이'의 옛말. 사냥꾼을 가리킨다.
147) [교감] 단 밋기 혈낙시: 임씨본 '돈 밋기 털낙시', 서강대본 '밋기 연 낙시'. '털낙시'는 '털바늘낙시'로 동물의 털이나 새의 깃털로 만든 인조 미끼를 사용하는 낙시를 말한다.
148) 산자히~돗토ᄂᆞᆫ고: 가만히 있어도 사냥꾼의 화살을 피해 목숨을 지키기 어려운데, 어찌하여 가짜 미끼를 다투느라 위험을 감수하는가라는 뜻이다. 헛된 부귀를 탐하다가 곤경에 처하게 되는 것을 경계하는 말이다.
149) [교감] 멀ᄒᆞ던들 관(계)ᄒᆞᆯ가: 험한들 상관할까. '멀ᄒᆞ다'는 '머흘다'로, 험하고 사납다라는 뜻의 옛말이다. 임씨본 '일홈인들 관기ᄒᆞ랴', 서강대본 '일홍이 관계ᄒᆞ랴'.
150) 도도만고(滔滔萬古): 막힘없이 흘러온 오랜 세월.
151) 씨다ᄅᆞ 리: 깨달은 사람.
152) 영천(穎川)의~먹이기: 영천에서 귀 씻기니 상류에서 소 먹이기. 기산(箕山)과 영수(穎水)는 요임금 시절의 은사인 소부(巢父)와 허유(許由)가 은거했던 곳이다. 요임금이 허유에게 나라를 맡기고자 했으나 허유는 사양하고, 더러운 이야기를 들었다 하여 영천에서 귀를 씻었다. 소를 몰고 온 소부가 이를 보고 그런 더러운 물은 소에게도 마시게 할 수 없다며 돌아갔다는 고사가 전한다.
153) 엇더곰ᄒᆞ닷ᄂᆞ니: 어떠했는지. '엇더곰하다'는 '어찌하다' '어떠하다'를 강조한 말.
154) 머흐레라: 험하구나. 사납구나.

夕陽이 거의로다 공명을 뉘 아더야

富貴를 내 몰내라 되롱이 추혀 입고[155]

洞簫를 빗기 잡아

쇠 등에 외오[156] 타고 杏花村[157]를 향ᄒ노라

此則休窩任有後之所製也　公當光海朝　無意於追取　作此歌以寄優游自
過之趣　超然於楊福榮辱之門　出於楚辭之遺意也與[158]

—『잡가雜歌』

155) 추혀 입고: 추켜 입고. '추혀다'는 '추키다'의 옛말.

156) 외오: 외로. 옆으로 비스듬히.

157) 행화촌(杏花村): 살구꽃 핀 마을. 술집을 의미하는 말로 많이 사용한다. 당나라 시인 두목
(杜牧)의 「청명淸明」에 "청명 시절에 어지러이 비가 내리니, 길 가는 나그네 서글퍼지네. 주막
이 어디에 있는가 물으니, 목동이 멀리 행화촌을 가리키네(淸明時節雨紛紛, 路上行人欲斷魂. 借問
酒家何處有, 牧童遙指杏花村)"라는 말이 나온다.

158) 이는 휴와(休窩) 임유후(任有後)가 지은 것이다. 공(公)이 광해조 때 벼슬에 나갈 뜻이 없
어, 이 노래를 지어 하는 일 없이 한가롭게 지내는 흥취에 부쳤다. 과거 급제의 복(福)과 영욕
의 문(門)에 초연한 것은 『초사楚辭』의 뜻을 따른 듯하다.

逸民歌

尹爾厚

강호에 은거하며 지난날을 돌아보다

이 몸이 느지 나서 世上의 홀 일 업서
江湖의 님자 되야 風月노 늘거가니
物外淸福[1]이 업다야 ᄒᆞ랴마ᄂᆞᆫ
도로혀[2] 싱각ᄒᆞ니 애드론 일 하고 만타

---

1) 물외청복(物外淸福): 속세를 벗어난 좋은 복. '물외'는 구체적인 현실 세계의 바깥세상을 의미하며, '청복'은 권력이나 재물에 얽매이지 않고 자신이 처한 위치에 만족하며 유유히 살아가는 것을 가리킨다. 주로 벼슬에서 물러나 초야에 은거할 수 있는 행운을 말한다.
2) 도로혀: 돌이켜. '도로혀다'는 '돌이키다'의 옛말.

벼슬길에 나갔다가 액을 당하고 고향으로 돌아오다

萬物의 貴흔 거시 사롬이 읏듬인디

그듕의 男子ㅣ 되야 耳目聰明 ㄱ초3) 삼겨

平生의 머근 ᄠ디 一身富貴 아니러니

年光이 倏忽4)ᄒ고 志業5)이 蹉跎6)ᄒ야

白首 功名을 겨유 구러7) 일워내니8)

蹤跡이 齟齬9)ᄒ고 世路도 崎嶇ᄒ야

數年 郞潛10)의 놈 ᄡ라 둔니더니

三春暉11) 수이 가니 寸草心12)이 그지업서13)

---

3) ㄱ초: '갖추'의 옛말. 골고루.

4) 숙홀(倏忽): 재빨라서 붙잡을 수 없음.

5) 지업(志業): 학업에 뜻을 둠.

6) 차타(蹉跎): 미끄러져 넘어짐. 시기를 놓침. 일을 이루지 못하고 나이가 들어감.

7) 겨유 구러: 겨우 굴어서. 어렵게 해서. '겨유'는 '겨우'의 옛말. '굴다'는 그러하게 행동하거나 대하다라는 뜻.

8) 백수(白首)~일워내니: 윤이후는 54세에 증광문과에 급제하여 전적(典籍), 정언(正言) 등을 역임했다.

9) 종적(蹤跡)이 저어(齟齬)ᄒ고: 자신의 행동이 다른 사람과 조화를 이루지 못해 관계가 틀어져 어긋남을 말한다.

10) 낭잠(郞潛): 불운하여 오래도록 낮은 벼슬에 머물러 있는 것을 말한다. 한나라 안사(顔駟)가 문제(文帝) 때 말직 낭관이 되었으나 백발이 되도록 승진하지 못했다. 어느 날 무제(武帝)가 그를 발견하고 "노인은 언제 낭관이 되었는가? 왜 그리도 늙었는가?" 하니, "신은 문제 때 낭관이 되었으나, 문제께서는 문(文)을 좋아하셨는데 신은 무(武)를 좋아했으며, 경제(景帝)께서는 잘생긴 사람을 좋아하셨는데 신은 모양이 추했으며, 폐하께서는 젊은이를 좋아하시는데 신은 이미 늙었습니다. 그 때문에 삼대가 지나도록 대우를 잘 받지 못했습니다"라고 한 고사가 전한다. 『고금사문유취古今事文類聚』권44, 「안사불우顔駟不遇」.

11) 삼춘휘(三春暉): 봄날의 따뜻한 햇빛.

12) 촌초심(寸草心): 부모의 은혜와 사랑에 보답하려는 마음.

13) 삼춘휘(三春暉)~그지업서: 어머니가 빨리 늙으시니 어머니를 생각하는 마음이 그지없다는 의미다. '춘휘(春暉)'는 어머니의 은혜를 뜻하고, '촌초(寸草)'는 어머니에 대한 자식의 효도를 말한다. 맹교(孟郊)의 시 「유자음遊子吟」에 "어머니가 바느질하는 옷은, 길 떠날 아들이 입을 옷이라네. 떠나기에 앞서 촘촘히 꿰매시는 것은, 더디 돌아올까 염려해서라네. 한 치의 풀 같은 마음 가지고서, 봄볕 같은 어머니 사랑 보답하기 어려워라(慈母手中線, 遊子身上衣. 臨行密

銅章14)을 비러 ᄎ고 五馬15)룰 밧비 모라

南州 百里地에 與民休息ᄒ랴 터니

니마 흰 모딘 범16)이 어드러셔 나닷 말고

ᄀᆺ드기17) 여룬18) 宦情19) 一朝의 지 되거다20)

저즌 옷 버서노코 黃冠21)을 ᄀ라 쓰고

채 ᄒ나 뺄텨 쥐고 浩然이 도라오니22)

山川이 依舊ᄒ고 松竹이 반기ᄂ 듯

柴扉룰 ᄎ자드러 三逕23)을 다ᄉ리니

琴書一室24)이 이 아니 내 分인가

압내히 고기 낫고 뒷뫼히 藥을 기야

手業25)을 일노 사마 餘年을 보내오니

人生至樂이 이밧긔 또 업돗데

密縫, 意恐遲遲歸. 難將寸草心, 報得三春暉)"라는 구절이 있다.

14) 동장(銅章): 구리로 만든 관인(官印).

15) 오마(五馬): 태수(太守)의 별칭. 한나라 때 말 5필이 태수의 수레를 끌었던 데서 유래한 말로, 여기서는 지방 수령으로 부임하는 것을 말한다.

16) 니마~모딘 범: 백액호(白額虎). 범이 늙으면 이마와 눈썹의 털이 허옇게 세는데, 이런 범은 특히 힘이 세고 사나워 잡기 어렵다고 한다. 여기서는 자신을 감찰하여 벼슬에서 물러나게 한 어사 이인엽(李寅燁)을 가리킨다.

17) ᄀᆺ드기: 갓득이. '가뜩이나'의 옛말.

18) 여룬: 열운. 엷은. '엷다'의 활용형.

19) 환정(宦情): 벼슬을 하고 싶어하는 마음.

20) 니마~되거다: 작가가 56세에 함평 현감으로 내려왔다가 어사 이인엽이 권력을 휘두르는 바람에 벼슬길을 버리고 귀향해 남해에 모옥을 지어놓고 여생을 보낸 것을 말한다.

21) 황관(黃冠): 누런 색깔의 관으로 야인(野人)이 썼다.

22) 채 ᄒ나~도라오니: 벼슬을 그만두고 말채찍 하나만 들고 돌아왔다는 말로, 청렴함을 나타낸다.

23) 삼경(三逕): 은자의 정원을 말한다. 전한(前漢) 때 장후(蔣詡)가 두릉(杜陵)에 은거하면서 집안에 3갈래 길을 내어 소나무·대나무·국화를 심고서 당시 고사(高士)였던 양중(羊仲)과 구중(求仲), 두 사람하고만 어울렸다고 한다.

24) 금서일실(琴書一室): 거문고와 책이 한방에 있는 것.

25) 수업(手業): 손으로 하는 일.

은거지 주변 아름다운 경관

田園의 나믄 興을 전나귀에 모도 시러²⁶⁾

青莎白石²⁷⁾ 夕陽路의 홍치며²⁸⁾ 도라오니

縹緲호 一片孤島 眼中의 奇特호디²⁹⁾

微茫³⁰⁾호 十里烟波³¹⁾조차 어이 둘럿논고

三山³²⁾이 흘러온가 五湖³³⁾와 엇더호니

蒼松은 落落호고 翠竹이 猗猗³⁴⁾호디

超然호³⁵⁾ 草堂 數間 믈우희 빗겨시니³⁶⁾

幽趣³⁷⁾도 ᄀ이업고 爽快도 짝이 업다

---

26) 전원(田園)의~시러: 당나라 시인 맹호연이 녹문산에 은거할 때 다리를 저는 나귀를 타고 다니면서 시를 읊으며 즐겼다고 한다.

27) 청사백석(青莎白石): 푸른 잔디와 흰 돌.

28) 홍치며: 흥청거리며. '홍치다'는 '흥청거리다'의 옛말.

29) 기특(奇特)호디: 기이(奇異)한데.

30) 미망(微茫): 희미하고 아득함.

31) 십리연파(十里烟波): 십 리에 걸친 연파. 연파는 연기나 안개가 자욱하게 낀 수면을 말한다.

32) 삼산(三山): 삼신산(三神山). 중국 전설에 나오는 봉래산, 방장산, 영주산을 통틀어 이르는 말.

33) 오호(五湖): 중국 고대 오월(吳越) 지역의 호수로 구구(具區), 요포(洮浦), 팽려(彭蠡), 청초(青艸), 동정(洞庭) 등을 말한다. 범려(范蠡)가 월(越)나라 구천(句踐)을 도와 오나라를 멸망시키고서 물러나 조각배를 타고 오호 지역을 떠나갔다고 한 데서 유래해 은거지를 뜻하는 말로 쓰인다. 『사기』「화식열전貨食列傳」.

34) 의의(猗猗): 무성하게 우거진 모습. 『시경』「위풍衛風」「기욱淇奧」에 "저 기수 물굽이를 바라다보니, 푸른 대나무 무성하게 우거졌네(瞻彼淇澳, 綠竹猗猗)"라는 구절이 있다.

35) 초연(超然)호: 뛰어난. 빼어난. '초연하다'는 보통 수준보다 훨씬 뛰어나다라는 뜻.

36) 빗겨시니: 비스듬히 비치니. '빗기다'는 '비끼다'의 옛말.

37) 유취(幽趣): 그윽한 정취.

강호에서의 한가로운 생활

白日이 閑暇흔디 봄줌이 足흔 後의

발 나믄³⁸⁾ 낙시대롤 엇게에 둘러메고

扁舟롤 흘리저어 任意로 容與³⁹⁾ᄒ니

江風은 習習ᄒ야 鶴髮을 훗부치고⁴⁰⁾

白鷗ᄂᆫ 飛飛ᄒ야 버디 되야 넘노ᄂᆫ다

嚴子陵의 七里灘은 物色이 ᄎ자오고⁴¹⁾

賀季眞의 鏡湖水⁴²⁾ᄂᆫ 榮寵⁴³⁾으로 어더시니

羊裘⁴⁴⁾롤 못 버스니 避키 아니 어려오며

君恩을 니븐 後의 갑기롤 어이ᄒ리

아마도 이 江山은 걸린 고디 바히 업서

몃 히롤 無主ᄒ야 내 손의 도라오니

---

38) 발 나믄: 한 발이 넘는. '남다'는 '넘다' '지나다'의 옛말. 한 발은 두 팔을 양옆으로 펴서 벌렸을 때 한쪽 손끝에서 다른 쪽 손끝까지의 길이다.

39) 용여(容與): 한가히 여유 있게 노는 모양.

40) 훗부치고: 마구 부치고. 흩날리고.

41) 엄자릉(嚴子陵)의~ᄎ자오고: '엄자릉'은 후한(後漢) 광무제 때 은사인 엄광(嚴光)이다. 엄광은 광무제와 동문수학한 사이였는데, 광무제가 제위에 오르자 성명을 바꾸고 숨어살았다. 광무제가 그를 찾으려고 천하에 명을 내리자, 제나라에서 "어떤 사람이 양가죽 옷을 입고 못에서 낚시질합니다"라는 글을 올렸다. 광무제가 엄광인 줄 알고 수레와 폐백을 갖추어 그를 불렀으나 오지 않다가 3번을 부른 뒤에야 왔다. 광무제가 엄광의 숙소에 갔으나 엄광은 누운 채로 일어나지 않았으며, 함께 세상을 다스리자고 제안했으나 응하지 않았다. 광무제가 엄광에게 벼슬을 주었으나 끝내 사양하고 부춘산(富春山) 동강(桐江) 칠리탄에서 낚시를 즐기면서 살았다. 『후한서』 「엄광열전嚴光列傳」.

42) 하계진(賀季眞)의 경호수(鏡湖水): '하계진'은 당나라 현종 때 비서감을 지낸 시인 하지장(賀知章)이며, '경호(鏡湖)'는 안휘성 무호현에 있는 호수 이름이다. 하지장이 만년에 사직하고 도사가 되어 고향으로 돌아갈 적에 현종이 조서를 내려 특별히 그에게 경호의 섬계(剡溪) 한 굽이를 하사했다. 『신당서』 「은일열전隱逸列傳 하지장賀知章」.

43) 영총(榮寵): 임금의 특별한 사랑.

44) 양구(羊裘): 양가죽으로 만든 옷. 후한 때 엄광이 양구를 걸치고 못 가운데서 낚시질한 고사에서 유래하여, 은자의 옷차림을 의미한다.

하놀이 주신 쟉가[45] 人力으로 어들소냐

人間의 쑴을 끼야 世上올 다 부리니

滄浪 蹤迹[46] 알 리 업다 漁釣生活 뉘 두토리

박잔의 술을 브어 알마초 머근 後의

水調歌[47]룰 기리 읇고 혼자 셔셔 우즐기니[48]

浩蕩혼 미친 興을 힝여 아니 놈 알게고

흐마 져믈거냐 먼 뫼히 둘 오른다

그만흐야 쉬여보쟈 바회예 비 미여라

平涼子[49] 빗기쓰고 烏竹杖 훗더디며[50]

沙堤룰 도라드러 石逕으로 올라가니

五柳宅[51] 瀟灑흔디 景物이 새로왜라

松陰의 훗거르며[52] 遠近을 브라보니

水月이 玲瓏흐야 乾坤이 제곰[53]인 둣

熙熙皡皡[54]흐야 身世룰 다 니즐다

---

45) 쟉가: 작(爵)인가. 벼슬인가.
46) 창랑종적(滄浪蹤迹): 굴원의 자취. '창랑'은 중국 한수(漢水)의 지류다. 굴원의 「어부사」에 "창랑의 물이 맑거든 나의 갓끈을 씻을 것이요, 창랑의 물이 흐리거든 나의 발을 씻을 것이로다(滄浪之水淸兮, 可以濯我纓. 滄浪之水濁兮, 可以濯我足)"라고 했다.
47) 수조가(水調歌): 수(隋)나라 양제(煬帝)가 순행할 때 객지에서의 처량한 심경을 노래한 작품인데, 이후 소식(蘇軾)이 이 곡조에 맞춰 지은 사(詞)가 널리 유행했다. 소식이 귀양 가 있으면서 「수조가」를 지었는데, 그 가사에 "월궁(月宮) 속 아름다운 집, 너무 높아 추위를 견디지 못할까 걱정이네(又恐瓊樓玉宇 高處不勝寒)"라는 구절이 있었다. 신종(神宗)이 이를 듣고서 "소식이 끝까지 임금을 사랑하는구나"라고 하면서 죄를 감하여 귀양지를 옮겨주었다고 한다.
48) 우즐기니: 우줄거리니. 흔들거리니. '우즐기다'는 '우줄거리다'의 옛말.
49) 평량자(平涼子): 패랭이.
50) 훗더디며: 함부로 던지며. '훗더디다'는 흩어 던지다라는 뜻.
51) 오류댁(五柳宅): 도연명의 집. 도연명이 집 앞에 버드나무 다섯 그루를 심고 스스로 '오류선생'이라 청했으며, 「오류선생전五柳先生傳」을 지었다.
52) 훗거르며: 산책하며. '훗걷다'는 '산책하다'의 옛말.
53) 제곰: 제여곰. '제가끔' '제각기'의 옛말.

강호에 은거하며 임금님의 만수무강을 빌다

이 中의 미친[55] ᄆᆞᄋᆞᆷ 北闕[56]의 돌려시니[57]

謝安[58]의 絲竹[59] 陶瀉[60] 녜일이 오놀일쇠

내 근심 無益호 줄 모ᄅᆞ디 아니ᄒᆞ디

天性을 못 變ᄒᆞ니 眞實노 可笑ㅣ로다

두어라 江湖의 逸民[61]이 되야 祝聖壽[62]ㅣ나 ᄒᆞ리라

—『지암일기支庵日記』

54) 희희호호(熙熙皞皞): 크게 번성하고 자득(自得)한 모양을 말하며, 성왕(聖王)의 정치는 천지
자연과 같아 백성들이 태평성대에 살면서도 누구의 덕으로 그런지조차 모른다는 의미다.
55) 미친: 맺힌. '미치다'는 '맺히다'의 옛말.
56) 북궐(北闕): 경복궁을 창덕궁과 경희궁에 상대하여 이르는 말. 여기서는 임금을 가리킨다.
57) 이 중(中)의~돌려시니: 자신의 맺힌 마음을 풀어줄 수 있는 사람은 임금뿐이라는 뜻으로,
정치적인 재기를 바라는 화자의 마음을 드러낸 표현이라 할 수 있다.
58) 사안(謝安): 동진(東晉) 때 재상으로, 자(字)는 안석(安石)이다. 원래 은자로 유명하여 왕희
지 등과 회계(會稽)에 은거했는데, 조정에서 여러 번 그를 등용하고자 했으나 관직에 나아가지
않고 동산(東山)으로 옮겨가 살았다. 자연 속에서 노닐 때면 반드시 기생을 데리고 다녔다고
한다. 그후 40세에 처음으로 관직에 나가 환온(桓溫)의 사마(司馬)가 되었다.
59) 사죽(絲竹): 관악기와 현악기.
60) 도사(陶瀉): 즐기며 근심을 없앰.
61) 일민(逸民): 학문과 덕행이 있으면서도 세상에 나서지 않고 묻혀 지내는 사람.
62) 축성수(祝聖壽): 임금의 만수무강을 축원함.

樂隱別曲

南道振

명리에 뜻이 없어 낙은암에 은거하다

헌亽호¹⁾ 조화옹이 산쳔을 비져닐 제
낙은암 깁흔 골을 날 위ᄒ여 삼겨시니²⁾
봉만³⁾도 슈발⁴⁾ᄒ고 쳔셕⁵⁾도 긔특ᄒ다⁶⁾
어와 쥬인옹이 명니의 뜻이 업셔
진셰⁷⁾를 하직ᄒ고 암혈의 깃드리니

---

1) 헌亽호: 호사스러운. 야단스러운. 시끌벅적한. '헌亽ᄒ다'는 수다를 부리다라는 뜻의 옛말.
2) 삼겨시니: 만드시니. '삼기다'는 생기게 하다라는 뜻.
3) 봉만(峯巒): 꼭대기가 뾰족뾰족하게 솟은 산봉우리.
4) 수발(秀拔): 뛰어나게 훌륭함.
5) 쳔셕(泉石): 수석(水石). 물과 돌로 이루어진 자연의 경치.
6) 긔특(奇特)ᄒ다: 특이하다. 뛰어나다.
7) 진셰(塵世): 티끌세상. 속세.

내 셩이 담박훈들 분이라[8] 관겨ᄒ랴[9]

낙천지명하니 세상 걱정 없다

농환재[10] 몰근 창의 회역[11]을 졈검ᄒ니
쇼장진퇴[12]는 셩훈[13]이 볼가 잇고
낙텬지명[14]은 경계도 깁허셰라
원환[15]을 희롱ᄒ고 말 닛고 안ᄌ시니
텬근월굴의 몃 번이나 왕ᄂᆡᄒ고[16]

─────────

8) 분(分)이라: 분수(分數)이니.
9) 관겨ᄒ랴: 관계하랴. '관겨ᄒ다'는 '관계하다'의 옛말.
10) 농환재(弄丸齋): 남도진의 당호(堂號). 남도진이 45세 때 과거 공부를 포기하고 은거하기로 마음먹은 뒤, 고향인 경기도 가평군 설악면 방일리(訪逸里)에 집을 짓고 벽에 태극을 그려 붙이고 재실(齋室) 이름을 농환재라 했다.
11) 회역: 희역(羲易). 상고 때 복희(伏羲)가 『주역』의 기본이 되는 팔괘를 처음으로 그었다는 뜻에서 『주역』의 별칭으로 쓴다.
12) 소장진퇴(消長進退): 줄고, 늘고, 나아가고, 물러나는 것. 음양(陰陽)의 속성. 세상의 모든 일이 이 이치를 따른다. 이는 계절의 변화에서 가장 잘 드러난다.
13) 셩훈(聖訓): 성인의 교훈.
14) 낙천지명(樂天知命): 천명을 깨달아 즐기면서 자연의 섭리를 따름. 『주역』 「계사전 상繫辭傳上」에 "마치 천지와 같으므로 어긋남이 없고, 지혜가 만물에 두루 통해 천하를 구제할 방도를 갖추니 허물이 없으며, 널리 통하면서도 잘못된 곳으로 빠지지 않고, 천명을 깨달아 즐기면서 순응하니 근심이 없다. 처하는 곳마다 편히 여기면서 인덕을 돈후하게 지니기 때문에 사람을 제대로 사랑할 수 있다(與天地相似故不違, 知周乎萬物而道濟天下故不過, 旁行而不流, 樂天知命故不憂, 安土敦乎仁故能愛)"라고 했다.
15) 원환(圓環): 둥글게 생긴 고리. 여기서는 달을 의미한다.
16) 천근월굴(天根月窟)의~왕ᄂᆡᄒ고: 양과 음이 몇 번이나 오고갔는가. 양과 음의 변화가 몇 번이나 일어났던가? 『주역』 등의 이치에 통달한 깊은 식견을 비유한 말이다. 소강절(邵康節)이 선천도(先天圖)를 풀이한 시 「관물음觀物吟」에 "이목 총명한 남자 몸으로 태어났으니, 하늘이 부여한 것 빈약하지 않구나. 월굴을 찾아야만 사물을 알고, 천근을 밟지 못하면 사람 알 길 없느니라. 하늘이 바람을 만날 때 월굴을 보고, 땅이 우레를 만날 때 천근을 보나니, 천근과 월굴이 한가로이 왕래함에 천지가 온통 봄빛이로다(耳目聰明男子身, 洪鈞賦與不爲貧, 須探月窟方知物, 未躡天根豈識人, 乾遇巽時觀月窟, 地逢雷處見天根, 天根月窟閒往來, 三十六宮都是春)"라고 했다. 천근

챵금17)을 빗기 안아 슬샹의 노하두고
평우조18) 훈 소리를 보허스19)의 셧거 투며
긴 가스 쟈른 노리 느즉이 불러닐 지
유연이20) 홍이 나니 셰렴21)이 뎐혀 업다
남촌의 늘근 번님 북닌의 졈은 뉴들
숑단22)의 셧거23) 안자 추례 업이 술을 부어
두서 잔 거후로고24) 무슨 말솜 ᄒ옵ᄂ니
압 논의 벼 죠화고 뒤늬의 고기 만티
츈산의 비 온 후의 미궐25)도 술겨다니
한듕26)의 이런 말솜 쇼일이 죡ᄒ거니
분분훈 한 시비야 귀결읜들27) 들닐소냐

한가로운 삶을 삼정승 지위와도 바꾸지 않겠다

히당화 깁흔 곳의 낙대28) 메고 느려가며

<hr />

은 지뢰복괘(地雷復卦)로 양(陽)을 대표하고, 월굴은 천풍구괘(天風坵卦)로 음(陰)을 대표한다.
17) 챵금: '쟝금(長琴)'의 오기. 거문고.
18) 평우조(平羽調): 한국 전통 가곡의 전신인 삭대엽(數大葉)의 하나.
19) 보허사(步虛詞): 고려시대 중국에서 수입된 당악의 일종인 「보허자步虛子」의 가사.
20) 유연(油然)이: 유연히. 왕성하게.
21) 셰념(世念): 세상살이에 대한 온갖 생각.
22) 숑단(松壇): 소나무가 있는 언덕.
23) 셧거: 섞이어. '셧다'는 '섞이다'의 옛말.
24) 거후로고: 기울이고. '거후로다'는 '거우르다'의 옛말.
25) 미궐(薇蕨): 고비와 고사리.
26) 한중(閑中): 한가한 가운데.
27) 귀결읜들: 귓결엔들. '귓결'은 우연히 듣게 된 겨를이라는 뜻.
28) 낙대: '낙대' '낚대'는 '낚싯대'의 옛말.

어부亽²⁹⁾ 흔 곡됴를 바람결의 흘니 부러

우븨의 단젹셩³⁰⁾을 넌亽시 화답ᄒ니

셕양 방초 긴³¹⁾의 거름마다 더듸여다³²⁾

동풍이 건듯 부러 셰우를 븨야오니³³⁾

亽의³⁴⁾를 님의ᄎ고³⁵⁾ 셕긔³⁶⁾예 안즌말이

농면³⁷⁾을 불너늬여 이 형상 그리고쟈

영욕이 불관ᄒ니 셰亽를 내 아더냐

쥬육의 좀긴 분늬 부귀를 쟈랑 마오

녀름날 더온 길의 홍진간³⁸⁾의 분쥬ᄒ며

겨올밤 치온 새볘³⁹⁾ 대루원⁴⁰⁾의 주춤이니⁴¹⁾

ᄌ늬는 죠타 ᄒ나 내 보매는 괴로와라

어져 내 신셰를 내 니ᄅ니 ᄌ늬 듯소

---

29) 어부사(漁父詞): 십이가사(十二歌詞) 중 한 곡. 벼슬을 버리고 한가하게 강호에 묻혀 사는 선
비의 모습을 어부에 빗대어 노래한 것으로, 고려시대부터 전해 내려오던 곡을 농암 이현보가
개작한 것이라 한다.

30) 우배(牛背)의 단적성(短笛聲): 소 등의 피리 소리. 목동의 피리 소리를 말한다.

31) 긴: '길'의 오기.

32) 더듸여다: 더디구나.

33) 븨야오니: 재촉하니. '븨야다'는 '재촉하다'의 옛말.

34) 사의(蓑衣): 도롱이. 짚이나 띠 따위로 엮어 허리나 어깨에 걸쳐 두르는 비옷.

35) 님의ᄎ고: 걸치고. '니믜ᄎ다'는 '걸치다' '입다' '여미다'라는 뜻의 옛말.

36) 석기(石磯): 물가에 불거져 있는 큰 바위.

37) 용면(龍眠): 송나라 때 화가인 이공린(李公麟). 벼슬에서 물러난 뒤 용면산에서 여생을 보
내며 스스로 용면거사라 칭했다. 인물 묘사에 뛰어나 고개지(顧愷之)와 장승요(張僧繇)에 버금
간다는 평가를 받았다.

38) 홍진간(紅塵間): 붉은 먼지 속에서. '홍진'은 번화한 거리에서 수레와 말이 일으키는 붉은
먼지를 말한다. 번거롭고 속된 세상을 비유적으로 이른다.

39) 새볘: '새벽'의 옛말.

40) 대루원(待漏院): 이른 아침에 대궐로 들어갈 사람이 대궐 문이 열리기를 기다리던 곳. '대
루'란 물시계에서 물이 떨어지는 시간을 기다린다는 뜻으로, 입조 시간을 말한다. 경복궁은 영
추문(迎秋門) 밖에 있었고, 창덕궁은 금호문(金虎門) 밖에 있었다.

41) 주춤이니: 주춤거리니. 서성거리니.

삼복의 열 ᄒᆞ거든42) 빅우션43) 놉피 들고
풍녕의 지혀 누어44) 긴 ᄃᆞ리 펴 이즈니45)
안한훈46) 이 거동을 뉘라셔 골올소니47)
동지 ᄱᆞᆷ 눈 온 후의 더온 방의 니불 덥고
목침를 도도 괴와 히 돗도록 줌을 자니
편ᄒᆞᆷ도 편ᄒᆞᆯ시고 잇붐이48) 이실소냐
삼공이 귀타 ᄒᆞ나 나ᄂᆞᆫ 아니 밧고리라
갑슬 쳐 비기랴면49) 만금인들 당ᄒᆞᆯ손가
보리밥 맛드리니 팔진미50)를 부러ᄒᆞ며
헌 베옷 맛거ᄌᆞ니51) 긔환52) ᄒᆞ여 무엇 ᄒᆞᆯ고

낙은암의 아름다운 봄 경치 속에서 노닐다

신셰야 한가ᄒᆞᆯ샤 경물도 쇼쇄53)ᄒᆞ다

---

42) 열 ᄒᆞ거든: 열이 많거든. 덥거든.
43) 빅우션(白羽扇): 새의 흰 깃으로 만든 부채.
44) 풍령(風欞)의 지혀 누어: 바람이 시원한 창가에 기대어 누워. '풍령'은 바람이 드는 창 또는 난간을 의미한다.
45) 펴 이즈니: 펴고 자세를 흩트리니. '잊다'는 '이지러지다'의 옛말.
46) 안한(安閑)훈: 평안하고 한가로운.
47) 골올소니: 맞갋겠는가. 맞서서 견주겠는가.
48) 잇붐이: 잇븜이. 고단함이. '잇브다'는 '고단하다'의 옛말.
49) 비기랴면: 견주어보려면. 비교해보려면.
50) 팔진미(八珍味): 중국에서 성대한 음식상에 갖춘다고 하는 진귀한 8가지 음식의 아주 좋은 맛. 아주 맛있는 음식을 비유적으로 이르는 말이다.
51) 맛거ᄌᆞ니: 알맞으니. '맛것젓다'는 '알맞다'의 옛말.
52) 긔환(綺紈): 무늬 있는 비단과 흰 비단. 화려한 옷감이나 의복을 말한다.
53) 쇼쇄(瀟灑): 맑고 깨끗함.

녹문산54) 불근 돌의 연슈55)조차 열녀시니

방덕공56) 몰근 졀개 모히 놉고 물이 길에57)

늘니58)의 놉픈 ᄇᆞ람 쇼유산59) 부러 너머

낙뎐당 벼기 우희 이내 꿈을 몰키ᄂᆞ고60)

뎐마봉 쟝혼 형셰 운공61)의 다하시니

쟝텬이 도라갈 지 몃 겁을 골안ᄂᆞ고62)

쳔만셰 지나도록 ᄂᆞ줄 줄을 모르ᄂᆞ니

듕산63)의 아춤 안개 반벽64)의 져져 잇고

곡녕65)의 졈은 굴음 단텸66)의 빗겨셰라

농문산67) 그림ᄌᆞ를 팔졀탄68)의 ᄌᆞᆷ가시니

---

54) 녹문산(鹿門山): 중국 호북성 양양현(襄陽縣)에 있는 산으로, 본디 이름은 소령산(蘇嶺山)이다. 한말(漢末)에 방덕공이 처자를 이끌고 들어가 약초를 캐어 먹고살며 돌아오지 않았고, 당나라 맹호연도 그곳에 은거했다 해서 은거지의 대명사로 쓰인다.

55) 연수(煙樹): 연기나 안개, 구름 따위에 싸여 뽀얗고 멀리 보이는 나무.

56) 방덕공(龐德公): 후한의 은자. 도회지에 한 번도 발을 들여놓지 않은 채, 형주 자사 유표(劉表)의 간절한 요청에도 끝내 응하지 않고서 처자를 데리고 녹문산에 들어가 약초를 캐며 살다 생을 마쳤다.

57) 길에: 길다오. 길군요. '~에'는 '~다오' '~답니다' '~군요'라는 뜻을 나타내는 어미.

58) 율리(栗里): 중국 강서성 구강현(九江縣)에 있는 지명으로, 도연명이 은거했던 곳이다.

59) 소유산(巢由山): 요임금 때 고사(高士)인 허유(許由)와 소부(巢父)가 은거한 기산을 가리킨다.

60) 몰키ᄂᆞ고: 맑히는고. 맑게 하는가.

61) 운공(雲空): 하늘에 떠 있는 구름.

62) 쟝텬(蒼天)이~골안ᄂᆞ고: 오랜 시간에 걸쳐 갈고 닦여 천마봉이 만들어졌다는 의미다. 옛날에는 천동설을 믿어 동쪽 하늘이 돈다고 생각했다. '쟝텬'은 푸른 하늘 또는 동쪽 하늘을 뜻하며, 우주가 1번 생성해서 존속하는 기간을 1겁이라 한다.

63) 듕산(中山): 경기도 가평군의 지명.

64) 반벽(半壁): 절벽 가운데.

65) 곡령(鵠嶺): 경기도 가평군의 지명.

66) 단텸: 단첨(短檐). 끝이 짧은 처마.

67) 용문산(龍門山): 경기도 양평군에 있는 산.

68) 팔졀탄(八節灘): 경기도 가평군 설악면 가일리 부근에 있는 낙은암 주변 계곡의 경치를 말한다. 당나라 시인 백거이(白居易)가 만년에 낙양의 이도리(履道里)에 은거하며 낙양현 용문산 동쪽에 있는 향산(香山)에 석루(石樓)를 짓고 뚫은 여울을 팔절탄이라 한 데서 따왔다.

입협[69]의 ㄴ린 물이 와뇽츄[70] 도여셰라[71]

파심[72]을 평히[73] 다려[74] 만곡슈[75]를 담아시니

노뇽의 서린 잣최 굴곡히 도여 잇다

풍운을 언계 조차 굴퇵[76]을 올마간고[77]

옥뉴폭[78] 노흔 물발 돌흘 박차 ㄴ려지니[79]

합포의 명월쥬[80]를 옥반의 구을닌 듯

은구[81]의 슈졍념을 화란[82]의 거론ㄴ 듯

찌글 무든 긴 갓근을 탁영호[83]의 씨서내니

귀 씻던 녯 한아비[84] ㅈ니 홈자 노풀소냐

---

69) 입협(立峽): 용문산 북쪽 벽계(檗溪) 상류에 있는 골짜기.
70) 와룡추(臥龍湫): 경기도 가평군 승안리 용추계곡에 있는 늪. 팔절탄의 하나.
71) 도여셰라: 되었구나. '도다'는 '되다'의 옛말.
72) 파심(波心): 물결의 한가운데.
73) 평히: 평평히.
74) 다려: (다리미로) 다려서. 펴서.
75) 만곡수(萬斛水): 만 곡이나 되는 아주 많은 물. '곡'은 곡식의 분량을 헤아리는 데 쓰는 그릇의 하나. 스무 말들이와 열닷 말들이가 있다.
76) 굴택(窟宅): 굴.
77) 올마간고: 옮아간고. 옮겨갔는고.
78) 옥류폭(玉流瀑): 팔절탄의 하나.
79) ㄴ려지니: 내려지니. 떨어지니. 'ㄴ려디다'는 '내려지다'의 옛말.
80) 합포(合浦)의 명월주(明月珠): '명월주'는 대합조개에서 나오는 구슬로 밤중에도 빛을 발한다고 한다. 동한(東漢) 때 맹상군이 합포 태수로 부임해 폐단을 개혁하고 청렴한 정사를 펼치자, 그동안 마구 캐내어 생산되지 않던 진주가 예전처럼 다시 많이 나오기 시작했다는 환주합포(還珠合浦)의 고사가 전한다. 『후한서』「순리열전循吏列傳」.
81) 은구(銀鉤): 휘장 따위를 거는, 은으로 만든 고리.
82) 화란(華欄): 화려한 난간.
83) 탁영호(灌纓湖): 팔절탄의 하나. 갓끈을 씻는 호수라는 뜻으로, 굴원의 「어부사」에 "창랑의 물이 맑거든 나의 갓끈을 씻고, 창랑의 물이 탁하거든 내 발을 씻는다(滄浪之水淸兮, 可以濯我纓, 滄浪之水濁兮, 可以濯我足)"고 한 데서 따왔다.
84) 귀 씻던~한아비: 귀 씻던 옛 할아버지. 중국 요임금 시절 은사인 허유를 말한다. 요임금이 천하를 맡아달라고 부탁하자, 허유는 이를 사양했을 뿐 아니라 더러운 소리를 들었다 해서 영천의 강물로 귀를 씻었다. '한아비'는 '할아버지'의 옛말.

반곡쳔[85] 긴긴 구비 초당을 둘너시니

양양혼[86] 져 쳥뉴[87]야 환진[88]으로 가지 마라

연사[89]의 막내[90] 집퍼 무릉계[91] ᄂ려가니

냥안의 ᄂ는 도화 불근 안개 자조셰라[92]

물우희 ᄯᅥᆺ는 곳을 손으로 건진 ᄯᅳᆺ은

츈광을 누셜ᄒ여 셰간의 뎐홀셰라

단구[93]를 너머 들어 ᄌ연뇌[94] 지나가니

향노봉 남은 니ᄭᅵ[95] 날빗틔[96] 부의엿다[97]

구변담[98] 고인 물이 슈경[99]이 물가셰라

망긔[100]혼 져 빅구야 너과 나와 벗이 되여

---

85) 반곡쳔(盤谷川): 팔절탄의 하나. '반곡'은 당나라 이원(李愿)이 은거한 곳에서 따온 이름이
다. 이원이 무녕 절도사(武寧節度使)가 되었다가 죄를 얻어 파직당하자, 벼슬에 나가기를 즐거
워하지 않고 처음 살았던 반곡에 돌아가 은거했다.
86) 양양(洋洋)혼: 한없이 넓은.
87) 쳥뉴(淸流): 맑게 흐르는 물.
88) 환진(寰塵): 티끌세상.
89) 연사(煙沙): 안개 낀 모래사장 또는 물가.
90) 막내: '막대'의 오기.
91) 무릉계(武陵溪): 팔절탄의 하나.
92) 자조셰라: '좃다' '잦다'는 '잇따라 자주 있다' '빽빽하다'라는 뜻을 지닌 말. 여기서는 안개
가 자욱하다는 의미로 쓰였다.
93) 단구(丹丘): 신선이 산다는 곳. 밤도 낮과 같이 늘 밝다고 한다. 여기서는 지명으로 쓰였다.
94) 자연뇌(紫烟瀨): 팔절탄의 하나. '자연(紫烟)'은 깊은 산속에 생겨나는 자줏빛 이내다.
95) 니ᄭᅵ: 내기(氣). 안개의 기운.
96) 날빗틔: 날빛에. 햇빛에.
97) 부의엿다: 비치었다. '부쇠다' '부의다'는 '비치다'의 옛말.
98) 구변담(鷗邊潭): 팔절탄의 하나.
99) 수경(水鏡): 물체의 그림자를 비추는 맑은 물을 비유적으로 이르는 말.
100) 망긔(忘機): 기심(機心)을 잊음. '기심'은 자기 목적을 이루려 교묘하게 꾀하는 마음으로,
여기서는 속세의 일이나 욕심을 잊음을 뜻한다. 『열자』 「황제黃帝」에 관련 고사가 전한다. 바
닷가에 사는 사람이 매일 갈매기 수백 마리와 어울려 즐겁게 놀았는데, 하루는 아버지가 갈매
기를 잡아달라고 부탁해 잡으러 가자, 갈매기가 1마리도 오지 않았다고 한다. 처음에는 사심
없이 자연스럽게 대하니 갈매기와 어울릴 수 있었는데, 나중에는 잡으려는 의도, 즉 기심이 있
었기에 갈매기가 내려앉지 않았던 것이다.

연쥬[101]의 노닐면서 셰상을 닛쟈괴야

청학동 조본 길로 션부연[102] 추자가니

반고시[103] 젹 되온[104] 가마[105] 계죽도 공교하다

형산의 지은 솟[106]툴 뉘라셔 옴겨온고

셕간의 돌닌[107] 폭포 상하연[108]의 나려지니

공연한 벽녁셩이 빅일[109]의 들니나고

계산[110]의 취한 흥이 히 지난 줄 니져시니

쌍계암[111] 먼 복소뢰 갈 길을 부야셰라

난쇼[112]의 봄을 주어 뉴교[113]로 도라드니

셔산의 상혼[114] 긔운 수의당[115]의 년하엿닌

<hr>

101) 연쥬(煙洲): 안개가 낀 모래시장 또는 물가.
102) 선부연(仙釜淵): 팔절탄의 하나.
103) 반고씨(盤古氏): 중국 전설에 나오는 천지창조의 거인.
104) 되온: 된. 만들어진. '되오다'는 되게 하다라는 뜻.
105) 가마: 가마솥.
106) 형산(衡山)의 지은 솟: 황제(黃帝)가 수산(首山)의 구리를 캐내 형산 아래에서 솥을 주조했는데, 솥이 만들어지자 황제를 데려가려고 하늘에서 용의 수염이 내려와 황제가 신하 70여 명과 함께 타고 올라갔다고 한다. '형산'은 중국 오악(五嶽)의 하나인 남악(南嶽)으로 동정호 남쪽에 있다.
107) 돌닌: 달린. 걸린.
108) 상하연(上下淵): 아래 위의 못.
109) 백일(白日): 대낮.
110) 계산(溪山): 시내와 산.
111) 쌍계암(雙溪庵): 경기도 가평군 방일리에 있었던 절.
112) 난소(鸞簫): 춘추시대 진목공의 딸 농옥이 통소 잘 부는 소사에게 시집가서 날마다 소사에게서 통소를 배워 봉황의 울음소리를 잘 냈는데, 나중에 부부가 신선이 되어 난봉(鸞鳳)을 타고 승천했다는 전설에서 온 말이다. 흔히 통소의 미칭(美稱)으로 쓰인다.
113) 유교(柳橋): 버드나무가 늘어선 다리.
114) 상혼: 상쾌한.
115) 사의당(四宜堂): 남도진(南道振)의 형인 남도규(南道揆)의 서재 당호(堂號).

형님과 함께 자연 속에서 여생을 마치겠다

어와 우리 빅시 환경¹¹⁶⁾이 견혀 열워¹¹⁷⁾

공명을 샤례¹¹⁸⁾ᄒ고 삼쭉와¹¹⁹⁾로 도라오니

화슈¹²⁰⁾의 남은 물결 몸 ᄀ의 밋츨소냐

댱침¹²¹⁾을 놉히 볘고 냥쇠옹¹²²⁾이 글와¹²³⁾ 누어

슬하의 모든 ᄌ딜¹²⁴⁾ ᄎ례로 버러시니¹²⁵⁾

먹으나 못 먹으나 이 아니 즐거온야

아마도 슈셕의 소요ᄒ여 남은 히를 ᄆᄎ리라

—『농환ᄌ가ᄉ집』(임신년 역책서본壬申年曆冊書本)

---

116) 환경(宦情): 벼슬을 하고 싶어하는 마음.
117) 열워: 엷어서. 얕아서.
118) 사례(謝禮): 예의를 차려 거절함.
119) 삼족와(三足窩): 남도진의 형인 남도규의 서재 당호.
120) 화수(禍水): 화를 일으킬 물이라는 뜻으로, 재난의 원인이 되는 사람이나 사물을 가리킨다. 한나라가 오행(五行) 상 화덕(火德)으로 흥했기에 수화상극(水火相克)에 따라 물로 망했다고 본다.
121) 장침(長枕): 모로 기대앉아 팔꿈치를 괴는 데 쓰는 베개.
122) 양쇠옹(兩衰翁): 두 노인.
123) 글와: 나란히. '곫다' '가루다'는 '나란히 하다'의 옛말.
124) 자질(子姪): 자손.
125) 버러시니: 벌여 있으니. 늘어서니. '벌다'는 '벌여 있다' '늘어서다'의 옛말.

⊙

현실비판가사

甲民歌갑민가

甲山民

생원의 말: 군역 피해 도망가지 말고 살던 곳에서 계속 살아라

어져 어져 저긔 가는 저 스룸으

네 힝식行色 보아니 군스도망軍士逃亡[1] 네로고나

뇨상腰上으로 볼죽시면 뵈젹숨이 깃믄 남고

허리 아릭 구버보니 헌 좀방이[2] 노닥노닥

곱장할미[3] 압희 가고 전틱발이[4] 뒤예 간두

십니十里 길을 할늬[5] 가니 몃 니 가셔 업쳐디리[6]

내 고을의 양반兩班사룸 투도他道 투관他官 온겨 살면 천쳔賤이 되기

---

1) 군사도망(軍士逃亡): 군역의 임무를 피해 도망함.
2) 좀방이: 가랑이가 무릎까지 내려오도록 짧게 만든 홑바지.
3) 곱장할미: 허리가 구부정한 할머니. '곱장이'는 '곱사등이'의 옛말.
4) 전틱발이: 절름발이. '전태'는 '절름발이'의 방언.
5) 할늬: 하루에.
6) 십 리(十里)~업쳐디리: 10리 길을 하루나 걸려서 가니 얼마 못 가 엎어질 것이라는 의미다.

상ᄉ7)여든

　본토本土 군졍軍丁8) 슬타 ᄒ고 ᄌ니 ᄯ호ᄒ 도방逃亡ᄒ면

　일국일토一國一土 ᄒ 인심人心의 근본根本 슘겨 살녀 ᄒ들 어듸 간

돌 면홀손가

　ᄎ라리 네 ᄉ던 곳의 아모케나 ᄲᆯ희박여

　칠팔월七八月의 ᄎ삼採蔘ᄒ고 구십월九十月의 돈피豘皮9) 잡아

　공치公債10) 신역身役11) 갑흔 후의 그 남져지12) 두엇ᄃᆞ

　함흥咸興 북청北靑 홍원洪原 장ᄉ 도라드러13) 좀미潛賣14)홀 제

　후ᄀ厚價 밧고 파ᄅ니여 살기 됴흔 너른 곳의

　가ᄉ家舍 뎐토田土 곳쳐15) ᄉ고 가장즙물家庄汁物16) 장ᄆᆫᄒ여

　부모쳐ᄌ父母妻子 보젼保全ᄒ고 새 즐거믈 누리려문

갑산민의 말: 온갖 고초 겪고서 더이상 어쩔 수 없어 떠난다

　어와 싱원生員인디 초관哨官17)인지

　그듸 말ᄉᆷ 그만두고 이니 말ᄉᆷ 드러보소

7) 상사(常事): 보통 있는 일.

8) 군정(軍丁): 군적(軍籍)에 있는 지방 장정. 16세 이상 60세 미만의 정남(丁男)으로, 국가나 관아의 명령으로 병역이나 노역(勞役)에 종사했다.

9) 돈피(豘皮): '돈피(獤皮)'의 오기. 담비 종류 동물의 모피를 통틀어 이르는 말.

10) 공채(公債): 국가나 관아에 진 빚.

11) 신역(身役): 나라에서 성인 장정에게 부과하던 군역과 부역.

12) 남저지: 나머지.

13) 도라드러: 돌아들어. 여기저기 돌다가 일정한 곳으로 들어오거나 들어가다라는 뜻.

14) 잠매(潛賣): 물건을 몰래 팖. 여기서는 몰래 매매(賣買)한다는 뜻으로 쓰였다.

15) 곳쳐: 고쳐. 다시.

16) 가장즙물(家庄汁物): '가장집물(家藏什物)'의 오기. 집에 놓고 쓰는 온갖 세간.

17) 초관(哨官): 1초(哨)를 거느리던 종9품 무관 벼슬. '초'는 약 100명을 단위로 하던 군대의 편제.

이니 또호 갑민甲民[18]이라 이 짜의셔 싱장生長ᄒ니 이씨 일을 모
를소냐

우리 조상祖上 남듕南中[19] 양반兩班 딘ᄉ급데進土及第 연면連
綿[20]ᄒ여

금댱金章玉피[21] 빗기 ᄎ고 시종신侍從臣[22]을 ᄃ니다가

싀긔인猜忌人의 참소 입어 전가ᄉ변全家徙邊[23]ᄒ온 후의

국닌國內 극변極邊 이 짜의서 칠팔딕七八代을 ᄉ라오니

선음先蔭[24] 이어 ᄒ난 일이 읍듕邑中 구실[25] 첫지로ᄃ

드러ᄀ면 좌수座首[26] 별감別監[27] 나ᄀ셔는 풍헌風憲[28] 감관監
官[29]

유ᄉ有司[30] 장의掌儀[31] 치지 ᄂ면[32] 톄면 보와 ᄉ양터니

18) 갑민(甲民): 함경도 갑산군의 백성.
19) 남중(南中): 경기도 이남 지역의 땅.
20) 연면(連綿): 끊어지지 않음.
21) 금장옥패(金章玉佩): 벼슬아치가 차는, 금으로 만든 도장과 옥으로 만든 장식품.
22) 시종신(侍從臣): 임금을 수행하던 벼슬아치. 곧 홍문관의 옥당(玉堂), 사헌부나 사간원의
대간(臺諫), 예문관의 검열(檢閱), 승정원의 주서(注書)를 통틀어 이르던 말.
23) 전가사변(全家徙邊): 조선시대에, 범죄자와 그 가족을 변경 지역인 평안도와 함경도로 이
주시킨 형벌.
24) 선음(先蔭): 조상의 숨은 음덕. 여기서는 조상을 가리킨다.
25) 구실: 관아의 임무.
26) 좌수(座首): 지방의 자치기구인 향청(鄕廳)의 우두머리. 수령권을 견제하는 기능을 담당했
다가 향임(鄕任) 인사권과 행정 실무를 일부분 맡아보았다.
27) 별감(別監): 유향소에 속한 직책. 좌수에 버금가던 자리.
28) 풍헌(風憲): 유향소에서 각 면의 수세(收稅), 차역(差役), 금령(禁令), 권농(勸農), 교화(敎化)
등 행정 실무를 주관하던 직임.
29) 감관(監官): 관아와 관방에서 돈이나 곡식을 간수하고 출납을 맡아보는 관리.
30) 유사(有司): 일의 실제 업무를 주관하는 사람 또는 관리.
31) 장의(掌儀): '장의(掌議)'의 오기. 조선시대 성균관과 향교에 머물러 공부하는 유생의 임원
중에서 으뜸 자리.
32) 치지 ᄂ면: 차지(次知) 나면. '차지'는 관청에서 책임지고 일을 맡은 사람을 말한다. '차지
가 난다'는 빈자리가 생긴다는 의미다.

애슬푸다33) 내 시절의 원슈인怨讐人의 모히謀害로서 군人강정軍士
降定34)되단 말ㄱ

내 혼몸이 허러나니35) 좌우전후左右前後 수도일ㄱ數多一家 ㅊㅊ次
次 츙군充軍36)되거고야

누ᄃᆡ봉人累代奉祀 이니 몸은 홀일업시 미와 잇고

시름 업슨 졔독인諸族人37)은 ㅈ최 업시 도방逃亡ᄒᆞ고

여러 人룸 모둔 신역身役 내 혼몸의 모도 무니

혼몸 신역身役 슴양오젼三兩五戔 돈피狐皮 이장二張 의법依法이라

십이인명十二人名 업ᄂᆞᆫ 구실38) 합슴쳐보면 人십뉵양四十六兩

연부연年復年39)의 맛ᄐᆞ 무니 석슝石崇40)인들 당當홀소냐

약간 농人 젼폐全廢ᄒᆞ고 치슴採蔘ᄒᆞ려 닙ㅅ入山ᄒᆞ여

허항영虛項嶺41) 보틱ㅅ寶泰山을 돌고 돌아 ㅊㅈ보니

인슴人蔘 싹슨 젼혀 업고 오ㄱ五加42) 닙히 날 소긴다

홀일업시 공반空返ᄒᆞ여 팔구월八九月 고추苦椒바람 안고

---

33) 애슬푸다: 애달프다. 애처롭고 쓸쓸하다.
34) 군사강정(軍士降定): 군사로 강등됨. '강정'은 벼슬을 강등하여 군역을 시키는 벌이다.
35) 허러나니: 무너지니. 현재 상태를 유지할 수 없게 되니. '헐다'는 무너뜨리다라는 뜻.
36) 츙군(充軍): 죄를 범한 자를 벌로서 군역에 복무하게 하던 제도. 신분의 고하와 죄의 경중에 따라 차등이 있었는데, 대개 천한 일을 하는 수군(水軍)이나 국경을 수비하는 군졸에 충당했다.
37) 졔족인(諸族人): 여러 족인. 족인은 성과 본이 같은 사람 가운데 상복을 입어야 하는 가까운 친척.
38) 구실: 온갖 세납을 통틀어 이르던 말.
39) 연부년(年復年): 해마다.
40) 석숭(石崇): 진(晉)나라의 부호이자 문장가. 금곡(金谷)에 별장을 만들어두고 문사(文士)들과 화려한 잔치를 벌여 술을 마시고 시를 읊으며 지냈는데, 밥을 지을 때도 장작 대신 밀랍 초를 사용할 정도로 부자였다고 한다. 후대에 부자의 대명사로 불렸다.
41) 허항령(虛項嶺): 함경남도 혜산군 보천면(普天面)과 함경북도 무산군 삼장면(三長面)의 경계에 있는 고개.
42) 오가(五茄): 오갈피나무.

도라 입순入山호여 돈피獤皮 순힝山行[43]호랴 호고

빅두손白頭山 등의 디고 분계分界[44] 강호江下 나려가셔

살이 셧거 누디 치고[45] 익갈나무[46] 우등 놉고[47]

호ᄂ님게 츅수[48]호며 순신山神임게 발원[49]호여

물치츌을 굿초 곳고[50] 수망 일기[51] 원망호되

니 명셩精誠이 불급不及호디 수망실[52]이 아니 붓니

븬손으로 도라서니 솜디연三池淵[53]이 잘참[54]이라

닙동立冬 지는 솜일후三日後의 일야설一夜雪이 수못[55] 오니

대 즈 깁희 호마 너머 수오보四五步을 못 옴길니

양딘粮盡호고 의박衣薄호니 압희 근심 다 썰티고

목슘 슐려 욕심호여 디ᄉ위호至死爲限 길을 허여[56]

인ᄀ쳐人家處를 초즈오니 검쳔거이釖川巨里 쳣목이라

---

43) 산행(山行): 사냥하러 가는 일.

44) 분계(分界): 서로 나뉜 지역의 경계. 여기서는 중국과의 국경을 말한다.

45) [교감] 살이~치고: 『청성잡기』본 '살이 섞거 누게 치고'. '누게'는 비바람을 피할 수 있게 간단히 얽어서 지은 자그마한 막(幕)집이다. 싸리를 꺾어 막집을 짓고.

46) 익갈나무: 잎갈나무. 소나뭇과의 낙엽 침엽 교목. 깊은 산이나 고원 등에서 난다.

47) [교감] 우등 놉고: 『청성잡기』본 '우등 놋고'. 우등불을 놓고. 모닥불을 피우고. '우등불'은 '화톳불' '모닥불'의 옛말. '놋다'는 '놓다'의 옛말.

48) 츅수(祝手): 두 손바닥을 마주 대고 빎.

49) 발원(發願): 신이나 부처에게 소원을 빎.

50) [교감] 물치츌을 굿초 곳고: 『청성잡기』본 '믈치츌을 굿초 놋고'. '믈치츌'의 뜻은 미상.

51) 사망(事望) 일기: 좋은 결과가 생기기를. '사망'은 사업이나 공무 따위에서 앞날에 예측되는 좋은 징조나 전망이라는 뜻.

52) 수망실: 좋은 조짐. '실'은 명사 뒤에 붙어 '일'의 뜻을 더하는 접미사.

53) 삼지연(三池淵): 함경북도 무산군 삼장면에 있는 호수. 못 3곳이 가지런히 있다 하여 삼지연이라 한다.

54) 잘참: 길옆에 만들어놓은 숙소.

55) 수못: 사뭇. 내내 끝까지.

56) 지사위한(至死爲限) 길을 허여: 죽을 각오로 길을 헤쳐나가. '지사위한'은 죽음에 이르는 것을 한계로 삼는다라는 뜻이다.

계초명雞初鳴[57]이 이윽ᄒ고[58] 인가적적人家寂寂 ᄒ줌일네[59]

집을 ᄎᄌ 드러가니 혼비빅ᄉ魂飛魄散 반半주검이 언불출구言不出口[60] 너머지니

더온 구돌 으론목의 송장갓치 누엇두ᄀ

인ᄉ人事 수습收拾ᄒ온 후의 두 발끗흘 구버보니 열 ᄀ락이 간디업니

간신艱辛 됴리調理 싱명生命ᄒ여[61] 쇠게[62] 실려 도라오니

팔십당연八十當年 우리 노모老母 마됴ᄂ와 일던 몰ᄉᆷ

ᄉᄅ왓두 니 ᄌᄉᆨ아 ᄉ망 업시 도라온들 모돈 신역身役 걱뎡ᄒ랴

전토ᄀ장田土家庄 진미盡賣ᄒ여 ᄉ십뉵양四十六兩 돈 ᄀ디고

푸긔소疤記所[63] ᄎᄌ가니 듕군中軍[64] 푸통把摠[65] 호령號令ᄒ되

우리 ᄉ도使道 분分부 니內의 각各 됴군哨軍[66]의 뎨諸 신역身役을 돈피獤皮 외外예 봇디 몰라

관官령[67] 녀ᄎ如此 디엄至嚴ᄒ니 ᄒ릴업서 퇴ᄒ놋두

돈 ᄀ디고 물너ᄂ와 원뎡原情[68] 디어 발괄[69]ᄒ니

---

57) 계초명(雞初鳴): 첫닭이 울 무렵. 이른 새벽.
58) 이윽ᄒ고: 이슥하고. '이윽하다'는 '이슥하다'의 방언으로, 밤이 꽤 깊다라는 뜻이다.
59) 계초명(雞初鳴)이~ᄒ줌일네: 아직 이른 새벽이라 사람들이 깊이 잠들어 있어 마을이 조용하다는 의미다.
60) 언불출구(言不出口): 말을 입 밖으로 내지 못함.
61) 생명(生命)ᄒ여: 목숨을 건져서.
62) 쇠게: 소의게. 소에게. '의게'는 '에게'의 옛말.
63) 파기소(疤記所): 병정이나 죄인의 몸을 검사하여 그 특징을 기록해 보관하는 곳.
64) 중군(中軍): 각 군영에서 대장이나 절도사, 통제사 등의 밑에서 군대를 통할하던 장수.
65) 파총(把摠): 각 군영에 둔 종4품 무관 벼슬.
66) 초군(哨軍): 군사 제도의 하나.
67) 관령(官令): 관청의 명령.
68) 원정(原情): 자신의 억울한 사정을 하소연하려고 올리는 글.
69) 발괄: 조선시대에 백성이 관청에 올리는 일종의 소장(訴狀).

물勿위번煩소訴70) 뎨ᄉ題辭71)ᄒ고 군노軍奴72) 댱교將校73) 치ᄉ差使74) 노아 셩화星火ᄀᆺ티 ᄌᆡ촉ᄒ니

노부모老父母의 원ᄒᆡᆼ치댱远行治裝75) 팔승八升76) 네 필匹 두엇더니

팔양八兩 돈을 비러 벗고 파라다가 치와니니 오십녀냥五十餘兩 되거고야

ᄉᆞᆷ슈三水 각딘各鎭 두로 도라 니십늇댱二十六張 돈피獤皮 ᄉᆞ니 십여일十餘日 쟝근將近77)이라

셩화星火ᄀᆞᆺ튼 관ᄀᆞ官家 분부分付 ᄎᆞ디次知78) ᄌᆞ녀 ᄀᆞ도왓니

불상홀ᄉ 병病든 텨妻ᄂᆞᆫ 영오듕圄圄中79)의 더디여셔80) 결항치ᄉ結項致死81) ᄒ단 말ᄀᆞ

ᄂᆡ 집 문뎐門前 도라드니 어미 불너 우ᄂᆞᆫ 소리 구텬九天의 ᄉᆞ뭇ᄒ고82)

의디 업ᄉᆞᆫ83) 노부모老父母ᄂᆞᆫ 불셩인ᄉ不省人事84) 누어시니 긔졀氣絶ᄒᆞ온 투시로ᄃᆞ

---

70) 물위번소(勿爲煩訴): 번거롭게 소송하지 마라.
71) 제사(題辭): 관부에서 백성이 제출한 소장이나 원서(願書)에 쓰던 관부의 판결이나 지령.
72) 군노(軍奴): 군아(軍衙)에 속한 사내종.
73) 장교(將校): 각 군영과 지방관아의 군무에 종사하던 낮은 벼슬아치.
74) 차사(差使): 고을 원이 죄인을 잡으려고 내보내던 관아의 하인.
75) 원행치장(遠行治裝): 먼길 가는 데 필요한 물건. 여기서는 부모의 장례를 위해 준비해둔 물품을 이른다.
76) 팔 승(八升): 팔 새. '새' 또는 '승'은 피륙의 날을 세는 단위로, 1새는 날실 80올이다.
77) 장근(將近): 수효나 시간을 나타내는 말 따위와 함께 쓰여 '거의'라는 뜻을 나타낸다.
78) 차지(次知): 상전을 대신해 형벌을 받던 하인. 또는 남을 대신해 대가를 받고 형벌을 받던 사람.
79) 영어중(圄圄中): 감옥 안.
80) 더디여셔: 시간이 오래 걸려서. '더듸다' '더듸다'는 '더디다'의 옛말.
81) 결항치사(結項致死): 목을 매어 죽음.
82) ᄉᆞ뭇ᄒ고: 사무치고. '사뭇'은 마음에 사무치도록 매우라는 뜻.
83) 의지(依支) 업ᄉᆞᆫ: 의지할 곳 없는.
84) 불성인사(不省人事): 인사불성.

여러 신역身役 밧친 후의 시체屍體 ᄎᄌ 장ᄉᄒ고

ᄉ묘祠廟[85] 뫼서 ᄯᄒ희 뭇고 이씁토록 통곡통哭ᄒ니

無知微物 뭇됴鳥雀이 저도 ᄯ혼 설니 운다

막중변디邊地[86] 우리 인싱人生 나ᄅ 빅셩百姓 되여 나서

군ᄉ軍士 슬투 도망逃亡ᄒ면 화외민化外民[87]이 되려니와

혼몸의 여러 신역身役 무ᄃ가 홀 세 업서[88]

ᄯ 금년니 도ᄅᄋ오니 유리무뎡流離無定[89]ᄒ노민라

나라님긔 알외ᄌ니 구듕천문九重天門[90] 머러 잇고

뇨순堯舜 갓톳 우리 셩쥬聖主 일월日月갓티 발그신들

불沾셩화聖化[91] 이 극변邊의 복분ᄒ覆盆下라 빗췰소냐[92]

생원의 말: 북청 부사는 군정과 신역을 공평하게 처리한다
▬▬▬▬

그디 ᄯ혼 니 말 듯소 투관他官 소식消息 드러보게

북텽부ᄉ北靑府使[93] 뉘실런고 셩명姓名은 좀간 이저 잇니

허다許多 군뎡軍丁 안보安保ᄒ고 빅골도망白骨逃亡[94] 해원解怨일리

▬▬▬▬

85) 사묘(祠廟): 제사를 지내는 사당. 여기서는 조상의 신주(神主)를 의미한다.
86) 막중변지(莫重邊地): 더할 수 없이 중요한 변방의 땅.
87) 화외민(化外民): 임금의 교화가 미치지 못하는 곳의 백성.
88) 홀 세 업서: 할 세(勢) 없어. 할 능력이 없어서.
89) 유리무정(流離無定): 정처 없이 떠돌아다님.
90) 구중천문(九重天門): 아홉 겹이나 되는 대궐 문.
91) 불첨성화(不沾聖化): 임금의 성스러운 교화가 더해지지 않음.
92) 요순(堯舜)~빗췰소냐: 우리 임금이 요순같이 현명하시다 해도 엎어진 항아리 속에 볕이 들지 않는 것처럼 변방에는 임금의 은혜가 미치기 어렵다는 의미다.
93) 북청 부사(北靑府使): 조선 후기 문신이자 학자인 성대중(成大中, 1732~1812)을 이른다.
94) 백골도망(白骨逃亡): 백골징포(白骨徵布)를 피해 도망하는 일. 백골징포는 조선 말기에, 죽은 이를 살아 있는 것처럼 문서에 올려놓고 군포를 징수하던 일을 이른다.

각디各隊 초관哨官 제諸 신역身役을 디소민호大小民戶 분징分徵
ᄒ니

만ᄒ면 닷 돈 푼수[95] 저그며ᄂ 서 돈이라

인읍隣邑 빅셩百姓 이 말 듯고 남부負녀디女戴 모다드니

군뎡軍丁 허오虛伍[96] 업서지고 민호民戶 졈졈漸漸 느러간다

갑산민의 말: 북청처럼 해달라고 소송했다가 형장만 맞았다

나도 또혼 이 말 듯고 우리 고을 군졍軍丁 신역身役

북청北靑 일례一例 ᄒ여디라 영문의송營門議送[97] 졍뫀톤 말가[98]

본읍本邑 맛겨 뎨ᄉ題辭 맏다[99] 본本 관ᄋ官衙의 붓치온즉[100]

불문시비不問是非 올여미고[101] 형문刑問[102] 일ᄎ一次 맛돈 말ᄀ[103]

천신만고千辛萬苦 노녀ᄂ셔 고향故鄕 싱이生涯 다 썰치고

닌리[104] 친구親舊 ᄒ직 업시 부노扶老휴유携幼[105] ᄌ야반子夜半[106]의

---

95) 푼수〔分數〕: 얼마에 상당한 정도.
96) 허오(虛伍): 군적에 등록만 되어 있고 실제로는 없던 장정.
97) 영문의송(營門議送): 백성이 고을 원의 판결에 불복하여 관찰사에게 올리던 민원서류.
98) 졍(呈)톤 말가: 제출한단 말인가. '졍(呈)하다'는 소장이나 원서 따위를 제출하다라는 뜻.
99) 맏다: 맞다. 옳다.
100) 붓치온즉: 부치니. '붓치다' '브티다'는 '부치다'의 옛말. 어떤 문제를 다른 곳이나 다른 기회로 넘겨 맡기다는 말이다.
101) 올여미고: 옭아매고.
102) 형문(刑問): 형장(刑杖)으로 죄인의 정강이를 때리던 형벌.
103) 북청(北靑)~말ᄀ: 북청처럼 해달라고 감영에 항소했더니 감영에서 본읍의 판결이 옳다고 하며 사건을 돌려보냈으므로, 본읍 관아에 잡혀가 형장을 맞고 간신히 풀려났다는 의미다.
104) 인리(隣里): 이웃.
105) 부로휴유(扶老携幼): 노인은 부축하고 어린이는 이끎.
106) 자야반(子夜半): 자시(子時) 무렵의 한밤중.

후틔령老厚峙嶺路 빗겨 두고 금챵령金昌嶺을 허위[107] 너머

단천端川 짜을 바라[108] 지나 셩되손星岱山을 너머셔면 북쳥北靑 짜이 긔 아닌가

거쳐호부居處好否 다 썰치고 모든 가속 안보ᄒ고 신역身役 업순 군ᄉ軍士 되세

니 곳[109] 신역身役 이러ᄒ면 이친기묘離親棄墓[110]ᄒ올소냐

비니이다 비니이다 하나님게 비니이다

충군이민忠君愛民 북쳥北靑원님 우리 고을 빌이시면

군뎡軍丁 도탄塗炭 그려다가 헌폐상軒陛上[111]의 올이리라

그듸 쏘혼 명연明年 잇씨 쳐ᄌ妻子 동싱同生 거ᄂ리고

이 령노嶺路로 잡아들 지 긋씨 니 말 씨치리라

니 심듕心中의 잇날 말숨 橫說竪說ᄒ려 ᄒ면

來日 이씨 다 지나도 半나마 모자라리

日暮悤悤[112] 갈 길 머니 하직ᄒ고 가노미라

　　　　　　　　右 靑城公 莅北靑時 甲山民所作謌[113]

—『해동가곡 海東歌曲』(규장각 소장본)

---

107) 허위: 허위허위.
108) 바라: 바로. '바라' '바루'는 '바로'의 옛말.
109) 니 곳: 내가 살던 곳.
110) 이친기묘(離親棄墓): 친척과 떨어지고 조상묘를 버려둠.
111) 헌폐상(軒陛上): 동헌의 섬돌 위.
112) 일모총총(日暮悤悤): 해가 곧 지려고 함. '총총'은 몹시 급하고 바쁜 모양을 말한다.
113) 이상은 청성공〔성대중(成大中)〕이 북청 부사였을 때 갑산 백성이 지은 노래다.

合江亭歌

全羅監使 鄭民始[1]가 壬子[2] 秋九月에 巡歷[3]淳昌하야 合江亭에 船遊
할 새 守令 數十을 불너가지고 差使員[4]을 定할 시 妓生차지[5] 差使員도
잇고 魚物 맛흔 差使員도 잇고 그 남은 小小한 差使員 名色이 無數하야
이로 記錄지 못하니 그찌 全羅道 사람이 이 노릐를 지어서 記錄하니
노릐 지은 사람의 姓名은 누구지 아지 못[6]

1) 정민시(鄭民始, 1745~1800): 조선 후기의 문신. 1773년(영조 49) 문과에 급제하여 이조 참
판, 평안 감사, 호조 판서, 전라도 관찰사 등을 역임했다. 영조가 사도세자를 폐위하려 할 때 세
자를 옹호한 시파(時派)의 우두머리로 활약했으며, 정조의 총애를 받았다.
2) 임자(壬子): 1792년(정조 16).
3) 순력(巡歷): 관찰사가 도내 각 고을을 순회하던 일.
4) 차사원(差使員): 차사(差使). 중요한 임무를 위해 파견하는 임시직.
5) 기생차지(妓生次知): 기생 담당. '차지(次知)'는 관청에서 책임지고 일을 맡은 사람을 말한다.
6) 이하 구절은 수록되어 있지 않다.

순시 나온 감사가 백성 걱정은 하지 않고 뱃놀이에 정신 팔리다

求景 가세 求景 가세 合江亭에 求景 가세

時維九月 念三日⁷⁾에 吉日인가 佳節⁸⁾인가

觀風察俗⁹⁾ 우리 巡相¹⁰⁾ 이날에 船遊하니

千秋聖節¹¹⁾ 질거운들 蒼梧暮雲 悲感할사¹²⁾

北闕¹³⁾分憂¹⁴⁾ 夢外事나 南州民瘼¹⁵⁾ 닉이 아닌가¹⁶⁾¹⁷⁾

飮酒流連¹⁸⁾ 조흘시고 秋事方劇¹⁹⁾ 顧念²⁰⁾하랴

7) 시유구월(時維九月) 염삼일(念三日): 때는 9월 23일. 1792년(정조 16) 9월 23일은 인평대군 묘소에 제사지낸 날이므로 국기일이었다.
8) 가절(佳節): 좋은 명절.
9) 관풍찰속(觀風察俗): 풍속을 자세히 살펴봄.
10) 순상(巡相): 순찰사. 도(道) 안의 군무를 순찰하는 일을 맡아보던 벼슬로, 각도의 관찰사가 겸임했다.
11) 천추성절(千秋聖節): 천추절(千秋節)과 성절일(聖節日). 천추절은 중국 황태자의 생일이고, 성절일은 중국 황제와 황후의 생일.
12) 창오모운(蒼梧暮雲) 비감(悲感)할사: 창오산의 저녁 구름이 슬프도다. '창오산'은 순임금이 죽어 묻힌 곳이다. 순임금 시절은 태평성대였기에 지금 남쪽 지역 백성이 태평성세를 그리워한다는 뜻이다.
13) 북궐(北闕): 경복궁을 창덕궁과 경희궁에 상대하여 이르는 말. 여기서는 임금을 가리킨다.
14) 분우(分憂): 천자의 근심을 나눈다는 뜻으로, '지방관'을 달리 이르는 말이다.
15) 남주민막(南州民瘼): 남녘 고을 백성의 괴로움.
16) [교감] 닉이 아닌가: 박순호본 「합강정가」 '닉 아던가', 윤성근본 「합강정가」 '닉 알손가'. 내가 알겠는가라는 의미다.
17) 북궐분우(北闕分憂)~아닌가: 임금의 근심을 나누는 관찰사로 임명된 것은 꿈에도 생각하지 못한 뜻밖의 일이지만, 남쪽 지방 백성의 고통에는 관심이 없다는 의미다.
18) [교감] 飮酒流連: 윤성근본 「합강정가」 '飮酒船遊', 『악부』본 「합강정가」 '飮酒遊山'. '음주유연'은 술을 마시며 뱃놀이를 즐기는 것을 말한다. 『맹자』에 "배를 띄우고 물의 흐름을 따라 한없이 내려가서 돌아오기를 잊는 것을 유(流)라 하고, 물의 흐름을 따라 한없이 거슬러 올라가서 돌아오기를 잊는 것을 연(連)이라 한다"고 했다.
19) 추사방극(秋事方劇): 가을에 수확하는 일이 매우 다급함.
20) 고념(顧念): 남의 사정이나 일을 돌보아줌.

감사에게 아부하느라 수령들이 백성을 수탈하여 잔치 준비를 하다

劉石塞江[21]하올 젹에 一月工程[22] 드단 말가

鑿山通道[23]하올 젹에 移民塚基[24]하난구나

呼寃[25]하난 져 鬼神아 風景의 탓이로다

범 갓흔 우리 巡相 生心[26]도 怨望 마라

廚傳[27] 帳幕 온갓 差備[28] 밤낫으로 準備하네

銀鱗玉尺[29] 낙가니여 舟中에 膾烹[30]하고

凝香閣 宿所하고 셰여을[31] 비를 탄다

泛泛中流 나려가니 江山도 조흘시고

巡相의 風情이요 百姓의 冤讐로다

人間에 남은 厄運 水國에 밋쳣도다

五里 밧 期會亭幕의 狼藉할사 酒肉이야

列邑官吏 격기[32]로다 浚民膏澤[33] 아니신가

---

21) 유석색강(劉石塞江): 돌을 깨서 강을 막음.
22) 일월공정(一月工程): 한 달의 공사 기간.
23) 착산통도(鑿山通道): 산을 뚫어 길을 통하게 함.
24) 이민총기(移民塚基): '이민총묘(移民塚墓)'의 오기. '이민총묘'는 백성의 무덤을 다른 곳으로 옮기다라는 뜻이다.
25) 호원(呼寃): 원통함을 하소연함.
26) 생심(生心): 언감생심(焉敢生心). 감히 그런 마음을 품을 수도 없다는 뜻이다.
27) 주전(廚傳): 주(廚)는 음식, 전(傳)은 거마(車馬)를 뜻하며, 지방에 나가는 관원에게 경유하는 역참에서 숙식 및 거마를 제공하는 것을 이른다.
28) 차비(差備): 채비.
29) 은린옥척(銀鱗玉尺): 은빛 비늘에 크기가 한 자 정도 되는 물고기를 일컫는다.
30) 회팽(膾烹): 회를 치고 끓임.
31) [교감] 셰여을:『악부』본「합강정가」'노여홀에'.
32) 격기: 대접. '격기ᄒ다' '겻기ᄒ다'는 '겪다' '대접하다'의 옛말.
33) 준민고택(浚民膏澤): 백성의 고혈을 뽑아낸다는 뜻으로, 재물을 마구 착취해 백성을 괴롭힘을 이른다.

茶啖床의 壽八蓮³⁴⁾은 鄕曲愚氓³⁵⁾ 初見이라

奇異하고 繁華할사 一床 百金 드단 말가

民怨은 徹天이요 風樂은 動地하네

終日도 不足하야 秉燭擧火³⁶⁾하단 말가

山邑 民役 松柄炬의³⁷⁾ 水陸 照耀하난구나³⁸⁾

赤壁江 連火船에 周郞³⁹⁾의 지은 불가

方席불⁴⁰⁾ 내여걸 제 十二江上 꼿밧칠다⁴¹⁾

三更月 거워갈 졔⁴²⁾ 凝香閣 도라드니

長程 擧火⁴³⁾ 三十里에 動民植炬⁴⁴⁾하단 말가

旗牌⁴⁵⁾ 節鉞⁴⁶⁾ 前導하고 衙前 將校 後陪⁴⁷⁾할 제

아리싸운 潭陽女妓 무삼 奉命하엿난고

驚驛 驛馬 빗겨 타고 意氣揚揚하난고나

---

34) 수팔연(壽八蓮): '수판련(壽瓣蓮)'의 오기. '수(壽)'라는 글자를 새겨넣어 만든 연꽃 모양의
다식을 말한다.
35) 향곡우맹(鄕曲愚氓): 시골의 어리석은 백성.
36) 병촉거화(秉燭擧火): 촛불과 횃불을 켬. 불을 켜고 밤새 놀이함을 의미한다.
37) [교감] 山邑 民役 松柄炬의: 『전가보장』「합강정선유가」 '삼읍민졍 명숑화눈'. '숑병거'는 관
솔불을 말하며, '명숑화(明松火)'는 밝은 관솔불이라는 뜻이다.
38) 산읍(山邑)~조요(照耀)하난구나: 산간 마을에 사는 백성에게 부역으로 관솔불을 밝히게
하여 강과 땅이 모두 환하다는 뜻이다.
39) 주랑(周郞): 삼국시대 오나라 손권의 장수 주유(周瑜). 제갈공명과 함께 화공법(火攻法)으로
적벽강에서 조조의 전선을 모조리 태웠다.
40) 방석(方席)불: 선유놀이할 때 섶을 방석 모양으로 만들어 불을 놓아 강물에 띄워 주위를 밝
혔다고 한다.
41) [교감] 十二江上 꼿밧칠다: 가사문학관「합강정가」'십니장강 꼿밧칠다'.
42) 거워갈 졔: 겨워갈 때. 기울어갈 때.
43) 거화(擧火): 횃불을 켬.
44) 동민식거(動民植炬): 백성을 동원해 횃불을 들고 늘어서게 함. '식거'는 밤에 임금이 나들
이할 때, 길 양쪽에 횃불을 늘어세우던 일을 말한다.
45) 기패(旗牌): 깃발.
46) 절월(節鉞): 부절과 도끼. 관찰사·유수 등이 지방에 부임할 때 임금이 내어주던 물건. 부절
은 수기(手旗)와 같고 월은 도끼같이 만든 것으로 생살권(生殺權)을 상징한다.
47) 후배(後陪): 뒤따름. 벼슬아치를 수행함.

약지 못한 咸悅縣監 恐喝은 무삼 일고[48]

承命上司[49] 守令분네 누구누구 와 게신고

年近七十[50] 綾城倅[51]난 百里驅馳[52]에 갓블시고[53]

南原府使 淳昌郡守 支供差使[54] 汨沒한다

潭陽府使 昌平縣監 妓生 領去[55] 勤幹[56]하다

中貶 마즌[57] 羅州牧使 阿諂으로 와 게신가

名家後裔 南平縣監 追隨承風[58] 무삼 일고

酒祖高風[59] 싱각하면 貽羞山林[60] 그지업다

任實縣監 谷城倅난 吮癰舐痔[61] 辭讓할가

益山郡守 全州判官[62] 脅肩諂[63] 보기 실타

---

48) 아리따운~일고: 감사의 명을 받들어 의기양양하게 역마를 타고 가는 기생을 보고 눈치 없는 함열 현감이 윽박지른다는 의미다.

49) 승명상사(承命上司): 상사의 명령을 받듦.

50) 연근칠십(年近七十): 나이가 칠십에 가까움.

51) 능성쉬(綾城倅): 능성의 수령. 능성은 지금의 전라남도 장성군.

52) 백리구치(百里驅馳): 말을 타고 100리를 달림.

53) 갓블시고: 숨이 차구나.

54) 지공차사(支供差使): 음식을 대접하는 직무.

55) 영거(領去): 함께 데리고 가거나 가지고 감.

56) 근간(勤幹): 부지런하고 성실함.

57) 중폄(中貶) 마즌: 근무 평가에서 중(中)을 받은. 조선시대 관리를 평가하는 제도로 고과(考課)와 포폄(襃貶) 제도가 있었는데, 고과는 이조(吏曹)에서 평가했고 포폄은 직속상관이 평가했다. 중을 두 번 받은 자는 녹봉 없이 근무해야 하는 무록관으로 좌천되며, 중을 세 번 받으면 파직당했다.

58) 추수승풍(追隨承風): 뒤쫓아다니며 풍류를 받듦.

59) 이조고풍(酒祖高風): 너의 할아버지의 고상하고 뛰어난 품격.

60) 이수산림(貽羞山林): 산림에 부끄러움. '산림'은 학식과 덕이 높으나 벼슬을 하지 않고 숨어 지내는 선비를 말한다.

61) 연옹지치(吮癰舐痔): 종기의 고름을 빨고 치질 앓는 항문을 핥는다는 뜻으로, 남에게 지나치게 아첨함을 이른다.

62) 판관(判官): 지방 장관 밑에서 민정을 보좌하던 종5품 벼슬.

63) 협견첨(脅肩諂): 어깨와 목을 움츠리며 아첨함.

哀殘할사 和順 玉果 生心이나[64] 落後할가

清河二天[65] 다 두엇네 明日去就 뭇도 마소

往來 冠盖相望[66]하니 道路奔走 幾千인고

잔치 준비로 고통받는 백성의 처지를 하소연하다

水旱에 傷한 百姓 方伯[67] 秋巡[68] 바라기난

補秋不足[69] 할가더니 除道摘奸[70] 弊端이다

水田災[71]도 뭇엇거든 면전[72]이냐 擧論할사

빨가온 百畝田에 白地徵稅[73]하는구나

仁慈할사 우리 主上 一束覆砂[74] 爲念커든[75]

---

64) 생심(生心)이나: 감히.
65) 청하이천(清河二天): 이천(二天)은 다른 사람의 특별한 은혜를 하늘에 비겨 이르는 말인데, 여기서는 자신을 돌봐주는 높은 지위에 있는 친구를 두었음을 의미한다. 『후한서』「소장열전 蘇章列傳」에 "후한 순제(順帝) 때 소장이 기주 자사(冀州刺史)가 되어 관할 지역을 순행하다 청하에 이르렀는데, 마침 옛친구가 청하 태수였고 부정부패를 일삼고 있었다. 소장은 그 부정부패를 조사해놓고 태수를 청해 술을 마시며 우의를 이야기하니 태수가 매우 기뻐하며 말하기를, '남들은 모두 하늘이 하나〔一天〕뿐이지만, 나만은 하늘이 둘〔二天〕이다'라고 했다"는 이야기가 전한다.
66) 관개상망(冠盖相望): 수레가 서로 바라볼 수 있는 가까운 거리를 두고 잇달아 간다는 뜻으로, 높은 벼슬아치의 왕래가 끊이지 않음을 이른다.
67) 방백(方伯): 관찰사.
68) 추순(秋巡): 가을에 행하는 순행.
69) 보추부족(補秋不足): 가을 추수가 끝나고 수확의 부족함을 보충해줌.
70) 제도적간(除道摘奸): 지나는 곳마다 죄를 밝히려 살핌.
71) 수전재(水田災): 무논의 재해. '무논'은 물이 늘 차 있거나 물을 쉽게 댈 수 있는 논이다.
72) 면전(綿田): 목화밭.
73) 백지징세(白地徵稅): 수확이 없어서 면세를 받아야 할 땅에 억지로 세금을 매기던 일.
74) 일속복사(一束覆砂): 곡식 한 묶음이 모래에 덮임.
75) 위념(爲念)커든: 염려하거든.

불상한 齊民田[76]에 조분 길 널이란다

各邑各吏 督促하니 鞭朴[77]죠차 狼藉하다

許多한 官人 츅[78]이 大小戶[79]를 分定하야

四方附近 十里 안에 鷄犬이 滅種하네

富者는 可커니와 可憐할사 貧者로다

夕陽은 나려가고 里正[80]은 促飯[81]할 졔

寒廚[82]에 우난 少婦 발 구르며 하는 말삼

방아품에 어든 糧食 한두 되 잇것마는

菜蔬도 잇것만은 器皿은 뉘게 빌고

압뒤집 도라보니 臘月借甑[83] 緣故로다

一村鷄犬 蕩盡하고 戶收斂[84]하단 말가

大戶에난 兩이 넘고 小戶에도 六七錢이라

이 노름 다시 하면 이 百姓 못 살겠네

樂土에 싱긴 사람 太平聖代 죠타 하여

安業樂土[85]하옵더니 할일업시 流離하네

한 사람의 豪奢로셔 몃 사람의 亂離 되고

---

76) 제민전(齊民田): 일반 백성의 논밭.
77) 편박(鞭朴): '편복(鞭扑)'의 오기. 채찍과 몽둥이.
78) 츅: 일정한 특성에 따라 나누어지는 부류.
79) 대소호(大小戶): 대호(大戶)와 소호(小戶). 대호는 살림이 넉넉하고 식구가 많은 집안, 소호는 다섯 등급 가운데 세번째 등급으로 대개 10결 이상 20결 미만의 토지를 가진 집안을 말한다.
80) 이정(里正): 지방 행정 조직의 최말단인 이(里)의 책임자.
81) 촉반(促飯): 밥을 재촉함.
82) 한주(寒廚): 가난한 집의 부엌.
83) 납월차증(臘月借甑): '섣달그믐에 시루 얻으러 다니기'라는 속담의 한문 표현이다. 어느 집이나 시루를 사용하는 섣달그믐에 남의 집으로 시루를 얻으러 다닌다는 뜻으로, 되지도 않는 일에 애쓰는 미련한 짓을 비유적으로 이르는 말이다. 여기서는 다른 집도 감사의 잔치 수발을 하느라 남는 그릇이 없음을 뜻한다.
84) 호수렴(戶收斂): 집집마다 거두어들임.
85) 안업낙토(安業樂土): 낙원에서 편안한 마음으로 생업에 종사함.

家庄田地 다 팔고서 어디로 가잔 말고

감사의 비행을 간할 의로운 선비가 없음을 개탄하다

비나이다 비나이다 上帝님게 비나이다

우리 聖上 仁愛心이 明觀燭불⁸⁶⁾ 되게 하사 빗최소셔 빗최소셔

前路風聲⁸⁷⁾ 들니기난 治罪吏鄉⁸⁸⁾한다기에

奸女+骨⁸⁹⁾인가 여겨더니 飲食道路 탓이로다⁹⁰⁾

奴隸点考⁹¹⁾ 무삼 일고 巡令手⁹²⁾의 上德⁹³⁾일셰⁹⁴⁾

飲食은 若流하고 賄賂⁹⁵⁾난 公行하니

죠흘시고 죠흘시고 常平通寶 죠흘시고

만이 쥬면 無事하고 젹게 쥬면 生事⁹⁶⁾하네

86) 명관촉(明觀燭)불: 밝게 빛나는 촛불.
87) 전로풍성(前路風聲): 앞서 들린 소문.
88) 치죄이향(治罪吏鄉): 이향에게 벌을 줌. '이향'은 지방관아의 구실아치와 시골의 향원을 아울러 이르는 말이다.
89) 奸女+骨: '간활(奸猾)'의 오기. 간사하고 교활함.
90) 전로풍성(前路風聲)~탓이로다: 관찰사가 아전과 향원을 벌한다는 소문에 따라 간악한 사람들에게 벌을 줄 것이라 생각했는데, 뱃놀이할 때 음식과 도로 등이 제대로 갖춰지지 않아 문책하는 것임을 알았다는 뜻이다.
91) [교감] 奴隸点考: 『삼족당가첩』 '노비출고'. '점고'는 명부에 일일이 점을 찍어가면서 사람 수를 조사하는 것으로, 여기서는 집집마다 차출한 노예 수를 확인함을 의미한다.
92) 순령수(巡令手): 대장의 전령과 호위를 맡고, 순시기(巡視旗)와 · 영기(令旗)를 들던 군사.
93) 상덕(上德): 웃어른에게서 받는 은덕.
94) 노예점고(奴隸點考)~상덕(上德)일셰: 집집마다 노예를 차출하는 것이 윗사람의 세력을 등에 업은 순령수 마음대로 이루어진다는 의미다.
95) 회뢰(賄賂): 뇌물을 주거나 받음.
96) 생사(生事): 일을 일으킴. 트집을 잡는다라는 뜻.

春塘臺[97]에 치난 帳幕 五木臺[98]에 무삼 일고

僭濫한 荆圍[99]中에 較藝[100]하난 靑襟[101]들아

五十三洲[102] 詩禮鄕에 一人義士 업단 말가[103]

食福 죠흔 우리 巡相 官祿[104] 조흔 우리 巡相

두로시면 六曹判書 나가시면 八道監司

功名도 거록하고 富貴도 그지업다

罔極할사 國恩이야 感激할사 聖德이야

一段臣節[105] 잇거드면 竭力報効[106]하오리라

背恩忘德하게 되면 殃及子孫하오리라

—『가집이歌集二』

---

97) 춘당대(春塘臺): 서울 창경궁 안에 있는 대(臺). 여기서 과거를 실시했다.
98) 오목대(五木臺): '오목대(梧木臺)'의 오기. 전라북도 전주시에 위치한 언덕. 이성계가 1380
년(우왕 6) 남원의 황산에서 왜구를 물리치고 승전 잔치를 베푼 곳으로, 조선 개국 후 여기에
정자를 짓고 오목대라 했다.
99) 형위(荆圍): 과거장.
100) 교예(較藝): 재능과 기예의 낫고 못함을 비교함.
101) 청금(靑襟): '유생(儒生)'을 달리 이르는 말. 『시경』 「정풍鄭風」 「자금子衿」편의 "푸르고
푸른 그대의 옷깃 내 마음에 아득하여라. 나 비록 가지 못해도 그대는 어찌 소식 전하지 못하
는가(靑靑子衿, 悠悠我心. 縱我不往, 子寧不嗣音)"에서 나온 말이다.
102) 오십삼 주(五十三洲): 조선시대에 전라도가 53주였다고 한다.
103) 춘당대(春塘臺)에~말가: 관찰사가 참람하게도 궁궐에서 쓰는 화려한 장막을 치고 향시
(鄕試)를 베푸는데도 거기에 참여한 유생 중 누구 하나 의(義)를 내세워 따지지 않고 재주를 겨
루느라 정신이 없다는 의미다.
104) 관록(官祿): 관복(官福). 관리로 출세하도록 타고난 복.
105) 일단신절(一段臣節): 신하가 지켜야 할 절개 한 토막.
106) 갈력보효(竭力報効): 온 힘을 다해 은혜에 보답함.

원본 ⊙

세태가사

淳昌歌순챵가

李運永

도뎡공가ᄉ1)

순창 서리 최윤재가 기생들 때문에 낙상했다며 소지를 올리다

순창 하리2) 최윤지ᄂ 지원극통3) 발괄4) 소지5)

ᄉ도 젼의 알외오니 명졍쳐결6)ᄒ옵실가

구월 십ᄉ일은 담양 안젼7) 싱신이라

---

1) 도정공가사(都正公歌辭): 도정공 이운영이 지은 가사. '도정'은 조선시대 때 종친부·돈령부·
훈련원의 정3품 벼슬을 가리킨다.
2) 순창(淳昌) 하리(下吏): 순창의 서리(胥吏).
3) 지원극통(至冤極痛): 지극히 원통함.
4) 발괄〔白活〕: 이두(吏讀) 표현으로, 관아에 억울한 사정을 하소연함을 의미한다.
5) 소지(所志): 지방 수령에게 올리는 소장(訴狀).
6) 명정처결(明正處決): 올바르게 밝혀 조처함.
7) 안전(案前): 존귀한 사람이 앉아 있는 자리의 앞. 하급 관리가 관원을 높여 부르는 말.

소인의 관스쥬[8]눈 젼긔삼일[9] 치진[10]홀 졔

소인이 슈비[11]로셔 힝ᄎ를 비힝[12]ᄒ야

광쥬 고을 목스도[13]와 환슌[14] 창평 남평 원님

십스일 죠식 후의 일졔이 모히시니

방장[15] 셩찬[16]은 디탁[17]의 버러노코

스듁관현[18]은 화각[19]의 나렬ᄒ디

쳔운묘곡[20] 장셩[21]한 몸 상좌의 안자 잇고

도니의 졔일곡은[22] 담양 슌챵 명기들이

가무를 디령ᄒ여 이날은 보닌 후의

십오야 붉은 달의 후약[23]이 어듸메오[24]

호남 소금강[25]의 쳔셕[26]을 차즈시랴

---

8) 관사주(官司主): 관아의 주인. 여기서는 자신이 섬기는 순창 고을 원을 가리킨다.

9) 전기삼일(前期三日): 사흘 전.

10) 치진(馳進): 고을 원이 감영으로 급히 달려가던 일.

11) 수배(隨陪): 수령이 행차할 때나 전근할 때 따라다니며 시중을 들던 구실아치.

12) 배행(陪行): 윗사람을 모시고 따라감.

13) 목스도: '목사(牧使)'를 높여 부르는 말. '목사'는 관찰사 밑에서 지방의 목(牧)을 다스리던 정3품 외직 문관을 말한다.

14) 환슌: '화순(和順)'의 오기.

15) 방장(方壯): 바야흐로 한창임.

16) 성찬(盛饌): 풍성하게 잘 차린 음식.

17) 대탁(大卓): 남을 대접하기 위해 썩 잘 차린 음식상.

18) 사죽관현(絲竹管絃): 관악기와 현악기.

19) 화각(畵閣): 채색을 한 누각.

20) 천운묘곡(天雲妙曲): 구름 위에 울려퍼지는 기묘한 곡조.

21) 장성(壯盛): 기운이 씩씩하고 힘참.

22) 졔일곡은: 제일곡(第一曲)인. 노래를 제일 잘하는.

23) 후약(後約): 뒷날에 하기로 한 약속.

24) 십오야~어듸메오: '다음에는 보름날 밤에 만나 놀자고 약속한 장소가 어디인가?'라는 뜻이다. 보름날 밤 연회를 즐기기 위해 황혼 무렵에 강천산으로 들어가다가 아전이 낙마하는 사고가 났다.

25) 호남(湖南) 소금강(小金剛): 전라남도 순창에 있는 강천산(剛泉山)을 말한다.

26) 천석(泉石): 물과 돌로 이루어진 자연의 경치.

눅쥬화기[27)]는 쳥산의 나붓기고

오마쌍젼[28)]은 풍님[29)]으로 드러갈 졔

징징옥피[30)]는 거름거름 우러 잇고

낭낭항언[31)]은 마샹의셔 슈답[32)]홀 졔

동산아류[33)]와 뇽문상셜힝[34)]의

녀기의 짜로기는 즛고로 잇는ㅣ라

도화츈식[35)] 빅옥안[36)]이 냥냥이[37)] 셩군[38)] 후야

셰마[39)] 경군[40)]으로 힝헌[41)]이 뒤를 셔니[42)]

챵안빅발[43)] 화슌 원님 녀낭[44)]의게 다졍후사

---

27) 육주화개(六柱華蓋): 의장의 하나로, 육각 모양 양산에 그림과 수를 놓아 꾸민 것을 말한다.

28) 오마쌍련(五馬雙輦): 말 5마리가 끄는 가마 2채.

29) 풍림(楓林): 단풍나무 숲.

30) 쟁쟁옥패(琤琤玉佩): 서로 부딪혀 맑게 울리는 옥으로 만든 패물.

31) 낭랑항언(朗朗恒言): 맑고 또랑또랑한 말소리.

32) 수답(酬答): 묻는 말에 대답함.

33) 동산아유(東山雅遊): 동산에서 고상하고 풍치 있게 놂. 진(晉)나라 사안(謝安)이 회계 땅 동산에서 20년 동안 은거하면서 한가로이 산수에서 노닐 적에 항상 가무(歌舞)에 능한 기녀를 대동했다고 한다.

34) 용문상설행(龍門賞雪行): 송나라 사희심(謝希深)과 구양수(歐陽脩)가 숭산(嵩山)을 유람하고 나서 저물녘에 용문의 향산(香山)에 이르러 눈이 내리는 가운데 석루(石樓)에 올라 도성을 바라보고 있었는데, 서도(西都) 태수로 있던 전유연이 음식과 기생을 보내고서 용문의 눈경치 구경할 것을 권유한 고사를 말한다.

35) 도화춘색(桃花春色): 복숭아꽃이 핀 봄날 같은 분위기. 여기서는 아름답게 단장한 기생들을 말한다.

36) 백옥안(白玉顔): 백옥같이 흰 얼굴. 기생을 가리킨다.

37) 양양(揚揚)이: 의기양양하게. '양양하다'는 뜻한 바를 이루어 몹시 뽐내는 모습을 말한다.

38) 성군(成群): 무리를 이룸.

39) 세마(細馬): 양마(良馬). 좋은 말.

40) 경군(輕軍): 적은 수의 군대.

41) 행헌(行軒): 신분이 높은 사람이 타는 수레로, 흔히 지방 수령의 행차를 가리킨다.

42) 뒤를 셔니: '뒤셔다'는 '뒤서다'의 옛말로, 남의 뒤를 따르다라는 뜻이다.

43) 창안백발(蒼顔白髮): 늙은이의 쇠한 얼굴빛과 센 머리털.

44) 여랑(女郞): 젊은 여자. 여기서는 기생을 가리킨다.

산회슈곡쳐⁴⁵⁾의 돌쳐보기⁴⁶⁾ 자즈시니

소인은 하인이라 말게 안기 황송ᄒ와

올낫다가 나렷다가 나렷다가 올낫다가

삼각산 고골풍뉴⁴⁷⁾ 몃 번인 쥴 모를로다

망망이⁴⁸⁾ 나렷다가 다시 올나타노라니

셕양 디노하⁴⁹⁾의 실죡ᄒ야 너머지니

셕각⁵⁰⁾이 죵횡혼 듸⁵¹⁾ 콩 틱 ᄌ로 잣바지니

팔다리도 부러지고 엽구리도 쮝다르니⁵²⁾

에혈⁵³⁾이 황용ᄒ와 흉격이 펴지 압고⁵⁴⁾

금녕이 지엄ᄒ와 기똥도 못 먹습고⁵⁵⁾

병셰가 긔괴ᄒ와 날노 졈졈 위즁ᄒ니

푸닥거리 경넑기는 다 쓰러⁵⁶⁾ 거즛 일의

이계는 홀일업셔 죽을 쥴노 아옵더니

곰곰 안자 싱각ᄒ니 이거시 뉘 탓신고

강쳥⁵⁷⁾셔 비힝ᄒ던 기싱들의 탓시로다

---

45) 산회수곡쳐(山回水曲處): 산이 굽이지고 물이 굽이져 흐르는 곳.
46) 돌쳐보기: 돌아보기. '돌치다'는 '돌이키다'의 옛말.
47) 삼각산 고골풍뉴: 삼각산 골골풍류. 삼각산 골짜기마다 풍류를 즐긴다는 말로, '삼각산풍류'는 출입이나 왕래가 매우 잦음을 이른다.
48) 망망(忙忙)이: 매우 바쁘게.
49) 대로하(大路下): 큰길 아래.
50) 석각(石角): 돌의 뾰족 나온 모서리.
51) 종횡(縱橫)한 듸: 여기저기 흩어져 있는 데. '듸'는 데, 곳, 장소를 말한다.
52) 쮝다르니: 삐니.
53) 에혈: '어혈(瘀血)'의 옛말.
54) 흉격(胸膈)이 펴지 압고: 가슴이 펴지지 않고. '흉격'은 가슴과 배 사이를 말한다.
55) 금령(禁令)이~못 먹습고: 민간요법에, 떨어져서 다쳐서 생긴 어혈을 치료하는 데 흰 개똥을 약으로 썼는데, 그렇게 하지 못하도록 하는 금령이 있었던 듯하다.
56) 다 쓰러: 모두.
57) 강쳥: 강천(剛泉). 순천에 있는 강천산을 말한다.

네 쇠쓸이 아니런들 늬 담이 문허지랴⁵⁸⁾

속담의 니른 말숨 예붓터 이러ᄒ니

소인의 죽는 목슘 그 아니 불샹ᄒ가

소인이 죽습거든 져년들을 상명⁵⁹⁾ᄒᄉ

불샹이 죽는 넉슬 위로ᄒ야쥬옵실가

실낫ᄀ치 남은 목슘 하ᄂᆞᆯ갓치 ᄇ라ᄂᆡ다⁶⁰⁾

기녀들을 잡아들여 심문하다

어화 놀나고야 살욱⁶¹⁾이 나단 말가

형방 녕니⁶²⁾ 가음아라⁶³⁾ 뎡범⁶⁴⁾을 잡혀셰라

도화신⁶⁵⁾ 츈운신은 담양부의 발관⁶⁶⁾ᄒ고

슈화신 차겸신은 슌창군의 발관ᄒ니

지ᄌᆞ는 팔 자르고⁶⁷⁾ 셩화를 만이 박아⁶⁸⁾

---

58) 네 쇠쓸이~문허지랴: '네 각담이 아니면 내 쇠뿔 부러지랴'라는 속담과 같은 말로, 자기 잘못으로 생긴 손해를 남에게 넘겨씌우려고 트집잡는 말이다.

59) 상명(償命): 살인한 사람을 죽임.

60) 실낫ᄀ치~ᄇ라ᄂᆡ다: 실낱같이 남은 목숨 살려주시길 하느님께 빌듯이 바람을 의미한다.

61) 살욱: '살육(殺戮)'의 오기.

62) 영리(營吏): 감영·군영·수영에 속해 있던 서리.

63) 가음아라: 처리하여. '가음알다'는 '가말다'로, 헤아려 처리하다라는 뜻이다.

64) 정범(正犯): 범죄를 실제로 저지른 사람.

65) 도화신(桃花身): 도화의 몸. '도화'는 기생의 이름이다.

66) 발관(發關): 상급 관아에서 하급 관아로 공문서를 보내던 일.

67) 지자(持字)는 팔 자르고: 지자는 팔이 짧고. '지자'는 지자군(持字軍)으로, 지방관아들 사이에서 공문서나 물건을 지고 다니던 사람을 말한다. '팔이 짧다'는 것은 재주가 부족함을 비유적으로 이르는 말로, 지자군이 이 관아 저 관아로 다니며 심부름하느라 정신이 없다는 의미다.

68) 셩화(星火)를 만이 박아: 촉급함을 나타내는 도장을 많이 찍어서. '셩화'는 '삼성화(三星火)'를 의미한다. 지방에 내려보내는 공문의 봉투에 시급한 순서에 따라 직발(直撥), 삼현령(三懸鈴), 삼성화(三星火) 등의 도장을 찍었다.

형방 스령69) 압녕70)ㅎ여 도관71) 즉시 착송72)지라

션화당73) 디좌긔74)의 분부를 듯자와라

너희는 어이ㅎ야 사롬을 쥭게 혼다

샹인자75) 져죄76)ㅎ고 살인자 쥭는 법은

늇문77)이 소소78)ㅎ니 네 무슨 발명79)홀다

슌챵 하리 최윤지가 쥭기곳 ㅎ게 되면

너희등 스기신80)이 무스키 어려우니

쟝 팔십81)이 되올넌지 틱 오십82)이 되올넌지

형문83) 일초 거졔 남히 위원84) 벽동85) 삼슈 갑산86)

동셔남북 간의 어디로 보닐넌지

샹쳐 유무를 조셔이 격간87) 후의

---

69) 사령(使令): 각 관아에서 심부름하던 사람.
70) 압령(押領): 죄인을 맡아서 데리고 옴.
71) 도관(到官): 관아에 도착함.
72) 착송(捉送): 사람을 붙잡아서 보냄.
73) 선화당(宣化堂): 각도의 관찰사가 사무를 보던 정당(正堂).
74) 대좌기(大坐起): '좌기'는 관아의 우두머리가 출근해 자기 자리인 상석에 앉아 부하를 대하고 사무를 집행하는 것을 말하는데, 의식을 행할 때나 큰 사건이 있을 때 '대좌기'라 하여 위의를 더 갖추었다고 한다.
75) 상인자(傷人者): 다른 사람에게 상해를 입힌 자.
76) 저죄(抵罪): 죄의 경중에 따라 알맞게 형벌을 받아 때움.
77) 율문(律文): 법률을 조목별로 적은 글.
78) 소소(昭昭): 사리가 밝고 또렷함.
79) 발명(發明): 죄나 잘못이 없음을 말하여 밝힘. 또는 그리하여 발뺌하려 함.
80) 사개신(四個身): 네 개의 몸. 네 사람을 이른다.
81) 장 팔십(杖八十): 장형(杖刑)으로 팔십. '장형'은 곤장으로 볼기를 치던 형벌이다. 60대에서 100대까지 때렸다고 한다.
82) 태 오십(笞五十): 태형(笞刑)으로 오십. '태형'은 대쪽으로 볼기를 치던 형벌.
83) 형문(刑問): 죄인의 정강이를 때리며 캐묻던 일.
84) 위원: 이원(利原). 함경남도에 있는 지명으로, 조선시대 귀양지였다.
85) 벽동(碧潼): 평안북도 최북단에 있는 군으로, 조선시대 귀양지였다.
86) 삼수(三水) 갑산(甲山): 함경남도에 있는 오지로, 조선시대 귀양지였다.
87) 적간(摘奸): 죄상이 있는지 없는지 밝히고자 캐어 살핌.

속디젼[88] 펼쳐노코 죠률[89]을 홀 거시니

우션 너희등은 다짐을 두엇셰라[90]

흰 빅 ㅈ 도릭치고[91] 그 아릭 좌촌[92]ㅎ고[93]

크나큰 칼 목의 메워 영옥[94]으로 나리우니

의녀 츈운신은 금년이 ㅅ오옵고

의녀 도화신은 금년이 삼팔이오

의녀 슈화신은 금년이 오오옵고

의녀 차겸신은 금년이 삼칠이라

기녀들이 자신들의 처지를 하소연하며 무죄를 주장하다

━━━━━

죄범[95]이 듕타 ㅎ샤 져리 힝하[96]ㅎ옵시니

슈화의 들나신들[97] 감히 거역ㅎ리잇가

쥭입시나 ㅅ로시나 쳐분딕로 ㅎ려니와

의녀등도 원통ㅎ와 소회를 알외리니

---

88) 속대전(續大典): 『경국대전』 이후의 교령(敎令)과 조례(條例)를 모아 김재로(金在魯)가 편찬한 조선시대 법전.
89) 조율(照律): 법규를 구체적인 사건에 적용하는 일.
90) 다짐[侤音]을 두엇셰라: 사건에 대한 자세한 진술서를 제출하라는 의미다. '다짐'은 죄인이 범죄 사실을 자백한 문서나 원고의 소장에 대한 피고의 답변, 그 답변에 대한 원고의 주장을 말한다.
91) 흰 백(白)~도릭치고: 흰 백 자(字) 위에 동그라미를 치고. '돌이'는 '둘레'라는 뜻.
92) 좌촌(左寸): 조선시대 노비의 수결(手決). 왼손 가운뎃손가락의 첫째와 둘째 마디 사이의 길이를 재어 그림으로 그려 도장 대신 사용했다.
93) 흰 백(白)~좌촌(左寸)ㅎ고: 죄인을 심문한 내용을 기록하고 죄인의 수결을 받는 것을 말한다.
94) 영옥(營獄): 감영에 딸린 감옥.
95) 죄범(罪犯): 죄.
96) 행하(行下): 분부나 명령을 내림.
97) 수화(水火)의 들나신들: 물불에 들어가라고 하신들.

일월갓치 붉자오신 순찰 ᄉ도[98]ᄐ의

혼 말숨만 알외옵고 쟝하[99]의 죽어지라

의녀등은 기싱이요 최윤지ᄂ 아젼이라

기싱이 아젼의게 간셥홀 일 업ᄉ옵고

화슌 ᄉ관[100] 뒤도라보시기ᄂ 굿타여 의녀등을 보시려 ᄒ시던지

산 죠코 물 죠흔듸 단풍이 욱어지니

경물을 완샹ᄒ려 우연이 보시던지

아젼이 졔 인ᄉ로 졔 말긔[101] 누리다가

우연이 낙마ᄒ여 만일의 죽ᄉ온들

이 어인 의녀등의 살인이 되리잇가

기싱이라 ᄒᄂ 거ᄉ 가련혼 인싱이라

젼답 노비가 어듸 잇ᄉ오며

뿔 혼 줌 돈 혼 푼을 뉘라셔 쥬올넌가

먹습고 닙습기를 졔 버러 ᄒ옵ᄂᄃ

교방습악[102]의 오 일마다 디령ᄒ고

셰누비[103] 뺭침칠[104]과 셜면ᄌ[105] 소음[106] 뛰기

관가 이력 맛ᄌ와셔[107] 쥬야로 고초옵고[108]

---

98) 순찰 ᄉ도: '순찰사'를 높여 부르는 말.
99) 쟝하(杖下): 곤장으로 매를 맞는 그 자리.
100) 사관(事官): 실직(實職)을 담당한 관원.
101) 졔 말긔: 자기 말에서.
102) 교방습악(敎坊習樂): 교방에서 음률을 익힘. '교방'은 기녀에게 노래와 춤을 가르치던 관청이다.
103) 세(細)누비: 누빈 줄이 촘촘하고 고운 누비. 여기서는 누비 바느질을 말한다.
104) 뺭침칠: 상침질. 박아서 지은 겹옷이나 보료, 방석 따위의 가장자리를 실밥이 겉으로 드러나도록 꿰매는 일.
105) 설면자(雪綿子): 풀솜. 실을 켤 수 없는 허드레 고치를 삶아서 늘여 만든 솜.
106) 소음: 솜.
107) 관가(官家) 이력(履歷) 맛ᄌ와셔: 관가에서의 경력에 맞추어서.
108) 고초옵고: 애를 쓰고. '고초다'는 '기울이다' '집중하다'의 옛말.

딕소별셩[109]이 오락가락 지나갈 졔

차모[110]야 슈쳥[111]이야 구실[112]노 나셧는디

혼 벌 의복이나 하쥬케나[113] 아니ᄒ고

큰머리[114] 노리개를 남만치나 ᄒ노라니

쥬야로 탄식ᄒ고 기싱인 쥴 원ᄒ더니

갓득의 셜운 듕의 운슈가 고이ᄒ와

슌ᄉ도[115] 분부 닉의 벗 보기[116]를 금ᄒ시니

어려도 쥭게 되고 굴머도 쥭게 되여

이졔는 홀 일업시 쥭을 쥴노 아옵ᄂ니

죵아리를 맛ᄉ와도 만만[117]이 원통ᄒ듸

연연약질[118]이 젼목 칼[119]을 목에 메고

뇌졍[120] 갓튼 엄위[121] 하의 졍신이 아득ᄒ와

문목[122] 닉ᄉ영을 황공지만[123]ᄒᄂ이다

109) 대소별성(大小別星): 조정에서 파견하는 대소 관원을 통틀어 이르는 말.
110) 차모(茶母): 관아에서 차 끓이는 일을 맡아 하던 계집종.
111) 수청(守廳): 아녀자나 기생이 높은 벼슬아치에게 몸을 바쳐 시중을 들던 일.
112) 구실: 관아의 임무.
113) 하쥬케나: 초라하게나.
114) 큰머리: 예식 때, 여자의 어여머리 위에 얹던 가발. 다리로 땋아 크게 틀어올렸다.
115) 순사또(巡使道): '관찰사'를 높여 이르던 말.
116) 벗 보기: 벗 사귀기. 여기서는 기생들이 후견인이 되어줄 남자와 사귀는 것을 말한다.
117) 만만(萬萬): 느낌 정도가 헤아릴 수 없을 만큼 큼.
118) 연연약질(軟軟弱質): 매우 연약한 체질.
119) 전목(全木) 칼: 죄인의 목에 씌우던 큰칼. '전목'은 두꺼운 널빤지라는 뜻.
120) 뇌정(雷霆): 천둥과 벼락.
121) 엄위(嚴威): 엄격하고 위엄이 있음.
122) 문목(問目): 죄인을 신문하는 조목(條目).
123) 황공지만(惶恐遲晚): 죄인이 자백하여 복종할 때 너무 오래 속여서 미안하다는 뜻으로 이르던 말이다.

기녀들의 무죄를 선고하다

어허 그릿터냐 상품124) 그러ᄒ다고야

슌창 하리 의송125) ᄉ연 졀졀126)이 모함이요

너의등 ᄉ기신을 ᄒᆡ가방송127)ᄒ거온

너의 말 드러ᄒ니 졀졀이 기연128)ᄒ다

감병ᄉ129) 수령 님ᄂᆡ 듕이어니 속이어니130)

상덕131)을 홀작시면 홀 디곳 ᄒᆞ엿셰라132)

그려도 션비를 싸롸야133) 오복134)이 구젼135)ᄒ리라

—『언사諺詞』

---

124) 상품: 문맥상 '진정으로'라는 뜻인 듯하다.
125) 의송(議送): 백성이 고을 원의 판결에 불복해 관찰사에게 올리던 민원서류.
126) 절절(節節): 글이나 말의 한 마디 한 마디.
127) 해가방송(解枷放送): 형구를 풀고 감옥에서 나가도록 풀어줌.
128) 개연(蓋然): 대체로 그럴듯함.
129) 감병사(監兵使): 감사(監司)와 병사(兵使)를 아울러 이르는 말.
130) 중[僧]이어니 속(俗)이어니: 중이든 속인이든. 여기서는 '어떤 상황이든지'라는 뜻으로 쓰였다.
131) 상덕(尙德): 덕을 받들어 귀하게 여김.
132) 상덕(尙德)을~ᄒ엿셰라: 덕을 베풀고자 한다면 베풀어야 할 곳에 베풀라는 의미다.
133) 션비를 싸롸야: 선비의 도리를 따라야.
134) 오복(五福): 유교에서 이르는 다섯 가지 복. 보통 오래 사는 것[壽], 부유함[富], 안락함[康寧], 미덕을 닦는 것[攸好德], 늙어서 죽는 것[考終命]을 이른다. 미덕을 닦는 것과 늙어서 죽는 것 대신 귀(貴)와 자손이 많음[子孫衆多]을 꼽기도 한다.
135) 구전(俱全): 이것저것 모두 갖추고 있음.

林川別曲임쳔별곡

李運永

도뎡공가ᄉ

주막집 손님인 생원이 주인 할멈의 방에 들어가 수작을 걸다

게 잇ᄂᆫ가 쥬인 한멈 닉 말 잠간 드러보소
어졔밤 셔리 후의 참도 찰ᄉ 구돌이야
한멈의 아릭목은 덥고 차기 엇더ᄒᆞ고
진 죠반 마른 음식 죠셕으로 지어닉니
늙으니 허물홀가 나 조곰 드러가셰
어져 긔 뉘신고 유셩 손임 아니신가
나그닉 치우시니 쥬인이 무료[1]ᄒᆞ오
누츄홈을 허믈 말고 이리 드러오오소셔

---

1) 무료(無聊): 부끄럽고 열없음.

어허 무던ㅎ다 궁둥 쯧쯧ㅎ여온다
밍셰치 오날밤은 나가지 못홀노다
한멈의 썩국 사발 몃 그릇 되엿ᄂ고²⁾
한멈의 옷가슴의 손 조곰 너허보셰

주인 할멈이 점잖게 거절하다

어겨 놀나고야 흉악³⁾ 흉악 ᄇ라볼가
어졔오날 꿈ᄌ리가 슈럭슈럭ㅎ더라니⁴⁾
오날밤의 꿈을 꾸니 슐가락을 더져 뵈데⁵⁾
셰상 쳔하 만고 조션 팔도의도⁶⁾ 긔괴ㅎ다
싱원님 손을 곱아 니 나흘 혜여보오
갑ᄌ 을츅 병인 싱의 환갑 진갑 다 지ᄂ고
슈인의 스물 ᄒ고 ᄯ 한 살 더 먹엇니
이졔 무슨 마음 이셔 셔방 품의 ᄌ리잇가

2) 한멈의~되엿ᄂ고: '몇 살이나 되었는가?'라는 뜻이다.
3) 흉악(凶惡): 음흉하고 악함.
4) 슈럭슈럭ㅎ더라니: '수럭수럭'은 말이나 행동이 시원시원하고 활달한 모양을 의미한다. 여기서는 시끌시끌하다는 뜻으로 쓰였다.
5) 슐가락을 더져 뵈데: 숟가락을 던지는 것이 보이데. '슐가락'은 '숟가락'의 방언. 숟가락을 던지는 꿈은 질환, 사고, 사망, 관재 등 유고가 발생하는 흉몽이라 한다.
6) 팔도의도: 팔도(八道)에도.

싫은 척하지 말라며 생원이 재차 요구하다

어셔 그 말 마소 늙은 말이 콩 마달가[7]
너도 늙고 나도 늙고 두 늙으니 셔로 만나
너만 알고 나만 알고 귀신도 모르리니
인젹젹 야심심[8] 황혼괴[9] 오날이라
범증[10]의 문자로 급격물실[11]ᄒ야
얼풋 쓰릇치면[12] 그 무어시 관계ᄒᆞᆯ고

할멈이 가족들이 알게 되면 곤욕을 치를 것이라며 생원을 꾸짖다

이 냥반 어디 냥반 져다지 밋쳐는고
싱원님도 냥반이니 냥반다이[13] 힝셰ᄒ야
마샹의 봉한식[14]과 화소함젼셩미쳥[15]을

---

7) 늙은~마달가: 어떤 것을 거절하지 않고 오히려 더 좋아함을 비유적으로 이르는 속담. 여기서 늙은이는 이성에 관심이 없을 것이라고 생각하겠지만 사실은 그렇지 않다는 뜻으로 쓰였다.
8) 인젹젹(人寂寂) 야심심(夜深深): 주변에 사람이 없고, 밤이 깊었음.
9) 황혼괴: 미상.
10) 범증(范增): 초나라 사람으로 항우의 모신(謀臣)이다. 한 패공(沛公)이 진(秦)의 관중 땅을 먼저 쳐들어간 것을 항왕에게 사과하러 홍문(鴻門)의 주연에 갔을 때, 범증이 항왕에게 기회를 놓치지 말고 이 자리에서 패공을 쳐 죽이라고 몇 번이나 눈짓했으나 항왕이 이에 응하지 않았다. 패공이 긴박한 사태를 눈치채고 그 자리를 나와 도망간 뒤에 장량이 패공을 대신해 범증에게 옥두(玉斗) 1쌍을 바치자 범증이 크게 노하여 옥두를 부숴버렸다고 한다.
11) 급격물실(急擊勿失): 급하게 쳐서 때를 놓치지 말아야 함.
12) 쓰릇치면: 해치우면. '쓰르치다'는 쓸어버리다라는 뜻.
13) 냥반다이: 양반답게.
14) 마샹(馬上)의 봉한식(逢寒食): 말 위에서 한식날을 맞이하니. 당나라 시인 송지문(宋之問)의 시 「한식寒食」에 "말 위에서 한식날을 맞이하니, 길 가는 중에 늦봄 되었네(馬上逢寒食, 途中屬暮春)"라는 구절이 있다.
15) 화소함젼셩미쳥(花笑檻前聲未聽): "꽃이 난간 앞에서 웃는데 소리는 들리지 않고, 새가 숲

사랑의 놉피 안자 풍월[16]이나 홀 거시지

셴 나롯[17] 나붓기고 바지츔의 손을 너코

여염[18]으로 단이면셔 계집 츄심[19] 우습도다

빅노규어격[20]을 어딘 가 빈오신고

오쟝머리[21] 드러지고[22] 염통머리[23] 쩐져 뵌다

니 나히 칠십 넘어 여든 쏠의 드러시니

만일의 실셩ᄒ야 벗 보기[24]를 ᄒ올진디

쳥츈소년 한삼자리[25] 셰샹의 무슈ᄒ고

농산쟝[26] 덕평쟝[27]의 면화 흥졍ᄒ는 놈과

디구 쟝ᄉ 황우[28] 쟝ᄉ 젼냥[29]이나 잇는 놈을

샹평통보 눅자박이[30] 쥬머니의 월넝졀넝

인런 놈을 품어 자고 샹덕이나 홀 거시지[31]

아래서 우는데 눈물은 보기 어렵구나(花笑檻前聲未聽, 鳥啼林下淚難看)"라는 시구절이 전하는데, 『해동잡록』에는 김시습이 지은 시구절이라고 기록되어 있다.

16) 풍월(風月): 음풍농월(吟風弄月).
17) 셴 나롯: 하얗게 센 수염. '나롯'은 '나룻'의 비표준어.
18) 여염(閭閻): 백성의 살림집이 많이 모여 있는 곳.
19) 추심(推尋): 찾아내어 가지거나 받아냄.
20) 백로규어격(白鷺窺魚格): 백로가 물고기를 엿보는 격.
21) 오쟝머리: '오장(五臟)'을 비하하여 부르는 말.
22) 드러지고: 틀어지고.
23) 염통머리: 얌통머리. '얌치'를 속되게 이르는 말.
24) 벗 보기: 벗을 사귐. 여기서는 정부(情夫)를 만드는 것을 말한다.
25) 한삼자리: 미상.
26) 용산장(龍山場): 서울 용산장.
27) 덕평장(德坪場): 충청도 직산(稷山)의 덕평장.
28) 황우: 황아. 황화(荒貨). 여러 가지 자질구레한 일용 잡화. 끈목, 담배쌈지, 바늘, 실 따위를 이른다.
29) 전량(錢糧): 돈푼.
30) 상평통보(常平通寶) 눅자박이: 주머니 속에서 쩔렁대는 동전 소리를 육자배기에 비유했다. '육자배기'는 남도 지방에서 부르는 잡가(雜歌)의 하나다.
31) 샹덕(尙德)이나 홀 거시지: 아끼고 사랑할 것이지. '샹덕하다'는 덕을 받들어 귀하게 여기다라는 뜻이다.

싱원님 두 쥬먹은 수력초권공공시[32)요

소쳔[33) 흔 푼 콩짜기[34)도 업논 줄 번이 알고

어느 바삭이[35)가 싱원님 품어 잘가

니 아들 득손이논 급장이[36) 겸 고직이[37)

니 쫄년 초심이논 슈겁힝슈[38) 난든번[39)의

아잡[40) 삼촌 수오촌의 늣손즈 오라번니

삼반하인[41) 군관쳥[42)의 니 일쪽 뉘 아닐고

반야삼경[43)의 흔소리곳 웨게[44) 되면

항우[45)의 쥬머궐지 댱비[46)의 팔다실지[47)

---

32) 수력초권공공시: 미상. 문맥상 주먹이 별로 세지 않다는 의미인 듯하다.
33) 소쳔: 소전(小錢). 중국 청나라 때 쓰던 동전. 우리나라에서는 '쇠천'이라 하여 비공식적으로 사용했다.
34) 콩짜기: 두 쪽으로 갈라진 콩의 짜개.
35) 바삭이: 사물에 어두워 아는 것이 없고 똑똑하지 못한 사람을 놀림조로 이르는 말.
36) 급장이: 급창(及唱)이. '급창'을 일상적으로 이르는 말. '급창'은 군아에 속하여 원의 명령을 간접으로 받아 큰 소리로 전달하는 일을 맡아보던 사내종이다.
37) 고직(庫直)이: 고(庫)지기. 관아의 창고를 보살피고 지키던 사람.
38) 수급행수(水汲行首): 수급비의 우두머리. '수급비'는 관아에 딸려 물 긷는 일을 하던 여종이다.
39) 난든번(番): 난번과 든번. '난번'은 숙직 따위의 근무를, 정해진 순서에 따라 마치고 쉬는 차례이며, '든번'은 근무를 쉬었다가 차례가 되어 다시 들어가는 번이다.
40) 아잡: 아자비. 아저씨.
41) 삼반하인(三班下人): 삼반관속(三班官屬). 지방 각 부군(府郡)의 향리(鄕吏)·장교(將校)·군노(軍奴)와 사령을 통틀어 이르는 말.
42) 군관쳥(軍官廳): 군아(軍衙)와 관청.
43) 반야삼경(半夜三更): 한밤중인 삼경.
44) 웨게: 외치게. '웨다'는 '외치다'의 옛말.
45) 항우(項羽): 중국 진(秦) 말의 무장. 숙부 항량(項梁)과 함께 군사를 일으켜 유방과 협력하여 진나라를 멸망시키고 스스로 서초(西楚)의 패왕이 되었다. 그후 유방과 패권을 다투다가 패하여 오강(烏江)에서 자살했다.
46) 장비(張飛): 중국 삼국시대 촉나라의 무장. 관우와 함께 유비를 도와 위나라, 오나라와 싸웠으며 벼슬이 올라 서향후(西鄕候)에 봉해졌다.
47) 팔다실지: 팔다시일지. '팔다시'는 '팔뚝'의 방언.

성식[48]의 소 갓튼 놈 가랑닙희 불붓는 놈[49]

더벙머리[50] 억병[51] 먹고 위쑥비쑥 다 모혀서

싱원님 셴 샹토를 뒤쳐 들고[52] 즈쳐 들고[53]

귀밋듸기[54] 혼번 치면 벼록불[55]이 펄펄 나고

넙젹혼 잔등이를 뇌고[56]를 울니고셔

양미간을 향호야셔 혼번 틱견호게 되면

싱원님 죠고만 몸 츄풍낙엽 어더 볼가

지 무덤 두엄 발체[57] 콩 틔 즈로 잣바져셔

아야지야 살인이야 안팟 쏩츄 뉘 되실고

언비쳔니[58] 로니 이 말이 공쥬 가면

싱원님되 안아셔는[59] 노발이야 디발이야

치마칼[60] 젼반 곤장[61] 발치귀양[62] 뉘 가실고

---

48) 성식(性息): 성정(性情).
49) 가랑닙희 불붓는 놈: 바짝 마른 가랑잎에 불이 붙으면 순식간에 타버리듯이 성미가 조급하고 도량이 좁은 사람을 말한다.
50) 더벙머리: 더벅머리.
51) 억병: 술을 한량없이 마시는 모양.
52) 뒤쳐 들고: 젖혀 들고. '뒤치다'는 엎어진 것을 젖혀놓거나 자빠진 것을 엎어놓는다라는 뜻.
53) 즈쳐 들고: 잦혀 들고. 뒤로 기울여서 들고.
54) 귀밋듸기: 귀밑때기. '귀밑'을 속되게 이르는 말.
55) 벼록불: 불벼룩. 불에 타고 있는 물건에서 튀어나오는 작은 불덩이. 불똥.
56) 뇌고(雷鼓): 타악기의 한 가지. 천제(天祭)를 지낼 때나 헌가악(軒架樂)에 쓰는데, 검은 칠을 한 북 6개를 북틀에 매달아놓고 친다.
57) 두엄 발체: 두엄 발치에. 두엄 가에.
58) 언비쳔리(言飛千里): 발 없는 말이 천리 간다.
59) 안아셔는: 아내께서는.
60) 치마칼: 치맛자락을 칼처럼 휘두른다는 뜻이다.
61) 젼반 곤장: 전반(剪板)으로 때린다는 의미다. '전반'은 종이 따위를 도련할 때 칼질을 바로 할 수 있게 눌러 대는 좁고 긴 나뭇조각이다.
62) 발치귀양: 발밑으로 쫓겨난다는 뜻이니, 여기서는 부인에게 박대받는다는 말이다.

이 냥반 열 업셔도[63] 그런 말 다시 마오

생원이 자신의 신분과 인맥을 내세우며 할멈을 꾸짖다
▬▬▬▬▬▬▬

어허 통분ᄒᆞ다 ᄃᆡ욕[64]을 보거고나
양반을 모로고셔 네라셔 그리홀가
가믄을낭 뭇지 마라 월산ᄃᆡ군[65] 증손이라
감종실[66] 니른 말은 차싱[67] 고지듯지 마라
물망[68]이 거룩홀손 고암쟝의 ᄒᆞ엿고나[69]
초국의 삼녀ᄃᆡ부[70] 굴원(屈原)이 니 동갑의
일이 삼ᄉᆞ 차려 혜면 칠십 셰가 니 나히라
쟝ᄌᆞ 쳔 독 밍ᄌᆞ 쳔 독 아기 쩍의 공부ᄒᆞ야
시부의의ᄌᆞ표락은 ᄒᆡᆼ뉴슈ᄃᆡ긔벽시라[71]
왕희지[72] 됴밍부[73]의 ᄒᆡᄌᆞ[74]로셔

▬▬▬▬▬▬▬

63) 열 업셔도: '열 번 죽었다 깨어도'와 비슷한 의미다.
64) 대욕(大辱): 큰 치욕.
65) 월산대군(月山大君): 조선조 성종의 친형이자 덕종의 맏아들.
66) 감종실(監宗室): 임금의 친족 가운데 종친부의 정6품 벼슬인 감(監)이 될 만한 자격을 갖춘 사람.
67) 차싱: 미상.
68) 물망(物望): 여러 사람이 우러러보는 명망.
69) 고암쟝의 ᄒᆞ엿고나: 고암서원(考巖書院)의 장의(掌議)를 지냈구나. 고암서원은 전라북도 정읍에 있는 서원으로, 송시열이 정읍에서 사약을 받고 나서 무고함이 밝혀져 숙종 21년(1695)에 사액이 내려 세워졌다.
70) 삼려대부(三閭大夫): 초나라 삼려대부 굴원을 말한다.
71) 시부의의자표락(詩賦疑議自表樂)은 행유수대기벽시(行遊手帶奇僻詩)라: 시와 부 논함을 즐거워하여, 기이한 시를 손에 들고 유람을 다니네.
72) 왕희지(王羲之): 중국 동진(東晉)의 서예가.
73) 조맹부(趙孟頫): 중국 원나라 초기의 문인이자 서화가. 송설체(松雪體)를 창안했다.
74) 해자(楷字): 해서(楷書)로 쓴 글자.

공도회[75] 빅일쟝[76]의 증별시[77] 디소과[78]의

일등 이등 쟝원 둘지 미방[79]의 고등ᄒ니

구만니쟝쳔샹[80]의 춤 밧고 긔약더니[81]

경화[82]의 진신디부[83] 날 모로 이 뉘 잇시며

호우일도[84]의 모모혼[85] 어루신니

혼 번 보고 두 번 보아 다 우리 친구로다

젼승지[86] 등화부사 쥭ᄌ 사ᄌ ᄒᄂ 이요

너희 고을 안젼[87]임도 소시젹의 노니럿다

안디의 손힝슈[88]와 니동니 박좌슈[89]ᄂ

니 풍치 흠모터니 노릭[90]의 이리되니

심회를 둘 디 업셔 ᄉ방으로 쥬류[91]ᄒ니

---

75) 공도회(公都會): 관찰사, 유수(留守)가 해마다 관내 유생들에게 보게 하던 소과초시(小科初試). 합격자는 다음해 생원과 진사의 복시(覆試)를 치를 수 있었다.
76) 백일장(白日場): 각 지방에서 유생들의 학업을 장려하고자 글짓기 시험을 실시하던 일.
77) 증별시(增別試): 나라에 경사가 있을 때 부정기적으로 실시한 증광시와 별시를 아울러 이르는 말.
78) 대소과(大小科): 대과(大科)와 소과(小科)를 아울러 이르는 말. 대과는 과거의 문과와 무과를 소과에 상대하여 이르던 말이다. 소과는 생원과 진사를 뽑던 과거다.
79) 매방(每榜): 과거 합격자 방이 붙을 때마다.
80) 구만리장천상(九萬里長天上): 높고 먼 하늘 위.
81) 춤 밧고 긔약더니: 침 뱉고 약속하더니. 당연히 자기 것으로 예정되어 있었다는 의미다.
82) 경화(京華): 번화한 서울.
83) 진신대부(縉紳大夫): 홀을 큰 띠에 꽂는다는 말로, 벼슬아치를 통틀어 이른다.
84) 호우일도(湖右一道): 충청남도 일대.
85) 모모(某某)혼: 아무아무라고 손꼽을 만한. 또는 그만큼 유명한.
86) 전승지(前承旨): 이전의 승지. '승지'는 왕의 명령과 왕에게 아뢰는 문서를 출납하는 관직이다.
87) 안전(案前): 하급 관리가 관원을 높여 부르는 말.
88) 행수(行首): 관아에서 같은 품계의 관리 가운데 우두머리에 해당하는 관원.
89) 좌수(座首): 각 고을에 있는 향청(鄕廳)의 우두머리. 토호 세력의 우두머리로서 고을 원의 통치를 도왔다.
90) 노래(老來): 늘그막.
91) 주유(周遊): 두루 돌아다니면서 구경하며 놂.

황계츄야[92] 격막ᄒᆞᆫ디 ᄌᆞ긔 잠이 더옥 업셔

빅두옹 빅두파가 냥냥상디 쳥등하라[93]

다 마른 볏쪽이[94]를 잇ᄂᆞᆫ 쥴 번이 알고

냥반이 취취ᄒᆞ여[95] 조곰 달나 ᄒᆞ엿신들

동냥은 못 쥬다ᄉᆞ[96] 죡박조차 ᄭᆡ칠소냐

네 말을 드러ᄒᆞ니 졀졀이[97] 통분ᄒᆞ다

생원이 부끄러워하며 고향으로 돌아가다

본관[98]의 졍쟝[99]ᄒᆞ고 영문[100]의 의송[101]ᄒᆞ야

쇽ᄃᆡ젼[102] 펼쳐노코 ᄉᆞ부능욕[103] 죠률[104]ᄒᆞ야

쟝일빅[105] 형문[106] 일치[107] 류삼쳔니 원지졍비[108]

92) 황계추야(荒鷄秋夜): 닭 울음소리 들리는 가을밤. 닭이 밤중에 아무때나 우는 것을 '황계 (荒鷄)'라 한다.
93) 양양상대청등하(揚揚相對靑燈下)라: 등잔불 아래 거리낌없이 마주앉아 있구나.
94) 볏쪽이: 젖가슴을 의미하는 듯하다.
95) 취취(取趣)ᄒᆞ여: 풍정(風情)에 취하여.
96) 못 쥬다ᄉᆞ: 못 줄지라도.
97) 졀졀(切切)이: 매우 간절히.
98) 본관(本官): 고을의 수령을 이르던 말.
99) 졍쟝(呈狀): 소장(訴狀)을 관청에 냄.
100) 영문(營門): 감영(監營). 관찰사가 직무를 보던 관아.
101) 의송(議送): 백성이 고을 원의 판결에 불복하여 관찰사에게 올리던 민원서류.
102) 속대전(續大典): 김재로가 『경국대전』 이후의 교령(敎令)과 조례(條例)를 모아 편찬한 조선시대 법전. 영조(英祖) 22년(1746)에 간행되었다.
103) 사부능욕(士夫凌辱): 사대부를 욕보임.
104) 조율(照律): 법규를 구체적인 사건에 적용하는 일. 의율(擬律).
105) 장일백(杖一百): 장형 100대. '장형'은 오형(五刑) 가운데 죄인의 볼기를 큰 형장으로 치던 형벌로 60대부터 100대까지 다섯 등급이 있었다.
106) 형문(刑問): 죄인의 정강이를 때리며 캐묻던 일. 또는 형장(刑杖)으로 죄인의 정강이를 때리던 형벌.

일죵뉼문[109]ᄒ야 의법시힝[110]ᄒ랴더니
곰곰 안자 싱각ᄒ니 그러치 아니ᄒ다
나그니야 쥬인이야 삼 년 니외 졍이 깁허
계집의 고만 말을 죡가[111]ᄒ여 무엇 ᄒ리
챵낭ᄌ취[112]ᄂᆞ 옛말이 날 소기랴
하ᄒᆡ 갓튼 딕도량[113]의 부지일소무가니[114]하
아ᄒᆡ야 말 니여라 고향으로 도라가자
어져 뒤꼭뒤[115] 붓그러워 어이 갈고

—『언사諺詞』

107) 일치(一治): 한 차례 다스림. 한 번 실시함.
108) 유삼천리(流三千里) 원지정배(遠地定配): 3천 리나 떨어진 먼 곳으로 유배를 보냄.
109) 일죵율문(一從律文): 한번 율문에 따라서.
110) 의법시행(依法施行): 법률에 따라 시행함.
111) 죡가(足枷): 차꼬. 죄수의 발목에 채우던 형구. 여기서는 형벌을 가한다는 의미로 쓰였다.
112) 창랑자취(滄浪自取): 창랑의 물이 맑으면 갓끈을 씻고, 창랑의 물이 탁하면 발을 씻음. 세상의 깨끗함과 더러움에 따라 자신의 거취를 결정한다는 의미로, 굴원의 「어부사」에 나오는 구절이다.
113) 대도량(大度量): 아주 너그러운 마음과 깊은 생각.
114) 부지일소무가내(付之一笑無可奈): 웃어넘길 뿐 달리 어찌할 수 없음.
115) 뒤꼭뒤: 뒤꼭지. 뒤통수.

원본 ◉

애정가사

僧歌승가

南徽

送女僧歌 송녀승가

어와 보완지고 這 禪師 보완지고
반갑기도 긔디읍고[1] 깃부기도 測量읍네
女子의 嬌容[2]으로 男子服色 무슴 일고
져럿타시 고은 얼골 헌 縷緋의 쓰인 貌樣
三五夜 발근 달이 쩨구름의 쓰엿는 듯
臘雪[3]中 寒梅花[4]가 老松의 걸엿는 듯

---

1) 긔디읍고: 그지없고.
2) 교용(嬌容): 아름다운 얼굴.
3) 납설(臘雪): 납일(臘日)에 내리는 눈. '납일'은 민간이나 조정에서 조상이나 종묘 또는 사직
에 제사지내던 날이다. 동지 뒤의 셋째 술일(戌日)에 지냈으나, 조선 태조 이후에는 동지 뒤 셋
째 미일(未日)로 했다.
4) 한매화(寒梅花): 겨울에 피는 매화.

玳瑁緞[5] 簇道里를 어이ㅎ여 마다ㅎ고

鳥嶺木 흰 곡갈을[6] 굴게 겨러[7] (누벼)[8] 써 잇노

윤쥬라[9] 너울을는 어이ㅎ여 마다ㅎ고

全羅道 세대삿갓[10] 잘게 겨러 써 잇노

月花水紬[11] 활옷[12]슬는 무슴 일노 마다ㅎ고

뵈氅옷[13] 두루막이를 意思 업시 입엇는고

白方水紬[14] 네 幅 바지를 어이ㅎ여 마다ㅎ고

大同木[15] 唐바지[16]를 模樣 읍시 입엇는고

六花紅裳[17] 綾羅裙[18]을 무슴 일노 마다ㅎ고

麤布[19] 속것 常木[20] 바지를 열읍시[21] 입엇는고

---

5) 대모단(玳瑁緞): '대모단(大毛緞)'의 오기. '모단'은 중국 우단의 한 가지다.

6) [교감] 鳥嶺木 흰 곡갈을:「승가僧謌 남도사南都事」'粗略木 핫 곡갈을', 「승가 남철」'조양목 한 곳갈을', 「고시헌서古時憲書」'조향목 핫 꼭갈을'. '조략목'은 거칠고 보잘것없는 무명을 말하며, '핫'은 '솜을 둔'의 뜻을 더하는 접두사다.

7) 겨러: 결어. '겯다'의 활용. '겯다'는 대, 갈대, 싸리 따위로 엮어 짜다라는 뜻.

8) 고대본 『악부』에서는 몇몇 구절에 다르게 전승되는 표현이 병기되어 있다. 이를 괄호 안에 넣어 구별했다.

9) 윤쥬라(潤州羅): 중국 윤주에서 나는 비단.

10) 세대삿갓: 가늘게 쪼갠 대로 만든 삿갓.

11) 월화수주(月花水紬): 달빛 무늬를 수놓은 좋은 비단. '월화'는 달빛을 의미하며, '수주'는 품질이 좋은 비단 중 하나인 수화주(水禾紬)를 말한다.

12) 활옷: 전통 혼례 때 신부가 입는 예복.

13) 뵈창(氅)옷: 베창옷. 베로 만든 창옷. '창옷'은 두루마기와 같은데 소매가 좁고 양쪽 겨드랑이 아래에 대는 딴 폭이 없다.

14) 백방수주(白方水紬): 백방수주(白紡水紬). 비단 이름의 하나.

15) 대동목(大同木): 대동법에 따라 쌀 대신 거두던 무명.

16) 당(唐)바지: 당고(唐袴). 조선시대에 남자들이 입던 바지의 한 가지. 중국식으로 되어 통이 좁다고 한다.

17) 육화홍상(六花紅裳): 눈꽃 무늬를 수놓은 붉은 치마. '육화'는 '눈'을 달리 이르는 말로, 눈송이가 여섯 모의 결정을 이루는 데서 유래한다.

18) 능라군(綾羅裙): 비단치마.

19) 추포(麤布): 발이 굵고 거칠게 짠 삼베 또는 무명.

20) 상목(常木): 품질이 좋지 못한 무명.

21) 열읍시: 열없이. 어설프게.

緋緞 唐鞋 어딘 두고 六總草鞋[22]]를 시넌는고

十二雲鬟[23] 어딘 두고 돌水朴이 되엿는고

玉佩 金環 어딘 두고 百八念珠를 거럿는고

엽헤 치인[24] 三升鉢囊[25] 七寶香囊 대신인가

容貌의 곱고 밉기 治裝(粧)으로 가랴마는[26]

這 花容 虛老ᄒ기 그 안이 앗가온가

갓쪽의 고은(보흰) 樣姿 半粉째를 미러닉여[27](올니고져)

桃花 갓튼 불근 닙의 臙脂빗츨 올리(도치)고져[28]

十八珠 月璣彈[29]을 져 귀밋헤 걸고지고

八子靑山[30] 春色으로 這 눈섭 짓고지고(그리고져)

구름 갓흔 머리(綠髮)[31] 一二年 길너닉여

銀竹節[32](玉龍簪)[33] 金鳳釵[34]로 압단장 쑴인 後에

---

22) 육총초혜(六總草鞋): 총이 6개인 짚신. '총'은 짚신이나 미투리 따위 앞쪽의 양편쪽으로 둘레를 이루어 발등까지 올라오는 낱낱의 신울이다.

23) 십이운환(十二雲鬟): '십리운환(十里雲鬟)'의 오기. 길고 풍성한 여인의 머리카락을 의미한다. '운환(雲鬟)'은 여자의 탐스러운 쪽 찐 머리를 의미하는데, 송나라 장뢰(張耒)의 「칠석가七夕歌」에 "직녀가 견우에게 시집간 뒤로는 베 짜는 일을 그만두고, 구름 같은 검은 쪽머리만 아침저녁으로 빗질했다네(自從嫁後廢織, 綠鬟雲鬢朝暮梳)"라는 구절이 있다.

24) 치인: 채운. '치이다'는 '채우다'의 옛말.

25) 삼승발낭(三升鉢囊): 굵은 베로 만든 바랑. '삼승'은 석새삼베와 같은 말로. 성글고 굵은 베를 이른다.

26) 가랴마는: 가르랴마는. 구분할 수 있을까마는.

27) 반분(半粉)째를 미러닉여: 분을 발라 옅은 화장을 하는 것을 이른다. '분(粉)때'는 팥가루나 밤 가루 따위로 만든 재래식 분을 문질러 바를 때, 때처럼 밀려나는 찌꺼기를 말한다.

28) 도치고져: 돋치고자. 입술이 도드라져서 내민 듯한 모습을 표현했다.

29) 월기탄(月璣彈): '귀걸이'의 방언.

30) 팔자청산(八子靑山): 팔자청산(八字靑山). '팔자춘산(八字春山)'과 같은 말. 여덟 팔 자 모양의 봄 산이라는 뜻으로, 미인의 눈썹을 비유적으로 이르는 말이다.

31) 녹발(綠髮): 푸른 머리털이라는 뜻으로, 검고 윤이 나는 아름다운 머리카락을 이르는 말이다.

32) 은죽절(銀竹節): 은으로 대 마디 형상처럼 만든, 여자의 쪽에 꽂는 장식품.

33) 옥룡잠(玉龍簪): 옥으로 만든 용잠. '용잠'은 용의 머리 형상을 새겨 만든 비녀.

34) 금봉채(金鳳釵): 머리 부분에 봉황의 모양을 새겨서 만든 금비녀.

石雄黃[35] 眞珠套心[36] 뒤허울[37] 늬고지고

성슴단서 열벗스니(호長衫 三四幅에) 手品[38]도 죠커이와[39]

ㄱㄴㄷㄹ(기억 이은 디긋 이을) 諺文도 익을시고

家門을는(냥) 뭇지 마라 萬戶候[40]의 少嬌女[41]라

大賢后도 그럿커든 爲妾爲室 고이ᄒᆞ랴[42]

착ᄒᆞ고 어진 配匹 갈히고 다시 골나

글 잘ᄒᆞ고 활 잘 쏘는 兩班書房 맛기고져[43]

香名을 발셔 듯고 ᄒᆞᆫ번 보기 願ᄒᆞ드니

明天이 쯧을 안지 鬼神이 感動ᄒᆞᆫ지

月下의 緣分[44]인지 三生의 冤讐[45]런지

斗尾 月溪 묘분 길에 남 업시 두리 만나

秋波를 보닐 뎍의 눈에 가시 되단 말가[46]

---

35) 석웅황(石雄黃): 붉은 갈색 빛깔의 장식용 돌. 여성 장신구에 애용되어, 족두리·화관·도투락댕기 등을 장식하는 데 쓰였다.

36) 진주투심(眞珠套心): 족두리 가운데 부분에 진주를 박은 것.

37) 뒤허울: 뒷모습. 뒤태. '허울'은 겉모양을 말한다.

38) 수품(手品): 솜씨.

39) [교감] 성슴단서~죠커이와:「승가僧謌 남도사南都事」'長裳短木 細大針의 手品도 갓거니와',「승가 남결」'장삼단목 셰듸발은 슈품도 갓거니와',「승가」(『역대 25권』) '쟝삼단목 셰디칙의 슈품도 조거니와'.

40) 만호후(萬戶候): '만호후(萬戶侯)'의 오기. 1만 호의 백성이 사는 영지(領地)를 가진 제후라는 뜻으로, 세력이 큰 제후를 이르는 말이다. 여기서는 좋은 가문을 말한다.

41) 소교녀(少嬌女): 어리고 예쁜 딸.

42) 대현후(大賢后)도~고이ᄒᆞ랴: 중국의 매우 현명하고 어진 왕후도 첩실이 되었는데, 여승이 남의 첩실이 되는 것은 이상할 게 없다는 의미다.

43) 맛기고져: 맡기고 싶네. '맛기다'는 '맡기다'의 옛말.

44) 월하(月下)의 연분(緣分): 월하노인이 맺어준 인연. '월하노인'은 전설상 혼인을 주관한다는 신(神)으로, 붉은 끈을 가지고 다니면서 부부의 인연이 닿는 사람들의 발목을 꽁꽁 묶어놓으면 어떠한 경우에도 부부의 연을 맺게 된다고 한다.

45) 원수(冤讐): 원수(怨讐).

46) 눈에~말가: 눈에 가시가 박힌 것처럼 눈에 밟힌다는 의미다.

廣나루[47) 함게 건너 밧場門 도라들 졔[48)

그 어이 가는 길이 南北을 난호엿노

皓齒丹脣 半開ᄒ고 三節竹杖[49) 좀간 드러

平安이 行次ᄒ시오 後日 다시 보ᄉ이다

말革[50) 잡고 바라보니 限읍는 情이이로다[51)

아장아슷 것는 거름 가슴의 불리 난다

ᄒᆫ 거름 두 거름의 길이 漸漸 머러가니

이前의 듯든 말이 어이 그리 재아졋노[52)

春郊의 노는 ᄉᆡ는 肝腸을 바아ᄂᆞᆫ 듯[53)

別路에 구름 ᄭᅵ고 離程[54)에 안개 조욱ᄒ다

어린 듯[55) 醉ᄒᆫ 듯 말게 실녀 도라오니

草堂夜月(秋夜) 寂寞ᄒᆞ듸 헤아림도 만흘시고

寒梅花 한 가디를(ᄭᅥ거다가) 窓前(金盆)의 심으고져

碧桃花 한 가디를(옴겨다가) 六曲欄干에 꼿고디고

ᄭᅮᆷ의는 만나보나 잠 ᄭᅢ면 虛事로다

못 보아 病이 되고 못 잇져 冤讐로다

47) 광(廣)나루: 서울시 광진구 광장동에 있었던 나루터.
48) [교감] 밧場門 도라들 졔: 「승가 남도사」 「馬場門 도라들 졔」, 「승가 남철」 '밧장문 도라드
니', 「승가」(『역대25권』) '마장문 도라들 졔'.
49) 삼절죽장(三節竹杖): 삼절죽장(三絶竹杖). 세 마디로 된 대지팡이.
50) 말혁(革): 말고삐.
51) 정(情)이이로다: '정이로다'의 오기.
52) 이젼(前)의~재아졋노: '재다'는 차곡차곡 쌓아두다는 뜻이므로, 여승의 목소리가 떠나지
않고 귀에 맴돈다는 의미다.
53) 간장(肝腸)을 바아ᄂᆞᆫ 듯: 간장을 빻는 듯. '바아다'는 '빻다'의 옛말. '간장을 비히ᄂᆞᆫ 듯'으
로 되어 있는 이본도 있다. '바히다' '비히다'는 '베다'의 옛말.
54) 이정(離程): 이별하고 가는 길.
55) 어린 듯: 도취한 듯.

九曲心臟[56] 万斛愁[57]를 當홀 데 견혀 읍다

弱水[58] 三千里의 靑鳥[59]를 겨우 어더

一幅花牋[60] 펼쳐노코 細細成文[61] 그려니니

혼줌[62] 즌 누의 속의(비알[63]) 흐 든[64] 실 갓흔지고[65](스셜)

行人臨發又開封[66]의 다시 보고 傳ㅎ는 말이

西窓의 히 지도록 消息을 기다리니

答書는 말다라도 쑤딧지나 마소그려(아니홀가)

無情도 험도홀사(ㅎ여 잇고) 野俗다도 ㅎ리로다(연디고)

외손편 못 울기는 옛말노 드럿드니

짝사랑 외기러기(줄기는) 나 혼ㅈ쑨이로다(나를 두고 일운 말가)

禪師任 헤여보소 니 안이 可憐혼가

偶然이 만나보고 無罪이 쥭게 되니

이거시 뉘 탓신가 不祥토 안이혼가

---

56) 구곡심장(九曲心臟): 굽이굽이 서린 심장이라는 뜻으로, 깊은 마음속 또는 시름이 쌓인 마음속을 비유한 말이다.

57) 만곡수(万斛愁): 아주 많은 근심. '곡'은 곡식의 분량을 헤아리는 데 쓰는 그릇의 하나다.

58) 약수(弱水): 신선이 산다는 중국 전설 속의 강. 길이가 3천 리나 되며, 부력이 매우 약해 기러기의 털도 가라앉는다고 한다.

59) 청조(靑鳥): 파랑새. 서왕모에게 먹을 것을 마련해 갖다주었다는, 다리가 셋 달린 전설상의 새. 한나라 때 동방삭이 이 새를 보고 서왕모의 사자(使者)라고 말한 데서 비롯되어, 반가운 편지나 소식을 가지고 온 사람의 뜻으로 쓰인다.

60) 일폭화전(一幅花牋): 1장의 화전지(花箋紙). '화전지'는 시나 편지 따위를 쓰는 종이로, 시전지(詩箋紙)라고도 한다.

61) 세세성문(細細成文): 자세하게 글로 써서 나타냄.

62) 혼줌: 한잠. 누에가 먹기를 중단하고 첫번째 탈피를 하는 동안 자는 잠.

63) 비알: 배알. '창자'를 비속하게 이르는 말.

64) 흐 든: 많이 들어 있는. 가득 찬. '하'는 '아주' '몹시'를 뜻하는 말.

65) 혼줌~갓흔지고: 구구절절한 사연이 마치 누에의 창자 속에 가득 찬 실처럼 끝이 없다는 뜻이다.

66) 행인임발우개봉(行人臨發又開封): 행인이 떠날 때 다시 뜯어봄. 급히 쓰느라 할말을 다 하지 못한 것 같아 편지 전하는 이가 떠나기 전에 다시 한번 열어본다는 의미다. 당나라 시인 장적(張籍)의 시 「추사秋思」에 나오는 구절이다.

져근듯⁶⁷⁾ 싱각ᄒ여 다시금 헤여보소

大丈夫 ᄒ목숨을 살녀쥬면 엇더헐고

僧答辭 승답ᄉ

어와 그 뉘신고 京華⁶⁸⁾ 豪傑 안이신가

늬 일홈 언졔 듯고 늬 얼골 언졔 본가

無心이 가는 즁을 반긔기노 무슴 일고

머리 싹근 즁의 얼골 덜 미운 데 어디완듸

져대도록 눈의 드러 病이 춤아 나단 말가(졋ᄎ 드런는고)

어버이 여흰 後에 설른 마음 둘 듸 읍셔

入山削髮爲僧⁶⁹⁾ᄒ여 世念⁷⁰⁾을 끈쳐스니⁷¹⁾

秋月 春風 지나가고 玉窓櫻桃 불거는데⁷²⁾

光陰을 헬작시면 三七이 昨年이라⁷³⁾

窈窕淑女 안이여든 君子好逑 어이 되며

桃夭芳年⁷⁴⁾ 느졋거든 標梅詩⁷⁵⁾를 願홀손가

---

67) 져근듯: 잠깐. 잠시 동안.

68) 경화(京華): 번화한 서울.

69) 입산삭발위승(入山削髮爲僧): 산에 들어가 머리를 깎고 중이 됨.

70) 세념(世念): 세상살이에 대한 온갖 생각.

71) 끈쳐스니: 끊었으니. '끈치다'는 '끊다'의 옛말.

72) 추월(秋月)~불거는데: 가을과 봄이 지나고, 아름다운 창문 밖에 앵두가 익는 여름이 되었
다는 의미다.

73) 삼칠(三七)이 작년(昨年)이라: 21살이 작년이니, 현재는 22살이라는 뜻이다.

74) 도요방년(桃夭芳年): 시집가기 알맞은 꽃다운 나이. '도요(桃夭)'는 도요시절(桃夭時節)로,
처녀가 나이로 보아 시집가기에 알맞은 때를 이른다.

75) 표매시(標梅詩): 표매시(摽梅詩). 『시경』「국풍」「소남召南」「표유매摽有梅」 시에 이르기를,
"떨어지는 매실 일곱밖에 남지 않았네. 나를 구하는 선비 있거든 이 좋은 때를 놓치지 마시라
(摽有梅, 其實七兮. 求我庶士, 迨其吉兮)"라고 했다. 이 시는 혼기(婚期)를 놓쳐버릴까 두려워하는

世念을 씇친 後의 情慾을 아됴 잇고

헌 衣服76) 잠ᄌ리를 남의 살맛77) 모로거든78)

少年風度 고흔 樣姿 꿈에나 싱각홀가

달바위 這便의서 兩班 보고 결ᄒ기와

살곳디79) 이便의서 下直ᄒ여 人事키는

내 몸이 즁이여니 즁의 行實 안이 홀가

하로길 同行ᄒ여(니) 風彩를 欽慕ᄒ니(그 안이 緣分인가)

마음의 품은 情懷(懷抱)를 잇고 읍기 뉘가 알가(잇셧든디 읍셧든디)

無端훈80) 一封書는 어디로서 오단 말가

반기는 듯 쩌여 보니 못 잇는 情懷로다

慇懃훈 깁흔 뜻시 感謝는 ᄒ거이와

즁다려 ᄒ신 말씀 힝여 남 알세라

덧업시 離別ᄒ고 佛堂으로 도라오니

셥셥훈 이니 마음 업다야 ᄒ랴마는(올잇가)

回書를 알위랴고 붓슬 들고 싱각ᄒ니

心神이 散亂ᄒ여 무슴 말씀 아리올디

아득훈 이니 心思 살윌 말씀 바이 읍니

여자의 탄식을 노래한다.

76) 헌 의복(衣服): '죠헌 의복'의 오기. 좋은 옷.

77) 남의 살맛: 성행위에서 상대편 육체로부터 느껴지는 쾌감을 속되게 이르는 말이다.

78) [교감] 헌 衣服~모로거든: 「승답가」(『역대 25권』) '음식과 잘ᄌ리의 남의 술을 맛□□니', 「승가 남쳘」(『역대 41권』) '죠혼 의복 고은 셔방 꿈의ᄂ 싱각할가', 「승가타령」(『역대 41권』) '공명부귀(功名富貴) 호남자(好男子)을 꿈에나 싱각헐가'.

79) 살곳디: 살곳이〔箭串〕. 현재 서울 성동구에 있는 뚝섬의 옛 이름 중 하나.

80) 무단(無端)훈: 사전에 허락을 받지 않은. 또는 아무런 사유없는.

不祥트라 ᄒᆞ신 行下[81] 曖昧ᄒᆞᆫ들 어이ᄒᆞ리[82]

世緣 未盡ᄒᆞ여 還俗을 ᄒᆞ량이면

才質이 魯鈍ᄒᆞ니 妾의 道理 어이ᄒᆞ며

微賤ᄒᆞᆫ 이내 몸이 迷惑ᄒᆞᆫ[83] 人事[84]로서

性品이 强强[85]ᄒᆞ니 남의 시앗슨 실코

날 갓튼 人生을 싱각도 마르시고

醫術을 모르거든 남의 病을 어이 알고

人命이 在天커든 내 어이 살녀내리

千金 갓흔 貴ᄒᆞᆫ 몸을 부딜읍시 傷치 말고

功名에 ᄯᅳᆺ슬 두어 속졀읍시 이즈시고

不關ᄒᆞᆫ 즁의 몸을 더러이 아옵시고

榮華로 지내다가 紅顔粉面[86] 고흔 任을

다시 어듸 求ᄒᆞ서셔 千歲나 누리소셔

---

81) [교감] 不祥트라 ᄒᆞ신 行下: 「승가 남졀」 '꼿지드라 ᄒᆞ신 말슴', 「승가」(『역대 25권』) '쑤짓더라 ᄒᆞ신 힝ᄒᆞ', 「승답가僧答謌」 '쑤짓더라 ᄒᆞ신 行下', 「승답사僧答辭」 '不詳트라 하신 行下'. '행하(行下)'는 아랫사람에게 주는 돈이나 물건으로, 여기서는 '내린 말씀'이라는 의미로 쓰였다.
82) 불상(不祥)트라~어이ᄒᆞ리: 불쌍하더라고 한 말이 무슨 의미인지 분명하지 않지만, 따져 물어 확인할 수도 없으니 어찌하겠는가라는 의미인 듯하다. 남자의 연민이 담긴 말에 살짝 흔들리는 화자의 마음을 표현했다.
83) 미혹(迷惑)ᄒᆞᆫ: 미욱한. '미욱ᄒᆞ다'는 '미욱하다'의 옛말로, 하는 짓이나 됨됨이가 매우 어리석고 미련함을 의미한다.
84) 인사(人事): 개인의 의식, 신분, 능력 따위에 관한 일. 또는 개인의 일신상에 관한 일.
85) 강강(强强): 강강(强剛). 마음이 강하고 굳셈.
86) 홍안분면(紅顔粉面): 분을 바른 고운 얼굴. '홍안'은 붉은 얼굴이라는 뜻으로, 젊어서 혈색이 좋은 얼굴을 말한다.

再送女僧歌 재송녀승가

禪師任 ᄒᆞ신 말ᄉᆞᆷ 말ᄉᆞᆷ마다 올컨마는

그 말ᄉᆞᆷ 그만두고 내 말ᄉᆞᆷ 드러보소

花容이 暗暗ᄒᆞ니 그립귄들 안이ᄒᆞ며

그ᄃᆡ 일흠 알건마는 繁華ᄒᆞ여 못 이르네[87]

머리를 ᄭᅡᆨ가쓴들 고흔 態度 어듸 가며

男子服色 ᄒᆞ여쓴들 얼골좃ᄎᆞ 變홀손가

偶然이 만나보고 졀노 成病되니

一身이 怳惚ᄒᆞ여 萬事가 無心이라

아마도 이내 일은 내랴도 내 몰니라

어버이 여흰 사름 다 즁이 되랴이면

朝鮮이라 八道 사름 나물 이 몃치나 될고

阿彌他佛 觀世音菩薩 千万番 외오면셔

竹琵[88]와 磬子[89]를 無數이 두다린들

글로서 붗쳐 되며 죽은 父母 사라올가

고스리 삽쥭나물 맛시 좃타 홀려이와

염통산뎍[90] 양복기[91]와 어늬 것시 나를(을)손가

---

87) [교감] 繁華ᄒᆞ여 못 이르네: 「승가 남철」 '번거허여 못 니르니', 「재송여승가再送女僧歌」 '繁ᄒᆞ여 못 이르네'. '번거하다'는 번거롭다라는 뜻.

88) 죽비(竹琵): '죽비(竹箆)'의 오기. 불사(佛事) 때 승려가 손바닥에 쳐서 소리를 내어 시작과 끝을 알리는 데 쓰는 불구(佛具).

89) 경자(磬子): 경(磬)쇠. 놋으로 주발과 같이 만들어, 복판에 구멍을 뚫고 자루를 달아 노루 뿔 따위로 쳐서 소리를 내는 불전 기구.

90) 염통산뎍: 염통산적. 소의 염통을 넓게 저며서 꼬챙이에 꿰어 양념해서 구운 음식.

91) 양복기: 양(胖)볶이. 소의 양을 볶아 만든 음식. '양'은 소의 위(胃)를 고기로 이르는 말이다.

모밀 존내 비단 싣을[92] 죵요롭다[93] ᄒ거이와

元央枕[94] 蝴蝶夢[95]이 어네 거시 나흘손가

그 얼골 그 行實로 媤父母 못 괴이며[96]

行實을 닥가ᄂᆡ면 마노라 싀올손가[97]

人間에 고흔 게딥 너쑨이라 ᄒ랴마는

ᅥ마다 福이 읍서 내 눈의 다 들손가

앗가온 這 花容이 헛도이 늘것셰라

寒梅花 옴겨다가 窓前의 심우고져[98]

楚襄王 巫山女도 朝雲暮雨[99] 되여 잇고

銀河水 織女星 牽牛를 만나거든

---

92) [교감] 모밀~싣을: 「승가 남철」 '모밀존ᄂᆡ 비단싣이', 「재송여승가」 '모밀자내 비단싣을', 『고시헌서古時憲書』 「여승가女僧歌」 '미밀잔의 비단싣이'.

93) 죵요롭다: 종요롭다. 없어서는 안 될 정도로 매우 긴요하다.

94) 원앙침(元央枕): 원앙침(鴛鴦枕). 원앙을 수놓은 베개. 부부가 함께 베는 베개를 말한다.

95) 호접몽(胡蝶夢): 장자(莊子)의 '호접몽(胡蝶夢)'에서 연유하여 남녀 화합을 의미한다. 장자가 꿈속에서 나비가 되어 화궁(花宮) 속으로 날아다니며 달콤한 꿀을 빨아먹는 즐거움을 만끽한다는 데서, 꽃에 날아드는 나비의 모습은 부부간의 화합과 자손의 번성을 염원하는 여인의 마음을 나타내게 되었다.

96) 괴이며: 사랑을 받으며. '괴이다'는 '괴다'의 피동사. '괴다'는 특별히 귀여움과 사랑을 받다라는 뜻의 옛말.

97) 싀올손가: 질투하겠는가. '새오다'는 '새우다'의 옛말로, 샘을 내다라는 뜻이다.

98) 한매화(寒梅花)~심우고져: 사랑하는 여승을 자기 집에 데려오고 싶다는 말을 비유적으로 표현했다.

99) 조운모우(朝雲暮雨): 남녀 간의 정사(情事)를 의미하는 말. 초 양왕(楚襄王)이 송옥(宋玉)과 같이 운몽(雲夢)의 누대에서 노닐다가 고당(高塘)을 바라보니, 그 위에 뜬 구름이 변화가 무궁했다. 송옥이 왕에게 말하기를, "저 구름은 조운(朝雲)이라고 합니다. 지난날 선왕(先王, 회왕(懷王)을 말함)께서 고당에서 노닐다가 피곤해 낮잠이 들었습니다. 그런데 꿈에 한 여인이 나타나 '저는 무산(巫山)의 여자로 고당의 나그네가 되었습니다. 임금께서 고당을 유람하신다는 소문을 듣고 왔으니, 침석을 받들게 해주십시오'라고 하자 선왕이 받아들였습니다. 이튿날 그 여인이 떠나면서 말하기를, '첩은 무산의 남쪽, 높은 언덕에 사는데 아침에는 구름이 되고 저녁에는 비가 되어 양대(陽臺) 밑에 항상 머물러 있겠습니다'라고 했습니다. 꿈에서 깨어나 양대를 바라보니 과연 아침에는 안개, 저녁에는 구름이 항상 끼어 있었다고 합니다"라고 했다. 『문선』 권19, 「고당부高塘賦」.

僧歌승가 | 415

禪師님 무슴 일노 져대도록 미미홀소[100]

三間草屋 寂寞혼데 孤處이[101] 혼자 안져

世上을 아조 잇고 念佛만 工夫타가

즈네 人生 죽어디면 늣기 리[102] 뉘 잇스리

沙工쳐럼 혼즈 안쳐 홍독기로 턱을 괴와

치통[103](독)에 入棺ᄒ여 더운 불의 춘지 될 데[104]

寂寞空山 구즌비에 우는 귓것[105] 즈네로세

내 말숨 올히 녁겨 前 마음 도로 혜면

富貴도 홀 거시요 百年을 偕老ᄒ리

琴瑟이 和合ᄒ여 子孫이 滿堂ᄒ면

헌머리의 이(蚤) 쇼인듯[106] 닷는 놈 긔는 놈의

榮華로이 누리다가 死後를 도라보면

子孫이 詵詵[107]ᄒ여 錦繡로 斂襲[108]ᄒ여

<hr>

100) 미미홀소: 쌀쌀맞구나. '매매(浼浼)하다'는 창피를 줄 정도로 거절하는 태도가 쌀쌀맞다라는 뜻.
101) 고처(孤處)이: 외로이. 쓸쓸히.
102) 늣기 리: 늣길 이. '늣기다'는 '느끼다'의 옛말로, '서럽거나 감격에 겨워 울다' '슬퍼하다'라는 의미다.
103) 치통: 싸릿개비나 버들가지 따위를 엮어서 독 모양으로 만들고 안과 밖에 모두 종이를 바른 채그릇.
104) 사공(沙工)쳐럼~될 데: 죽은 이의 시신을 불에 태워 그 유골을 거두는 불교의 장례 방법인 다비(茶毘)를 묘사한 장면이다.
105) 귓것: 귀신(鬼神).
106) 헌머리의 이 쇼인듯: 헌머리에 이 모이듯. 상처가 나서 헌데가 생긴 머리에 이가 꼬이듯이, 이익이 있는 곳에 많은 사람이 떼 지어 몰림을 비유적으로 이르는 속담. 여기서는 식구가 많은 모양을 비유했다.
107) 선선(詵詵): 많은 모양. 모이는 모양.
108) 염습(殮襲): 시신을 씻긴 뒤 수의를 갈아입히고 염포로 묶는 일.

流蘇寶帳[109]에 百夫緦麻[110]가 들녤 젹에[111] 그 안이 즐거온가

人間의 조흔 일이 이밧게 쏘 잇는가

아마도 이내 病은 살어날 길 젼혀 읍다

츠라이 다 쩔치고 범나뷔[112] 되여 나셔

禪師님 간 대마다 짜라가면 안디리라[113]

殺人者ㅣ 死라 ㅎ니 죽으면 네 알이라[114]

女僧再答辭녀승지답ᄉ

長安豪傑 紛紛[115]ᄒ데 强暴ᄒ 辱을 免ᄒ고져

父母사랑 下直ᄒ고 緋緞 華服[116] 홀이치고

山中에 깁히 드러 佛前의 焚香ᄒ고

왼팔에 영(인)비[117]ᄒ고 血誠[118]으로 盟誓ㅣᄒ며

외로이 깁히 잠겨 男女情慾 끈쳣드니

偶然ᄒ 혼 出入의 君子書簡 밧ᄌ오니

女子의 구든 節기 變치 마즈 ᄒ엿더니

---

109) 유소보장(流蘇寶帳): 술이 달린 화려한 비단 휘장. 주로 상여 위에 친다.
110) 백부시마(百夫緦麻): 상복 중에서 가장 가벼운 시마복(緦麻服)을 입은 여러 사람.
111) 들녤 젹에: 시끌시끌하게 떠들 때. '들레다'는 야단스럽게 떠들다라는 뜻.
112) 범나뷔: 범나비. 호랑나비.
113) 안디리라: 앉으리라.
114) 살인자(殺人者)~알이라: 살인자는 죽인다 했으니, 만약 내가 죽는다면 네가 어떻게 될지 는 네가 알 것이라는 의미다.
115) 분분(紛紛): 떠들썩하고 뒤숭숭함. 뒤섞여 어수선함.
116) 화복(華服): 물을 들인 천으로 만든 옷.
117) 영비: '연비(燃臂)'의 오기. 불교에서 계를 받을 때 불붙인 향으로 팔을 찍는 의식.
118) 혈성(血誠): 진심에서 우러나오는 정성.

滿幅事緣[119] 살펴보니 春雪肝臟[120] 온젼홀가[121]

열번 찌(씩)어 구든 나무 古今에 읍다드니

내 마음 열이라도 촛마 防塞[122] 어려워라

削髮ᄒᄌ 계교[123]홀 졔 鐵石肝臟 구지 먹고

歲月을 지쵹ᄒ여 白髮을 바랏더니

光陰이 더듸든디 봄빗치 支離턴디

君子所見 다르든디 바린 몸 눈의 걸녀

靑鳥消息[124] 한두 番에 平生工夫 훗터딘다

春情이 無心ᄒ여 깁히 든 잠 결노 씬다

人間 滋味 씀친 後에 佛道만 崇尙터니

白雪紅顏[125] 뉘 아드야 春風이 건듯 부러

三色桃花 피는 곳에 봄 나뷔 논일면셔

柯枝마다 안질 젹과 空山落葉 훗터딜 데

元央[126] 밉다 ᄒ고 싹근 머리 恨ᄒ오니

如此心思 收拾ᄒ여 다시금 싱각이라

丈夫의 허튼 말슴 이 가온디 쩌러디니 周變[127]이 어렵도다[128]

---

119) 만폭사연(滿幅事緣): 종이에 꽉 찬 사연.
120) 춘설간장(春雪肝臟): 춘설간장(春雪肝腸). 봄눈 같은 마음. 녹기 쉬운 봄눈처럼 쉽게 흔들리는 마음을 의미한다.
121) 온젼홀가: 온전할까. '온천하다'는 모아놓은 물건의 양이 축남 없이 온전하거나 상당히 많다라는 뜻.
122) 방색(防塞): 들어오지 못하게 막음.
123) 계교(計較): 서로 견주어 살펴봄.
124) 청조소식(靑鳥消息): 편지를 가리킨다.
125) 백설홍안(白雪紅顏): 눈처럼 희고 혈색이 좋은 고운 얼굴.
126) 원앙(元央): 원앙(鴛鴦).
127) 주변(周變): 두루 변통함.
128) 춘풍(春風)이~어렵도다: 꽃 피는 봄날과 낙엽 지는 쓸쓸한 가을에는 승려가 된 것을 후회하다가도 마음을 다잡곤 했는데, 이렇게 마음이 뒤숭숭할 때 남자의 유혹이 있으니 피하기 어렵다는 의미다.

니 비록 回心ᄒ나 모든 耳目 어이ᄒ리

繾綣之情129)이 이러ᄒ니 辭讓키도 어렵도다

雲母屛風130) 둘너치고 巾櫛을 밧들난즉131)

郞君의 千金一身 病드다 稱托ᄒ면132)

아모리 뉘웃친들 넉시나 구경홀가

妾의 行實 젼혀133) 밋고 醫術을 먼져 비와

郞君의 깁히 든 病 不死藥을 나오랸딜134)

唐甘土135) 으드랴고 月外廛136)에 出入 읍고

견막이137) 큰赤古里138) 어니 市井139) 外上 쥴가140)

닷는 말141) 것는 종을 挾門142) 밧게 세윗다가

月黃昏 겨워갈 졔 가나 오나 안이홀가143)

如此道理 放恣ᄒ나 이 다 郞君 爲ᄒ미라

---

129) 견권지정(繾綣之情): 마음속에 굳게 맺혀 잊히지 않는 정.
130) 운모병풍(雲母屛風): 운모로 만든 병풍. '운모'는 광석의 일종인 돌비늘로, 백운모와 흑운모가 있는데 백운모는 유리 대용으로 쓰인다.
131) 건즐(巾櫛)을 밧들난즉: 건즐을 받든다면. '건즐'은 수건과 빗을 아울러 이르는 말이다. '건즐을 받들다'는 여자가 아내나 첩이 되는 것을 말한다.
132) 칭탁(稱托)ᄒ면: 핑계를 대면.
133) 젼혀: 전혀. 완전히. 오로지.
134) 낭군(郞君)의~나오랸딜: 병이 깊어진 낭군에게 불사약을 바치려 해도. '나오다'는 '나아오다(進)' '바치다' '대접하다'의 옛말. 여기서 불사약은 자신을 의미한다.
135) 당감토(唐甘土): 중국에서 들어온 감투. '감토'는 '감투'의 옛말.
136) 월외전(月外廛): 월내전(月乃廛). 다리전(廛). 다리를 파는 가게. '다리'는 예전에, 여자들의 머리숱이 많아 보이라고 덧넣었던 딴머리를 말한다.
137) 견막이: 곁마기. 여자가 예복으로 입던 저고리의 하나. 연두나 노랑 바탕에 자줏빛으로 겨드랑이, 깃, 고름, 끝동을 달았다.
138) 큰적고리(赤古里): 큰저고리. 저고리 위에 덧입도록 크게 지은 저고리를 이르던 말.
139) 시정(市井): 시정(市井)아치. 시장에서 장사하는 사람의 무리.
140) 당감토(唐甘土)~쥴가: 혼수를 장만할 방도가 없음을 말한다.
141) 닷는 말: 뛰는 말. '닷다'는 '달리다'의 옛말.
142) 협문(挾門): 대문이나 정문 옆에 딸린 작은 문.
143) 닷는~안이홀가: 정식으로 첩이 되는 것은 어려우니 밤에 몰래 왔다 가는 게 어떻겠냐는 의미다.

이 말이 漏洩ㅎ면 넉시라도 붓그리리라

極樂世界 다시 나서 宰相女로 나죠더면[144]

針線紡績 내 所任을 남의 손을 안이 빌며

百年和樂 시로우문 郎君의게 달녀스니

恩德을 드리오ᄉ[145] 至極히 사랑ㅎ면

白骨이 塵土ㅣ 될디라도 平生을 섬기리라[146]

—『악부樂府』(고대본)

144) 나죠더면: 태어난다면. '나죠다'는 '낮추다'의 옛말. 여기서는 '태어나다'의 의미로 사용
했다.
145) 드리오ᄉ: 드리워서. 늘어뜨려서. '드리오다'는 '드리우다'의 옛말.
146) 극락세계(極樂世界)~섬기리라: 현생에서는 첩이 될 수 없으나, 내생에서는 재상가의 딸
로 태어나 낭군과 혼인해 바느질, 길쌈 등을 손수하며 평생 섬기며 살겠다는 뜻이다.

金縷辭

閔雨龍

인간 세상에 함께 귀양 온 선녀를 그리워하다

어와 져 娘子ㅣ야 내 말슴 드러보소
烟火[1]에 뭇쳐신돌 宿緣[2]이야 이즐소냐
洛浦仙女[3] 보랴 ᄒ면 前生에 네 아닌다
南關[4] 布衣[5] 白面生[6]도 仙客인 줄 뉘 알니오
蟠桃[7] 春色 瑤池宴[8]에 도젹ᄒᆫ 이 네언마는

1) 연화(烟火): 속세.
2) 숙연(宿緣): 오래 묵은 인연. 지난 세상에서 맺은 인연.
3) 낙포선녀(洛浦仙女): 낙수(洛水)의 여신. 능파선(凌波仙), 복비(宓妃)라고도 하는데, 복희씨(伏羲氏)의 딸이라 한다.
4) 남관(南關): 마천령의 남쪽 지방. 함경남도 일대를 이른다.
5) 포의(布衣): 베옷. 벼슬이 없는 선비를 비유적으로 이르는 말.
6) 백면생(白面生): 백면서생(白面書生). 글만 읽고 세상일에는 전혀 경험이 없는 사람.
7) 반도(蟠桃): 3천 년마다 1번씩 열매가 열린다는 선경에 있는 복숭아.

與受를 同罪ᄒ니 너와 나와 謫下9)로다

蒼茫ᄒᆫ 九點烟10)에 參商이 난호이니11)

碧海水 洋洋ᄒ야 一帶銀河 되여 잇다12)

너도 나를 보랴 ᄒ면 八峑이 疊疊ᄒ고

나도 너를 보랴 ᄒ면 三山13)이 杳杳14)ᄒ다

다시 선녀를 만나 서로 깊이 사랑하다

平生에 恨이 되고 寤寐에 願ᄒ더니

玉皇이 感動ᄒᆫ지 仙官이 斗護15)ᄒᆫ지

太乙16)의 蓮葉船에 風帆을 놉히 달아

---

8) 요지연(瑤池宴): 요지(瑤池)는 중국 전설상 선녀 서왕모가 살고 있다는 곤륜산의 선경(仙境)
이며, 이곳에서 서왕모가 주나라 목왕(穆王)을 만나 술잔치를 베풀었다고 한다.
9) 적하(謫下): 귀양을 살러 내려옴.
10) 구점연(九點烟): 중국의 구주(九州)도 높은 곳에서 내려다보면 운무 덩어리 9개로 보인다
는 말로 중국 땅을 가리킨다. 당나라 이하(李賀)가 지은 시 「몽천夢天」의 "멀리 제주를 바라보
니 아홉 점의 연기인 듯하고, 큰 바다가 한 잔 물을 쏟아놓은 것처럼 작아 보이네(遙望齊州九點
烟, 一泓海水杯中瀉)"라는 구절에서 따왔다. 여기서 '제주'는 천하를 의미한다.
11) 참상(參商)이 난호이니: '참상'은 참성(參星)과 상성(商星)을 통틀어 이르는 말이다. 참성은
서쪽에, 상성은 동쪽에 서로 멀리 떨어져 있다는 데서, 친한 사람이 서로 멀리 떨어져 만날 수
없음을 비유적으로 이른다.
12) 창망(蒼茫)ᄒᆫ~잇다: 화자와 애월이 육지와 제주도에 멀리 떨어져 살고 있는 것이 마치 견
우와 직녀가 은하수에 가로막혀 만나지 못한 것과 같다는 말이다.
13) 삼산(三山): 신선이 살고 있는 삼신산(三神山). 중국 전설에 나오는 봉래(蓬萊)·방장(方
丈)·영주(瀛州) 세 산을 이른다. 우리나라에서는 금강산, 지리산, 한라산을 삼신산이라 한다. 여
기서는 제주도를 가리킨다.
14) 묘묘(杳杳): 멀어서 아득함.
15) 두호(斗護): 남을 두둔하여 보호함.
16) 태을(太乙): 태을진인(太乙眞人). 천신(天神)의 이름으로, 태을선(太乙仙)이라고도 한다. 송
나라 화가 이공린(李公麟)이 〈태을진인연엽도太乙眞人蓮葉圖〉를 그렸는데, 태을진인이 큰 연잎
위에 누운 채로 책을 펴서 읽는 모습을 하고 있는 것이었다. 한구(韓駒)가 이 그림을 보고 지은
시에 "태을진인이 연잎 배를 탔는데, 두건 벗고 머리털 내놓아 찬바람에 날리네. 가벼운 바람

六鰲鬐¹⁷⁾에 빗를 미고 瀛洲山¹⁸⁾에 드르오니¹⁹⁾

仙區 物色은 琪樹²⁰⁾와 瑤花²¹⁾ㅣ로다

風景도 됴커니와 好因緣이 더욱 됴타

芙蓉顏 柳葉眉는 前生과 혼빗치오

綠雲鬢²²⁾ 玉雪肌²³⁾는 塵態²⁴⁾가 전혀 업다

定遠樓²⁵⁾ 붉은 돌에 月姥絲²⁶⁾를 자아내야

鶯啼燕語²⁷⁾ 花柳節²⁸⁾에 楚臺雲雨²⁹⁾ 多情ᄒ니

人間에 四月 八日 天上에 七日일다

사랑도 그지업고 態度도 가즐시고

을 돗으로 삼고 물결을 노로 삼아, 누워서 신선 책 보며 강 가운데 둥둥 떠 있구나(太乙眞人蓮葉
舟, 脫巾露髮寒颼颼, 輕風爲帆浪爲楫, 臥看玉字浮中流)"라고 했다. 『고문진보 전집古文眞寶前集』.
17) 육오수(六鰲鬐): 발해 동쪽에 살고 있다는 큰 자라들의 수염.
18) 영주산(瀛州山): 중국의 전설적인 산인 삼신산의 하나. 여기서는 한라산을 가리킨다.
19) 영주산(瀛洲山)에 드르오니: 작자 민우룡이 1772년 제주 통판으로 부임하는 전우성(全宇
成)을 따라 제주도에 와서 유람한 것을 말한다.
20) 기수(琪樹): 옥같이 아름다운 나무.
21) 요화(瑤花): 아름다운 꽃.
22) 녹운빈(綠雲鬢): 숱이 많고 검은 귀밑머리.
23) 옥설기(玉雪肌): 옥같이 희고 깨끗한 피부.
24) 진태(塵態): 세속의 모습.
25) 정원루(定遠樓): 제주도 제주시 이도 제주읍성에 있는 누각의 이름.
26) 월모사(月姥絲): 월하노인이 남녀의 인연을 맺어준다는 끈. 월하노인은 부부의 인연을 맺
어준다는 전설상의 늙은이다. 중국 당나라의 위고(韋固)가 달밤에 어떤 노인을 만나 장래의 아
내에 대한 예언을 들었다는 데서 유래한다.
27) 앵제연어(鶯啼燕語): 꾀꼬리와 제비가 지저귐.
28) 화류절(花柳節): 꽃과 버들이 피는 계절. 봄.
29) 초대운우(楚臺雲雨): 조운모우(朝雲暮雨), 무산운우(巫山雲雨), 초산운우(楚山雲雨) 같은 말로
남녀 간의 정사(情事)를 의미한다. 초나라 회왕(懷王)이 무산의 고당(高塘)에서 낮잠을 자다가 꿈
속에서 무산의 신녀(神女)를 만나 사랑을 나누었는데, 무산 신녀가 떠나면서 "아침에는 구름이
되고 저녁에는 비가 되어 항상 양대 밑에 머물겠노라"고 했다는 고사가 전한다.

娟條冶葉[30]은 王郎[31]의 玉檀[32]인 듯

舞袖纖腰[33]는 小游[34]의 驚鴻[35]인 듯

淸楊[36]은 眞眞[37]이오 丹脣은 娉娉[38]이라

깁흔 사랑 고은 態度 比홀 듸 견혀 업다

綠水春波 깁흔 곳에 노는 鴛鴦 써 잇는 듯

紅葩[39] 瓊蕊[40] 灼灼[41]훈듸 나는 蝴蝶 머무는 듯

芙蓉帳[42] 들리후고[43] 合歡夢[44]을 일울 적의

羅衫[45]을 후려잡고 細語[46]로 ᄒ온 말숨

靑山이 不老하고 綠水ㅣ 長存이라

前生 此生 궂은 연분 百年으로 긔약ᄒ고

後生에 갈지라도 써나지 마오리라

너는 주거 弄玉[47]이오 나는 주거 子晋[48]이라

---

30) 창조야엽(娟條冶葉): 부드러운 가지와 새로 돋아난 아름다운 잎.
31) 왕랑(王郎): 조선시대 소설 『왕경룡전』의 남주인공인 왕경룡. 『왕경룡전』은 17세기 초 기녀를 소재로 한 한문 전기소설이다.
32) 옥단(玉檀): 조선시대 소설 『왕경룡전』의 여주인공.
33) 무수섬요(舞袖纖腰): 춤추고 있는 미인의 가냘픈 허리.
34) 소유(小游): 조선시대 김만중이 지은 소설 『구운몽』의 남주인공인 양소유(楊小游).
35) 앵홍(驚鴻): 『구운몽』에 나오는 미인 '적경홍(狄驚鴻)'의 오기.
36) 청양(淸楊): 청양(淸揚). 눈동자가 맑고 또렷함. 남의 용모에 대한 경칭이다.
37) 진진(眞眞): 중국 전기소설 『화공전畵工傳』의 여주인공.
38) 빙빙(娉娉): 번역소설 『빙빙전聘聘傳』의 주인공.
39) 홍파(紅葩): 붉은 꽃.
40) 경예(瓊蕊): 아름다운 꽃술.
41) 작작(灼灼): 꽃이 화려하고 찬란하게 핀 모양.
42) 부용장(芙蓉帳): 연꽃을 그리거나 수놓은 방장(房帳).
43) 들리후고: 드리우고. 늘어뜨리고.
44) 합환몽(合歡夢): 남녀가 함께 자며 즐기는 꿈.
45) 나삼(羅衫): 얇고 가벼운 비단으로 만든 적삼.
46) 세어(細語): 낮은 소리로 속삭이는 말.
47) 농옥(弄玉): 중국 춘추시대 진목공(秦穆公)의 딸로, 퉁소를 잘 부는 소사(簫史)에게 시집가서 소사에게 퉁소 부는 법을 배워 나중에 부부가 함께 신선이 되어 하늘로 올라갔다고 한다.
48) 자진(子晋): 왕자진(王子晋). 주나라 영왕(靈王)의 태자로 생황을 잘 불어 봉황의 울음소리를

남기[49] 되면 蓮理枝[50]오 고기 되면 比目魚[51] ㅣ라

선녀가 변심하다

山盟海誓[52] 깁히 ᄒᆞ고 天定佳緣[53] 밋엇더니

新情이 未洽ᄒᆞ야 中道改路 무슴 일고

山鷄野鶩[54] 本情性이 路柳墻花[55] 도로 되니

芳盟[56]도 浮雲이오 사랑도 春夢이라

城中 一步地[57]예 三千弱水 茫茫ᄒᆞ니[58]

靑山眉[59] 細柳腰는 뉘게뉘게 獻態[60]ᄒᆞ여

金步搖[61] 碧甸環[62]은 어듸어듸 노니는고

냈다고 한다. 숭산에서 도술을 배운 지 30여 년 후에 신선이 되어 백학을 타고 승천했다고 한다.

49) 남기: 나무가.

50) 연리지(蓮理枝): 서로 다른 뿌리에서 자란 나무의 가지가 서로 붙어서 하나가 된 것. 화목한 부부 또는 남녀 관계를 비유해 이르는 말.

51) 비목어(比目魚): 눈이 각각 한쪽에만 달린 고기로, 2마리가 만나야만 비소로 나란히 헤엄칠 수 있다고 한다. 정분이 두터운 친구나 부부를 비유하는 말.

52) 산맹해서(山盟海誓): 산과 바다에 맹세함.

53) 천정가연(天定佳緣): 하늘이 맺어준 아름다운 인연.

54) 산계야목(山鷄野鶩): 산꿩과 들오리. 성질이 사납고 거칠어서 제 마음대로만 하며 다잡을 수 없는 사람을 비유적으로 이르는 말.

55) 노류장화(路柳牆花): 아무나 쉽게 꺾을 수 있는 길가의 버들과 담 밑의 꽃이라는 뜻으로, 창녀나 기생을 비유적으로 이르는 말이다.

56) 방맹(芳盟): 꽃다운 맹세. 아름다운 맹세.

57) 일보지(一步地): 한 걸음 밖의 땅. 아주 가까운 곳을 이른다.

58) 망망(茫茫)ᄒᆞ니: 넓고 머니.

59) 청산미(靑山眉): 푸른 산 모양의 눈썹. 눈썹이 여덟 팔 자 모양의 푸른 산과 같다는 뜻으로, 미인의 눈썹을 비유적으로 이른다.

60) 헌태(獻態): 아름다운 자태를 드러냄.

61) 금보요(金步搖): 금으로 만든 떨잠. '떨잠'은 머리꾸미개의 하나로, 큰머리나 어여머리의 앞 중심과 양옆에 한 개씩 꽂는다.

62) 벽전환(碧甸環): '벽옥환(碧玉環)'의 오기. 푸른 옥가락지.

靑鳥는 아니 오고 杜鵑이 슬피 울 제
旅館寒燈 寂寞훈듸 온 가슴에 불이 난다
이 불을 뉘 쓰리오 님 아니면 훌 씰 업고
이 병을 뉘 곳치리 님이라야 扁鵲[63]이라

마음을 돌려 삼생연분을 이어가길 바라다

믯친 무음 외사랑은 나는 졈졈 깁건마는
無心훌손 이 님이야 虛浪코도 薄情후다
三更에 못 든 잠을 四更에 계오 드러
蝶馬[64]를 눕히 달녀 녯길흘 츠자가니
月態花容[65]을 반가이 만나보고
千愁萬恨을 歷歷히 후렷더니
窓前碧梧 疎雨聲[66]에 三魂[67]이 흣터지니
落月이 蒼蒼[68]훈듸 三五小星[69]쑨이로다
어와 내 일이야 진실로 可笑로다
너도 싱각후면 뉘웃츰이 이시리라

---

63) 편작(扁鵲): 중국 춘추전국시대 노나라의 명의(名醫).
64) 졉마(蝶馬): 나비 말이란 뜻으로, 꿈속에서 나비를 말로 삼아 타고 감을 말한다. 장자의 호접몽(胡蝶夢)에서 가지고 온 말.
65) 월태화용(月態花容): 달 같은 태도와 꽃 같은 얼굴. 미인을 말한다.
66) 소우성(疏雨聲): 뚝뚝 성기게 내리는 빗소리.
67) 삼혼(三魂): 불가(佛家)에서 말하는 사람의 마음에 있는 3가지 영혼. 태광(台光), 상령(爽靈), 유정(幽精)을 이른다.
68) 창창(蒼蒼): 어스레함.
69) 삼오소성(三五小星): 보름날의 작은 별. 삼오는 열다섯이므로 보름을 가리킨다. 보름달에 가린 희미한 별빛을 말한다.

皇玉京[70]에 올나가셔 上帝끠 復命[71]홀 졔
이 말숨 다 알외면 네 죄가 즁ᄒ리라
다시곰 싱각ᄒ야 回心[72]을 두온 후에
三生[73] 宿緣을 져ᄇ리지 말게 ᄒ라

—『영주재방일기瀛州再訪日記』

70) 황옥경(皇玉京): 옥황상제가 산다고 하는 천상 세계의 서울.
71) 복명(復命): 명령을 받고 일을 처리한 사람이 그 결과를 보고함.
72) 회심(回心): 마음을 돌이켜먹음.
73) 삼생(三生): 과거, 현재, 미래의 세상이라는 뜻에서 전생, 현생, 후생을 아울러 이르는 말.

金縷辭 | 427

원본

⊙

유배가사

北竄歌

李匡明

한양 땅을 떠나 바닷가에 은거하다

가련(可憐)타 묘여일신(藐如一身)[1] 턴지간(天地間)의 뉘 비(比)홀고
십셰(十歲)에 조고(早孤)[2]ᄒ니 엄안(嚴顔)[3]을 안다 홀가
일싱(一生)을 영폐(永廢)[4]ᄒ니 군문(君門)[5]을 ᄇ라볼가[6]
친쳑(親戚)이 다 볼이니 붕우(朋友)야 니룰소냐
셰군(細君)[7]조차 포병(抱病)[8]ᄒ니 싱산(生産)도 머흘시고[9]

1) 묘여일신(藐如一身): 작고 보잘것없는 이 한 몸.
2) 조고(早孤): 일찍 고아가 됨.
3) 엄안(嚴顔): 엄숙한 얼굴. 아버지 얼굴을 가리킨다.
4) 영폐(永廢): 영원히 없애버림.
5) 군문(君門): 궁궐 문.
6) 일생(一生)을~ᄇ라볼가: 평생 몰락한 처지가 되니 관직에 나갈 생각조차 하지 않는다는 의미다.
7) 셰군(細君): 자기 아내를 일컫는 말. 원래 제후의 부인을 뜻했는데, 동방삭이 자신의 처를 세군이라고 해학적으로 표현한 뒤로 아내를 가리키는 말이 되었다. 한 무제가 관원들에게 하사

형뎨(兄弟)는 본디 업고 계ᄌᆞ(繼子)롤 ᄆᆞ자 일혜[10]

오륜(五倫)의 버서나니 팔ᄌᆞ(八字)도 궁독(窮獨)[11]홀샤

편친(偏親)[12]만 의지(依支)ᄒᆞ여 지낙(至樂)이 이쑨이라

고ᄋᆞ(孤兒)의 두린[13] ᄆᆞ음 넘씔 둧[14] 다칠 둧

과환(科宦)[15]도 뜻이 업서 셰망(世網)[16]을 피(避)ᄒᆞ리라

경낙(京洛)[17]ᄀᆞ치 번화지(繁華地)롤 젼셩시(全盛時)의 하딕(下直)ᄒᆞ고

ᄒᆡ곡(海曲)[18]으로 깁히 들어 암혈(岩穴)[19]에 금쵀이니[20]

경화ᄀᆡᆨ(京華客)[21] 못 만나니 인간(人間) 시비(是非) 내 아던가

지원(至願)[22]을 일우거냐[23] 복지(福地)가 여긔로다

한 고기를, 동방삭이 허락도 받지 않고 칼로 잘라 집으로 가져가자 무제가 그에게 자기비판을
하도록 명했다. 이에 동방삭이 "허락도 받지 않다니 이 얼마나 무례한가. 칼을 뽑아 잘랐으니
이 얼마나 씩씩한가. 많이 가져가지 않았으니 이 얼마나 청렴한가. 돌아가 세군에게 주었으니
이 얼마나 인자한가"라고 하자, 무제가 그만 웃고 말았다는 고사가 전한다. 『한서』「동방삭전
東方朔傳」.

8) 포병(抱病): 몸에 늘 병을 지님.

9) 생산(生産)도 머흘시고: 아이를 낳는 것도 힘들구나. '머흘다'는 험하고 사납다라는 뜻.

10) 계자(繼子)롤 ᄆᆞ자 일혜: 이광명은 아들이 없고 딸만 둘 있어, 종부(從父)의 제자인 정효(庭
孝)를 양자로 들였으나 양자도 장가들지 못하고 죽었다.

11) 궁독(窮獨): 궁하고 외로움.

12) 편친(偏親): 홀어버이. 여기서는 홀어머니를 가리킨다.

13) 두린: 두려워하는. '두리다'는 '두려워하다'의 옛말.

14) 넘씔 둧: 넘칠 듯. '넘씨다' '넘삐다'는 '넘치다'의 옛말.

15) 과환(科宦): 과거와 벼슬.

16) 세망(世網): 세상의 그물이라는 뜻으로, 세상의 번거로운 일에 얽매임을 말한다.

17) 경락(京洛): 서울.

18) 해곡(海曲): 바닷가 후미진 곳이나 섬. 여기서는 강화도를 가리킨다.

19) 암혈(岩穴): 바위굴. 속세를 떠나 은거하는 산중을 의미한다.

20) 금쵀이니: 숨으니. '감초다'는 '감추다'의 옛말.

21) 경화객(京華客): 번화한 서울의 손님.

22) 지원(至願): 몹시 바라는 염원이나 소원.

23) 일우거냐: 이루었느냐. '일우다'는 '이루다'의 옛말.

편모를 봉양하며 여생을 보내기로 결심하다

숙슈(菽水)²⁴⁾룰 못 니워도²⁵⁾ 슬하(膝下)의 댱시(長侍)²⁶⁾ᄒ여

ᄌ훈(慈訓)²⁷⁾을 엄ᄉ(嚴師)²⁸⁾ 삼아 삼쳔교(三遷敎)²⁹⁾룰 ᄇ라보고

아둘 노릇 ᄯᆞᆯ 노릇 유ᄋ희(乳兒戲)³⁰⁾룰 일삼으며

친년(親年)³¹⁾이 졈고(漸高)³²⁾ᄒ니 원유(遠遊)³³⁾룰 의ᄉ(意思)

훌가³⁴⁾

졀ᄉ(節祀)³⁵⁾ 길도 못 돗닐 제 지졍(至情)³⁶⁾이 결연(缺然)³⁷⁾훌샤

집 뒤헤 텬장(遷葬)³⁸⁾ᄒ고 됴셕(朝夕)의 쳠비(瞻拜)³⁹⁾ᄒ니

양싱(養生)⁴⁰⁾이며 ᄉ망(事亡)⁴¹⁾ᄒ매 졍녜(情禮)⁴²⁾룰 거의 펼 듯

---

24) 숙수(菽水): 콩죽과 물. 소박한 음식을 뜻한다. 공자의 제자 자로(子路)가 집안이 가난해서 제대로 효도하지 못한다고 탄식하자, 공자가 "콩죽을 끓여 먹고 물을 마시더라도 즐겁게 해드리는 일을 극진히 한다면 그것이 바로 효다(啜菽飲水, 盡其歡, 斯之謂孝)"라고 한 데서 온 말이다. 『예기』「단궁 하檀弓下」.
25) 니워도: 이어도. '닛다'는 '잇다'의 옛말.
26) 장시(長侍): 항상 곁에서 모심.
27) 자훈(慈訓): 어머니의 가르침.
28) 엄사(嚴師): 엄격한 스승.
29) 삼천교(三遷敎): 맹자의 어머니가 자식 교육을 위해 3번이나 거처를 옮겼다는 고사가 전한다.
30) 유아희(乳兒戲): 젖먹이의 놀이. 중국 초나라의 효자인 노래자(老萊子)가 70세에도 색동옷 입고 어린애 장난을 하면서 늙은 부모를 즐겁게 해주었다고 한다.
31) 친년(親年): 부모님의 연세.
32) 점고(漸高): 점점 높아짐.
33) 원유(遠遊): 멀리 가서 놂.
34) 의사(意思)훌가: 생각하겠는가.
35) 절사(節祀): 절기나 명절을 따라 지내는 제사.
36) 지정(至情): 진심에서 우러나는 참된 정.
37) 결연(缺然): 모자라서 서운함. 또는 미안함.
38) 천장(遷葬): 무덤을 옮김.
39) 첨배(瞻拜): 선조나 선현의 묘소 및 사당에 우러러 절함.
40) 양생(養生): 어버이를 생전에 봉양함.
41) 사망(事亡): 죽은 사람을 섬김.
42) 정례(情禮): 정과 예의.

닙신편양(立身便養)⁴³⁾ 못 ᄒ거니 힘대로나⁴⁴⁾ 밧들니라

무고를 입어 유배를 당하다

후ᄉ(後嗣)도 쳐냥(凄凉)ᄒ니⁴⁵⁾ 내 몸 ᄉᆡ장⁴⁶⁾ 다ᄒ오려

쳔만(千萬) 근심 다 ᄇ리고 여ᄉᆡᆼ(餘生)을 즐기더니

경심(驚心)타⁴⁷⁾ 지어앙(池魚殃)⁴⁸⁾에 묵은 불 닐어나니

삼십여 년(三十餘年) 눅힌⁴⁹⁾ 은젼(恩典)⁵⁰⁾ 오눌날에 ᄯᅩ 면(免)홀가

향옥(鄉獄)에 ᄌᆞ취(自就)ᄒ여 쳐분(處分)을 기ᄃ일 시⁵¹⁾

ᄇᆡᆨ일(白日)에 벽녁(霹靂) ᄂ려 눈 우희 서리 치니

눈섭에 ᄶ러러진 익(厄)⁵²⁾ 독의 든돌 피(避)홀넌가⁵³⁾

일신(一身)의 화복(禍福)이야 피창(彼蒼)⁵⁴⁾만 미다신돌

---

43) 입신편양(立身便養): 출세(出世)하여 부모를 편하게 봉양하려고 외직(外職)을 청하는 일.
44) 힘대로나: 능력이 되는 대로. 형편껏.
45) 후사(後嗣)도 처량(凄凉)ᄒ니: 대를 이를 아들이 없음을 말한다.
46) 내 몸 ᄉᆡ장: 내 몸 끝까지. 'ᄉᆡ장'은 '만큼, 다, 끝까지, 충분히'라는 뜻의 옛말.
47) 경심(驚心)타: 경심(驚心)하다. 마음속으로 몹시 놀라다.
48) 지어앙(池魚殃): 못 안 물고기의 재앙. 중국 초나라의 성문이 탔을 때 불을 끄느라고 못물을 퍼내 못 안의 고기가 다 말라죽었다는 고사에서 유래한 말. 여기서는 을해사옥의 여파로 이 ᄌᆞᆫ유에게 역률이 시행되고 작가에게도 유배형이 떨어진 것을 말한다.
49) 눅힌: 기세가 꺾여 너그러워진. '눅히다'는 '눅이다'의 옛말.
50) 은전(恩典): 나라에서 은혜를 베풀어 내리던 특전.
51) 지어앙(池魚殃)에~기ᄃ일 시: 당쟁에 패한 가문의 후손인 작가는 강화도에 숨어 지냈는데, 자신과 연관도 없는 30여 년 전 일로 재앙이 닥치자 임금의 은혜로 30년 동안 별문제 없이 지냈던 것처럼 이번에도 무사히 지나갈까 하고 스스로 향옥(鄉獄)에 나가 처분을 기다린다는 의미다.
52) 눈섭에 ᄶ러러진 액(厄): 눈앞에 닥친 재난.
53) 독의 든돌 피(避)홀넌가: '독 안에 들어가도 팔자 도망은 못 한다'는 속담과 같은 의미로, 사람마다 정해진 팔자는 마음대로 벗어날 수 없음을 비유적으로 이르는 말이다.
54) 피창(彼蒼): 저 하늘. 하늘에 가슴속 번뇌를 호소할 때 하는 말이다.

외로울손 우리 편모(偏母) 눌노 ᄒᆞ여 위안(慰安)ᄒᆞ고

일월(日月)이 고명(高明)ᄒᆞ샤 옥셕(玉石)을 굴희시니[55]

특지(特旨)[56]의 ᄒᆞᆫ 말솜이 ᄌᆞ명(自鳴)[57]ᄒᆞᆫᄃᆞᆯ 더ᄒᆞᆯ소냐

죽은 남기 봄을 만나 ᄆᆞᄅᆞᆫ 쎠희 술 도치니[58]

남찬(南竄)[59]ᄒᆞ나 북젹(北謫)[60]ᄒᆞᆫᄃᆞᆯ 죄(罪)가 아냐 영광(榮光)일시

투져(投杼)[61]ᄒᆞ던 남은 경혼(驚魂)[62] 의녀(倚閭)[63]ᄒᆞ고 감읍(感泣)ᄒᆞ네

노모와 눈물로 작별하다

이 군은(君恩) 이 텬ᄒᆡᆼ(天幸)은 결초(結草)ᄒᆞᆫᄃᆞᆯ 다 갑ᄒᆞᆯ가

---

55) 일월(日月)이~굴희시니: 임금께서 총명하고 지혜로워서 잘잘못을 판결한다는 의미다.

56) 특지(特旨): 특별히 내리는 임금의 명령.

57) 자명(自鳴): 홀로 욺. 스스로 욺.

58) ᄆᆞᄅᆞᆫ~도치니: 마른 뼈에 살이 돋아나니. '쎠'는 '쎠'의 오기. 마른 가지에 싹이 돋아난다는 뜻으로, 여기서는 죽음을 면하고 유배형에 처해졌음을 의미한다.

59) 남찬(南竄): 남쪽으로 귀양 보냄.

60) 북젹(北謫): 북쪽으로 귀양 보냄.

61) 투져(投杼): 베틀의 북을 내던진다는 뜻으로, 참소하는 말을 믿게 되었다는 의미다.『전국책』「진책 이秦策二」에 이르기를, "옛날에 증자가 비(費) 땅에 살았는데, 그곳 사람 가운데 증자와 이름이 같은 증삼(曾參)이란 자가 있었다. 그 증삼이 살인을 했는데, 사람들이 증자의 어머니에게 '증삼이 살인했다'고 알리자, 증자의 어머니는 '내 아들은 살인을 할 사람이 아니다' 하면서 태연하게 베를 짰다. 얼마 있다 또 사람들이 '증삼이 살인했다'고 했으나, 증삼의 어머니는 그대로 베를 짰다. 한참 뒤에 어떤 사람이 또 '증삼이 살인했다' 하자, 증자의 어머니는 두려워하면서 북을 내던지고 달려갔다"고 한다.

62) 투져(投杼)ᄒᆞ던 남은 경혼(驚魂): 어머니가 아들이 죄에 연루되었다는 소식을 처음에는 믿지 않다가 나중에 사실을 알고 깜짝 놀람을 말한다.

63) 의려(倚閭): 자식의 안부를 걱정하며 기다리는 모친을 의미한다. 전국시대 제나라 왕손가(王孫賈)가 15세에 민왕(閔王)을 섬겼는데, 모친이 "네가 아침에 나가서 저녁에 돌아올 때면 내가 집 문에 기대어 너를 기다렸고, 네가 저녁에 나가서 돌아오지 않을 때면 내가 마을 어귀의 문에 기대어 너를 기다렸다(女朝出而晚來, 則吾倚門而望, 女暮出而不還, 則吾倚閭而望)"라고 한 고사에서 유래했다.『전국책』「제책 육齊策六」.

소미(素昧)[64]에 강도샹(江都相)[65]도 법(法)밧긔눈[66] 측은(惻
隱)커놀
　　지친(至親)[67]의 판금오(判金吾)[68]눈 내 언제 겨ᄇ린가
　　불모지(不毛地) 촛곡 초자[69] 극북(極北)에 더지이니[70]
　　북당(北堂)[71]의 미츤말이[72] 놀나온 돗 다힝(多幸)혼 돗
　　험딘(險津)[73]을 혜지 말고[74] 듀야(晝夜)로 돌녀와셔
　　ᄒᄅ밤 ᄒᄅ나즐 손잡고 작별(作別)홀 시
　　늌십쇠년(六十衰年)[75] 빅발옹(白髮翁)이 팔질병친(八耋病親)[76] 쩌
나올 제
　　수쳔니(數千里) 혼(限)업손 길 다시 보기 긔약(期約)홀가
　　이내 졍경(情境) 이내 니별(離別) 고금(古今)의 듯도 못히
　　일식(日色)도 참담(慘憺)커든 텰셕(鐵石)인돌 견딀손가
　　친의(親意)롤 딘졍(鎭定)ᄒ려 모진 ᄆᆞ음 둘너먹고
　　셜운 간댱(肝腸) 셜이담아[77] 눈물을 춤고 춤아
　　하딕(下直)ᄒ고 문(門)을 나니 가슴이 터지거다

64) 소매(素昧): 견문이 좁고 사리에 어두움.
65) 강도상(江都相): 조선시대 벼슬의 하나로, 영의정·좌의정·우의정이나 이 벼슬을 지낸 사
람을 임명했으며 실무에 종사하지는 않았다.
66) 법(法)밧긔눈: 본받기는.
67) 지친(至親): 더할 수 없이 친함. 또는 부자, 형제, 숙질 사이와 같이 매우 가까운 친족.
68) 판금오(判金吾): 조선시대 왕명을 받들어 죄인을 심문하는 일을 담당하던 의금부 최고위
관직인 종1품 판의금부사(判義禁府事)의 다른 이름.
69) 촛곡 초자: 찾고 찾아. '-곡'은 '-고'의 옛말.
70) 더지이니: 던져지니. '더지다'는 '던지다'의 옛말.
71) 북당(北堂): 어머니를 높여 부르는 말.
72) 미츤말이: 미치니. 이르니. '및다'는 '미치다'의 준말.
73) 험진(險津): 위험한 나루터.
74) 혜지 말고: 생각하지 말고. '혜다'는 '생각하다'의 옛말.
75) 육십쇠년(六十衰年): 예순의 쇠약해지는 나이.
76) 팔질병친(八耋病親): 팔순의 병든 부모.
77) 셜이담아: 깊이 간직하여. '서리담다'는 (무엇을) 마음속에 깊이 간직하다라는 뜻.

귀양길에 올라 유배지에 도착하다

팔쳑댱신(八尺長身) 설잉구여[78] 반부담(半負擔)[79]의 실녀시니
챵능참(昌陵站)[80] 수십니(數十里)의 송츄(松楸)[81]룰 디나갈 시
조훈(祖訓)[82]을 듯줍는 둣 ㅇ혼(兒魂)이 쑈로는 둣
지원(至冤)[83]호 빠힌 회포(懷抱) 통곡(痛哭)호들 플닐소냐
엄견(嚴譴)이 유훈(有限)호니[84] 경곡(頃刻)인돌 엄뉴(淹留)[85]홀가
부용물[86] 채쳐[87] 몰아 십전구돈(十顚九頓)[88] 면(免)홀소냐
양쥬(楊州)라 노던 짜히 구안면(舊顏面)[89]이 다 피(避)호고
쳥화현(淸化縣)[90] 낫 제[91] 들어 쥬인(主人)도 됴타마는
힝식(行色)이 볼 디 업셔 간 곳마다 곤욕(困辱)이라
자고 새아 가고 가니 뒤길은 날날 머니[92]

---

78) 설잉구여: 미상. 문맥상 몸을 웅크리고라는 뜻인 듯하다.
79) 반부담(半負擔): 반부담마(半負擔馬). 부담짝을 절반 정도 실은 말을 이르던 말.
80) 챵능참(昌陵站): 창릉 역마을. '창릉'은 서오릉(西五陵)의 하나로 조선 예종과 그의 비인 안순왕후(安順王后)의 능이다.
81) 송추(松楸): 경기도 양주시 장흥면에 있는 지명. '송추(松楸)'는 소나무와 가래나무로, 무덤 주변에 많이 심었기에 산소 또는 선산(先山)을 가리키는 말로도 쓰인다.
82) 조훈(祖訓): 조상의 가르침.
83) 지원(至冤): 지원극통(至冤極痛). 지극히 억울하고 분통함.
84) 엄견(嚴譴)이 유한(有限)호니: 엄한 견책이 기한이 있으니. 여기서는 기한 내에 유배지에 도착해야 함을 말한다. '엄견'은 엄하게 꾸짖는다는 뜻으로, 여기서는 형벌을 의미한다.
85) 엄류(淹留): 오래 머무름.
86) 부용물: 부용마(不用馬). 쓰지 못할 말.
87) 채쳐: 채찍으로 쳐서.
88) 십전구돈(十顚九頓): 열 번 엎어지고 아홉 번 거꾸러짐. 숱한 괴로움을 겪는다는 말.
89) 구안면(舊顏面): 옛날에 알던 얼굴.
90) 쳥화현(淸化縣): 경기도 포천시의 옛 지명.
91) 낫 제: 낮에. 낮 때에. '낫'은 '낮'의 옛말. '제[時]'는 '적, 때'라는 뜻.
92) 뒤길은 날날 머니: 지나온 길은 나날이 멀어지네.

보리비탈[93] 삼일우(三日雨)[94]에 정삼(征衫)[95]을 다 적시고

고산녕(高山嶺)[96] 계유 올나 경국(京國)[97]을 굽어보니

부운(浮雲)이 폐식(蔽塞)[98]ᄒ여 남북(南北)을 못 굴횔다[99]

냥쳔ᄉ(梁泉寺)[100] ᄎ자들어 ᄉ싱(死生)을 묵도(黙禱)[101]ᄒ고

젼졍(前定)[102]을 졈검(點檢)ᄒ니 신셰(身世)도 곤익(困厄)[103]ᄒ다

쳥운샹(靑雲上)[104] 녯 벗이야 ᄉ거(使車)[105]로 돌녀신돌

탈(頉) 업슨 초원직(草原客)[106]은 져ᄂ 조차[107] 도피(逃避)ᄒ니[108]

말 못 ᄒᄂ 강산(江山)의돌 이 경식(景色)의 눈을 들가

낙민누(樂民樓)[109] 만셰교(萬歲橋)[110]룰 쑴결의 디나거다

관남관북(關南關北)[111] 갈닌 길흘 단쳔(端川)으로 내여노코

---

93) 보리비탈: 강원도 김성 부근의 지명.
94) 삼일우(三日雨): 사흘이나 계속해서 내리는 비라는 뜻으로, 꽤 많이 오는 비를 이른다.
95) 정삼(征衫): 나그네의 옷. 행인의 옷.
96) 고산령(高山嶺): 함경남도 단천에 있는 고개.
97) 경국(京國): 서울.
98) 폐색(蔽塞): 가려 막음.
99) 못 굴횔다: 못 가리겠다. '굴희다' '굴히다'는 '가리다' '구분하다'의 옛말.
100) 양천사(梁泉寺): 함경남도 고원군 영천리 반룡산(盤龍山)에 있는 절.
101) 묵도(黙禱): 마음속으로 빎.
102) 전정(前定): 사전에 정해짐. 여기서는 앞으로 펼쳐질 상황을 말한다.
103) 곤액(困厄): 곤란과 재액을 가리키는 것으로, 매우 어려운 상황과 재앙이 겹친 불운을 이르는 말이다.
104) 청운상(靑雲上): 높은 벼슬에 있는.
105) 사거(使車): 사자(使者)가 타는 수레.
106) 초원객(草原客): 초원역의 손님. '초원'은 함경도 정평부에 있었던 역이다.
107) 져ᄂ 조차: 저는 쫓아서.
108) 청운상(靑雲上)~도피(逃避)ᄒ니: 높은 벼슬에 있는 옛 벗은 수레를 타고 달리는데, 죄 없이 초원역(草原驛)까지 온 자신은 친구를 피해 도망한다는 의미다.
109) 낙민루(樂民樓): 함경남도 함흥부(咸興府) 성천강 가에 있던 정자.
110) 만세교(萬歲橋): 낙민루 아래 있는 다리.
111) 관남관북(關南關北): 관남은 마천령 남쪽, 곧 함경남도를 일컫고, 관북은 마천령 이북, 함경북도를 일컫는다.

청히영(靑海營)[112] 물을 쉬워[113] 부녕(富寧) 젹힝(謫行)[114] 히후
(邂逅)ᄒ예

길쥬(吉州) 명쳔(明川) 어드메오 경뢰샹망(瓊雷相望)[115] 머도 멀샤

안변(安邊) 참보(慘報)[116] 경통(驚痛)ᄒ다 도쳥도셜(道聽塗說)[117]
씀이과져

녕남(嶺南) 극변(極邊) 졔도 가니[118] 삼분오녈(三分五裂) 수졀(愁
切)[119] 홀샤

궁황졀막(窮荒絶漠)[120] 일됴노(一條路)[121]에 ᄎ신고혈(此身孤
子)[122] 더옥 셟다

후치(厚峙)[123] 매덕(賣德)[124] 무인지(無人地)롤 구뷔구뷔 쉬여 넘어

능귀촌(能歸村) 더위잡아[125] 호닌역(呼獜驛) 도라들어

---

112) 청해영(靑海營): 청해의 군영(軍營). '청해'는 함경남도 북청군에 있는 지명.
113) 쉬워: 쉬게 하여. '쉬오다' '쉬우다'는 '쉬게 하다'의 옛말.
114) 적행(謫行): 귀양 가는 행렬.
115) 경뢰상망(瓊雷相望): 경뢰(瓊雷)에서 서로 바라봄. 경뢰는 중국 남쪽 지방인 경주(瓊州)와
뇌주(雷州)의 합칭. 소식(蘇軾)이 경주 지방인 해남(海南)으로 귀양 가면서, 뇌주로 귀양 가는
아우 소철(蘇轍)에게 부친 시「기자유寄子由」에 "경주와 뇌주 사이 운해로 막혔다고 싫어 마라.
그래도 멀리서 서로 바라보도록 허락한 것이 성은인 것을(莫嫌瓊雷隔雲海. 聖恩尚許遙相望)"이
라 했다.
116) 참보(慘報): 참혹한 소식.
117) 도청도설(道聽塗說): 길거리에 떠도는 뜬소문.『논어』「양화陽貨」에 공자가 "길에서 듣고
길에서 말하는 것은 덕을 버리는 것이다(道聽而塗說, 德之棄也)"라고 했는데, 좋은 말을 듣더라
도 속에 깊이 쌓아두어 자기 것으로 만들지 않으면 덕을 버리는 것과 마찬가지라는 의미다. 이
후 근거 없이 떠도는 이야기를 지칭하는 뜻으로 쓰였다.
118) 영남(嶺南)~가니: 영남의 아주 구석진 곳에 저도 가네. 영조 31년(1755) 을해옥사 때 이
광명의 사촌인 이광현(李匡顯)은 영남 기장(機張)으로 유배되었다.
119) 수절(愁切): 매우 근심스러움.
120) 궁황절막(窮荒絶漠): 넓고 쓸쓸한 아주 먼 변경.
121) 일조로(一條路): 한줄기 길.
122) 차신고혈(此身孤子): 이 몸이 혼자가 되어 쓸쓸함.
123) 후치(厚峙): 후치령(厚峙嶺). 함경남도 북청군 이곡면과 풍산군 안산면 사이에 있는 고개.
124) 매덕(賣德): 매덕령(賣德嶺). 양강도 풍서군에 있는 고개.
125) 더위잡아: 움켜잡아. 붙잡아. '더위잡다'는 높은 곳에 오르려고 무엇을 끌어 잡다라는 뜻.

빅두산(白頭山) 겻히 두고 녀진국(女眞國) 남은 터히
익가[126] 수플 헤쳐내여 형극(荊棘)[127]을 열어시니
팔면부지(八面不知)[128] 일향창(一鄕倉)[129]과 셔식(棲息)[130]을 의
탁(依托)ㅎ고
쳑동(尺僮)[131]을 편지 주어 친졍(親庭)[132]의 도라갈 시
가향(家鄕)[133]은 한ㄱ이라[134] 인ᄌ니졍(人子離情)[135] 아득ㅎ다

고통스러운 유배생활을 하다

삭풍(朔風)은 들어치고[136] ᄉ산(四山)은 욱인[137] 골이
히묵은 얼음이오 조츄(早秋)의 눈이 오니
빅초(百草)가 션녕(先零)[138]커든 만곡(萬穀)이 될 셰[139] 업니

126) 익가: 이깔나무. 잎갈나무.
127) 형극(荊棘): 가시덩굴. 여기서는 죄인을 위리안치(圍籬安置)하기 위한 가시울타리를 의미
한다.
128) 팔면부지(八面不知): 어느 면으로 보나 전혀 알지 못함. 생면부지와 같은 말.
129) 일향창(一鄕倉): 한 마을의 촌뜨기.
130) 서식(棲息): 깃들여 삶.
131) 쳑동(尺僮): 열 살 안팎의 어린아이.
132) 친정(親庭): 본가(本家)
133) 가향(家鄕): 자기 집이 있는 고향.
134) 한ㄱ이라: 아주 구석진 곳이라.
135) 인자이정(人子離情): 자식이 부모를 이별한 정.
136) 들어치고: 들이치고. '들어치다'는 '들이치다'의 방언.
137) 욱인: 우묵하게 굽은. 여기서는 산이 사면을 둘러싸고 있음을 의미한다. '욱다'는 안으로
조금 우묵하게 우그러져 굽은 듯하다라는 뜻.
138) 선령(先零): 먼저 말라버림.
139) 셰: 세력. 형세. '셰'는 '세(勢)'의 옛말.

귀보리밥[140] 못 니으며 니뿔[141]이아 구경홀가

소치(蔬菜)도 주리거니 어육(魚肉)을 싱각홀가

가죽옷 과하(過夏)[142]호니 포피(布被)[143]로 어한(禦寒)[144] 엇지

마니(摩尼)[145] 사곡(沙谷)[146] 별건곤(別乾坤)[147]에 산진히착(山珍
海錯)[148] 어듸 두고

화외삼갑(化外三甲)[149] 호(號) 난[150] 악지(惡地) 빅동만물(百種萬
物)[151] 그리는고

츄국낙영(秋菊落英) 업슨 곳에 녕균(靈均)[152]인돌 셕찬(夕餐)홀가[153]

고듁두견(孤竹杜鵑) 못 들으니 낙텬(樂天)[154]이도 홀말 업늬[155]

---

140) 귀보리밥: 귀리밥. '귀보리(耳麥)'는 '귀리'의 옛말.
141) 니뿔: 입쌀. 멥쌀.
142) 과하(過夏): 여름을 지냄.
143) 포피(布被): 무명 이불.
144) 어한(禦寒): 추위를 막음.
145) 마니(摩尼): 강화도 마니산.
146) 사곡(沙谷): 강화도의 지명.
147) 별건곤(別乾坤): 속세와 달리 경치나 분위기가 아주 좋은 세상.
148) 산진해착(山珍海錯): 산해진미와 같은 말.
149) 화외삼갑(化外三甲): 교화가 미치지 못하는 삼수(三水)와 갑산(甲山).
150) 호(號) 난: 세상에 널리 알려진.
151) 백종만물(百種萬物): 갖가지 많은 물건.
152) 영균(靈均): 중국 전국시대 초나라 정치가인 굴원(屈原)의 자(字).
153) 추국낙영(秋菊落英)~석찬(夕餐)홀가: 가을 국화도 피지 않는 곳에서 굴원이라고 한들 저
녁밥을 먹을 수 있겠는가. 날씨가 추워 국화도 피지 않는 곳에서 유배생활을 하기가 힘들다는
의미다. 굴원이 지은 「이소離騷」 중에 "아침에는 모란에서 떨어지는 이슬을 마시고, 저녁에는
떨어지는 가을 국화 꽃잎을 먹네(朝飮木蘭之墜露兮, 夕餐秋菊之落英)"라는 구절이 있다.
154) 낙천(樂天): 당나라 시인 백거이(白居易)의 자(字).
155) 고듁두견(孤竹杜鵑)~업늬: 피리 소리와 두견새 소리 들을 수 없으니 백낙천도 할말 없네.
자신이 유배 와 있는 곳에서는 악기 소리와 두견새 소리도 들을 수 없으니, 백낙천이 이곳에
왔다면 「비파행琵琶行」 같은 시를 짓지 못했을 것이라는 의미다. 「비파행」 중에 "나는 지난해
에 장안을 떠나, 심양성에 귀양 와 병들어 누웠다오. 심양 땅이 궁벽하고 음악도 없어, 한 해가
다 가도록 악기 소리 못 들었다오. 분강 가까이 살아 땅이 낮고 습해, 집 주위엔 갈대와 대숲만
무성하다네. 그간 아침저녁 들은 소리라고는 피 맺힌 두견새와 원숭이의 슬픈 울음뿐. 봄날 강
가에 꽃 피는 아침과 가을날 달 밝은 밤이면, 가끔 술을 얻어 홀로 잔을 기울인다오(我從去年
辭帝京, 謫去臥病潯陽城. 潯陽地僻 無音樂, 終歲不聞 絲竹聲. 住近湓江 地低濕, 黃蘆苦竹 繞宅生. 其間

미친 실음 플쟉시면 분니곤고(分內困苦)[156] 헌ᄉᆞ홀가[157]

토산(土産)의 박박쥬(薄薄酒)[158]도 긔나마나 미매(買賣) 업고

기악(妓樂)[159]은 하것마ᄂᆞᆫ[160] 어니 경(景)[161]에 금가(琴歌)[162]홀가

댱평산(長平山)[163] 허쳔강(虛川江)[164]에 유남(遊覽)에도 ᄠᅳᆺ이 업늬

민풍(民風)도 후(厚)타 ᄒᆞ되 웃거라도[165] 아니 온다

봇 덥고 흙 닌 방에[166] 두문(杜門)[167]ᄒᆞ고 홀노 이셔

승예(蠅蜹)[168]ᄂᆞᆫ 폐창(蔽窓)[169]ᄒᆞ고 조갈(蚤蝎)[170]은 만벽(滿壁)[171]ᄒᆞ듸

안즌 곳의 ᄒᆡ 디우고[172] 누은 자리 밤을 새와

ᄌᆞᆷ든 밧긔 한숨이오 한숨 ᄆᆞᆺᄎᆡ 눈물일싀

旦暮 聞何物, 杜鵑啼血 猿哀聲. 春江花朝 秋月夜, 往往取酒 還獨傾)"라고 했다.

156) 분내곤고(分內困苦): 자신의 분수를 넘지 않는 범위의 곤궁함과 괴로움.

157) 헌ᄉᆞ홀가: 야단스럽게 떠들어대겠는가. '헌ᄉᆞᄒᆞ다'는 '수다를 부리다'의 옛말.

158) 박박주(薄薄酒): 팁팁하고 맛이 없는 술.

159) 기악(妓樂): 기생의 풍류.

160) 하것마ᄂᆞᆫ: 하지만. '-것마ᄂᆞᆫ'은 '-건마는'의 옛말.

161) 경(景): 경황(景況). 정신적·시간적 여유나 형편.

162) 금가(琴歌): 거문고 타면서 노래를 부름.

163) 장평산(長平山): 함경남도 갑산군에 있는 산.

164) 허천강(虛川江): 함경남도 풍산군에서 시작해, 개마고원을 지나 압록강으로 흘러드는 강.

165) 웃거라도: 웃것이라도. '웃것'은 '윗마을'의 방언.

166) 봇 덥고~방에: 지붕을 봇으로 덮고 흙으로 바른 방에. '봇'은 자작나무 껍질. '니다'는 '이다'의 옛말. '이다'는 기와나 볏짚 따위로 지붕 위를 덮는다라는 뜻.

167) 두문(杜門): 출입을 하지 않으려고 방문을 닫아 막음.

168) 승예(蠅蜹): 쉬파리와 모기.

169) 폐창(蔽窓): 창을 가림.

170) 조갈(蚤蝎): 벼룩과 전갈.

171) 만벽(滿壁): 벽에 가득함.

172) ᄒᆡ 디우고: 날을 보내고. '디우다'는 '지우다'의 옛말로, '보내다' '떨어지게 하다'라는 뜻이다.

어머니를 그리워하다

밤밤마다 쑴의 뵈니 쑴을 둘너[173] 샹시(常時)과져[174]

학발주안(鶴髮慈顔)[175] 못 보거든 안족셔신(雁足書信)[176] 주줄엄은[177]

기두린들 둉[178]이 올가 오노라면 둘이 넘니

못 본 제논 기두리나 보니논 쉬원홀가

노친쇼식(老親消息) 나 모롤 제 내 쇼식 노친(老親) 알가

쳔산만슈(千山萬水) 막힌 길히 일반고스(一般苦思)[179] 뉘 헤울고[180]

문노라 붉은 돌아 냥지(兩地)[181]의 비최거뇨

쓰로고져 쓰눈 구롬 남텬(南天)으로 둣눈고야[182]

흐르눈 내히 되여 집 압히 둘넛고져

누눈 둧 새나 되여 챵젼(窓前)의 가 노닐고져

내 무옴 혜여흐니 노친정사(老親情事)[183] 닐너 무숨

여의(如意)[184] 일흔 눙(龍)이오 치(鴟)[185] 업슨 비 아닌가

츄풍(秋風)의 낙엽(落葉)굿히 어드메 가 지박(止泊)[186]홀고

173) 쑴을 둘너: 꿈을 빌려. '두르다'에 없는 것을 이리저리 구하거나 빌리다라는 뜻이 있다.
174) 쑴을 둘너 상시(常時)과져: 꿈을 빌려와 평상시로 삼고 싶다는 의미다.
175) 학발자안(鶴髮慈顔): 하얗게 센 머리와 자애로운 얼굴. 늙은 어머니를 이른다.
176) 안족서신(雁足書信): 기러기발에 맨 편지.
177) 주줄엄은: 잦으려무나. '좆다'는 빈번하다라는 뜻.
178) 둉: 종[僕].
179) 일반고사(一般苦思): 1가지 고통스러운 생각.
180) 헤울고: 헤아릴꼬.
181) 양지(兩地): 어머니가 계시는 강화도와 자신이 유배 와 있는 갑산 두 곳을 말한다.
182) 둣눈고야: 달려가는구나. '둣다' '닷다'는 '뛰다' '달리다'의 옛말.
183) 노친정사(老親情事): 늙은 어버이의 상황.
184) 여의(如意): 여의주.
185) 치(鴟): '키'의 옛말.
186) 지박(止泊): 어떤 곳에 머무름.

계퇵(第宅)도 파산(破散)호고[187] 친속(親屬)은 분찬(分竄)호니[188]

도노(道路)의 방황(彷徨)흔돌 할 곳이 젼(全)혀 업닉

어느 째예 즘으시며[189] 무스거술 잡습눈고

일졈으리[190] 숣히더니 어느 주손 디신(代身)홀고

나 아니면 뉘 뫼시며 주모(慈母)밧긔 날 뉘 괼고

자신의 처지를 한탄하다

놈의 업슨 모주졍니(母子情理) 슈유샹니(須臾相離)[191] 못 호더니

조물(造物)을 뮈이건가[192] 이대도록 쎄쳐[193] 온고

말노장신(末路藏身) 덜호던가[194] 셕일건앙(昔日愆殃)[195] 못 셰칠
다[196]

텬명(天命)인가 가운(家運)인가 뉘 탓시라 원망(怨望)홀고

가묘신알(家廟晨謁)[197] 구폐(久廢)[198]호고 구목슈호(丘木守護)[199]홀
길 업닉

---

187) 제택(第宅)도 파산(破散)호고: 집안 살림도 파산하고. '제택'은 큰 저택을 이른다.
188) 친속(親屬)은 분찬(分竄)호니: 친척들은 여기저기로 흩어져 숨으니.
189) 즘으시며: 주무시며. '즘으시다'는 '주무시다'의 옛말.
190) 일졈으리: 일졈그리. 이르게나 저물게나. 온종일 내내.
191) 수유상리(須臾相離): 잠시 서로 떨어져 있음.
192) 뮈이건가: 미움을 받은 것인가. '믜이다'는 미움을 받는다라는 뜻.
193) 쎄쳐: '뗴치다'는 '달라붙는 것을 떼어 물리치다' '붙잡는 것을 뿌리치다'라는 뜻.
194) 말로장신(末路藏身) 덜호던가: 말년에 은거를 제대로 하지 못했던가.
195) 셕일건앙(昔日愆殃): 지난날의 허물과 재앙.
196) 못 셰칠다: 못 깨달았는가. '셰치다'는 '깨닫다'의 옛말.
197) 가묘신알(家廟晨謁): 아침 일찍 집안에 모신 사당에 문안함.
198) 구폐(久廢): 오랫동안 폐함.
199) 구목수호(丘木守護): 무덤가에 있는 나무를 지키고 보호함. 무덤을 돌본다는 의미다.

ᄉ시가졀(四時佳節)²⁰⁰⁾ 다 보내고 상여긔신(喪餘忌辰)²⁰¹⁾ 도라올 제

분향졘쟉(焚香奠酌)²⁰²⁾ 못 ᄒ올 일 싱ᄂ(生內)예 처음이라

텬애고혼(天涯孤恨)²⁰³⁾ 더져두고 친변경샹(親邊景像)²⁰⁴⁾ 오죽홀가

마지말아²⁰⁵⁾ 륜낙(淪落)²⁰⁶⁾거든 형뎨(兄弟)나 두도던가

형뎨(兄弟)가 죵션(終鮮)커든²⁰⁷⁾ ᄌ셩(子姓)이나 니읫던가²⁰⁸⁾

독신(獨身)이 무후(無後)ᄒ여 시측(侍側)²⁰⁹⁾에 의탁(依托) 업시

무혼(無限)혼 애만 쯰워²¹⁰⁾ 불효(不孝)도 막대(莫大)ᄒ다

ᄌ탄신셰(自歎身世)홀 일 업서 출알오²¹¹⁾ 닛쟈 ᄒ되

한을 삼긴²¹²⁾ 소소 졍(情)이 믓믓마다²¹³⁾ 졀노 나니

긴긴 낫 깁흔 밤의 쳔니샹ᄉ(千里相思)²¹⁴⁾ ᄒ골 ᄀ히²¹⁵⁾

ᄒ루도 열두 째오 ᄒ 돌도 셜흔 날에

날 보내고 돌 디내여 ᄒ마²¹⁶⁾ 거의 반년(半年)일식

일어구러²¹⁷⁾ 히포²¹⁸⁾ 되면 사나 마나 무엇 홀고

---

200) 사시가절(四時佳節): 사계절의 명절.

201) 상여기신(喪餘忌辰): 삼년상을 넘기고 지내는 기제사.

202) 분향전작(焚香奠酌): 향불을 피우고 술을 올림.

203) 천애고한(天涯苦恨): 먼 변방에서 고통받는 사람. 화자 자신을 가리킨다.

204) 친변경상(親邊景像): 부모님 주변의 상황.

205) 마지말아: 마지못해. 어쩔 수 없이.

206) 윤락(淪落): 세력이나 살림이 보잘것없어져 다른 고장으로 떠돌아다님.

207) 형제(兄弟)가 종선(終鮮)커든: 형제가 비록 드물더라도.

208) 자성(子姓)이나 니읫던가: 후손이나 이었던가. '니우다'는 '잇다(承)'의 옛말.

209) 시측(侍側): 곁에 있으면서 웃어른을 모심.

210) 애만 쯰워: 애만 쓰게 하여.

211) 출알오: 차라리.

212) 삼긴: 생기게 한. '삼기다'는 '생기게 하다'의 옛말.

213) 믓믓마다: 끝끝마다. 생각할 때마다. 일마다.

214) 천리상사(千里相思): 멀리 떨어져 서로 그리워함.

215) ᄒ골 ᄀ히: 한결같아서.

216) ᄒ마: 벌써. 이미.

217) 일어구러: 이러구러. 이럭저럭 시간이 흐르는 모양.

218) 히포: 한 해가 조금 넘는 동안.

고낙(苦樂)이 슌환(循環)호니 어늬 날에 도라갈고

텬샹금계(天上金鷄)[219] 울어녜면[220] 우슴 웃고 이 말 호리

아마도 우리 셩군(聖君) 효니하(孝理下)[221]의 명츈은경(明春恩
慶)[222] 미츠쇼셔.

—『증참의공적소시가贈參議公謫所詩歌』

---

219) 천상금계(天上金鷄): 금계는 하늘에 산다는 닭인데, 사면을 뜻한다. 당나라 때 사면령을
내리는 날 나무로 넉 자쯤 되게 닭을 만들고 머리는 금으로 꾸미고 입에는 비단으로 만든 기를
물려서 채반(采盤)에다 높이 세워 들고 다니며 소리쳤다고 한다. 『당서』「예의지禮儀志」.
220) 울어녜면: 울면서 가면. '녜다'는 '가다'의 옛말.
221) 효리하(孝理下): 효도로 나라를 다스리고 백성을 교화하는 정치 아래.
222) 명춘은경(明春恩慶): 내년 봄의 은혜로운 경사. 여기서는 내년 봄에 사면령을 내리는 것을
말한다.

지나간 세월을 돌이켜보며 탄식하다

語어話화 벗님너야 이니 말슴 드러보쇼

人生 天地間의 긔 아니 늣거온가[1]

平生을 다 스라도 다만지 百年이오

허물며 百年이 반듯기 어려오니

百代之過과客직[2]이오 滄창海히之一粟[3]이라

---

1) 긔 아니 늣거온가: 가슴이 벅차지 않은가. '느껍다'는 어떤 느낌이 마음에 북받쳐서 벅차다
라는 뜻.

2) 백대지과객(百代之過客): 이백의 「춘야연도리원서春夜宴桃李園序」에 "천지는 만물이 머무는
여관이요, 세월은 백대에 지나가는 나그네같이 덧없다(天地萬物之逆旅, 光陰百代之過客)"라는
구절이 나온다.

3) 창해지일속(滄海之一粟): 넓은 바다에 떠 있는 좁쌀 한 톨이라는 뜻으로, 인간이라는 존재가
아주 미미함을 이른다. 송나라 문인 소식(蘇軾)이 지은 「적벽부赤壁賦」의 한 구절인 "천지간에
빌붙어 사는 하루살이 인생, 아득한 바다의 좁쌀 한 톨이네(寄蜉蝣於天地, 渺滄海之一粟)"에서
온 말이다.

逆역旅려乾건坤곤⁴⁾의 지나가는 숀이로다

비러온 人生이 꿈의 몸 가지고셔

男兒의 ᄒ올 일을 平生을 다ᄒ여도

풀 긋히 이슬이오 오히려 덧업거든

語話 닉 일이야 光광陰음을 혜아리니

半生이 치 못 되야 六六의 두리 웁다⁵⁾

已이徃왕事ᄉ 生覺각ᄒ고 卽즉今금 일 혜아리니

翻번覆복도 긔지업고 昇沈도 가히업다

남디다⁶⁾ 그러ᄒᆫ가 나 혼ᄌ 이러ᄒᆫ가

닉 비록 닉 일이나 닉 亦역是시 닉 몰닉라

長장吁우短단歎탄 졀노 나니 島中傷상感감⁷⁾ᄹᆞᆫ이로다

유복하고 반듯하게 소년 시절을 보내다

父母生我ᄒ옵실 졔 죽은 날을 나으시니

富貴功名ᄒ야던지 絶졀島도苦고生싱ᄒ야던지

天命이 기옵던지 仙方⁸⁾을 試시驗험ᄒᆞᆫ지

一晝夜 죽은 兒嬉 忽홀然연이 ᄉᆞ라나니

四ᄉ柱쥬八字 무어닉여⁹⁾ 平生 吉길凶흉 占졈卜복ᄒᆞᆯ 졔

---

4) 역려건곤(逆旅乾坤): 마치 여관과 같은 세상이라는 뜻으로, 덧없고 허무한 세상을 이른다.
5) 육육(六六)의 두리 웁다: 육 곱하기 육은 삼십육에서 둘이 모자라니, 현재 나이가 서른넷이라는 뜻이다.
6) 남디다: 남대되. 남들도 모두. '대되'는 '대체로' '통틀어' '모두'라는 뜻을 나타내는 옛말.
7) [교감] 도중상감(島中傷感): 섬 가운데서 느끼는 슬픈 마음. 동양문고본 '도증상감'. '도증상감(徒增傷感)'은 다만 상심이 더해감이라는 뜻.
8) 선방(仙方): 선술(仙術). 신선이 행하는 술법.
9) 사주팔자(四柱八字) 무어닉여: 사주팔자를 모아내어. '뭇다'는 여러 조각을 한데 붙이거나

壽富康寧10) 가즈시니11) 歸鄉향 杀살星12) 잇셔시랴

翡비緞단13) 綵치衣14) 몸의 입고 老로萊리子15)을 效효則측ᄒ여

膝슬下하의 어린 體체로 시름업시 즈라더니

語話 奇긔簿부ᄒ다16) 나의 命명途도17) 奇簿ᄒ다

十一歲 慈자母모喪상에 呼호哭곡哀이痛통18) 昏혼絶졀ᄒ니

그씨의나 죽어던들 잇찌 苦生 아니 보리

혼 번 世上 두 번 ᄉ라 人인間간行힝樂낙19)허랴던지

終종天쳔至지痛20) 슬푼 눈물 每미逢봉佳가節졀 몃 巡슌인고

十年養양育휵 外외家가 恩은功공 好호衣의好食식 그려시랴

이즌 일도 만타만은 奉봉公공無무暇가21)ᄒ미로다

어진 慈堂 드러오셔 姙임姒사之德덕22) 가졋시니

孟밍母의 三遷쳔之敎교23) 일마다 法법ᄒ시고24)

이어서 어떠한 물건을 만들다라는 뜻.

10) 수부강녕(壽富康寧): 수명이 길고 부유하며 몸이 건강하고 마음이 편안함.

11) 가즈시니: 가졌으니.

12) 살성(杀星): 사람의 운명과 수명을 맡아 그 사람을 빨리 죽게 한다는 흉한 별.

13) 비단(翡緞): '비단(緋緞)'의 오기.

14) 채의(綵衣): 채의(彩衣). 울긋불긋한 빛깔의 옷. 무늬 있는 옷.

15) 노래자(老萊子): 춘추시대 초나라의 효자. 70세가 되었는데도 때때옷을 입고 부모 곁에서 재롱을 피워 늙은 부모가 나이를 잊을 수 있게 했다고 한다.

16) 기부(奇簿)ᄒ다: '기박(奇薄)하다'의 오기.

17) 명도(命途): '명수(命數)'와 같은 말로, 운명과 재수를 아울러 이른다.

18) 호곡애통(呼哭哀痛): 곡소리를 내어 슬피 울면서 가슴 아파함.

19) 인간행락(人間行樂): 인생의 즐거움.

20) 종천지통(終天至痛): 종천지통(終天之痛). 하늘이 끝나는 아픔이라는 뜻으로, 부모의 상을 당한 슬픔을 말한다.

21) 봉공무가(奉公無暇): 공무를 받드느라 여유가 없음.

22) 임사지덕(姙姒之德): 태임(太姙)과 태사(太姒)의 덕. 태임은 주나라 문왕의 어머니요, 태사는 문왕의 아내이자 무왕의 어머니로서 현모양처였다.

23) 맹모(孟母)의 삼천지교(三遷之敎): 맹자의 어머니가 맹자를 가르치기 위해 3번이나 집을 옮겼다고 하는 고사가 전한다.

24) 법(法)ᄒ시고: 본받으시고.

曾징母의 投투杼저25) ᄒᆞᆫ 날 밋고 아니시니26)

雪셜裡리의 泣읍竹쥭27) ᄒᆞᆫ 至誠이 感天이오

百里의 負부米28) ᄒᆞᆫ 孝효子의 홀 비로다

立입身신揚양名명이 門문戶호29) 光彩광치로다

行世30)의 먼져 헐 일 글밧게 ᄯᅩ 잇ᄂᆞᆫ가

通통史ᄉᆞ31) 古고文문32) 四書셔三經경 唐당音음33) 長장編편34) 宋송明
명詩시를

明명明명이 熟슉讀독ᄒᆞ고 字ᄌᆞ字ᄌᆞ이 외와ᄂᆞ니

읽기도 ᄒᆞ련이와 지션들 아니 ᄒᆞ랴

三月春風花柳류時35)와 九秋黃菊국36) 登등高고節졀37)의

25) 증모(曾母)의 투저(投杼): 증자의 어머니가 베틀의 북을 내던졌다는 뜻으로, 참소하는 말을
믿게 됨을 이른다. 「북찬가」 각주 61번 참조.
26) 날 밋고 아니시니: 나를 믿고 하지 않으시니.
27) 설리(雪裏)의 읍죽(泣竹): 중국 삼국시대 오나라의 효자인 맹종(孟宗)의 고사에서 유래한
말. 맹종의 늙으신 어머니께서 한겨울에 죽순을 드시고 싶어하셨는데, 아직 죽순이 나오지 않
아 구할 수 없었다. 맹종이 대숲에 들어가 슬피 우니 땅속에서 죽순이 솟아나 어머니께 가져다
드렸다고 한다.
28) 백리(百里)의 부미(負米): 공자의 제자인 자로(子路)가 부모님을 봉양하려고 100리 밖에서
쌀을 지고 온 고사가 전한다.
29) 문호(文戶): 문벌(門閥). 대대로 내려오는 그 집안의 사회적 신분이나 지위.
30) 행세(行世): 세상에서 사람의 도리를 행함.
31) 통사(通史): 시대를 한정하지 않고 전 시대, 전 지역에 걸쳐 역사적 줄거리를 서술한 종합
적인 역사.
32) 고문(古文): 십체의 하나. 후세의 사륙변려체(四六駢儷體)에 대하여 의사 전달과 명쾌함을
주로 한 진한(秦漢) 이전의 실용적인 고체(古體) 산문을 이른다.
33) 당음(唐音): 중국 원나라의 양사굉(楊士宏)이 당나라 때의 시를 엄선해 엮은 책.
34) 장편(長篇): 노나라 사람인 위맹이 초나라 원왕(元王)의 손자인 유무(劉戊)의 사부가 되었
을 때, 유무가 도의(道義)를 준수하지 않고 무질서하게 생활하므로 이 점을 풍간(諷諫)하고자
지은 98구의 장편시를 말한다.
35) 삼월춘풍화류시(三月春風花柳時): 봄바람 불어 꽃 피고 버드나무에 잎이 돋는 3월.
36) 구추황국(九秋黃菊): 노란 국화가 피는 가을철인 9월.
37) 등고절(登高節): 9월 9일 중양절의 다른 이름. 옛날 풍속에 중양절에는 사람들이 붉은 주머니
에 수유(茱萸)를 담아서 팔뚝에 걸고 높은 산에 올라가 국화주를 마셔 재액을 물리쳤다고 한다.

騷소人墨묵客[38] 버지 되여 吟음風咏영月 일습을 졔

唐詩시에눈 調조格격[39]이오 宋明詩의 才治치[40]로다[41]

文與여筆이 혼가지니 쓰옵기도 호오리라

繁華甲弟[42] 付부壁벽書[43]와 奢사移치[44]公子 屏병風書에

王右軍[45]의 眞진體[46]런가 趙孟頫부[47]의 促촉體[48]런가

有名無實호다 호나 一時才童 일커더니

求구之不得득 窈요窕죠淑女 轉젼輾젼反반側즉[49] 生覺호니

東床畵화燭[50] 느겨간다 弱冠[51] 前年 有室호니

---

38) 소인묵객(騷人墨客): 시문(詩文)과 서화(書畵)를 일삼는 사람.

39) 조격(調格): 시 따위의 가락과 격식.

40) 재치(才治): '재치(才致)'의 오기. 능란한 솜씨나 말씨.

41) 당시(唐詩)에눈~재치(才致)로다: 당시 풍으로 시를 지을 때는 형식이 잘 맞고, 송시와 명시 풍으로 지을 때는 재치가 있다는 의미다.

42) 번화갑제(繁華甲弟): '번화갑제(繁華甲第)'의 오기. 화려한 집. '갑제'는 크고 넓게 아주 잘 지은 집을 일컫는다.

43) 부벽서(付壁書): 종이 따위에 써서 벽에 붙이는 글이나 글씨.

44) 사이(奢移): '사치(奢侈)'의 오기.

45) 왕우군(王右軍): 중국 동진(東晉)의 서예가 왕희지(王羲之, 307~365). 우군장군(右軍將軍)의 벼슬을 했으므로 왕우군이라고 불렸다.

46) 진체(眞體): '진체(晉體)'의 오기. 중국 진(晉)나라의 명필인 왕희지의 글씨체를 말한다.

47) 조맹부(趙孟頫): 중국 원나라의 화가이자 서예가.

48) 촉체(促體): '촉체(蜀體)'의 오기. 조맹부의 송설체(松雪體)를 말한다. 영·정조 때 서예가 황운조(黃運祚)가 "조맹부의 글씨가 소동파에게서 유래하는데, 소동파가 촉 지방 사람이었기에 그렇게 일컫는다"고 했다.

49) 구지부득(求之不得) 요조숙녀(窈窕淑女) 전전반측(轉輾反側): 요조숙녀를 그리워하나 만날 수 없어 잠 못 이룸. 『시경』 「주남周南」 「관저關雎」편 내용을 따왔다.

50) [교감] 동상화촉(東床畵燭): 혼인을 의미한다. '동상(東床)'은 동쪽 평상이라는 뜻으로 '사위'를 이르는 말이다. 『진서晉書』 「왕희지전王羲之傳」의 "중국 진(晉)나라 태위(太衛) 치감(郗鑒)이 왕도(王導)의 자제들이 뛰어나다는 소문을 듣고 사람을 시켜 사윗감을 살펴보게 하자, 다른 사람들은 모두 잘 보이려고 몸가짐을 조심했으나 왕희지만은 동쪽 평상에서 배를 드러낸 채 태연히 누워 있었다. 치감이 이 말을 듣고 왕희지를 사윗감으로 택했다"는 데서 유래한다. 동양문고본 '동방화촉'. '동방화촉(洞房華燭)'은 동방에 비치는 환한 촛불이라는 뜻으로, 혼례를 치르고 나서 첫날밤에 신랑이 신부 방에서 자는 의식을 말한다.

51) 약관(弱冠): 20살.

幽유閑한 貞졍靜졍[52] 法을 바다 三從죵之義의[53] 아라시니
內助조의 어진 妻는 成家[54]헐 徵징兆죠로다
唯유仁唯德[55] 우리 伯빅父 九世同居[56] 效효則측ᄒ여
一家之內 ᄒ디 잇셔 甘감苦고憂우樂 갓치 ᄒ니
衣食分別 뉘 아던가[57] 世세間간苟구且ᄎ[58] 니 몰니라

주색에 빠져 허송세월하다

立身揚양名 길을 ᄎ져 權권門貴宅[59] 어듸어듸
將장軍군門下[60] 幕막裨비[61]런가 丞승相샹府中[62] 記긔室[63]인가
千金駿쥰馬喚환小妾[64]은 少年노리 더옥 죳타

---

52) 유한정정(幽閑貞靜): 유한정정(幽閑靜貞). 부녀의 태도나 마음씨가 얌전하고 정조가 바름.
53) 삼종지의(三從之義): 삼종지도(三從之道).
54) [교감] 성가(成家): 재산을 모아 집안을 일으켜 세움. 동양문고본 '흥가'.
55) 유인유덕(唯仁唯德): 어질고 덕이 있음.
56) 구세동거(九世同居): 9대가 한집에서 삶. 당나라 장공예(張公藝)가 집안을 통솔할 때, 참는 것을 제일로 삼아 당호(堂號)를 백인당(百忍堂)으로 하고 매사에 화를 내지 않고 참으니, 식구들도 모두 감화를 받아 9대가 한집에 살면서도 싸우는 소리가 전혀 들리지 않았다고 한다. 『소학』「선행善行」.
57) 일가지내(一家之內)~뉘 아던가: 한집안에서 의식(衣食)이 누구 것인지 따지지 않고 근심과 즐거움을 함께하며 산다는 의미다.
58) 세간구차(世間苟且): 살림살이가 구차함. '세간'은 취음(取音)이다.
59) 권문귀택(權門貴宅): 권세 있고 귀한 집안.
60) 장군문하(將軍門下): 장군의 집. '문하'는 문객이 드나드는 권세가 있는 집이라는 뜻.
61) 막비(幕裨): 비장(裨將). 감사(監司)·유수(留守)·병사(兵使)·수사(水使)·사신(使臣)을 따라다니며 일을 돕던 무관 벼슬.
62) 승상부중(丞相府中): 승상이 집무하던 관아. 여기서는 의정부를 말한다.
63) 기실(記室): 문서를 담당하는 보좌관으로, 일종의 비서관이다.
64) 천금준마환소첩(千金駿馬喚少妾): '천금준마환소첩(千金駿馬換小妾)'의 오기. 첩과 바꾼 천금이 나가는 준마를 탐. 이백의 「양양가襄陽歌」 중 "첩과 바꾼 천금이 나가는 준마를 타고 화려한 안장에 앉아서 낙매곡을 부르네(千金駿馬換小妾, 笑坐彫鞍歌落梅)"에서 따온 구절이다.

紫ᄌ禁금陌믹上상繁번華화盛셩65)을 나도 暫좀間 ᄒ올리라

以前 마음 젼혀 잇고 豪호心 狂광症징 忽홀然 나니

白馬黃昏혼 미친 마음 遊유俠협66) 輕경薄부67) 다 쓰론다

杜陵68) 章臺딕69) 天津진橋70)도 名勝승地라 일너시니

三淸71) 雲臺72) 廣通橋73)도 노리處가 아일는가

花朝月夕74) 빈 날 읍시 酒쥬肆사靑樓루75) 건일 적에

滿만樽쥰香향醪뇨76) 泥니醉쥐77)ᄒ고 絶졀代佳가人 沈심樂78)
ᄒ여

翠쥐黛딕羅라裙군79) 고은 態틱度도 淸歌가妙묘舞무 戱희弄롱헐 졔

風流豪호士 긔 뉘런고 酒中仙션君80) 부러허랴

萬事無心 이졋시니 立身揚名 生覺ᄒ랴

---

65) 자금맥상번화셩(紫禁陌上繁華盛): '자긍맥상번화성(自矜陌上繁華盛)'의 오기. 스스로 거리에서 번화하고 성대한 차림을 뽐냄. 당나라 시인 최호(崔顥)의 「대규인답경박소년代閨人答輕迫少年」에 나오는 구절이다.
66) 유협(遊俠): 협객(俠客). 호방하고 의협심이 있는 사람.
67) 경부(輕薄): 경박(輕薄). 경박자(輕薄子). 경박한 사람.
68) [교감] 두릉(杜陵): 중국 장안 남쪽에 있는 언덕으로 패릉(霸陵)이라고도 한다. 이곳에는 패수라는 강이 있고 강 위에는 다리가 있는데, 예로부터 장안에서 동쪽으로 가는 사람을 송별하는 곳이 되었다고 한다. 동양문고본 '무릉'.
69) 장대(章臺): 한나라 장안(長安)에 있던 거리 이름으로, 기생집이 모여 있었다고 한다.
70) 천진교(天津橋): 중국 낙양(洛陽)에 있는 다리.
71) 삼청(三淸): 서울 삼청동.
72) 운대(雲臺): 필운대(弼雲臺). 인왕산에 있었던 명승지.
73) 광통교(廣通橋): 한양 중부 광통방(廣通坊)에 있던 다리. 광교(廣橋)라고도 한다.
74) 화조월석(花朝月夕): 꽃 피는 아침과 달 밝은 밤이라는 뜻으로, 경치가 가장 좋은 때를 이르는 말이다.
75) 주사청루(酒肆靑樓): 기생집. 술집.
76) 만준향료(滿樽香醪): 술동이에 가득찬 향기로운 술.
77) 니취(泥醉): 빠져서 취함.
78) 침락(沈樂): 쾌락에 빠짐.
79) 취대나군(翠黛羅裙): 화장하고 비단옷을 입은 미녀. '취대'는 눈썹을 그리는 데 쓰는 푸른 먹이고, '나군'은 얇은 비단치마다.
80) 주중선군(酒中仙君): 술에 취한 신선.

少年노리 그만허주 父母 근심 깁푸시다

陌믹 上繁번華화[81] 思ㅅ郞낭ᄒ니[82] 閨규裏리花鳥[83] 느져간다

궁에 들어가서 일하다 삭탈관직당했다가 복권되다

넷 마음 고쳐 나니 ᄒ던 勤근苦[84] 다시 ᄒ주

軍門月音음[85] 猶유足ᄒ니 父母奉養허려더니

니 혈일 안일ᄂ가 數三年을 치 못 ᄒ고

遊食之民[86] 아니 되랴 末말其業업[87] 일숨다가

御어藥약院원[88] 드러가니 金門[89] 玉階계[90] 길을 여러

至微미至賤쳔ᄒ온 몸이 天門近侍[91] 바라시랴

錦금衣을 몸에 감고 玉食을 베고 잇셔[92]

繁華의 씌여시며 富貴의 ᄊ혀시니

81) 맥상번화(陌上繁華): 길가의 번화함.
82) [교감] 사랑(思郞)ᄒ니: '思郞'은 '사랑'의 취음이다. 가사문학관 소장본 '쟈랑ᄒ니', 동양문고본 '자랑ᄒ니'.
83) [교감] 규리화조(閨裏花鳥): 규중의 꽃과 새. 여기서는 부부간의 사랑을 의미한다. 가사문학관 소장본 '규리화됴', 동양문고본 '규리홍안'.
84) 근고(勤苦): 마음과 몸을 다해 애씀.
85) 군문월음(軍門月音): 군문월름(軍門月廩). 무관직에 종사해 월급으로 받은 곡식.
86) 유식지민(遊食之民): 하는 일 없이 놀고먹는 백성.
87) 말기업(末其業): 말기지업(末技之業). 변변치 않은 재주를 필요로 하는 일. 농사 이외의 상업 같은 일.
88) 어약원(御藥院): '어약원(御藥園)'의 오기. 궁궐 안에서 약초를 키우는 곳.
89) 금문(金門): 대궐 문.
90) 옥계(玉階): 대궐 안의 섬돌.
91) 천문근시(天門近侍): 임금을 가까이서 모심. '천문'은 대궐의 문을 높여 이르는 말이다.
92) 옥식(玉食)을 베고 잇셔: 좋은 음식을 실컷 먹는다는 뜻이다.

福過과災지生93)이라 小心奉公94) 잘못ᄒ고

削삭案안退퇴去거95)ᄒ온 후에 七日 獄옥中 지니오니

곱든 衣服 無色ᄒ고96) 죠흔 음식 맛시 읍다

卯묘伺사守슈直97) 生覺 밧게 斗料료素소食 連命되니98)

罔망極극天恩99) 가업스나 喜희極극還환悲비100) 눈물난다

語話 過과分ᄒ다 天恩도 過分ᄒ다

宮任임 監감署셔101) 昇승差ᄎ102)ᄒ믄 生覺ᄉ록 過分ᄒ다

다시 죄를 지어 유배를 당하다

繁華富貴 고쳐 ᄒ고 錦衣玉食 다시 ᄒ랴

長安大道 널분 길노 肥비馬輕경駒구103) 단일 젹에

---

93) 복과재생(福過災生): 복이 지나치면 재앙이 생겨남.
94) [교감] 소심봉공(小心奉公): 삼가고 조심하는 마음으로 나라를 위해 힘써 일함. 동양문고본 '효심봉공'.
95) [교감] 삭안퇴거(削案退去): 삭관퇴거(削官退去). 죄지은 자의 벼슬과 품계를 빼앗고 벼슬아치의 명부에서 지워버리는 것을 말한다. 동양문고본 '사흘 퇴거'.
96) 무색(無色)ᄒ고: 본래의 특색을 드러내지 못해 보잘것없어지고 초라해짐을 말한다.
97) 묘사수직(卯伺守直): 묘시(오전 6시) 무렵에 출근하여 자기 직분을 지킴. '수직'은 건물이나 물건을 맡아서 지키는 것을 말한다.
98) [교감] 두료소식(斗料素食) 연명(連命)되니: 녹봉 1말과 소박한 음식으로 목숨을 이어가니. '연명(連命)'은 '연명(延命)'의 오기. 동양문고본 '두료소식 연명되니', 가사문학관 소장본 '두료소식 년명되니', 한국가사문학 강독 '우요소식 연면ᄒ니'.
99) 망극천은(罔極天恩): 임금님의 끝없는 은혜.
100) 희극환비(喜極還悲): 기쁨이 지극해 도리어 슬퍼짐.
101) 감서(監署): '감서(監書)'의 오기. 규장각 소속 잡직의 하나. 임금이 재가(裁可)한 문서와 응제문자(應製文字)를 분담 관리했다.
102) 승차(昇差): 벼슬이 오름.
103) 비마경구(肥馬輕駒): '비마경구(肥馬輕裘)'의 오기. 살진 말을 타고 가벼운 가죽옷을 입음. 생활이 호화스러움을 형용하는 말.

素소非親친戚쳑更깅爲親[104]은 예로부터 일너나니

여긔 가도 숀을 잡고 져긔 가도 반게 ᄒ니

立身도 되다 ᄒ고 揚名도 ᄒ다 ᄒ리

萬事如意ᄒ니 莫막非天恩 모를손가

忠則盡진命[105] 아라시니 碎쇠身輔보國[106] ᄒ려더니

猝졸富貴 不詳이라 困곤馬卜복重[107] 되야던지

極극盛셩則必필敗피ᄒ니 興흥盡진悲來ᄒ엿던지

다 오로면 나려오고 가득ᄒ야 씨여던지[108]

好事多魔마ᄒ니 花田衝츙火[109] 되야던지

人間에 일이 만하 造조物이 猜싀忌긔턴지

靑天白日 말은 날에 雷뢰霆졍霹벽靂력 急급피 치니

三魂혼七魄빅[110] 나라난다[111] 天地人事 아올손가

如不勝승衣[112] 弱약ᄒᆫ 몸에 二十五斤 칼을 쓰고

手鎖쇄 足鎖 ᄒ온 후에 死獄中[113]에 갓치이니

나 지은 罪죄 혜아리니 如山如海ᄒ여고나

앗갑다 닉 일이야 이둛다 닉 일이여

---

104) 소비친척갱위친(素非親戚更爲親): 평소에 친척으로 여기지 않던 이들이 다시 친한 척함.
105) 충즉진명(忠則盡命): 충성하여 목숨을 바침.
106) 쇄신보국(碎身輔國): 뼈가 가루가 되고 몸이 부서지도록 충성을 바쳐 나랏일을 도움.
107) 곤마복중(困馬卜重): '약마복중(弱馬卜重)'과 같은 말. 약한 말에 무거운 짐을 싣는다는 뜻으로, 재주와 힘이 부족한 사람이 능력에 벅찬 일을 맡음을 비유적으로 이른다.
108) 씨여던지: 찢어졌던지. '씨여지다·쯰여지다'는 '찢어지다'의 옛말.
109) 화전충화(花田衝火): 꽃밭에 불을 지른다는 뜻으로, 젊은이의 앞길을 막거나 그르치게 함을 이르는 말이다. 행복한 가운데 갑작스럽게 불행이 닥침을 뜻한다.
110) 삼혼칠백(三魂七魄): 사람의 혼백을 일반적으로 이르는 말. '삼혼'은 불교에서 말하는 태광(台光), 상령(爽靈), 유정(幽精)의 세 영혼을 이른다. '칠백'은 도가에서 사람 몸에 있다고 하는 시구(尸拘), 복시(伏矢), 작음(雀陰), 탄적(吞賊), 비독(非毒), 제예(除穢), 취폐(臭肺)의 7가지 넋.
111) 나라난다: 사방으로 날아서 흩어진다는 뜻.
112) 여불승의(如不勝衣): 옷 무게도 이기지 못할 듯함.
113) 사옥중(死獄中): '사옥중(司獄中)'의 오기. '사옥(司獄)'은 형벌과 감옥을 주관하는 관서다.

平生 一心 願원호기를 忠孝兩全젼호즈더니
혼 번 일 그릇호니 不忠不孝 다 되엿다
悔회噬셜臍졔而莫及[114]이라 뉘우츤들 무숨 호리
灯등盞잔불 친는 나뷔 져 죽을 쥴 아라시며
어듸셔 食祿록之人[115] 罪짓즈 호랴만은
大厄익이 當前호고 눈죠츠 어두오니
마른 셥 등에 지고 烈火에 드미로다
지 된들 뉘 탓시니 살 可望 업다만은
一命을 쑤이옵셔[116] 海島에 보니시니
語話 聖恩이여 가지록[117] 罔極호다

한강에서 부모 친척과 이별하다

江頭에 비을 민고 父母親戚쳑 離리別헐 졔
슬푼 우름 혼쇼리[118]에 漠막漠愁슈雲[119] 머무는 듯
손 잡고 이른 말숨 죠히[120] 가라 當付부호니
가슴이 막키거던 對答이나 나올손가

---

114) 회서제이막급(悔噬臍而莫及): 사향노루가 사람에게 붙잡히게 된 것이 배꼽의 사향 때문이라 해서 배꼽을 물어뜯으려 해도 소용없다는 뜻으로, 일을 그르친 뒤에는 후회해도 이미 늦음을 비유하는 말이다.
115) 식록지인(食祿之人): 나라의 녹을 먹는 사람.
116) 일명(一命)을 쑤이옵셔: 한 목숨을 빌려주시어. 즉 살려주다는 의미다. '쑤이다'는 빌려주다라는 뜻.
117) 가지록: 갈수록.
118) 혼쇼리: 크게 지르는 외마디소리.
119) 막막수운(漠漠愁雲): 아득히 펼쳐져 있는 근심스러운 구름.
120) 죠히: 별 탈 없이 잘.

如醉취如狂광ᄒ니 눈물이 下直일다

江上에 빈 써나니 離別時가 이씨로다

山川이 근심ᄒ니 父子 離別헐 씨로다

搖요櫓도一聲[121]의 흐르는 빈 살 갓트니

一帶되長江이 어니ᄉ이 가로졋다[122]

風便에 우름쇼릐 空공江을 건너오니

行人도 落淚루ᄒ네 니 가슴 뮈여진다

呼호父一聲 업더지니 이고 소릐뿐이로다

叫규天叩고地[123] 아모련들 아니 갈 길 되올숀야

유배길에 올라 해남에 도착하다

범 갓튼 官差ᄎ[124]덜은 슈이 가ᄌ 짓촉ᄒ니

헐일업셔 말게 올나 압길을 바라보니

靑山는 몃 겹이며 綠록水는 몃 구뷔뇨

넘도록 뫼히로다 건네도록 물이로다

夕陽은 지를 넘고 空山 寂적寞막ᄒ다

綠록陰은 우거지고 杜두鵑견이 啼졔血긔[125] 헐 졔

슬푸다 져 시쇼릐 不如歸귀[126]는 무슴 일고

---

121) 요로일성(搖櫓一聲): 노 젓는 소리 한 마디.
122) 일대장강(一帶長江)이 어니ᄉ이 가로졋다: 강 한줄기가 배와 나란히 되었다. 배가 강을 따라 흘러감을 표현했다.
123) 규천고지(叫天叩地): 하늘을 향해 부르짖고 땅에 이마를 찧음.
124) 관차(官差): 관아에서 파견하던 군뢰(軍牢), 사령(使令) 따위의 아전.
125) 두견(杜鵑)이 제혈(啼血): 두견새가 피를 토하고 욺.
126) 불여귀(不如歸): 두견새의 울음소리. 보통 고국으로 돌아가지 못하는 한을 표현한다. 중국 촉나라의 망제(望帝) 두우(杜宇)가 재상 별령(鱉令)에게 왕위를 빼앗겨 한을 품고 죽었는데,

네 일을 우롬이야 니 말을 니로미야

갓득에 헛튼[127] 근심 눈물이 져져셔라

萬樹에 烟연鎖쇄[128] ᄒ니 니 근심 먹음은 듯

千林림에 露로結결ᄒ니 니 눈물 ᄲ리ᄂᆞᆫ 듯

ᄡᅳ둔 말[129]이 지게[130] 가니 압ᄎᆞᆷ[131]은 어듸메요

놉흔 嶺영 반거 올나 故고鄕향을 바라보니

悵창茫망흔 구름 속에 白鷗구飛비去거ᄲᅮᆫ이로다

京畿긔 ᄯᅡ 다 지니고 忠淸道 달여드러

鷄게龍룡山 놉흔 뫼히 눈결에 지니치니

列졀邑의 關관文[132] 밧고 곳곳지 點졈考고ᄒᆞ여

恩津진을 넘어셔니 礪여山은 全羅라道라

益익山 지나 全州 드러 城地山川[133] 둘너보니

반갑다 南門 길이여 長安道[134] 依의然ᄒ도다

百各塵젼[135] 버러시니 鐘閣路 지나ᄂᆞᆫ 듯

寒한碧벽堂[136] 瀟소灑쇄ᄒ듸 朝日이 놉하시니

그후 두견새 한 마리가 날아와 궁궐 앞에서 슬피 울었다. 촉나라 사람들이 이 새를 망제의 넋이라 여겨 그 울음소리가 '불여귀거[不如歸去, 돌아감만 못하다]'라고 하는 것 같다 하여 두견새를 '불여귀'라고 불렀다는 전설이 전한다.

127) 헛튼: 아무렇게나 섞인. 잡다한.

128) 만수(萬樹)에 연쇄(烟鎖): 모든 나무에 사슬이 연결된 것처럼 안개가 서림.

129) ᄡᅳ둔 말: 뜨던 말. 행동이 굼뜨던 말. 'ᄡᅳ다'는 '느리다'의 옛말.

130) 지게: 동작이 빠르게.

131) 압ᄎᆞᆷ: 다음에 머무를 곳. '참(站)'은 관원이 공무로 돌아다닐 때 숙식을 제공하고 빈객(賓客)을 접대하고자 각 주(州)와 현(縣)에 둔 객사(客舍)다.

132) 관문(關文): 동급 또는 하급 관청에 보내는 공문서 또는 허가서.

133) 성지산천(城地山川): 성(城)과 그 주변의 자연.

134) 장안도(長安道): 장안의 길. 여기서는 한양의 번화한 길을 말한다.

135) 백각전(百各廛): 평시서(平市署)에서 관할하던 서울의 각 전(廛). 여기서는 많은 가게를 말한다.

136) 한벽당(寒碧堂): 전주시에 있는 조선시대 초기의 누각. 1404년(태종 4) 조선의 개국공신이며 집현전 직제학을 지낸 최담이 그의 별장으로 지은 것이다.

萬馬골 너른 쓸에 長川이 빗겨셔라

金溝구 泰仁 幷병邑읍[137] 지나 長城 驛력馬 가라타고

羅州 지나 靈령巖암 들어 月出츌山을 도라드니

萬壑학千峰봉이 半空공에 소수 잇다

銅동石巖암[138] 방아셕이 이 뫼에 잇다 ᄒ니

一國之名山이오 景경概긔난 죠타만은

니 마음 어득ᄒ니[139] 어니 겨를 슬펴보리

天冠山[140]을 가로치고[141] 達달馬山[142]을 지나치니

晝쥬夜不分 몃 날 만에 海島邊에 오단 말가

바다를 건너 추자도에 들어가다

바다흘 바라보니 波濤파도도 洶흉湧용[143]ᄒ다

가업슨 바다히오 限업슨 波濤파도로다

太極극肇조判판[144]ᄒ온 후에 天地廣광大ᄒ다커눌

하날 아릭 넑스오문 짜히런가 ᄒ여더니

卽즉今으로 보량이면 왼 天下히 물이로라

---

137) 병읍(幷邑): '정읍(井邑)'의 오기.
138) 동석암(銅石巖): '동석암(動石巖)'의 오기. 월출산 구정봉 아래 있는 바위.
139) 어득ᄒ니: 아득하니. 막막하니.
140) 천관산(天冠山): 전라남도 장흥군에 있는 산.
141) 가로치고: 가리키고. '가로치다' 'フ로치다'는 '가리키다[指]'의 옛말.
142) 달마산(達馬山): '달마산(達摩山)'의 오기. 전라남도 해남군에 있는 산.
143) 흉용(洶湧): 물결이 매우 세차게 일어남.
144) 태극조판(太極肇判): 태극이 처음 쪼개어 갈라짐. '태극'은 역학(易學)에서 우주 만물이 생긴 근원이라고 보는 본체다. 하늘과 땅이 나뉘기 전, 세상 만물이 생기는 근원이 되는 것을 말한다.

바람도 쉬여 가고 구름도 쉬여 넘네

나는 시도 못 지니고 져를 어이 가조 흐리

씨마즌 셔북풍은 뇌 길을 지촉흔다

船션頭 一雙쌍白旗긔 東南을 가로치니

千石 실은 大重船션¹⁴⁵⁾에 雙쌍돗츨 노피 달고

健건壯장흔 都도柁스公¹⁴⁶⁾이 비머리의 느와 셔셔

只지掬국總총 션쇼리¹⁴⁷⁾의 漁어辭스臥와 話答답¹⁴⁸⁾헐 졔

마듸마듸 凄쳐凉량흐니 謫젹客心事 엇더헐고

回首 長江 바라보니¹⁴⁹⁾ 浮부雲蔽폐日 아니 뵌다

이뇌 길이 어인 길고 무슴 일로 가난 길고

不老草 求구흐랴고 三神山¹⁵⁰⁾ 츠즈가나

童男童女 아니여든 方士¹⁵¹⁾ 徐셔市¹⁵²⁾ 츠즈가나

洞동庭졍湖호¹⁵³⁾ 발근 달에 岳악陽樓¹⁵⁴⁾ 오르랴나

瀟소湘상江¹⁵⁵⁾ 구즌비에 弔조湘君¹⁵⁶⁾흐랴는가

---

145) [교감] 대중선(大重船):동양문고본 '대동선(大同船)'.

146) 도타공(都柁公): '도사공(都沙工)'의 오기.

147) 선(先)쇼리: 메기는소리. 민요를 부를 때 한 사람이 앞서 부르는 소리.

148) 화답(話答): '화답(和答)'의 오기.

149) [교감] 回首 長江 바라보니: 가람본 '만언스' '回首 長安 돌아보니'.

150) 삼신산(三神山): 중국 옛 전설에 바다 가운데 있는, 신선들이 산다는 3개의 산. 즉 봉래(蓬萊)·방장(方丈)·영주(瀛洲)의 삼산(三山).

151) 방사(方士): 신선의 술법을 닦는 사람.

152) 서시(徐市): '서불(徐市)'의 오기. '서불'은 진시황 시대 도사로, 진시황에게 불사약을 캐오겠다고 속여 동남동녀 500명을 데리고 동해로 떠났으나 돌아오지 않았다.

153) 동정호(洞庭湖): 중국 호남성에 있는 중국 제일의 호수로 그 둘레가 700리나 된다.

154) 악양루(岳陽樓): 중국 호남성 동정호 동쪽 연안에 있는 악양현의 서쪽 문 위에 있는 누대로, 두보(杜甫)의 「등악양루登岳陽樓」로 유명해졌다.

155) 소상강(瀟湘江): 중국 호남성의 소수(瀟水)와 상수(湘水)가 합류하는 곳. 이곳에 순임금의 두 부인 아황과 여영의 묘가 있다. 두 부인이 순임금의 죽음을 애도하며 흘린 눈물이 피가 되어 붉은 반점이 생겼다는 반죽(斑竹)이 유명하다.

156) 조상군(弔湘君): 상군을 조문함. '상군'은 순임금의 두 비인 아황과 여영을 말한다.

田園원이 將蕪무ᄒ니 歸귀去來ᄒ옵ᄂᆞᆫ가¹⁵⁷⁾

五湖호舟 흘니져어 明哲철保보身ᄒ랴ᄂᆞᆫ가¹⁵⁸⁾

긴 고릭 칩더 타고¹⁵⁹⁾ 白日昇승天¹⁶⁰⁾ᄒ랴ᄂᆞᆫ가¹⁶¹⁾

父母妻子 다 바리고 어듸메로 혼ᄌ 가노

우ᄂᆞᆫ 눈물 沼소이 되야 大海水를 보틱리니

黑흑雲一片편 어듸로셔 忽홀然 狂風 무ᄉᆞᆷ 일고

山岳악 갓튼 놉흔 물결 빅머리을 눌너 칠 졔

큰나큰 빅 죠리 되니¹⁶²⁾ 五臟장六腑부 다 나온다

天恩 입어 남은 목슘 마ᄌ 진케 되기고나

楚초漢乾건坤 火炎염中에 將軍 紀긔信¹⁶³⁾ 되련이와

西風落日 冥명羅水¹⁶⁴⁾에 屈굴三呂려¹⁶⁵⁾을 不願원터니

此亦天命 허일읍다 一生一死 엇지ᄒ리

---

157) 전원(田園)이 장무(將蕪)ᄒ니 귀거래(歸去來)ᄒ옵ᄂᆞᆫ가: 시골의 논밭과 동산이 장차 황무지가 되려 하니 관직을 그만두고 고향으로 돌아가려 하는가. 도연명의 「귀거래사」에 나오는 구절이다.

158) 오호주(五湖舟) 흘니져어 명철보신(明哲保身)ᄒ랴ᄂᆞᆫ가: 오호에 배를 띄워 자기 몸을 보존하려는가. 월나라 대부인 범려(范蠡)가 미인 서시(西施)를 오왕(吳王) 부차에게 바쳐 오나라를 멸망시킨 다음, 월나라 임금 구천에게 견제받을 것을 염려하여 이름을 바꾸고 오호에 배를 띄워 망명했는데, 이때 오나라 궁궐에 있던 서시를 데리고 갔다 한다.

159) 칩더 타고: 뛰어올라 타고. '칩뜨다'는 몸을 힘차게 솟구쳐 높이 떠오르다라는 뜻.

160) 백일승천(白日昇天): 도를 극진히 닦아 육신을 가진 채 신선이 되어 대낮에 하늘로 올라가는 일을 말한다.

161) 긴 고래~백일승천(白日昇天)ᄒ랴ᄂᆞᆫ가: 고래를 타고 대낮에 하늘로 날아올라가려는가. 이백은 원래 하늘의 신선이었는데 『황정경黃庭經』을 잘못 읽어 지상으로 유배 왔다가 기한이 차서 물속 고래를 타고 다시 하늘로 날아올라갔다 하는 고사가 전한다.

162) 큰나큰~되니: 큰 배가 조리질을 하듯이 흔들림을 의미한다.

163) 기신(紀信): 한나라 고조 유방의 신하로, 고조가 항우와 싸우다 매우 위급한 지경에 빠졌을 때 한고조로 가장해 대신 죽고 그를 탈출시켰다.

164) 명라수(冥羅水): '멱라수(汨羅水)'의 오기. 중국 호남성에 있는 강으로, 전국시대 초나라의 굴원이 이 강에 빠져 죽었다 하여 유명하다.

165) 굴삼려(屈三呂): 삼려대부(三呂大夫)라는 벼슬을 지낸 초나라 충신 굴원.

出츌沒몰死生[166] 三晝쥬夜에 櫓노 지이고[167] 닷틀 쥬니[168]
水路로千里 다 지나고 楸츄子島 여긔로다

고달픈 유배생활이 시작되다

四面을 도라보니 날 알 니 뉘 잇스리
뵈난 니 바다히오 들니ᄂ니 물소릐라
碧벽海渴갈淪륜後[169]에 모릐 뫼혀 셤이 되니
楸츄子셤 삼길 졔논 天作地獄옥 여긔로다
海水로 城을 ᄡ고 雲山으로 門을 지어[170]
世上을 ᄯ쳐스니 人間이 아니로다
豊풍都도城[171] 어듸메요 地獄이 여긔로다
어듸메로 가ᄌ 말고 뉘 집으로 가ᄌ 말고
이 집의 가 主人 ᄒᄌ 艱간難란ᄒ다 핑계ᄒ고
져 집의 가 依의支지ᄒᄌ 緣연故 잇다 稱칭脫탈[172]ᄒ니
이 집 져 집 아모딘들 謫젹客 主人 뉘 되잘고

---

166) 츌몰사생(出沒死生): 사생츌몰(死生出沒). 생사존망(生死存亡). 살아서 존재하는 것과 죽어서 없어지는 것. 높은 파도에 배가 솟구쳤다 가라앉았다 하는 사이 죽을 고비를 넘긴 것을 말한다.
167) 노(櫓) 지이고: 노를 놓고서. '지이다'는 아래로 떨어뜨리거나 놓다라는 뜻.
168) 닷틀 쥬니: 닻을 푸니. '주다'는 실이나 줄 따위를 풀리는 쪽으로 더 주다라는 뜻.
169) 벽해갈륜후(碧海渴淪後): '벽해갈류후(碧海渴流後)'의 오기. 푸른 바다가 다 흐른 뒤.
170) 해수(海水)로~지어: 바다가 성처럼 둘러 있고, 구름 낀 먼산이 문이 됨. 지세가 험함을 이른다.
171) 풍도성(豊都城): '풍도성(酆都城)'의 오기. '풍도'는 귀신이 다스린다는 나풍산(羅酆山) 동천(洞天)의 육궁(六宮)을 가리킨다. 이 육궁은 육천(六天) 귀신이 다스리는 곳인데, 사람이 죽으면 여기로 온다고 한다.
172) 칭탈(稱脫): '칭탈(稱頉)'의 오기. 핑계를 댐.

官力으로 逼핍迫박 ᄒ니 勢세不得득己 맛타시나

官人 져어¹⁷³⁾ 못 ᄒ 말을 만만ᄒ니 니 다 듯니

世間 그릇 훗더지며 逆역情졍니여 ᄒᄂ 말이

져 나그니 혀여보쇼 主人 아니 불상ᄒ가

이 집 져 집 잘사ᄂ 집 훈두 집이 아니여든

官人덜은 人情¹⁷⁴⁾ 밧고 손님네ᄂ 쵸김¹⁷⁵⁾ 드러

굿ᄒ여 니 집으로 緣연分 잇셔 와 계신가

니 살이 澹담珀박¹⁷⁶⁾혼 줄 보시다야 아니 알가

압뒤에 田畓답 업고 물속으로 生涯이ᄒ니¹⁷⁷⁾

身兼겸妻子¹⁷⁸⁾ 셰 식구도 糊호口ᄒ기 어렵거든

糧량食 웁ᄂ 나그네ᄂ 무엇 먹고 살야시나

집이란들 업슬손가¹⁷⁹⁾ 긔여들고 그여나니

房 혼 間 主人 드니 나그네 잘 듸 웁다

쒸 자리 혼 立¹⁸⁰⁾ 쥬어 簷쳠下에 居處쳐ᄒ니

瘴장氣긔¹⁸¹⁾에 漏濕ᄒ야 즘셩도 ᄒ도헐ᄉ

西山에 落日ᄒ고 금음밤 어두온듸

南北村 두셰 집은 솔불에 희미ᄒ다

어듸셔 슬푼 소리 니 근심 돕는고나

別浦포에 비 쩌나니 櫓노 졋ᄂ 쇼리로다

---

173) 져어: 두려워하여. '젛다' '저어하다'는 염려하거나 두려워하다라는 뜻의 옛말.

174) 인정(人情): 벼슬아치들에게 몰래 주던 선물.

175) [교감] 쵸김: 추김. 부추김. '쵸기다'는 '추기다'의 옛말. 가사문학관 소장본 '츄김'.

176) 담박(澹珀): '담박(澹泊)'의 오기. 담백함. 욕심이 없고 마음이 깨끗함.

177) 물속으로 생애(生涯)ᄒ니: 어업으로 생계를 이어가니.

178) 신겸처자(身兼妻子): 자기 자신, 아내, 자식.

179) [교감] 업슬손가: 동양문고본 '너를손가'.

180) 혼 닙(立): 한 닢. 한 장.

181) 장기(瘴氣): 축축하고 더운 땅에서 생기는 독한 기운.

눈물노 밤을 시야 아춤에 早조飯반[182] 듀니

덜 쓸은[183] 보리밥에 巫무醬장 썽이[184]뿐이로다

그도 져도 아죠 업셔 굴물 젹은 업슬눈가

여름날 긴긴날의 비곱파 어려워라

衣服을 도라보니 한슘이 졀노 난다

쌈이 븨고 씨 오로니 굴독 막은[185] 德席셕[186]일다

語話 늬 일이야 可憐련이도 되여고나

玉食珍진饌찬[187] 어듸 가고 麥믹飯반塩염醬장 되야시며

翡비緞단綵치衣 어듸 가고 懸현鶉슌百結결[188]ㅎ여눈고

이 몸이 스라눈가 죽어셔 鬼귀神인가

말ㅎ니 스라씨 模모㨾양은 鬼神일다

한슘 끗티 눈물지고 눈물 끗티 어이업셔

도로혀 우음[189] 나니 밋친 스룸 되거고나

<hr>

182) 조반(早飯): 아침 끼니를 먹기 전에 간단하게 먹는 음식.

183) 쓸은: 쓿은. 찧은.

184) 무장(巫醬) 썽이: 무장 덩어리. '무장(醬)'은 뜬 메주에 물을 붓고 2, 3일 후에 물이 우러나면 소금으로 간을 맞춰 3, 4일간 익힌 것이다.

185) 굴독 막은: 굴뚝을 막은. '굴독' '굴쪽'은 '굴뚝'의 옛말.

186) 덕석(德席): 추울 때 소의 등을 덮어주는 멍석. '德席'은 취음이다.

187) 옥식진찬(玉食珍饌): 하얀 쌀밥과 진귀한 맛좋은 음식.

188) 현순백결(懸鶉百結): 옷이 해져 백 군데나 기웠다는 뜻으로, 누덕누덕 기워 짧아진 옷을 이르는 말이다.

189) 우음: '웃음'의 옛말.

자기 잘못을 뉘우치다

語話 보리가을¹⁹⁰⁾ 麥風¹⁹¹⁾도 셔늘ᄒ다

前山 後山의 黃金을 펼쳐시니

枝지掛괘¹⁹²⁾을 버셔노코 前山에 굽일면셔¹⁹³⁾

閑한暇가이 뷔ᄂ 農夫 문노라 져 農夫야

밥 우희¹⁹⁴⁾ 보리단슐 몃 그릇 먹너ᄂ야

淸風에 醉혼 얼골 씨안들 무엇 ᄒ리

年年 뿔풍登등ᄒ니 ᄒ마다 보리 뷔여

마당에 두다리고 春용井정¹⁹⁵⁾에 쓰러니여¹⁹⁶⁾

一分은 밥쓸 ᄒ고 一分은 슐쓸 ᄒ여

밥 먹어 비부로고 슐 먹어 醉취혼 후에

含함飽포鼓고腹복¹⁹⁷⁾ᄒ고 擊壤歌¹⁹⁸⁾를 부로도다

農家에 죠흔 興味미 져런 쥴 아라드면

功名을 貪탐치 말고 農事를 심쓸ᄂ니

---

190) 보리가을: 익은 보리를 거둬들이는 철.
191) 맥풍(麥風): 보리 위를 스치는 바람이라는 뜻으로, 초여름의 훈훈한 바람을 이르는 말이다.
192) 지괘(枝掛): 지게. '枝掛'는 취음이다.
193) 굽일면셔: 몸을 굽혔다 폈다 하면서. '굽일다' '굽닐다'는 '굼닐다'의 옛말.
194) 밥 우희: 밥 외에.
195) 용정(春井): '용정(春精)'의 오기. 곡식을 찧음.
196) 쓰러니여: 쓿어내어. '쓿다'는 곡식을 찧어 속꺼풀을 벗기고 깨끗하게 하다라는 뜻.
197) 함포고복(含飽鼓腹): 함포고복(含哺鼓腹). 잔뜩 먹고 배를 두드린다는 뜻으로, 먹을 것이 풍족하여 좋아하고 즐기는 모양을 이르는 말이다.
198) 격양가(擊壤歌): 풍년이 들어 태평세월을 즐기는 노래. 옛날 중국 요임금이 세상에서 자기 정치를 어떻게 생각하는지 알아보려고 평복을 하고 거리로 나가봤더니, 어떤 농부가 「격양가」를 부르고 있었다고 한다. 노랫말은 "해 뜨면 일어나 일하고, 해 지면 밥을 먹네. 목마르면 땅을 파서 물을 마시니, 임금의 힘인들 내게 무엇을 끼치리오(日出而作, 日入而食. 鑿井而飮, 帝力何有於我哉)"라고 한다.

白雲이 즐기눈 쥴 靑雲이 알냐만은[199]

探탐花蜂봉蝶겹이 網망羅라에 걸여슬야

어져 올탄 말이 오날이야 왼 쥴 아니

뉘웃츤 마음이여 업다야 ᄒ랴만은

범 물일 쥴 아라시면 깁흔 山에 드러가며

쩌러질 쥴 아라시면 놉흔 남게 올나시며

破파船션홀 쥴 아라시면 田稅셰 大同[200] 시러시며

失실手할 쥴 아라시면 나기 장긔 버려시며

罪죄지을 쥴 아라시면 功名 貪탐츠 ᄒ랴마는

山陳진민[201] 水陳민[202]와 海東靑[203] 보라민[204]가

深심樹叢총林림[205] 슉어 날려 山鷄계野야鶩목[206] 츠고 날 져[207]

앗갑다 걸이거다 두 날기 걸이거다

먹기에 貪이 나니 荊형棘극 몰나보미로다

주인에게 박대를 당하다

語話 민망ᄒ다 主人 薄박待디 민망ᄒ다

---

199) 백운(白雲)이~알냐만은: 백운이 한가롭게 즐긴다는 것을 청운이 알까마는. 여기서 백운
은 농부의 삶을, 청운은 입신출세를 의미한다.
200) 대동(大同): 대동선(大同船).
201) 산진(山陳)미: 산지니. 산속에서 자라 여러 해를 묵은 매.
202) 수진(水陳)미: 수지니. 길들인 매.
203) 해동청(海東靑): 송골매.
204) 보라미: 보라매. 생후 1년이 안 된 새끼를 잡아 길들여 사냥에 쓰는 매.
205) 심수총림(深樹叢林): 나무가 깊숙이 우거진 숲.
206) 산계야목(山鷄野鶩): 산꿩과 들오리.
207) 츠고 날 져: 날쌔게 채서 날아갈 때.

안이 먹은 혯酒情정208)에 辱욕說셜죠초 非輕경ᄒ다

혼ᄌ 안져 군말ᄒ듯 날 드르라 ᄒᄂ 말이

건넌집 나그네ᄂ 政정丞승의 아들이요

뒤집의 손님네는 判판書의 아오로셔

나라의 得罪ᄒ고 絶島에 드러오면

以前 말은 ᄒ도 말고 여긔 스람 일을 비와

고기 낙기 나무 뷔기 ᄌ리 치기 신 삼기에

보리動동鈴영 ᄒ여다가 主人 糧양食 보퇴거든

훈 곤디209)ᄂ 무슨 일노 空공훈 밥을 먹으랴노

쓰ᄌᄂ 열 손가락 꼼짝도 아니ᄒ고

것ᄌᄂ 두 다리를 옴쭉도 아니ᄒ니

석은 남게 박은 끌가 典當 잡은 燭쵹ᄖ디런가210)

죵 ᄎᄌ러 온 上典인가 빗 바드러 온 債치主211)런가

同異리姓212)에 眷권黨당213)인가 풋낫214)치 親친旧구런가

兩班반인가 常常人인가 病병人인가 半便편인가

花艸라고 두고 보고 怪괴石이라 노코 볼가

恩은惠혜 깃친 일니 잇셔 特특命명으로 먹으랴나

져 지은 罪 뉘 타신가 져 셔름을 늬 아던가

밤나즈로 우는 쇼릐 슬픈 소릐 듯기 슬타

---

208) 혯주졍(酒情): 헛주졍(酒酲).
209) 훈 곤디: 한 군데. 한 사람. '곤대' '곤데'는 '군데'의 방언.
210) 석은~쵯대런가: 썩은 나무에 박아놓은 끌이나 전당으로 잡아놓은 촛대처럼 꼼짝도 않음을 비유한 말이다.
211) 채주(債主): 남에게 돈을 빌려준 사람.
212) 동이성(同異姓): 성이 같고 다름.
213) 권당(眷黨): 친척.
214) 풋낫: 서로 낯이나 익힐 정도로 앎.

인륜을 모르는 이들과 함께 살게 된 자신의 처지를 한탄하다

혼 번 듯고 두 번 듯고 痛통憤분키도 ᄒ다마ᄂ
風俗속으로 보아ᄒ니 駭히然이²¹⁵⁾ 莫甚심ᄒ다
人倫이 업셔시니 父子의 싸홈이오
男女을 不分ᄒ니 계집의 등짐이라
方語어도 怪괴異리ᄒ니 尊존卑비을 아을손가
다만지 아ᄂ 거시 손곱아 듀먹셈²¹⁶⁾
두 다ᄉᆺ 혼 다ᄉᆺ 뭇 다ᄉᆺ 곱기로다²¹⁷⁾
暴포惡약貪탐慾니 禮義廉염恥치 되야스니²¹⁸⁾
紛분戰견訟송邑읍²¹⁹⁾으로 孝悌계忠信 사마서라
無知가 그러ᄒ고 莫知가 이러ᄒ니
王化가 不及급이라 犬戎융의 行事로다
人心이 안니여니 人事을 責칙望망ᄒ며
니 歸귀鄕향 아니런면 이런 일 보와스며
죠고만 실기쳔에 두 발을 싸진 宵鏡²²⁰⁾
눈먼 줄 恨한歎탄이지 介기川을 是非ᄒ며
님ᄌ 안여 즌ᄂ 기를 쑤즈즌덜 뭇엇 ᄒ리

---

215) 해연(駭然)이: 해연히. 몹시 이상스러워 놀랍게.
216) 듀먹셈: 주먹셈.
217) 두 다ᄉᆺ~곱기로다: 수를 제대로 셀 줄 몰라 손가락을 꼽으며 '다섯이 둘' '다섯이 여럿' 하는 식으로 계산을 한다는 뜻이다.
218) 포악탐욕(暴惡貪慾)니 예의염치(禮義廉恥) 되야스니: 예의염치를 알지 못하고 도리어 포악하고 탐욕스럽다는 의미다.
219) [교감] 분전송읍(紛戰訟邑): 어지러이 다투고 마을 사람들과 송사를 벌임. 가사문학관 소장본 '푼젼승홉', 동양문고본 '푼젼승홉'. '푼젼승홉(分錢가合)'은 푼돈과 1되 또는 1홉의 곡식이라는 뜻으로, 효와 형제애, 충과 신의 대신 돈과 양식만을 중요하게 여긴다는 의미다.
220) 소경(宵鏡): 장님. '宵鏡'은 취음이다.

생계를 위해 동냥에 나서다

아마도 헐일업다 生涯을 生覺ᄒᆞᄌ

고기 낙기 ᄒᆞᄌ ᄒᆞ니 물멀미을 엇지ᄒᆞ며

남무 비기 ᄒᆞᄌ ᄒᆞ니 심 모ᄌᆞ라 엇지ᄒᆞ며

ᄌᆞ리 치기 신 삼기은 모로거든 엇지ᄒᆞ리

語話 할일읍다 보리動동鈴영 ᄒᆞ오리라

脫탈網망巾건 갓 슈기고 홋즁치막²²¹⁾ 씌 그르고²²²⁾

六驄총 집신²²³⁾ 볼도 넓다 셰살부치²²⁴⁾ 遮차面면ᄒᆞ고

담ᄇᆡ 업슨 뷘 담ᄇᆡ딕 消소日調조로 쥐여시니

비슥비슥 건는 거름 거름마다 눈물난다

世上人事 숨이로다 ᄂᆡ 일 더옥 숨이로다

엇그져는 富貴者요 오날 아츰 貧賤者니

富貴者 숨이런가 貧賤者 숨이런가

莊졍園원蝴호蝶졉²²⁵⁾ 恍황惚홀ᄒᆞ니 어닉 것 뎡 숨²²⁶⁾인고

---

221) 홋즁치막: 홑겹으로 된 중치막. 중치막은 벼슬하지 않은 선비가 입던 웃옷의 하나.

222) 그르고: 풀고. '그르다'는 '끄르다'의 옛말.

223) 육총(六驄) 집신: 총이 여섯인 짚신. '총'은 짚신이나 미투리 따위의 앞쪽의 양편쪽으로 둘러 박은 낱낱의 신울이다.

224) 셰살부치: 세살부채. 살이 매우 가늘거나 살의 수가 적은 부채. 또는 거의 다 찢어져 살이 몇 개 남지 않은 부채.

225) [교감] 장원호졉(莊園蝴蝶): '장주호접(莊周蝴蝶)'의 오기. '장주(莊周)'는 장자(莊子)의 본명. 장자가 꿈에 나비가 되었다 깨어나니 장주가 나비로 됐는지 또는 나비가 장주로 됐는지 판단하기 어렵다고 한 것으로, 자기와 외물은 본디 하나라는 이치를 설명하는 말이다. 가사문학관 '장원호졉', 동양문고본 '장안호졉'.

226) 뎡 숨: 진짜 꿈.

邯한鄲단枕침[227]의 빈 쑴인가[228] 南陽草초廬려 큰 쑴[229]인가

華화胥셔夢몽[230]에 七圓원夢몽[231]에 南柯가一夢[232] 세고 라져

夢中凶事 이러ᄒ니 書壁벽大吉[233] 쓰오리라

艱간難란ᄒᆞᆫ 집 지나치니 가음연 집[234] 몟 집인고

---

227) 한단침(邯鄲枕): 세상의 부귀영화는 헛되다는 뜻. 당나라 때 노생(盧生)이라는 선비가 한단의 여인숙에서 머물 때, 같이 자게 된 어떤 노인이 준 베개를 베자 곧 잠이 들어 꿈을 꾸게되었다. 꿈에서 노생은 평생 갖은 영화를 누렸고, 노인이 흔들어 깨우는 바람에 일어났는데, 자기가 잠들기 전에 올려놓은 밥솥의 밥이 아직 다 익지 않은 채 여전히 끓고 있는 모습을 보면서 사람이 평생 누리는 영화가 한바탕 꿈과 같음을 깨달았다는 고사가 전한다. 심기제(沈旣濟), 「침중기枕中記」.

228) [교감] 한단침(邯鄲枕)의 빈 쑴인가: 가사문학관 소장본 '한단침을 벤 쑴인가', 동양문고본 '한단침상 벰 쑴이냐'.

229) 남양초려(南陽草廬) 큰 쑴: 제갈량이 남양의 초가에 은거하면서 세상을 다스릴 큰 꿈을 가졌다고 한다.

230) 화서몽(華胥夢): 황제(黃帝)가 낮잠을 자다 꿈에 화서국(華胥國)이란 나라에 가서 그 나라가 이상적으로 잘 다스려진 모습을 보고 왔다는 데서, 태평성대 또는 낮잠을 말한다.

231) 칠원몽(七圓夢): '칠원몽(漆園夢)'의 오기. 장자(莊子)의 '나비 꿈'을 말한다. 칠원은 몽현(蒙縣)의 칠원리(漆園吏)를 지낸 장자를 가리킨다.

232) 남가일몽(南柯一夢): 꿈과 같이 헛된 한때의 부귀영화. 당나라 때 광릉(廣陵) 땅에 순우분(淳于棼)이란 사람이 있었다. 어느 날 술에 취해 집 앞의 큰 홰나무 밑에서 잠이 들었는데, 남색 관복을 입은 두 사나이가 나타나, "저희는 괴안국왕(槐安國王)의 명을 받고 대인(大人)을 모시러 온 사신이옵니다"라고 말했다. 순우분이 사신을 따라 홰나무 구멍 속으로 들어가자 국왕이 성문 앞에서 반가이 맞이했다. 순우분은 부마가 되어 궁궐에서 영화를 누리다가 남가태수를 제수받고 부임했다. 그는 남가군을 다스린 지 20년 만에 그간의 치적을 인정받아 재상이 되었다. 그러나 때마침 침공해온 단라국군(檀羅國軍)에 참패하고 말았다. 설상가상으로 아내까지 병으로 죽자 관직을 버리고 상경했다. 얼마 후 국왕은 "천도해야 할 조짐이 보인다"라며 순우분을 고향으로 돌려보냈다. 잠에서 깨어난 순우분이 꿈이 하도 이상해서 홰나무 뿌리 부분을 살펴보았더니 과연 구멍이 있었다. 그 구멍을 더듬어나가자 넓은 공간에 수많은 개미 무리가 왕개미 두 마리를 둘러싸고 있었다. 여기가 괴안국이었고, 왕개미는 국왕 내외였던 것이다. 또 거기서 '남쪽으로 뻗은 가지(南柯)'에 나 있는 구멍에도 개미떼가 있었는데 그곳이 바로 남가군이었다. 순우분이 개미구멍을 원래 상태대로 돌려놓았는데, 그날 밤 큰 비가 내려 개미는 흔적도 없이 사라졌다. '천도해야 할 조짐'이 바로 이 일이었던 것이다. 이공좌(李公佐), 「남가기南柯記」.

233) [교감] 서벽대길(書壁大吉): 불길한 꿈을 꾸었을 때 "간밤 꿈은 크게 흉하나 벽에 쓴 글로 크게 길하리라(昨夜凶夢壁書大吉)"라는 글귀를 써붙여 나쁜 꿈을 물리치는 민간 풍속이 있었다. 동양문고본 '새벽대길', 가사문학관 소장본 '셔벽대길'.

234) 가음연 집: 넉넉한 집. '가음열다' '가ᄋᆞ멸다' '가옴열다'는 재산 따위가 넉넉하고 많다는 뜻의 옛말.

沙사籬리門을 드즈 ᄒ랴 마당에를 셧쟈 ᄒ랴

쳘업슨 어린 兒嬉 쇼 갓튼 졀문 계집

손가락질 가로치며 歸鄕다리 오다 ᄒ니

語話 怪괴異리ᄒ다 다리 之稱칭235) 怪異ᄒ다

구름다리 나모다리 즁검다리 돌다린가

春正月 十五夜에 上元夜 발근 달에

長安市시上236) 녈두 다리 다리마다 밟불 젹에

玉壺호金樽쥰237)은 다리 다리 盃비盤반238)이오

吹취笛젹歌聲은 다리 다리 風流로다

우다히239)로 발븐 다리 셕은 다리 헌 다리오

錦금川橋240)에 나리발바 長興흥庫고241) 압 발븐 다리

鮒부魚다리242) 水門다리243) 븩목다리244) 숑교다리245)

모뎐橋246) 다리 발바 軍器긔寺시247) 압 발븐 다리

235) 지칭(之稱): '지칭(指稱)'의 오기.
236) 시상(市上): 시장(市場).
237) 옥호금준(玉壺金樽): 옥으로 만든 술병과 금으로 만든 술항아리.
238) 배반(盃盤): 술상에 차려놓은 음식.
239) 우다히: '우대'의 옛말. 예전에, 서울 도성 안의 서북쪽 지역을 이르던 말. 고위 관직자들
이 이곳 일대를 중심으로 거주한 데서 유래했다.
240) 금천교(錦川橋): 창덕궁 안 진선문 밖에 있는 금천에 만들어진 돌다리.
241) 장흥고(長興庫): 돗자리, 종이, 유지(油紙) 등을 맡아보는 관아.
242) 부어(鮒魚)다리: 붕어다리. 서울 종로구 적선동, 오늘날 경복궁 서쪽 효자로 입구 쪽 청계
천 지류인 만리뢰(萬里瀨)에 있던 다리.
243) 수문(水門)다리: 오간수교(五間水橋). 동대문에서 을지로6가로 가는 성벽 아래에 있던
수문.
244) 백목다리(白木廛橋): 서울 종로구 사직동과 신문로1가 사이에 있던 다리. 옛날 이곳에 무
명을 파는 가게가 있어 백목전다리, 백목교 등으로 불렸다.
245) 숑교다리: 송기교(松杞橋). 서울 종로구 세종로 네거리 서쪽 신문로1가의 청계천에 있던
다리. 가죽을 파는 송기전이 있었다고 한다.
246) 모전교(毛廛橋): 서울 서린동에서 무교동으로 통하는 사거리 지점 청계천에 있던 다리.
조선시대 이 다리 모퉁이에 과일을 파는 가게인 과전[果廛, 모전(毛廛)이라고도 함]이 있었으므
로 모전교(毛廛橋), 모전교(毛前橋), 모교(毛橋), 모전다리라 했다.

아리다리 鐵철物다리[248] 罷파笛적다리[249] 두 다리요

中村촌[250]으로 廣通다리 구분다리[251] 水標다리[252]

孝經경다리[253] 다음 다리 河하浪낭 우희 다리[254]로다

도로 올나 中學다리[255] 다시 나려 香다리오

東大門 안 馬塵다리[256] 西小門 안 鶴다리[257]요

南大門 안 水閣다리[258] 모든 다리 발분 다리

이 다리에 져 다리에 今時初聞 歸鄕다리

247) 군기시(軍器寺): 무기 제조를 맡아보던 관아.
248) 철물(鐵物)다리: 서울 종로2가에 있었던 다리. 주변에 철물전이 많아 철물전교, 철물교, 철교라고 불렸다.
249) 파적(罷笛)다리: '파자(把子)다리'의 오기. 서울 종로구 묘동, 현재의 단성사 앞쪽에 있던 다리. 조선 초기에 대나무를 얽어서 다리를 놓고 그 위에 흙을 덮어 가설하여 파자다리라고 불렸다. 다리 부근에 파자전[把子廛, 싸리 따위로 발처럼 엮거나 결어서 만든 물건을 파는 가게]이 있었기에 파자전교(把子廛橋)로도 불렸다.
250) 중촌(中村): 중인들이 살던 서울 성안 한복판에 있던 구역. 지금의 을지로와 종로 사이에 있었다.
251) 구분다리: 굽은다리[曲橋]. 서울 중구 삼각동 청계천의 지류인 남산동천에 있던 다리. 남산에서 흘러내린 물길이 이 다리 부근에서 굽이쳐 흘렀기에 굽은다리, 곱은다리라고 불렸다.
252) 수표(水標)다리: 수표교(水標橋). 조선 세종 때 청계천에 가설한 돌다리. 청계천에 흐르는 수량을 측정하는 다리로, 다리 돌기둥에 경(庚)·진(辰)·지(地)·평(平)이란 표시를 해서 물의 깊이를 쟀다.
253) 효경(孝經)다리: 효경교(孝經橋). 서울 장사동과 주교동 사이 청계천에 있던 다리. 영풍교(永豊橋)라고도 하며, 부근에 장님이 많이 살았다 하여 속칭 소경다리·맹교(盲橋)라 했고, 발음이 변해 새경다리, 효경다리라고도 불렸다.
254) 하랑(河浪) 우희 다리: 하랑교(河浪橋). 서울 중구 입정동과 장사동 사이 청계천에 있었던 다리. 화류교(樺榴橋)라고도 불렸다.
255) 중학(中學)다리: 서울 종로구 중학동에 있던 다리. 조선시대 한성에는 국가에서 운영하는 4부학당, 즉 동학·서학·남학·중학이 있었는데, 그중 하나인 중학 앞에 있던 다리가 중학다리다.
256) 마전(馬廛)다리: 서울 중구 방산동, 현 방산시장 앞 청계천에 놓여 있던 다리. 조선 후기에는 다리 부근에 소와 말을 매매하는 마전(馬廛)이 있어 마전교라고 불렸다.
257) 학(鶴)다리: 서울 중구 서소문동과 신창동 북쪽에 있던 다리.
258) 수각(水閣)다리: 서울 중구 남대문로, 청계천 지류인 창동천에 있던 다리.

水瘇종다리²⁵⁹⁾ 습다리²⁶⁰⁾에 溫온陽 溫水 뎐다린가²⁶¹⁾

아마도 이 다리는 失시足ᄒᆞ여 病든 다리

두 숀길 느리치니²⁶²⁾ 다리에 갓가와라

四肢지의 손과 다리 그 수이 얼마치리

혼 層칭을 좀 놉펴셔 손이라나 ᄒᆞ랴무나

북그렴이 먼져 나니 同동糧량 말이 나올손가

長가락²⁶³⁾을 입의 물고 아니 나는 헷깃침에

허리을 굽필 졔는 恭공順훈 의ᄉᆞ로다

니 허리 가이업다 婢비夫의게 졀이로다

니 人事 次ᄎᆞ序셔 읍다 종의게도 尊존大²⁶⁴⁾로다

혼ᄌᆞ말노 重重ᄒᆞ니²⁶⁵⁾ 酸산魔마²⁶⁶⁾를 들엇는가

그 집 ᄉᆞ롬 눈치 알고 보리 한 말 쩌셔 쥬며

不祥ᄒᆞ다 가져가쇼 謫客同糧량 例事오니

당면ᄒᆞ여 바들 졔는 마지못혼 致事²⁶⁷⁾로다

그렁져렁 어든 보리 들고 가기 무거오니

어니 奴노婢비 輸슈運운ᄒᆞ랴 아모커나 져보리라

가슨 쓰고 지련이와 홋즁치막 웃지ᄒᆞ리

周쥬旋션이 읏듬이니 變변通을 아니ᄒᆞ랴

---

259) 수종(水瘇)다리: '수종(水腫)다리'의 오기. '수종'은 혈액 중 액체 성분이 신체 조직에 축적
되어 몸이 붓는 병이다.
260) 습(濕)다리: 습병(濕病)이 든 다리.
261) 뎐다린가: 저는 다리인가.
262) 느리치니: 늘어뜨리니.
263) 장(長)가락: 가운뎃손가락.
264) 존대(尊大): '존대(尊對)'의 오기.
265) 중중(重重)ᄒᆞ니: 중중거리니. 중얼거리니.
266) 산마(酸魔): '산마(山魔)'의 오기. 산도깨비.
267) 치사(致事): '치사(致謝)'의 오기. 고맙고 감사하다는 뜻을 표시함.

너분 소매 구긔질너[268] 품쇽으로 너코 보니

하 고히치 아니ᄒ다 긴 등거리[269] 졔法일다

아마도 꿈이로다 일마다 꿈이로다

同糧도 꿈이로다 등짐도 꿈이로다

뒤에셔 당긔ᄂᆞᆫ가 압희셔 미웁ᄂᆞᆫ가

아모리 굽흐려도 잣바지니 웃지ᄒ리

머지 안인 主人집을 千辛萬苦 계오 오니

尊존前[270]에를 出츌入ᄂᆞᆫ가 汗한出沾쳠背비[271]ᄒ긔고나

져 主人의 거동 보쇼 코우슘에 비우슘에

兩班반도 헐일업다 同糧도 ᄒ시ᄂᆞᆫ고

中人도 續쇽絶졀업다 등짐도 지시ᄂᆞᆫ고

밥 쓴 노릇[272] ᄒ오시니 져녁밥을 만이 먹쇼

네 우슘도 듯긔 슬코 만은 밥도 먹긔 슬타

同糧도 ᄒᆞᆫ 번이지 빌긘들 每미樣양 ᄒ랴

平生에 쳐음이오 다시 못 헐 일이로다

초라로 굴물지연졍 이 노로슨 못 헐놋다

무슴 일을 ᄒ잔 말가 신 삼기나 ᄒ오리라

집 한 단 츅여노코[273] 신날[274]쑤터 쇼와보니

죠희 노[275]도 모르거든 집 삭기를 엇지 쏘리

268) 구긔질너: 마구 구겨.
269) 등거리: 등만 덮을 만하게 걸쳐 입는 홑옷. 베나 무명으로 깃이 없고 소매가 짧거나 없게 만든다.
270) 존전(尊前): 임금이나 높은 벼슬아치의 앞을 이르던 말.
271) 한출첨배(汗出沾背): 흐르는 땀이 등을 적심.
272) 밥 쓴 노릇: 밥 산 노릇. 밥벌이를 말한다.
273) 츅여노코: 축축하게 해놓고.
274) 신날: 짚신이나 미투리 바닥에 세로로 놓은 날. 4가닥이나 6가닥으로 하여 삼는다.
275) 죠희 노: 종이를 꼬아 만든 줄.

다만 한 발 치 못 소와 손바닥이 다 부룻니

허릴업셔 니여놋코 노 쏘기나 ᄒ오리라

길삼ᄃᆡ²⁷⁶⁾ 볏겨닉여 ᄌ리 노흘 븨와 쏘니

梧오桐동에 葉엽落낙ᄒ고 金風²⁷⁷⁾이 蕭소瑟실ᄒᄃᆡ

霞하鶩목은 齊제飛비ᄒ고 水天이 一色인져²⁷⁸⁾

千愁슈萬恨한 이닉 마옴 노 쏘기에 븟쳐셔라

임을 그리워하며 자기 신세를 한탄하다

날이 가고 밤이 시니 어닉 時節졀 되여ᄂᆞᆫ고

黃菊국 丹단楓풍이 錦금繡슈을 꿈여시니

滿만山草초木이 입입히 秋聲셩이라

싀벽 셔리 지ᄂᆞᆫ 달에 외기러기 슬피 우니

잠 읍슨 客ᄀᆡᆨ 몬져 듯고 님 生覺각 졀노 난다

보고 지고 보고 지고 우리 님을 보고 지고

날기 돗친 鶴학이 되여 나라가셔 보고 지고

萬里長天 구름 되여 쩌나가셔 보고 지고

落落長松 바람 되여 부러가셔 보고 지고

梧桐秋夜 달이 되여 비죠여나 보고 지고

碧벽紗사囱창前 細셰雨 되여 쑤리면셔 보고 지고

276) [교감] 길삼ᄃᆡ: 「만언ᄉᆞ」『역대기자문학전집 37-1693』 '긴삼ᄃᆡ'.
277) 금풍(金風): 가을바람. 오행에 따르면 가을은 금(金)에 해당한다.
278) 하목(霞鶩)은~일색(一色)인져: 당나라 시인 왕발이 지은 「등왕각서」의 "저녁놀 아래 오리는 가지런히 날고, 가을 물과 하늘빛이 한가지로 푸르다(落霞與孤鶩齊飛, 秋水共長天一色)"에서 따온 말이다.

秋月春風 몃몃 히를 晝夜不離ᄒ옵다가

千水萬山 먼나먼 듸 消息됴ᄎ 頓絶ᄒ니

鐵쳘石肝간腸장 아니여든 그리오믈 견딜손가

語話 못 이즐다 님을 그려 못 이즐다

龍룡天劒금 太阿아劒검²⁷⁹⁾의 匕비首수 短단劍 손의 쥐고

靑山流 碧벽溪계水²⁸⁰⁾를 심가지²⁸¹⁾ 버혀와도

쯘쳐지지 아니ᄒ고 혼듸 이여 흐르ᄂ니

믈 버히ᄂ 칼도 업고 情 버히ᄂ 칼도 읍다

믈 쯘키도 어려오니 마음 쯘키 어려워라

龍門之石 寡과婦 업고 有情之水 흐리오며²⁸²⁾

桑상田 碧海 되고 碧海 桑田 되나

님 그리온 마음이야 가실 쥴이²⁸³⁾ 업건만ᄂ

늬 이리 그리ᄂ 쥴 아로시나 모로시나

모로시고 이즈신가 아오시고 쇽기시나

늬 아니 이졋거니 님이 셜마 이져시랴

風雲이 훗터져도 모도일 ᄯᅵ 잇셔시니

---

279) 용천검(龍天劒) 태아검(太阿劒): '용천검'과 '태아검'은 옛날 중국의 보검이다.

280) 청산류벽계수(靑山流碧溪水): 청산리벽계수(靑山裏碧溪水). 푸른 산속을 흐르는 푸르고 맑은 시냇물.

281) 심가지: 힘껏. '심'은 '힘'의 방언. '힘서지'는 '힘껏'의 옛말.

282) [교감] 용문지석(龍門之石)~흐리오며: 동양문고본 '용문지석 가뷔엽고 유졍지슈 흐르나니', 가사문학관 소장본 '농문지셕 ᄀ.이업고 옥졍지슈 흐리오며'. '용문지석(龍門之石)'은 용문의 지주(砥柱)를 말한다. '용문'은 중국 황하 상류의 물이 급격히 쏟아져내리는 협곡의 이름이고, '지주'는 이 산 사이 여울목에 있는 기둥 모양의 바위인데, 격류 속에서도 우뚝 솟아 있다고 한다. '옥정(玉井)'은 중국 오악(五嶽)의 하나인 화산(華山) 꼭대기에 있는 못으로, 이 못에는 잎이 천 개 달린 연꽃이 자라는데 그것을 먹으면 신선이 된다고 한다. 격류 속에서도 우뚝 솟아 있는 지주석이 가벼워지고, 마시면 신선이 된다는 옥정의 맑은 물이 흐려졌다는 말로, 상황이 심하게 변했음을 의미한다.

283) 가실 쥴이: 변할 리가. '가싀다' '가시다'는 어떤 상태가 없어지거나 달라지다라는 뜻이다.

霜雪셜이 치다 혼들 雨露로가 아니 오랴²⁸⁴⁾

우름 우러 쩌난 님을 우슴 우셔 만나고져

이리져리 生覺ᄒ니 가슴속에 불이 난다

肝간腸장이 다 타오니 무어스로 ᄭᅳᄌ ᄒ리

ᄡᅳ기도 어려온 불 五臟장에 불이로다

天上水²⁸⁵⁾를 어드면은 쓸 法도 잇건마ᄂᆞᆫ

알고도 못 어드니 셔 밧타²⁸⁶⁾ 말이 업다

찰하로 快히 쥭어 이 셔름을 모로과져

浦포口山面²⁸⁷⁾ 펼쳐 안져 終종日토록 痛통哭곡ᄒ고

望망海投투死사ᄒ랴 홈도 혼두 번이 아니오며

寂젹寂重즁門²⁸⁸⁾ 구지 닷고 千事萬事 다 바리고

不食餓아死ᄒᄌ 홈도 몌 번인 동 아라실고

一刻각三秋 더듸 가니 이 苦生을 어니홀고

柴시扉비에 기 지즈니 날을 노흘 關文인가

반게 나가 무러보니 황우²⁸⁹⁾ 파ᄂᆞᆫ 장ᄉᆞ로다

바다에 비가 오니 赦사文²⁹⁰⁾ 가진 官관船션인가

이러셔셔 바라보니 고기 낙ᄂᆞᆫ 漁船이라

하로도 녈두시를 몟 번이나 기다린고

셔름 모혀 病이 나니 百가지 症징 혼듸 난다

---

284) 상설(霜雪)이~아니 오랴: 지금 고난을 겪고 있지만 장차 임금의 은혜가 이를 것이라는
의미다.
285) 천상수(天上水): 하늘 위의 물. 여기서는 임금의 은혜를 의미한다.
286) 셔 밧타: 혀가 말라. '셔'는 '혀'의 옛말. '밭다'는 액체가 바싹 졸아서 말라붙다라는 뜻.
287) [교감] 포구산면(浦口山面): 가사문학관 소장본 '포구ᄉᆞ변'.
288) 적적중문(寂寂重門): 조용하고 쓸쓸한 중문. '중문'은 대문 안에 또 세운 문이다.
289) 황우: 황(荒)아. 끈, 담배쌈지, 바늘, 실 따위의 일용 잡화를 이른다.
290) 사문(赦文): 나라의 기쁜 일을 맞아 죄수를 석방할 때, 임금이 내리던 글.

비가 곱파 虛허氣症²⁹¹⁾ 몸이 치워 冷닝症이오

잠 못 드러 痃현氣²⁹²⁾ 나니 燥조渴갈症²⁹³⁾은 例예症²⁹⁴⁾이라

슐노 든 病이오면 슐을 먹어 고치오며

님으로 든 病이오면 님을 만나 고치느니

功名으로 든 病에는 功名ᄒᆞ여 고치쟌들

傷상弓궁之鳥²⁹⁵⁾ 놀나스니 살바지²⁹⁶⁾에 안ᄶᅥ ᄒᆞ랴

神農氏²⁹⁷⁾ 쑴에 뵈와 病 고칠 藥을 비와

消소心丹²⁹⁸⁾에 回心丸²⁹⁹⁾에 勤근心湯³⁰⁰⁾을 먹어신들

千金駿준馬 일은 後후에 喂외養양 實케 곳치미요

가즌 性營영³⁰¹⁾ 다 뷔호ᄌ 눈 어두온 일이로다

유배지에서 고통스럽게 겨울을 보내다

語話 이ᄉᆞ이 히 발셔 져무럿다

---

291) 허기증(虛氣症): '허기증(虛飢症)'의 오기.
292) 현기(痃氣): '현기(眩氣)'의 오기.
293) 조갈증(燥渴症): 갈증으로 물을 많이 마시고 음식을 많이 먹으나 몸은 여위고 오줌의 양이 많아지는 병.
294) 예증(例症): 늘 앓는 병.
295) 상궁지조(傷弓之鳥): 화살에 맞은 새.
296) 살바지: 살받이. 과녁에 화살이 날아와 꽂힐 자리.
297) 신농씨(神農氏): 중국 전설의 임금인 염제(炎帝). 복희씨 뒤를 이어 나라를 다스렸는데, 농기구를 만들어 백성에게 농사짓는 법을 가르쳤으며, 온갖 풀을 맛보아서 의약을 만들고, 시장을 개설해 상거래 질서를 확립했다고 한다.
298) 소심단(消心丹): 마음의 불을 끄는 약이라는 뜻으로, 작가가 붙인 이름이다.
299) 회심환(回心丸): 마음을 돌이켜 먹게 하는 약이라는 뜻으로, 작가가 붙인 이름이다.
300) 근심탕(勤心湯): 근심을 없애주는 탕약이라는 뜻으로, 작가가 붙인 이름이다.
301) 성영(性營): '性營'은 '성녕'의 취음이다. '성냥'의 옛말로, 무딘 쇠 연장을 불에 불려 재생하거나 연장을 만듦이라는 뜻이다. 여기서는 기술을 의미한다.

淸秋가 다 지나고 嚴엄冬이 되단 말가

江村촌에 눈 날니고 北북風이 號호怒로302)ㅎ여

上下山坂판303)이 白玉鏡경304) 되야시니

十二路 五頃경305)을 이 길노 通헐노다

져 건너 놉흔 뫼에 흘노 셧눈 져 소나무

傲오霜高節졀306)을 뇌 임의 아라노라

狂광風이 아모련들 겁헐307) 쥴이 업간만눈

독긔 멘 樵초夫더리 凡범木도 잇건마눈

抱포남글308) 몰나보고 幸힝惠헤나309) 찍을셰라

冬栢빅花 피온 곳츤 눈 쇽에 불거시니

雪滿만長安에 鶴학頂졍紅310) 依의然ㅎ다

엇그졔 그런 바람 간밤에 이런 눈에

놉푼 졀 고은 빗츨 고치미 업셔시니311)

春風桃도李花눈 도로혀 붓그렵다

語話 衣薄박ㅎ니 雪風에 어이ㅎ며

302) 호로(號怒): 바람이 거센 소리를 내며 세차게 부는 모습을 말한다.
303) 상하산판(上下山坂): 높고 낮은 산비탈.
304) 백옥경(白玉鏡): '백옥경(白玉京)'의 오기. 도가에서 말하는 옥황상제가 있다는 곳으로, 황금과 백옥으로 꾸민 궁궐들이 있다고 한다. 여기서는 흰 눈으로 뒤덮인 온누리가 마치 백옥으로 만들어진 것 같다는 의미로 쓰였다.
305) 십이로오경(十二路五頃): '십이루오성(十二樓五城)'의 오기. 신선들이 사는 천상의 옥경(玉京)에 5성과 12루가 있다고 한다.
306) 오상고절(傲霜高節): 오상고절(傲霜孤節). 서릿발 치는 추위 속에서도 굴하지 않고 외로이 지키는 절개.
307) 겁(怯)헐: 무서워할.
308) [교감] 포(抱)남글: 아름드리나무를. 동양문고본 '겨 남글', 가사문학관 소장본 '표남글'.
309) 행혜(幸惠)나: 행여나.
310) 설만장안(雪滿長安)에 학정홍(鶴頂紅): 눈이 가득 덮인 장안에 학의 정수리가 붉음. 눈 속에 붉게 핀 동백꽃의 모습을 학의 머리에 비유한 구절이다.
311) 놉푼~업셔시니: 높은 절개와 고운 빛을 바꾸지 않으니, 바람과 눈 속에 동백꽃이 핀 모습을 절개가 있다고 표현했다.

보션 신발 다 업스니 발이 스려 어이ᄒ리

ᄒ믈며 한디 누어 어러죽기 丁寧ᄒ다

主人의 物力 비러 半반間간房방 依支ᄒ니

흙바롬 발나스니 죠희 맛 아올손가312)

壁벽마다 틈이 버니 틈마다 버레로다

디 얽거 문을 ᄒ고 헌즈리 가리오니

져근 바롬 가리온들 큰바름 아니 들가

島도中에 남기 노라313) 朝夕밥 계오 진네

艱간難란ᄒ 손님房에 불씸이 쉬올손가

寂젹無人 뷘房 안에 궤 발 무러 더진 드시314)

싀오잠 곱숑그려 긴긴밤 시야날 졔

우희로 寒氣 들고 아릐로 冷氣 올나

일흠이 溫온堗돌이나 흔디만도315) 못ᄒ고나

六身316)이 氷霜 되야 寒戰젼317)이 졀노 는다

送송神ᄒ는 손디318)런가 貫관革혁 만든 살디런가

霜風細세雨 門風紙가 七寶箸졔의 金나뷘가319)

思郞낭 만나 안고 쎠나 劫겁난 곳티 놀나 쎠나

---

312) 흙바롬~아올손가: 흙으로만 벽을 바르고 그 위에 종이를 전혀 바르지 않았다는 뜻이다.

313) 남기 노라: 나무가 드물어. '놀다'는 드물어서 구하기 어렵다라는 뜻.

314) 궤 발~듯이: '까마귀 게 발 던지듯이'라는 속담을 말한다. 볼일 다 보았다고 내던져져서 외롭게 된 모양을 비유적으로 이르는 말이다.

315) 흔디만도: 한데만도. 바깥보다도.

316) 육신(六身): 두 팔과 두 다리, 머리와 몸뚱이. 온몸을 이른다.

317) 한전(寒戰): 오한이 심해 몸이 떨림.

318) 손디: 내림대. 굿할 때나 경문을 읽을 때 무당이 신을 내리게 하는 데 쓰는 소나무나 대나무의 가지.

319) 칠보저(七寶箸)의 금(金)나뷘가: 칠보잠의 금나비인가. '칠보저'는 '칠보잠(七寶簪)'의 오기로, 칠보로 꾸민 비녀의 금나비 장식을 말한다. 매우 가는 은실로 용수철처럼 만들고 그 위에 나비나 새 등의 장식을 붙여 흔들면 떨게 되어 있다.

養生法도 모로거든 叩고齒치[320)죠추 호는고나

눈물 흘녀 버기 밋틔 어룸죠각 버셕인다

시벽 닭 홰홰 우니 반갑다 닭의 소릭

丹鳳門[321) 待漏누院원[322)에 待開門호든 씨다

시로이 눈물지고 長歎탄息식호는 추에

東窓창이 旣긔明호고 太陽이 놉허시니

게을니 이러안조 곱은 다리 펴울 젹에

삭다리[323)를 죡이는가[324) 마딕마딕 쇼릭로다

돌담비딕 立南草[325)를 쇠똥 불[326)에 부쳐 물고

陽地을 짜라 안조 옷셰 니를 쥬어닐 졔

아니 비슨 헛튼 머리 두 귀밋츨 덥허시니

셜픠엿케[327) 마른 양즈 눈코만 나마고나

늬 行色 可憐련호다 그려늬여 보고라져

五色丹靑 진케 메여 그리온 딕 보늬고져

前前에 깁푼 情을 萬에 호나 옴기시면

---

320) 고치(叩齒): 양생법의 하나로, 이의 뿌리를 튼튼하게 하려고 윗니와 아랫니를 마주치는
것을 이른다. 여기서는 추위에 떠는 것을 말한다.
321) 단봉문(丹鳳門): 중국 당나라 때 장안성(長安城) 대명궁(大明宮)의 남문 이름. 여기서는 창
덕궁 돈화문 왼쪽에 있는 문을 가리킨다.
322) 대루원(待漏院): 송나라 때 관원들이 이른 새벽에 나가서 입조 시간을 기다리던 곳. 왕우
칭(王禹偁)은 「대루원기待漏院記」에 "조정이 국초부터 옛 제도를 따라 신하들의 대루원을 단봉
문 오른쪽에 설치했으니, 정사에 부지런함을 보인 것이다. 대궐에 새벽이 오고 동방은 아직 밝
기 전에, 재상이 길을 출발하면 횃불이 휘황찬란하고, 재상이 이르면 딸랑딸랑 방울소리가 울
린다(朝廷自國初, 因舊制, 設宰臣待漏院于丹鳳門之右, 示勤政也. 至若北闕向曙, 東方未明, 相君啓行, 煌
煌火城, 相君至止, 噦噦鸞聲)"라고 했다.
323) 삭다리: 삭정이. 살아 있는 나무에 붙어 있는, 말라죽은 가지.
324) 죡이는가: 두들기는가. '조기다'는 마구 두들기거나 패다라는 뜻.
325) 입남초(立南草): 잎남초. 엽초(葉草). 썰지 않고 잎사귀 그대로 말린 담배.
326) 쇠똥 불: 마른 쇠똥을 연료로 하는 불.
327) [교감] 셜픠엿케: 가사문학관 소장본 '셜프여케', 동양문고본 '셜픠여온'. '셜픠다'는 성기
다(疏)라는 뜻이며, '슬믭다'는 싫고 밉다라는 뜻이다.

오날날 니 苦生이 夢몽中事 되랴마는

기러기 다 난 後에 尺쳑書328)도 못 傳젼호니

楚초水吳오山 千萬겹329)에 니 그림을 뉘 傳호고

思郞홉다 이 볏치여 어럿든 몸 다 녹는다

百年을 다 照초아온들 마다야 호랴마는

어이 혼 죠각 구름 잇다감 그늘지니

찬바롬 지니칠 졔 쌔 스려 아쳐롭다

오날도 히가 지니 이 밤을 엇지호며

이 밤을 지니온들 오논 밤을 쏘 엇지리

잠이 업거들낭 밤이나 져르거나

밤이 길거들낭 줌이나 오옵거나

호고 혼 밤이 오고 밤마다 줌 못 드러

그리오 니 生覺호고 살쓰리 애 셕이며

목슘이 부지호여 밥 먹고 스라시나

人間萬物 삼긴 즁에 낫낫치 혀여보니

모질고 단단호기 나밧게 쏘 잇눈가

深심裏리山中 白額익虎호들330) 모질기가 날만 호며

돌 짜리는 鉄쳘몽동이 단단키가 날 갓틀가

가슴이 터져오니 터지거든 궁글 쑤러

---

328) 쳑서(尺書): 쳑독(尺牘). 짧은 편지.

329) 초수(楚水)~천만(千萬) 겹: 초나라의 물과 오나라의 산이 천만 겹이라는 뜻으로, 교통이 두절된 상태를 말한다.

330) [교감] 심리산중(深裏山中) 백액호(白額虎)들: 깊은 산중 백액호인들. 백액호는 이마와 눈썹의 털이 허옇게 센 늙은 호랑이를 이른다. 범이 늙으면 이마가 희게 변하는데, 힘이 세고 기세가 사나워져 사람이 잡기 어렵다고 한다. 가사문학관 소장본 '심의산듕 빅악흔들', 동양문고본 '심산궁곡 빅익오들'.

고모장주[331] 셰샬장주[332] 酡완字窓창[333]을 갓초니여
이쳐로 답답헐 졔 여다져나 보고라져
語話 엇지ᄒ리 셜마 혼들 엇지ᄒ리
世上 歸귀鄕 나ᄲᆫ이며 人間離리別 나 혼지랴
蘇소武무의 北북海 苦生[334] 도라올 찌 잇셔시니
홀노 나의 苦生 歸不歸 셜마 ᄒ랴

지난날을 돌아보며 자기 처지를 한탄하다

무슴 일 마음 붓쳐 이 시름을 잇ᄌ ᄒ리
ᄌ근 낫 손에 쥐고 뒤東山의 올나가니
風霜이 셧거 친 後 萬物이 蕭瑟혼듸
千古節[335] 풀론 디ᄂᆞᆫ 봄빗치 혼ᄌ로다
고든 디 쎄쳐니여[336] 가지 쳐 다듬으니

---

331) 고모장주: '고미장지'의 옛말. '고미'는 굵은 나무를 가로지르고, 그 위에 산자를 엮어 진 흙을 두껍게 바른 반자이며, '장지'는 방과 방 사이, 또는 방과 마루 사이에 칸을 막아 끼우는 문으로 미닫이와 비슷하나 운두가 높고 문지방이 낮다.
332) 셰샬장주: 세(細)살장(障)지. 가는 살을 가로세로로 좁게 대어 짠 장지.
333) 완자창(酡字窓): '완자창(卍字窓)'의 오기. 창살이 '卍' 자 모양으로 된 창.
334) 소무(蘇武)의 북해(北海) 고생(苦生): 소무는 중국 한나라의 충신이다. 한 무제(漢武帝) 때 소무가 흉노에 사신으로 갔을 때, 흉노의 선우(單于)가 그를 굴복시키려고 했으나 소무는 이에 굴하지 않고 큰 구덩이에 갇힌 채 눈을 먹고 가죽을 씹으며 지냈다. 그가 온갖 협박과 회유에도 굴하지 않자, 선우는 소무를 북해 주변 황량한 변방으로 추방해 양을 치게 했다. 그뒤 소제(昭帝)가 흉노와 화친을 맺고서 소무를 돌려보내줄 것을 요청하자, 흉노 측에서는 소무가 이미 죽었다고 속였는데, 한나라 사신이 "우리 천자가 상림원에서 기러기를 쏘아 잡았는데, 기러기 발목에 묶인 편지에 '소무가 어느 늪 속에 있다'라고 했다"라고 기지를 발휘한 덕분에 소무는 19년 만에 귀국하게 되었다.
335) 천고절(千古節): 아주 오랜 세월 동안 변치 않을 곧은 절개.
336) 쎄쳐니여: 뽑아내어. '쎄치다'는 '뽑다'의 옛말.

발 아옷337) 落水디은338) 죠흔 品 되옵거를
쳥올치339) 가는 줄에 落水 마야 두러메고
이웃집 兒嬉희들아 오날이 날이 죠타
塞시바람340) 아니 불고 물결이 고廖료하니
고기가 물 찌로다 落水質질 함게 가즈
簑사笠립을 졋게 쓰고 芒망鞋혜를 죠야 신고
釣조臺디로 나려가니 니 노리 혼가롭다341)
遠원近山川이 紅日을 찍여시니
萬頃경蒼창波파난 모도 다 金빗칠다
落水를 드리오고 無心이 안즈시니
銀鱗린玉尺이 졀노 와 무는고나
굿하여 니 무암 取취魚가 아니로다
志지趣취를 取하미라 낙디를 썰쳐 드니
四面에342) 줌든 白鷗구 니 막디343) 그림즈에
져 주불 날만 녀겨 다 놀나 날기고나
白鷗야 나지 마라 너 주불 니 아니라
네 本是 靈령物이니 니 무움 모로너냐
平生의 곱던 님을 千里의 離리別하니
思郎은커니와 그리음 못 이긔여

---

337) 발 아옷: 발 가옷. 한 발 조금 넘는.
338) 낙수(落水)디은: 낚싯대는. '낙수'는 '낚시'의 옛말. '낙수(落水)'는 '낙수(洛水)'의 오기로, 취음이다.
339) 쳥올치: 쳥올치. 칡의 속껍질로 꼰 노.
340) 시바람: 샛바람. 동풍.
341) [교감] 니 노리 혼가롭다: 동양문고본 '디부롬 한가하다', 가사문학관 소장본 '내 노래 한가롭다'.
342) [교감] 사면(四面)에: 가사문학관 소장본 '사변의'. 모래사장의.
343) 막디: '낙대'의 오기. '낙대' '낛대'는 '낚싯대'의 옛말.

愁心이 疊첩疊ᄒ니 마음을 둘 딕 업셔

興업슨 一竿간竹을 일업시 쩔쳐신들

고기도 不關관커든 허물며 너 잡으랴

그려도 늬 마음을 아마도 못 밋거든

너 가진 긴 부리로 늬 가슴 죠야 헷쳐

胸흉中에 불근 마음 보면은 아오리라

功名도 다 더지고 갈 法도 잇거이와

이ᄉ이 일 업스니 聖世344)에 閑民 되야

너 죠ᄎᄎ단이랴니 날 보고 나지 마라

네 벗님 되오리라 白鷗구와 酬수酌작ᄒ니

落日이 蒼창蒼ᄒ다345) 낙근 고기 쎄여 들고

江村촌으로 도라드러 主人집 ᄎᄌ오니

門 압히 즉흰 기는 날 보고 쏘리 치다

難란堪감흔 늬 苦生이 오릴 쥴 可知로다

즈든 기 아니 즛고 님ᄌ로 아ᄂ고나

半日을 이즌 시름 自然이 곳쳐 나니

아마도 나의 시름 잇ᄌᄒ니 어려워라

江村의 月落ᄒ고 銀漢이 기우도록

房燈은 어딕 가고 눈 감고 안ᄌ시니

參참仙346)ᄒᄂ 老僧승인가 誦송經경ᄒᄂ 盲밍人347)인가

八道名山 어늬 졀에 즁 쇼경 누고 본가

344) 성세(聖世): 어진 임금이 다스리는 세상 또는 시대.
345) 창창(蒼蒼)ᄒ다: 어둑어둑하다.
346) 참선(參仙): '참선(參禪)'의 오기.
347) 송경(誦經)ᄒᄂ 맹인(盲人): 옛날에 맹인들이 경을 읽어 질병을 치료하는 일을 했다.

누은들 잠이 오랴 셈 가림도 ㅎ도 홀사348)

이니 셈이 무슨 셈이 이다지 만습든고

南京 장ᄉ 北京 가니 甲갑折졀 장ᄉ 남겨는가

北京 장ᄉ 南京 가니 半折 장ᄉ 밋졋는가

이 셈 뎌 셈 아모 셈도 그만 셔면 다 셧엿지

銀金寶貨 封不動349)에 米塵 木布350) 셈니런가

나졔도 셈을 셰고 밤에도 셈을 셰고

안ᄌ도 셈을 셰고 누어도 셈을 셰고

이리 셰고 뎌리 셰고 치셰고 나리셰고

셰다가 다 못 셰니 無限ᄒ 셈이로다

오리 긴긴 미친 셔름 눌다려 ㅎ쟌 말고

北壁은 證人 되여 니 셔름을 알얌마는

알고도 黙묵黙ᄒ니 아는 동 모로는 동

南岫초는 벗지 되여 니 셔름 慰위勞로ᄒ다

먹고 쩔고 담아 부쳐 ᄒ 무롭히 四五 디에

痃현氣 나고 頭痛 나니 셔름 蹔間 잇치인다

잇치인들 오릴손가 忽然 놀나 生覺ᄒ니

語話 이 일 무슴 일고 니 몸 어이 여긔 왓노

繁華故鄕 어듸 두고 寂젹寞막絶졀島 드러오며

五樑냥瓦家351) 어듸 두고 草屋 半間 依支ᄒ며

內外墻장垣원352) 어듸 두고 밧고랑에 뷘터이여

---

348) 셈 가림도~홀사: '셈 가림'은 주고받을 돈이나 물건 따위를 서로 따져 밝히는 일을 말한다. 여기서는 이러저런 계산이나 계획을 의미한다.

349) 봉부동(封不動): 물건을 창고에 넣고 봉하여 쓰지 못하게 함.

350) 목포(木布): 포목(布木). 베와 무명을 아울러 이르는 말.

351) 오량와가(五樑瓦家): 도리 5개로 구성된 지붕을 가진 기와집.

352) 내외장원(內外墻垣): 집 안팎의 담.

셰살챵ᄌ 어듸 가고 竹牕창門을 다다시며

書畵塗도壁353) 어듸 가고 흙바룸이 부쳐스며354)

山水屛병風 어듸 가고 갈발디355)를 둘너시며

角張張板판356) 어듸 가고 삿ᄌ리357)롤 ᄯ라시며

겨울 핫것358) 어듸 가고 본 누비것359) 입어시며

定州 宕탕巾360) 어듸 가고 蓬봉頭亂난髮361) 뷘머리며

안팟 보션362) 어듸 가고 丹木다리363) 벌거ᄒ며

鹿록皮靴화子364) 어듸 가고 六驄총 집신 신어시며

早飯 點졈心 어듸 가고 日中365)ᄒ기 어려오며

白銅366) 烟竹 어듸 가고 돌담비디 무러시며

使喚환 奴노婢비 어듸 가고 雇公이367)가 되여눈고

아춤이면 마당 쓸기 져역이면 불 ᄯ이기

---

353) 서화도벽(書畵塗壁): 글씨나 그림 따위를 벽에 바름.
354) [교감] 흙바룸이 부쳐스며: 흙벽이 붙어 있으며. '부치다'는 '부치이다'의 옛말로, 붙어지다 라는 뜻이다. 벽을 흙으로만 발랐다는 의미다. 가사문학관 소장본 '흙부람이 터뎌시며', 동양문고 본 '흙바룸벽 틈이 벌며'.
355) 갈발디: 갈대로 만든 발.
356) 각장장판(角張張板): '각장장판(角壯壯版)'의 오기. 보통 것보다 폭이 넓고 두꺼운 장판지 로 바른 장판.
357) 삿ᄌ리: 삿자리. 갈대를 엮어서 만든 자리.
358) 핫것: 솜을 두어 만든 옷이나 이불.
359) 본 누비것: 봄 누비옷.
360) 정주(定州) 탕건(宕巾): 평안북도 정주의 탕건이 유명했다. '탕건'은 갓 아래 받쳐 쓰던 관 (冠)의 하나다.
361) 봉두난발(蓬頭亂髮): 쑥대강이처럼 마구 흐트러진 머리털.
362) 안팟 보션: 속버선과 홑버선을 말한다. 홑버선은 홑겹으로 만들어 덧신는 버선으로, 속버 선에 때가 타는 것을 방지하고자 겉에 끼워 신는다.
363) 단목(丹木)다리: 다목다리. 찬 기운을 쐬어 살빛이 검붉은 다리.
364) 녹피화자(鹿皮靴子): 사슴 가죽으로 만든 화자. '화자'는 사모관대를 할 때 신던 신으로, 목화(木靴)라고도 한다.
365) 일중(日中): 일중식(日中食). 아침과 저녁은 굶고 낮에 한 번만 먹음.
366) 백동(白銅): 백통. 구리, 아연, 니켈의 합금.
367) 고공(雇公)이: '고공(雇工)이'의 오기. 머슴 또는 품팔이.

볏치 나면 쇠똥 줍기 비가 오면 도랑 츠기
들에 가면 집 직희여 보리 멍셕 시 날니기
屈거處繁번華 衣服奢사侈치 나도 젼에 ᄒᆞ엿던가
죠흔 飮食 맛ᄂᆞᆫ 마슨 하마 거의 이져셰라

새해를 맞아 고향과 가족을 그리워하다

시름에 ᄊᆞ혀 잇셔 날 가는 쥴 몰나더니
셈 업슨 아희들은 뭇지도 아니 말을
ᄒᆞᆫ 밤 ᄌᆞ면 셜이 오니 餠湯 먹고 늦 노ᄌᆞ네
兒嬉희 말를 信聽쳥ᄒᆞ랴 如風過과耳³⁶⁸⁾ 드럿더니
南隣北舍에 打타餠聲 들니거놀
손을 곱아 날을 셰니 오날밤이 除제夕이다
離리鄕에 逢佳가節이 나쑨이 아니로다
相賓빈明朝³⁶⁹⁾에 또 ᄒᆞᆫ 히 되단 말가
送송舊구迎영新이 이 ᄒᆞᆫ 밤 ᄉᆞ이로다
語話 샹풍³⁷⁰⁾ 그럿턴가 져역 밥상 그럿턴가
예 못 보던 나모盤반에 匙시箸져 가초 醬沈菜³⁷¹⁾에

---

368) 여풍과이(如風過耳): 바람이 귀를 스쳐지나가는 듯 여긴다는 뜻으로, 남의 말을 귀담아듣
지 않는 태도를 이르는 말이다.
369) 상빈명조(相賓明朝): '상빈명조(霜鬢明朝)'의 오기. 당나라 시인 고적(高適)의 시 「제야작除
夜作」 중 "서리 같은 귀밑머리 내일 아침이면 한 살을 더하겠네(霜鬢明朝又一年)"에서 따온 말
이다.
370) 상풍(常風): 평상시 풍속.
371) 장침채(醬沈菜): 장김치. 무, 배추, 오이 따위를 잘게 썰어서 간장에 절이고 미나리, 갓, 청
각, 파, 마늘, 고추, 생강 따위의 온갖 고명을 더한 뒤에, 간장과 꿀을 탄 국물로 담근 김치다.

나락밥[372)이 敦돈篤독호다 生鮮 토막 豊盛되다

그려도 셜이로다 빅부로니 셜이로다

故鄕을 쩌나완 지 어졔로 알어더니

뇌 離別 뇌 苦고生이 隔격年事 되단 말가

語話 셥셥호다 正朝問安[373) 셥셥호다

北堂雙상親[374)은 白髮발이 더오시니[375)

空閨花月[376)이 얼마나 느껴눈고[377)

五歲에 쩌논 子息 六歲兒 되거고나

뇌 아니라 남이라도 뇌 셔름은 셜다 호리

千里遠別이 히 발셔 밧괴도록

一字家信를 쑴에나 들어실가

雲山이 막커눈가 河海가 가려눈가

綺긔窓前 寒梅믹 消소息식 무러볼 찌 업셔시니

바다길 一千里가 머다도 호려이와

弱약水[378) 三千里에 靑鳥[379)가 傳견信신호고

銀河水 九萬里에 烏오鵲작이 다리 노코

北海上 외기러기 上林苑원에 나라드니[380)

---

372) 나락밥: 쌀밥.
373) 정조문안(正朝問安): 정월 초하룻날 조정의 신하가 임금에게 문안하던 일. 또는 정월 초
하룻날 젊은이가 어른에게 문안하던 일.
374) 북당쌍친(北堂雙親): 북당에 계시는 부모님. '북당'은 어머니가 거처하는 곳을 이른다.
375) 더오시니: 더하시니. '더오다' '더으다'는 '더하다'의 옛말.
376) [교감] 공규화월(空閨花月): 남편 없이 아내 혼자 바라보는 꽃과 달을 의미한다. 가사문학
관 소장본 '공극한월', 동양문고본 '공규화월'.
377) 공규화월(空閨花月)이 얼마나 느껴눈고: 오랫동안 남편 없이 아내 혼자 외롭고 지루하게
세월을 보낸다는 의미다.
378) 약수(弱水): 신선이 살았다는 전설 속의 강. 길이가 3천 리나 되며 부력이 매우 약해 기러
기의 털도 가라앉는다고 한다.
379) 청조(靑鳥): 선녀 서왕모(西王母)의 사자(使者)라고 하는 청색의 신령한 새.
380) 북해상(北海上)~나라드니: 한나라 공신인 소무(蘇武)의 고사.

니 家信 엇지으로 이다지 막혀는가

꿈에나 혼이 가셔 故鄕을 보련만는

怨원讐슈에 줌이 올시 꿈인들 아니 꾸랴

흐르는니 눈물이오 지이는니 한슘이라

눈물인들 한이 잇고 한숨인들 긋치 잇지

니 눈물 모혀시면 楸추子섬이 줌겨시며

니 한슘 픠여니면381) 漢拏라山을 덥허시리

江岸안에 落照조ᄒ고 漁村초에 니 잠길 졔

柁사公은 어듸 가고 뷘 비만 미엿는고

山上에 口篴젹382) 쇼리 소 모는 兒嬉로다

黃犢은 下山ᄒ여 喂養을 차ᄌ오고

夕鳥은 投투林ᄒ여383) 舊巢로 나라드니

禽獸도 집이 잇셔 도라갈 쥴 아라거든

ᄉ룸은 무숨 일노 도라갈 쥴 모로는고

보는 거시 다 셜우며 듯는 거시 다 슬푸니

귀 먹고 눈 어두워 듯고 보고 말고라져

이 셔름 오릴 쥴을 分明이 알 양이면

혼 일을 決결斷단ᄒ여384) 萬事을 이즈리라

나 죽은 무덤 우희 논을 풀지385) 밧츨 갈지

一道魂혼魄빅이 잇슬는지 업슬는지

是非分別이야 드르란들 쉬울손가

---

381) 니 한슘 픠여니면: 내 한숨을 피워내면. '픠다' '프다'는 '피다'의 옛말.

382) 구젹(口篴): 휘파람.

383) 셕조(夕鳥)은 투림(投林)ᄒ여: '숙조(宿鳥)는 투림(投林)하여'의 오기. 새는 잠을 자러 숲으로 날아들어.

384) 혼 일을 결단(決斷)ᄒ여: 한 가지 일을 결정하여. 여기서는 죽음을 결심하는 것을 말한다.

385) 논을 풀지: 논을 만들지. '논풀다'는 어떤 땅을 논으로 만들다라는 뜻.

비 올지 눈이 올지 바람 부러 셔리 칠지
涯이涯天意³⁸⁶⁾을 알 可望망 업다마는
驗험구즌 이 人生니 살고져 사어시랴
自過과을 不知ㅎ고 僥요倖힝을 바라즈니
九十東君³⁸⁷⁾이 繁華을 즈랑ㅎ여
밋불심 턴리심³⁸⁸⁾을 봄 졀노 알게 ㅎ니
寸寸肝간腸장이 구뷔구뷔 다 썩논다

봄날을 맞아 자기 신세를 한탄하다

간밤에 부든 ᄇ룸 前山의 빗치 나니
남무 남무 닙피 나고 柯枝柯枝 곳치로다
芳방艸초萋체萋³⁸⁹⁾에 春鳥聲셩 들니거놀
午睡를 이러안즈 客窻을 열고 보니
窻前에 數枝花논 웃논 듯 반기논 듯
반갑다 져 곳치여 예 보던 곳치로다
洛낙陽城裡리에 져 봄빗 혼가지로
故鄕園원裡³⁹⁰⁾에 이 곳치 피여논가
去年 今日에 우슴 우셔 보던 곳치
金樽준에 슐을 부어 곳 새거 籌주를 두고

---

386) 애애천의(涯涯天意): '애애천의(曖曖天意)'의 오기. 흐릿하고 어둑한 하늘.
387) 구십동군(九十東君): 봄날 90일. 동군은 봄의 신. 또는 태양의 신.
388) [교감] 밋불심 턴리심: 가사문학관 소장본 '밋블손 턴니심을'. 믿을 만한 하늘의 이치. '밋
브다' '믿브다'는 '미쁘다'의 옛말. '미쁘다'는 믿음성이 있다라는 뜻.
389) 방초처처(芳艸萋萋): 향기로운 풀이 우거짐.
390) 고향원리(故鄕園裡): 고향의 동산 안.

將進酒391) 노릐ᄒ야 無進진無進392) 먹ᄌ 홀 졔

늬 繁華 즐기무로 져 곳츨 보와ᄶ더니

今年 此日에 눈물 ᄲ려 보ᄂᆞᆫ 곳츤

앗츰에 낫ᄲᆫ 밥이 나오에393) 嘶腸ᄒ니

薄박盞잔에 흐린 슐이 갑 업시 쉬올손가394)

늬 苦生 슬픔으로 져 곳츨 다시 보니

去年花 今年花가 곳빗치 혼가지라

去歲人 今歲人이 人事ᄂᆞᆫ 다로고나395)

아마도 人生苦고樂락이 睡수鰲오잠396)의 ᄭᅩᆷ이로다

이렁져렁 헛튼 근심 다 후리쳐 더져두고

衣食 그려ᄒᄂᆞᆫ397) 셔름 目前 셔름 난감ᄒ다

혼번 衣服 입은 後에 春夏秋冬 다 지니니

안팟 업슨 쇼음옷398)슨 늬 옷밧게 ᄯᅩ 잇ᄂᆞᆫ가

검음도 검을시고 溫冷닝도 不適젹ᄒ다

옷칠에 감漆칠399)인가 슛즁ᄉ 먹쟝인가

여롬에 더울 졔ᄂᆞᆫ 겨울를 ᄇᆞ랏더니

겨울이 ᄒ 치우니 여름니 生覺각난다

씨우신 網망巾인가 입피신 鐵쳘甲인가400)

---

391) 장진주(將進酒): 송강 정철이 지은 「장진주사將進酒辭」를 말한다.
392) 무진무진(無進無進): '무진무진(無盡無盡)'의 오기.
393) 나오에: 한낮에. '나조'는 '낮'의 옛말.
394) 박잔(薄盞)에~쉬올손가: 돈이 없으니 막걸리 한 잔도 마실 수 없다는 뜻이다. '薄盞'은 박잔(조그만 박을 반으로 갈라 만든 잔)의 취음이다.
395) 거세인(去歲人)~다로고나: 작년과 올해 자신의 처지가 다르다는 의미다.
396) 수오(睡鰲)잠: '수유(須臾)잠'의 오기. 아주 잠깐 동안 자는 잠.
397) 의식(衣食) 그려ᄒᄂᆞᆫ: 옷과 음식을 간절히 원하는.
398) 안팟 업슨 쇼음옷: 안과 밖의 구별이 없는 솜옷.
399) 감칠(漆): 감물을 들임.
400) 씨우신~철갑(鐵甲)인가: '누군가가 씌운 망건이고, 누군가가 입힌 철갑이기에 벗지 못하

四時사가 次ᄎ等등 읍시 春秋추만 되야고즈

팔굼치 드러나니 긔 足키 견딜너니

바지 밋 써러지니 이 안니 민망혼가

니 숀죠 깁즈 ᄒ니 기울 것 바히 업다

厄익구즌 실이로다 이리져리 얼거니니

針침才도 奇긔節졀⁴⁰¹⁾ᄒ고 手品⁴⁰²⁾도 奢ᄉ侈치롭다

曾징前⁴⁰³⁾에 작든 食量 크기는 무슴 일고

혼 슐에 饒요飢긔⁴⁰⁴⁾ᄒ고 두 슐에 물리더니

혼 그릇 담은 밥은 쥬린 범의 가지로다⁴⁰⁵⁾

朝飯夕粥이면 富家翁옹 불러ᄒ랴

아츔에 粥죽일너니 져역은 간듸업니

못 먹여 븨골푸니 허리帶 타시로다

虛허氣⁴⁰⁶⁾져 눈 깁흐니 뒤쏙듸 거의로다

精神이 아득ᄒ니 雲霧무에 ᄊ여는 듯

혼 굽뷔 넘단 말가 頭痛통이 自甚⁴⁰⁷⁾ᄒ니

八珍진味⁴⁰⁸⁾ 무어신가 鳳湯탕⁴⁰⁹⁾을 니 몰니라

혼 되 밥 캐희⁴¹⁰⁾ 지어 슬카장 먹고라져

는가'라는 뜻이니, 옷을 갈아입지 못한 채 옷 1벌로 지냄을 탄식하는 말이다.

401) 기절(奇絶): 신기하고 기이함.

402) 수품(手品): 솜씨.

403) 증전(曾前): 지나간 때.

404) 요기(饒飢): '요기(療飢)'의 오기. 시장기를 면함.

405) 쥬린 범의 가지로다: 보통으로 먹어서는 양에 차지 않는다는 뜻이다.

406) 허기(虛氣): '허기(虛飢)'의 오기.

407) 자심(自甚): '자심(滋甚)'의 오기. 더욱 심함.

408) 팔진미(八珍味): 아주 맛있는 음식을 비유적으로 이르는 말. 「낙은별곡」 각주 50번 참조.

409) 봉탕(鳳湯): '닭국'을 익살스럽게 이르는 말.

410) 캐희: 쾌(快)히. 유쾌하게. 빨리.

적극적으로 생계를 도모하다

이러혼들 엇지호며 져러혼들 엇지호리

千苦萬傷상을 아모런들 엇지호리

衣食이 足혼 後의 禮節졀을 알 거시오

飢寒이 至甚호들 廉恥을 모를 것가

窮궁無所不爲貪탐⁴¹¹⁾은 녯 聖人이 일너시니

邪사不光明⁴¹²⁾은 君子의 禮節이오

飢긔不啄탁粟속⁴¹³⁾은 丈夫의 廉염恥치오민

疾질風이 분 然後에 勁경艸초를 아옵나니⁴¹⁴⁾

窮且益익堅견⁴¹⁵⁾이 靑雲의 쯔지로다

三旬순九食을 먹그나 못 먹그나

十年一冠관을 쓰거나 못 쓰거나⁴¹⁶⁾

禮節을 뵈일 것가 廉恥를 모로 것가

---

411) 궁무소불위탐(窮無所不爲貪): 사람이 궁하게 되면 탐하지 않음이 없다.

412) [교감] 사불광명(邪不光明): '사불관면(死不冠免)'의 오기. 죽을 때도 관을 벗지 않음. 공자의 제자인 자로(子路)가 위(衛)나라에서 벼슬하다가 내란 중에 죽게 되었는데, "군자는 죽어도 관을 벗지 않는다" 하고서 관을 고쳐 쓰고 끈을 다시 매고 죽었다 한다. 가사문학관 소장본 '亽불관면', 동양문고본 '사불연단'.

413) 기불탁속(飢不啄粟): 굶주려도 곡식을 쪼아먹지 않는다. 주자의 「팔장부론八丈夫論」 가운데 "봉황은 천 길을 날지만, 굶주려도 곡식을 먹지 않는 장부의 염치가 있다(鳳飛千仞, 飢不啄粟, 丈夫廉義)"라는 구절이 있다.

414) 질풍(疾風)이~아옵나니: 질풍지경초(疾風知勁草). 바람이 세게 불어야 강한 풀임을 안다는 뜻으로, 위급하거나 곤란한 경우를 당해봐야 의지와 지조가 굳은 사람인지 아닌지 알게 됨을 비유적으로 이르는 말이다.

415) 궁차익견(窮且益堅): 궁할수록 더욱 굳건함. 왕발의 「등왕각서」에 "늙을수록 더욱 강해진다면 어찌 노인의 마음을 알겠는가. 가난할수록 더욱 굳세어진다면 청운의 뜻을 버리지 않을 것이다(老當益壯, 寧知白首之心. 窮且益堅, 不墮靑雲之志)"라는 구절이 있다.

416) 삼순구석(三旬九食)을~못 쓰거나: 도연명의 「의고시擬古詩」에 "동방에 한 선비가 있으니 옷차림이 항상 남루하고, 한 달에 아홉 끼가 고작이요, 십 년이 지나도록 관 하나로 지내더라(東方有一士, 被服常不完, 三旬九遇食, 十年著一冠)"라는 구절이 있다.

니 生涯이 내 버오러 苟구且를 免ᄒ리라

쳐음에 못ᄒ든 일 나終에 다 비호니

ᄌ리 치기 몬져 ᄒᄌ 틀 쏘ᄌ 날를 거러

바늘씨⁴¹⁷⁾ 쏨니면셔 바듸⁴¹⁸⁾를 드노흘 졔⁴¹⁹⁾

두 엇기 믈너나고⁴²⁰⁾ 팔회목⁴²¹⁾이 쌔지ᄂ 듯

바든 삭을 삭이ᄌ니⁴²²⁾ 졋 먹든 심 다 쓰인다

명셕 혼 立 결어니니 보리 닷 말 手공이오

도리방셕⁴²³⁾ 트러니니⁴²⁴⁾ 돈 五分이 갑시로다

弱약혼 筋근力 强作ᄒ니 브즈런을 니ᄌ ᄒ니

손쑤리⁴²⁵⁾에 피가 나니 됴희 골모 열히로다

이러코도 ᄉᄌ ᄒ니 ᄉᄌ 혼ᄂ 니 그르다

一縷루殘잔崙쳔⁴²⁶⁾을 쓴쳠즉도⁴²⁷⁾ ᄒ다마ᄂ

모진 목슘 못 죽으믄 니 목슘을 이로미라

人命이 至重ᄒ믈 이졔야 알이로다

---

417) 바늘씨: 바늘대. 돗자리나 가마니 따위를 칠 때, 씨를 한쪽 끝에 걸어서 날 속으로 들여
지르는 가늘고 길쭉한 막대기.
418) 바듸: 바디. 베틀, 가마니틀, 방직기 따위에 딸린 기구의 하나. 대오리, 나무, 쇠 따위로 만
들어 베 또는 가마니의 날에 씨를 쳐서 베를 짜는 구실을 한다.
419) 드노흘 졔: 들었다 놓았다 할 때. '드놓다'는 '들놓다'의 비표준어로, 들었다 놓았다 하다
라는 뜻이다.
420) 두 엇기 믈너나고: 두 어깨가 빠지고. '물러나다'는 꼭 짜이거나 붙어 있던 물건의 틈이
벌어지다라는 뜻.
421) 팔회목: 손회목. 손목의 잘록하게 들어간 부분.
422) 바든 삭을 삭이ᄌ니: 받은 삯을 상쇄하려니. '삭이다'는 돈·시간·물건 따위를 소비하다
라는 뜻.
423) 도리방셕: 도래방석. 짚으로 둥글게 짠 방석. 주로 곡식을 널어 말리는 데 쓴다.
424) 트러니니: 틀어내니. 엮어서 만들어내니. '틀다'는 짚이나 대 따위로 엮어서 둥지나 멍석
따위를 만드는 것을 말한다.
425) 손쑤리: 손가락 끝.
426) 일루잔천(一縷殘崙): '일루잔천(一縷殘喘)'의 오기. 실 한 올처럼 겨우 붙어 있는 숨.
427) 쓴쳠즉도: 끊어질 만도. '끈쳐지다' '그처디다'는 '끊어지다'의 옛말.

임에게 용서해주기를 호소하다

누고셔 이르기를 歲月若流라던고[428]

늬 셔름 오릴수록 火藥이나 아니 될가

날이 지니 달이 가고 히가 지니 돌시로다

上年에 비던 보리 올에 고쳐 뷔여 먹고

지닌여름 낙던 고기 이 여름에 또 낙그니

시 보리밥 바다노코 가슴 밋쳐 못 먹으니

쒸는 生鮮 膾회를 친들 목에 넘어 드러가랴

셜워홈도 남에 업고 못 견디여 別노 ㅎ니

늬 苦生 혼 히 ㅎ믄 남의 苦고生 十年이라

足懲징其罪죄 되올만졍[429] 苦盡친甘來 언졔 헐고

하날님게 비나이다 셜운 情原원[430] 비누이다

冊曆력도 히묵으면 고쳐 보지 아니ㅎ고

恕셔호옴[431]도 밤이 즈면 푸러 이져바리나니

世事도 묵어지고 人事도 묵어시니

千事萬事 蕩탕滌쳑[432]ㅎ고 그만져만 敍셔用[433]ㅎ여

---

428) 세월약류(歲月若流)라던고: 세월이 흐르는 물 같다고 하던고. [교감] 가사문학관 소장본 '셰월이 약이라네', 동양문고본 '셰월니 약슈라고'.

429) [교감] 족징기죄(足懲其罪) 되올만졍: '족징기죄(足懲其罪)'는 '족징기죄(族徵其罪)'의 오기. '족징'은 군정(軍丁)이 도망치거나 사망하는 등의 이유로 군포(軍布)를 징수하지 못할 경우, 그 친척에게 징수하는 것을 말한다. 여기서는 '그 죄가 친척들에게 미칠지라도'라는 의미로 사용되었다. 동양문고본 '홍진비리 되어시니', 국립도서관 소장본 '족징거이 울너지니'.

430) 정원(情原): '정원(情願)'의 오기. 진정으로 바람.

431) 서(恕)호옴: '노(怒)호옴'의 오기.

432) 탕척(蕩滌): 씻어서 깨끗하게 함.

433) 서용(敍用): 죄가 있어 벼슬을 박탈했던 사람을 다시 임용함.

씃쳐진 녯 因인緣연를 곳쳐 잇게 ᄒᆞ옵소셔

— 필사본 「만언사萬言詞」(임기중 소장본)

北遷歌 북천가[1]

金鎭衡

소인을 탄핵하다 유배를 당하다

세상의 사람들아 이니 거동 구경흡쇼
과거를 ᄒᆞ거덜낭 쳥츈에 아니 ᄒᆞ고
오십의 등과[2] ᄒᆞ여[3] 빅수홍진[4] 무슨 일고
공명[5]이 느즈나마 힝세[6]나 약바르제[7]

---

1) [원주] 함경도 명천부로 귀향되시와 힝졍 이력과 거젹 삼삭에 염궐회향ᄒᆞ시든 사실노 지으
   신 것.
2) 등과(登科): 과거에 급제함.
3) [원주] 憲宗朝, 增廣科登甲科, 卽出六.
4) 백수홍진(白首紅塵): 늙어서 벼슬살이에 분주함. 백수풍진(白首風塵)이라고도 한다.
5) 공명(功名): 공을 세워 이름을 널리 드러냄.
6) 행세(行世): 처세하여 행동함.
7) 약바르제: 약빠르지. 약빠를 것이지.

무다니8) 닉달나셔 쇼인의 쳑9)이 되여10)

부월11)을 무릅쓰고 천문12)에 샹쇼ᄒ니

이젼으로 보게 되면13) 빗나고 올컨마는

요료한14) 이 셰샹에 남다른 노를시라

쇼15) 한 쟝 오르면셔 만죠16)가 울컥한다17)

어와 황숑할수 천위18)가 질노19)ᄒ사

삭탈관직20)ᄒ시면셔21) 엄졔ᄒ고 쑤즁ᄒ니

운박즁 일신명이22)23) 고향24)으로 도라갈 제

츈풍의 비랄 타고25) 강하로 향ᄒ다가26)

---

8) 무다니: 무단(無斷)히. 아무 이유 없이.

9) 쳑(隻): 조선시대에 소송 사건의 피고를 이르던 말.

10) [원주] 時吏判徐箕淳, 用私上疏斥之, 卽小北.

11) 부월(斧鉞): 형구로 쓰던 작은 도끼와 큰 도끼.

12) 천문(天門): 대궐 문을 높여 이르는 말.

13) [원주] 抗旨 直…擧朝….

14) 요료(廖廖)한: 적막한. 쓸쓸한.

15) 소(疏): 임금에게 올리던 글.

16) 만조(滿朝): 만조백관(滿朝百官). 조정의 모든 벼슬아치.

17) [원주] 有詩. 出位琅函籲至尊, 削官身退亦優恩, 秋風掛帆東南去, 江海行狀一劍存.

18) 천위(天威): 제왕의 위엄. 여기서는 왕을 가리킨다.

19) 진노(震怒): 존엄한 존재가 크게 노함.

20) 삭탈관직(削奪官職): 죄지은 자의 벼슬과 품계를 빼앗고 벼슬아치의 명부에서 이름을 지우던 일.

21) [원주] 弘文館職牒.

22) [교감] 엄졔(嚴制)ᄒ고~일신명(一身命)이: 엄하게 제재하고 꾸중하니, 운수가 나쁜 한 몸이. 『역대 39-1805』「북쳔가」'엄치ᄒ고 쑤죵ᄒ니 엄지즁 일신명이', 『역대가사문학전집 39-1806』「북쳔가」'엄치하고 쑤죵ᄒ니 운박한 이 신명이', 『역대 39-1807』「북쳔가」'엄지하고 쑤죵하니 운박즁 내 신명이'. '엄치(嚴治)'는 엄하게 처벌함을 뜻하며, '엄지(嚴旨)'는 임금의 엄중한 명령을 말한다.

23) [원주] 有詩一絶.

24) 고향(故鄕): 경상도 안동에 있는 가산(嘉山)을 가리킨다.

25) [원주] 行到漢江而有拿命.

26) [교감] 츈풍의~향ᄒ다가: 『역대 39-1805』「북쳔가」'풍풍의 비를 타고 강호로 향ᄒ다가', 『역대 39-1806』「북쳔가」'츄풍이 베를 타고 강호로 향하다가', 『역대 39-1809』「북쳔가」'춘풍의 비롤 타고 강희롤 햐ᄒ다가'.

남수찬27) 샹쇼 쯔틱28) 명쳔29) 졍비30) 놀납도다31)32)

쳑수33)로 치힝34)ᄒ니 한강 풍도35) 고이ᄒ다

창망36)ᄒᆫ 힝식으로37) 동문에 디죄ᄒ니38)

고향은 젹막39)ᄒ고 명쳔이 쳘이로다

두루마기 힌 씌 쮜고40) 북쳔을 향ᄒᆡ 서니

사고무친41) 고독단신42) 쥭난 쥴 그 뉘 아리

사람마다 당케 되면 우룸이 나련마는

군은을 갑흘지라43) 쾌홈도 쾌할시고

인신44)이 되엿다가 쇼인을 잡아먹고

---

27) 남수찬(南修撰): 김진형을 논척(論斥)한 수찬 남종순(南鍾順). '수찬'은 조선시대 홍문관의 정6품에 해당하는 벼슬이다.

28) [원주] 南修撰鍾淳卽小北.

29) 명천(明川): 함경북도 명천군에 있는 읍.

30) 정배(定配): 죄인을 지방이나 섬으로 보내 정해진 기간 동안 그 지역 내에서 감시받으며 생활하게 하던 형벌. 유배.

31) 남수찬~놀납도다: 김진형은 철종 4년 6월 30일에 이조판서 서기순을 논책하는 소를 올렸다가, "지면 가득 헐뜯고 떠들어대니 같은 조정에서 벼슬하는 충후(忠厚)한 풍가가 없다"는 죄목으로 삭탈관직 형을 받았다. 7월 5일 수찬 남종순이 김진형을 논척하는 상소를 올리자, 왕은 삭직에 그칠 수 없다 하여 그를 함경도 명천부로 귀양 보냈다.

32) [원주] 咸鏡北道絶塞, 近胡地, 距京一千三百里, 距鄕一千九百里.

33) 척수(隻手): 한쪽 손. 홀로. 매우 외로움을 비유적으로 이르는 말.

34) 치행(治行): 길 떠날 여장을 준비함.

35) 풍도(風濤): 바람과 큰 물결.

36) 창망(悵惘): 근심과 걱정으로 경황이 없음.

37) [원주] 萬死猶輕竄配加, 蒼茫中路未歸家, 迷津謫客江頭立, 兩岸風濤日暮多.

38) 동문(東門)에 대죄(待罪)ᄒ니: 동문에서 처벌을 기다리니. '동문'은 동대문을 가리킨다.

39) 적막(寂寞): 고요하고 쓸쓸함.

40) [원주] 罪名在身, 不容色帶.

41) 사고무친(四顧無親): 사방을 돌아봐도 친척이 없다는 뜻으로, 의지할 만한 사람이 아무도 없음을 말한다.

42) 고독단신(孤獨單身): 도와주는 사람 없이 외로운 처지에 있는 몸.

43) [원주] 有五言一律.

44) 인신(人臣): 신하(臣下).

엄지⁴⁵⁾랄 봉승⁴⁶⁾ᄒ고 절ᄉᆡ⁴⁷⁾로 가난 ᄉ람

천고의 멧멧치며 아조⁴⁸⁾의 그 뉘런고

칼 집고 이러서서 술 잡고⁴⁹⁾ 츔얼 츄니

이철 이 적직⁵⁰⁾인는 댱부도 다울시고⁵¹⁾

한양에서 회양까지의 여정: 더위 속 장마철에 유배를 떠나는 심회

됴흔 다시 말을 타니 명천이 어듸민야

더위난 홍노⁵²⁾ 갓고 장마난 극악⁵³⁾한듸

나장⁵⁴⁾을 뒤서우고 쳥노⁵⁵⁾랄 압서우고

익명원⁵⁶⁾ 늬달나셔 달락원⁵⁷⁾ 잡관 쉬여

츅석영⁵⁸⁾ 넘어가니 북궐⁵⁹⁾이 머러진다

---

45) 엄지(嚴旨): 임금의 엄중한 명령.
46) 봉승(奉承): 웃어른의 뜻을 받들어 이음.
47) 절ᄉᆡ(絶塞): 아주 먼, 국경에 가까운 땅.
48) 아조(我朝): 우리 왕조.
49) 술 잡고: 술잔을 들고.
50) 적객(謫客): 귀양살이하는 사람.
51) [원주] 有詩一律.
52) 홍로(紅爐): 빨갛게 달아오른 화로.
53) 극악(極惡): 몹시 나쁨.
54) 나장(羅將): 금부나장(禁府羅將). 의금부에 속하여 죄인을 문초할 때 매질하는 일과 귀양 가는 죄인을 압송하는 일을 맡아보던 하급 관리.
55) 쳥노(廳奴): 청지기. 양반집 수청방에 있으면서 여러 가지 잡일을 맡아보던 하인.
56) 인명원(仁明園): 정조의 후궁인 원빈(元嬪) 홍씨(洪氏)의 묘소. 서울 성북구 안암동(고려대학교 이공대학)에 있었으며 애기능터라 불렸다.
57) 다락원(樓院): 경기도 의정부시 호원동에 있었던 역원(驛院). 원집이 다락으로 되어 있던 데서 유래한다.
58) 츅석령(祝石嶺): 경기도 포천에 있는 고개.

실푸다 이니 몸이 영쥬각60) 신션으로61)

나나리 칙을 셰고 쳔안62)을 뫼시다가63)

일조에 졍얼 씌여64) 쳔이65)로 가깃고야66)

구중67)을 쳠망68)ㅎ니 운연69)이 아득ㅎ고

죵남70)은 암암71)ㅎ여 몽상72)의 망연73)ㅎ다

밥 먹으면 길을 가고 물 건니면 지럴 넘어

십 이 가고 빅 이 가니 양쥬 쌍 지닌 후의

포쳔읍이 길가이요 쳘원 지경74) 발분 후에

영평읍 건니가셔 김화 감셩75) 지닌 후난

회양읍 막쥭이라76) 강원도 북관77) 기리 듯기 보기 갓ㅎ고나

---

59) 북궐(北闕): 경복궁을 창덕궁과 경희궁에 상대하여 이르는 말.
60) 영주각(瀛洲閣): 홍문관의 별칭. 영주(瀛洲)는 본디 선경(仙境)을 가리키는 말인데, 당태종
이 문학관(文學館)을 설치하고 두여회(杜如晦), 방현령(房玄齡) 등 18명을 뽑아 십팔학사라 부르
며 우대해 정사를 자문하기도 하고 학문을 토론하기도 했다. 이에 세상 사람들이 그들을 사모
하여 '영주에 올랐다(登瀛洲)'고 했다. 우리나라에서는 홍문관과 예문관을 지칭한다.
61) [원주] 瀛洲閣卽弘文館.
62) 천안(天顔): 용안(龍顔). 임금의 얼굴.
63) [원주] 時除玉堂, 入侍經筵, 應製請奏.
64) [교감] 일조(一朝)에 졍(情)얼 씌여: 하루아침에 임금의 총애를 잃었다는 의미다.『역대 39-
1807』「북쳔가」'일조에 졍을 쪠여',『역대 39-1809』'졍을 쪠고'.
65) 천애(天涯): 하늘 끝. 까마득하게 멀리 떨어져 있는 곳을 비유적으로 이르는 말.
66) 가깃고야: 가겠구나. '-고야'는 '-구나'의 옛말.
67) 구중(九重): 구중궁궐(九重宮闕). 겹겹이 문으로 막은 깊은 궁궐이라는 뜻으로, 임금이 있는
대궐 안을 이르는 말이다.
68) 쳠망(瞻望): 높은 곳을 멀거니 바라다봄.
69) 운연(雲煙): 구름과 연기.
70) 종남(終南): 종남산(終南山). 남산(南山)의 옛 이름.
71) 암암(暗暗): 눈앞에 아른거림.
72) 몽상(夢想): 꿈속의 생각.
73) 망연(茫然): 아득함. 아무 생각 없이 멍함.
74) 지경(地境): 경계. 또는 일정한 테두리 안의 땅.
75) 감셩: '김성(金城)'의 오기. 강원도에 있는 지명.
76) 막쥭이라: 마지막이라. '막쥭'은 '마지막'의 방언.
77) 북관(北關): '함경도'의 다른 이름.

회양에서 원산까지의 여정: 한밤중에 철령을 넘다

회양에 중화[78]ᄒ고 철녕[79]을 향히 가니[80]

천험지[81]는 청산이오 쵹도란[82]은 길이로다

요란한 운무 중에 일식이 그지 나니

남여[83]랄 잡아타고 철영을 넘난고나

수목은 울밀[84]ᄒ여 천일[85]을 가리우고

암셕은 총총[86]ᄒ여 업더지락 잡바지락

즁허리[87]예 못 올나셔 황혼이 거의로다

상상봉 올나셔니 쵸경[88]이 되엿고나

일힝이 허기져서 기장쩍 사 먹으니

쩍 마시 이상ᄒ여[89] 향기 잇고 아람답다

횃불을 신측[90]ᄒ여 화광즁[91] 나려가니

남북을 모라거든 산형을 어이 알이

---

78) 중화(中火): 길을 가다 점심을 먹음.
79) 철령(鐵嶺): 함경남도 안변군과 강원도 회양군의 경계에 있는 고개.
80) [원주] 踰鐵嶺有詩.
81) 천험지(天險地): 땅의 형세가 천연적으로 험한 곳.
82) 쵹도난(蜀道難): 중국 장안(長安)에서 촉으로 들어가는 길이 사다리를 걸쳐놓은 듯 험하다는 데서 온 말. 이백의 시 「촉도난」에 "촉도의 험하기는 하늘에 올라가기보다 어렵구나(蜀道之難, 難於上靑天)"라고 했다.
83) 남여(藍輿): 의자와 비슷하게 생긴 뚜껑이 없는 작은 가마.
84) 울밀(鬱密): 나무 따위가 무성하게 우거져 빽빽함.
85) 천일(天日): 하늘에 떠 있는 해.
86) 총총(叢叢): 들어선 모양이 빽빽함.
87) 즁허리: 중턱.
88) 초경(初更): 하룻밤을 오경(五更)으로 나눈 첫째 부분. 저녁 7시에서 9시 사이.
89) 이상(異常)ᄒ여: 색달라서.
90) 신칙(申飭): 단단히 타일러서 경계함. 여기서는 단단히 일러 준비시킨다는 뜻이다.
91) 화광중(火光中): 불빛 가운데.

삼경92)에 산을 나려 탄막93)에 잠을 자고

효두94)에 발힝ᄒ니 안변읍이 어듸멘야

하릴업난95) 늬 신세야 북도96) 젹긱 되단 말가

함경도 초경97)이요 아틔죠 고토98)로다99)

산천이 광활ᄒ고 수목이 만야100)ᄒ다

안변읍 드러가니 본관101)이 나오면셔102)

포진103) 병장104) 신측ᄒ여 엄식을 공괴105)ᄒ니

시원케 잠을 자고106) 북향ᄒ여 ᄯᅥ나가니107)

원산이 여게런가108) 인가도 굉장ᄒ다

바다쇼릐 요란ᄒ듸 물화109)도 싸일시고

---

92) 삼경(三更): 하룻밤을 오경으로 나눈 셋째 부분. 밤 11시에서 새벽 1시 사이.

93) 탄막(炭幕): 주막.

94) 효두(曉頭): 먼동이 트기 전의 이른 새벽.

95) 하릴업난: 어쩔 수 없는. '하릴없다'는 달리 어떻게 할 도리가 없다라는 뜻.

96) 북도(北道): 북관(北關). 함경도.

97) 초경(初境): 초입(初入).

98) 아태조(我太祖) 고토(故土): 우리 태조대왕의 고향땅. 조선 왕조의 발상지가 함경도였다.

99) [원주] 太祖大王誕生于咸鏡.

100) 만야(滿野): 들판에 빽빽이 들어섬.

101) 본관(本官): 고을 수령을 이르던 말.

102) [원주] 安邊倅任百秀有世誼.

103) 포진(鋪陳): 바닥에 깔아놓는 방석, 요, 돗자리 따위를 통틀어 이르는 말.

104) 병장(屛帳): 병풍과 장막을 아울러 이르는 말.

105) 공궤(供饋): 윗사람에게 음식을 드림.

106) [원주] 安邊曉發.

107) [원주] 夜夜還鄕夢, 朝朝○○○, 淸秋叫鴈絶, 何時付余意.

108) [원주] 今元山港.

109) 물화(物貨): 물품과 재화를 아울러 이르는 말.

덕원에서 함흥까지의 여정: 친분 있는 고원 수령의 접대를 받다

덕원읍 즁화ㅎ고 문천읍 슉쇼ㅎ고
영흥읍 들어가니 웅장ㅎ고 가려ㅎ다
틴됴디왕 틴지¹¹⁰⁾로셔 춍춍가기¹¹¹⁾쑨이로다
금슈산쳔¹¹²⁾ 그림 즁에 바다 갓한 관ᄉ¹¹³⁾로다
본관이 즉시 나ㅎ¹¹⁴⁾ 치ㅎ¹¹⁵⁾하고 관디¹¹⁶⁾ㅎ며
졍심상 보니 후에 치병화연¹¹⁷⁾ 등디¹¹⁸⁾ㅎ니
죄명이 몸에 이셔 치ᄉ¹¹⁹⁾ㅎ고 환숑혼 후
고원읍 드러가니 본슈¹²⁰⁾의 오긍진은¹²¹⁾
셰의¹²²⁾가 자별¹²³⁾키로 날얼 보고 반겨ㅎ니
쳘이 긱지 날 반기 리 이 어런쑨이로다
칙방¹²⁴⁾에 마좌드러 엄식을 광괴ㅎ며¹²⁵⁾

---

110) 태지(胎地): 출생지.
111) 총총가기(蔥蔥佳氣): 잔뜩 서린 상서로운 기운.
112) 금수산천(錦繡山川): 비단에 수를 놓은 것처럼 아름다운 산천.
113) 관사(官司): 관아(官衙).
114) [원주] 永興府使申泰元出見歎接, 是弘文館同僚之誼.
115) 치하(致賀): 남이 한 일에 대하여 고마움이나 칭찬의 뜻을 표시함. 여기서는 반가워하며 인사하다는 의미로 사용되었다.
116) 관대(款待): 친절히 대하거나 정성껏 대접함.
117) 채병화연(彩屛花筵): 채색으로 그린 병풍과 꽃을 수놓은 자리.
118) 등대(等待): 미리 준비하고 기다림.
119) 치사(致謝): 감사하다는 뜻을 표시함.
120) 본수(本倅): 본관. 그 고을의 수령.
121) [원주] 吳承旨肯鎭荏在高原縣, 世誼尤有別, 與主倅唱酬詩篇.
122) 세의(世誼): 대대로 사귀어온 정.
123) 자별(自別): 본디부터 남다르고 특별함.
124) 책방(冊房): 고을 원의 비서 사무를 맡아보는 사람. 또는 그 사람이 거처하는 곳.
125) 광괴ㅎ며: '공궤(供饋)하며'의 오기. 음식을 대접하며.

위로호고 다정호며 복마[126] 쥬고 의복 쥬며 힝즈[127] 쥬고 스령[128] 쥬니

잔읍형세[129] 싱각호니 불안[130]호기 그지업다

능신호여[131] 발힝호니 우수[132]도 고이호다

갈 기리 몃철 이며 온 기리 몃칠이야[133]

하날 갓혼 절녕[134]은[135] 향국[136]을 막아 잇고

저승 갓한 귀문관[137]은 오령[138]에 쎠겻고나[139]

표봉[140] 갓한 이니 몸은 지향[141]이 어디민야

쵸원역[142] 즁화호고 함흥 감녕 드러가니[143]

만세교 긴 다리눈 심 이를 쎄쳐 잇고[144]

무변디히[145] 창망[146]호여 디야[147]의 둘너지고

---

126) 복마(卜馬): 짐을 싣는 말.

127) 행자(行資): 노자(路資).

128) 사령(使令): 관아에서 심부름하던 사람.

129) 잔읍형세(殘邑形勢): 번성하지 못한 작은 고을의 살림살이 형편.

130) 불안(不安): 마음에 미안함.

131) 능신(凌晨)호여: 새벽을 무릅쓰고.

132) 우수(雨水): 빗물.

133) 몃칠이야: '몃철 이야'의 오기.

134) 결령(絶嶺): 깎아지른 듯한 높은 고개.

135) [원주] 卽磨天嶺.

136) 향국(鄕國): 고향.

137) 귀문관(鬼門關): 명천 북쪽 30리에 있는 관문 이름.

138) 오령(五嶺): 중국 남쪽 국경에 있는 대유(大庾), 시안(始安), 임하(臨賀), 계양(桂陽), 게양(揭陽) 등 다섯 고개를 말하는데, 주로 중형을 받은 죄인들을 이곳으로 유배 보냈다.

139) [교감] 쎠겻고나: 섞였구나. 귀문관이 오령에 포함될 만하다는 뜻으로 쓰였다. 『역대 39-1807』 '쎡겨고나', 『역대 39-1809』 '쎳겨고느'.

140) 표봉(飄蓬): 바람에 나부끼는 쑥. 정처 없이 떠돎을 비유한 말이다.

141) 지향(指向): 나아갈 방향.

142) 초원역(草原驛): 함경남도 정평부(定平府)에 있던 역 이름.

143) [원주] 觀察使鄭基東出見. 有詩一律.

144) [원주] 十里長橋橫於監營.

145) 무변대해(無邊大海): 끝없이 넓은 바다.

146) 창망(滄茫): 넓고 멀어서 아득함.

147) 대야(大野): 큰 들판.

장강[148]은 도도ᄒ여 만고의 흘너 잇다

구룸 갓한 셩첩[149] 보쇼 낙밀누 놉고 놉다[150]

만인가셕연기[151]ᄂᆞᆫ 추강[152]에 그림이요

서산에 지난 ᄒᆡᄂᆞᆫ 원긱[153]의 시름이라[154]

술 잡고 누에 올나 칼 만지며 노릐ᄒ니

무심한 쪠구룸은 고향을 도라가고

유의[155]한 강젹[156] 쇼릐 긱회[157]랄 덧쳐서라[158]

사향[159]ᄒ난 이ᄂᆡ 눈물 장강에 던져두고

빅쳑누[160] 나려와셔 셩ᄂᆡ예 잠을 자니

서울은 팔빅 이요 명쳔은 구빅 이라

148) 장강(長江): 여기서는 성천강(城川江)을 가리킨다.
149) 성첩(城堞): 성가퀴. 성 위에 낮게 쌓은 담.
150) [원주] 登樂民樓次韻揭板.
151) 만인가석연기(滿人家夕煙氣): 인가에 자욱하게 낀 저녁연기.
152) 추강(秋江): 가을의 강.
153) 원객(遠客): 먼 데서 온 손님.
154) [원주] 有懷鄕詩一律.
155) 유의(有意): 의미나 뜻이 있음.
156) 강적(羌笛): 오랑캐의 피리. 태평소.
157) 객회(客懷): 객지에서 느끼게 되는 울적하고 쓸쓸한 느낌.
158) 덧쳐서라: 더하는구나. '덧치다'는 아픈 곳을 쑤셔서 더 아프게 하다라는 뜻.
159) 사향(思鄕): 고향을 그리워함.
160) 백척루(百尺樓): 백 척이나 되는 높은 누대. 삼국시대 위(魏)나라 허사(許汜)가 유비(劉備)와 함께 이야기를 나누던 중 자기가 진등(陳登)을 찾아갔을 때, 진등이 자신을 무시하여 주인인 자신은 높은 침상에 눕고, 손님인 자기는 아래 침상에 눕게 했다고 불평하자, 유비가 말하기를, "그대는 국사의 명망을 지닌 사람으로, 천하가 어지러운 이때, 나라를 걱정하지 않고 전답이나 살 집을 구하고 다니니 진등이 이것을 꺼렸던 것이다. 어찌 그대와 말할 가치가 있었겠는가. 나 같았으면 자신은 백척루 위로 올라가 눕고, 그대는 땅바닥에 눕게 했을 것이다"라고 했다는 고사가 전한다. 『삼국지 권7』「위서魏書」「진등전陳登傳」. 여기서는 낙민루를 가리킨다.

함흥에서 마천령까지의 여정: 병이 났는데도 쉬지 않고 길을 가다

비 맞고 유삼[161] 쓰고 함가령[162] 넘어가니[163]

영틔[164]도 놉건이와 수목이 더욱 장타

남녀난 나려오고 디로난 서렷고나[165]

노방[166]에 큰 비석이 비각단청[167] 요조[168]ᄒ다

틔됴디왕 미ᄒ실 제[169] 고려국 장수 되여

말가리 승전ᄒ고 공덕비 어제 갓다[170]

역마를 잡아타고 홍원읍 드러가니

무변ᄒ식[171] 둘너지디 읍양[172]이 절묘ᄒ다

즁화ᄒ고 쩌나서니 평가역이 숙쇼로다[173]

니 온 길 싱각ᄒ면 철 이만 도얏난냐

---

161) 유삼(油衫): 기름에 결은 옷. 비, 눈 따위를 막기 위해 옷 위에 껴입는다.
162) 함가령: '함관령(咸關嶺)'의 오기. 함경남도 함주군 덕산면과 홍원군 운학면 사이에 있는 고개.
163) [원주] 有詩.
164) 영태(嶺態): 고개의 모양.
165) [교감] 남녀난~서렷고나: 가사문학관 소장 「북천가 1」 '수로셕경 남여 타고 디로의난 건난고야', 가사문학관 소장 「북천가 2」 '남여로 나려가니 노방의 큰 비셔니', 가사문학관 소장 「팔도가」 '남연난 나라가고 디도난 셔렷고나'. 고개에서 내려올 때는 남여를 타고 큰길에서는 걸었다는 의미로 보는 것이 좋을 듯하다.
166) 노방(路傍): 길가.
167) 비각단청(碑閣丹靑): 단청한 비(碑)를 세운 집. 여기서 비는 태조 이성계의 이모 봉씨의 집 언덕에 세운 '이태조기적비李太祖紀績碑'를 이르는데, 영흥 동쪽에 있다.
168) 요조(窈窕): 얌전하고 정숙함.
169) 미(微)ᄒ실 제: 미천할 때. 아직 임금이 되지 않았을 때.
170) [원주] 感吟一絕.
171) 무변해색(無邊海色): 끝없는 바다의 경치.
172) 읍양(邑樣): 읍내의 모양이나 형편.
173) [원주] 居山察訪道.

실 갓흔 글녁[174]이오 거무[175] 갓한 목숨이라

쳔쳔이 길을 가녀 살고 볼 이리로디

엄지랄 뫼셧스니 일시나 유체[176]하랴

쥭기랄 가을 삼고[177] 수화를 불분ᄒᆞ니[178]

만신[179]에 짬씨 도다 성종지경[180] 도녀 잇고

골수에 든 더위난 자고 시면 설스로다[181]

나장이 ᄒᆞ난 말이 나으리 거동 보니

엄엄[182]ᄒᆞ신 신관[183]이요 위틔ᄒᆞ신 글녁이라

하르만 조리ᄒᆞ녀 북쳥읍 묵스이다

무식ᄒᆞ다 네 마리녀 엄지 즁 일신이라

일신달 뉴체ᄒᆞ랴 일신의 솔고 쥭기

하날에 달녓스니 네 마리 기특ᄒᆞ나[184]

가다가 보짓노라 북쳥읍 숙쇼ᄒᆞ고

남숑졍 드러가니 무변희광[185] 망망[186]ᄒᆞ녀

동쳔[187]이 가이업고 만산은 쳡쳡ᄒᆞ여

---

174) 근력(筋力): 일을 감당해내는 힘.

175) 거무: '거미'의 방언.

176) 유체(留滯): 한곳에 오래 머물러 있음.

177) 가을 삼고: 각오하고. '가을'은 농작물을 거두어들이는 것을 이른다. '가을 삼다'는 '목표로 삼다' '각오하다'는 뜻으로 쓰인다.

178) 수화(水火)를 불분(不分)ᄒᆞ니: 물불을 가리지 않으니.

179) 만신(滿身): 온몸.

180) 성종지경(成腫地境): 종기가 곪아 부스럼이 될 지경.

181) [원주] 有詩.

182) 엄엄(奄奄): 숨이 곧 끊어지려 하거나 매우 약한 상태에 있음.

183) 신관: '얼굴'의 높임말.

184) 기특(奇特)ᄒᆞᄂᆞ: 대견하나.

185) 무변해광(無邊海光): 끝없이 넓은 바다.

186) 망망(茫茫): 넓고 멂.

187) 동천(東天): 동쪽 하늘.

남향이 아득ᄒ다 마옥녁 중화ᄒ고

마철녕188) 다다르니189) 안밧 지190) 육십 이난

하날에 마쳐 잇고 공즁에 달이191) 길은

참바192)가치 서렷고나193) 다리 덤불 얼커스니

천일이 밤즁 갓고 층암194)이 위퇴ᄒ여

머리 우희 쩌러질 듯 하날인ᄀ 쌍히런가

저승인가 이승인ᄀ 상상봉 올나서니195)

보난 거시 바다히오 든난 거시 물소리라

몃 날을 길에 이셔 이 지랄 넘난고냐

이 녕을 넘은 후난 고향 싱각 다시 업다196)

천일만 은근ᄒ여 두상197)에 빈첫고나

임연에서 명천까지의 여정: 길주 수령이 기생을 보냈지만 거절하다

임년역 중화ᄒ고 길쥬읍 드러가니

---

188) 마천령(摩天嶺): 함경남도 단천군 광천면과 함경북도 학성군 학남면의 경계에 있는 고개.
189) [원주]「踰磨天嶺」君命至嚴此嶺高, 三旬行見一秋高, 臣何敢曰臣無罪, 以罪看山山太高.
190) 안밧 지: 안팎 재. 고개의 이쪽저쪽.
191) 달이: 달린. 매달린.
192) 참바: 삼이나 칡 따위로 세 가닥을 지어 굵다랗게 꼰 줄.
193) 참바가치 서렷고나: 고갯길에 구불구불 이어진 길이 마치 밧줄이 둥그렇게 포개어 있는 듯하다는 뜻이다.
194) 층암(層巖): 층을 이루어 험하게 쌓인 바위.
195) [원주]「登上峯」騎浮雲雨上, 人在斗牛間, 披雲嶺上坐, 平壓眼前山.
196) 이 녕을~업다: 고개가 너무 험하여 다시 고개를 넘어 고향으로 돌아가고 싶은 생각이 나지 않는다는 뜻이다.
197) 두상(頭上): 머리 위.

셩곽도 장커니와 여염[198]이 더욱 장타

비 오고 바람 부니 쩌날 길 아득ᄒ고

읍니셔 묵ᄌᆞᄒ니 본관 폐 부란ᄒ다[199]

원[200] 나오고 칙방 오며 초면이 친구로다

엄식은 먹거니와 포진기싱[201] 불관[202]코나

엄지랄 뫼셧스니 쏘자리 불관ᄒ고

죄명을 가졋스니 기싱이 호화롭다

운 박ᄒ온 신명[203] 보면 분상[204]ᄒᄂ 샹쥬로다

기싱을 물이치고 금년[205]을 거더니니

본관의 ᄒ난 마리 녕남 양반 고집도다

모우[206]ᄒ고 쩌나서니 명쳔이 칠십 이라

이 싸을 싱각ᄒ면 묵특[207]의 고토로다

황셩[208]의 일부토[209]난 왕소군[210]의 청총[211]이요

198) 여염(閭閻): 백성의 살림집이 많이 모여 있는 곳.
199) 본관 폐 부란ᄒ다: 본관에게 폐가 될까봐 불안하다는 뜻이다.
200) 원(員): 수령(守令).
201) 포진기생(鋪陳妓生): 잔치 자리를 마련하고 기생을 준비시킴.
202) 불관(不關): 관계하지 않음.
203) 신명(身命): 몸과 목숨을 아울러 이르는 말.
204) 분상(奔喪): 먼 곳에서 부모가 돌아가셨다는 소식을 듣고 급히 집으로 돌아감.
205) 금연(錦筵): 아름다운 돗자리.
206) 모우(冒雨): 비를 무릅씀.
207) 묵특[冒頓]: 한나라 때 흉노의 추장 이름으로, 용맹한 자라는 뜻이라 한다.
208) 황성(荒城): 황폐한 성.
209) 일부토(一抔土): 한 줌밖에 안 되는 흙. 여기서는 무덤을 뜻한다.
210) 왕소군(王昭君): 한나라 원제의 궁녀. 흉노와의 화친 정책으로 흉노의 선우(單于)에게 강제로 시집갔으나 평생 한나라를 그리워하다가 자살했다. 그녀의 무덤에는 늘 푸른 풀이 돋아났다는 전설이 있다.
211) 청총(靑塚): 풀이 난 무덤.

팔십 이 쟝연모슨[212] 쇼무의 간양되[213]라

회홍촌 이릉귀[214]는 지금의 원억[215]이오

빅용퇴[216] 귀문관[217]은 압지 갓고 뒤몟 갓드

고챵[218] 녁마 자바타고 비쇼[219]로 드러가니[220]

인민도 번셩ᄒ고 셩곽이 웅쟝ᄒ다

유배지에 도착하여 시와 술로 세월을 보내다

녀막[221]에 드러안ᄌ 비문[222]얼 부친 후의

밍동원의 집을 무러[223] 본관드러 졍ᄒ여라

본관이 젼갈ᄒ고 공형[224]이 나오면셔

---

212) 장연(長淵)모슨: '장연호(長淵湖)'는 함경북도 경성군 주남면과 어랑면에 걸쳐 있는 호수로, 가운데에 간양도(看羊島)가 있다.

213) 소무(蘇武)의 간양도(看羊島): 「만언사」 각주 334번 참조.

214) 이릉귀: '이릉대(李陵臺)'의 오기. 이릉의 묘(墓)를 말한다. 이릉은 전한(前漢) 무제 때 무장이다. 기도위(騎都尉)의 신분으로 흉노를 정벌하고자 병력 5천 명을 이끌고 출전했다가, 8만 기병에 포위된 상태에서 8일 동안이나 밤낮으로 계속 싸워 승리했다. 그러나 고립무원의 상태에서 화살과 식량이 다 떨어진 끝에 흉노의 선우에게 투항했다. 그후 그곳에서 20여 년 동안이나 우대를 받으며 정착해 살다가 병으로 죽었다.

215) 원억(冤抑): 원통한 누명을 써서 억울함.

216) 백룡퇴(白龍堆): 중국 신강성(新疆省) 천산(天山) 남쪽에 위치한 사막. 일반적으로 변경 밖 먼 지역을 가리킨다.

217) 귀문관(鬼門關): 함경도 경성에 있는 관문. 귀문관은 본디 중국 광서성에 있는 변방 요새로, 산세가 험준한데다 풍토병이 심해 살아 돌아오는 자가 드물었으므로 "열에 아홉은 못 돌아오는 귀문관(鬼門關, 十人九不還)"이라는 민요까지 유행했다 한다. 『구당서 41』 「지리지地理志 4」.

218) 고창(古淐): 함경북도 명천군의 지명.

219) 배소(配所): 유배지.

220) [원주] 「到配所」 東城騎馬日, 準的是明川, 今到明川地, 孤臣能事全.

221) 여막(旅幕): 주막과 비슷한 조그만 집. 나그네를 치기도 하고 술이나 음식을 팔기도 한다.

222) 배문(配文): 죄인을 귀양 보낼 때 형조에서 유배지의 관아에 보내던 통지문.

223) [원주] 孟東元本邑富豪家, 而京宰居謫于此邑則托主, 甚護云.

224) 공형(公兄): 삼공형(三公兄). 조선시대 각 고을의 세 구실아치. 호장, 이방, 수형리를 이른다.

병풍 자리 쥬물상²²⁵⁾을 쥬닌으로²²⁶⁾ 딕령ᄒ고

눅각²²⁷⁾ 소리 압서우고 주닌으로²²⁸⁾ 나와 안ᄌ

쳐쇼에 전갈ᄒ며 뫼시라 전갈ᄒ니²²⁹⁾

슬푸다 니 일이냐 ᄭᅮᆷ에나 드럿던야

이고지 어데멘뇨 쥬인집 차ᄌ가니

놉흔 딕문 너른 사랑 삼쳔셕군 집이로다

본관과 초면이라²³⁰⁾ 서로 인ᄉ 다한 후에

본관이 ᄒ난 마리 김교리²³¹⁾ 이번 졍빅

죄 업시 오난 쥴은 북관 수령 아난 빅오

만민이 우럿나니 됴금도 슬녀 말고²³²⁾

나와 함게 노ᄉ이다 삼현²³³⁾ 기셩 다 불너라

오날부터 노랏고나²³⁴⁾ 그르나 니 일신이

거젹²³⁵⁾ᄒ난 사람이라 화당빈긱²³⁶⁾ ᄭᅩᆺ자리예

---

225) 주물상(晝物床): 귀한 손님을 대접할 때, 간단하게 차려서 먼저 내오는 음식상.
226) 쥬닌으로: 주인(主人)으로 하여금.
227) 육각(六角): 북, 장구, 해금, 피리, 태평소 한 쌍으로 이루어진 악기 편성.
228) 주닌으로: 주인과 함께. '-으로'는 '-으로더려'의 준말로, '-로 더불어' '함께'라는 뜻이다.
229) [원주]「送羅將 有詩二絕」千里復千里, 同生共死來, 天涯更送汝, 獨立望鄕垆. 寄汝兩行淚, 歸傳嶺外秋, 茫茫某水裡, 楓菊亦含愁.
230) [원주] 明川府使申泰善, 武班中人.
231) 교리(校理): 집현전, 홍문관, 교서관, 승문원 따위에 속해 문한(文翰)의 일을 맡아보던 문관 벼슬. 정5품 또는 종5품이었다.
232) 슬녀 말고: 슬퍼하지 말고. '슳다'는 '슬퍼하다'의 옛말. '슬-'은 '슳다'의 어간 '슳-'의 활용형이다.
233) 삼현(三絃): 거문고, 가야금, 향비파의 3가지 현악기를 통틀어 이르는 말. 여기서는 악공을 가리킨다.
234) [교감] 노랏고나: 『역대 39-1807』 '노잣고나'.
235) 거젹(居謫): 적거(謫居). 귀양살이를 하고 있음.
236) 화당빈객(華堂賓客): 관아의 손님. '화당'은 화려한 집을 지칭하는 말이다.

기악²³⁷⁾이 무어신야 구구이²³⁸⁾ 퇴숑ᄒ고

혼ᄌ 안ᄌ 쇼일ᄒ니 경닌예 선비드리

문풍²³⁹⁾ᄒ고 청학²⁴⁰⁾ᄒ며 ᄒ나 오고 두셋 오니

뉵십 명 되난고나 칙 씨고 청학ᄒ며

글제²⁴¹⁾ 닌여 골여지라²⁴²⁾ 북관의 수령 관장

무변²⁴³⁾만 보앗다가 문관의 풍셩²⁴⁴⁾ 듯고

한ᄉ ᄒ고²⁴⁵⁾ 달녀드니 닌 일을 싱각ᄒ면

남 가라칠 공부 업셔 아모리 사양ᄒ나

모면할 길 전허 업셔 일야로²⁴⁶⁾ 씨고 안ᄌ

세월이 그리로다 향사²⁴⁷⁾ 나면 풍월 짓고

심심ᄒ면 글 외우니 절시예 고종²⁴⁸⁾이ᄂ

시쥬의 회포 부쳐 불츌문전²⁴⁹⁾ᄒ오면셔

편케 편케 날 보닌니²⁵⁰⁾ 추풍에 놀닌 ᄭ움이

---

237) 기악(妓樂): 기생과 풍류를 아울러 이르는 말.
238) [교감] 구구(區區)이: 일일이. 『역대 39-1807』 '극구이', 『역대 39-1809』 '극구의'.
239) 문풍(聞風): 뜬소문을 들음.
240) 청학(請學): 배우기를 청함.
241) 글제: 글의 제목.
242) [교감] 골여지라: 골라달라. 『역대 39-1807』 '글제 내여 골나지라'.
243) 무변(武弁): 무관(武官).
244) 풍셩(風聲): 들리는 명성.
245) 한사(限死)ᄒ고: 한사코. 죽기로 기를 쓰고.
246) 일야(日夜)로: 밤낮으로.
247) 향사(鄕思): 고향 생각.
248) 절새(絶塞)예 고종(孤蹤): 먼 변방의 외로운 몸. '고종'은 도와주는 사람 없이 외로운 처지에 있는 몸을 말한다.
249) 불츌문전(不出門前): 문밖으로 나가지 않음.
250) [원주]「偶成五言二首」北塞南州客, 金門玉署郞, 行裝猶尺劍, 身勢忽邊荒, 暮歲兼葭老, 秋高蟋蟀凉, 愁腸千萬緖, 容易入奚囊. 不爲館閣士, 甘作草緷郞, 賣酒朋情闊, 罔詞句法荒, 夜燈孤客永, 秋葛遠人凉, 倘有南還日, 只存一錦囊.

변산251)에 설이 온 듯 남천을 바리보면
기러기 쳐량ᄒ고 북막252)을 구어보니
오랑키 지경이라 기가쥭 상ᄒ착253)은
상놈이 다 이벗고 됴밥 피밥 기장밥은
거민254)의 됴셕이라 본관의 셩덕255)이오
쥬인의 졍셩으로 실 갓한 이니 목숨 달 반을 걸녓더니256)

집에서 소식이 오다

천만의외257) 가신258) 오며 명녹이 왓단 말가259)
놀납고 반가우니260) 미친놈이 도엿고나
졀시예 잇든 사람 향산261)에 도라온 듯
나도 나도 이를만졍 고향이 잇도던가
서봉262)을 찌여 보니 졍찰263)이 몟 장인고

251) 변산(邊山): 변방의 산.
252) 북막(北幕): 함경북도 경성에 설치된 북병영(北兵營)의 별칭.
253) 상하착(上下着): 아래위 한 벌.
254) 거민(居民): 주민.
255) 성덕(盛德): 크고 훌륭한 덕.
256) 쥬인의~걸녓더니: 주인이 정성스럽게 보살펴주어 실낱같은 목숨을 한 달 반 동안 유지할 수 있었다는 의미다. '걸이다'는 '걸리다'의 옛말로, '매달리다' '붙어 있다'라는 뜻이다.
257) 천만의외(千萬意外): 천만뜻밖.
258) 가신(家信): 자기 집에서 온 편지나 소식.
259) [원주] 命象奴僕.
260) [원주] 有詩二首.
261) 향산(鄕山): 고향의 산천.
262) 서봉(書封): 편지 봉투.
263) 정찰(情札): 따뜻한 정이 어린 편지.

폭폭이 친척이오 면면이 가향²⁶⁴⁾이라²⁶⁵⁾

지면에 ㅈㅈ획획 자질²⁶⁶⁾의 눈물이요

옷 우에 그림 빗흔²⁶⁷⁾ 안히의 눈물이라

쇼동파²⁶⁸⁾의 조운²⁶⁹⁾인가²⁷⁰⁾ 양ᄃᆡ운우²⁷¹⁾ 불상ᄒ다

그즁에 사람 죽어 돈몰²⁷²⁾이 되단 말가²⁷³⁾

명녹이 ᄃᆡ코 안ᄌ 누수²⁷⁴⁾로 문답ᄒ니

딥²⁷⁵⁾ 쪄난 지 오리거든 그후 일을 어이 알이

만수천산²⁷⁶⁾ 멀고 먼데 너 엇지 도라가며

덤덤이 싸인 회포 다 그리 수 잇긴난야

명녹아 말 드러로 무ᄉ이 도라가셔

우리집 ᄉ람트러 사랏드라 전ᄒ여라

죄목이 ᄀᆡ가우니²⁷⁷⁾ 은명²⁷⁸⁾이 쉬우리라

---

264) 가향(家鄉): 자기 집이 있는 고향.
265) [원주] 蒼茫家室一書囊, 驚劇到時喜劇狂, 嶺外朋情移紙墨, 線中妻淚畵衣裳, 忽忘孤影寄寒塞, 始覺此身有故鄉, 不久吾當歸北闕, 莫將無益害剛腸.
266) 자질(子姪): 자식과 조카.
267) 그림 빗흔: 그림자는. 얼룩은.
268) 소동파(蘇東坡): 북송 때 문인이자 정치가.
269) 조운(朝雲): 소동파의 애첩. 소동파가 혜주(惠州)로 좌천되자 여러 첩이 모두 떠났으나 조운만은 끝까지 그를 따랐다고 한다.
270) [원주] 蘇東坡南遷時, 朝雲隨之.
271) 양대운우(陽臺雲雨): 초 양왕이 꿈에 무산선녀를 만난 고사를 끌어와, 실제로 만나지 못하고 꿈에서나 볼 수 있는 자기 아내의 처지를 말했다.
272) 존몰(存沒): 존망(存亡). 살아있음과 죽음.
273) [원주] 此時從子婦進土室, 擧丈夫兒而夭慘.
274) 누수(淚水): 눈물.
275) 딥: '집'의 옛말.
276) 만수천산(萬水千山): 수많은 강과 산.
277) ᄀᆡ가우니: 가벼우니. '개갑다'는 '가볍다'의 방언.
278) 은명(恩命): 관리를 임명하거나 죄를 용서하는 따위의 임금이 내리는 은혜로운 명령.

본관 사또의 권유로 칠보산으로 유람을 가다

거년이[279] 츄셕날에[280] 가가[281]의 셕묘ᄒ니

우리집 스람들도 쇼분[282]을 ᄒ난니라

본관이 ᄒ논 마리 이곳데 칠보산은

북관즁 명승지라 금강산과 가치 치니

칠보산 ᄒ번 가셔 방수심산[283] 엇드한고

나도 역시 됴커니와 의리예 난쳐ᄒ다

원지[284]예 쪼긴 몸이 형승[285]에 노난 일이

분의[286]예 미안ᄒ고 쳠녕[287]에 고이ᄒ니

마음에 죠컨마는 못 가기로 작정ᄒ니

쥬수[288]의 ᄒ난 마리 그르치 아니ᄒ리

악양누[289] 황강경[290]은 왕등[291]의 스젹이오

---

279) 거연(居然)이: 모르는 사이에. 어느덧.

280) [원주] 癸丑秋八月中旬佳節.

281) 가가(家家): 집집마다.

282) 소분(掃墳): 경사로운 일이 있을 때 조상의 산소를 찾아가 돌보고 제사를 지내는 일.

283) 방수심산(訪水尋山): 산과 물을 찾음. 산으로 놀러감.

284) 원지(遠地): 먼 곳.

285) 형승(形勝): 뛰어난 지세나 풍경.

286) 분의(分義): 자기 분수에 알맞은 정당한 도리.

287) 쳠령(瞻聆): 여러 사람이 보고 듣는 일.

288) 주수〔主倅〕: 자기가 사는 고을의 수령을 이르던 말.

289) 악양루(岳陽樓): 중국 호남성 악양현에 있는 누대로, 동정호(洞庭湖)가 내려다보이는 경치가 매우 훌륭하다고 한다. 송나라 때 등자경(藤子京)이 이를 중수하고 범중엄(范仲淹)에게 「악양루기岳陽樓記」를 짓게 한 것으로 유명하다.

290) 황강경(黃岡景): 황강의 경치. '황강'은 중국 호북성 황주부(黃州府)의 별칭. 송나라 왕우칭(王禹偁)이 황주 자사로 좌천되었을 때 자신의 은거생활을 담은 「황강죽루기黃岡竹樓記」를 지었다.

291) 왕등(王騰): 왕우칭(王禹偁)과 등자경(藤子京)을 가리킨다.

적벽강[292] 저정노름[293] 구소[294]의 풍정이니[295]

김학수[296]의 칠보산이 무슨 험 이사리요

그 말을 반겨 듯고 황년이[297] 이러나셔

나귀예 술을 실고 칠보산 드러가니

구룸 갓한 천만봉이 화도강산[298] 광경이라

박달녕[299] 너머가셔 금강동 드러가니

골골시[300] 물소리난 비옥을 찌저 잇고[301]

봉봉이 단풍 쎄츤 금수장[302]을 둘너서라

남녀를 놉히 타고 기심수 드러가니

원산은 구룸이오 근봉[303]은 물형[304]이라

뉵십 명 선비들이[305] 압희 서고 뒤예 서니

풍정도 죠커니와 광경이 더욱 조타

---

292) 적벽강(赤壁江): 중국 호북성 황강현에 있는 강. 중국 삼국시대 오나라의 장군인 주유가 제갈량의 도움을 받아 조조의 군대를 대파한 곳이자, 송나라의 문인인 소식이 뱃놀이하면서 「적벽부」를 지었던 곳이다.

293) [교감] 적벽강 저정노름: 적벽강 뱃놀이라는 의미인 듯하다. 『역대 39-1805』 '젹벽강 제정노름', 『역대 39-1807』 '젹벽강 졔져노름', 『역대 39-1809』 '젹벽강 계겨노름', 가사문학관 소장 「북천가」 '젹벽강 치식강은', 가사문학관 소장 「팔도가」 '젹벽강 졔역노롬', 『대학국어大學國語』 「북천가」(조윤재 소장본) '赤壁江 除夕노름'.

294) 구소(歐蘇): 당송팔대가의 두 사람인 구양수와 소동파.

295) [원주] 岳陽樓赤壁江黃岡瀾亭卽中原勝地, 而古來賢人達士放敵之君子, 遊償于此.

296) 학사(學士): 홍문관 부수찬 이상 관료의 별칭.

297) 황연(晃然)이: 환히 깨닫는 모양. 환하게 밝은 모양.

298) 화도강산(畵圖江山): 그림 같은 강산.

299) 박달령(朴達嶺): 함경북도 명천군 황곡리와 보촌리 사이에 있는 고개. 박달령에 오르면 칠보산의 경치가 펼쳐진다고 한다.

300) 골골시: 골골이. 골짜기마다.

301) [교감] 비옥을 찌저 잇고: 백옥(白玉)을 깨쳐 있고. 골짜기를 흐르는 물소리가 흰 옥을 깨뜨리는 듯하다는 의미다. 가사문학관 「북천가 2」 '골골이 물소래난 백옥을 깨쳐 잇고'.

302) 금수장(錦繡帳): 비단에 수를 놓아 만든 장막.

303) 근봉(近封): 가까운 봉우리.

304) 물형(物形): 물건의 생김새.

305) [원주] 三邑之文人韻士, 不謀齊會.

칠보산에서 군산월을 만나다

창망훈³⁰⁶⁾ 지난 히예 기심스 드러가셔³⁰⁷⁾

밤 한 경³⁰⁸⁾ 시온 후에 미명에 이르나셔

소세후고 문얼 녀니 기성 둘 압헤 와셔

현신³⁰⁹⁾후고 훈난 마리 본과 샷도 분분 니예

김교리님 칠보산에 너 업시 노름 되랴

당신는 사양후디 니 도리야 그를손야

산신도 섭섭후고 원학³¹⁰⁾도 슬푸리라

너의 둘 숑거³¹¹⁾후니 나으리들 엇지후랴

부디부디 조심후고 칠보청산 거힝후라

샷도의 분부 곳히 숀녀들 디령후오

우숩고 붓그럽다 본관의 정성이여

풍유남ㅈ 시쥬긱³¹²⁾은 남관³¹³⁾에 나쭌이데

신선의 곳에 와셔 너랄 엇지 기후리오³¹⁴⁾

풍유남ㅈ 방탕정이 미몰후기 어려워셔

방으로 드라 후고 이홈 뭇고 나³¹⁵⁾ 무르니

---

306) 창망(悵惘)훈: '창망하다'는 근심과 걱정으로 경황이 없다라는 뜻. 여기서는 해가 막 지려고 할 때의 조급한 마음을 표현했다.

307) [원주] 開心寺有萬歲樓次韻揭板.

308) 경(更): 일몰부터 일출까지 하룻밤을 다섯으로 나누어 부르는 시간의 이름. 밤 7시부터 시작해 2시간씩 나누어 각각 초경, 이경, 삼경, 사경, 오경이라고 이른다.

309) 현신(現身): 아랫사람이 윗사람에게 처음으로 자신을 보이는 일.

310) 원학(猿鶴): 원숭이와 학.

311) 송거(送去): 떠나보냄.

312) 시주객(詩酒客): 시와 술을 즐기는 나그네.

313) 남관(南關): 마천령 남쪽 지방을 이른다.

314) 기(忌)후리오: 꺼리거나 피하겠는가.

315) 나: 나이.

한 년은 미향인터 방년이 십팔이오

하나흔 군산월니 십구 세 곳치로다[316)

화상[317) 불너 업식 ᄒ고 노리 씨커 드러보니

미향의 평우됴[318)난 운우가 흐터지고

군산월이 양금[319)쇼리 만학천봉 푸르도다

개십대에 올라 풍류를 즐기다

지로승 앞서우고 두 기싱 엽헤 씨고

년한간고[320) 깁흔 곳의 긔심터 올나가니

단풍은 비단이오 수셩은 거문괴라[321)

창고봉 노적봉과 만사암[322) 천불암과

탁ᄌ봉 쥬작봉은 그림으로 둘너지고 물형으로 놉고 놉다[323)

아양누[324) 한 곡됴랄 두 기싱이 불너니니

만산이 더 푸르고 단풍이 더 불도다

<hr>

316) [원주] 梅香君山月兩妓.

317) 화상(和尙): '승려'를 높여 이르는 말.

318) 평우조(平羽調): 한국 전통 가곡의 전신인 삭대엽(數大葉)의 하나.

319) 양금(洋琴): 채로 줄을 쳐서 소리를 내는 현악기의 하나. 사다리꼴의 오동나무 겹 널빤지에 받침을 세우고 놋쇠로 만든 줄을 열네 개 매어 대나무로 만든 채로 쳐서 소리를 낸다. 조선시대 영조 때 아라비아에서 청나라를 거쳐 우리나라에 들어왔다.

320) 년한간고: '연화만곡(蓮花滿谷)'의 오기인 듯하다. 온 골짜기에 연꽃이 핌. 골짜기 양쪽으로 바위가 연꽃 봉우리처럼 우뚝우뚝 솟아 있음을 이른다.

321) [원주] 七寶山中形形色色奇奇怪怪之峯, 皆天作物形而如人巧也.

322) 만사암: '만장암(萬丈巖)'의 오기인 듯하다.

323) [원주] 有七寶山八景成.

324) 아양누: '악양루'의 오기. 악양루가(岳陽樓歌). 조선시대 가사로, 중국의 고사를 나열하면서 악양루와 주변의 경치를 읊고 취흥을 돋우는 내용으로 되어 있다.

옥수로 양금 치니 숑풍325)인가 물소린가

군산월의 손결 보쇼 곱고도 고을시고

춘산에 풀 순326)인가 안동 밧골 금난인가327)

양금 우에 노난 숀니 보드랍고 알스럽다328)

남녀 타고 전향ᄒ야329) 하마ᄃ]330) 올나서니331)

앗가 보든 산 모양이 홀지332)예 환형333)ᄒ여

모난 봉이 둥그럿코 희든 바우 푸르도다

절벽에 싹인 일홈334) 만됴정 물싴335)이라

산을 안고 도라가니 방선암이 여게로다

기암괴석 입입336)ᄒ니 갈ᄉ록 황홀ᄒ다

일 이를 드러가니 금강굴 이상ᄒ다

딥 갓흔 놉흔 굴에 석싴창ᄐ]337) 외로아라

325) 숑풍(松風): 솔숲 사이를 스쳐 부는 바람.
326) 춘산(春山)에 풀 순(筍): 봄날에 갓 자란 어린 풀잎.
327) 안동 밧골 금난인가: '안동 밧골'은 안동시 풍산읍의 '박골'을 말한다. '금난'은 '금낭'으로 적혀 있는 이본이 많은데, '금난초' 또는 '금낭화'를 가리키는 듯하다.
328) 알스럽다: '안쓰럽다'의 방언.
329) 전향(前向)ᄒ여: 앞으로 향하여.
330) 하마대(下馬臺): 칠보산에 있는 대의 이름.
331) [원주] 自古名公巨卿謫於玆州, 遊於此山.
332) 홀지(忽地): 갑자기 되거나 변하는 판.
333) 환형(換形): 모양이 이전과 아주 달라짐.
334) [원주] 余亦命石工, 以弘文館學士金□□過此十字刻之.
335) 만조정(滿朝廷) 물색(物色): 절벽에 고관대작들의 이름이 새겨져 있는 것이 마치 신하들로 가득찬 조정의 모습 같다는 의미다.
336) 입입(立立): 우뚝 서 있는 모양.
337) 석색창태(石色蒼苔): 이끼가 끼어 돌이 푸른 모양.

신선놀음을 하던 중 군산월에게 반하다

년적봉 기이ㅎ고 회상디338) 향ㅎ다가
두 기싱 간디업셔 찬노라 골몰터니339)
어디셔 일성가곡 즁천으로340) 나려오니
놀니셔 바라보니 회상디 올나안ㅈ
일지단풍341) 색거 쥐고 만장암 구룸 우에
사람을 놀닐시고 어와 기절ㅎ다342)
이 몸이 이른 곳의 신선의 구혈343)이라
평싱의 분년344)으로 경구345)에 자취ㅎ야346)
바람에 부친 다시 이 광경 보짓고야
년적봉 지닌 후에 션년347)을 짜라가니
연화봉 절바우는 청천에 쇼사 잇고
빅바우 서칙봉은 안전에 소사 잇고
싱황봉 보살봉은 신선의 구혀리라
미향은 술잔 들고 만장운348) 한 곡됴로
군산월 안즌 거동 아조 분명 쇼치로다

---

338) 회상대(會象臺): 칠보산 명승지 가운데 하나. 회상대 위에서 칠보산의 천태만상을 한눈에 감상할 수 있기에 이렇게 이름을 붙였다고 한다.
339) 골물터니: 골몰하더니.
340) 즁천(中天)으로: 하늘 한가운데로부터.
341) 일지단풍(一枝丹楓): 단풍나무 한 가지.
342) 기절(奇絶)ㅎ다: 아주 신기하고 기이하다.
343) 구혈: 굴혈(窟穴). 바위나 땅 따위에 깊숙하게 팬 굴.
344) 분연(分緣): 연분(緣分). 인연(因緣).
345) 경구: '경궁(瓊宮)'의 오기. 옥으로 장식한 화려한 궁궐. 여기서는 옥황상제의 궁궐을 이른다.
346) 자취ㅎ야: 자취를 남겨.
347) 션연(仙緣): 신선과의 인연.
348) 만장운(萬丈雲): 한없이 높은 구름이라는 뜻으로, 노래 제목인 듯하다.

오동 목판[349] 거문고의 금수로 쥴얼 뫼와
딋쪽으로 타난 양이 거동도 곰거니와
섬섬한[350] 숀결 곳희[351] 오쉭이 영농호다
너 거동 보고 나니 군명이 엄호녀도
반할 쌘호짓고야 영웅 열수 업단 말은
수칙[352]에도 인난이라 니 마음 단단호나
네게야 큰말할야 본 거시 큰 병이오
아니 본 게 약이런가 이철 이 절시 즁에
단정이 몸 가지고 거적을 잘한 거시
아됴 모도 네 덕이라 양금을 파한 후의
절집의 나려오니 산승의 찬물[353] 보쇼 정결호고 향기 잇다

군산월을 잊지 못하다

이튼날 도라오니 회상디 노든 일이
전싱인가 몽즁인ㄱ 천이예 이향긱[354]이
이를 쥴 아랏던가 홍진[355]호여 도라와셔

<hr>

349) 목판: '복판(腹板)'의 오기. 가야금이나 거문고 또는 이와 유사한 악기의 소리가 울리는
부분.
350) 섬섬(纖纖)한: 가냘프고 여린.
351) 곳희: '끗희'의 오기. 끝에.
352) 사책(史冊): 역사책.
353) 찬물(饌物): 찬수(饌需). 반찬의 종류.
354) 이향객(離鄕客): 고향을 떠난 사람.
355) 홍진(興盡): 흥이 다함.

수로356) 불너 분부하디 칠보산 뉴산시357)논

본관이 보뉘기로 기싱을 다렷스나

도라와 싱각ㅎ니 호화흔 즁 부란ㅎ다358)

다시난 지휘ㅎ여 기싱이 못 오리라

선비만 다리고서 시쥬랄 기록ㅎ니359)

청산은 그리 도야 술잔에 쩌러지고

녹수난 그림 도야 조위 우의 단청이라

군산월 녹의홍상 씌엿고나 쑴이로다

가을이 되어 쓸쓸한 감회를 읊다

일월360)이 언제런고 구월 구일 오날이냐

당할님 이적선361)은 농산362)에 놉히 취코

됴선에 김학ᄉ난 진덕산363)에 올낫고나364)

빅쥬황화365) 압희 놋코 남향을 상상ㅎ니

복병산366) 단풍경은 이활의 독차지요367)

356) 수노(首奴): 관아에 딸린 관노의 우두머리.
357) 유산시(遊山時): 산으로 놀러다닐 때.
358) 부란ㅎ다: 불안하다.
359) [원주] 七寶山雜詠并序遊山記成.
360) 일월(日月): 날과 달의 뜻으로, 세월을 이른다.
361) 당한림(唐翰林) 이적선(李謫仙): 당나라 때 한림학사를 지낸 이백을 말한다.
362) 용산(龍山): 중국 호북성 강릉현(江陵縣)에 있는 산이름. 진(晉)나라 맹가(孟嘉)가 9월 9일 중양절에 이곳에서 연회를 베풀고 놀았다는 고사가 전한다.
363) 재덕산(在德山): 함경북도 명천군에 있는 산.
364) [원주] 唐之李翰林, 朝鮮之金學士, 醉於龍山, 登于在德而豈有異哉. 述懷重陽鄕思倍切一律詩. 在遺稿.
365) 백주황화(白酒黃花): 빛깔이 흰 술과 국화꽃.
366) 복병산(伏屛山): 경상북도 안동군에 있는 산.
367) [원주] 卽族侄持平達淵, 諸族中親誼尤別, 許多唱酬.

이하의 황국화[368]난 쥬인이 업셧고나
파려한[369] 늘근 안ᄒᆡ 술 들고 슬펏던가
츄월이 낫 갓ᄒᆞ니 됴운의 회포로다[370]
칠보산 반한 몸이 쇼무굴[371] 보려 ᄒᆞ고
팔십 이 경성 ᄯᅡᆼ에 장년[372]으로 드러가니
북ᄒᆡ 상 ᄃᆡᄐᆡᆨ 즁에 간양도 외로와라[373]
츄광은 가업난ᄃᆡ 갈ᄭᅩ치[374] 슬푸도다
창파ᄂᆞᆫ 망망ᄒᆞ녀 ᄒᆡᄉᆡᆨ[375]을 년ᄒᆞ엿고[376]
낙엽은 분분[377]ᄒᆞ녀 천고에 나랏고나
츙신의 놉흔 ᄌᆞ취 어ᄃᆡ 가 ᄎᆞᄌᆞ볼고
어와 거록ᄒᆞᆯ ᄉᆞ 쇼즁낭[378] 거록ᄒᆞᆯ ᄉᆞ[379]
나도 나도 이를만졍 쥬상님을 멀이 ᄯᅧ나
절녁[380]에 몸을 ᄯᅧᆫ저 회포도 슬푸더니

368) 이하(籬下)의 황국화(黃菊花): 울타리 아래 노란 국화. 도연명의 시 「음주飮酒」에 "동쪽 울타리 밑에서 국화를 꺾어 여유롭게 남산을 바라보노라(採菊東籬下, 悠然見南山)"라는 구절이 있다.
369) 파려한: 고달픈. '파려하다'는 '고달프다'의 옛말.
370) 파려한~회포로다: 가을달이 낮처럼 밝고, 파리한 늙은 아내가 슬퍼할 것을 생각하니 아내를 그리워하는 마음이 생긴다는 의미다. '조운(朝雲)'은 조운모우(朝雲暮雨)를 가리키는데, '아침에는 구름, 저녁에는 비'라는 뜻으로 남녀의 굳은 언약 또는 교합을 이른다.
371) 소무굴(蘇武窟): 한나라 때 소무가 잡혀 있었던 흉노 땅을 말한다.
372) 장년: 장연호(長淵湖).
373) [원주] 蘇中郞十年持節地.
374) 갈ᄭᅩ치: 갈꽃이. '갈꽃'은 갈대의 꽃이다.
375) 해색(海色): 바다의 경치.
376) 연(連)ᄒᆞ엿고: 잇닿아 있고.
377) 분분(紛紛): 어수선함. 어지러움.
378) 소중랑(蘇中郞): 전한(前漢) 때 충신인 소무(蘇武).
379) [원주] 看羊島鏡湖八景韻成.
380) 절역(絶域): 서울에서 멀리 떨어진 지역.

오날날 이 섬 우의 정경[381]이 갓호고나[382]

낙일에 칼을 집고 글 짓고 도라서니

변산의 풍설 즁에 촉도 갓튼 길이로다

귀문관 도라드니 음참[383]호고 고이호다

삼 첩으로 둘너지니[384] 일신이 숑구[385]호다

노방에 일분토[386]난 왕쇼군의 청춍인가[387]

처량한 어진 혼이 빅양[388]이 슬푸도다

춘풍에 한을 믿고 홍협[389]을 우럿고나

댱댱[390]한 왕피[391] 쇼리 워랴[392]에 우난이라

술 한 잔 갓득 부어 방혼[393]을 위로호고

뉴정[394]으로 드러오니 명천읍이 십 이로다

---

381) 정경(情景): 사람이 처해 있는 모습이나 형편.
382) [원주] 題徐佐郎舊屋隣在間洋, 卽壬亂時八義士之一也. 舊屋三百年, 無恙尙存, 可見子孫誠孝.
383) 음참(陰慘): 음침하고 참혹함.
384) 삼 첩으로 둘너지니: 세 겹으로 둘러싸였으니.
385) 송구(悚懼): 두려워 마음이 거북함.
386) 일분토(一墳土): 무덤 하나.
387) [원주] 題王昭君塚.
388) 백양(白楊): 사시나무. 옛사람들이 언덕과 무덤 가까이에 많이 심었다.
389) 홍협(紅頰): 붉은빛을 띤 뺨.
390) 댱댱: 쟁쟁(琤琤). 옥이 맞부딪쳐 울리는 맑은 소리.
391) 왕피: 환패(環佩). 벼슬아치들이 조복(朝服)과 제복을 입을 때 좌우로 늘여 차던 장식. 흰 옥을 이어서 무릎 밑까지 내려가도록 했다.
392) 워랴: 월야(月夜).
393) 방혼(芳魂): 꽃다운 넋이란 뜻으로, 아름다운 여자의 죽은 넋을 이르는 말이다.
394) 유정(柳亭): 함경남도 단천군의 지명.

유배에서 풀려나다

탄막에 드럿다가 경방주395) 달녀든다

무순 기별 왓다던가 방환지명396) 나렷고나

천은이 망극ᄒ여 눈물이 방방ᄒ다397)

문적398)을 손에 들고 남향ᄒ녀 빅비ᄒ니399)

동힝의 거동 보쇼 치ᄒ도 거록ᄒ다

식전에 말을 타고 쥬인을 차ᄌ가니

만실이 경ᄉ로다 광경이 그지업다

죄명이 업섯스니 평인400)이 되엿고나

천은 덥허쓰고 양계401)랄 다시 보니

삼철 이 고향짱이 지쳑이 아니신가

격장402)ᄒ고 못 오더니 군산월 디령한다

천연ᄒ403) 거동으로 우사며 치ᄒ하디

나으리 히비404)ᄒ니 작히 작히405) 감츅할가

칠보산 우리 인년 춘몽이 아득던 게

이날에 너랄 보니 그것도 군은인가

---

395) 경방자(京房子): 계수주인(界首主人)이나 경저리(京邸吏)가 관할 지방 관아에 보내는 공문 따위를 전달하던 하인.

396) 방환지명(放還之命): 귀양살이하는 사람을 집으로 돌려보낸다는 명령.

397) 방방(滂滂)ᄒ다: 눈물이 비 오듯 흐르다.

398) 문적(文籍): 문서와 장부.

399) [원주] 尋山七寶山千疊, 訪水長淵水百廻, 山水寅之詩酒興, 翛然策馬洛陽回.

400) 평인(平人): 죄가 없는 사람.

401) 양계(陽界): 밝은 세상.

402) 격장(隔牆): 담 하나를 사이에 두고 이웃함.

403) 천연(天然)ᄒ: 천연덕스러운. 시치미를 뚝 떼어 아무렇지 않은 듯한.

404) 해배(解配): 귀양을 풀어줌.

405) 작히: 오죽이나. 매우, 대단히. '죽ᄒ다'는 '오죽하다'의 옛말.

그려다가 마논 졍이 만나고도 향긔롭다

본관의 거동 보쇼 삼현뉵각⁴⁰⁶⁾ 거ᄂᆞ리고

ᄂᆡ 고드로 나오면셔 치ᄒᆞ하고 손잡으며

김교린가 김학ᄉᆞ가 셩군의 은퇵인가

나도 이리 감츅거던 임지야 오작할가

홍문 교리 졍든 사람 일시나 쳔케 하랴

지금⁴⁰⁷⁾으로 졔안⁴⁰⁸⁾ᄒᆞ고 그길노 나왓노라⁴⁰⁹⁾

이더지 싱각ᄒᆞ니 감ᄉᆞᄒᆞ기 그지업다

군산월을 다시 보니 싯 사람 도엿고나

형극⁴¹⁰⁾에 석긴 난초 옥분⁴¹¹⁾에 옴겻고나

진ᄋᆡ⁴¹²⁾예 야광쥬가 방물군ᄌᆞ⁴¹³⁾ 만힛던야⁴¹⁴⁾

신풀에 무친 칼⁴¹⁵⁾리 누를 보고 나왓던야

쏘다온 어린 자질 임ᄌᆞ랄 만낫고나

---

406) 삼현육각(三絃六角): 피리 둘, 대금, 해금, 장구, 북 각각 하나씩 편성되는 풍류.

407) 지금: 즉금(卽今). 지금 당장. 또는 그 자리에서 곧.

408) 제안(除案): 죄인 명부에서 제외하는 일.

409) 홍문~나왓노라: 김진형이 좋아하던 군산월을 잠시라도 천한 신분으로 둘 수 없어 바로 기적(妓籍)에서 빼주고 나왔다는 뜻이다.

410) 형극(荊棘): 나무의 온갖 가시.

411) 옥분(玉盆): 옥으로 만든 화분.

412) 진애(塵埃): 티끌과 먼지를 통틀어 이르는 말.

413) 박물군자(博物君子): 온갖 사물에 정통한 사람.

414) 만힛던야: 만났더냐.

415) 신풍(新豊)에 무친 칼: '풍성(豊城)의 묻힌 칼'의 착오. '신풍'은 한고조(漢高祖)가, 자기 고향 풍(豊)이 그리워 그리로 돌아가기를 원하는 태상황(太上皇)을 위해 풍과 비슷하게 새로 만든 고을이다. 진(晉)나라 때 문인 장화(張華)가 일찍이 북두성과 견우성 사이에 상서로운 자줏빛 기운이 쏘아 비추는 것을 보고, 풍성에 보검이 있는 것을 알고 친구인 뇌환(雷煥)을 시켜 풍성에 가서 옥사(獄舍)의 옛터를 발굴하게 하여, 마침내 춘추시대에 간장(干將)과 막야(莫邪) 부부가 제작했다는 용천검(龍泉劍)과 태아검(太阿劍)을 찾아냈다는 고사가 전한다. 여기서는 군산월을 가리킨다.

금병화쵹[416] 깁흔 밤과 풍죠월셕[417] 말근 날에
글 지으면 화답ᄒ고 술 가지면 동ᄇᆡ[418]ᄒ니
정분도 깁거니와 호사도 그지업다

군산월을 데리고 귀향길에 오르다

시월에 말을 타고 고향을 차ᄌ가니[419]
본관의 셩덕 보쇼 남복 짓고 승교[420] ᄂᆡ녀
이ᄇᆡᆨ 양 ᄒᆡᆼᄌ 쥬며 져 하나 ᄯᅡ로 쥬며
임ᄒᆡᆼ[421]에 ᄒᆞᆫ 마리 뫼시고 잘 가그라
나으리 유경시예 니게야 니외ᄒ랴[422]
철이 강산 ᄃᆡ도상[423]에 김학ᄉ의 쇼치 되여
비위를 마쵸면셔 됴케 됴케 잘 가그라
승교랄 압셔우고 풍뉴남ᄌ 니다르니
오든 길리 넙고 넙ᄃ 길쥬읍 드러가니
본관의 거동 보쇼 금년화쵹[424] 너른 방에

---

416) 금병화쵹(錦屛華燭): 비단 병풍과 빛깔 들인 초.
417) 풍죠월셕(風朝月夕): 바람 부는 아침과 달 밝은 저녁.
418) 동배(同盃): 함께 술을 마심.
419) [원주] 本邑僉詞伯, 多有贈別詩.
420) 승교(乘轎): 가마.
421) 임행(臨行): 떠남에 임박하여.
422) [교감] 나으리~니외ᄒ랴: 나리 유경시[留京時, 서울에 머물 때]에 너를 멀리하지 않을 것이다. 가사문학관 소장 「북천가 1」 '김학ᄉ 난동조경 동고인 친붕이라 네계야 니외하라', 가사문학관 소장 「팔도가」 '나을이임 유졍키로 니게야 니외할야', 가사문학관 소장 「북천가 2」 '나으리 유실이나 네기야 내외하랴', 국립도서관 소장 「북천가」 '나아리 유격시여 니겨야 니외ᄒ랴', 『대학국어』 「북천가」(조윤제 소장본) '나으리 遊京時에 네계야 내외할까'.
423) 대도상(大道上): 큰길 위에서.
424) 금연화쵹(錦筵華燭): 비단 자리를 깔고 빛깔이 호화로운 촛불을 밝힘.

기악이 가득ᄒ다 군산월 ᄒ나히나

풍정이 ᄌ족⁴²⁵⁾한듸 면면이 군산워리

금상첨화 도엿고나 신조⁴²⁶⁾에 발힝ᄒ녀

임년역에 즁화ᄒ고 창히⁴²⁷⁾는 망망ᄒ녀

동쳔이 가이업고 변산은 즁즁⁴²⁸⁾ᄒ녀 면면이 섭섭ᄒ다

군산월의 졍체가 탄로나다

츄풍에 치랄 들고⁴²⁹⁾ 셩진읍 드러가니

북평ᄉ⁴³⁰⁾ 마촌 다시⁴³¹⁾⁴³²⁾ 두 문관 함셕ᄒ니⁴³³⁾

삼읍 관가⁴³⁴⁾ 군병이오 길쥬 단쳔 홍원이라

금촉⁴³⁵⁾이 영농ᄒ듸 평ᄉ⁴³⁶⁾의 호강이라⁴³⁷⁾

본관이 ᄒ난 말이

학ᄉ의 다린 ᄉ람 몰골이 기이ᄒ다

---

425) 자족(自足): 스스로 넉넉함을 느낌.
426) 신조(晨朝): 오전을 셋으로 나눌 때, 묘시(卯時)와 사시(巳時) 사이. 오전 6시에서 10시 사이를 이른다.
427) 창해(蒼海): 푸른 바다.
428) 중중(重重): 겹겹으로 겹쳐 있음.
429) 치랄 들고: 달리는 말에 채찍질을 하며.
430) 북평사(北評事): 함경도에 있는 북병영에 속한 정6품 무관 벼슬.
431) 마촌 다시: 맞춘 듯이. '마초다'는 '맞추다 〔配〕' '합하다 〔合〕' '확인하다 〔證〕'는 뜻의 옛말이다.
432) [원주] 北評使卽翰林金完植, 而經筵四朔同苦之誼, 有唱酬詩.
433) 함셕ᄒ니: 합석하니.
434) 삼읍 관가(三邑官家): 세 읍의 관가.
435) 금촉(金燭): 옛날 궁중에서 사용하던 밀랍으로 만든 초인데, 촛대가 연꽃같이 생겼기에 금련촉(金蓮燭)이라고도 한다.
436) 평사(評事): 북평사를 가리킨다.
437) [원주] 北關守令皆武弁, 而文官來荏者, 只北評使.

셔울겐가 북돗겐가 쳥직인가 방당⁴³⁸⁾인구

일홈은 무어시며 나흔 지금 몃 살인야

숀 보고 누믜 보니 남즁일식 처음 보닉

우스며 딕답ᄒ디 북도 아힉 다려다가

남쥬⁴³⁹⁾에 옴긴 후에 댱긔드려 살이려니

동적을 감초우고 풍악 즁에 안잣더니

평亽가 취한 후에 김교리 쳥직이야

닉 겻힉 이리 오라 위령⁴⁴⁰⁾을 못 ᄒ여셔

공순이 나아드니 숀 닉여라 다시 보ᄌ

엇지 그리 기이한야 통모피⁴⁴¹⁾ 토슷 속⁴⁴²⁾에

옥수랄 반만 닉니 덥셕 드러 쥘나 할 제

쎄치고 이러서니 계집의 좁은 쇼견

민련코 민련ᄒ다⁴⁴³⁾ 산아힉 모양으로

숀잡거던 손을 쥬고 희롱이 쳔년ᄒ면⁴⁴⁴⁾

위녀위녀ᄒ련만년⁴⁴⁵⁾ 갓득이 수상하녀

치보고 나리보며 군관이ᄂ 기싱이나

면면이 보든 ᄎ의 민물이 쎄치난야

평亽가 눈치 알고 몰나노라 몰나노라

김학亽의 안힉신 줄 몰낫곳나 몰낫곳나

---

438) 반당(伴倘): 서울의 각 관아에서 부리던 사환.
439) 남주(南州): 남쪽 고을. 남쪽 지방.
440) 위령(違令): 명령을 어김.
441) 통모피: 촉묘피(蜀猫皮). 아주 하얀 모피. 흔히 옥토끼나 고양이의 털가죽을 이른다.
442) 토숫 속: 토시 속. '토수(吐手)'는 '토시'를 한자를 빌려 쓴 말.
443) 미련하다: 미련하다.
444) [교감] 희롱이 쳔년ᄒ면: '희롱에 태연하면'. 가사문학관 소장 「북천가 2」 '회홍이 하여스면'. '회홍(恢弘)히'는 너그럽게라는 뜻.
445) 위녀위녀ᄒ련만년: 어찌어찌하겠건만. '위여' 또는 '우예'는 '어찌'의 방언.

만당446)이 디쇼ᄒ고 뭇 기싱이 달녀드니

앗가 보든 남ᄌ 몸이 게집 통졍 ᄒ짓고야

양식단447) 후루마기448) 옥판449) 다라 이암450) 쓰고

곳밧히 썩겨 안ᄌ 노릐랄 밧고 쥬니

쳔상에 옥동451)인가 화원에 수나원가452)

달453) 울며 일츌 구경 망양졍 올나가니454)

금쵹에 쇼치 피고455) 옥호456)에 술을 부어

마시고 취한 후에 동희랄 거너보니

일싴이 오르면셔 당홍 바다 되난고니

부상은 지쳑이오 일싴은 슬히로다457)

디풍악458) 잡아 츠고459) 희상을 거너보니

부유460) 갓한 이니 몸이 셩은도 망극ᄒ다

북관을 못 왓드면 이 노름 엇지ᄒ며

급제곳 안 힛드면 군산워리 긔셔올가461)

---

446) 만당(滿堂): 방에 가득찬 사람들.

447) 양색단(兩色緞): 빛깔이 서로 다른 씨실과 날실로 짠 비단.

448) 후루마기: 후루막. '두루마기'의 방언.

449) 옥판(玉板): 잘게 새김을 한 얇은 옥 조각. 족두리, 아얌, 벼룻집 따위를 장식하는 데 쓴다.

450) 이암: 아얌. 겨울에 부녀자가 나들이할 때 춥지 않도록 머리에 쓰는 쓰개.

451) 옥동(玉童): 옥경(玉京)에 있다는, 맑고 깨끗한 용모를 가진 가상의 동자.

452) 수나원가: 수나비인가. '나위'는 '나비'의 방언.

453) 달: 닭. '달'은 '닭'의 방언.

454) [원주]「望洋亭日出詩」城津殘夜海氛消, 東望扶桑瑞氣遙, 錦燭風頭花影動, 玉壺詩面曉霞潮, 東南未啓波光曙, 西北方宵我獨朝, 今日評臺行樂地, 君山月色壓叢嬌.

455) 금촉(金燭)에 쇼치 피고: 아름다운 초에 불을 밝힌 것을 말한다.

456) 옥호(玉壺): 옥으로 만든 작은 병.

457) 일싴은 슬히로다: 해가 떠오르는 모습이 수레바퀴 같다는 의미다. '수레'의 옛말이 '술위'다.

458) 디풍악: 대풍류(風流). 향피리, 대금 따위의 대나무로 만든 관악기가 중심이 된 연주 형태.

459) 잡아 츠고: 잡아서 치고.

460) 부유(蜉蝣): 하루살이.

461) 긔셔올가: 몰래 숨겨서 올 수 있겠는가. '기시다'는 '감추다'의 방언. 이본에 따라 '만나볼

지방관들이 제공하는 풍류를 즐기며 돌아오다

평ᄉ를 이별ᄒ고 맛쳘영 넘어가니[462]

구룸 우에 길을 두고 남녀로 올나가니

군산월 압서우면 안전에 쏘치 피고

군산월 뒤서우면 후면에 션동[463]이라

단쳔에 쥼화ᄒ고 북쳥읍 숙쇼ᄒ니[464]

반야[465]의 깁흔 졍은 양인만 아나니라

금셕 갓한 언약이오 틱산 갓흔 인졍인ᄃ

이원의 즁화ᄒ고 영흥읍 숙쇼ᄒ니[466]

본관이 나와보고 밥 보니고 관ᄃᄒ니

고을도 크거니와 기악이 금즉ᄒ다[467]

ᄃ풍악 파한 후에 힝졀이[468]만 잡아두니

고음도 고를시고 쳥수부용[469] 졍신이오

운우양ᄃ 틱도로다 효두에 발힝ᄒ녀

덕원 졍평 지닌 후에 고원읍 드러가니

쥬수의 반기난 양 닉달나 숀줍우며 경ᄉ를 만힛고나

가 '며셔올가' '기셰올가' '거셔올가' 등이 보인다.

462) [원주]「君山月思其父母 淚滿雙山 種種不樂情固然矣 有詩」君山明月逐人廻,
誰可相親不可媒, 北地千山生別離, 南州一夫死從來, 衿期暗契□□翻, 情地孤如獨樹梅, 每過鄕關還去使,
蠻牋細寫万端回.

463) 션동(仙童): 션경(仙境)에 살면서 신선의 시중을 든다는 아이.

464) [원주]「還踰磨天嶺」生死皆君命, 十生九死人, 還登天嶺上, 南北是通津.

465) 반야(半夜): 한밤중.

466) [원주]「君山月鄕思倍切 每見秋波帶淚 往往不樂 有詩二絶」北靑地盡頭, 風雪滿邊山, 星眸常帶淚,
只恐粉痕斑. 爾悲與爾樂, 摠爲我風流, 三盃快馬走, 飛入海雲頭.

467) 금즉ᄒ다: 끔찍하다. '금즉ᄒ다'는 '끔찍하다'의 옛말로, 정도가 지나쳐 놀랍다라는 의미다.

468) 힝졀이: 기생 이름.

469) 쳥수부용(淸水芙蓉): 맑은 물에 핀 연꽃.

군산월을 집으로 돌려보내다

문천에 즁화ᄒ고 원산 장터 숙소ᄒ니

명천이 천여 리요 서울니 늇빅 이라

쥬막집 깁흔 방에 계명470)에 소세ᄒ고

군산월 ᄭᅵ와니니 몽농한 수히당471)이

이슬에 후진472) 거동 귀코도 아람답다

유정ᄒ고 무정ᄒ다 예바구473)할 거시니 네 잠간 드러보리

이전에 장디장이 제쥬 목ᄉᆞ 과만474) 후에

정드럿든 수청 기싱 바리고 나왓더니

바다랄 건넌 후에 차마 잇지 못ᄒᆞ여셔

빈 잡고 다시 건너 기싱을 불너니여

허리예 비수 ᄲᅧ여 옥용475)을 버힌 후에

도라와 디장 ᄒᆞ고 만고명인 되얏ᄂᆞ니

나ᄂᆞᆫ 본디 문관이라 무변과 다르기로

너랄 오날 보니ᄂᆞᆫ 게 장디장의 비수로다

이니 말 드러보라 니 본디 영남 이셔476)

선비의 쫄한477) 몸이 철 이랄 긔싱 실고

천고에 업난 호강 슨나게 ᄒᆞ엿스니

---

470) 계명(鷄鳴): 첫닭이 울 무렵인 축시(丑時). 새벽 1시에서 3시 사이를 이른다.

471) 수히당: 수해당화. 꽃의 이름이다.

472) 이슬에 후진: 이슬에 휘어진. '후지다'는 '휘지다'의 옛말로, 휘어지다라는 뜻이다.

473) 예바구: '이야기'의 방언.

474) 과만(瓜滿): 벼슬의 임기가 끝나는 시기를 이르던 말. 중국 춘추시대에 제나라 양공이 관리를 임지로 보내면서 다음해 오이가 익을 무렵에는 돌아오게 하겠다고 말한 데서 유래한다.

475) 옥용(玉容): 옥같이 고운 용모라는 뜻으로, 미인의 얼굴을 이르는 말이다.

476) 영남(嶺南) 이셔: 영남에 살아서.

477) 쫄(拙)한: 주변이 없고 옹졸한.

죄명을 어제 벗고 협창[478]호고 서울 가면

분의예 황숑호고 첨영에 고이홀 분

모양이 왯쓰니라[479] 부디부디 잘 가그라

다시 볼 적 이나니라 군산워리 거동 보쇼

샘자기 놀닉면셔 원망으로 하난 마리

바리 심수[480] 게시거던 즁간에 못 ᄒ여셔

ᄉ고무친 철이 박게 게 불 무러 던진 다시[481]

이른 일고[482] ᄒ나잇가 나으리 성덕으로

사랑은 비부르나 나으리 무정키로

풍전낙화 되얏고나 온냐 온냐 내 본쯔전

십 이만 가자든 게 철이가 도엿고나

저도 부모 이난 게라 원이한 심회로셔[483]

우스며 그리ᄒ오 눈물노 그리ᄒ오

히셩[484]은 우뢰 갓고 촉광[485]은 명멸[486]한디

홍상에 눈물 나려 학ᄉ 두발 희깃고야[487]

---

478) 협창(挾娼): 기생을 데리고 놂.
479) [교감] 모양이 왯쓰니라: 모양이 좋지 않다는 뜻인 듯하다. '왜틀다'는 '외틀다'의 옛말로, 한쪽으로 비틀다라는 뜻이다. 가사문학관 소장 「북쳔가」 '모양이 수치로다', 가사문학관 소장 「팔도가」 '모양도 업스리라', 『역대 39-1806』 '모양이 고약하다', 『역대 39-1809』 '모양이 왯드니라'.
480) 바리 심수: 버릴 마음. '바리다'는 '버리다'의 옛말.
481) 게 불~다시: 게 발 물어 던지듯이. '까마귀 게 발 던지듯'과 같은 의미의 속담으로, 볼일 다 보았다고 내던져져서 외롭게 된 모양을 비유적으로 이른다.
482) 이른 일고: '이런 일도'의 오기.
483) [교감] 원이한 심회로셔: 가사문학관 소장 「북쳔가 1」 '원인훈 심회로셔', 가사문학관 소장 「팔도가」 '이연훈 심회로셔', 『역대 39-1809』 '월이훈 심회로셔'. '부모를 멀리 떠나온〔遠離〕 심정에' 또는 '슬픈 마음에' 정도의 의미로 보는 것이 좋을 듯하다.
484) 해성(海聲): 바닷소리.
485) 촉광(燭光): 촛불의 빛.
486) 명멸(明滅): 불이 켜졌다 꺼졌다 함.
487) [원주]「送君山月 有詩一絶」學士風流太繁華, 千里嶺來馬上花, 寧別爾顔難別手, 紅粧今日宿誰家.

승교에 담아니여 저 먼저 회숑ᄒ니

천고에 악한 몸은 나 ᄒ나ᄲᅵᆫ이로다

말 타고 도라서니 안변읍이 삼십 이라

남ᄌ의 간장인들 인정이야 업슬손냐

이철 이 장즁주⁴⁸⁸⁾랄 일죠에 노첫고나

풍정도 잠간이오 홍진비리 되짓고냐

안변 원이 ᄒ난 마리 엇지 그리 박정ᄒ오

판장도 무섭던가⁴⁸⁹⁾ 남의 눈이 무어신냐

장부의 헛된 간장 상ᄒ기 쉬우리라

니 기싱 봉선이랄 남복 씨겨 압서우고

철녕ᄭᅡ지 동ᄒᆡᆼᄒ녀 회포랄 잇게 ᄒ쇼

홍선이⁴⁹⁰⁾ 불너니여 ᄶᅡ라가라 분부 나니

ᄌᆞ식⁴⁹¹⁾이나 몰골⁴⁹²⁾이나 군산워리 모양인디

깁고도 깁흔 정이 시 낫 보고 노히런가⁴⁹³⁾

풍설은 아득ᄒᆫ디 북천을 다시 보니

춘풍에 날인 ᄭᅩ치 진흘게 구우난 듯

추천에 외기력이 ᄶᅡᆨ이 업시 가나니라

철녕을 넘울 적에⁴⁹⁴⁾ 봉선이 ᄒᆞ직ᄒ니⁴⁹⁵⁾

---

488) 장중주(掌中珠): 손안에 있는 보배로운 구슬이란 뜻으로, 여기서는 군산월을 이른다.
489) [교감] 판장도 무섭던가: 『역대 39-1806』 '판관 사도 무섭든가', 『역대 39-1809』 '판관도 무섭던가'. 판관 사또 무섭던가.
490) 홍선이: '봉선이'의 오기.
491) ᄌᆞ색(姿色): 여자의 고운 얼굴이나 모습.
492) 몰골: '모양'의 옛말.
493) 노히런가: 놓이겠는가. '노히다'는 '놓이다'의 옛말.
494) [원주] 「偶吟二絶」才拭元山淚, 旋添鐵嶺悲, 丁寧枕上絢, 神外非人知. 好去又好去, 一會豈無時, 慣是別人者, 全成不淚詩.
495) [원주] 「送鳳仙有詩一絶」學士樽前馬上仙, 斷橋風雪摠芳緣, 臨分莫做無情淚, 鐵嶺低時在後年.

억구진496) 이니 몸이 이근497) 거시 이별이라 다시 엇지 못 만나랴

즐거운 마음으로 집으로 돌아오다

남녀로 짓 너무니 북도 산천 그지 난두
서름도 그지 나고 인정도 그지 나고
나문 거시 귀흥이라 회양에 즁화ᄒ고
김화 김셩 지닌 후에 영평읍 거너서서
쳘원을 발분 후에 포천읍 숙쇼ᄒ니
왕셩이 어듸묀야 귀흥이 도도ᄒ다
갈 적에 녹음방쵸 올 적에 풍셜이요
갈 적에 비의498)더니 올 적에 쳥포499)로다
적직이 어제러니 영쥬학ᄉ500) 오나리야
술 먹고 말을 타면 풍졍이 졀노 나고
산 보고 물 건니면 노릐로 겨왓고나501)
만ᄉ여싱502) 이 몸이야 천고호걸503) 이 몸이야
츅셕녕 너머가니 삼각산 반가와라
즁천에 소삿스니 귀흥이 놉ᄒ잇고

496) 억구진: 엇궂은. 얄궂은. '엇구지다'는 '얄궂다'의 방언으로, 야릇하고 짓궂다라는 뜻이다.
497) 이근: 익은. 익숙한.
498) 비의: '백의(白衣)'의 오기.
499) 쳥포(靑袍): 4·5·6품의 벼슬아치가 공복(公服)으로 입던 푸른 도포.
500) 영쥬학사(瀛洲學士): 한림학사.
501) 겨왓고나: 겨웠구나. '겹다'는 감정이나 정서가 거세게 일어나 누를 수 없다라는 뜻.
502) 만사여생(萬死餘生): 여러 번 죽을 고비를 넘기고 살게 된 목숨.
503) 천고호걸(千古豪傑): 오랜 세월을 통하여 보기 드문 호걸.

만수의 상화 피니504) 설상에 춘광이라

삼각에 진비ᄒ고 다락원 드러가니

관쥬닌505) 마초506) 나와 우룸으로 반길시고

동디문 드러가니 셩상님이 무강507)할ᄉ508)

힝장을 다ᄉ리고 환고향ᄒ난고나

시지509)랄 넘어서니 영남이 여게로다

옷천510)서 밤시우고 가산511)에 드러오니

일권512)이 무양513)ᄒ녀 이전 이든 형각이라514)

어린것들 반갑고나 잇글고 방에 드니

의쓰든 늘근 안히 붓그러워ᄒ난고나

어엿불ᄉ 수득어미515) 군산월이 네 왓난야

박잔에 술을 부어 마시고 취한 후에

삼철 이 남북 풍상 일장춘몽 씨엿고나516)

어와 김학ᄉ야 급제 늣다 한을 마라

남ᄌ의 천고ᄉ섭517) 다ᄒ고 왓나니라

504) 만수(萬樹)의 상화(霜花) 피니: 나무마다 서리꽃이 피니.
505) 관주인(館主人): 원(院)에 설치된 여관의 주인.
506) 마초: 알맞게 맞추어.
507) 무강(無疆): 아무 병 없이 건강함.
508) [원주] 弘文館職牒還授之命, 有詩一絶.
509) 새재: 조령(鳥嶺). 경상북도 문경시와 충청북도 괴산군 사이에 있는 고개.
510) 오천(浯川): 경상북도 예천군의 지명.
511) 가산(嘉山): 경상북도 안동에 있는 지명. 작가 김진형의 고향 마을이다.
512) 일권(一眷): 일가권속(一家眷屬). 한집안에 속하는 모든 겨레붙이와 하인.
513) 무양(無恙): 몸에 병이나 탈이 없음.
514) [교감] 이전 이든 형각이라: 예전에 있던 모습이라. 『역대 39-1805』 '어린 것 밧갑고야', 『역대 39-1806』 '이전 잇던 형각이라'. '형각(形殼)'은 겉으로 드러나 보이는 형상이다.
515) [원주] 別室.
516) [원주] 此時北征賦一篇成.
517) 천고ᄉ섭: '천고사업(千古事業)'의 오기.

강호의 편키 누어 티평으로 늘게 되면
무산 험[518]이 쏘 이스며 구할 이리 업나니라
글 지어 기록ᄒ녀[519] 분여[520]들 보신 후에
후싱에 남ᄌ 되녀 니 노릇 ᄒ게 ᄒ쇼

철종디왕(哲宗大王) 계츅(癸丑) 동十월(冬十月)에 홍문관 부수찬 지
제교 겸선전관(弘文館副修撰知製敎兼宣傳官) 문신(文臣) 청ᄉ산닌셔
(晴簑散人書)
  북천가 죵(北遷가 一卷 終)

— 필사본「북천가」(학봉 종가 소장본)

518) [교감] 무산 험: '험'은 '홈'의 방언.『역대 39-1805』'무산 혼이 쏘 잇스며',『역대 39-
1806』'무산 한 쏘 잇스리',『역대 39-1809』'무슨 혼니 쏘 잇스며'.
519) [원주] 北遷錄一卷成.
520) 분여: 부녀(婦女). 부녀자.

원본 ⊙

기행가사

寧三別曲녕삼별곡
一百五十四句　甲申

權斁

병들어 누워 있다가 뒷절 중의 권유로 유람을 떠나다

이 몸이 텬디간(天地間)의 쁴올 디¹⁾ 젼혀 업서
삼십년(三十年) 광음(光陰)을 흐롱하롱²⁾ 보내여다
풍졍(風情)³⁾이 호탕(浩蕩)⁴⁾ᄒᆞ여 믈외(物外)⁵⁾예 연업(緣業)⁶⁾으로
녹슈(綠水) 쳥산(靑山)의 분(分)대로 든니더니
져근덛⁷⁾ 병(病)이 드러 님장(林庄)⁸⁾을 닷아시니

---

1) 쁴올 디: 쓰일 데. '쁴다' '쁴이다'는 '쓰이다'의 옛말.
2) 흐롱하롱: '하롱하롱'의 옛말. 흐지부지.
3) 풍졍(風情): 고상하고 멋있는 정취(情趣).
4) 호탕(浩蕩): 아주 넓어서 끝이 없음.
5) 물외(物外): 세속 밖의 세계. 세속과 다른 세계. 선계(仙界).
6) 연업(緣業): 인연과 업보.
7) 져근덛: 잠깐. 잠시 동안. '잠시'의 옛말.
8) 임장(林庄): 시골 별장.

엇던 뒷졀 즁이 헌ᄉ도 홀셰이고[9]

쥬령[10]을 느지 집고[11] 날ᄃ려 닐온 말이

네 병(病)을 내 모ᄅ랴 슈셕(水石)의 고황(膏肓)[12]니라

츈풍이 완만(緩晩)ᄒ여[13] 빅화(百花)ᄂ 거의 딘 제

산듕(山中)의 비 ᄀ 개니 텬긔(天氣)도 몱을시고

어와 이 사ᄅ몸아 쳘업시 누어시랴

쳥녀댱(靑藜杖)[14] 비야[15] 집고 갈 대로 가쟈스라

결의[16] 니러안자 창(窓)을 열고 ᄇ라보니

쳥풍(淸風)이 건듯 블고 새소리 지지괼 제

시냇ᄀ 방초(芳草) 길히 동협(東峽)의 니어셰라

청령포에서 단종을 추모하다

아ᄒ죵 블너내여 쎠 걸닌[17] 여윈 몰셰

채직을 거더쥐고[18] 임의(任意)로 노하 가니

9) 헌ᄉ도 홀셰이고: 야단스럽기도 하구나. '헌ᄉ하다'는 '떠들썩하다' '떠들다' '수다부리다'
라는 뜻의 옛말. 쓸데없이 분주하거나 요란스러움을 나타낼 때 많이 쓰는 표현이다.

10) 쥬령: 지팡이.

11) 느지 집고: 천천히 짚고. '느지'는 '늦게'의 옛말.

12) 수석(水石)의 고황(膏肓): 천석고황(泉石膏肓). 자연의 아름다운 경치를 몹시 사랑하고 즐기
는 성벽(性癖).

13) 완만(緩晩)ᄒ여: 속도가 느려. 느릿느릿하여.

14) 청려장(靑藜杖): 명아줏대로 만든 지팡이.

15) 비야: 바삐. 재촉하여. '비야다' '뵈아다'는 '재촉하다'의 옛말.

16) 결의: 결에. 겨를에. '결의'는 '그때' '하는 김에'라는 뜻의 옛말. '결'은 '때' '사이' '짬'이라
는 뜻을 나타내는 말.

17) 쎠 걸닌: 뼈가 어깨에 걸린. 뼈가 드러날 정도로 말랐다는 뜻이다.

18) 채직을 거더쥐고: 채찍을 걷어쥐고. 채찍을 말아서 쥔다는 건 말에게 채찍질을 하지 않는
다는 뜻이다.

삼삼(三三)¹⁹⁾ 가졀(佳節)이 째마촘 됴홀시고

산동야로(山童野老)들이 츈흥(春興)을 못내 계워

탁쥬병 두러메고 촌가(村歌)를 느초²⁰⁾ 블며

오락가락 둔니 양 한가(閑暇)토 한가(閑暇)홀샤

몰 등의 느즌 좀을 셕양(夕陽)의 빗기 드러²¹⁾

쳔봉(千峯) 만학(万壑)을 꿈속의 디내치니

듀쳔(酒泉)²²⁾ 눌인 믈이 쳥녕포(淸泠浦)²³⁾로 다하셰라

몰 노려 [소]비(四拜)ᄒ고 에에쳐²⁴⁾ 울온말이²⁵⁾,

셕벽(石壁)은 참텬(參天)ᄒ고 인젹(人跡)이 긋쳣 딕

동쳥수(冬靑樹)²⁶⁾ 녯 가지예 쵹빅셩(蜀魄聲)²⁷⁾은 므 일고

창오산(蒼梧山)²⁸⁾ 졈은 구름 갈 길도 깁흘시고

산골 마을에서 밤을 보내다

동강(東江)을 건너리라 믈ᄀ의 ᄂ려오니

샤공(沙工)은 어딕 가고 뷘 비만 걸렷ᄂ니

---

19) 삼삼(三三): 3월 3일. 삼짇날.
20) 느초: 느릿느릿. '느초다' '느치다'는 '늦추다'의 옛말.
21) 몰 등의~드러: '빗기'는 '가로로' '비스듬히'라는 뜻의 옛말. '빗씨다'는 '경사지다' '가로지르다'의 옛말. 셕양이 비스듬히 비치는 가운데 말 위에서 잠이 들었다는 의미다.
22) 주천(酒泉): 강원도 영월 북쪽에서 흘러내려 청령포로 이어지는 강.
23) 청령포(淸泠浦): 세조가 단종을 유폐한 곳인 강원도 영월 강변.
24) 에에쳐: 어이어이 소리쳐. '에에'는 '어이어이'의 옛말.
25) 울온말이: 우니. 또는 '울온 말이'로 보아 '울면서 하는 말이'로 해석할 수도 있다.
26) 동쳥수(冬靑樹): 사철나무.
27) 쵹빅셩(蜀魄聲): '쵹백(蜀魄)'은 두견새의 별칭으로, 불여귀라고도 한다. 고국으로 돌아가지 못하는 한을 상징한다.
28) 창오산(蒼梧山): 중국 호남성 영원현(寧遠縣)에 있는 산. 순임금이 남쪽을 순수하다가 창오의 들에서 세상을 떠나 이곳에서 장사를 지냈다. 여기서는 단종의 무덤인 장릉(莊陵)을 가리킨다.

사앗대[29] 손조 잡아 거스리올라가니

금강졍(錦江亭) 블근 난간(闌干) 표묘(縹渺)[30]히 내돗거놀[31]

져근덧 올라안자 머리를 드러ᄒ니

봉니산(蓬萊山)[32] 졔일봉(第一峯)의 치운(彩雲)이 어리ᄂᄃᆡ

션옹(仙翁)을 마조보아 므ᄉ 일 뭇ᄌᆞ올 듯

믈 건너 셕권[33] □□ 취연(翠烟)[34]이 ᄌᆷ겻고야

쳥산(靑山)은 은은ᄒ고 벽계슈(碧溪水) 둘럿ᄂᄃᆡ

운리촌 뫼 밋 ᄆᆞ을 일홈도 됴홀시고

산가(山家)의 손이 업서 개와 ᄃᆰ뿐이로라

귀오리[35] 데친 밥의 픗ᄂᆞ믈 숢마내여

포단(蒲團)[36] 펴 안쳐노코 슬토록[37] 권(勸)ᄒᆞᆫ다

어와 이 빅셩(百姓)들 긔특(奇特)도 ᄒ져이고

머흔내[38] 스므 구ᄇᆡ 건너고 것여[39] 건너

십니쟝곡[40]의 결벽(絶壁)은 됴커니와

셔덞길[41] 머흔[42] 곳의 냥협(兩峽)이 다하시니

<hr>

29) 사앗대: '상앗대'의 준말.
30) 표묘(縹渺): 아득히 멀어 희미한 모양.
31) 사앗대~내돗거놀: 직접 배를 저어 강물을 거슬러올라가다보니 멀리서 금강졍의 붉은 난간이 갑자기 보여 잠시 올라가서 구경했다는 뜻이다. '내돗다'는 '내닫다'의 옛말로, 갑자기 뛰어나가다라는 뜻이다.
32) 봉래산(蓬萊山): 영월읍 영흥리와 삼옥리에 걸쳐 있는 산.
33) 셕권: 성긴. '석긔다'는 '성기다[疎]'의 옛말.
34) 취연(翠煙): 푸른 연기. 또는 멀리 보이는 푸른 숲에 낀 안개.
35) 귀오리: 귀리.
36) 포단(蒲團): 부들풀로 만든 둥근 방석.
37) 슬토록: 실컷. 싫도록. '슱다'는 '싫다'의 옛말.
38) 머흔내: 험한 내. 냇물의 이름으로 볼 수도 있다. '머흘다'는 '험하다' '사납다'의 옛말.
39) 것여: 고쳐. 다시. '고티다'는 '고치다' '거듭하다'의 옛말.
40) 십리장곡(十里長谷): 10리나 되는 깊고 기다란 산골짜기.
41) 셔덞길: 서덜길. 냇가나 강가 따위에 나 있는, 돌이 많은 길.
42) 머흔: 험한.

머리 우 조각하늘 뵈락 말락 ᄒᄂ고야

밀거니 두릐거니[43] 곳드르며[44] 나간말이

별이(別異)실 외쭌 ᄆ을 히논 어이 쉬 넘거니

봉당(封堂)[45]의 자리 보아 더새고[46] 가쟈스라

밤듕(中)만 사립 밧긔 긴 ᄇ람 니러나며

삿기곰 큰 호랑(虎狼)이 목 ᄀ라 우는 소리

산(山)꼴의 울혀 이셔 긔염(氣焰)도 흘난홀샤[47]

칼 쌔혀 겻희 노코 이 밤을 계유 새와

압내희 쌔딘 오슬 쥡짜셔[48] 손의 쥐고

긴 별오[49] 도로 두라[50] 벌쎌[51]의 쬐야 닙고[52]

진(秦) 적의 숨은 빅셩(百姓) 이제 와 보게 되면

도원(桃源)[53]이 여긔도곤 낫닷 말 못 ᄒ려니

<hr />

43) 두릐거니: 당기거니. '다릐다' '둘의다'는 '당기다'의 옛말.
44) 곳드르며: 곱드러지며. '곱드러지다'는 고꾸라져 엎어지다라는 뜻.
45) 봉당(封堂): 안방과 건넌방 사이 마루가 될 자리를 흙바닥 그대로 둔 곳.
46) 더새고: 밤을 지내고. '더새다'는 길을 가다가 어느 곳에 들어가서 밤을 지내다라는 뜻.
47) 긔염(氣焰)도 혼란(昏亂)홀샤: 기세가 대단하여 정신이 혼란스럽다는 의미다.
48) 쥡짜셔: 쥐어짜서.
49) 별오: 벼로. '벼로' '비레'는 '벼랑'의 옛말. '벼로길' '벼룻길'은 아래가 강가나 바닷가로 통한 벼랑길이다.
50) 도로 두라: 도로 달려가. '돋다'는 빨리 뛰어가다라는 뜻.
51) 벌쎌: 아궁이에 불을 땔 때 아궁이 밖으로 내뻗치는 불.
52) '쬐야 닙고'와 '진(秦) 적의' 사이에 한 행이 빠졌다. 원문에 결(缺)이라고 적혀 있다.
53) 도원(桃源): 무릉도원. 선경(仙境) 또는 낙원을 가리키는 말로, 도연명의 「도화원기桃花源記」에서 유래했다.

청옥산 산행을 하다

텬변(天邊)의 ᄀᆞ로진[54] 뫼 대관녕(大關嶺) 니어시니

위틱(危殆)코 놉흔 댓재[55] 쵹도란(蜀道難)[56]이 이러턴가

하ᄂᆞᆯ의 도든 별을 져기면[57] 믄질노다

망망대양(茫茫大洋)이 그 알픠 둘러 이셔

대디(大地) 산악(山岳)을 일야(日夜)의 흔드는 둧

밋 업슨 큰 굴형[58]의 흔(限)업시 ᄲᅡ힌 믈이

만고(萬古)의 흔골ᄀᆞ티[59] 영튝(盈縮)[60]이 잇둧던가

텬디간(天地間) 장(壯)흔 경계(境界) 반(半) 남아 믈이로다

아마도 져 긔운(氣運)이 무어스로 삼겻는고

셩인(聖人)을 언제 만나 이 니(理)를 뭇ᄌᆞ오리

바회길 닉은 듕의 대 남여(藍輿)[61] 느초[62] 메워

쩌러진 험(險)흔 빙애(砯厓)[63] 얼는둧 디내티여

쳥옥산[64] 한속으로[65] 쳡쳡(疊疊)이 도라드니

---

54) ᄀᆞ로진: 가로놓인. 가로지른. 'ᄀᆞ로디다' 'ᄀᆞ로지다'는 '가로지다'의 옛말.

55) 댓재: 강원도 삼척시 미로면과 하장면 사이에 위치한 고개.

56) 쵹도난(蜀道難): 중국 장안에서 촉으로 들어가는 길이 사다리를 걸쳐놓은 듯 험하다는 데서 온 말. 안녹산의 난 때 몽진(蒙塵)한 당나라 현종의 괴로움을 읊은 이백(李白)의 「촉도난蜀道難」이라는 시로 더욱 유명해졌다.

57) 져기면: 발꿈치를 들면. '뎌기다' '져기다'는 '고초드듸다'와 같은 말로, 발꿈치를 들고 다닌다라는 뜻이다.

58) 굴형: '구렁〔溝壑〕'의 옛말.

59) 흔골ᄀᆞ티: '한결같이'의 옛말.

60) 영축(盈縮): 가득차는 것과 줄어드는 것.

61) 대 남여(藍輿): 대나무로 만든 남여. '남여'는 뚜껑이 없고 의자처럼 생긴 가마다.

62) 느초: 늦추. 느슨하게. '느초다' '느추다' '느치다'는 '늦추다'의 옛말.

63) 빙애(砯厓): '벼랑'의 옛말.

64) 쳥옥산(靑玉山): 강원도 정선군 북평읍 삼화리와 하장면 중봉리 경계에 있는 산. 청옥(靑玉)이 났다고 한다.

65) 한속으로: 한가운데로.

운모병(雲母屏)⁶⁶⁾ 금슈쟝(錦繡帳)⁶⁷⁾이 자우(左右)로 펼쳐셰라

운교(雲橋)⁶⁸⁾를 걸어 건너 솔 속의 쉬여 안자

나모ᄒᆞᄂᆞᆫ 아ᄒᆡ들아 디난 일 믓쟛고야

불암의 움즉인 돌 눌여뎐 디⁶⁹⁾ 긔 몃 ᄒᆡ며⁷⁰⁾

ᄯᅡᆨ 업슨 녯 셩문(城門)이 어ᄂᆞ 적의 ᄲᅩ닷 말고

이 손님 뉘시완ᄃᆡ 어이 들어와 계신고

낫 ᄉᆞᆺ기 메오 ᄎᆞ고 압 졀의 샹재(上佐)러니

나모 셥⁷¹⁾ ᄶᅩ라 와셔 무심(無心)이 ᄃᆞ니오니

진관암(眞觀庵) 폐(廢)ᄒᆞᆫ 줄은 우리 다 알거니와

그 밧긔 몰을 일은 목젹(牧笛)의 부쳐셰라⁷²⁾

뫼 밋희 설인 농(龍)이 변화(變化)도 무궁(無窮)ᄒᆞ야

음심(陰深)ᄒᆞᆫ 오랜 소희 굴ᄐᆡᆨ(窟宅)을 삼아 이셔

층애(層厓)⁷³⁾ 빅쳑(百尺)의 일필년(一匹練)⁷⁴⁾ 거러두고

빅일뇌졍(白日雷霆)⁷⁵⁾이 동학(洞壑)⁷⁶⁾의 ᄌᆞ자시니⁷⁷⁾

구프려 보던 줄이 내 일이 셤써올샤⁷⁸⁾

---

66) 운모병(雲母屏): 운모로 만든 병풍. 흰 바위가 첩첩이 둘러 있는 모양을 운모에 비유한 말.
67) 금수장(錦繡帳): 비단에 수를 놓아 만든 장막. 산속에 온갖 꽃이 피어 있는 모습이 수를 놓은 비단 장막 같다는 의미다.
68) 운교(雲橋): 삼척군 삼화리에 있는 높은 다리.
69) 눌여뎐 디: 내려진 지. '누리다'는 '내리다'의 옛말.
70) 불암의~히며: 두타산에 있던 흔들바위가 이미 오래전에 떨어졌음을 이른다.
71) 나모 셥: 나무 섶(薪). 땔나무.
72) 그 밧긔~부쳐셰라: 그 밖의 일들은 기록이나 기억에 남아 있지 않고 모두 잊혔으니, 목동의 슬픈 피리 소리를 통해 세월의 무상함만 느낀다는 뜻이다. '몰오다'는 '모르다'의 옛말.
73) 층애(層厓): 바위가 여러 층으로 쌓인 언덕.
74) 일필련(一匹練): 한 필의 흰 비단. 폭포나 호수의 표면을 비유적으로 이르는 말.
75) 백일뇌정(白日雷霆): 맑게 갠 하늘에서 천둥과 벼락이 침.
76) 동학(洞壑): 깊고 큰 골짜기.
77) ᄌᆞ자시니: 잦으니. '좃다'는 '잦다'의 옛말로, 잇따라 자주 있다라는 뜻이다.
78) 구프려~셤써올샤: 실제로 용이 사는가 하고 굽어보는 자신의 행동이 싱겁다는 의미다. '셤겹다'는 '싱겁다'의 옛말.

삼쳑의 유젹과 동해를 구경하다

명사(明沙)를 믄이 볼아[79] 동히(東海)로 ᄂᆞ려가셔

빅옥쥬(白玉柱)[80] 벌은 곳[81]의 혜혀고[82] 안즌말이

동셔(東西)를 모ᄅᆞ거니 원근(遠近)을 어이 알니

창파(滄波)의 쎳ᄂᆞ 돗기 주줄이[83] 펼텨 이셔

엇그제 어듸 디나 어듸로 간닷 말고

어촌(漁村)의 늙은 샤공(沙工) 손혜여[84] 블너내여

히샹(海上) 쇼식(消息)을 슬ᄏᆞ장 들은 후(後)의

홰블을 비야[85] 들고 셩문(城門)을 드러가니

오오군각셩(嗚嗚郡角聲)[86]의 히월(海月)이 도다셰라

금쇼졍(琴嘯亭) 도로 ᄃᆞ라[87] 칠션(七仙)은 긔 뉘런고

금줌구ᄉᆞ(金簪旧事)[88]ᄂᆞ 몃 히나 되엿ᄂᆞ니

---

79) 믄이 볼아: 잇달아 밟아. 'ᄆᆞ니'는 '잇달아'의 옛말.
80) 백옥주(白玉柱): 흰 기둥처럼 우뚝 솟은 바위들을 이른다.
81) 벌은 곳: 늘어서 있는 곳. '벌다'는 '벌여 있다' '늘어서다'의 옛말.
82) 혜혀고: 헤치고. '혜혀다'는 '헤치다'의 옛말.
83) 주줄이: 줄지어 죽 늘어선 모양.
84) 손혜여: 손을 내저어. '손혜다'는 손을 내젓다라는 뜻.
85) 비야: 재촉하여. '비야다' '뵈아다'는 '재촉하다'의 옛말.
86) 오오군각셩(嗚嗚群角聲): 소리 높여 부는 여러 나발 소리. '오오(嗚嗚)'는 노래를 부르는 소리며, '각(角)'은 뿔로 만든 악기다.
87) ᄃᆞ라: 달려. 'ᄃᆞᆫ다'는 '달리다'의 옛말.
88) 금잠구사(金簪舊事): 매년 단오일에 금비녀와 사모(紗帽), 서대(犀帶), 단령(團領) 등으로 까마귀에게 제사지내는 삼척 지방의 옛 풍속. 『옥소고玉所稿』「유행록遊行錄 3」「동남행추기東南行追記」에 "금비녀와 붉은 서대, 사모, 단령이 있는데, 읍인이 그것을 작은 상자에 담아 관아의 동쪽 구석 나무 아래에 보관했다. 매년 단오일에 백성을 시켜 꺼내어 까마귀에게 제사지내고 다음날 다시 보관하게 했다. 민간에 전하기를, 고려 태조 때 물건이라 하는데, 그 까닭을 자세히 살펴보지 않아 잘못이 굳어졌다. 관에서도 금하지 않았다(有金簪紅犀帶紗帽團領, 邑人盛之于小函, 藏於治所東隅樹下. 每年端午日, 使民取出奠而祭于烏, 翌日還藏. 諺傳高麗太祖物, 未審其所以, 遂成謬規. 官亦不禁)"라는 기록이 전한다.

소션(蘇仙)[89] 젹벽(赤壁)[90]의 학영(鶴影)은 그첫ᄂᆞ듸[91]

셔셰(瑞世) 단봉(丹鳳)을 헛(虛)되이 기둘일샤[92]

임공(任公)을 어이 만나 져 고래 낫가내여

빅만닌족(百万鱗族)[93]을 다 편(便)케 밍글게고[94]

댱검(長劒)을 ᄲᅢ쳐내여 손 속의 거더쥐고

긴 노래 ᄒᆞᆫ 곡죠(曲調)를 목노하 블은말이

산호벽슈헌(珊瑚碧樹軒)[95]의 ᄇᆞ람의 비겨[96]안자

니젹션(李謫仙)[97] 풍치(風彩)를 다시 만나볼 거이고

댱경셩(長庚星) 붉은 빗치 그 아니 긔롯던가[98]

89) 소션(蘇仙): 송나라 문인 소동파(蘇東坡)를 가리킨다.
90) 젹벽(赤壁): 중국 호북성 가어현(嘉魚縣)에 있는 양자강 남쪽 언덕. 삼국시대 오나라 장군인 주유가 제갈량의 도움을 받아 조조의 군대를 대파한 곳이다. 송나라 문인 소동파가 여기서 뱃놀이하며 「적벽부赤壁賦」를 지었다.
91) 소션(蘇仙)~그첫ᄂᆞ듸: 소식(蘇軾)이 적벽에서 행한 뱃놀이가 신선놀음과 같다고 하여 후대 문인들이 그를 '소션(蘇仙)'이라고 불렀다. 소동파의 「후적벽부後赤壁賦」에 다음과 같은 이야기가 나온다. "소동파가 적벽에서 놀 때 큰 학 한 마리가 날아와 뱃전을 스치고 지나갔는데, 그날 밤 꿈에 한 도사가 찾아와 읍을 하며 인사하기에 이름을 물었으나 대답하지 않았다. 소동파가 그의 정체를 알아차리고 낮에 본 그 학이 아니냐 하니 도사가 돌아보며 웃었다." 적벽의 학 그림자가 그쳤다는 것은 신선이 될 기회가 없어졌음을 의미한다.
92) 서세 단봉(瑞世丹鳳)을 헛(虛)되이 기둘일샤: '단봉'은 황제의 조서(詔書)를 가지고 오는 사신, 또는 조서를 뜻한다. 벼슬을 포기하고 처사로 지내면서도, 상서로운 시대가 되어 임금이 자신을 불러주기를 바라는 화자의 심정을 표현했다.
93) 백만인족(百萬鱗族): 비늘이 있는 모든 동물의 종류.
94) 임공(任公)을~밍글게고: 『장자』 「외물外物」에 다음과 같은 이야기가 전한다. 임나라 공자가 매우 큰 낚시와 굵은 낚싯줄을 만들어 소 50마리를 미끼로 꿰고서 회계산에 걸터앉아 동해에 낚싯대를 드리웠는데, 1년이 넘은 뒤에야 아주 큰 고기가 물렸다. 임나라 공자는 이 고기를 쪼개 말려서 포를 만들었는데, 절강(浙江) 동쪽에 사는 사람부터 창오산 북쪽에 사는 사람 모두가 이 고기를 실컷 먹었다고 한다. 여기서는 벼슬길에 나가 온 백성에게 은택을 베풀고 싶다는 뜻을 나타낸다. 이 두 행은 원문에 삭제 표시가 되어 있다.
95) 산호벽수헌(珊瑚碧樹軒): 『옥소고』 「유행록」 권2 「지명도리이문구적록地名道里異聞舊蹟錄」에 "산호벽수헌은 교가의 우관 안에 있는데, 원수대에서 거리가 십 리가 된다(珊瑚碧樹軒在交柯郵館內, 自元帥臺爲十里)"라는 기록이 있다.
96) 비겨: 비스듬하게 기대어. '비기다'는 비스듬하게 기대다라는 뜻.
97) 이적선(李謫仙): 당나라 시인 이태백. '적선'은 인간 세상으로 귀양 온 신선이라는 뜻이다.
98) 장경성(長庚星)~긔롯던가: 장경성의 다른 이름인 '태백성'이 이태백의 이름과 같기에 이

태빅산(太白山) 깁흔 속의 게나 아니 가 잇는가

세상 영욕을 잊고 평생 유람이나 하겠다

오르며 누리며 슬ᄏ쟝⁹⁹⁾ 헤다히니¹⁰⁰⁾

어와 헌ᄉ홀샤 내 아니 허랑(虛浪)ᄒ냐

뉴하쥬(流霞酒)¹⁰¹⁾ ᄀ득 부어 돌빗츨 섯거 마셔

흉금(胸襟)이 황낭(晃朗)¹⁰²⁾ᄒ니 져기면 놀리로다

빅년(百年) 텬디(天地)¹⁰³⁾의 우락(憂樂)을 모르거니

일몽진환(一夢塵寰)¹⁰⁴⁾의 영욕(榮辱)을 내 아더냐

펴랑이¹⁰⁵⁾ 초(草)메토리 다 써러볼이도록

산님(山林) 호히(湖海)예 ᄆ옵굿 노니며셔

이렁셩져렁셩¹⁰⁶⁾ 구다가 아므리나 ᄒ리라

—『옥소고玉所稿』「추명지推命紙」

태백이 죽어 장경성이 된 것이라고 표현했다. '태백성'은 금성(金星)이다.

99) 슬ᄏ쟝: 실컷. 한껏.

100) 헤다히니: 공연히 왔다갔다하니. 돌아다니니. '헤다히다'는 '헤대다'의 옛말로, 공연히 바쁘게 왔다갔다하다라는 뜻이다.

101) 유하주(流霞酒): 신선이 마신다는 술. 1잔을 마시면 굶주림과 갈증이 없어진다고 한다. 『포박자抱朴子』에 "선인이 내게 유하주 한 잔을 주어 마셨더니 바로 갈증이 사라졌다(仙人但以流霞一杯與我, 飲之輒不飢渴)"라는 구절이 있다.

102) 황랑(晃朗): 밝은 모양.

103) 백년 천지(百年天地): 100년밖에 안 되는 세상을 말한다.

104) 일몽진환(一夢塵寰): 한바탕 꿈과 같고 티끌 같은 세계. 속세.

105) 펴랑이: 패랭이. 댓개비로 엮어 만든 갓.

106) 이렁셩져렁셩: 이런 모양 저런 모양으로 대중없이.

北塞曲북시곡

具康

함경도 암행어사를 제수 받다

어렵다 북시¹⁾ 길의 북시곡 지어보쟈

험키도 ㅎ거니와 머다도 ㅎ리로다

바로 가면 삼쳔 니오 도라가면 오쳔 니라

디진두²⁾논 진북³⁾이라 외몸 길노 간다더라⁴⁾

도망ㅎ 남의 종을 진짓⁵⁾ ㅊ즐 곳일네라

□□가 빈부오니 □□□□ □□ 마소

---

1) 북새(北塞): 북쪽에 있는 국경이나 변방.
2) 지진두(地盡頭): 땅이 끝난 곳.
3) 진북(眞北): 지구의 북쪽. 곧 북극 방향.
4) 외몸 길노 간다더라: 홀몸으로 간다더라. 미설가(未挈家)를 말한다. '미설가'는 조선시대에, 지방관이 특별한 지역에 부임할 때 그 가족을 데리고 가지 못하던 일을 말한다.
5) 진짓: 짐짓. 과연.

봉셔[6] 유쳑[7] 품의 품고 마픠눈 엽희 춧다

□□□□ □혜 버셔 □□□□ □□ 쓰고

묘젼 일편 비[8]의 우락ㅈ[9]를 각각 삭엿눈가

삭이다 관계□□ ᄉ쟈야[10] 아올□□

살아셔 우락의지 우락을 언마 ᄒ리[11]

노년이나 소□□□ 여러 말 □□□□

아희야 슐 부어라 취코 잠이나 드오리라

함경도를 향해 떠나다

□□□□□□□□ □□□□□□□□

다락원[12] 낮몰 먹여[13] 솔모로[14] ᄌ거셔라

□□□□□□□□ □□□□□□□□

그ᄉ이 다숫 고을 칠일 만의 지나셔라

□□□□□□□□ □□□□□□□□

몰 탈 길 업돗더라 단공[15]을 쌱가니야

---

6) 봉서(封書): 임금이 신하에게 사적으로 내리던 서신.
7) 유척(鍮尺): 놋쇠로 만든 표준 자. 지방 수령이나 암행어사 등이 검시(檢屍)할 때 썼다.
8) 묘젼 일편 비(墓前一片碑): 무덤 앞 비석 한 조각.
9) 우락자(憂樂字): '우락[憂樂, 근심과 즐거움]'이라는 글자.
10) ᄉ쟈야: 사자(死者)이야. 죽은 사람이야.
11) 살아셔~ᄒ리: 살아 있어야 근심과 즐거움을 말할 수 있으니, 짧은 인생에 근심과 즐거움이 얼마 되지 않는다는 의미다.
12) 다락원(樓院): 지금의 경기도 의정부시 호원동에 있었던 역원(驛院). 원집이 다락으로 되어 있던 데서 유래한다.
13) 낮몰 먹여: 말에게 낮에 먹일 꼴을 먹임.
14) 솔모로: 솔모루. 경기도 포천의 지명.
15) 단공(短筇): 짧은 지팡이.

□□□□□□□□ □□□□□□□
졀졍¹⁶⁾의 안즌 모양 묘연¹⁷⁾도 흐온지고

□□□□□□□□ □□□□□□□□
이곳의 안즌 쥴을 엇디 알니 우리 가쇽¹⁸⁾

□□□□□□□□ □□□□□□□□

석왕사 즁이 옷을 구걸하다

예셔붓터 북관¹⁹⁾이라 깁고 깁다 쎄진 디형
이싹이 놉흔 쥴을 져편으로 알니로다
안져 쉬고 셔셔 쉬니 ᄂ 려가기 십 니로다
시졀이 구월이라 골골마다 단풍나무
다홍댱²⁰⁾을 둘넛시며 샹풍²¹⁾은 쇼슬ᄒ다
고산셔 비를 맛고 셕왕ᄉ²²⁾ 드러가니
반모츰²³⁾ 두른 누역²⁴⁾ 옷쥬졔²⁵⁾ 볼 것 업다
반 남아 기른 털억 완증²⁶⁾흔 취흔 즁이

---

16) 졀졍(絶頂): 산의 맨 꼭대기.
17) 묘연(渺然): 넓고 멀어서 아득함.
18) 가쇽(家屬): 한집안에 딸린 구성원. 가족.
19) 북관(北關): 함경도의 다른 이름.
20) 다홍댱(帳): 다홍빛 장막.
21) 샹풍(商風): 가을바람. '상(商)'은 계절로는 가을, 오행으로는 금(金), 방위로는 서쪽을 가리킨다.
22) 셕왕사(釋王寺): 함경남도 안변군 설봉산에 있는 절. 조선 태조 때 무학대사가 창건했다.
23) 반모츰: 반모춤. 반만큼. 반 정도. '모춤'은 어떤 기준에서 조금 남음을 나타내는 말이다.
24) 누역: '도롱이'의 옛말. 짚, 띠 따위로 엮어 허리나 어깨에 걸쳐 두르는 비옷.
25) 옷쥬졔: 옷을 입은 모양새. '주제'는 '주제꼴'과 같은 말로 변변하지 못한 몰골이나 몸치장을 의미한다.
26) 완증(頑憎): 성질이 고집스럽고 모질어 밉살스러움.

손의 모양 걸긱이라 걸긱ㄷ려 달ㄴ 말이
소승 댱삼 낡아 □□□□□□□□
여벌이 잇습거든 빈승27)의게 시쥬ㅎ오
오빅이십 나한28)님과 부귀공명 비오리다
내 디답 들어보소 내 본디 간난ㅎ야
영흥 고을 걸퇴29) 가니 단벌 큰옷30) 버셔닉고
동돌지31)만 입고 가면 관문엔들 들일손가
관가의 드러가셔 옷가지나 엇게 되면
오올 젹 다시 ㅊㅈ 두루막이 버셔줌싀
쳘모로ᄂ 뮌디갈이32) 보치ᄂ 일 우슙더라

문천에서 연어를 사려다 무안을 당하다

덕원으로 가쟈셔라 원산 마을 드러오니
남관33)의ᄂ 대도회라 물식34)이 번화터라
북히를 쳐음 보니 넙으나 넙은 물이
긴 놀의 우뢰소리 빅만 슈레 구우ᄂ 듯

---

27) 빈승(貧僧): 승려가 자신을 낮춰 부르는 말.
28) 오백이십 나한(五百二十羅漢): 오백 나한. 석가 생존시에 항상 석가를 수행하면서 석가의 설법을 듣고 전도하던 500인의 제자. 또는 석가가 열반하던 해에 왕사성에서 행한 제일결집에 참여한 500인의 승려를 말하기도 한다.
29) 걸퇴: 걸태질. 체면을 돌아보지 않고 재물 따위를 마구 긁어모으는 것을 말한다.
30) 큰옷: 예식 때 겉에 입는 도포와 같은 웃옷.
31) 동돌지: 동저고리. 남자가 입는 저고리.
32) 뮌디갈이: 민대가리. 승려를 낮춰 부르는 말.
33) 남관(南關): 관남(關南). 마천령의 남쪽 지방. 함경남도 일대를 이른다.
34) 물색(物色): 자연의 경치. 풍경.

이 소리 죵일 듯고 문쳔35) 역촌36) 드러가니

져 건너 다리 아릭 사룸들이 못거37) 셧닉

벌거벗고 물의 드러 연어잡기 혼다커늘

돈 서푼 손의 쥐고 거줏 스라 건너가니

슈쳑은린38) 잡아닉야 풀망틱의 드리치니39)

보기도 장호거니 져 사룸들 시험호싀

그듕의 뮈운 놈긔 이분네 고기 스싀

스랴거든 스 가시오 두 돈 팔 푼 닉랴시나

흥졍의 에누리를 이젼의 들엇거니

이분네 욕심 만타 흔흔 고기 과흔 갑시

내 소견과 엉똥호니40) 서푼 밧고 팔냐시나

어딕 잇는 킈 큰 냥반 열업슨 말 다시 마샤

아모 쳘도 모로면셔 고기 스쟈 호눈고나

그져 호나 건네올가 이 냥반 어셔 가싀

이스라면 아니 갈가 가라 호니 가노메라

---

35) 문쳔(文川): 함경남도 남쪽에 있는 군.
36) 역촌(驛村): 역이 있는 마을. 역은 중앙 관아의 공문을 지방 관아에 전달하며 외국 사신의 왕래, 벼슬아치의 여행과 부임 때 마필(馬匹)을 공급하던 곳이다. 주요 도로에 대개 30리마다 두었다.
37) 못거: 모여. '몯다'는 '모이다'의 옛말.
38) 수쳑은린(數尺銀鱗): 길이가 여러 척이나 되는 물고기. '은린'은 물고기를 아름답게 이르는 말이다.
39) 드리치니: 넣으니. '드리티다'는 '들이다'의 옛말.
40) 엉똥호니: 전혀 다르니. '엉똥호다'는 '엉뚱하다'의 옛말.

함흥에서 임무를 위해 각지로 흩어지다

고원으로 가쟈셔라 고원 조고 영흥 가니
관청의 연흔 과즐⁴¹⁾ 흔 죠각 뉘 줄소냐
슈슈엿 유명ᄒ니 ᄉ다가 뇨긔ᄒ시
니낭쳥⁴²⁾ 젼집니⁴³⁾는 용이히⁴⁴⁾ 먹거니와
이 업슨 구ᄉᆼ원⁴⁵⁾은 녹이노라 더디고나
다 먹고 언졔 가리 우믈거리며 가쟈셔라
가고 가고 셕양 ᄭᅵ의 졍평 조고 함흥 가니
함흥 가니⁴⁶⁾ 함흥 사름 사름 알기 신통터라
우리 죵인⁴⁷⁾ 각각 나쟈 황우⁴⁸⁾짐을 풀어ᄂᆡ여
바날 골모 담비ᄃᆡ를 분슈⁴⁹⁾ᄒ여 난혼 후의
지셔방과 니승⁵⁰⁾들은 홍원 북쳥 바로 가고
니낭쳥과 젼집니는 날을 죠ᄎ 댱진⁵¹⁾ 가시
셔북으로 난회오니 부ᄃᆡ부ᄃᆡ 거푸 부ᄃᆡ
밥 쟐 먹고 잠 쟐 조고 병 업시 단니다가

---

41) 과즐: '과줄'의 옛말. 꿀과 기름을 섞은 밀가루 반죽을 판에 박아서 모양을 낸 후 기름에 지진 과자.
42) 이낭청(李郞廳): 이씨 성을 가진 낭청. 낭청은 국내외 군무(軍務)의 기밀을 맡아보던 비변사의 관직.
43) 전집리(全執吏): 전씨 성을 가진 집리. 집리는 육조·의정부·선혜청 등의 사무를 나눠 맡아보던 주임급 서리.
44) 용이(容易)히: 매우 쉽게.
45) 구생원(具生員): 작가인 구강(具康) 자신을 가리킨다.
46) 함흥 가니: 잘못 들어간 말이다.
47) 종인(從人): 종자(從者).
48) 황우: 황(荒)아. 여러 가지 자질구레한 일용 잡화.
49) 분수(分數): 사람 수에 따라 몫을 나눔.
50) 니승(尼僧): 승려.
51) 장진(長津): 함경남도 함흥 북쪽에 있는 지명.

아모 둘 아모 씨의 경흥으로 긔회[52]호자
늇진[53] 칠읍 즈셰 보소 나올 젹 다시 뒤시[54]
인졍이 그러혼가 심약호야 그러혼지
쩌나기도 어렵거니 어늬[55] 념녀 업돗던가
쟐 가셔 슈이 보시 일 들고 늣 쩌나소

장진에 가서 환곡과 세금의 폐단을 해결하다

이 사룸의 의관 보소 두루막이 몃 죠각을
뉘 손으로 기웟눈지 죠각마다 슈십일네
기리가 졀넛거든 소민죠츠 좁앗너냐
헌것[56] 너허 삼은 집신 뒤츅가지 들메이고[57]
썩거진 치양 갓[58]슨 끈죠츠 니어 믜고
곽[59]만 남은 셔피[60] 휘항[61] 턱 아릐 믜고 믜야
바룸도 피호려니 면목을 감죠고져
귀신인가 힝걸[62]인가 냥반인가 샹인인가

52) 긔회(期會): 만나기를 약속함.
53) 육진(六鎭): 조선시대에 지금의 함경북도 북변(北邊)을 개척해 설치한 여섯 진(鎭). 세종 때 둔 것으로, 경원·경흥·부령·온성·종성·회령의 진을 이른다.
54) 뒤시: 뒤지세. 샅샅이 살피세. '뒤디다' '두디다'는 '뒤지다'의 옛말.
55) 어늬: 어느. '어찌'의 옛말.
56) 헌것: '헝겊'의 옛말.
57) 들메이고: 동여매고.
58) 치양 갓: 차양(遮陽) 갓. 햇빛이나 비를 막기 위해 차양을 덧붙인 갓.
59) 곽: 테두리. 틀.
60) 셔피(黍皮): 돈피(獤皮). 담비 종류 동물의 모피를 통틀어 이르는 말.
61) 휘항(揮項): 휘양. 추울 때 머리에 쓰던 모자의 하나. 남바위와 비슷하나 뒤가 훨씬 길고 목덜미와 뺨까지 싸게 만들었다.
62) 행걸(行乞): 탁발(托鉢). 여기서는 탁발승을 의미한다.

거동이 괴이커니 그 속을 뉘 알니오
혼일즈 외통길의 죵젹을 감츌소냐
누셜ᄒ면 못ᄒ려니 역놈63)들아 죠심ᄒ라
댱진이 급다 ᄒ니 어셔어셔 가오리라
듕녕64)도 험커니와 부젼령65)이 무셥더라
막디를 틱의 괴고 촌촌이66) 셔셔 쉬니
안즈란들 터이 업다 눈 우희 안즐소냐
황쵸령 바라보니 부젼령이 죠스로다67)
오르즈니 숨이 ᄎ고 느리즈니 허리 앏퓌
하마하마68) 쥭을너라 왼몸의 ᄯᆞᆷ이로다
긔운이 거의 진코 졍신이 산란터니
헌 누덕이 입은 뉴69)가 남진인지 계집인지
어린 즈식 등의 업고 즈란 즈식 손의 썰고
울면셔 눈물 삣고 업더지며 오는 모양
ᄎ마 보지 못ᄒᆞᆯ너라 나즉이 뭇넌 말슴
어듸로셔죠ᄎ 오며 어듸러로 가랴는고
쥬려들 가는 인가 가게 되면 어더먹나
아모데도 혼가지라 날 ᄯᅡ라 도로 가면
ᄌᆞ니 원님 가셔 보고 안접70)ᄒ게 ᄒᆞ야줌시

63) 역놈: 역노(驛奴)를 낮춰 부르는 말. 역참에서 심부름하던 사람.
64) 중령(中嶺): 함경남도 함흥에 있는 고개.
65) 부전령(赴戰嶺): 함경남도 신흥군 북부와 부전군의 경계에 있는 고개.
66) 촌촌(寸寸)이: 한 치 한 치마다.
67) 황초령(黃草嶺)~조사(祖師)로다: 황초령을 바라보니 부전령은 할아버지라고 할 만하다. 황초령이 험한 것에 비하면 부전령은 아무것도 아니라는 의미다.
68) 하마하마: 하마터면. '하마'는 '이미' '벌써' '이제 곧' '하마터면'이라는 뜻의 옛말.
69) 류(類): 무리.
70) 안접(安接): 편안히 마음을 먹고 머물러 삶.

겨우겨우 디답ᄒ되 우리 곳은 댱진이라
여러 히 흉년 들어 살길이 업ᄂ 등의
도망ᄒ 이 신구환71)을 잇ᄂ 쟈의 물니랴니
졔 것도 못 바치며 남의 곡식 엇디ᄒ고
못 바치면 믜마즈니 믜맛고 더옥 살가
졍쳐 업시 가게 되면 죽을 쥴 알건마ᄂ
아니 가고 엇디ᄒ리 굼고 맛고 죽을 디경
츨하리 구렁의나 념녀 업시 뭇치이면
도로혀 편ᄒ지라 이런 고로 가노메라
급히 급히 넘어가쟈 이 빅셩들 살녀보셰
둘지 녕을 올나셔셔 고을 디경72) 바라보니
열 집의 닐곱 집은 휑그러니 븨엿더라
읍듕으로 드러가니 남은 집의 곡셩이라
젼년의 이쳔여 호 금년의 칠빅호라
미혹ᄒ 뉴부ᄉ73)와 답답ᄒ 니도호74)ᄂ
국곡75)도 즁커니와 인명인들 아니 볼가76)
빅셩 업ᄂ 곡식 바다 그 무어셰 쓰랴 ᄒ노

71) 신구환(新舊還): 새해 환곡과 지난해 환곡.
72) 지경(地境): 일정한 테두리 안의 땅.
73) 유부사(柳府使): 유씨 성을 가진 부사. '부사'는 조선시대에 둔 대도호부사와 도호부사를 통틀어 이르던 말.
74) 이도호(李都護): 이씨 성을 가진 도호. '도호'는 '도호부사(都護府使)'를 가리킨다. 조선시대 지방 행정기관의 하나인 도호부의 으뜸 벼슬로 종3품이었다.
75) 국곡(國穀): 공곡(公穀). 국가나 관청에서 가지고 있는 곡식.
76) 인명(人命)인들 아니 볼가: 사람 목숨은 돌보지 않는가.

츌도호 후 젼녕[77]호야 니징[78] 죡징[79] 업시호고

허두잡이[80] 호역[81]들을 태반이나 더러쥬고

신구환 칠만 셕은 탕감호쟈 알외깃네

디력[82]은 다 진호고 텬긔[83]는 일 치워셔

만각곡이 아니 되니[84] 그 빅셩이 이슬소냐

진으로 읍 되기는 혜마련[85] 그룻호고

읍으로 진이 되면 도로혀 다힝홀네[86]

육진 · 삼수로 가는 험난한 길

이리로셔 어듸 갈고 뉵진 지나 삼슈[87] 가쟈

압녹강 겻히 두고 팔빅 니 반이 길이

좁으나 다시 좁아 뵈 너뷔만 못 호더라[88]

---

77) 전령(傳令): 명령이나 훈령, 고시 따위를 전하여 보냄.

78) 이징(里徵): 지방 벼슬아치가 공금을 사사로이 썼거나 납세의무자가 없어졌을 때, 그것을 이민(里民)에게 강제로 대신 물리던 일.

79) 족징(族徵): 군포세(軍布稅)를 내지 못하는 사람이 있는 경우에 그 일가붙이에게 대신 물리던 일.

80) 허두(虛頭)잡이: 실재하지 않는 사람을 부역이나 징세에 넣어 계산하는 것.

81) 호역(戶役): 집집마다 부과되는 부역.

82) 지력(地力): 농작물을 길러낼 수 있는 땅의 힘.

83) 천기(天氣): 날씨.

84) 만각곡이 아니 되니: 만곡곡(萬斛穀)이 아니 되니. 곡식이 만 곡도 되지 않으니. 생산되는 곡식이 얼마 되지 않음을 말한다. '곡(斛)'은 곡식의 분량을 헤아리는 데 쓰는 그릇으로, 스무 말들이와 열다섯 말들이가 있다.

85) 혜마련: 미상. 문맥상 '당연히'라는 뜻인 듯하다.

86) 진(鎭)으로~다힝홀네: 인구가 점점 줄어 진(鎭)이 읍(邑)이 되는 것은 생각조차 할 수 없고, 읍이 진으로 강등되면 그나마 다행이라는 의미다.

87) 삼수(三水): 함경남도 북부에 위치한 지역.

88) 뵈 너뷔만 못 호더라: 길이 너무 좁아 베의 폭만큼도 되지 않는다는 뜻이다.

이찌는 십월이라 촌촌이 빙판일네

죠심ᄒ소 실쪽ᄒ리 져승이 지쳑일네

다릐 덤불 츩 너출89)을 붓들며 긔여가니

팔다리 부엇거니 두 손바닥 덕것더라90)

이 언덕 겨우 ᄂᆞ려 험탄91)을 건너랴니

븨 일홈이 마샹이92)라 몰 먹이는 귀우93)로다

아모리 위틱ᄒ들 아니 탈 길 이슬소냐

검고 깁고 너른 물이 산듕으로 ᄡᅩ아ᄂᆞ니

구당94)이 이러턴가 황공탄95)이 여긔로다

집치 깃흔 큰 비라도 니셥96)기 극난커든

버들닙 깃흔 우희 칠 젹 신을 시럿고나

굴원97) 셩싱 죠샹키가 경각의 잇는 듕의98)

넉 업슨 말99) 들어보소 져 ᄉ공 ᄒᆞ옵기를

엇그제 이 븨의셔 두 사롬이 쥭엇ᄉᆞ니

젼젼긍긍ᄒ올 찌의 이 말솜 엇더ᄒ니

---

89) 츩 너출: 칡의 줄기.
90) 덕것더라: 덮었더라. 굳은살이 되었더라. '덖다'는 '굳은살이 되다' '못이 박이다'라는 뜻.
91) 험탄(險灘): 위험한 여울. 또는 여울의 이름.
92) 마샹이: 마상이. 통나무를 파서 만든 작은 배.
93) 귀우: 구유. '조(槽)'의 옛말.
94) 구당: 구당협(瞿塘峽). 중국 사천성 삼협(三峽)의 하나로, 강 양쪽 언덕이 가파르게 높이 치솟은데다 골짜기 어귀의 강 가운데 염예(灩澦)라는 큰 바위가 서 있어 물살이 몹시 사납기에 이곳을 지나는 배들이 많이 전복된다고 한다.
95) 황공탄(惶恐灘): 중국 강서성 십팔탄(十八灘)의 하나. 주자의 무이구곡(武夷九曲)이 있던 무이산에서 발원한다. 원래는 송나라 관찰사를 지낸 황우원(黃又元)이란 사람이 황공대(黃公臺)를 세워 황공탄(黃公灘)이란 이름이 붙었는데, 훗날 왕공(王恐)이란 도적이 이곳을 지나는 배를 습격해 상인들의 생명과 재산을 약탈하면서 황공탄(惶恐灘)이라 불렸다고 한다.
96) 이섭(利涉): 순조롭게 강을 건넘.
97) 굴원(屈原): 중국 전국시대 초나라 대부. 충신의 대명사로 일컬어진다. 「목동가」 각주 79번 참조.
98) 굴원~듕의: 물에 빠져 죽는 것이 경각에 달려 있다는 의미다.
99) 넉 업슨 말: 아무런 생각 없이 한 말.

혼 번도 십년감슈 아홉 번 무슴 일고

무양이[100] 등안[101] 니 왕녕[102]이 도으신가

육진 지방의 풍속

엇디 야셔 뉵진고 별 [103] 신방[104] 묘파[105]로다

쟈쟉구비[106] 강구[107] 어면[108] 함흥셔 셔편일네

누구누구 직희던고 만호[109] 권관[110] 잇돈더라[111]

관가를 볼쟉시면 봇 섭질[112] 노 니엇고나

담만 못혼 셩이올네 지악돌[113]노 에웟고나

만흔 인가 몃치런고 진하의 서너 집식

놉흔 거슨 닭의 홰[114]오 나즌 거슨 돗희 우리[115]

<hr />

100) 무양(無恙)이: 아무 탈 없이.
101) 등안(登岸): 언덕에 오름.
102) 왕녕: 왕령(王靈). 염라대왕의 넋. 또는 임금의 신령함이나 왕조(王朝)의 높은 덕. 여기서는 후자의 뜻으로 쓰였다.
103) 별해(別害): 함경남도의 지명.
104) 신방(神方): 함경남도의 지명.
105) 묘파(廟坡): 함경남도의 지명.
106) 자작구비(自作仇非): 함경남도 삼수군(三水郡)의 지명.
107) 강구(江口): 함경남도 삼수군의 지명.
108) 어면(魚面): 함경남도 삼수군의 지명.
109) 만호(萬戶): 각 도(道)의 여러 진(鎭)에 배치한 종4품 무관 벼슬.
110) 권관(權管): 변경의 각 진(鎭)에 두었던 종9품 무관 벼슬.
111) 잇돈더라: 잇돗더라. 있더라. '돗'은 강조의 의미를 나타내는 어미.
112) 봇 섭질: 자작나무 껍질.
113) 지악돌: 재약돌. '조약돌'의 방언.
114) 홰: 새장이나 닭장 속에 새나 닭이 올라앉게 가로질러놓은 나무 막대.
115) 만흔~우리: 인가가 많지 않아 진(鎭) 아래 서너 집씩 있는데, 집에서 높은 것은 닭의 홰대이고 낮은 것은 돼지우리라는 뜻이다. 함경도의 가옥 구조는 처마가 낮고 지붕이 자작나무 껍질과 흙으로 덮여 마치 무덤처럼 보이는데, 그러한 집에서 상대적으로 닭의 홰대가 높고 돼지

아젼이 군수 되고 군수가 아젼 되야

셔로 가며 츄이ᄒᆞ니¹¹⁶⁾ 만흘셰 각각 ᄒᆞ랴

제 모양 ᄎᆞ리고쟈¹¹⁷⁾ 일마다 긔담이라

다방머리¹¹⁸⁾ 긴 ᄃᆡ답은 통인¹¹⁹⁾은 어인 일고

귀우리ᄂᆞᆫ 닙뿔이오 강남콩은 팟치로다¹²⁰⁾

바다히 팔구빅 ᄂᆡ 소곰 어더 먹을소냐

나무 독의 갓침치ᄂᆞᆫ 짠 것 업시 담앗거니

싀쩗고¹²¹⁾ 승거온 맛 진짓 그 밥 반찬일네

기름을 맛보란들 참ᄢᆡ 들ᄢᆡ 이슬소냐

불 켜ᄂᆞᆫ 양 가이업다 익기나무¹²²⁾ 옹도리¹²³⁾나

ᄒᆞᆫ 발 되ᄂᆞᆫ 결읍ᄃᆡ¹²⁴⁾의 좁뽈 ᄽᅳ물 무쳐 말녀

쇠테¹²⁵⁾ ᄒᆞᆫ 졍ᄽᅮ 목¹²⁶⁾의 열업시 가로질너

덧업시 타ᄂᆞᆫ 동안 반반시¹²⁷⁾도 못 되더라

죠희가 지귀ᄒᆞ니¹²⁸⁾ 챵 바른 죠희 보소

우리가 낮다는 의미로 집의 높낮이 차이가 거의 없음을 말한다.

116) 셔로 가며 츄이ᄒᆞ니: 서로 돌아가며 형편에 따라 옮겨감. '추이(推移)'는 일이나 형편이 변해감을 뜻한다.

117) 아젼이~ᄎᆞ리고쟈: 아전과 군사가 구별 없이 형편 따라 바꿔서 하는 것은 사람이 적어서가 아니라 기강이 없어 그런 것이니 제대로 모습을 갖추길 바란다는 뜻이다.

118) 다방머리: 다박머리. 머리털이 다보룩하게 난 어린아이를 말한다.

119) 통인(通人): 지방관아에 딸려 수령의 잔심부름을 하던 사람.

120) 귀우리ᄂᆞᆫ~팟치로다: 쌀이 부족해 멥쌀에 팥을 섞어 먹는 대신 귀리에 강낭콩을 넣어 먹는다는 의미다.

121) 싀쩗고: 시고 떫고.

122) 익기나무: 잇개나무. 삼나무.

123) 옹도리: 옹두리. 나뭇가지가 부러지거나 상한 자리에 결이 맺혀 혹처럼 불퉁해진 것.

124) 결읍ᄃᆡ: 겨릅대. 껍질을 벗긴 삼대.

125) 쇠테: 쇠로 만든 테.

126) 졍자 목(丁字木): 정자(丁字) 모양의 나무.

127) 반반시(半半時): 한 시간의 반의 반. 아주 짧은 시간.

128) 지귀(至貴)ᄒᆞ니: 더할 수 없이 귀하니.

봇 겁질 엷게 이러 더덕귀[129]로 붓쳣시니

바룸은 막으려니 볏치야 보올소냐

보기 슬타 너홰집[130]은 늇 간 칠 간 혼 기릐로

되는 뒤로 지엇시니 경ᄌ간이 기돗더라[131]

그 안의 무엇무엇 혼가지로 잇돗던고

소와 돗과 긔 둙 즘싱 사룸과 셧겨 ᄌ데

못 살너라 못 살너라 늇진셔는 못 살너라

산도다지[132] 호표 곰과 일의[133] 승냥 들소 등물[134]

쒸며 울며 셔며 안져 밤낫스로 쟉난ᄒ고

아기네 쥬어다가 왼이로[135] 삼킨다데

동지셧달 치울 젹의 셩쥬목[136]도 못 견듸여

언 겁질이 튀여날 제 쇠뇌도곤[137] 무셥다데

칠월의 셔리 오고 팔월의 눈 오기는

삼 년의 이 년이오 오 년의 삼 년이라

오조[138]와 귀우리는 겨우겨우 먹거니와

129) 더덕귀: 더덕 줄기를 의미하는 듯하다. '귀'는 죽죽 내리거나 내뻗치는 줄이라는 뜻을 더하는 접미사다.
130) 너홰집: 너와집.
131) 경ᄌ간이 기돗더라: 정지간이 길더라. 함경도식 가옥은 일반적으로 집 중앙부에 '정지간' '장간'이라고도 일컫는 정주간(鼎廚間)의 생활공간을 두고 있다. '정주간'은 부엌과 안방 사이에 벽이 없이 부뚜막에 방바닥을 잇달아 꾸민 부엌을 말한다.
132) 산도다지: 산도야지. 산돼지.
133) 일의: '이리'의 옛말.
134) 등물(等物): 같은 종류의 물건.
135) 왼이로: 온이(齒)로. '왼'은 '온(전부의)'의 오기로, 여러 번 씹지 않고 한 번에 물어서라는 뜻이다.
136) 셩쥬목(成造木): 대들보. '성주'는 대들보 위에서 그 집안의 길흉화복을 맡아보는 성주신을 말하며, 상량신(上樑神), 성조(成造), 성주대신 등으로도 불린다.
137) 쇠뇌도곤: 쇠뇌보다. '쇠뇌'는 쇠로 된 발사 장치가 달린 활로, 화살 여러 개를 연달아 쏘게 되어 있다.
138) 오조: 일찍 익는 조.

닙뿔의 팟 둔 밥은 종신토록 맛볼소냐

삼뵈눈 잇거니와 목면 보기 쉽지 안타

갓 삿갓 쓰랴 ᄒᆞ니 디와 갈[139] 이슬소냐

도리[140] 좁은 노벙거지[141] 셩굿셩굿 결어 뼛데

기가죡 긴 돌지[142]ᄂᆞᆫ 팔ᄌᆞ 조하 어더 닙고

큰 녹피 왼통바지 호ᄉᆞ밧치[143] 겨우 입고

빈ᄌᆞᄂᆞᆫ 보션 벗고 검고 낡은 뵈져고리

삼동이 다 진토록 버슬 쥴 모로더라

이러ᄒᆞᆫ 사룸들이 손 디졉 알가 보냐

졔일노 인사ᄲᅧᆼ이[144]병 평안ᄒᆞ오 어듸 계시

먼길의 시장ᄒᆞ리 담ᄇᆡ질ᄒᆞ시ᄋᆞᆸ소

졀도[145]ᄒᆞ다 너희 인ᄉᆞ 세번ᄌᆡᄂᆞᆫ 엇덧턴고

이리로 들ᄂᆞᆫ 말이 안으로 븟ᄒᆞ라데

아모리 븟ᄒᆞ랴니 니외가 각별ᄒᆞ다

두 쥴 세 쥴 담ᄇᆡ 환ᄌᆞ[146] 팔노[147]의 업ᄂᆞᆫ 일을

삼슈 와셔 쳐음 듯니 담ᄇᆡ가 살니ᄂᆞᆫ가[148]

---

139) 갈: 갈대.

140) 도리: 도래. 둥근 물건의 둘레.

141) 노벙거지: 실, 삼, 종이 따위를 가늘게 비비거나 꼰 줄로 엮어서 만든 벙거지.

142) 돌지: 동돌지. 남자가 입는 저고리.

143) 호사(豪奢)밧치: 몸치장을 호화롭고 사치스럽게 하는 사람.

144) 제일(第一)노 인사성(人事性)이: 맨 처음 하는 인사가. '인사성'은 예의바르게 인사를 차리는 품성이다.

145) 절도(絶倒): 포복절도(抱腹絶倒).

146) 담ᄇᆡ 환자(還子): 관청에서 봄에 곡식을 꾸어주고 가을에 곡식 대신 담배로 받는 것을 말한다.

147) 팔로(八路): 팔도(八道).

148) 담ᄇᆡ가 살니ᄂᆞᆫ가: 담배가 사람을 먹여 살리는가. 즉 '사람이 담배를 먹고 사는가'라는 의미다.

삼수의 아전들이 암행어사의 신분을 눈치채다

죠희 필묵 파는 체로 질청[149]의 드러가셔
젼나도 슌텬 손이 산슈 보기 겸ᄒᆞ여셔
무산 고을 가는 길의 집 들기 극난ᄒᆞ니[150]
샹쥬[151]님네 보살펴셔 죠희쌍 붓 ᄌᆞ로나
문셔나 젹으시고 셕반 일긔[152] 먹인 후의
ᄒᆞᆫ ᄌᆞ리 빌니시셔 하로밤 더시 옵셰[153]
이 아젼 거동 보소 뒤 보고 압 보더니
ᄒᆞ나둘식 ᄎᆞᄎᆞ 쎄야[154] 문 잠으고 다 나가데
이 힝식이 피폐ᄒᆞ나 하방[155] 인물 아닌 쥴을
밍낭[156]터라 짐쟉ᄒᆞ고 말ᄒᆞ기 괴롭기의
이러타 아니ᄒᆞ고 져졀노 피ᄒᆞ거니
열젹게 도로 나와 ᄉᆞ면을 둘너보니
아모커나 슈샹ᄒᆞᆫ지 관문 밧긔 사름들이
오뉵십이 셩군[157]ᄒᆞ여 가는 곳만 보돗더라
디엿 쥴 인친[158] 죠희 길가의 쩌졋거늘

---

149) 질청(秩廳): 길청. 군아(郡衙)에서 구실아치가 일을 보던 곳.
150) 집 들기 극난(極難)ᄒᆞ니: 남의 집에 들어가기가 아주 어려우니. 숙소를 정하기가 어렵다
는 의미다.
151) 샹쥬(常主): 정해진 주인.
152) 셕반 일긔(夕飯一器): 저녁밥 한 그릇.
153) 더시 옵셰: 묵고 갑세. '더새다'는 길을 가다가 날이 저물어 정한 곳 없이 들어가 밤을 지
내다라는 뜻.
154) 쎄야: 몸을 빼서. 도망쳐서.
155) 하방(遐方): 서울에서 멀리 떨어진 지방.
156) 맹랑(孟浪): 똑똑하고 깜찍함.
157) 셩군(成群): 무리를 이룸.
158) 인(印)친: 도장을 찍은.

알니로다[159] 집어보니 풍헌[160]의게 젼녕이라

환ᄌᆞ들 급히 말고 족징홀가 념녀 말나

열서 말식 가져오면 그디로 바드리라

우숩다 모로던가 이 젼녕 본 지 오릐

보라 ᄒᆞ고 ᄲᅥ졋거니 다시 알게 무엇 ᄒᆞ리[161]

갑산의 풍속

후쥬[162]로 드러가쟈 오빅 니 험혼 산쳔

간신이 발셥[163]ᄒᆞ니 강계 녕원 디경이라

셜읍의논[164] 오활ᄒᆞ다 댱진 모양 되오리라[165]

남의 죵 숨은 놈과 살욱[166] 죄인 도망혼 놈

오합지졸 모혓시니 밋을 것 젼혀 업다

디방은 편협ᄒᆞ고 흉년 들면 죽을 데라

닌읍이 머럿시니 곡식 슈운[167] 어이ᄒᆞ리

이슌[168] 만의 갑산 오니 폐막[169]도 만흘시고

---

159) 알니로다: 알아보겠다.
160) 풍헌(風憲): 유향소에서 면(面)이나 이(里)의 일을 맡아보던 사람.
161) 디엿~ᄒᆞ리: 암행어사가 출두했음을 알고, 환자를 재촉하지 말라는 내용을 담아 풍헌에게 보내는 전령(傳令)을 일부러 길에 떨어뜨려 암행어사가 보도록 했으니 굳이 출두할 필요가 없다는 뜻이다.
162) 후주(厚州): 함경남도의 지명.
163) 발섭(跋涉): 산을 넘고 물을 건너 길을 감.
164) 설읍의논(設邑議論): 읍을 설치하는 것에 대한 논의.
165) 장진(長津) 모양 되오리라: 장진처럼 읍이 되었다가 다시 진으로 격하되는 상황을 말한다.
166) 살욱: 살옥(殺獄). 조선시대, 살인 사건에 대한 옥사(獄事)를 이르던 말.
167) 수운(輸運): 운송이나 운반보다 큰 규모로 사람을 태워 나르거나 물건을 실어나름.
168) 이순(二旬): 20일.
169) 폐막(弊瘼): 고치기 어려운 폐단.

구환[170]은 구산[171] 굿고 녹용 진샹 어렵더라

촌민의 싱이들은 무어스로 호돗던고

돈셔[172]를 사녕호여 먹은 환조 바치려니

몹슬 관댱[173] 오게 되면 늑미[174] 늑탈[175] 호눈고나

이뿐만 그러혼가 녹용도 돈피[176]로다[177]

기싱들의 간난 보소 보병치마[178] 즐너 닙고[179]

만호 권관 비러가면 남병亽[180]의 첩이 된 듯

깃버호기 측냥업니[181] 그 무슴 영화 되리

불면 나눈 뫼조 밥도 변변이 못 먹거니

그 무어시 깃부관디 조쳥호야 가려눈고

혼 계집이 서너 셔방 응당으로 아눈 풍속

본셔방이 좃케 녀겨 밤이면 오라 호니

그 亽나희 별비위라[182] 이젹[183]도곤 심호읍데

170) 구환(舊還): 갚을 때가 지난 환곡.
171) 구산(丘山): 언덕과 산.
172) 돈서(獤鼠): 담비.
173) 관장(官長): 관가의 장(長)이란 뜻으로, 시골 백성이 고을 원을 높여 이르던 말이다.
174) 늑매(勒買): 강제로 사들임.
175) 늑탈(勒奪): 폭력이나 위력을 써서 강제로 빼앗음.
176) 돈피(獤皮): 담비 종류 동물의 모피를 통틀어 이르는 말.
177) 녹용도 돈피로다: 녹용도 돈피와 마찬가지로 늑매, 늑탈을 당한다는 뜻이다.
178) 보병치마: 보병목(步兵木)으로 만든 치마. '보병목'은 보병의 옷감으로 백성이 바치던, 올이 굵고 거칠게 짠 무명이다.
179) 즐너 닙고: 질러 입고. 졸라서 입고. '즈르다' '즈루다'는 '조르다'의 옛말.
180) 남병사(南兵使): 함경도의 '남도 병마절도사'를 줄여 이르는 말.
181) 만호~측냥업니: 변방에서는 높은 벼슬을 보기 힘드므로 만호나 권관에게 불려가도 마치 남병사의 첩이라도 된 듯이 좋아한다는 의미다.
182) 별(別)비위라: 비위가 특별하다.
183) 이적(夷狄): 오랑캐.

달고 감은 참둘죽¹⁸⁴⁾이 이 산 거시¹⁸⁵⁾ 진품이라

그 국의 국슈 만 것 빗도 곱고 맛도 다다

갑산에서 무산으로 가는 고개를 넘으며 죽을 고비를 넘기다

무산으로 넘어갈 제 지는 녕익¹⁸⁶⁾ 말ᄒ리라

속산령¹⁸⁷⁾을 니얏거든 빅산령¹⁸⁸⁾은 무슴 일고

급업ᄒ다¹⁸⁹⁾ 셜관녕은 하놀을 괴야 잇고

멀거다 이송녕¹⁹⁰⁾은 이송녕이 족ᄒ거든

구십 니 어위¹⁹¹⁾ 안의 닐곱 녕이 형뎨로다¹⁹²⁾

져모도록 쥬렷거니 비골파 엇디홀고

구졀녕¹⁹³⁾ 강팔녕¹⁹⁴⁾은 올을 뜻이 망연ᄒ다¹⁹⁵⁾

이외에 열네 녕은 놉고 낫기 닷톨소냐

구름인가 안기런가 뫼도 굿고 바다 굿다

활의 샹흔 겁닌 ᄉ라 굿흔 모양 보게 되면

ᄆ음이 황공ᄒ고 다리가 썰니더라¹⁹⁶⁾

---

184) 참둘죽: 참들쭉. 들쭉은 들쭉나무의 열매로, 모양과 맛이 포도와 비슷하다.
185) 이 산 거시: 이 산(山) 것이.
186) 영액(嶺阨): 고개의 험하고 좁은 곳.
187) 속산령(束山嶺): 함경남도 삼수(三水)에 있는 고개.
188) 백산령(白山嶺): 함경남도 삼수(三水)에 있는 고개.
189) 급업(岌業)ᄒ다: 산이 높고 험하다.
190) 이송령(李松嶺): 함경남도 삼수(三水)에 있는 고개.
191) 어위: 넓이. '어위다'는 넓고 크다라는 뜻.
192) 닐곱 녕이 형뎨로다: 형제처럼 높이가 비슷비슷한 고개 7개가 있다는 뜻이다.
193) 구절령(九折嶺): 함경북도 회령군(會寧郡)과 무산군(茂山郡) 사이에 있는 고개.
194) 강팔령(江八嶺): 함경북도 경원군(慶源郡) 유덕면(有德面)에 있는 고개.
195) 망연(茫然)ᄒ다: 아득하다.
196) 활의~썰니더라: 활에 맞아 다친 새가 화살을 겁내는 것처럼, 험한 고개를 많이 넘어와

젼나무 잣나무는 익기나무 셕겨 이셔

뉘 와셔 침노ᄒᆞ리 념녀 업시 주랏시니

크기도 크거니와 곳기도 곳을시고

동냥197) 쥬즙198) 되련마ᄂᆞ 잇ᄂᆞ 곳이 벽원199)ᄒᆞ니

텬하의 냥쟝200)인들 알음이 이슬소냐

앗갑다 이 지목이 눈비의 ᄲᅧᄋᆞ리라

갑산 무산 두 산듕의 녕약도 이스려니

신롱이 머럿시니201) 맛볼 이 다시 업다

엇디ᄒᆞ여 솔202)이 업고 엇디ᄒᆞ여 싀가 업노

빅산다ᄂᆞ 황졔다라203) 이곳밧 업다더라

익기진204) 어듸 쓰노 흰듸예205) 명약일네

동인진206) 다ᄃᆞ르니 곤쟝덕207) 싹근 고기

이 고기 넘어가면 허항녕208)이 거긔로다

고개를 보기만 해도 두렵다는 뜻이다.

197) 동량(棟樑): 기둥과 들보를 아울러 이르는 말.

198) 주즙(舟楫): 배와 삿대라는 뜻으로, 배 전체를 이르는 말이다.

199) 벽원(僻遠): 한쪽으로 치우쳐 외지고 멂.

200) 양장(良匠): 재주와 기술이 뛰어난 공인(工人).

201) 신롱이 머럿시니: 신농(神農)이 살았던 때와 아주 멀어졌으니. '신농'은 중국 고대 전설상의 제왕 또는 신(神)으로, 백성에게 농경을 가르쳤으며 백초(百草)를 맛보고 약초를 찾아내 병을 치료했다고 한다.

202) 솔: 소나무.

203) 빅산다ᄂᆞ 황졔다라: 백산차(白山茶)는 황제가 마시는 차라. 초의선사가 지은 『동다송東茶頌』에 차(茶)가 수입되기 이전부터 차의 대용으로 백산차(白山茶)가 있었다 한다. 백산차란 장백산(長白山)에서 나는 석남과(石南科)의 식물 잎으로 바위의 깨끗한 곳에 자라며, 잎은 버들잎 같고 맛과 향기가 있어 제사에 쓰기 좋았으며, 그 잎을 말려서 차의 대용으로 썼다.

204) 익기진: 잇개진. 잇개나무의 진.

205) 흰듸예: 헌데에. 살갗이 헐어서 상한 자리에.

206) 동인진(同仁鎭): 함경남도 갑산부(甲山府)의 진.

207) 곤쟝덕: 곤장덕봉(棍杖德峯). 함경북도 무산군에 있는 고원.

208) 허항령(虛項嶺): 함경남도 혜산군 보천면(普天面)과 함경북도 무산군 삼장면(三長面)의 경계에 있는 고개.

이 고기 넘으랴니209) 사롬마다 눈물이라

허항녕 어렵기논 북관의 유명ᄒ니

열 사롬 오르다가 다숫 여숫 죽논다데

산신이 지악ᄒ여210) 과직이 죠곰ᄒ면211)

목이 공연 ᄲᅡ지기의 녕 일홈이 허항일네

그러ᄒ기 이 녕의논 왕ᄂᆡ인이 업다 ᄒ데

수쳔니 타향직이 ᄉ싱을 모로거니

져 사롬들 우논 뜻이 밉지 아닌 이 늙은이

죽으라 가논 일이 ᄌ연이 불샹ᄒ니

아모리 북인인들 측은지심 업슬소냐

죽은들 엇디ᄒ리 혈마 엇더ᄒ올손가

아모커나 금즉더라 삼빅 니 긴긴 녕의

나논 ᄉᆡ도 업슬 젹의 사롬이야 이슬소냐

뼘도리212)로 년포목213)이 바롬을 못 이긔여

ᄲᅮ리죠ᄎ 넘어져셔 언건이214) 누엇시니

이 일홈이 진동215)이라 진동이 어인 뜻고

사롬마다 무셥기의 진동혼다 ᄒ돗더라

ᄲᅮ리논 검각216)이오 등신217)은 댱셩이라218)

---

209) 넘으랴니: 넘으려는 사람.
210) 지악(至惡)ᄒ여: 마음씨가 몹시 모질어서.
211) 죠곰ᄒ면: 조금만 (잘못)하면. '죠곰'은 '조금'의 옛말.
212) 뼘도리: 한 뼘 둘레. '도리'는 '둘레'의 옛말.
213) 연포목(連抱木): 두 팔로 껴안을 수 있는 굵은 나무.
214) 언건(偃蹇)이: 비스듬히.
215) 진동(震動): 물체가 몹시 울리어 흔들림.
216) 검각(劍閣): 중국 사천성 검각현(劍閣縣)에 있는 관문. 이 관문은 장안(長安)에서 촉(蜀)으로 들어가는 길목에 있는데, 검각현 북쪽의 험준한 대검(大劍)과 소검(小劍) 두 산 사이에 잔교(棧橋)가 있다.
217) 등신(等身): 자기 키와 같은 높이. 여기서는 나무줄기 부분을 말한다.

쥬린 죵인 넘노라니 긔운이 싀진²¹⁹⁾ᄒ고

넘어지ᄂᆞᆫ 여읜 ᄆᆞᆯ은 몃 번이나 이르키니

셩황당 음참ᄒ다²²⁰⁾ 귀신이 이슬너라

나무 ᄭᅳᆺ치 흔들흔들 음풍이 이러ᄂᆞ며

슈파룸²²¹⁾ 세 마듸가 마듸마다 이원터라

엇더훈 이 엇디 죽어 원귀가 되얏ᄂᆞᆫ가

일힝이 의괴ᄒᆞ야²²²⁾ 졀ᄒ며 빈다더라

모밀 범벅 훈 노고²²³⁾와 ᄇᆡᆨ지 셕 쟝 걸고 오데

내 경샹²²⁴⁾ 위급ᄒ니 ᄉᆞ지가 동히ᄂᆞᆫ 듯²²⁵⁾

말ᄒᆞ랴니 홀 길 업고 얼골이 검푸르니

방인²²⁶⁾이 황급ᄒᆞ야 봉셔 마픠 거두면서

눈물이 방방ᄒ니²²⁷⁾ 속으로 한심ᄒ데

졍신을 가다듬아 궐연이²²⁸⁾ 이러셔며

슐 훈 쟌 마신 후의 강개히²²⁹⁾ 속의 말이

ᄃᆡ신들은 호위ᄒᆞ여 악긔를 ᄡᅩᆾᄎᆔ쥬소

왕명으로 오ᄂᆞᆫ 샤쟈 ᄃᆡ신인들 모를소냐

---

218) 쓰리ᄂᆞᆫ~장셩(長城)이라: 쓰러진 고목의 뿌리 모양이 마치 험한 검각산 같고, 가로로 누운 줄기가 마치 장성처럼 길다는 의미다.
219) 싀진(澌盡): 기운이 빠져 없어짐.
220) 음참(陰慘)ᄒ다: 음침하고 참혹하다.
221) 슈파룸: 휘파람. '슈프람' '슈프룸'은 '휘파람'의 옛말. 나뭇가지 따위가 센바람을 맞아 애처롭게 우는 소리를 비유적으로 이른다.
222) 의괴(疑怪)ᄒᆞ야: 의심스럽고 괴이하여.
223) 노고: 노구. 놋쇠나 구리쇠로 만든 작은 솥. 자유롭게 옮겨 따로 걸고 쓸 수 있다.
224) 경샹(景狀): 형편이나 상황.
225) 동히ᄂᆞᆫ 듯: 동이는 듯. 끈이나 실 따위로 감거나 묶는 듯.
226) 방인(傍人): 곁에 있던 사람.
227) 방방(滂滂)ᄒ니: 눈물이 비 오듯 하니.
228) 궐연(蹶然)이: 기운차게.
229) 강개(慷慨)히: 의기롭게.

봉닉 산쳔 신령들이 쏘혼 우리 왕신[230]이라

아니 돕고 엇디ᄒ리 급히 급히 보옵쇼셔

이윽더니 녯내로다 노마[231]를 치질ᄒ여

빅두산 겻히 두고 삼지연[232] 지나오니

이놀 밤 구십 니를 불 업시 올 젹의ᄂ

황구[233]ᄒ고 위틱터라 쉬라 혼들 어듸 쉬리

우슈슈 압 슈풀의 무솜 즘싱 지나너니

이틀 밤 한둔[234]홀 제 목셕인들 견될소냐

의복은 박낙[235]ᄒ고 바롬은 디동치듯[236]

뼈마다[237] 싹가지고 고기ᄂ 쩌러질네[238]

톳나무[239] 베혀다가 화셩[240]을 뿌하노코

사롬인지 몰일넌지 머리를 불노 두고

참노라니 오죽ᄒ랴 아모죠록 살냐 ᄒ니

불샹혼 이 덕춰러라 날 위ᄒ야 등 마츄니

뒤흐로 도라안져 화긔 온들 쏘일소냐

만일의 눈비 오면 샬냐 혼들 살가보냐

하놀이 도으신지 귀신이 감동혼지

잇흘 밤 지앙 업시 목숨을 보즁ᄒ나

230) 왕신(王臣): 임금의 신하.
231) 노마(駑馬): 지친 말.
232) 삼지연(三池淵): 함경북도 무산군 삼장면에 있는 4개의 큰 호수.
233) 황구(惶懼): 황망하고 몹시 두려움.
234) 한둔: 한데서 밤을 지새움.
235) 박락(剝落): 벗겨지고 떨어짐.
236) 지동(地動)치듯: 지진이 일어난 듯.
237) 뼈마다: '뼈마디'의 오기인 듯하다.
238) 뼈마다~쩌러질네: 너무 추워서 뼈마디가 깎이고 살점이 떨어져가는 듯하다는 의미다.
239) 톳나무: 큰 나무.
240) 화셩(火城): 적의 침입을 막으려 불로 성처럼 에워싸는 것을 말한다.

귀우리밥 눈의 데여 쟝 업시 먹ㅈ 하니
빈의셔는 오라거니 목궁기 아니 밧데

무산의 각박한 인심

팔십 니 무산 길의 인가를 겨우 어더
놀 져문 태산촌의 쥬인이라 드러가니
긔가쪽 님은 놈이 반말죠ᄎ 드더지며[241]
문을 막고 흘겨보며 괴이홀손 우엔 손고
우리 쟝모 병환 계셔 힝인을 엇디 츠리[242]
우리 쳐남 거복ᄒ니 아니 가고 엇디ᄒ고
내 몬져 디답ᄒ되 져문 놀 모른 길의
어듸로 가라 ᄒ노 갈 곳을 닐너쥬소
사롬도 사롬 쫏나 무산 인심 괴이ᄒ외
호포[243] 싀랑[244] 별것신가 인듕의는 네로고나
그려도 가라 ᄒ니 역놈들이 오죽ᄒ냐
쌈 치며 발노 차니 져의 호령 들어보소
이놈들아 냥반 치고 귀향은 뉘 갈소니
병든 쟝모 놀나시셔 병환 더쳐 상ᄉ 나면
살인 죄인 되오려니 너의 놈들 가지 말아

241) 드더지며: 드던지며. 마구 내던지며.
242) 츠리: 치리. '치다'는 영업을 목적으로 남을 머물러 묵게 하다라는 뜻.
243) 호표(虎豹): 호랑이와 표범을 아울러 이르는 말.
244) 싀랑(豺狼): 승냥이와 이리를 아울러 이르는 말.

이스라니 가올소냐 우리 이셔 디변²⁴⁵⁾ㅎ쟈

믈 짐 풀고 드러가니 젠들 다시 엇디ㅎ리

무산 놈들 극악더라 남계촌 더시랴니

탕건 쓴 킈 큰 쥬인 가잠나룻²⁴⁶⁾ 거스리고

팔 쏨니며 호령ㅎ니 무셥기도 무셥더라

도젹인가 여러 놈이 이 밤듕의 쮜여드니

내 집의 화살총을 너 위ㅎ여 두엇노라

죠읔돌을 겨우 면코 슈마셕²⁴⁷⁾을 맛나고나²⁴⁸⁾

잔약히²⁴⁹⁾ 구다가ᄂ 대픠²⁵⁰⁾를 보올너라

내 역시 호령ㅎ되 네 화살 무셥고나

내 짐의 큰 칼 들어 시험을 ㅎᄌ 터니

너 ᄀᆺ흔 놈 죠톳더라 견듸여보올소냐

홀 일업다 싀골 분네 내 슈단 어이 알니

내 헛장²⁵¹⁾ 고지듯고 제 헛장 움치면셔²⁵²⁾

신 신고 갓 쓰면셔 다시 풀쳐²⁵³⁾ ㅎᄂ 말이

다시 보니 어룬 손님²⁵⁴⁾ 이 인ᄉ²⁵⁵⁾ 허물 마오

히포 병든 쟈근쭐이 앗방의 누엇시니

---

245) 대변(對辨): 제삼자 앞에서 서로 상대하여 시비를 논함.

246) 가잠나룻: 짧고 성기게 난 구레나룻.

247) 수마석(水磨石): 물결에 씻겨 닳아서 반들반들한 돌.

248) 죠읔돌을~맛나고나: '조약돌을 피하니까 수마석을 만난다' '노루 피하니 범이 온다'와 같은 뜻의 속담으로, 일이 점점 더 어렵고 힘들게 되었음을 비유적으로 이르는 말이다.

249) 잔약(孱弱)히: 가냘프고 약하게.

250) 대패(大敗): 일에서 크게 실패함.

251) 헛장: 허풍을 치며 떠벌리는 큰소리.

252) 움치면셔: 움츠리면서.

253) 풀쳐: 생각을 돌려 너그럽게. '풀치다'는 맺혔던 생각을 돌려 너그럽게 용서하다라는 뜻.

254) 어룬 손님: 어른 손님. 자기보다 나이나 지위, 항렬이 높은 손님을 말한다. '어룬' '얼운'은 '어른'의 옛말.

255) 인사(人士): '사람'을 낮잡아 이르는 말.

누츄타 말으시고 어셔어셔 붓흐시오
곰의 가족 짜라쥬며 담바괴²⁵⁶⁾ 붓쳐쥬데
산듕의 즘싱 만키 화살총은 잇돗더라
이후란 손을 만나 디졉ᄒᆞ라 면계²⁵⁷⁾ᄒᆞ니
대져 ᄒᆞ지²⁵⁸⁾ 북도 사룸²⁵⁹⁾ 피잔ᄒᆞ²⁶⁰⁾ 이 보게 되면
만모²⁶¹⁾ᄒᆞ기 특심²⁶²⁾ᄒᆞ고 거복ᄒᆞᆫ 이 디졉ᄒᆞ데
큰 챵옷²⁶³⁾ 입은 이ᄂᆞᆫ 샹긱²⁶⁴⁾으로 혜아리며
열 그릇 밥이라도 도산²⁶⁵⁾ 쥬면 대로ᄒᆞ기
죠희 속의 골모 바날 몰니 ᄂᆡ여 두고 올네

험한 산길을 지나느라 고생하다

산 양벽²⁶⁶⁾ ᄉᆞ로 난 길 촉도를 다시 만나
오 리를 긔여가니 손바닥이 피빗치라
쓰리고 쌧쌧ᄒᆞ니 봇 겁질노 동혀셔라
쏘 ᄒᆞᆫ 곳 다다르니 홀 일 업다 엇디홀고
우희ᄂᆞᆫ 태산이오 아릭ᄂᆞᆫ 대강이라

---

256) 담바괴: 담바귀. '담배'의 함경도 방언.
257) 면계(面戒): 상대를 앞에 놓고 타이름.
258) 한지(寒地): 추운 지방.
259) 북도(北道) 사룸: 함경도 사람.
260) 피잔(疲殘)ᄒᆞ: 피폐하고 쇠잔한.
261) 만모(慢侮): 거만한 태도로 남을 업신여김.
262) 특심(特甚): 특별히 심함.
263) 챵(氅)옷: 중치막 밑에 입던 옷옷의 하나로, 두루마기와 비슷하다.
264) 샹긱(上客): 상좌에 모실 만큼 중요하고 지위가 높은 손님.
265) 도산: '선물'의 옛말.
266) 산(山) 양벽(兩壁): 산의 양쪽 벽.

산의논 몰 못 타고 강의논 빈가 업다

등간의 좁은 길이 길마가지²⁶⁷⁾ 안친 모양

사롬은 긔려니와 마필은 메고 갈네

메고 가면 가련마는 사롬 젹어 엇디하리

반갑다 소리 나니 산녕 포슈 여섯 놈이

산도다지 둘네메고 희끈희끈²⁶⁸⁾ 넘어오니

여보소 포슈 보살 여러 힘 비러보시

디답하되 이리로는 산댱²⁶⁹⁾이나 겨우 오지

조고로 우마들은 통치 못훈 곳이로세

훈 계교 싱각하니 이 몰을 메여쥬소

여러히 올타 하고 일시의 취여드니²⁷⁰⁾

즘싱도 녕물일네 사롬의게 몸을 맛겨

너분이²⁷¹⁾ 메이여셔 다 가도록 죵용훈데

이곳 일홈 무러보니 슈심빈이라 하돗더라

오죽하야 슈심인가 슈심홀 밧 훌일업데

회령셔 죠반하고 종성으로 가랴더니

삼소 니 못다 가셔 홀연이 음한하니²⁷²⁾

북편다이²⁷³⁾ 무솜 긔운 검어어득하야지며

바롬은 눈을 불고 눈은 바롬 죠초

지척을 불변하니 경각의 십 쟝이라

---

267) 길마가지: 길맛가지. 길마의 몸을 이루는 말굽 모양의 나뭇가지. '길마'는 짐을 싣거나 수레를 끌기 위해 소나 말 따위의 등에 얹는 안장이다.
268) 희끈희끈: 희끗희끗. 어떤 것이 빠르게 잠깐잠깐 자꾸 보이는 모양.
269) 산댱: '산양(山羊)'의 오기.
270) 취여드니: 치드니. 올려드니. '추어들다' '추혀들다'는 '치켜들다' '추켜들다'라는 뜻.
271) 너분이: 너분너분이. 매우 크고 가볍게 자꾸 움직이는 상태로.
272) 음한(陰寒)하니: 날씨가 음산하고 추우니.
273) 다이: 다히. '쪽'의 옛말.

물 비가 쎄지거니 마샹의 견딀소냐

아마도 갈 길 업다 오던 길 ᄎᆞᄌᆞ랴니

슌식의 변화 보소 구렁이 언덕 되고

언덕이 뫼히 되니 녯길을 ᄎᆞ즐소냐

듕간의셔 겨우 ᄌᆞ고 다시곰 쩌나오니

힁인이 업ᄂᆞᆫ지라 길이 어이 날가 보니

두서넛 마부들을 분부ᄒᆞ야 답셜[274]ᄒᆞ니

불샹ᄒᆞ다 우리 마부 언 발이 모도 쩨져

허리만 뵈ᄂᆞᆫ고나 넘어질 찌 무슈ᄒᆞ다

빈들 오죽 골풀소냐 불샹ᄒᆞ다 우리 마부

힝영[275] 셩니 드러가셔 도시[276] 귀경ᄒᆞ야셔라

물 타고 총 노키ᄂᆞᆫ 국니의 졔일일네

본영 션달 우셰챵은 칠형뎨 등과ᄒᆞ니

셰샹의 드믄 일을 하방의셔 보거고나

삼수·갑산·무산의 민간풍속

이놀 밤의 잠이 업셔 삼ᄉᆞ경이 되얏던지

삼슈 갑산 무산 짜흘 다시곰 싱각ᄒᆞ니

집집이 나무 굴둑 ᄒᆞᆫ 길식 셰워두고

274) 답셜(踏雪): 눈을 밟아 길을 낸다는 의미다.
275) 힝영: 행영(行營). 도절제사가 있던 큰 진(鎭)의 영문.
276) 도시(都試): 조선시대, 무사를 선발하기 위해 실시하던 시험. 중앙에서는 훈련도감의 당
상관과 의정부의 제조도총부가 시험관이 되어 1년에 1번 실시했고, 지방에서는 공동으로 관
찰사와 병마절도사 등이 1년에 2번 실시하여 중앙에 보고했다.

580 | 기행가사

니마다 물방아는 열 스물 거러 이셔

머리를 마죠디고 셔로 가며 졀ㅎ는 듯

나무 싯는 나무발구²⁷⁷⁾ 쇠게 메여 왕니홀 제

강원도셔 보앗더니 세 고을 흔ㅎ더라

싄아희²⁷⁸⁾ 쟝가갈 제 권마셩²⁷⁹⁾은 무숨 일고

가슨아희²⁸⁰⁾ 신힝홀 제 시비²⁸¹⁾는 무슈ㅎ되

쇠등의 틀을 ㅎ야 치마폭을 둘너치고

동아줄 긴 견마²⁸²⁾는 슈십 보나 쩨쳣시니

도로혀 지뢰터라²⁸³⁾ 호스랄 것 견혀 업니

늙은 쳐녀 오놀밤의 셔방 맛시 호스로다

아기네를 낫케 되면 글ㅎ는 놈 활 쏘는 놈

어미 신힝 지뢰ㅎ나 그러타고 아니 날가²⁸⁴⁾

댱진셔 회령 오기 이쳔팔빅오십 니의

괴이ㅎ데 그곳 사룸 일싱 죽지 아니턴가

무덤들이 이스려니 어이ㅎ야 못 볼넌고

드르니 그럴너라 셩분²⁸⁵⁾을 ㅎ게 되면

곰 즘싱 극흉ㅎ야 무덤인 줄 짐작ㅎ고

---

277) 나무발구: 나무를 실어나르는 발구. '발구'는 말이나 소에 씌워서 물건을 실어나르는 큰
썰매다.
278) 싄아희: 시나이. '사나이'의 방언.
279) 권마셩(勸馬聲): 말이나 가마가 지나갈 때 위세를 더하기 위해 그 앞에서 하졸들이 목청
을 길게 빼어 부르는 소리.
280) 가슨아희: 계집아이. '가스나히'는 '가시내'의 옛말.
281) 시배(侍陪): 따라다니며 시중을 드는 사람.
282) 견마(牽馬): '경마'의 오기. 남이 탄 말을 몰기 위해 잡는 고삐.
283) 지뢰터라: 지루하더라.
284) 어미~날가: 신행(新行)이 지루하다 하여 결혼하지 않고 아이를 낳지 않을 수는 없다는
의미다.
285) 셩분(成墳): 봉분(封墳).

아모죠록 헤쳐늬야 시신을 파먹으니

이런 고로 그짜 사롬 죽으면 평토286)ᄒ니

가이업고 불샹ᄒ다 네 고을 사롬들은

살아셔 ᄌ미업고 죽어도 편홀소냐

이 싱각 져 싱각의 동방이 거의 붉네

인ᄒ야 이러나셔 볼하진287) 지나오니

텬쟉288)으로 두른 곳이 오국셩289)이 여긔로다290)

휘종 흠종 대송황졔 금인의게 잡히여셔

예 와셔 가치이니291) 쳔고의 치ᄉᄒ다292)

황포293)ᄂ 어듸 두고 쳥기294)만 짜랏너니

황졔를 귀타 마라 포의295)만 못ᄒ고나

고령진296) 동문 밧긔 두 무덤이 쳐량ᄒ니

토인297)들이 지졈298)ᄒ되 황졔총이 져거시라

슬푸다 두 황졔가 오국셩을 언제 쩌나

고국으론 못 가시고 북변의 긱혼 되야

<hr>

286) 평토(平土): 관을 묻은 뒤에 흙을 쳐서 평지같이 평평하게 메움.

287) 볼하진(乶下鎭): 함경북도 회령군에 있는 지명.

288) 천작(天作): 사람의 힘을 가하지 않고 하늘의 조화로 만들어짐.

289) 오국성(五國城): 대금제국(大金帝國)의 수도로, 지금의 흑룡강성 이란현(依蘭縣)이다.

290) 천작으로~여긔로다: 마치 하늘이 조화를 부려 산으로 빙 둘러싼 것 같은 천혜의 요새라
는 뜻이다.

291) 휘종(徽宗)~가치이니: 북송의 제8대 황제인 휘종이 정강의 변으로 물러나자 9대 황제 흠
종이 아버지를 이어 즉위했으나, 금나라에 수도 변경(汴京)을 빼앗기고 휘종과 함께 북쪽 오국
성으로 끌려가 그곳에서 죽었다.

292) 치사(恥事)ᄒ다: 남부끄럽다.

293) 황포(黃袍): 노란색 옷감으로 지은 황제의 예복.

294) 청개(靑蓋): 푸른 비단으로 된, 일산(日傘) 모양의 의장(儀仗).

295) 포의(布衣): 베옷. 벼슬이 없는 선비를 비유적으로 이르는 말.

296) 고령진(高嶺鎭): 함경북도 회령군에 있던 진.

297) 토인(土人): 어떤 지방에 대대로 붙박이로 사는 사람.

298) 지점(指點): 손가락으로 가리켜 보임.

의지홀 곳 젹막ᄒ다 원한이야 오죽ᄒ랴

겨울이 다힝ᄒ다 두우 우름[299] 업ᄂ 찌라

이삼월 만나던들 긱누를 금홀소냐

죵셩의 부계[300] 뵈ᄂ 가늘기로 일홈이라

두 필을 ᄊ랴 ᄒ면 일 년 만의 겨우 쎄여

혼 필의 스무 냥식 용이히 밧ᄂ다데

엇더 니가 ᄉ셔 입노 깁 쥬고 밧굴소냐

뵈ᄊ기ᄂ 쟐ᄒ거니 말소리ᄂ 쟐못 ᄊ데

기가 즛나 돗치 우나 아모리 ᄉ토린들

쌱쌱쎽쎽 지르기ᄂ 손의 귀를 ᄯ르랴나

열 말의 둘만 알면 그 뉘라셔 괴이탈고

네 소리 그만 듯고 내 길이나 가오리라

경흥에서 일행과 합류하다

경흥부터 눅진이오 셔슈라[301]ᄂ 디진두라

젹지[302] 젹도[303] 녯 ᄌ최오 빅마 빅농 참말이라

---

299) 두우(杜宇) 우름: 두견새의 울음.

300) 부계(俯溪): 함경북도 종성부(鍾城府)에 있는 지명. 베로 유명하다.

301) 서수라(西水羅): 함경북도 경흥군 노서면에 있는 우리나라 최북단의 어항(漁港).

302) 젹지(赤池): 함경북도 경흥군(慶興郡)에 있는 못. 태조의 조부인 도조(度祖)가 하루는 꿈을 꾸었는데 남적지(南赤池)에 사는 용이 나타나서 하는 말이, 침입을 당하여 거처를 잃게 되었는데 그대가 활을 잘 쏜다는 말을 듣고 찾아왔으니 한번 도와주기만 하면 후세에 반드시 경사가 있게 될 것이라 했다. 도조가 수락하고 다음날 남지(南池)로 나가보니 과연 흑룡과 백룡이 싸우고 있었고, 지시받은 대로 흑룡을 화살로 쏘아 맞추니 연못이 피로 온통 붉게 물들었다. 이 때문에 적지(赤池)로 불리게 되었다고 한다.

303) 젹도(赤島): 함경북도 경흥군 노서면의 만포호 앞바다인 조산만(造山灣)에 위치한 섬. 이 성계의 증조부인 익조(翼祖)가 여진족을 피해 임시로 옮겨와 살던 곳이다.

환죠대왕304) 쳐음 씨의 야인305)들이 침노ᄒ니
이리로 피ᄒ실 젹 최시306)와 홈긔ᄒ니
방불ᄒ다 고공단보307) 솔셔슈호308) 아니신가
ᄒᆡ국309)은 챵망310)ᄒᄃᆡ 녀진의 녯터이라
감죠가 당지311)여늘 예셔도 진상ᄒᄃᆡ
삼밧 슙 누른 부어312) 북도는 업는 고기
두어 씨 맛슬 보니 과연 ᄒᄀᆞ지지미313)로다
우리 죵인 약속ᄃᆡ로 읍등의 셔로 만나
반갑기도 측냥업다 엇디 온고 병 업던가
쑴의 ᄌᆞ로 뵈던 말과 복ᄌᆞ의게314) 뭇던 일을
낫낫치 고ᄒᆞ 후의 웃고 안져 보는고나
쩌는 지는 넉 둘이오 ᄃᆞ니기는 ᄉᆞ쳔 니라
이리로셔 복노315)ᄒ니 경원으로 나오리라

<hr>

304) 환조대왕(桓祖大王): 이성계의 아버지.
305) 야인(野人): 조선시대, 압록강과 두만강 유역에 거주하던 여진족.
306) 최씨(崔氏): 환조의 부인. 최한기(崔閑奇)의 딸.
307) 고공단보(古公亶父): 중국 주나라의 기초를 닦은 태왕(太王)을 가리키며 문왕의 조부다.
308) 솔셔수호(率西水滸): 『시경』「대아大雅」「면綿」에 "고공단보가 아침에 말을 달려와서 서쪽 물가를 따라 기산 아래에 이르러, 이에 강씨 부인과 함께 와서 집터를 보아 잡았도다(古公亶父, 來朝走馬, 率西水滸, 至于岐下, 爰及姜女, 聿來胥宇)"라고 한 데서 온 말이다. 문왕의 조부인 고공단보가 처음 빈(邠) 땅에 살다가 적인(狄人)의 침략을 견디다 못해 그곳을 떠나 기산 아래에 새로 자리잡아 살게 된 것을 노래한다.
309) 해국(海國): 섬나라. 여기서는 적도(赤島)를 가리킨다.
310) 챵망(滄茫): 물이 푸르고 아득하게 넓은 모양.
311) 당재(唐材): 중국에서 나거나 중국에서 들여온 약재.
312) 부어(鮒魚): 붕어.
313) 하지지미(遐地至味): 먼 시골의 지극한 맛.
314) 복자(卜者)의게: 점쟁이에게.
315) 복로(復路): 되돌아옴.

훈융진에서 중국 땅을 바라보다

훈융진³¹⁶⁾ 지날 젹의 되놈들이 브라보데
피디³¹⁷⁾가 지쳑이라 젹은 강이 막앗시니
듥 기 소릐 들니더라 즁디라도³¹⁸⁾ 흐리로다
후츈³¹⁹⁾도 삼십 니라 그 아니 즁디런가
셩님도³²⁰⁾ 큰 사녕을 못 본 일 한이로다
황즈파³²¹⁾ 진관³²²⁾ 뒤희 웃둑 션 져 바회야
한 젹의 금깅³²³⁾인가 진시의 동쥬런가³²⁴⁾
곳기도 곳거니와 둥굴기도 둥글더라
형뎨곳치 둘이 셔셔 원방 계방 알 길 업다³²⁵⁾

---

316) 훈융진(訓戎鎭): 함경북도 경원(慶源)에 있던 진.
317) 피지(彼地): 그들의 땅. 중국을 말한다.
318) 중지(重地)라도: '중지(重地)라고'의 오기. '중지'는 매우 중요한 땅이라는 뜻.
319) 후춘(後春): 두만강 하류 유역의 지명. 만주족이 살던 지역이다.
320) 셩님도: 셩림도. 지명.
321) 황자파(黃柘坡): 함경북도 온성군(穩城郡)에 있는 지명.
322) 진관(鎭管): 조선시대에 두었던 지방 방위 조직. 세조 1년(1455)에 전국을 나누어 주진(主鎭) 밑의 거진(巨鎭)을 단위로 하여 설정하고, 수령이 겸임하는 첨절제사가 통할하게 했다.
323) 금깅: '금장(金掌)'의 오기인 듯하다. 금장은 선장(仙掌) 또는 선인장(仙人掌)과 같은 말로, 한 무제가 신선술에 미혹되어 동(銅)으로 선인 모양을 만들고 그 손바닥에 승로반(承露盤)을 떠받치게 하여 천상의 감로를 받게 했다.
324) 한 젹(漢的)의~동쥬(銅柱)런가: 한나라 때 금 캐던 구덩이인가, 진(秦)나라 때의 구리 기둥인가. '진시의 동주'는 '한시(漢時)의 동주(銅柱)'의 착오인 듯하다. 후한(後漢)의 복파장군(伏波將軍) 마원(馬援)이 교지국(交趾國)을 원정(遠征)하고서 한나라와 남방 외국의 경계선을 표시하고자 구리 기둥 2개를 세웠다 하는데, 이를 가리키는 듯하다.
325) 원방(元方)~업다: 난형난제(難兄難弟)와 같은 말로, 서로 우열을 가리기 어렵다는 말이다. 원방과 계방은 한나라 진식(陳寔)의 아들인 진기(陳紀)와 진심(陳諶)의 자(字)다. 두 사람 모두 덕행으로 칭송받았는데, 원방과 계방의 아들들이 서로 자기 아버지의 우열을 자랑하다 할아버지에게 판정을 구했더니, 할아버지 진식이 말하기를, "원방이 형 되기 어렵고 계방이 아우 되기 어렵다"라고 했다 한다. 『세설신어世說新語』「덕행德行」.

다목이³²⁶⁾ 운전³²⁷⁾ㅎ야 내 집 앏히 두고 지고

앗갑다 너의들을 뉘 와셔 귀경ㅎ리

미원쟝³²⁸⁾이 보돗던들 어룬이라 졀ㅎ리라

영달진³²⁹⁾ 긴긴밤의 대셜이 오단 말가

압길은 이쳔 니오 풍셜은 ᄌ잣ᄂ듸

변누³³⁰⁾의 호젹 소리 챵ᄌ를 싣ᄂ 드시

오경이 다 진토록 긱의 ᄭ꿈을 놀니고나

경원부 드러갈 제 모진 바룸 귀를 베데

다 써러진 셔피 토슈³³¹⁾ 무명 슈갑³³²⁾ 허릐ᄭ들³³³⁾

세고 미고 ᄭ엿신들 제 엇디 유공ㅎ랴³³⁴⁾

등골이 닝쳘³³⁵⁾이오 비 속이 어름이라

무슴 말 이르ᄌ니 입이 ᄯ호 벙어리라³³⁶⁾

ᄒ년³³⁷⁾이 오십뉵 셰 이런 치위 못 보거다

이런 치위 격ᄂ 쥴을 낙양 친구 아시던가

목죠대왕³³⁸⁾ 계시던 듸 용당³³⁹⁾니 이곳이라

---

326) 다목이: 다므기. '더불어' '함께'의 옛말.
327) 운전(運轉): 양식과 물자를 운반함.
328) 미원장(米元章): 미불(米芾, 1051~1107). 중국 북송(北宋)의 서예가이자 화가.
329) 영달진(永達鎭): 함경북도 온성군에 있는 지명.
330) 변루(邊壘): 국경 지역에 있는 요새.
331) 토슈: 토시. '토수(吐手)'는 '토시'를 한자를 빌려 쓴 말.
332) 수갑(手甲): 장갑.
333) 허릐ᄭ들: 허리띠를. '들'은 '를'의 오기.
334) 유공(有功)ㅎ랴: 공이 있겠는가. 소용없다는 뜻이다.
335) 냉철(冷鐵): 차가운 쇠.
336) 무숨~벙어리라: 날씨가 너무 추워 말을 하려 해도 입이 얼어 말을 할 수가 없다는 의미다. '무숨' '므슴'은 '무슨'의 옛말.
337) 행년(行年): 그해까지 먹은 나이. 또는 현재의 나이.
338) 목조대왕(穆祖大王): 이성계의 고조부.
339) 용당(龍堂): 함경북도 경원부 두만강 가에 있는 사당. 목조가 처음 이곳에 살았는데, 이곳에서 알동(斡東)으로 옮겨갔다고 한다.

강을 두른 ᄉᆞ면 셕곽340) 금셩341)이 졀노 되야
만부342)라도 못 열너라 진짓 일온 텬부343)로다
져놈의 녕고탑344)이 삼빅 니 못 된다니
엿시만 허비ᄒᆞ면 가보고 오련마ᄂᆞᆫ
범월345) 죄인 되올소냐 이 싱각 오활ᄒᆞ다
듕원이 불힝ᄒᆞ면 이리로 온다 ᄒᆞ데
가도346)ᄒᆞᄂᆞᆫ 폐가 나면 엇디ᄒᆞ여 무ᄉᆞᄒᆞ리
허코 막기 냥난ᄒᆞ니 방칙을 익혀두소

온셩에 출두하여 죄인을 다스리다

온셩이 몃 니런고 우리 몰이 지쳣고나
셔셩 밧긔 잠간 쉬여 몰 어더 먹이랴니
홀연이 소쥬 쟝ᄉᆞ 앏히 와 팔냐 ᄒᆞ니
그 슐을 먹어보쟈 촌인의 솜시 아녀
분명이 관양347)일네 극348) 곡졀 몰을소냐
이 사름의 기쥬홈을 태슈가 들엇더라

340) 셕곽(石郭): 돌로 된 성곽. 여기서는 절벽이 성처럼 둘러 있는 것을 말한다.
341) 금성(金城): 쇠로 만든 성이라는 뜻으로, 굳고 단단한 성을 비유적으로 이르는 말이다.
342) 만부(萬夫): 수많은 사람.
343) 천부(天府): 자연적으로 요새를 이룬 땅.
344) 영고탑(寧古塔): 청나라의 발상지인 만주 길림성 영안현에 있는 탑. '영고'는 만주어로 숫자 6을 의미하는데, 청나라 시조의 형제 여섯 명이 언덕 위에 앉아 천하의 미래를 이야기했다고 한다.
345) 범월(犯越): 남의 국경을 침범하거나 남의 나라에 몰래 들어감.
346) 가도(假道): 남이 관할하고 있는 길을 임시로 빌림.
347) 관양(官釀): 관가에서 빚은 술.
348) 극: '그'의 오기.

견긔호야349) 독게 비져 예 와셔 기두련 지

여러 놀이 되얏더라 슈샹이 오는 손을

날인 줄 짐작호고 진짓 뿌게 파돗더라

주연이 이 쇼식을 풍편의 얼풋 들의

아른 체 무엇 호리 담비뒤 둘을 쥬고

혼 병을 거우르니350) 감홍노351)와 진일업네352)

유심터라 니부소야 너 언제 날 아더냐

이리로셔 죵셩 가기 오십 니가 된다 호니

밧비 가는 져문 길의 어름 밋히 빠지고나

보션 힝젼 다 젹시고 톳명틱353)가 되얏더라

이 몰골 이 거동을 남 뵈기 슈참호다354)

죠인355) 등의 츌도호고 남여 우희 놉게 안져

강쟉356)호야 슈렴357)혼들 그 뉘가 져허호리358)

져 기셩의 말 보아라 져 냥반이 어수신가

어수또 쥬제 보소 그 집이 간난혼가

갓슨 어이 썩거지고 옷슨 어이 쌔마호며

발 밉시 더옥 죠타 집신죠ᄎ 신엇고나

킈 크고 얼굴 길면 어수라 호돗던가

---

349) 전기(前期)호야: 기한보다 앞서. 미리.
350) 거우르니: 기울이니.
351) 감홍로(甘紅露): 탁주, 청주 등의 곡주를 증류시켜 벌꿀과 지치 등을 첨가해 만든 평양 특
산 소주. 맛이 달고 독하며 붉은빛이 난다.
352) 진일업네: 진배없네. '진배없다'는 크게 다를 것이 없다라는 뜻.
353) 톳명틱: 꽁꽁 언 명태. '톳'은 자른 나무토막이라는 뜻.
354) 수참(羞慚)호다: 매우 부끄럽다.
355) 조인(稠人): 뭇사람.
356) 강작(强作): 억지로 함.
357) 수렴(垂簾): 발을 드리움.
358) 져허호리: 저어하리. 두려워하리. '저허호다'는 '저어하다'의 옛말.

들을 제논 범일너니 보미논 머육359)이라
가마니 살펴보니 내라도 피뢰360)ᄒ다
대좌긔361) 우션 ᄒ고 좌슈 니방 잡아들여
고찰362)ᄒ야 형츄363)ᄒ니 졍강이가 헤여지데
큰칼 씌워 인봉364)ᄒ고 쓰어ᄂᆡ여 하옥ᄒ니
그 기싱의 눈츼 보소 고솝도치 되얏더라
앗가논 죠롱터니 시방은 쩌ᄂᆞᆫ고나

부령으로 가는 길에 화재와 지진을 만나다

네 거동 그만 보고 회령으로 가오리라
회령 주고 어듸 갈고 부령으로 가오리라
고풍산365) 어두울 제 원집으로 드러가니
밤중에 숨이 막혀 놀라 깨서 일어나니
온 방에 연기가 가득 병풍에 불이 붓데
저고리 찾아보니 개자추366)가 되었더라

359) 머육: '미역'의 옛말.
360) 피뢰(疲懶): 피곤함. 여기서는 지치고 초라한 모습을 말한다.
361) 대좌긔(大坐起): '좌기'는 관청의 우두머리가 출근해 업무를 관장하는 것을 이른다. '대좌기'는 의식일(儀式日)에 위의를 크게 갖추는 것을 말한다.
362) 고찰: 개개고찰(個個考察). 죄인에게 매를 때릴 때 형리를 감시하면서 낱낱이 살펴 몹시 치게 하는 일을 이르던 말.
363) 형추(刑推): 형문(刑問). 죄인의 정강이를 때리며 캐묻던 일.
364) 인봉(印封): 봉인(封印). 밀봉한 자리에 도장을 찍음.
365) 고풍산(古豊山): 함경북도 회령군에 있는 지명.
366) 개자추(介子推): 중국 춘추시대의 은사(隱士). 진(晉)나라 문공(文公)이 공자(公子)로서 망명할 때 문공에게 자기 다리 살을 베어 먹일 정도로 19년 동안 충성스럽게 모셨다. 문공이 귀국 후 봉록(封祿)을 주지 않자 면산(綿山)에 숨었는데, 문공이 잘못을 뉘우치고 그를 불렀지만 나오지 않았다. 그를 나오게 하려고 그 산에 불을 질렀으나, 기어이 나오지 않고 타 죽었다고

하마터멋 화쟝될네 즁의 신셰 면ᄒ거다367)

남의 옷 어더 닙고 부령으로 가올너라

부령 길이 무셥더라 불시의 디진ᄒ여

공연ᄒᆫ 평디를 도쳐의 두려쎄니368)

그 속의 ᄒᆫ번 들면 다시 날 슈 이슬소냐

알압다369) 우리 일ᄒᆼ 다ᄒᆼ이 면ᄒ고나

맛치370) 굿다 삼슈 올 제 바룸이 불게 되면

알음드리나무들이 불시의 넘어지니

공교이 그 시졀의 그 ᄉ이로 지나더면

벼락이 ᄂ려질 제 넨들 낸들 살가 보냐

황지371)가 긔특ᄒ니 지가숭이 쓰돗더라

누르기ᄂᆫ 니금372)이오 뫗그럽기 비단이라

무어시 잇게 되면 밧구와도 오고 십의

읍니 지나 오 리 밧긔 형뎨암이 긔특더라

황ᄌᆞ파 그 바회와 긔샹이 다르더고

ᄒᆡᆼ인이 쥬마373)ᄒᆞ야 길 갈 쥴 모로더라

────────

한다.

367) 즁의 신셰 면ᄒ거다: 다행히 머리카락은 타지 않았다는 의미다.

368) 두려쎄니: 둘러빼니. 빙 둘러서 움쑥 꺼지게 하니.

369) 알압다: 미상.

370) 맛치: 마치. 맞추어. 알맞게. '때마침'이라는 뜻이다.

371) 황지(黃紙): 누른색 종이. 황마지(黃麻紙)라고도 하며 조서(詔書)에 쓰는 종이를 지칭한다.

372) 니금(泥金): 아교에 갠 금박 가루. 그림을 그리거나 글씨를 쓸 때 사용한다.

373) 주마(住馬): 말을 멈춤.

수성 역촌에서 석도령을 만나다

슈셩 역촌[374] 머물 찌의 몬져 누구 안졋던고
곤쟝코[375]의 쥬걱턱이 누른 쌤이 넘젹더라[376]
부르기를 셕도령가 셕도령의 거동 보소
져 언졔 날을 본지 반갑다 인ᄉ호고
부령 잇는 션비로라 도령이라 ᄌ칭호니
어이호야 도령이며 시방 나히 몃 살인고
셜흔네 살 먹ᄉ왓습 쟝가들 길 업노라고
검은 눈섭 집흐리고 긴 한숨 ᄌ로 호니
무숨 일노 쟝가 맛슬 지금토록 못 보신고
내 냥반 좃컨마는[377] 간난호 탓시로쇠
부ᄌ는 제 슬타고 빈ᄌ는 내 슬타여
그렁져렁호다가셔 죠흔 광음 다 지니고
어나덧 궁샹[378]되야 삼십이 넘어셔라
시방 들 데 잇습는가 엇던 곳이 가합던고
우리 동니 십 니 밧긔 니별감[379] 호는 사롬
무남독녀 두엇시니 지질이 비범호고
가계가 유죡호니 이 쟝가 들게 되면
그 지물 내 것 되리 일셩이 편안호리

---

374) 수성 역촌(輸城驛村): '수성역'은 함경북도 경성(鏡城)에서 북쪽으로 50리 되는 곳에 있는 역이다.
375) 곤쟝코: 곤장코. 곤장처럼 넓적하고 길게 생긴 코.
376) 넘젹더라: 넓적하더라.
377) 내 냥반 좃컨마는: 내 신분은 좋지만.
378) 궁샹(窮狀): 어렵고 궁한 상태.
379) 별감(別監): 유향소에 속한 직책으로, 고을의 좌수에 버금가는 자리였다.

즁미 들 니 잇게 되면 쟝가든 후 그 지물을
반 남아 난호려니 그 아니 죠흘손가
어리다 셕도령아 내 슈단 어이 알니
친ᄒᆞᄌᆞ 셕도령아 명쳔으로 올가 보냐

회령·부령의 혼인 풍속

아모커나 괴이ᄒᆞ데 회령 부령 풍쇽이야
ᄯᆞᆯ ᄌᆞ식 낫케 되면 삼십가지 혼인 안코
일것³⁸⁰⁾ 일것 부리다가 다 늦기야 셔방 맛쳐
ᄌᆞ식 낫키 과시³⁸¹⁾ᄒᆞ고 오리 ᄌᆞ나 늙은이라
이러ᄒᆞ야 그러혼지 심북³⁸²⁾ 사룸 계집 ᄉᆞ랑
불 ᄶᆡ이기 물깃기와 나물 키기 방아 ᄶᅵᆺ키
십아희 손쥬ᄒᆞ고³⁸³⁾ 계집은 모로더라
일싱을 츌입ᄒᆞ랴 방안의셔 ᄒᆞ는 일이
바나질 뵈ᄶᅳ기나 어린아희 졋먹이기
여러 계집 혼방의셔 소곤 속닥 ᄒᆞ련마는
밤낫으로 죵용ᄒᆞ야 혼 소리나 이슬소냐
이 풍쇽 거록ᄒᆞ다 고을마다 이러ᄒᆞ데

---

380) 일것: 일껏. 애써서.
381) 과시(過時): 때가 지남.
382) 심북(深北): 함경도.
383) 손쥬ᄒᆞ고: 제 손으로 직접 하고. '손조' '손쥬'는 '손주'의 옛말.

경성·명천의 형세

경성으로 드러가니 북병ᄉ[384]는 어디 간고

힝영의 드러간 지 두 돌이 되얏더라

북평ᄉ[385] 보려 ᄒ니 긔시[386] 뵈랴 회령 갓데

본관[387]이 겁 만터라 감토나 ᄡᅩ신가[388]

졔승헌[389]이 큰 집이라 뉘 능히 졔승ᄒ고

산셰가 긔이ᄒ니 낫고 곱은 아밀너라

홍도 벽도 두 기셩이 십뉵셰 굿치 먹어

다홍치마 쵸록 웃옷 내게 와셔 현신ᄒ니

얼굴도 셋긋ᄒ고[390] 검무가 일등일네

ᄒ로밤 노니오니 네 구경 건늬[391] ᄒ랴

디명은 명쳔인디 귀문관[392] 흉ᄒ고나

쳔암만목[393]의 눈으로 닙혓시니

이러ᄒ 흰 셰계의 붉기도 ᄒ련마ᄂ

본식이 음참ᄒ니 눈빗죠초 검어 뵈데

---

384) 북병사(北兵使): 삼병영(三兵營) 가운데 경성에 있던 북병영(北兵營)의 병마절도사.

385) 북평사(北評事): 함경도에 있는 북병영에 속한 정6품 무관 벼슬. 함경도 병마절도사의 보좌관이다.

386) 개시(開市): 우리나라와 청나라의 무역을 위해 회령·경원에 둔 시장. 즉 북관개시(北關開市)를 이른다.

387) 본관(本官): 감사(監司)나 병사(兵使)가 있는 곳의 목사(牧使), 판관(判官), 부윤(府尹)을 이르던 말.

388) 북평ᄉ~ᄡᅩ신가: 북평사가 개시(開市)에 가고 없어 그 아래 본관이 자신을 맞았는데, 암행어사가 왔다는 소식에 너무 겁을 내어 의관도 제대로 늦추지 못했다는 의미다.

389) 졔승헌(制勝軒): 병영에 속한 건물의 이름. '제승'은 겨루어 눌러 이긴다라는 뜻.

390) 셋긋ᄒ고: 말끔하고.

391) 건늬: 건네. '늘' '항상'의 옛말.

392) 귀문관(鬼門關): 함경북도 부령(富寧)과 경성(鏡城) 사이에 있는 관문 이름.

393) 천암만목(千巖萬木): 모든 바위와 나무.

더부록한 잣나무는 우두나찰394) 버럿는 듯

움뿍ᄒᆞ온 구덩이는 쳘산디옥 베펏는 듯

죄 업스니 관계챤테 무스이 지나고나

칠보산395)이 명산이라 그윽이396) 오르고쟈

대셜이 뿟엿시니 올을 길 홀일업다

북도 눈이 만히 올 제 집 쳠하와 ᄀᆞ치 뿌혀

츌입을 못ᄒᆞ다데 다힝이 이러흔 눈

아직은 본 일 업니 본 일 업다 깃거 말소

이 앏히 만흔 태령397) 어셔어셔 넘어보소

셩곽이 볼것업다 면면이 문허졋니

이십ᄉ관398) 다 지나도 이런 셩곽 쳐음 볼네

셩졍곡399) 바다니야 히마다 엇디 ᄒᆞ고

회400) 흔 되 돌 흔 덩이 들인 곳 젼혀 업다

직흴 곳 휑그러니 ᄉ셩401) 부장402) 무엇 ᄒᆞ리

명쳔 대구 유명ᄒᆞ니 길고 넓고 살찌더라

부령의 관ᄌ ᄒᆞ야403) 니별감 드려다가

셕도령 즁미ᄒᆞ랴 신낭 지목 오라 ᄒᆞ야

---

394) 우두나찰(牛頭羅刹): 쇠머리 모양을 한 악한 귀신.

395) 칠보산(七寶山): 함경북도 명천군 상고면에 있는 산.

396) 그윽이: 간절하게.

397) 태령(太嶺): 험하고 높은 고개.

398) 이십사관(二十四關): 함경도에 있었던 관 24곳.

399) 성정곡(城丁穀): '성정'은 성을 지키는 군사이며, '성정곡'은 성을 지키거나 보수하기 위해 거두는 세금이다.

400) 회(灰): 석회.

401) 사성(使星): 임금의 명령으로 지방에 파견되는 관원.

402) 부장(部將): 오위(五衛)에 속한 종6품 무관 벼슬.

403) 관자(關子)ᄒᆞ야: 관문(關文)을 보내. '관자'는 동등한 관부 상호 간 또는 상급 관부에서 하급 관부로 보내던 공문서다.

혼일을 칙녁 보고[404) 스쥬단즈[405) 의양단즈[406)

간지[407) 쎄야 정히 뼈셔 별감드려 바드라니

쓸어안져 두 손으로 버버 쓰려 바다가니

셕도령의 거동 보소 졀ᄒ고 츔츄ᄂ 양

너푼너푼 죽굼죽굼 광ᄃᆡ 지인[408) 쳔연ᄒ다[409)

홋쇼식 몰낫시니 되온지 못 되온지

길쥬·셩진·단쳔의 풍속과 일화

━━━━━━

길쥬의 션문 노코[410) 오후의 드러가니

돈 못 쓸 ᄃᆡ 돈 만키ᄂ 길쥬가 웃듬일네

만 냥 거릐ᄒᄂ 집의 문셔 슈탐[411)ᄒ야 오니

살아지라 비데마ᄂ 국법을 어이ᄒ리

관가의 팔션녀[412)는 좃치 아닌 쇼식일네

송월이 불너보세 녯 씨의 슈졍이라

━━━━━

404) 혼일(婚日)을 책력(冊曆) 보고: 책력을 보고 혼인 날짜를 잡고.

405) 사주단자(四柱單子): 혼인이 정해진 뒤 신랑집에서 신부집으로 신랑의 사주를 적어 보내는 종이.

406) 의양단자(衣樣單子): 신랑 또는 신부가 입을 옷의 치수를 적은 종이.

407) 간지(簡紙): 두껍고 품질이 좋은 편지지. 흔히 장지(壯紙)로 만드는데 정중한 편지에 썼으며 같은 장지로 된 편지 봉투에 넣었다.

408) 재인(才人): 재주를 넘거나 익살스러운 동작으로 사람을 웃기며 풍악을 맡거나 가창하던 사람.

409) 천연(天然)ᄒ다: 매우 비슷하다.

410) 선문(先文) 노코: 미리 알리고. '선문'은 중앙의 벼슬아치가 지방에 출장할 때, 그곳에 도착 날짜를 미리 알리던 공문이다.

411) 수탐(搜探): 무엇을 알아내거나 찾으려 조사하거나 엿봄.

412) 관가(官家)의 팔선녀(八仙女): 관가의 기생을 가리킨다.

종시⁴¹³⁾가 감ᄉ 젹의 슌력⁴¹⁴⁾ 길의 소면⁴¹⁵⁾이라

어나덧 십이 년의 너죠ᄎ 늙엇고나

녯말 ᄒ야 무엇 ᄒ리 긱심만 어즈럽다

네 ᄯᆞᆯ이 아홉 살의 노ᄅᆡ소리 긔이터라

내 ᄒᆡᆼ탁⁴¹⁶⁾ 쇼연ᄒ니⁴¹⁷⁾ 너 쥴 것 젼혀 업다

네 원님 나오거든 쳐ᄌᆞ⁴¹⁸⁾나 ᄒ라 ᄒ마

더부러 긴 말 마ᄌ ᄒ올 일 무슈ᄒ다

길쥬의 젼복 ᄎᆞ돌 대국도곤 낫다더라

삼빅 명 친긔위⁴¹⁹⁾ᄂᆞᆫ 졍병이라 ᄒ올너라

북관의 쳔 명이오 남관의 쳔 명이오

슌영⁴²⁰⁾의 쳔 명이라 합ᄒ야 삼쳔 명이

갑쥬⁴²¹⁾가 션명ᄒ고 몰 타고 활 쏘기ᄂᆞᆫ

다른 군ᄉ 만 쥬어야 밧굴 길 업슬너라

이 사ᄅᆞᆷ들 두남두소⁴²²⁾ 이일당십⁴²³⁾ᄒᆞ오리라

셩진⁴²⁴⁾ 긱ᄉ 긔이ᄒᆞᆫ데 놉흔 ᄃᆡ 지엇시니

---

413) 종씨(從氏): 남에게 자기 사촌형을 높여 이르는 말.
414) 순력(巡歷): 관찰사가 도내 각 고을을 순회하던 일.
415) 소면(所眄): 돌아봄. 돌봄. 여기서는 사랑했다는 뜻이다.
416) 행탁(行橐): 여행용 전대나 자루. 여기에 노자나 행장(行裝)을 넣는다.
417) 소연(蕭然)하니: 호젓하고 쓸쓸하니. 가진 것이 별로 없다는 뜻이다.
418) 처자(處資): 경제적인 도움을 줌.
419) 친기위(親騎衛): 조선 숙종 10년(1684)에, 변방을 지키기 위해 함경도 사람들로 조직한 기병대.
420) 순영(巡營): 감영(監營).
421) 갑주(甲冑): 갑옷과 투구를 아울러 이르는 말.
422) 두남두소: 아끼시오. 잘 살피시오. '두남두다'는 '잘못이나 허물을 편들어 두둔해주다' 또는 '가엾게 여겨 도와주다'라는 뜻이다.
423) 이일당십(以一當十): 한 사람이 열 명을 당해냄.
424) 성진(城津): 함경북도 남단 동해안에 있는 지명. 경성도호부(鏡城都護府) 길성현(吉城縣) 성진진(城津鎭).

앏히는 챵히슈요 뒤희는 평원이라

그림으로 그리랴니 형용이 어려울네

문어 홍합 싱복 히삼 그 아리셔 잡돗더라

져녁 반챤 신긔ᄒ데 셔울 사름 먹이고져

효반을 지촉ᄒ야 단쳔으로 향ᄒ랴니

마쳔령이 놉고 놉희 안져 쉬며 ᄒ는 말이

ᄯᅩ다시 이러훈 녕 남은 쓸기 마ᄌ 녹네

몰죠ᄎ 겁을 니야 갈 싱각 아니히니

눈 속의 져 비탈을 어이호고 위틔ᄒ다

좌우로 붓들니어 겨우겨우 넘어셔라

단쳔이 보비 만타 금은 동쳘 다 나더라

돌담비디 팔모 쳐셔⁴²⁵⁾ 져지마다 노앗더라

예셔붓허 돈을 쓰니 오고가는 힝녀⁴²⁶⁾들이

돈으로 포목 스며 포목으로 돈을 스데

곳곳이 파슈군이 힝쟝을 니라히기

북으로 오쳔 니를 괴롭기 심ᄒᆞ더니

예셔붓허 이 일 업기 시비가 덜 니더라⁴²⁷⁾

이원·북청·홍원·장진의 풍속과 일화

덕췌야 남관 왓다 북관 일 맛고⁴²⁸⁾ 가쟈

---

425) 팔모 쳐셔: 팔각형으로 깎아서.
426) 행려(行旅): 나그네.
427) 시비가 덜 니더라: 시비가 덜 생기더라. '닐다'는 '일어나다'의 옛말.
428) 맛고: 맺고. 마무리하고. '맞다'는 '마치다'의 준말.

북관의 아홉 고을 셔편으로 네 고을의

일졀이 관즈ᄒᆞ야 괴괴 명식 업시 ᄒᆞ세[429]

삼잉곡[430]과 셩졍곡과 빅일곡과 한유곡[431]과

냥반 환쟉[432] 누남졍[433]들 빅셩의게 졀골[434]ᄒᆞᆫ 일

엄칙ᄒᆞ여[435] 다 뎐 후의 보쟝[436]을 ᄒᆞ라 ᄒᆞ소

보쟝이 ᄎᆞᄎᆞ 온다 ᄒᆞ나 업시 데럿시니[437]

누만셕을 어덧시니 그도 젹지 아니터라

그 빅셩들 노릐 듯소 어ᄉᆞ의 은혜라데

죄인들이 만컨마는 게셔 다 결단ᄒᆞ고

녕 넘긴 일 업ᄉᆞᆸ더니[438] 감복도 ᄒᆞ더라데

마운령이 ᄯᅩ 놉흐니 니원[439] 길이 근심이라

남여 어더 타랴 홀 제 우슈운 일 잇돗더라

타는 이도 쳬쏠 탕건[440] 메는 이도 쳬쏠 탕건

---

429) 일졀이~ᄒᆞ세: 일제히 관문을 보내 이상한 핑계가 없도록 하세. 어사출도 시 처리한 일에 대해 공문을 보내 재확인함으로써, 지방관들이 겉으로 그럴듯한 구실을 내세워 제대로 처리하지 않는 일이 없도록 하겠다는 의미다.

430) 삼잉곡(三剩穀): '잉곡'은 세곡(稅穀)이나 대여곡(貸與穀) 등을 징수할 때, 보관상 손실을 이유로 매석(每石)에 한 되씩 첨가해 징수하는 곡식이다. '삼잉곡'은 잉곡을 3배로 하는 것을 말한다.

431) 빅일곡과 한유곡: 미상.

432) 환쟉(換作): 조세 따위를 다른 종류의 물품으로 대신 바치던 일. 논밭의 세를 쌀 대신 베로 내는 일 따위를 이른다.

433) 누남졍(漏男丁): 누정자(漏丁者). 호구 대장에서 누락된 장정.

434) 졀골(折骨): 절골지통(折骨之痛). 뼈가 부러지는 아픔이라는 뜻으로, 참을 수 없을 만큼 심한 고통을 말한다.

435) 엄칙(嚴飭)ᄒᆞ여: 엄하게 타일러.

436) 보쟝(報狀): 어떤 사실을 상관에게 보고하던 공식 문서.

437) 데럿시니: '가지고 왔으니'라는 뜻인 듯하다.

438) 녕 넘긴~업ᄉᆞᆸ더니: 고개를 넘어서 다른 지역으로 옮겨가기 전에 일을 다 처리했다는 의미다.

439) 이원(利原): 함경남도에 있는 지명.

440) 쳬쏠 탕건: 쳇불 탕건. 쳇불로 만든 탕건. '쳇불'은 체에서 몸이 되는 쳇바퀴의 안쪽에 팽팽하

귀쳔을 엇디 알니 어이혼 쳬쏠 탕건

머리마다 쳬쏠 탕건 구싱원을 본바든가

고을은 말만혼들[441] 히식[442]은 먼니 뵌다

맛나다 강요쥬[443]는 싱거시 초미[444]로다

둥굴고 살씨기는 물굽쩍[445] 모양이라

연흐기 입의 드러 이 업셔도 씹을너라

히읍[446]은 혼가지나 흔코 귀키 각각이며

북쳥이 대도회라 관소도 웅장ㅎ다

빅물이 가잣시니 사룸 살 만ㅎ돗더라

군물[447] 셩쳡[448] 완고ㅎ니[449] 남병소의 잇는 데라

동문 밧 우물물이 텬하의 웃듬이라

여러 히 먹게 되면 벙어리도 말을 혼다

입마다 일커르니 과연 그러ㅎ돗더라

이틀을 마셔보니 흉격[450]이 샹쾌터라

대져 흔지 북도 물이 셩미[451]가 너무 셰데

홍원의 의두루[452]는 승경이라 ㅎ리로다

게 메워 액체나 가루 등을 거르는 그물 모양의 물건으로, 말총, 명주실, 철사 따위로 짜서 만든다.
441) 말만혼들: 말(斗)만하지만. 고을의 크기가 작다는 뜻이다.
442) 해색(海色): 바다의 경치.
443) 강요주(江瑤珠): 꼬막.
444) 초미(初味): 처음 먹는 맛.
445) 물굽쩍: 마제병(馬蹄餠). 말굽 모양의 떡. 환떡(송기와 제비쑥을 찧어서 오색의 둥근 모양으로 만든 떡) 중에서 제일 크며, 봄에 먹는다.
446) 해읍(海邑): 바닷가에 있는 고을.
447) 군물(軍物): 군대에서 쓰는 물건을 통틀어 이르는 말.
448) 셩쳡(城堞): 성가퀴. 성 위에 낮게 쌓은 담.
449) 완고(完固)ㅎ니: 완전하고 튼튼하니.
450) 흉격(胸膈): 가슴속.
451) 셩미(性味): 약재의 성질과 맛을 아울러 이르는 말.
452) 의두루(依斗樓): 함경남도 홍원군에 있는 문루. 1798년(정조 22)에 건립되었다.

청히는 망망호야 가업시 흘너가고

군산은 겸겸호야 유정이[453] 둘너 잇고

묘연호 샹박[454]들은 젹은 잔을 찍여셔라

북두단심앙[455]이오 동명빅발슈[456]는

이 늙은이 글이로쇠 경결[457]호 츙졍이라

일츌을 보련마는 희짓는[458] 구름이라

이 장관도 연분인가 셩진셔는 안기 덥고

셔슈라 난포셔는 셜화[459]가 죵일호야

이 세 곳슬 허송호니 다시 볼 데 업다 호데

댱진으로 옛가지는 집집이 우물길의

동아줄 굵게 쏘아 기다호게 쌀앗시니

눈이 오면 통노 호니 진젹혼[460] 일이로다

슛막[461]도 본 데 업고 쟝시[462]도 못 볼너라

촌가가 잇는 디는 홍살문을 셰웟더라

너해집과 굴피집[463]과 결읍집[464]과 돌집이오

초가집은 젼혀 업고 기와집은 약간일네

---

453) 유정(幽靜)이: 그윽하고 조용하게.
454) 샹박(商舶): 상선(商船).
455) 북두단심앙(北斗丹心仰): 충성스러운 마음으로 북두칠성을 우러르며.
456) 동명백발수(東溟白髮愁): 동해 바닷가 늙은이가 수심에 젖도다.
457) 경결(硬結): 단단하게 굳음.
458) 희짓는: 방해가 되게 하는. '희짓다'는 남의 일에 방해가 되게 하다라는 뜻.
459) 셜화(雪花): 눈송이.
460) 진젹(眞的)호: 틀림없는. '진적하다'는 참되고 틀림이 없다라는 뜻. 여기서는 좋은 방법이라는 의미로 사용되었다.
461) 슛막(幕): '주막'의 옛말.
462) 장시(場市): 조선시대에, 보통 5일마다 열리던 사설 시장.
463) 굴피집: 참나무의 두꺼운 껍질로 지은 집.
464) 결읍집: 겨릅집. 겨릅대로 지은 집. '겨릅대'는 껍질을 벗긴 삼대다.

늙진 다리[465] 유명터니 머리 기 니 드무더라
돈피 셔피 흔타더니 구피[466]밧긔 본 일 업다
심북[467]의 고은 빗츤 잇지 못홀 두 남기라
봇나무는 분을 짜고[468] 깃버들은 단亽[469]로다
바날 열의 솅 혼 마리 일권지[470]의 셰포 亽 쳑
亽랴 ᄒ면 쉽다 ᄒ니 솅과 뵈는 흔ᄒ읍데
귀혼 거시 무명 모시 놉흔 거시 좌슈 별감
심듕의 긔록혼 것 이로 다 의논ᄒ리

함흥에서 태조의 유적을 돌아보다

함흥으로 다시 가쟈 함관령을 어이ᄒ리
쐴 길 업고 날 길 업다 긔긘들 미양 ᄒ랴
인손[471]은 뒤흘 밀고 여쟝[472]은 앏흘 막소
압사룸의 발뒤축이 뒷사룸의 니마 우희
번번이 걸니거니 그 어인 연괴런고
뒷자락 잡아ᄆᆡ고 압자락 거두치고
마ᄌ막 넘는 녕을 쳐음으로 넘어가니

465) 다리: 여자들이 머리숱 많아 보이게 하려고 덧넣었던 딴머리.
466) 구피(狗皮): 개가죽.
467) 심북(深北): 북쪽 끝을 이르는 말.
468) 봇나무는 분(粉)을 짜고: 자작나무 껍질은 약재로 쓰인다. 껍질은 종이처럼 얇게 벗겨지는데, 겉면에 밀랍 가루 같은 것으로 덮여 있다.
469) 단사(簞食): 대나무로 만든 밥그릇에 담은 밥. 여기서는 버들로 만든 그릇을 의미한다.
470) 일권지(一卷紙): 종이 한 묶음.
471) 인손: 인명(人名).
472) 여쟝: 인명(人名).

만셰교473) 못 미쳐셔 낙민루474) 올나안져

셩쳔강 굽어보니 묽기가 거울 굿다

물 깁희 언마런고 깁고 엿기 별노 업데

산셰논 웅위하고 들 빗츤 즈음 업다475)

발히의 먼 구름은 봉봉이476) 이러ᄂᆞ며

빅일의 뇌졍소리 꾕꾕이477) 들니더라

무변대야셩쳔월이오 욕샹고루발히운은478)

이 년구479) 내 글이라 슌ᄉᆞ480)가 현판ᄒᆞ리

너르다 너른 ᄉᆞ쟝 십만 갑병481) 츄격홀 만

놉고 놉흔 치각482) 우희 오빅 홍군483) 가무ᄒᆞ야

태평을 비식ᄒᆞ면484) 남아의 쾌실너라

지락졍485) 온ᄌ486)ᄒᆞ니 안견이 긔이ᄒᆞ다

봉만은 눈셥 굿고 녀염은 빗살 굿다487)

---

473) 만세교(萬歲橋): 함경남도 함흥 성천강(城川江)에 놓인 다리.
474) 낙민루(樂民樓): 함경남도 함흥에 있는 누각.
475) 들 빗츤~업다: 들 빛이 구별 없다는 것은 색이 1가지로 변했음을 의미한다. '즈음'은 '사이' '틈' '구별'이라는 뜻.
476) 봉봉(峰峰)이: 봉우리마다.
477) 꾕꾕이: 꾕꾕(轟轟)히. 소리가 몹시 요란하게.
478) 무변대야셩쳔월(無邊大野成川月)이오 욕샹고루발해운(欲上高樓渤海雲)은: 드넓은 들판엔 성천의 달이 비추고, 높은 누각에 올라 보니 발해엔 구름이 자욱하네.
479) 연구(聯句): 한시에서 대가 되는 2구.
480) 순사(巡使): 순찰사. 도(道) 안의 군무를 순찰하는 일을 맡아보던 벼슬로, 각도의 관찰사가 겸임했다.
481) 갑병(甲兵): 갑옷을 입은 병사.
482) 채각(彩閣): 아름답게 단청한 누각.
483) 홍군(紅裙): 붉은 치마란 뜻으로, '미인'이나 '예기(藝妓)'를 이르는 말이다.
484) 태평(太平)을 비식(賁飾)ᄒᆞ면: 태평시대를 아름답게 장식하면.
485) 지락정(知樂亭): 함경남도 함흥에 있는 정자.
486) 온자(蘊藉): 넓고 조용함.
487) 봉만(峰巒)은~굿다: 봉우리는 눈썹처럼 둥그스름하고, 인가가 늘어서 있는 모양은 마치 빗살 같다는 의미다.

남문누 표연⁴⁸⁸⁾ ᄒ니 화듕⁴⁸⁹⁾의 집이로다

북산누 고졀⁴⁹⁰⁾ᄒ고 격구졍⁴⁹¹⁾ 통활⁴⁹²⁾ᄒ다

쥬챤과 풍악으로 곳곳이 놀 만ᄒ데

본궁⁴⁹³⁾의 봉심⁴⁹⁴⁾ᄒ쟈 아 태죠 구긔⁴⁹⁵⁾시라

쓰시던 검은 갓슨 우리⁴⁹⁶⁾만 남아 잇고

ᄡᅩ시던 누른 살은 근즁⁴⁹⁷⁾이 무겁더라

심으신 삼지송⁴⁹⁸⁾은 슈퇵⁴⁹⁹⁾이 그져 남아

노룡이 셔리온 듯 샹셜⁵⁰⁰⁾을 겁홀소냐⁵⁰¹⁾

일긔쳔신⁵⁰²⁾이 다힝이 봉완⁵⁰³⁾ᄒ니

만일 셩은곳 아니시면 이 긔회 맛날소냐

---

488) 표연(飄然): 바람에 가볍게 나부끼는 모양. 훌쩍 나타나거나 떠나가는 모양.
489) 화중(畵中): 그림 속.
490) 고절(高絶): 더할 수 없이 높고 뛰어남.
491) 격구정(擊毬亭): 이성계가 유년시절 격구를 하던 장소로, 함흥 동성천강 하류 산기슭의 평평한 곳에 있다. 1674년(현종 15)에 관찰사 남구만(南九萬)이 건립했다고 한다.
492) 통활(洞豁): 탁 트여 넓음.
493) 본궁(本宮): 함흥에 있는, 태조 이성계의 오대조(五代祖)의 신위(神位)를 모시던 궁.
494) 봉심(奉審): 임금의 명(命)으로 능이나 묘를 보살피던 일. 또는 신주(神主)나 화상(畵像)을 받들어 모심.
495) 구기(舊基): 옛 집터. 옛 도읍터.
496) 우리: 테두리.
497) 근즁(斤重): 무게.
498) 삼지송(三枝松): 가지가 셋으로 갈라진 소나무.
499) 수택(手澤): 손이 자주 닿았던 물건에 손때가 묻어서 생기는 윤기. 물건에 남아 있는 옛사람의 흔적.
500) 상설(霜雪): 서리와 눈.
501) 겁홀소냐: 겁낼쏘냐. '겁하다'는 '겁내다'의 옛말.
502) 일개천신(一介賤臣): 한낱 미천한 신하.
503) 봉안(奉安): 신주(神主)나 화상(畵像)을 받들어 모심.

영흥·정평의 토산과 유적

함관[504]의 길게 놀고 정평으로 말을 모라

흑셕 고기 안는 쯧이 흑셕 보랸 연고로다

언덕의 쌀녓거늘 두어 죠각 쥬어보니

검기는 주셕이오 밋그럽기 활셕이라

슈레 쓰는 남관 사룸 뭇다락이[505] 피여다가[506]

박휘의 발낫시면 기름도곤 낫다더라

셔울 지샹 알게 되면 쵸헌[507]의 긴용[508]홀네

오릐주냐 진봉[509]ᄒ리 민력 들 일 낫돈더라[510]

현판 글주 메여보면[511] 당 숫먹[512]과 엇더ᄒ리

쵸원 역마 가라타고 영흥으로 도라드니

니습[513]은 완만ᄒ고 향풍[514]이 강악[515]터라

남관의는 웅읍[516]이라 환주 군졍 어렵더라

동남으로 십삼 니의 흑셕니 잇다 ᄒ니

---

504) 함관(咸關): 함관령. 함경남도 함주군(咸州郡) 덕산면(德山面)과 홍원군(洪原郡) 용운면(龍雲面) 사이에 있는 재.
505) 뭇다락이: 수북이.
506) 피여다가: 쪼개서. 깨서. '패이다' '패다'는 '쪼개다' '자르다'라는 뜻.
507) 초헌(軺軒): 종2품 이상의 벼슬아치가 타던 수레. 긴 줏대에 외바퀴가 밑으로 달리고, 앉는 데는 의자 비슷한 모양이며, 긴 채 2개가 달려 있다.
508) 긴용(緊用): 긴요하게 사용함.
509) 진봉(進奉): 임금에게 물건을 받침.
510) 민력(民力)~낫돈더라: 백성을 수고롭게 할 일이 생겼구나.
511) 메여보면: 메워보면. '메이다'는 '메다'의 오기.
512) 당(唐) 숫먹: 중국의 숯먹. '숯먹'은 소나무를 태울 때 생기는 그을음으로 만든 먹이다.
513) 이습(吏習): 아전(衙前)의 풍습.
514) 향풍(鄕風): 향속(鄕俗). 시골의 풍속.
515) 강악(强惡): 억세고 모짊.
516) 웅읍(雄邑): 큰 고을.

이 마을이 용능[517] 긋다 지원 원년[518] 동 십월의

아 태죠 강헌대왕[519] 탄싱ᄒ신 곳시로다

대명 홍무[520] 하 오월의 쥰원젼[521]을 지은 후의

어용[522]을 뫼셧시니 영희젼[523]과 굿돗더라

관ᄃᆡ[524]로 봉심ᄒ고 고젹을 귀경ᄒ니

젼죠의 호젹 ᄒ신 문ᄶᅡ가 완연ᄒ다[525]

ᄡᅳ오신 범녜들은 요ᄉᆞ이와 다르더고

위령[526]과 한참봉[527]이 폐막을 보쟝ᄒ니

그 말이 올톳더라 별단[528]의 너흐리라

직관의 도라와셔 돌 븕고 잠 업스니

517) 용릉(春陵): 한(漢)나라 때 지명으로, 한 무제(漢武帝)가 장사 정왕(長沙定王) 유발(劉發)의 아들인 유매(劉買)를 용릉 절후(春陵節侯)로 봉했다. 후한(後漢)의 광무제(光武帝)가 이유매의 후손이므로 태묘에 모시고 제사지냈다. 여기서는 나라를 세운 임금이 태어난 땅을 이른다.
518) 지원 원년(至元元年): 고려 충숙왕 4년(1335). '지원'은 원나라 순제(順帝) 때 연호(1335~1340)다.
519) 강헌대왕(康獻大王): 태조 이성계의 시호로, 명나라 황제가 하사했다.
520) 홍무(洪武): 중국 명나라 태조 때의 연호(1368~1398).
521) 쥰원전(濬源殿): 함경남도 영흥군 순녕면(順寧面)에 있는 전각. 태조 이성계의 태(胎)를 묻은 곳인데, 1396년 이 태를 다른 곳으로 옮기고 연못을 메운 땅 위에 축조한 전각을 준원전이라 했다. 그뒤 세종 25년(1443)에 정인지가 태조의 어진(御眞)을 봉안했다.
522) 어용(御容): 임금의 초상.
523) 영희전(永禧殿): 조선시대에 태조·세조·원종·숙종·영조·순조의 영정을 모셨던 전각.
524) 관대(冠帶): 옛날 벼슬아치들의 공복(公服).
525) 젼조(前朝)의~완연(宛然)ᄒ다: 전대 왕조의 호적에 적힌 글자가 선명하다. 준원전에 관한 기록을 담은 『준원전고사록濬源殿故事錄』은 준원전 실무자들이 기록해둔 각종 일기나 등록(謄錄), 고문서 등을 종합한 것인데, 첫머리에 이성계 호적에 대한 기록이 나온다고 한다. 여기서 '전조'는 고려를 의미한다.
526) 위령: 궁위령(宮闈令). 내시부에 속하여 종묘 제사에서 왕후의 신주를 받드는 일을 맡아하던 환관.
527) 한참봉(韓參奉): '참봉'은 조선시대에, 여러 관아에 둔 종9품 벼슬. 능(陵), 원(園), 종친부, 돈령부, 봉상시, 사옹원, 내의원, 군기시 따위에 두었다.
528) 별단(別單): 임금에게 올리는 글에 덧붙이던 문서나 인명부.

져 기성 노리ᄒ라 ᄎ화기진깅무화529)라

각 관의 졀구비음530) 볼 곳이 업돗더라

이젼의 일홈난 곳 오ᄂ 원이 사즐531)ᄒ야

원 기성532)의 얌젼ᄒ 것 딧비 너코 쎄여가니533)

잇ᄂ 거시 오죽ᄒ냐 졀구쏭이 겨 무든 것534)

얼눅덜눅 얼굴빗치 분 바른 것 괴이터라

츨하리 올이알의 제 쏭 무듬 거 홀너라535)

황우쟝ᄉ 송도 놈을 함부로 어덧거니

여러 코의 셥삭임536)은 이년들의 지죠로다

고을손 녀염 계집 열의 여슷 곱다더라

남남북녀 일컷기ᄂ 녀염 계집 말일너라

이샹ᄒ다 져 하방의 침션들이 긔이ᄒ다

이 말이 한담537)이라 한담 말고 가오리라

---

529) 차화개진갱무화(此花開盡更無花): 이 꽃 다 피고 나면 다시 필 꽃 없으리. 당나라 시인 원진(元稹)의 시 「국화菊花」의 한 구절로, "꽃 중에 유독 국화를 사랑하는 것은 아니지만, 이 꽃이 다 피었다가 지고 나면 다시 필 꽃이 없어서라네(不是花中偏愛菊, 此花開盡更無花)"라는 의미인데, 여기서는 눈앞에 있는 기생 말고는 볼만한 인물이 없음을 비유적으로 표현했다.
530) 졀구비음: '졀구비읠'의 오기. '졀구비'는 졀구질하는 여종이다. 즉 관아에서 허드렛일을 하는 여종을 말한다.
531) 사즐(査櫛): 빗질을 하듯이 샅샅이 세밀하게 조사함.
532) 원(原) 기성: 본래 있던 기생.
533) 딧비 너코 쎄여가니: 대비정속(代婢定屬)을 이른다. 관청의 여종이나 기생이 자기 대신에 다른 사람을 사서 넣고 자신은 자유롭게 되는 일을 말한다.
534) 졀구쏭이~무든 것: 얼굴이 곱지 않고 얼룩덜룩한 모양을 절굿공이에 겨 묻어 있는 모양에 비유했다.
535) 올이알의~홀너라: '오리 알에 제 똥 묻은 격'이라는 속담과 같은 의미로, 제 본색에 과히 어긋나지 않아 별로 흠잡을 것 없이 그저 수수하다는 말이다.
536) 여러 코의 셥삭임: '셥삭임'은 '섞사귐'의 오기. 다양한 계층의 사람과 어울려 사귐. '코'는 그물이나 뜨개질한 물건의 눈마다의 매듭이다. '섞사귀다'는 지위나 처지가 다른 사람들끼리 서로 어울려 사귀다라는 뜻. 여러 코에 섞사귄다는 말은 그물처럼 이 사람 저 사람과 관계를 맺는다는 뜻인 듯하다.
537) 한담(閑談): 별로 중요하지 않은 이야기.

고원·문천·덕원·함흥의 토산과 형세

고원 고을 피잔ᄒ나 아희기싱[538] 만타더라

어듸 원이 ᄒ던 말이 고원의 지나거든

홍옥이란 아희기싱 머리 언쳐쥬고 가오

어엿부고 츔 잘 츄고 노릭가 명챵이라

글 잘ᄒ고 슐 잘 먹ᄂ 어ᄉ도가 그져 갈가

그듸 곳흔 쇼년명ᄉ[539] 남의게 ᄉ양ᄒ노

미ᅙᆡᆼ[540]으로 지나려니 져 어이 보올소니

쳔불암이 어드메오 문쳔이라 ᄒ돗더라

순샹의 글을 보니 볼 만도 ᄒ건마ᄂ

쳔인졀벽[541] 길의 답셜군[542]이 거폐[543]로다

고원 지나 문쳔 즈고 덕원으로 직쥬[544]ᄒ니

동편으로 격견니ᄂ 익죠[545]대왕 나신 곳가

터죠ᄎ 심후ᄒ니 젹덕빅년[546]ᄒ오시리

원산이 픠흔 후로 덕원이 간난타데

ᄒ마다 오륙쳔 냥 샹셰[547]를 밧치더니

---

538) 아희기싱: 동기(童妓). 아직 머리를 얹지 않은 어린 기생.

539) 소년명사(少年名士): 젊었을 때부터 이름난 선비.

540) 미행(微行): 미복잠행(微服潛行). 지위가 높은 사람이 무엇을 몰래 살피기 위해 남루한 옷차림을 하고 남모르게 다님.

541) 천인절벽(千仞絕壁): 천 길이나 되는 높은 낭떠러지.

542) 답설군(踏雪軍): 답설꾼. 눈을 치워 길을 내는 사람.

543) 거폐(巨弊): 큰 폐단.

544) 직주(直走): 곧바로 달려감.

545) 익조(翼祖): 태조 이성계의 증조로 이름은 행리(行里)이고, 목조(穆祖) 안사(安社)의 아들이며, 도조(度祖) 춘(椿)의 아버지다. 덕원(德源)의 적전사(赤田社)에서 태어났다.

546) 적덕백년(積德百年): 베풀어 쌓은 덕이 백년을 감.

547) 상세(商稅): 장사하는 사람에게서 받던 세금.

슈년을 흉황[548]호니 샹고[549]가 드무더라
바다히 어렷시니 어션도 극귀호다
고을마다 못호다니[550] 그러호고 엇디호리
함흥이 번화타고 금고의 독젼터니[551]
시방은 가이업데 각 읍인들 네 굿호랴
남대쳔 긴긴 다리 만셰교의 버금일네
이 다리 넘어셔면 안변 읍니 여긔로다
갈 제논 지낫시니 올 제나 드러가쟈
남안[552]의 웃둑 션 집 표표연정 일홈 굿다[553]
안변 비와 함흥 수과 제곳도곤[554] 낫다더라
빅ㅈ[555] 맛과 쒱의 고기 회양만 못호더라

섣달그믐을 맞아 회포가 일다

이놀이 졔셕[556]이라 눌과 홈씌 슈셰[557]홀고
쳔니원긱이 회포도 무궁호다
쳐ㅈ 형뎨 어듸 잇노 날 싱각 오죽호랴

---

548) 흉황(凶荒): 곡식 농사가 잘 안되어 농사가 결딴남.
549) 샹고(商賈): 장수. 상인(商人).
550) 못호다니: 어느 수준에 미치지 못한다고 하니.
551) 금고(今古)의 독전(獨傳)터니: 지금과 옛날에 특별히 전해지더니.
552) 남안(南岸): 남쪽 기슭.
553) 표표연정(飄飄燕亭) 일홈 굿다: 정자의 생김새가 '제비처럼 가볍게 날아갈 듯한 정자'라는 이름과 같다는 뜻이다. '표표연정'은 안변읍 서쪽에 있던 정자다.
554) 제(諸)곳도곤: 다른 여러 곳보다.
555) 백자(柏子): 잣나무 열매.
556) 제석(除夕): 섣달그믐날 밤.
557) 수세(守歲): 섣달그믐날 밤 집안 구석구석에 등불을 밝히고 밤을 새우는 일.

엇디ᄒ리 늙은 몸이 졀시558)의 봉명ᄒ야

쳔신만고타가 다힝이 예를 오니

경국559)이 머지 앗타 언마ᄒ야 환죠560)ᄒ리

오륙 삭이 오리던가 뇩쳔 니가 머다 ᄒ랴

다만 늙고 병든 몸이 죵죵 칩고 쥬리면셔

슝녕561) 악계562)의 십젼구부563)ᄒ니

듕노의 불힝ᄒ여 만일의 병이 들어

젹역고촌564) 젹막ᄒ디 길게 누어 눈감으면

왕ᄉ565)를 못 맛츠니 국은죠ᄎ 져ᄇ리고

쳐ᄌ 동ᄉᆼ 광경인들 그 아니 불샹ᄒ가

어듸러로 지향ᄒ리 날 ᄎ즈라 오ᄂ 모양

아모리 혼ᄇᆨ인들 그 아니 측연566)ᄒ랴

마계 우희 길게 누어 가던 길노 올 거시니567)

녕마다 올을 젹의 쵸혼568)인들 뉘 홀소니

이런 말 다시 ᄒ고 시방은 웃건마ᄂ

그ᄭᅵ 힝식 뉘 알니오 황당타도 ᄒ리로다

우리 님금 덕틱으로 완젼이 거의 오니

558) 졀새(絶塞): 아주 먼, 국경에 가까운 땅. 변방.
559) 경국(京國): 서울.
560) 환조(還朝): 조정으로 돌아감.
561) 숭령(崇嶺): 높은 고개.
562) 악계(惡溪): 험한 계곡.
563) 십전구부(十轉九赴): 10번 구르고 9번 넘어짐.
564) 절역고촌(絶域孤村): 멀리 떨어진 지역의 외딴 마을.
565) 왕사(王事): 임금이나 나라를 위한 일.
566) 측연(惻然): 보기에 가엾고 불쌍함.
567) 마계~거시니: 죽어서 칠성판 위에 누워 갔던 길로 돌아온다는 뜻으로, '마계'는 미상이다.
568) 초혼(招魂): 사람이 죽었을 때, 그 혼을 소리쳐 부르는 일. 죽은 사람이 생시에 입던 저고리를 왼손에 들고 오른손은 허리에 대고는 지붕에 올라서거나 마당에 서서, 북쪽을 향해 '아무 동네 아무개 복(復)'이라고 3번 부른다.

무숨 시름 이슬소냐 향ᄉ[569]를 잠간 참고
쟐 ᄌ고 니일낭은 셕왕ᄉ의 쉬오리라

석왕사를 돌아보다

급챵이 알외기를 셕왕ᄉ 승통 즁이
샤도님긔 문안ᄒ오 드러오라 다시 보니
가증턴 일 이즐소냐 옷 달나던 네로고나
이 즁놈의 거동 보소 황겁지겁 업듸면셔
죽ᄉ와디다 샤도님긔 쇼승 명을 바치ᄂ니
오르거라 이 즁놈아 너를 어이 속일소니
본관의 이 말 ᄒ고 무명 ᄒᆞᆫ 필 어더쥬고
차담[570]의 과즐 다식 다 물녀 먹이고나
남산 참 죠반ᄒ고 단속문 바라보니
갈 제ᄂ 단풍이오 올 제ᄂ 빅셜이라
불이문[571] 드러가셔 쳥셜당 안져 쉬니
팔십여 명 뭇 납[572]들이 ᄎ례로 합쟝ᄒ니
머리의 곳갈 속낙[573] 손의ᄂ 념쥬 목탁
길고 길다 ᄉ미길희 짜히 썰닌 검은 댱삼
귀에 넘게 팔을 들어 휩쓰러 졀을 ᄒ고

569) 향사(鄕思): 고향 생각.
570) 차담(茶啖): 다담상(茶啖床)을 말한다.
571) 불이문(不二門): 해탈문이라고도 하는데, 사찰로 들어가는 최후 관문이다.
572) 납(衲): 납자(衲子). 납의를 입은 사람이란 뜻으로, 중을 이른다.
573) 속낙: 송낙. 예전에 여승이 주로 쓰던, 소나무겨우살이를 우산 모양으로 엮어 만든 모자.

문안드리오 호온 후의 남무아미타불이라

젼집니아 녯말을 주셰히 이르리라

태죠대왕 농잠시⁵⁷⁴⁾의 이샹호신 꿈 꾸시고

셜봉산하 토굴 속의 신승 무학⁵⁷⁵⁾ 추주가셔

흑두타⁵⁷⁶⁾ 션스님아 꿈 히득⁵⁷⁷⁾호야쥬소

세 꿈을 꾸엇시니 호 꿈은 파옥듕⁵⁷⁸⁾의

세 셕가릐 등의 지고 쏘 호 꿈은 일만 집의

모든 둙이 홈씌 울고 또 호 꿈은 두 가지니

곳치 쑥쑥 쩌러지고 거울이 느려지니⁵⁷⁹⁾

그 어인 징죠런고 길흉을 뭇줍노라

션시 풀어 디답호되 몽죠가 크게 길히

세 셕가릐 등의 지니 님금 왕 쓰 아니런가

만가의 둙이 우니 고귀위⁵⁸⁰⁾를 하례호고

곳치 쩌러지니 여름이 열 거시오

거울이 느려지니 소릐 엇디 업스리오

님금 되실 꿈이시고 군왕의 얼굴이라

보즁 보즁호옵쇼셔 이 앏히 다시 뵈리

등극호신 삼 년 젹의 큰결을 이르키고

574) 용잠시(龍潛時): 잠저시(潛邸時). 임금이 되기 전의 시기.

575) 무학(無學): 무학대사. 여말 선초의 고승. 공민왕 때 연경(燕京)에 가서 지공대사(指空大師)를 만나고 나옹(懶翁)에게 배우고서 이성계가 태조로 등극한 후에 왕사(王師)가 되어 회암사(檜巖寺)에 거처했다. 한양 도읍을 정한 일로 유명하다.

576) 흑두타(黑頭陀): 얼굴빛이 검은 승려. '두타'는 산과 들로 다니면서 온갖 괴로움을 무릅쓰고 불도를 닦는 일, 또는 그런 중을 말한다.

577) 해득(解得): 뜻을 깨쳐 앎.

578) 파옥중(破屋中): 집이 무너지는 가운데.

579) 느려지니: 떨어지니.

580) 고귀위(高貴位): 고귀한 지위.

셕왕ㅅ라 일홈ㅎ니 님금 왕 ᄶᅳ 푼 연괴라581)

무학을 놉히시셔 국ㅅ라 ㅎ오시고

오빅 년 갓갑도록 츈츄로 불공ㅎ데

원듕582)의 심으신 비 지금가지 열니더라

태죵 슉죵 영죵 졍죵 네 녈셩583) 어졔 어필

집 짓고 비의 삭여 쳔만년 무궁홀네

경오년 대슈584) 후의 공쟝 드려 슈츅ㅎ니

누각이 일신ㅎ야 단쳥이 죠요ㅎ고585)

계체586)도 층층ㅎ야 두 길이나 되옵더라

셕가여릭 관음보슬 오빅나한 지쟝보슬

아란존ㅈ587) 가셥존ㅈ588) 남무아미타불들을

---

581) 셕왕ㅅ라~연괴라: 석왕사 창건과 관련된 다음과 같은 설화가 있다. 이성계가 왕위에 오르기 전 이상한 꿈을 꾸었다. 꿈에 1만 마리나 되는 닭이 일시에 '꼬끼오' 하고 우는가 하면, 1천여 호나 되는 큰 동네에서 한꺼번에 방아 찧는 소리가 요란했다. 더욱 이상한 것은, 이성계가 다 쓰러져가는 집에 들어가 서까래 3개를 지고 나왔는데, 꽃잎이 우수수 떨어지고 거울이 땅에 떨어지는 것이었다. 꿈이 하도 이상해서 먼저 이웃 마을에 사는 점쟁이 노파를 찾아갔다. 노파는 도저히 해몽할 수 없다면서 설봉산에서 도를 닦고 있는 무학에게 가서 해몽을 부탁해보라 했다. 무학은 꿈을 이렇게 해석했다. "매우 희귀한 꿈입니다. 1만여 집에서 일시에 닭이 울고 1천여 집에서 방앗소리가 난 것은 높고 귀하게 된 것을 축하한다는 뜻이고, 헌 집에 들어가서 서까래 셋을 지고 나온 것은 임금 왕자(王字)를 뜻하는 것입니다. 그리고 꽃이 떨어지면 열매를 맺는다는 뜻이요, 거울이 땅에 떨어지면 소리가 난다는 뜻이니 모두가 왕이 되라고 독촉하는 길몽입니다." 무학은 이성계의 얼굴을 뚫어지게 쳐다보고 이렇게 말했다. "당신은 군왕이 될 상을 가졌습니다. 오늘 이 일은 남에게 말하지 마십시오. 목숨이 위태할 것이니 극비에 부치십시오. 큰일은 하루아침에 이루어지는 것이 아니며 반드시 성인의 도움을 받아야 될 것이니 이곳에 절을 짓고 석왕사(釋王寺)라 하고 천일기도를 드리도록 하십시오. 그러면 반드시 왕업을 일으킬 것입니다." 이에 이성계가 절을 짓도록 했다.
582) 원중(園中): 뜰 가운데.
583) 열성(列聖): 대대(代代)의 여러 임금.
584) 대수(大水): 홍수(洪水).
585) 조요(照耀)ㅎ고: 밝게 비쳐 빛나고.
586) 계체(階砌): 무덤 앞에 편평하게 만들어놓은 긴 돌.
587) 아난존자(阿難尊者): 석가모니의 10대 제자 가운데 한 사람. 16나한의 한 사람으로, 석가모니 열반 후에 경전 결집에 중심이 되었으며 여인 출가의 길을 열었다.

깁흔 집의 추례디로 뫼셔두고 녜불훌 제

빅단향 퓌여노코 화음경 펼쳐 쥐고

죵 치며 경쇠[589] 치며 빅팔념쥬 목의 걸고

죠셕으로 졋슈을 제[590] 업논 신령 이슬너라

다홍운문 즘댱[591]이오 오화슈문 포단[592]이오

팔첩금쟝 왜병[593]이오 침향 화류[594] 좌탑[595]이오

슌금 오동[596] 향노 향합 니룡[597]인가 스지런가

옥등이며 뉴리등과 쥬셕 불긔 구리 불긔

녈셩죠의 스송[598]이라 너무 아니 과홀소냐

셜봉산 곰취 죠타 연호고 향긔로니

히마다 스월이면 두 농식[599] 진샹호데

쳔엽[600] 굿흔 챨셕이[601]를 소곰기름 뭇쳐니여

송이 좌반[602] 셧거가며 빅반을 뿌 먹으면

---

588) 가섭존자(迦葉尊者): 석가의 10대 제자 중 한 사람. 『전등록傳燈錄』에 세존이 영산(靈山)의 모임에서 꽃을 뽑아 뭇사람에게 보이니 이때 모두 조용했는데 가섭존자만 미소를 지었다고 한다.

589) 경(磬)쇠: 예불할 때 쓰는 불전 기구.

590) 졋슈를 제: 신과 부처에게 빌 때. '졋수다'는 신과 부처에게 빌다라는 뜻.

591) 다홍운문(雲紋) 즘댱: 다홍색 구름무늬 비단으로 만든 휘장. '즘댱'은 칸막이 휘장이다.

592) 오화수문 포단(五花繡紋蒲團): 여러 가지 꽃을 수놓은 방석.

593) 팔첩금장(八疊金裝) 왜병(倭屛): 팔첩으로 된 금장식의 작은 병풍.

594) 화류(樺榴): 자단(紫壇)의 고급 목재.

595) 좌탑(坐榻): 불상을 올려놓는 단.

596) 오동(烏銅): 검붉은 빛이 나는 구리. 오금(烏金)과 같은 광택이 있어 장식품으로 많이 쓴다.

597) 이룡(螭龍): 이무기.

598) 사송(賜送): 임금이 신하에게 물건을 내려보내던 일.

599) 두 농(籠)식: 두 상자씩. '농'은 버들채나 싸리채 따위로 함같이 만들어 종이로 바른 상자다.

600) 천엽(千葉): 처녑. 소나 양 따위의 반추동물의 겹주름위. 잎 모양의 많은 얇은 조각이 있다.

601) 챨셕이(石耳): 석이버섯.

602) 좌반(佐飯): 자반. 나물이나 해산물 따위에 간장이나 찹쌀풀 따위의 양념을 발라 말린 것을 굽거나 기름에 튀겨서 만든 반찬.

염담ᄒ기 거록ᄒ다603) 고기 쥬워 밧굴소냐

북관 지방 암행을 끝내는 감회

두 돌을 거리 묵어 남북관의 왕ᄂᆡᄒ야
못 안 일 다시 알고 셔계604)를 닷가셔라
남관의 관ᄌ하야 두량분급션졔모605)를
못ᄒ게 엄히 ᄒ소 빅셩이 식견606)ᄒ리
오ᄂᆞᆯ이 심심ᄒ니 북관의 못 ᄒᆞᆫ 말을
내 다시 ᄒ오려니 방인들은 들어보소
ᄉᆞ대왕607) 젹덕ᄒ신 녯 짜히 북관이라
야인이 왕ᄂᆡᄒ야 오릐도록 궁황608)터니
김죵셔609)ᄂᆞᆫ 긔쳑ᄒ고 니셰화ᄂᆞᆫ 슈츅ᄒ야610)
반셕이 되얏더라 그 공이 삭염즉ᄃᆡ611).
쳥나라 목극등612)이 빅두산의 졍계ᄒ야

---

603) 염담(鹽膽)ᄒ기 거록ᄒ다: 간이 훌륭하다. 맛이 아주 좋다는 의미다.
604) 셔계(書啓): 임금의 명령을 받은 벼슬아치가 일을 마치고 그 결과를 보고하기 위해 만들
던 문서.
605) 두량분급션졔모(斗量分給先除耗): 적은 곡식을 나눠주면서 선이자를 떼는 것.
606) 식견(息肩): 어깨를 쉬게 함. 무거운 책임을 벗는다는 뜻이다.
607) 사대왕(四大王): 태조의 선조인 목조, 익조, 도조, 환조를 이른다.
608) 궁황(窮荒): 궁벽하고 황폐함.
609) 김종서(金宗瑞, 1390~1453): 조선 전기의 충신. 육진(六鎭)을 개척해 두만강을 경계로 국
경을 확정했다.
610) 이세화(李世華)ᄂᆞᆫ 수축(修築)ᄒ야: 무산(茂山)은 예전에 병마첨사진(兵馬僉使鎭)이었는데,
1684년(숙종 10)에 함경감사 이세화가 건의로 무산부(茂山府)로 승격되자 비로소 읍을 설치하
고 수령을 둔 것을 말한다.
611) 삭염즉ᄃᆡ: 새길 만하데. 조각할 만하데. '삭이다' '사기다'는 '새기다'의 옛말.
612) 목극등(穆克登): 청나라 오라총관(烏喇摠管)을 지낸 사람. 1712년 우리나라에 와서 조(朝)·

산북 산남 버혀니여 번한냥디[613] 되얏더라

금고 감스 잘호기는 남약쳔[614]이 졔일이오

젼후의 어스 노룻 니오쳔[615]이 웃듬일네

또 호 가지 좌쁜[616] 일이 낙민루 우편 길의

경샹 감스 션졍비가 여긔 셔긔 우엔 일고

만셰교 다리 나무 낙동강의 쩌나오니

관찰스 박녕셩이 북도 일을 짐쟉호고

몃만 셕 운젼호야 북인들을 살녓시니[617]

그 비가 아니셔라 지샹이라 호리로다

북관 지방의 방언과 특이한 풍속

즈니도 들어본가 북 스토리 우습더라

청(淸) 양국의 국경을 정하는 백두산정계비를 세웠다.

613) 번한양지(藩翰兩地): 두 지역의 울타리가 됨. '번한'은 울타리와 기둥 역할을 하는 지역을 말한다.

614) 남약천(南藥泉): 조선 후기 문신인 남구만(南九萬, 1629~1711). 소론의 거두로 활약했으며, 문사(文詞)와 서화에 뛰어났다. 1674년(현종 15) 함경도 관찰사로서 유학을 진흥시키고 변경 수비를 튼튼히 했다.

615) 이오천(李梧川): 영조 때 암행어사로 활약한 이종성(李宗城, 1692~1759). 본관은 경주(慶州), 자는 자고(子固), 호는 오천(梧川)이다. 이항복(李恒福)의 5세손이며, 이세필(李世弼)의 손자이자 좌의정 이태좌(李台佐)의 아들이다. 1727년(영조3) 문과에 급제하여 전한(典翰)·부제학(副提學) 등을 거쳐 영의정에 이르렀다. 1728년(영조 4) 경상도 암행어사, 1729년(영조 5) 영남어사, 1731년(영조 7) 관서어사로 파견되어 탐관오리를 숙청했다.

616) 좌쁜: 특이한. '좌뜨다'는 생각이 남보다 뛰어나다라는 뜻. 여기서는 '특별한' '특이한' 정도의 의미로 사용되었다.

617) 관찰스~살녓시니: 박영성(朴靈城)은 박문수(朴文秀, 1691~1756)를 말한다. 박문수가 경상도 관찰사로 부임한 해인 1728년 관동과 관북 지방에 큰 물난리가 나자 조정의 허락 없이는 안 된다는 주변의 만류에도 불구하고 제민창(濟民倉)의 곡식 3천 곡(斛)을 함경도로 실어 보내도록 하여, 함흥 만세교 앞에 감은비가 세워졌다고 한다.

예란 말은 영각이오 계란 말은 정각이라
늙은 계집 만나거든 마노라라 못 홀너라
마노라라는 말에 대로ᄒᆞ야 네 마노라냐 욕ᄒᆞᆫ다데
사룸 만나 길 뭇기를 아모 ᄃᆡ를 져리 가나
녕악히⁶¹⁸⁾ ᄃᆡ답ᄒᆞ되 누구라셔 아니라콩
말버릇 괴이ᄒᆞ데 콩 ᄶᅳᆫ 어인 뜻고
엇던 이는 오라 ᄒᆞ면 귀 ᄶᅢ지게 다라나고
엇던 이는 가라 ᄒᆞ면 코가 다케 업드리데
업드리나 다라나나 흘긋흘긋 도라보ᄂᆞ
엇그제 갓 난 아희 닁슈의 너허 보기
긔품을 시험ᄒᆞ니 늇진셔 그리ᄒᆞ데
촌가의 삼쳑동ᄌᆞ 샹토ᄂᆞᆫ 무슴 일고
나무홀 제 간편ᄒᆞ다 아희 어룬 요망ᄒᆞ다
일가친쳑 먼니 이셔 죽으면 엇디ᄒᆞᄂᆞ
셉질 살은 다 벗기고 ᄶᅢᆨ다귀만 모화다가
셟⁶¹⁹⁾ 속의 너허 메니 경편키ᄂᆞᆫ ᄒᆞ려니와
엇디 ᄎᆞ마 ᄒᆞ돗던고 아마도 금슈로다
무산 갑산 그러터니 단쳔 니원 ᄯᅩ 곳더라
다 그러랴 그듕의도 거룩ᄒᆞᆫ 이 업슬소냐
학ᄒᆡᆼ⁶²⁰⁾도 진실ᄒᆞ고 심ᄉᆞ도 튱슌⁶²¹⁾ᄒᆞᆫ 이
왕왕이 잇건마ᄂᆞᆫ 호홀노 뉘가 쓰리

___

618) 영악(獰惡)히: 매우 모질고 사납게.
619) 셟: 설기. 싸리채나 버들채 따위로 엮어서 만든 네모꼴 상자.
620) 학행(學行): 학문과 덕행.
621) 충순(忠純): 충직하고 참됨.

효즈 녈녀 탁힝[622]들은 민장[623]이 무슈터라

죠슈와 동군ᄒ고 목셕과 동거ᄒ야[624]

셰샹이 몰을션졍 츙신 의ᄉ 업슬소냐

암행어사의 임무를 마치고 귀가한 감회

이런 말 그만두고 힝쟝을 슈습ᄒ셰

쳘령이 삼십 니라 넘어가면 타도로다

타도 말 무엇 ᄒ리 어셔어셔 가오리라

다락원 넘어와셔 왕십니 도라드니

잠실 건너 둥구레[625]ᄂ 내 벗세 집이로다

쥬린 슐 ᄎᄌ 먹고 회포를 다ᄒ거고나

반셰[626] 남아 단니다가 삼월의 복명[627]ᄒ고

내 집의 도라오니 만ᄉ가 무한ᄒ다

젼원이 황무ᄒ고[628] 가ᄉ가 퇴븨ᄒᆫ들[629]

그 무어시 관계ᄒ리 노병이 살아왓다

평싱의 나타ᄒ야[630] 산듕의 문을 닷고

─────────

622) 탁행(卓行): 뛰어나게 훌륭한 행실.
623) 민장(民狀): 백성의 송사·청원에 관한 서류.
624) 조수(鳥獸)와~동거(同居)ᄒ야: 새나 짐승과 한 무리가 되고, 나무나 돌과 함께 지냄. 세상
과 떨어져 살아감을 의미한다.
625) 둥구레: 서울 서초구 반포동에 있던 '둥글말'을 이르는 듯하다.
626) 반세(半歲): 반년.
627) 복명(復命): 명령을 받고 일을 처리한 사람이 그 결과를 보고함.
628) 전원(田園)이 황무(荒蕪)ᄒ고: 전원이 거칠어지고. 도연명의 「귀거래사歸去來辭」의 한 구
절인 "전원이 황폐해지려 하는데 어찌 돌아가지 않겠는가(田園將蕪胡不歸)"에서 따온 말이다.
629) 가사(家舍)가 퇴비(頹圮)ᄒᆫ들: 집이 쇠퇴하여 무너진들.
630) 나타(懶惰)ᄒ야: 나태하여.

져 홀노 누엇시니 셰샹 벗님 뉘 츠즈리
묘당[631]의셔 어이 알며 셩쥬가 네라 호샤
관북의 암힝으로 즁임을 맛기시니
용녈호 쩍은 션비 무슴 일을 아돗던가
황공호고 민망호기 몸 둘 곳이 업돗더라
셩죠[632]의 망극호신 은혜를 어이호고
오눌놀 당호야셔 만분 일 갑흘 쯧이
병심[633]이 지공[634]호니 그나마 볼 거이고

암행어사의 고충

능호 거시 쫏텃더냐 쾌호 거시 엇잔터라
원 노릇 챡히[635] 호면 원쉬 온들 엇디호며
원 노릇 몹시 호면 지친[636]인들 엇디호리[637]
염문[638]이 다 올터냐 죄 업느 니 죄의 들어
만일의 죄를 쥬면 앙급즈손[639] 아닐소냐
이 념녀 져 상냥[640]의 잠이 온들 즈올소냐

---

631) 묘당(廟堂): 의정부를 달리 이르는 말.
632) 성조(聖祚): 임금의 지위를 높여 이르는 말.
633) 병심(秉心): 마음가짐.
634) 지공(至恭): 지극히 공손함.
635) 챡히: 착실하게.
636) 지친(至親): 매우 가까운 친족.
637) 원 노릇~엇디호리: 원 노릇을 잘하면 암행어사로 원수가 오든 친척이 오든 상관이 없다는 뜻이다.
638) 염문(廉問): 사정이나 형편 따위를 몰래 물어봄.
639) 앙급자손(殃及子孫): 재앙이 자손에게 미침.
640) 상량(商量): 헤아려서 잘 생각함.

여러 둘 쥬리다가 혹시 혹시 츌도ᄒ면

음식은 장컨마ᄂᆞᆫ ᄒ나히나 살노 가랴

여러 눌 칩ᄯᅥᆯ다가641) 더운 방의 드러오면

흉듕이 번열ᄒ니642) 먹ᄂᆞ니 닝슈로다

누구셔 어ᄉᆞ 벼슬 죳타고 ᄒ돗던고

봉고파츌643) 쾌ᄒᆞᆫ 일가 형문 곤쟝 ᄎ마 ᄒ랴

못ᄒᆞᆯ 일 강잉ᄒ니 졔 심졍 글너지고644)

낙숑ᄌᆞ645)ᄂᆞᆫ 칭원646)ᄒ야 몹슬 말 지어닉니

모로난 이 어이 알니 그 말을 고지듯나

고맙다 닉 잠간이오 원슈ᄂᆞᆫ 듸듸로다

괴롭기ᄂᆞᆫ 져 혼ᄌᆞ라 못ᄒᆞᆯ 거시 어ᄉᆞ로다

엇디ᄒ리 다 죠ᄒ랴 붓그러온 일 업스면

엇디홀이 관계ᄒ랴 관계ᄒᆞᆫ 일 잇돗더라

져 일것 닫니면셔 민은647)을 ᄌᆞ시 알아

낫낫치 별단ᄒ니 묘당의셔 고퇴648) ᄒ야

열의셔 일곱여듧 시ᄒᆡᆼ을 아니ᄒ면

그 아니 밍낭ᄒᆞᆫ가649) 이 일이 관계ᄒ다

---

641) 칩ᄯᅥᆯ다가: 추위에 떨다가.
642) 번열(煩熱)ᄒ니: 열이 나고 답답하니.
643) 봉고파츌(封庫罷黜): 어사나 감사가 부정을 저지른 고을의 원을 파면하고 관가의 창고를 봉하여 잠그던 일.
644) 글너지고: 나빠지고.
645) 낙송자(落訟者): 소송에서 패한 사람.
646) 칭원(稱冤): 원통함을 들어서 말함.
647) 민은(民隱): 백성이 악정에 시달려 생활하는 데 겪던 고통.
648) 고퇴(敲推): 시문(詩文)의 자구(字句)를 여러 번 생각하여 고치는 일. 여기서는 꼼꼼히 검토함을 말한다.
649) 맹랑(孟浪)ᄒᆞᆫ가: 허망한가.

북관 백성의 고충

홈을며 북도 빅셩 위열650) 홀 터 만톳더라
위열ᄒ여쥬오시면 부탕도화651) ᄒ오리라652)
불샹ᄒ다 심북 빅셩 왕셩이 누쳔니라
감ᄉ도 모로거든 님금을 엇디 알니
졔 몸의 질통653) 훈 일 아모리 잇건마논
뉘게 와셔 ᄒ올소니 형셰가 홀일업다
쥭으라면 쥭을 밧긔 무솜 슈가 이슬소냐
날 보고 길을 막아 울며 노치 아니ᄒ니
내로소니 ᄎ마 가랴 머물고 위로훈 말
우리 쥬샹 젼하님이 너희 질고654) 념녀ᄒ샤
날 보니여 알나시니 내 가셔 알외려니
쥭지 말고 기ᄃ리라 덕퇵이 미츠리라
비옵ᄂ니 쥬광하655)의 빅빅ᄒ고 비옵ᄂ니
양츈이 포퇵656) 홀 졔 음곡657) 붓허 몬져 ᄒ면
머다머다 져 사룸들 거위거위658) 도모ᄒ리659)

---

650) 위열(慰悅): 위안하여 기쁘게 함.
651) 부탕도화(赴湯蹈火): 끓는 물이나 뜨거운 불도 가리지 않고 밟고 간다는 뜻으로, 아주 어렵고 힘겨운 일이나 수난을 겪음을 이르는 말이다.
652) 위열ᄒ여쥬오시면 부탕도화 ᄒ오리라: 백성을 위로하고 기쁘게 해주면 백성들이 어떤 고통도 달게 받아들일 거라는 뜻이다.
653) 질통(疾痛): 병으로 생긴 아픔.
654) 질고(疾苦): 병으로 인한 괴로움.
655) 주광하(晝光下): 밝은 햇빛 아래.
656) 양춘(陽春)이 포택(布澤): 따뜻한 봄기운이 은덕과 혜택을 베풂.
657) 음곡(陰谷): 그늘진 골짜기.
658) 거위거위: 거의거의.
659) 도모(圖謀)ᄒ리: 대책과 방법을 세울 수 있을 것이다.

반 남아 늙은 몸이 왕녕곳 아니시면

눅쳔오빅 머단 길의 무양이 오올소냐

아희야 잔 쓰셔라 텬황시[660] 일만 팔쳔

디황시[661] 일만 팔쳔 합ᄒ야 삼만 눅쳔 셰를

우리 님긔 헌슈[662]ᄒ쟈

—『북새곡北塞曲』

---

660) 천황씨(天皇氏): 중국 고대 전설상의 제왕. 삼황(三皇)의 으뜸으로, 12형제가 각각 1만 8천
년씩 왕 노릇을 했다고 한다.
661) 지황씨(地皇氏): 중국 고대 전설상의 제왕. 천황씨의 뒤를 이어 오행 중의 화덕(火德)으로
왕이 되었으며, 형제가 역시 12사람인데 각각 1만 8천 년을 다스렸다고 한다.
662) 헌수(獻壽): 환갑잔치 따위에서, 주인공에게 장수를 비는 뜻으로 술잔을 올림.

東游歌

洪鼎裕

금강산 유람을 떠나다

인싱 텬지간의 남ᄌ신¹⁾ 되여 나셔
빅 연을 사는 즁의 하올 일도 만흘시고
님하²⁾의 독셔ᄒ여 문한³⁾을 셩취ᄒ온 후
닙신양명 길흘 드러 치군틱민⁴⁾ 일숨으며
그 남은 혼가혼 씨 명산딕쳔 가보아야
비로쇼 셰상의셔 칭지왈 딕장부⁵⁾라

---

1) 남자신(男子身): 남자의 몸.
2) 임하(林下): 숲속이라는 뜻으로, 그윽하고 고요한 곳을 이른다.
3) 문한(文翰): 문필(文筆)에 관한 일. 또는 글을 잘 짓는 사람.
4) 치군택민(致君澤民): 임금에게는 몸을 바쳐 충성하고 백성에게는 은택을 베풂.
5) 칭지왈 대장부(稱之曰大丈夫): 그를 가리켜 대장부라고 칭함.

티스씨6) 이십 시의 강회의 쟝유ㅎ고7)

소영빈8) 십구 셰의 경스9)의 디관10)ㅎ니

문장이 발휘ㅎ고 공업11)도 진취12)ㅎ다

어와 이니 년긔13) 이모14)의 쏘 두 히라

삼팔의 소과칭명15) 거연이16) 십 지17)로셰

공명의 두은 쯧지 업다야 ㅎ랴만는

가국18)이 티평ㅎ고 이스이 일업스니

납극19)을 졍니ㅎ고 히량20)을 슈습ㅎ여

6) 태사씨(太史氏): 중국 한 무제(漢武帝) 때의 사관(史官) 사마천(司馬遷). 벼슬은 태사령(太史令)·중서령(中書令)을 지냈고, 『사기』 130권을 지었다.

7) 태사씨~장유(壯遊)ㅎ고: 사마천이 10살 때부터 고문(古文)을 다 통하고 20살에는 천하를 유람했는데, 남으로 강회(江淮) 지방을 두루 답사하고 북으로 문수(汶水)·사수(泗水)를 건너 제(齊)·노(魯) 지방을 지나 양(梁)·초(楚) 지방을 두루 유람하면서 호방한 기운을 얻어 이를 문장으로 발휘해 『사기』를 지었다고 한다.

8) 소영빈(蘇潁濱): 당송 팔대가의 한 사람인 소철(蘇轍). 그의 호가 영빈(潁濱)이다. 소식(蘇軾)의 아우.

9) 경사(京師): 서울.

10) 대관(大觀): 널리 구경함.

11) 공업(功業): 큰 공로가 있는 사업.

12) 진취(進就): 일을 차차 이루어감.

13) 연기(年紀): 나이.

14) 이모(二毛): 이모지년(二毛之年). 흰 머리털이 나기 시작하는 나이라는 뜻으로, 32세를 이르는 말이다.

15) 소과칭명(小科稱名): 소과에 이름이 불림. 소과에 합격했다는 뜻이다. '소과'는 생원과 진사를 뽑던 과거다.

16) 거연(遽然)이: 어느새.

17) 십 재(十載): 십 년.

18) 가국(家國): 자기 집안과 나라를 아울러 이르는 말.

19) 납극(蠟屐): 물이 새지 않게 밀랍을 바른 나막신. 남송(南宋) 때 시인 사령운(謝靈運)이 산을 오를 때 반드시 나막신을 신었다고 한다.

20) 히량: 해낭(奚囊). 명승지를 찾아다니며 읊은 시나 문장 따위의 초고를 넣는 주머니.

견유암²¹⁾의 일싱고벽²²⁾ 동쇼문의 쳔니 유람

힝쟝을 떨쳐니여 어디로 향ㅎ리요

히동명구²³⁾의 풍악²⁴⁾이 읏씀이라

삼산지봉니²⁵⁾요 오악지형남²⁶⁾이라

승지 명산의 동반이 긔 뉘런고

시봉²⁷⁾은 고롱이요 운셕²⁸⁾은 능암이라

고두²⁹⁾로 짐 지우고 능ㅅ³⁰⁾ 샹좌 신진이와

오 인이 연공³¹⁾ㅎ여 동협³²⁾으로 드러갈시

이찌눈 어느 찐고 임슐 모춘 염팔³³⁾이라

---

21) 전유암(田游巖): 당나라 은사(隱士). 당 고종 연간에 태학생(太學生)에 임명되었는데, 임기를 마치고 태백산으로 들어가 은거했다. 나중에 기산(箕山)으로 들어가서 허유(許由)의 무덤 옆에 살며 허유동린(許由東隣)이라 자호(自號)하고, 출사하지 않았다. 고종이 친히 그를 방문하니, 유암은 야인의 복장으로 배알하는데 행동이 근엄했다. 황제가 그에게 "선생은 근래 편안합니까?"하니, 유암은 "신은 이른바 천석고황(泉石膏肓)이고 연하고질(煙霞痼疾)인 자입니다"라고 대답했다 한다.

22) 일생고벽(一生高癖): 평생의 고상한 성벽(性癖). 여기서는 산수를 사랑하는 성벽을 말한다.

23) 해동명구(海東名區): 우리나라에서 산수가 좋아 널리 이름난 고장.

24) 풍악(楓嶽): 풍악산(楓嶽山). 가을의 금강산을 달리 이르는 말.

25) 삼산지봉래(三山之蓬萊): 삼신산(三神山) 중 봉래산(蓬萊山). 삼신산은 신선들이 산다는, 바다 가운데 있는 3개의 산. 봉래산(蓬萊山), 방장산(方丈山), 영주산(瀛洲山).

26) 오악지형남(五嶽之荊南): 오악 중 형남산. 중국의 5대 명산인 오악은 동악 태산(泰山), 서악 화산(華山), 남악 형산(衡山), 북악 항산(恒山), 중악 숭산(崇山)을 말한다. 오악은 역사상 변화가 있어 삼국시대 오나라에서는 형남산을 오악 중 하나로 삼았다.

27) 시봉(侍奉): 모셔 받듦. 시중을 듦.

28) 운석(運席): 이부자리를 옮김.

29) 고두: 능암선사의 하인.

30) 능ㅅ: 능암대사.

31) 연공(連筇): 지팡이를 나란히 한다는 말로, 나란히 서서 함께 가거나 옴을 뜻한다.

32) 동협(東峽): 경기도 동쪽 지방과 강원도 지방을 통틀어 이르는 말.

33) 염팔(念八): 28일. 스무날을 염일(念日)이라 한다.

한양에서 회양부까지

슉우[34]가 신쳥[35]ᄒᆞ고 풍일[36]이 촉ᄂᆡᆼ[37]ᄒᆞᆫᄃᆡ
홍녹이 만안[38]ᄒᆞ고 산쳔이 명녀[39]ᄒᆞ니
도로의 허튼 경ᄀᆡ[40] 무비 다[41] 졀승ᄒᆞ다
유인도쳐의 응졉불가[42]ᄒᆞ여
흉금이 샹활ᄒᆞ고[43] 보쳡[44]이 경쾌ᄒᆞ니
오ᄇᆡᆨ 니 금강을 일츅[45]의 다다를 ᄃᆞᆺ
초리여공[46]을 분ᄃᆡ로 신고 집허
흥인문[47] ᄂᆡ달라셔 관왕묘[48] 압희 가니
몬져 ᄡᅥᄂᆞᆫ 능암 ᄉᆞ예[49] 뒤조챠오ᄂᆞᆫ고나

34) 숙우(宿雨): 여러 날 계속해서 내리는 비. 또는 지난밤부터 오는 비.
35) 신청(新晴): 오랫동안 오던 비가 멎고 말끔히 갬.
36) 풍일(風日): 바람과 볕이라는 뜻으로, 날씨를 이르는 말이다.
37) 촉랭(觸冷): 찬 기운이 몸에 닿음.
38) 만안(滿岸): 산기슭에 가득함.
39) 명려(明麗): 맑고 고움.
40) 허튼 경개(景槪): 특별하지 않은 경치.
41) 무비(無非) 다: 그렇지 않은 것이 없이 모두.
42) 유인도처(遊人到處)의 응접불가(應接不暇): 유람객이 이르는 곳마다 경치 구경하느라 겨를이 없다는 뜻이다. 『세설신어世說新語』「언어편言語篇」에 "왕자경이 이르기를, 산음의 길을 따라 걷노라면 산천의 경치가 절로 아름다운 빛을 발산하기에 사람으로 하여금 경치 구경하기에도 겨를이 없게 한다. 가을이나 겨울엔 더더욱 형언하기 어려운 기이한 경치가 전개된다(王子敬云, 從山陰道上行, 山川自相映發, 使人應接不暇, 若秋冬之際, 尤難爲懷)"라고 했다.
43) 상활(爽闊)ᄒᆞ고: 상쾌하고.
44) 보첩(步屧): 걸음.
45) 일축(一蹴): 한 걸음.
46) 초리여공(草履藜笻): 짚신과 명아주대로 만든 지팡이. 죽장망혜(竹杖芒鞋)와 같은 말로, 간단한 보행이나 여행의 차림을 뜻한다.
47) 흥인문(興仁門): 흥인지문(興仁之門). 한양 도성의 동쪽 정문.
48) 관왕묘(關王廟): 중국 삼국시대 촉한의 장수 관우의 영(靈)을 모시는 사당. 조선시대에 서울에 동묘, 남묘, 북묘가 있었다.
49) 사예(寺隸): 사노비(私奴婢). 절에 딸린 노비.

인명원50) 지나치고 기운수51) 차즈드니

조고마흔 암ㅈ 속의 슈십여 한52) 승도53)드리

졀 인심 고이ㅎ여 휘쥬54)ㅎ네 도젹 웨네55)

밤시도록 야경ㅎ여 잠잘 길이 젼혀 업다

이십구일 죠반 후의 디원암56) 잠간 보니

뜰 아릐 셧논 반숑 크고도 졀묘ㅎ다

졀 뒤 고긔 너며셔니 북바위57) 디로로다

심은술58) 문암이59)의 다락원60) 즁화61)ㅎ고

의졍부 셔히랑이62) 츅셕녕63) 너머셔니

양쥬 짜 다 지니고 포쳔이 여긔로다

잘 잇거라 삼각산아 오난 길의 다시 보자

---

50) 인명원(仁明園): 정조의 후궁인 원빈(元嬪) 홍씨의 묘소. 서울 고려대학교 이공대학이 위치한 자리에 있었으며 애기능터라 불렸다.
51) 개운사(開運寺): 서울 성북구 안암동에 있는 절.
52) 수십여 한: 수십여 명이나 되는.
53) 승도(僧徒): 중의 무리.
54) 휘주(揮麈): 총채를 휘두름. '휘주'는 고라니 꼬리털(麈尾)을 매단 불자(拂子)를 손에 쥔다는 뜻이다. 먼지떨이처럼 생긴 그 불자는 위진(魏晉) 시대 때 청담을 즐기던 사람들이 많이 가지고 다녔으며, 나중에는 선종(禪宗)의 승려들도 애용했다.
55) 도젹 웨네: 도적을 외치네. '웨다'는 '외치다'의 옛말. 도적을 외친다는 말은 도둑을 쫓는다는 의미다.
56) 대원암(大圓庵): 개운사의 암자.
57) 북바위: 종암(鐘岩). 지금의 서울 성북구 종암동.
58) 심은술: 숨은설. 서울 강북구 미아동에 있던 마을. 소나무와 참나무를 심어온 데서 마을 이름이 유래했다. '신근설'이라고도 한다.
59) 문암이: 무너미. 지금의 서울 성북구 수유동.
60) 다락원(樓院): 지금의 경기도 의정부시 호원동에 있었던 역원(驛院). 원집이 다락으로 되어 있던 데서 유래한다.
61) 즁화(中火): 길을 가다가 점심을 먹음.
62) 셔히랑이: 서오랑(西五郞). 현재의 경기도 의정부 금오동.
63) 츅셕령(祝石嶺): 경기도 의정부에서 포천 사이에 있는 고개 이름.

빈터[64] 지나 슬모로[65]의 팔십 니 와 슉쇼ᄒ니

이날은 쟝날이라 취타훤쇼[66] 요란ᄒ다

삼십일 일작 ᄶ러나 파발막[67] 얼픗 지나

구쟝거리 조반ᄒ고 슛쟝터 만셰교[68]의

포쳔을 지나셔니 영평[69]이 여긔로다

빅ᄉ는 형결[70]ᄒ고 이 슈가 합뉴훈ᄃᆡ

봉황ᄃᆡ[71] 어드메오 빅노쥬[72] 여긔 잇니

계변 고셕샹[73]의 올나안ᄌ 두류[74] 보니

봉만은 연미ᄒ고[75] 화류 난만[76]훈ᄃᆡ

물시는 오락가락 경치가 마니 죠타

십 니 양문역[77]의 ᄒ낫[78]즌 되엿시되

도보 원힝이 싱니의 쳐음이라

---

64) 빈터: 빈터. 경기도 포천군에 있는 지명.

65) 슬모로: 솔모루. 송우리(松隅里). 경기도 포천시 소흘읍에 있는 지명.

66) 취타훤소(吹打喧騷): 떠들썩하게 관악기를 불고 타악기를 침.

67) 파발막(擺撥幕): 경기도 포천에 있는 지명.

68) 만세교(萬世橋): 경기도 포천에 있는 지명.

69) 영평(永平): 경기도 포천군 영중면의 옛 이름.

70) 형결(炯潔): 밝게 빛나고 깨끗함.

71) 봉황대(鳳凰臺): 중국 강소성 남경에 있는 유명한 누대.

72) 백로주(白鷺洲): 중국 장강(長江) 가운데 있는 모래톱의 이름. 이백이 봉황대에 올라서 지은 시 「등금릉봉황대登金陵鳳凰臺」에 나온 말이다. "봉황대 위에 봉황이 노닐더니, 봉황은 가고 빈 대 앞에 강물만 흐르네. 오나라 궁궐의 화초는 황폐한 길에 묻혔고, 진나라 귀인들은 오래된 무덤이 되었네. 삼산은 하늘 밖에 반쯤 걸려 있고, 두 강물은 백로주를 갈라 흐르네. 모두가 뜬구름이 태양을 가렸기 때문이니, 장안은 보이지 않고 시름만 일으키네(鳳凰臺上鳳凰遊, 鳳去臺空江自流. 吳宮花草埋幽徑, 晉代衣冠成古丘. 三山半落靑天外, 二水中分白鷺洲. 總爲浮雲能蔽日, 長安不見使人愁)."

73) 고석상(古石上): 괴이하게 생긴 돌 위. '고석'은 괴석(怪石)이다.

74) 두류: 두루.

75) 봉만(峰巒)은 연미(軟美)ᄒ고: 산봉우리가 부드럽고 아름다움.

76) 화류 난만(花柳爛漫): 꽃과 버들이 활짝 피었음.

77) 양문역(梁文驛): 경기도 포천군 영중면 양문리에 있던 옛 역.

78) ᄒ낫: 해낮. '대낮'의 방언.

발 알푸고 몸 곤ᄒ여 일작이⁷⁹⁾ 안혈⁸⁰⁾ᄒ고

ᄉ월 초일일의 느즉이 발힝⁸¹⁾ᄒ여

느릅졍⁸²⁾ 조반ᄒ고 굴을늬⁸³⁾ 지나오니

일도쳥계⁸⁴⁾가 보기산⁸⁵⁾ 발원ᄒ여

곳곳지 긔암괴셕 구경쳐 되야 잇다

셔기울은 영평이오 실씨⁸⁶⁾는 쳘원이라

풍젼역 즁화ᄒ니 노뷔⁸⁷⁾가 심혼지라

층층⁸⁸⁾ 쳔진ᄒ야⁸⁹⁾ 어염계 다다르니

맛참 김화⁹⁰⁾ 역마 구실⁹¹⁾노 나셧다가

뷘 말노 회환키의 슌긔로⁹²⁾ 삭슬 타고⁹³⁾

가로기고기 너머 일셰⁹⁴⁾가 져믄지라

홰⁹⁵⁾ 잡히고 발힝ᄒ여 지경터⁹⁶⁾ 슉쇼ᄒ니

이십 니 ᄯᅩ 왓시며 쳘원 김화 졉계로다

---

79) 일작이: 일찍. 일찌감치. '일즈기'는 '일찍'의 옛말.
80) 안혈: 안헐(安歇). 편히 쉼.
81) 발행(發行): 길을 떠남.
82) 느릅졍: 경기도 포천군 영북면의 지명.
83) 굴을늬: 굴운천(屈雲川). 경기도 포천시 영중면에 있는 시내.
84) 일도쳥계(一途淸溪): 한줄기 맑은 시내.
85) 보개산(寶盖山): 강원도 철원에 있는 산.
86) 실씨: 실지(實地). 실제의 처지나 경우.
87) 노뷔: 노피(勞疲). 지침. 피로함.
88) 층층: 발걸음을 매우 재게 떼며 급히 걷는 모양.
89) 천진(遷進)ᄒ야: 옮겨가서. 나아가서.
90) 김화(金化): 강원도 북쪽에 있는 읍.
91) 구실: 관아의 임무.
92) 순기(順氣)로: 순조롭게. 기분 좋게.
93) 삭슬 타고: 삯을 주고 빌려 타고.
94) 일셰(日勢): 해가 남아 있는 정도.
95) 홰: 싸리나 갈대 따위를 묶어 불을 붙여서 밤길을 밝히거나 제사 때 화톳불을 놓는 데 쓰는 물건.
96) 지경터: 강원도 철원의 지명.

초이일 평명[97] 후의 조반ᄒ고 일 ᄶ쳐나셔

시무졍 시슛막의 싱창역[98] 나려오니

디쳔 가의 쟝오슙히 김화읍을 둘너 잇ᄂᆡ

삭말은 낙후ᄒ고 의국이[99] 보힝ᄒ여

망바위 즁화ᄒ니 ᄉ십 니 와 잇고나

졈심 후 발힝ᄒ여 구졍벼로 즁고기의

김화 ᄯᅡ 지나 셔셔 김셩을 가랴더니

일셰도 져므럿고 각역[100]도 곤뇌[101]ᄒ여

진목[102]셔 슉소ᄒ고 초삼일 죠발[103]ᄒ여

십여 리 힝ᄒ여셔 김셩 읍ᄂᆡ 조반할 졔

피금졍[104] 올나 보니 ᄂᆡ가의 지은 집이

비록 황퓌[105]ᄒ엿시냐 경긔가 유슈[106]ᄒ다

삭말을 어더 타고 경퓌[107] 지나 능곡 오니

안샹의 화홍[108] ᄒ고 계변의 뉴록[109]ᄒ여

산즁슈복ᄒ온 곳의 ᄯᅩ ᄒᆫ 마을 잇거고나[110]

---

97) 평명(平明): 해가 돋아 날이 밝아질 무렵.
98) 생창역(生昌驛): 강원도 김화군 김화읍 생창리에 있었던 역.
99) 의국이: 의구(依舊)히. 그대로 변함없이.
100) 각력(脚力): 길을 걷는 힘.
101) 곤뇌(困惱): 시달려 고달픔.
102) 진목(眞木): 강원도 김성(金城)의 지명.
103) 조발(早發): 아침 일찍 길을 떠남.
104) 피금정(披襟亭): 강원도 김화군 김성 남대천 변에 위치한 정자.
105) 황퓌: 황폐(荒廢).
106) 유수(有數): 손꼽을 만큼 훌륭함.
107) 경퓌: 경파(慶坡)이. '경파'는 강원도 김화군 김성면의 지명이다.
108) 안샹(岸上)의 화홍(花紅): 언덕 위에 붉은 꽃이 피어 있음.
109) 계변(溪邊)의 뉴록(柳綠): 시냇가에 푸른 버들이 드리워 있음.
110) 산즁슈복ᄒ온~잇거고나: 산 첩첩 물 겹겹한 곳에 또 마을 하나 있구나. 송나라 육유(陸遊)의 시 「유산서촌遊山西村」의 "첩첩산중 강 건너 또 강이라 길이 없을 듯한데, 버들은 짙푸르고 꽃 만개하니 또 마을 하나 있네(山重水複疑無路, 柳暗花明又一村)"라는 구절에서 따온 표현이다.

숫감이[111]셔 세우 맛고 창도역[112] 드러가니

긔보가 부동ᄒ여[113] 동힝들 낙후ᄒ고

가동과 상좌 즁이 뒤조차 ᄯ라왓기

쥬졈을 졍ᄒ고셔 문 닷고 편히 누어

이동[114]을 불너드려 쇼리 말나 신칙[115]ᄒ고

문틈으로 여허보니 고롱과 능암션ᄉ

연공촉힝[116]ᄒ여 젼혀 속고 지나ᄂ 양

소견이 졀도ᄒ나[117] 우슴을 겨우 참고

짐즛 오린 후의 가동 시겨 살펴보니

방황쳑쵹[118]ᄒ여 집집이 뭇고 찻다

하인 보고 조차와셔 욕소욕노[119]ᄒ오면셔

ᄆᆡ원[120]ᄒ며 조롱ᄒ며 일쟝을 극희ᄒ다[121]

삭말은 환송ᄒ고 오반을 먹은 후의

---

111) 숫감이: 숯가미. '숯가마'의 방언. 숯 굽는 곳이 있는 지역을 가리킨다.
112) 창도역(昌道驛): 강원도 김화군 창도리에 있었던 역.
113) 긔보(騎步)가 부동(不同)ᄒ여: 말을 타는 것과 걷는 것의 속도가 같지 않아서.
114) 이동(二童): 사내종과 상좌 두 아이를 가리킨다.
115) 신칙(申飭): 단단히 타이름.
116) 연공촉행(聯筇促行): 나란히 걸음을 재촉함.
117) 소견(所見)이 절도(絶倒)ᄒ나: 보기에 포복절도할 만하나.
118) 방황쳑쵹(彷徨躑躅): 방황척촉구불거(彷徨躑躅久不去). 가지 못하고 머뭇거리며 서성거림. 한유의 「동생행」에서 따온 말이다. 당나라 동소남(董召南)의 덕행이 가축에까지 미쳐 그 집 닭이 강아지를 품어주었다는 고사가 전하는데, 한유(韓愈)가 이것을 「동생행董生行」에서 다음과 같이 노래했다. "슬프다 동생이여, 효성스럽고 인자함을 사람들은 알지 못하네. 오직 하늘만 알고 있어, 상서를 내고 내리기를 때도 없이 하였네. 집안에 새끼 낳은 개가 있어 먹이를 구하러 나가니, 닭이 와서 그 새끼에게 먹이네. 뜰에서 벌레와 개미를 쪼아서 먹여도, 먹지 않고 우는 소리 슬프네. 이리저리 방황하여 떠나지 못하고, 날개로 덮어주며 어미 개가 오기를 기다렸다네(嗟哉董生, 孝且慈人不識. 唯有天翁知, 生祥下瑞無時期. 家有狗乳出求食, 雞來哺其兒. 啄啄庭中拾蟲蟻, 哺之不食鳴聲悲. 彷徨躑躅久不去, 以翼來覆待狗歸)."
119) 욕소욕노(欲笑欲怒): 한편으론 웃으려 하고 한편으론 화를 내고자 함.
120) ᄆᆡ원(埋怨): 원망.
121) 일쟝(一場)을 극희(劇戱)ᄒ다: 한바탕 장난치다는 의미다.

비 맛고 쏘 쩌나셔 판교¹²²⁾ 와 슉소ᄒ니

십 니예 조곰 남고¹²³⁾ 의복이 다 져졋니

쳘원브터 이리 오며 참참이¹²⁴⁾ 살펴보니

산슈는 즁쳡ᄒ고 인가는 희소ᄒᄃᆡ

사력¹²⁵⁾이 견강¹²⁶⁾ᄒ여 쌍결이¹²⁷⁾로 밧츨 갈고

쥬막의 기름 업셔 관솔노 불 혓ᄂᆞᄃᆡ

방구셕의 흑을 발나 연통¹²⁸⁾쳐로 만들고셔

아리다가 아궁 닉고 불 와히돗¹²⁹⁾ ᄒᄂᆞᆫ고나

기버들 뷔여다가 바자쳐로 겨려니여

치마젼 둘너막아 우타리 삼아 잇고

읍져¹³⁰⁾와 역졈¹³¹⁾ 즁의 초요히¹³²⁾ 사는 집은

얄븐 쳥셕¹³³⁾ 너화¹³⁴⁾ 쪽은집 우흘 덥헛ᄂᆞᄃᆡ

미됴나은¹³⁵⁾ 틈 속으로 하놀이 비최인다

도모지¹³⁶⁾ 깁흔 두메 풍속이 돈박¹³⁷⁾ᄒ여

---

122) 판교(板橋): 강원도 철원의 지명.
123) 남고: 넘고. '남다'는 '넘다' '지나다'의 옛말.
124) 참참이: 일정한 동안을 두고 이따금.
125) 사력(沙礫): 자갈.
126) 견강(堅强): 매우 굳세고 단단함.
127) 쌍결이: 쌍겨리. 소 2마리가 끄는 쟁기.
128) 연통(煙筒): 굴뚝.
129) 불 와히돗: '불을 끌어당기는 듯'이라는 의미인 듯하다.
130) 읍져(邑底): 읍내.
131) 역졈(驛店): 역(驛). 「북새곡」 각주 36번 참조.
132) 초요(稍饒)히: 넉넉하게.
133) 쳥셕(靑石): 푸른 빛깔을 띤 응회암.
134) 너화: 너와.
135) 미됴나은: 삐져나온. 튀어나온. '미좃다' '미좇다'는 '뒤미처 좇다'의 옛말.
136) 도모지: 도무지. 아주.
137) 돈박(敦樸): 인정이 많으며 성품이 수수함.

셰간ᄉ리 집 슈쟝¹³⁸⁾이 무무¹³⁹⁾ᄒ고 신산¹⁴⁰⁾ᄒ다

초ᄉ일 만반시¹⁴¹⁾의 운음¹⁴²⁾이 희발¹⁴³⁾커ᄂᆞᆯ

일졔이 발힝ᄒ여 쟝오고기 너머갈 졔

길구븨 여러히오 돌사닥 험ᄒ여셔

언덕이 경측¹⁴⁴⁾ᄒ여 본이비탈이라ᄂᆞᆫ디

ᄒ 고기 너머셔니 ᄯ 호 고기 놉하고나

그 가온디 디쳔 잇고 슈십여 간 다리 노화

이쪽은 김셩이오 져편은 회양이라

하류 쳔한¹⁴⁵⁾ 곳의 되박거로¹⁴⁶⁾ 미야두고

쟝마의 다리 ᄯᅳ면¹⁴⁷⁾ 힝인을 건넨다네

깁흔긔¹⁴⁸⁾ 지니셔셔 신안역¹⁴⁹⁾ 차ᄌᆞ오니

쥬부ᄌᆞ¹⁵⁰⁾ 우암션싱¹⁵¹⁾ 영당¹⁵²⁾이 겨오시되

힝긔¹⁵³⁾가 총거¹⁵⁴⁾ᄒ여 쳠비¹⁵⁵⁾를 못 ᄒ오니

---

138) 집 수장(修粧): 집을 꾸미거나 손질함.
139) 무무(貿貿): 서투르고 무식함.
140) 신산(辛酸): 힘들고 고생스러움.
141) 만반시(晚飯時): 저녁밥을 먹을 때.
142) 운음(雲陰): 음운(陰雲). 검은 구름.
143) 희발(希發): 드문드문 생겨남.
144) 경측(傾仄): 한쪽으로 기욺.
145) 천(淺)한: 얕은.
146) 되박거로: 됫박거루. 됫박 모양의 거룻배.
147) 다리 뜨면: 홍수가 나서 다리가 물위로 떠오르면.
148) 깁흔기: 깊은개. 강원도 회양군의 지명.
149) 신안역(新案驛): 강원도 회양군 신안리에 있던 옛 역.
150) 주부자(朱夫子): 중국 송나라 유학자 주희(朱熹).
151) 우암 선생(尤庵先生): 조선시대 문신이자 정치가인 송시열(1607~1689).
152) 영당(影堂): 초상화를 모신 사당.
153) 행기(行期): 일정(日程).
154) 총거(悤遽): 총망(悤忙). 몹시 급하고 바쁨.
155) 첨배(瞻拜): 선조 혹은 선현의 묘소나 사당에 우러러 절함. 참배.

후학의 모현지셩[156] 초챵코[157] 가이업다

중화ᄒ고 이러셔니 풍일이 음닝[158]ᄒ다

당아지고기 너머 너분들 쥬막 지나

노방[159]의 셕비 ᄒ나 우습고 신긔ᄒ니

좌슈[160] 현 아모의 션좌비[161]라 ᄒ엿더라

칠송졍 지나올 졔 큰 소나모 ᄒ나 셔셔

두어 아람 되엿시며 열아믄[162] 길 놉하ᄂᆞᆫᄃᆡ

마춤 어옹 ᄒ나 지나다 일은 말이

져 솔이 일너 오ᄃᆡ 병ᄌᆞ호란 젹것다네[163]

드르ᄆᆡ 신긔ᄒ여 지삼 회고[164] 돌쳐보고

고기 둘 쏘 너머셔셔 회양부의 드러가니

히ᄂᆞᆫ 아직 덜 져믈고 젼후 삼빅팔십 니라

회양부에서 머물며 주변 명승지를 구경하다

쥬막의 드러안자 웃옷을 니여 닙고

가동을 보니여셔 관부의 통ᄒ라고

156) 모현지성(慕賢至誠): 현인을 사모하는 지극한 정성.

157) 초창(怊悵)코: 섭섭하고.

158) 음냉(陰冷): 흐리고 참.

159) 노방(路傍): 길가.

160) 좌수(座首): 조선시대, 지방 자치 기구인 향청(鄕廳)의 우두머리. 「갑민가」 각주 26번 참조.

161) 선좌비(善佐碑): 수령을 잘 보좌한 향청의 우두머리를 표창하고 기리고자 세운 비석.

162) 열아믄: 열아문. 여남은. 열이 조금 넘는 수.

163) 젹것다네: 겪었다네. '젂다'는 '겪다'의 방언.

164) 회고(回顧): 뒤를 돌아다봄.

차차 젼진ᄒᆞ여 삼문165) 압희 다다르니

통인166)이 발셔 나와 어셔 들나 지쵹ᄒᆞ니

동현의 바로 가니 셕반이 되엿고나

진외죵ᄃᆡ부167) 몬져168) 뵈옵고 니러나셔

ᄎᆡᆨ실169)의 몬져 오니 면면이 다 반기고

져녁밥 먹은 후의 쟝쳥170)의 슉소ᄒᆞ다

초오일 늣게 닐어 동현의 뵈옵고셔

조반의 젼쳘 지져171) 일힝이 포식ᄒᆞ니

어졔밤의 닝면브터 오놀 앗참 고기맛시

여릐172)을 오ᄂᆞᆫ 길의 나물의 쥬린 챵ᄌᆞ

갑쥭이 고량진미 쟝위173)가 놀나ᄂᆞᆫ 듯

산ᄉᆞᄎᆞ174) 갓금 달혀 복등을 달니고셔

부치ᄃᆡ소175)를 ᄌᆞ셔이 둘너보니

산협176)이 기이ᄒᆞ고 슈셕이 둘넛ᄂᆞᆫᄃᆡ

인가가 희소ᄒᆞ여 드믄이 잇거고나

봉늬각 독등당은 동현이 되여 잇고

---

165) 삼문(三門): 대궐이나 관청 앞에 세운 세 문. 정문, 동협문, 서협문을 이른다.
166) 통인(通引): 수령(守令)의 잔심부름을 하던 사람.
167) 진외종대부(陳外從大父): 진외가의 종대부. 곧 할머니의 남자 형제를 말한다. '대부'는 할아버지와 같은 항렬인 유복친 외의 남자 친척이다.
168) 몬져: '먼저'의 옛말.
169) 책실(冊室): 고을 원의 비서 사무를 맡아보는 사람. 또는 그 사람이 거처하는 곳.
170) 장청(將廳): 군아(郡衙)와 감영(監營)에 속한 장교가 근무하던 곳.
171) 전철(煎鐵) 지져: 전철에 지져서. '전철'은 전을 부치거나 고기 따위를 볶을 때 쓰는, 솥뚜껑처럼 생긴 무쇠 그릇이다.
172) 여릐: 열흘. 28일에 출발했으므로 날수로 따지면 8일이다.
173) 장위(腸胃): 창자와 위를 아울러 이르는 말.
174) 산사차(山査茶): 산사나무 열매를 넣고 끓인 차. 기름진 음식의 소화에 효과가 뛰어나다.
175) 부치대소(府治大小): 관아가 있는 고을의 규모. '부치'는 부(府)의 소재지다.
176) 산협(山峽): 산속 골짜기.

와치헌177)은 칙실 되고 니아는 슈십여 간

직亽는 담 녑히오 관청은 쁠 가이라

셔진강178) 느린 물이 합강경 압흐로셔

북강의 합뉴ᄒ여 한강슈 되엿시니

봉니 만이쳔의 십여 봉 그림亽만

담아셔 흘녀다가 경강179)의 나려노코

읍쳥누180) 압구졍181)의 난화셔 보고 지고

비소암 놉흔 봉이 아亽182) 뒤휘 셔 잇ᄂᆞ디

토산 우희 긔암고셕 셔너 덩이 뭉치엿다

셔편의 놉흔 언덕 눙머리라 니ᄅᆞ기의

올나셔 구경ᄒ니 그 놉히 슈십여 쟝

금亽가 평포ᄒ니183) 亽오십 인 안즐노다

비소암을 보라보고 셔진강을 구버보며

인가를 혜여ᄒ니 슈빅여 호 남즛ᄒ다

문어 싱복184) 회를 ᄒ여 슐안쥬로 먹어보니

협즁185)의 귀ᄒᆞᆫ 음식 별노이 맛시 잇다

녕동이 갓갑기의 잇다감 온다 ᄒ니

177) 와치헌(臥治軒): 관아의 건물명. '와치'는 할일이 없어 누워서 고을을 다스린다는 뜻이다.
178) 서진강(西津江): 강원도 회양에 있는 강.
179) 경강(京江): 서울 뚝섬에서 양화나루에 이르는 한강 일대를 이르던 말.
180) 읍청루(挹淸樓): 서울 마포구 도화동에서 용산구 청암동으로 넘어가는 도화 제2동에 있는 벼랑고개에 있던 정자. 정조 원년(1777)에 지었는데, 정자에 오르면 용산과 마포 일대의 풍경은 물론 멀리 한강 하류 행주 방면까지 시야에 들어온다고 한다.
181) 압구정(鴨鷗亭): 한강 두모포(豆毛浦) 남쪽 언덕에 세워진 정자. 세조조 권신 한명회(韓明澮)가 세웠으며, '압구정'이란 이름은 그가 명나라에 사신으로 갔을 때 명나라 한림학사 예겸(倪謙)이 지어준 것으로 당시에는 그 정자가 중국에까지 이름났다고 한다.
182) 아사(衙舍): 관아의 건물.
183) 금사(金沙)가 평포(平鋪)ᄒ니: 금모래가 평평하게 펼쳐져 있으니.
184) 생복(生鰒): 생전복.
185) 협중(峽中): 두메. 도회에서 멀리 떨어진 곳.

문누의 올나안자 부듕을 구버보니

왕니 ᄒᆞᆫ 눈 슈거[186] 반통[187] 한가ᄒᆞᆫ 경기로다

초늌일 조반 시의 동헌의 드러가니

산고슈쟝헌[188]이 머지 안코 경이 조하

식후의 홈긔 나가 구경ᄒᆞ자 ᄒᆞ시기의

여러 동ᄒᆡ이며 옥년 봉션 두 기ᄉᆡᆼ과

셔진강 다리 건너 졍ᄌᆞ 우회 올라가니

시로 지은 늌 간 집이 견고ᄒᆞ고 졍묘ᄒᆞ며

언덕 아리 니물이오 니물 가의 큰 바윈ᄃᆡ

그 바희 둥오러워[189] 조ᄃᆡ라 일홈ᄒᆞ니

엄ᄌᆞ릉[190]의 일ᄉᆞ부졍[191] 션ᄉᆡᆼ지풍[192] 이곳인ᄀᆞ

ᄃᆡ야ᄂᆞᆫ 망망ᄒᆞ고[193] 운산이 졈졈ᄒᆞ여[194]

일도중강[195]의 가로노힌 져 긴 다리

ᄒᆡᆼ인이 왕니홀 졔 그림 속 갓거고나

강변의 활터 닷가 관혁[196]을 셰우고셔

---

186) 수거(手車): 손수레.
187) 반통: 미상.
188) 산고수쟝헌(山高水長軒): 정자의 이름. '산고수쟝(山高水長)'은 영원히 전해질 고결한 인품을 표현할 때 쓰는 말이다. 송나라 범중엄(范仲淹)의 「엄선생사당기嚴先生祠堂記」에 "구름 낀 산 푸르고 푸르듯, 저 강물 넘실넘실 흐르듯, 선생의 풍도 역시, 산고수쟝이네(雲山蒼蒼, 江水泱泱. 先生之風, 山高水長)"라고 했다.
189) 둥오러워: 둥그러워. '둥오럽다' '둥그럽다'는 '둥그렇다'의 방언.
190) 엄자릉(嚴子陵): 후한(後漢) 광무제(光武帝) 때 은사(隱士)인 엄광(嚴光). 「일민가」 각주 41번 참조.
191) 일사부정(一辭不庭): 한번 벼슬에서 물러나고서 다시 조정에 나가지 않음.
192) 선생지풍(先生之風): 선생의 풍도.
193) 대야(大野)는 망망(茫茫)ᄒᆞ고: 넓은 들은 아득히 펼쳐져 있고.
194) 운산(雲山)이 점점(點點)ᄒᆞ여: 구름 낀 산이 점 찍은 듯이 여기저기 흩어져 있음.
195) 일도중강(一途中江): 한줄기 강 가운데.
196) 관혁(貫革): '과녁'의 원말.

읍듕의 무스드리 모혀셔 습스¹⁹⁷⁾ᄒ기

기양¹⁹⁸⁾의 소스¹⁹⁹⁾로셔 차궁ᄒ고 차시ᄒ여²⁰⁰⁾

한 슌²⁰¹⁾의 두엇 마쳐 면무료²⁰²⁾ 겨요 ᄒ다

십 니 진평촌의 목은²⁰³⁾ 영당 차자가니

시역²⁰⁴⁾을 갓 ᄒ지라 반 나마²⁰⁵⁾ 못 ᄒ여셔

영졍은 권봉²⁰⁶⁾키로 쳠비ᄂ 못 ᄒ니라

앗가 슈쟝헌의 졈심을 먹을 젹의

닝면의 송병²⁰⁷⁾ᄒ고 화젼을 지져노코

졈병²⁰⁸⁾을 브치ᄂᄃ 물의다 가로 타셔

밀기쎡²⁰⁹⁾ 모양으로 얇게 붓쳐ᄂ여

스면으로 두루 말아 인졈미 모양 갓다

셕반 후 칙실의 가 뜰의셔 완보허니

건너편 놉흔 뫼회 화광이 됴요²¹⁰⁾ᄒ여

셤각회²¹¹⁾ 모양으로 둥글게도 둘녀 잇고

뾰리뷔 모양으로 뭇거셔도 치붓ᄂᄃ

---

197) 습사(習射): 활쏘기를 연습함.
198) 기양(技癢): 어떤 기예를 지닌 사람이 그 솜씨를 발휘할 기회를 만나면 멋지게 표현해보고 싶은 마음에 손이 근질근질해서 참지 못하는 것을 말한다.
199) 소사(小士): 거사(居士)나 처사(處士)가 자기를 낮춰 이르는 말.
200) 차궁(借弓)ᄒ고 차시(借矢)ᄒ여: 활과 화살을 빌려서.
201) 슌(巡): 활을 쏠 때 각 사람이 화살을 5대까지 쏘는 1바퀴.
202) 면무료(免無聊): 부끄러움을 면함.
203) 목은(牧隱): 고려 말 학자인 이색(李穡, 1328~1396).
204) 시역(始役): 토목이나 건축 따위의 공사를 시작함.
205) 반 나마: 반 조금 지나서.
206) 권봉(捲奉): 영정을 말아서 모셔둠.
207) 송병(松餅): 송편.
208) 졈병: 전병(煎餅).
209) 밀기쎡: 밀가루나 밀기울로 둥글넓적하게 만들어 찐 떡.
210) 조요(照耀): 밝게 비쳐서 빛남.
211) 셤각회: 성(城)가퀴. 성 위에 낮게 쌓은 담. '셩가퀴' '셩각회'는 '성가퀴'의 옛말.

하인ᄃ려 무러보니 화젼의 불을 노하
풍셰의 쫏치여셔 먼니 번져 붓터ᄂᆞᆫᄃᆡ
십 니 밧긔 시작ᄒᆞ여 나흘ᄌᆡ 되엿다네
초칠일 아즉 후의 이곳의 젼달ᄒᆞ니
광ᄃᆡ를 다리고셔 쟝쳥의 와 눌닌다기²¹²⁾
ᄒᆡᆼ구²¹³⁾를 가지고셔 칙실으로 올맛더니
오후의 동헌의셔 부르시기 나려가니
큰샹 ᄒᆞ나 바드시고 우리ᄂᆞᆫ 젹은 샹의
다 각샹 차렷시나 쟝쳥 음식이라 ᄒᆞ니
셕반은 비븸밥의 산치 너코 계ᄌᆞ 쳐셔
쥬직이 모다 갓치 ᄒᆞᆫ 그릇식 먹은 후의
밤든 후 쟝쳥의 가 의구히 슉소ᄒᆞ다

회양부를 떠나 금강산에 들어가다

초팔일 조반 먹고 금강을 향ᄒᆞ올ᄉᆡ
능암의 스승 졔지 믄져 쩌나보니고셔
보찜과 바랑으란 한 바리 부담²¹⁴⁾ ᄆᆡ고
쟝육²¹⁵⁾과 고초쟝 항²¹⁶⁾ 공부담²¹⁷⁾ 속의 너허
ᄆᆞᆯ 두 필 듀시기의 시러셔 난화 타다

<hr>

212) 눌닌다기: '놀린다기'의 오기. 놀게 한다기에.
213) ᄒᆡᆼ구(行具): 여행에 필요한 물건과 차림.
214) 부담(負擔): 옷이나 책 따위의 물건을 담아서 말에 실어 운반하는 작은 농짝.
215) 쟝육(醬肉): 장조림.
216) 고초쟝 항: 고추장 항아리.
217) 공부담(空負擔): 빈 부담.

아젹밥의 진계[218] 빅슉 비브르게 먹여노코

니외 금강 큰졀들과 고셩 통쳥[219] 길쳥[220]의다

본부 니방 방위ᄉ통[221] 관가 인젹[222] 쳐니여셔[223]

군노[224] 니호셩을 쥬어셔 압셰우고

셔울 인편 잇다 ᄒ기 가셔[225] 쩌셔 브친 후의

동헌의 하직ᄒ고 삼문 밧 니ᄃ라셔

뒤고기의 올나보니 오눌은 등셕[226]이라

부듕 집집의셔 치봉[227]을 고긔[228]ᄒ고

현등ᄒ고 쥴불[229] 노하 이눌을 즐기ᄂᄃ

쟝목[230]과 긔발[231]들은 셔울과 방불ᄒ되

마치 조곰 다른 거시 잣나모 고든 거슬

슈삼 기 느러 니어[232] 버레듈[233] 두엇 믹야

---

218) 진계(陳鷄): 묵은 닭. 노계(老鷄).
219) 통쳥: '통천(通川)'의 오기. 강원도 동부에 있는 군.
220) 길쳥(廳): 관아에서 아전들이 일을 보던 곳.
221) 방위ᄉ통(防僞私通): 아전들이 보내는 공적인 문서를 이르던 말. 문서에 '防僞'라는 글자를 찍어 사사로운 문서와 구별했다.
222) 인젹(印跡): 도장 자국.
223) 쳐니여셔: 찍어내어. 그려내어.
224) 군노(軍奴): 군아(軍衙)에 속한 사내종.
225) 가셔(家書): 자기집에서 온 편지. 또는 자기집으로 보내는 편지.
226) 등셕(燈夕): 관등절(觀燈節) 날 저녁. 관등절은 등을 달아 불 밝히는 명절이라는 뜻으로, 초파일을 달리 이르는 말이다.
227) 채봉(彩棒): 빛깔이 고운 막대기.
228) 고긔(高起): 높이 올림.
229) 쥴불: 줄불. 불놀이할 때 쓰는 놀이 기구의 하나. 참숯 가루 따위를 섞어 종이로 싸서 줄에다 죽 달아놓고 한 군데에 불을 대면 옆으로 차차 번져 불이 일어나게 된다.
230) 쟝목(長木): 장나무. 물건을 받치거나 버티는 데 쓰는 굵고 긴 나무.
231) 긔발: 깃발.
232) 느러 니어: 늘여 이어.
233) 버레듈: 벌이줄. 물건이 버틸 수 있도록 이리저리 얽어매는 줄.

슐등234) 디로235) 모양으로 수오십 쳐 셰웟는디

년ᄒ여 잣나모를 겁질 벗겨 지고 오며

관가 신칙 졀엄ᄒ여236) 집마다 셰운다네

그려도 읍둥이라 촌니237)예셔 마이 낫다

광셕238) 듀막 남쪽 길노 가림 가 즁화ᄒ고

불위기고기 너머 화쳔239)을 차자가니

인가는 수오십 호 산쳔이 요심240)ᄒ여

벽쳔 시니길이 풍악으로 버더시니

뎡숑강 관동별곡 의연241)도 의연홀소

능암은 발셔 가고 일셰는 져믄지라

일ᄒᆡᆼ이 유슉ᄒ니 오십 니 와 잇다네

쥬막의 빈디 만하 밤시도록 잠 못 자고

쵸구일 조긔ᄒ니 시벽브터 오던 비가

아춤가지 뿌리더니 느즌 후 긋치거놀

인마242)룰 지촉ᄒ여 는기243) 맛고 길흘 쩌나

셰꼴244) 지나 풀미245) 가셔 쥬졈을 ᄎ자들 졔

---

234) 슐등(燈): 술등. 선술집 따위의 문밖에 술 파는 것을 알리고자 장대를 세우고 달아두는 초롱.
235) 대로(大爐): 큰 화로.
236) 졀엄(切嚴)ᄒ여: 지엄(至嚴)하여.
237) 촌리(村里): 시골의 작은 마을.
238) 광셕(廣石): 강원도 회양군 회양읍의 지명.
239) 화쳔(和川): 옛날 회양부에 속했던 화천현(和川縣)을 이른다.
240) 요심(窈深): 깊숙하고 그윽함.
241) 의연(依然): 전과 다름없음. 똑같음.
242) 인마(人馬): 사람과 말을 아울러 이르는 말.
243) 는기: 안개보다는 조금 굵고 이슬비보다는 가는 비.
244) 셰꼴: 쇠골. 강원도 회양군 금곡리에 있는 골짜기. 옛날에 골 안에서 철광석을 채취했다고 한다.
245) 풀미: 풀미골. 강원도 회양군 오랑리에 있는 골짜기. 풀이 많은 산 아래에 위치해 있으며, 풀메골 또는 풍미(豊美)골이라고도 한다.

어졔 능암 스계 여긔 와 유슉호고
우리를 고딕타가 말 원앙 굽 소릭의
문챵 열고 닉다보고 반겨셔 짜라와셔
졈심을 갓치 호고 오후의 홈긔 쩌나
십 니는 남즛 가셔 우의가 긴호더니²⁴⁶⁾
동풍이 부는 곳의 셰우로 마니 오기
쏘 십 니 신읍 슉소 의복이 두 졋졋니
광셕브터 이리 오며 산협으로 통호 길이
돌스닥 지나치면 고개 듸 놉하 잇고
고기 지나 평지의는 슈목이 총밀호듸
그듕의 깁흔 골작 어름조각 그쪄 잇다
골골이 흘느는 물 곳곳지 듸쳔일셰
혹승혹보²⁴⁷⁾호여 모도 다 구경쳐라
초십일 조반 먹고 목픠령 십 니 올 졔
좌우의 단풍남긔 담쑥이²⁴⁸⁾ 프른빗과
놉흔 언덕 험호 길의 굵은 돌이 층층호며
닉가의 속시풀이 포변²⁴⁹⁾의 쥴 닙²⁵⁰⁾쳐로
스면의 욱어쪄셔 지쳔²⁵¹⁾호기 싹이 업두
이곳 사롬 뷔여다가 마소를 먹인다니
고기를 올나셔니 놉기도 홀셔이고
안긔가 자욱호여 지쳑을 불분호되

---

246) 우의(雨意)가 긴(緊)호더니: 비가 막 올 듯하더니.
247) 혹승혹보(或乘或步): 말을 타기도 하고 걷기도 함.
248) 담쑥이: 담뿍.
249) 포변(浦邊): 갯가.
250) 쥴 닙: 줄의 잎. '줄'은 볏과의 여러해살이풀이다.
251) 지쳔(至賤): 매우 흔함.

디져²⁵²⁾ 호지²⁵³⁾ 모든 산을 건너다 브라보고

봉니 만니쳔봉 녁녁히 본다 호니

한두 층 쳐져셔니²⁵⁴⁾ 안기 긔운 ᄎᄎ 져어²⁵⁵⁾

좌우 언덕 보이ᄂᆞᆫᄃᆡ 산힝화 만발호고

셕젼 쳥계 구뷔마다 왕왕이 인가로셰

십여 리 ᄂᆞ려와셔 북챵셔 졈심호니

동학²⁵⁶⁾이 심슈²⁵⁷⁾호여 가거지쳐²⁵⁸⁾ 되거고나

ᄂᆡ 건너 쳘니녕²⁵⁹⁾의 탑거리 지나올 졔

챵벽²⁶⁰⁾ 아ᄅᆡ ᄺᆞᆯ닌 돌이 긔이호고 결빅²⁶¹⁾호여

고셕 모양 갓튼 것과 셕가산²⁶²⁾도 의연호며

너루바위²⁶³⁾ 엇게 파혀 폭포슈 졀묘호다

내금강 장안동 일대를 유람하다

이십 니 쟝안ᄉ²⁶⁴⁾를 오후의 득달²⁶⁵⁾호니

252) 대저(大抵): 대체로 보아서.
253) 하지(下地): 하계(下界). 높은 곳에서 낮은 곳을 이르는 말.
254) 쳐져셔니: 내려서니.
255) 져어: 없어져. 사라져.
256) 동학(洞壑): 깊고 큰 골짜기.
257) 심수(深邃): 깊숙하고 그윽함.
258) 가거지처(可居之處): 살 만한 곳.
259) 쳘니령: 철이령(鐵伊嶺). 금강산의 길목인 단발령과 장안사 사이에 있는 고개.
260) 창벽(蒼壁): 이끼가 끼어 푸른빛을 띠는 절벽.
261) 결백(潔白): 깨끗하고 흼.
262) 석가산(石假山): 정원 따위에 돌을 모아 쌓아서 조그마하게 만든 산.
263) 너루바위: 너럭바위.
264) 장안사(長安寺): 금강산 장경봉(長慶峯)에 있던 절.
265) 득달(得達): 목적한 곳에 도달함.

만쳔교 물을 건너 범죵누 아릭로셔

여달 간 판두방266)의 햐쳐267)를 졍혼 후의

이층 법당 드러가셔 ᄌ셔히 구경ᄒ니

십여 쟝 네 기동과 닷집268)은 반공즁의

칠좌금불269)이 느러니270) 안잣고나

동편의 신션누와 그 녑희 히은암에

문누마다 목각졔명271) 뷘틈업시 부쳣시며

뇽셩젼 지은 집이 원당272)이 되엿고나

셕가봉 관음봉은 그 놉히 누쳔 쟝의

돌 빗치 약간 희며 필산273)쳐로 싹가 셧고

지쟝봉 쟝경봉은 슈빅 쟝 남즛ᄒ딕

토산이 셧기여셔 화초가 난만ᄒ다

관음 지쟝 쟝경 삼봉 산 밋마다 암ᄌ 잇셔

셰 곳 다 그 봉이 일홈 짜롸셔 일큿는다

영원동셔 ᄂ리는 물 슈미팔담274) 두 골 물과

만쳔교의 합뉴ᄒ여 북챵으로 흘너가니

266) 판두방: 판도방(判道房). 절에서 불도를 닦는 중이 모여서 공부하는 방. 절에서 가장 크고 넓은 방이다.
267) 하쳐(下處): 사처. 손님이 길을 가다가 묵는 집.
268) 닷집: 궁전 안의 옥좌 위나 법당의 불좌 위에 만들어 다는 집 모형.
269) 칠좌금불(七坐金佛): 앉아 있는 금부처 일곱.
270) 느러니: '느런히'의 옛말. 죽 벌여서.
271) 목각졔명(木刻題名): 나무에 이름을 새김. '제명'은 명승지에 자기 이름을 기록하는 것을 말한다.
272) 원당(願堂): 죽은 사람의 명복을 빌던 법당.
273) 필산(筆山): '山' 자 모양으로 만들어 붓을 걸어놓는 기구.
274) 수미팔담(須彌八潭): 수미동과 원통동 안에 있는 8개의 못. 즉 수미칠곡담에 원통동 구류연을 포함시켜 수미팔담이라고 부른다.

산쳔이 명녀ᄒ고 임학²⁷⁵⁾이 요죠²⁷⁶⁾ᄒ여
금긔²⁷⁷⁾논 쾌활ᄒ고 안계졀승²⁷⁸⁾ᄒ니
젼노의 잇난 경기 가히 짐작ᄒ리로ᄃ
명산 조흔 물의 약 ᄃ려 먹어보니
맛슨 더욱 쳥열²⁷⁹⁾ᄒ고 공요²⁸⁰⁾도 비나 낫ᄃ

내금강 명경대 일대를 유람하다

져역의 편히 쉬고 십일일 조반 후의
운무가 쾌히 것고 풍일이 온화ᄒᄃ
금강 너외 명승 챠례로 차즈리라
쥬마간산비격이라 남여 타셔 무엇 ᄒ리²⁸¹⁾
시튝²⁸²⁾과 찬합으란 부복승²⁸³⁾ 지우고셔
소챵옷²⁸⁴⁾ 거더 미고 메토리 들메²⁸⁵⁾ᄒ 후
지로승 압셰우고 셕경의 막ᄃ 집허
ᄒ은암 녑흐로셔 빅쳔동 챠자가니

275) 임학(林壑): 숲의 골짜기.
276) 요조(窈窕): 깊숙하고 그윽한 모양.
277) 금긔(襟期): 금회(襟懷). 마음속에 깊이 품은 회포.
278) 안계절승(眼界絕勝): 눈앞의 경치가 빼어남.
279) 청렬(清冽): 맛이 산뜻하고 시원함.
280) 공요: 공효(功效). 공을 들인 보람이나 효과.
281) 주마간산비격(走馬看山飛檄)이라~ᄒ리: 말을 타고 산천을 구경하며 격문(檄文)을 날리는 격. 제대로 보지 못하고 대충대충 보면서 지나감을 이른다.
282) 시축(詩軸): 시를 적는 두루마리.
283) 부복승(負卜僧): 짐을 지는 승려.
284) 소창(小氅)옷: 예전에, 중치막 밑에 입던 웃옷의 하나.
285) 들메: 신을 끈으로 발에 동여매는 일.

명원동²⁸⁶⁾ 니물 줄기 져근 비폭²⁸⁷⁾ 되엿시며

삼인봉 둘닌 뫼히 셕벽이 더욱 조타

외나모 비탈길노 명연담²⁸⁸⁾ 올나가니

십여 간 반셕 샹의 빅셜이 분분ᄒ다

김동 거ᄉ 과왕젹²⁸⁹⁾을 듕의게 얼풋 듯고

셕양의 삭인 일홈 디강 건져 보은 후의

도로 쟝안ᄉ의 졈심ᄒ고 고쳐 쩌나

만쳔교 샹뉴 건너 지쟝암 잠간 보니

암ᄌ가 졍소²⁹⁰⁾ᄒ여 공부²⁹¹⁾ 더러 잇두

두시 ᄂ려 니를 건너 셕가봉 압흐로셔²⁹²⁾

오리봉 쳐다보니 형용이 방불ᄒ다

옥경디 올나안ᄌ 명경디 ᄇ라보니

ᄉ오십 쟝 너른 바희 반공의 셔 잇난디

쳥산 진면목을 비최여 보랴던지

일편 능화경²⁹³⁾을 조일의 거덧ᄂ 닷²⁹⁴⁾

---

286) 명원동: '영원동'의 오기.
287) 비폭(飛瀑): 높은 곳에서 나는 듯이 세차게 떨어지는 폭포.
288) 명연담(鳴淵潭): 금강산 만폭동 아래에 있는 못. '울못'의 한문식 표현.
289) 김동 거사(金同居士) 과왕적(過往跡): 김동 거사의 옛 자취. 장안사의 나옹조사와 표훈사의 김동 거사가 큰 바위에 불상을 조각하는 내기를 하여 바위 앞면에는 나옹조사가 세 불상을, 뒷면에는 김동 거사가 63불을 새겼는데, 나옹조사가 이겼다. 이에 김동 거사는 자신이 나옹조사에게 불경한 마음을 먹은 것에 가책을 느껴 못에 몸을 던진다. 이 사실을 알고 달려온 김동 거사의 세 아들이 슬피 울다가 다 같이 못에 몸을 던져 죽었는데, 슬피 울었다 해서 명연담이라 한다. 김동 거사가 죽어서 시체바위가 되고, 삼형제가 죽어서 삼형제바위가 되었다는 전설이 전한다.
290) 졍소(靜蕭): 정갈하고 고요함.
291) 공부: 공부하는 사람을 말한다.
292) 압흐로셔: 앞에서. 압ᄒ+으로셔. '-으로셔'는 '-로부터' '-에서'.
293) 능화경(菱花鏡): 동경(銅鏡)의 별칭. 동경은 흔히 육각형으로 되어 있는데, 뒷면에 마름꽃[菱花] 문양을 새긴 데서 붙은 이름이다.
294) 조일의 거덧ᄂ 닷: 아침 햇살에 걸어놓은 듯. '거덧ᄂ닷'은 '거럿ᄂ닷'의 오기인 듯하다.

그 아릭 밧친 층딕 쏘 구십 쟝 되것고나

깁흔 닉[295] 누른빗치 황천강[296] 되야 잇고

언덕의 돌담 막아 지옥문이라 ᄒ닉

명경딕 바위 뒤의 두 곤딕 굼기 쑬녀

큰 거슨 금ᄉ굴의 져은 거슨 흑ᄉ굴의

즁다려 무러ᄒ니 영원딕ᄉ 도슐이라

시닉 흔줄기를 십여 차 쒸여 건너

신나 왕ᄌ[297] 피셰딕예 쟘간 쉬여 돌다보고[298]

오뉵 닉 쏘 더 가니 영원암이 여긔로다

십여 간 졍쇄흔 집 터히 마니 놉하 잇고

견면의 둘닌 봉이 일흠 형용 방불ᄒ다

십왕봉 볼작시면 열 봉오리 놉다ᄒ고

그 압희 판관봉은 모딕한[299] 모양이오

엽흐로 여려 봉이 구부슘ᄒ여시니[300]

이거슨 일ᄏ기를 죄인봉이라 ᄒ고

죄인봉 압희 봉은 ᄉ쟈봉이라 ᄒ며

쟝군봉은 갑쥬[301] 형샹 동자봉은 아히 모양

셔편의 샤셕[302] 언덕 옥초딕[303]라 일흠ᄒ기

---

295) 닉: 연기 또는 안개.
296) 황천강(黃泉江): 저승에 있는 강.
297) 신나 왕ᄌ: 신라가 망하자 금강산에 들어가 은거한 마의태자(麻衣太子)를 말한다.
298) 돌다보고: 돌아보고. '돌다보다'는 '돌아보다'의 방언.
299) 모대(帽帶)한: 사모를 쓰고 관대를 두른.
300) 구부슘ᄒ여시니: 구부정하였으니. '구부슘하다'는 '구부슴하다(안으로 굽은 듯하다)'
의 준말.
301) 갑쥬(甲冑): 갑옷과 투구를 아울러 이르는 말.
302) 사석(沙石): 모래와 돌을 아울러 이르는 말.
303) 옥초대(沃焦臺): 금강산 명경대 구역 영원암 터 부근에 있는 대로, 옥적대(玉笛臺)라고도
한다. 옛날 영원조사가 달밤이면 여기에 올라 대금을 불었는데 그때마다 난새와 학이 날아와

그곳의 올나셔셔 동편을 부라보니
빅마봉 흰빗치 반공의 소사 잇고
쵹디봉 챠일봉은 좌우의 버러졋고
불으로304) 흘녀ᄂ려 여러 봉 둘녀시니
마면봉은 말샹 갓고 우두봉은 쇠머리니
십분의 오뉵분이 다 각각 근ᄉᄒ다
그즁의 샹지쟝봉 지쟝봉 우희 이셔
크고 또 놉흔 고로 샹지쟝이라 ᄒᆞ니
졀 압희 큰 니물이 빅마봉셔 흘너오고
동남 언덕 우희 돌층디 졍히305) 무어306)
그 일홈 무러ᄒᆞ니 빅셕디라 니ᄅᆞᄂ디
영원디ᄉ 도를 닷가 녜불ᄒᆞ던 터히로ᄃᆞ
시야월명307)ᄒᆞ여 이윽기308) 완샹ᄒ고
십이일 조반 후의 졈심밥 ᄲᅥ셔 지고
망군디 차자갈 졔 슈렴동 드러가니
삼층 너루바위 긴 폭포 거져309) 이셔
챡챡310) 빅옥광의 슈졍념311) 드리운 돗
셔울노 비기오면 금뉴 옥뉴 동쳔312)이라

춤을 추었다는 이야기가 전한다.
304) 불으로: '북으로'의 오기.
305) 졍(正)히: 비뚤어지거나 굽은 데 없이.
306) 무어: 모아 쌓아서. '뭇다'의 활용형.
307) 시야월명(是夜月明): 그날 밤 달이 밝음.
308) 이윽기: 이슥히. 밤이 깊도록.
309) 거져: 거저. '그저'의 방언. 변함없이 이제까지. 또는 그냥
310) 챡챡(鑿鑿): 선명한 모양.
311) 수정렴(水晶簾): 수정 구슬을 꿰어 만든 아름다운 발.
312) 금류(金流) 옥류(玉流) 동천(洞天): 서울 수락산에 있는 금류동과 옥류동을 이른다. 수락산
은 나무가 적으나 옥류동·금류동·은선동의 세 폭포가 아름다운 경관을 이루고 있다. 수락산

바위틈 셕각이며 졀벽의 나모다리

문탑을 다다르니 큰 바위돌 포긔여셔

네모반듯훈 금문313) 얼골 갓거고나

쟝벽을 긔여올나 고기 하나 너머셔니

도솔암 져근 집이 언덕 아릐 바로 잇셔

망군듸를 등의 지고 셕가 졔봉 구버본다

쥬인승 물을 데워 바리찌의 졈심 쥬니

망군듸를 바라보고 한참을 올나가니

샤지목314) 조은315) 길이 틔령316)을 막앗고나

듸 우희 올나셔셔 남쪽을 부라보니

빅탑 증명 다보탑이 녁녁히 다 뵈이고

김셩 김화 쳘원 지경317) 눈압희 버럿시며

과쳔 관악산이 희미이 뵌다 후되

운연318)과 히미319) 이셔 원람320)은 못 후고셔

표훈ㅅ로 향후랴고 고기목 너머갈 제

긔츄고량 갓튼 골작321) 구량 집우322) 갓튼 비탈322)

이라는 이름도 물이 떨어진다는 뜻에서 유래했다. '동천'은 산천으로 둘러싸인 경치 좋은 곳을 이른다.

313) 금문(金門): 궐문(闕門). 대궐의 문.
314) 샤지목: 사자목. '사지'는 '사자(獅子)'의 방언.
315) 조은: '좁은'의 오기.
316) 태령(太嶺): 험하고 높은 고개.
317) 지경(地境): 땅의 경계.
318) 운연(雲煙): 구름과 연기를 아울러 이르는 말.
319) 히미: 바다 위에 낀 아주 짙은 안개.
320) 원람(遠覽): 멀리 바라봄.
321) 기추(騎芻)고량 갓튼 골작: 아주 좁은 골짜기를 말한다. '기추(騎芻)고랑'은 기병이 말달리기를 익히려고 파서 만든 고랑이다. '기추'는 말을 타고 달리며 활을 쏘아 20보 간격으로 세워놓은 짚 인형을 맞히는 기예를 말한다.
322) 집우: '지붕'의 옛말.

쇠ᄉᆞ슬 붓들고셔 간신이 ᄂᆞ려와셔
츄빅 덤불324) 언덕이여 바위틈 험악ᄒᆞᆫ 곳
년ᄒᆞ여 나리ᄂᆞᆫ디 이십여 리 되거고나
쟝병325)의 틈이 뷔여 겨근 셕불 안자 잇고
봉 우희 돌담 ᄊᆞ하 셕가여릐 왕경쳐요
쳥계슈 옥계수ᄂᆞᆫ 일홈만 남어 잇ᄃᆞ

내금강 표훈동 일대를 유람하다

빅화암 드러오니 즁의 고젹 만커고나
샤명ᄃᆡ스326) 영각327) 잇고 셕비도 셰웟시며
부도셕 드믄드믄 팔구좌 되거고나
보현 쳥년 원각암이 건너편의 잇다 ᄒᆞ되
볼 거시 별노 업셔 아니 가 구경ᄒᆞ고
예셔ᄂᆞᆫ 길이 조하 남여 타고 이삼 마쟝
표훈ᄉᆞ 올나가셔 능파루 잠간 쉴 졔
벽샹의 목각 현판 차례로 자시 보니
악쟝328) ᄂᆡ 능쥬공 신묘년 쳣여름의

---

323) 구량(九樑)~비탈: 구량 지붕 같은 비탈. 경사가 급한 비탈을 말한다. '구량집'은 마룻대를 포함해 보 9개를 써서 지은 4칸 넓이의 큰 전각이다. 보통 보 7개를 쓰나 집이 너무 넓어 일곱 개로는 상연(上椽)의 경사가 급하지 못해 2개를 더 쓴다.
324) 츄빅 덤불: '측백 덤불'의 오기인 듯하다.
325) 쟝병(障屛): 병풍처럼 두른 절벽을 이른다.
326) 사명대사(四溟大師): 유정(惟政). 조선 중기의 승려. 임진왜란 때 승병을 모집해 서산대사의 휘하에서 왜군과 싸웠다.
327) 영각(影閣): 절에서 고승의 초상을 모신 곳.
328) 악장(岳丈): 빙장(聘丈). 장인(丈人).

두어 친구 동힝ᄒ여 이곳의 지나실 졔
일홈 삭여 부치신 것 보기의 반갑도다
큰방329)의 하쳐ᄒ고 남여군 지촉ᄒ여
졍양ᄉ 혈셩누의 셕양 경 보오리라
언덕 갑파른디 ᄉ오 니 힝ᄒ여셔
누 우의 올라가니 ᄉᆡ로 지은 뉵 간 집이
터히 놉고 통창ᄒ여330) 안계가 광활ᄒ니
금강산 만니쳔봉 눈압희 버럿는디
셕양이 비쵠 곳의 진면331)이 완연ᄒ여
동북으로 즁양셩은 눈빗갓치 희여 잇고
그 너머 비로봉이 표묘이332) 소사나며
견면의 망군디가 혈망봉과 갓치 셔셔
구름의 소ᄉ나셔 하놀의 다핫시니
앗가 우리들이 져곳으로 왓것마ᄂᆞᆫ
지금 안ᄌ 싱각ᄒ니 꿈속인 듯 황홀ᄒ여
사람이 날단 말이 허언이 아니로다
빅마봉 아리편의 십여 봉 셧ᄂᆞᆸ 봉은
쟝원사333) 영원암의 다 보은 산이로다
즁양셩 양쪽으로 쏘 한 겹 둘녀시니
상가셥 하가셥봉 웅쟝ᄒ게 큰 산이고
소향노 디향노봉 노셕 엄이334) 모양이오

329) 큰방: 절에서 여러 승려가 함께 거처하며 식사하는 방.
330) 통창(通敞)ᄒ여: 시원스럽게 넓고 환하여.
331) 진면(眞面): 본래 그대로의 참된 모습.
332) 표묘(縹緲)이: 끝없이 멀어서 어렴풋하게.
333) 쟝원사: '장안사'의 오기.
334) 노셕 엄이: '노적(露積) 더미'의 오기.

그 아릐 쳥학딕가 슈구335) 막아 둘너 잇다

후면의 팔각젼의 금부쳐 안졋시며

젼면의 뉵모 법당 도분336)혼 부쳐로셰

그 압희 큰방 짓고 고승이 느러안자

화엄경337) 법화경338)의 염불 공부 힘쓰난듸

퇴운당339) 늙은 듸ㅅ 여러 듕 스셩으로

안뫼340) 극히 쳥슈341)ᄒ여 도긔342)가 잇셔 뵌다

방광산이 쥬봉343)이오 쳔일듸가 빅호344)로두

쳔일디라 ᄒ난 듸가 남쪽으로 머지 안키

지로승 다리고셔 슈빅 보 건너가니

근 쳔 쟝 놉흔 언덕 오뉵 간 금쟌듸가

담쏙이 쌀니여셔 구경쳐 되엿시며

만쳔봉 푸른빗치 더욱 보기 죠타

큰졀의 나려오니 미우345)가 오ᄂᆞᆫ고나

335) 수구(水口): 풍수에서, 혈(穴)을 중심으로 하여 사방의 물을 한곳으로 모아 빠져나가게 하는 고장지(庫藏地)를 말한다.
336) 도분(塗粉): 분(粉)을 바름.
337) 화엄경(華嚴經): 석가모니가 도를 이루어 깨달은 내용을 그대로 설법한 경문.
338) 법화경(法華經): 묘법연화경(妙法蓮華經). 가야성(迦耶城)에서 도를 이룬 부처가 세상에 나온 본뜻을 말한 것으로, 모든 불교 경전 가운데 가장 존귀하게 여겨지는 경전이다.
339) 퇴운당(退雲堂): 18세기 후반에서 19세기 초반에 활동한 승려 신겸(愼謙).
340) 안뫼: 안모(顔貌)이. 얼굴 생김새가.
341) 청수(淸秀): 모습이 깨끗하고 빼어남.
342) 도기(道氣): 도를 닦는 기상.
343) 주봉(主峯): 주인봉(主人峯). 풍수지리에서, 묏자리나 집터 따위의 근처에 있는 가장 높은 산봉우리.
344) 백호(白虎): 풍수지리에서, 주산(主山)에서 오른쪽으로 뻗어나간 산줄기.
345) 미우(微雨): 보슬보슬 내리는 비.

내금강 태상동 일대를 유람하다

져녁밥 먹은 후의 밤셔도록 곤히 자고
십이일³⁴⁶⁾ 쾌쳥커놀 조반 후 니다라셔
슈미탑 보랴 ᄒ고 금강문 드러가니
두 덩어리 큰 바위돌 머리를 마조 다혀
조곰 굽혀 나갈 만치 돌문이 되여 잇다
금강문 셰 글ᄌ를 바위예 삭엿ᄂ디
지의고죠³⁴⁷⁾ 옥국치공³⁴⁸⁾ 팔분³⁴⁹⁾으로 스신 글시
회양 디부 작년 봄의 승통³⁵⁰⁾의게 신칙ᄒ여
깁다ᄒ게 삭이여셔 작획³⁵¹⁾이 완연ᄒ다
만폭동을 겻틔 두고 쳥호연을 차자가니
폭포가 골짝이셔 병 모양 근ᄉᄒ고
농곡담 바위 형샹 농의 구뷔 두루ᄂ 듯
농츄를 구버보니 셩닌 폭포 소이 되여
쥬야로 씻ᄂ³⁵²⁾ 소리 디풍뉴³⁵³⁾ 쟈쟈 잇니
쳥학디 녑흐로셔 관음봉 압희 가니
노로봉 젹은 돌이 쮜는 듯 완연ᄒ고

---

346) 십이일: '십삼일'의 오기.
347) 지의고죠: '진외고조(陳外高祖)'의 오기. 아버지의 외가 고조.
348) 옥국재공(玉局齋公): 조선 후기 문신 이운영(李運永, 1722~1794).
349) 팔분(八分): 팔분체(八分體). 예서(隸書) 이분(二分)과 전서(篆書) 팔분(八分)을 섞어 장식
효과를 낸 글씨체로, 중국 한(漢)나라 채옹이 만들었다고 한다.
350) 승통(僧統): 승군(僧軍)을 통솔하는 일을 맡아 하던 승직(僧職).
351) 작획(作劃): 획을 만듦.
352) 씻ᄂ: 쯽는. 부딪치는.
353) 대풍류(風流): 향피리, 대금 따위의 대나무로 만든 관악기가 중심이 된 음악.

학소디 금강뒤는 션학이 갈드린디[354]

츈풍옥져[355] 호의현샹[356] 관동별곡 싱각힌다

늬원통 놉흔 암자 안계가 쟝원호여[357]

쳥학디샹 인바위가 쥬먹갓치 분명호다

슈미칠곡[358] 도라드러 만졀동 구경호니

동으로 흐르는 물 디히의 가 죠종[359]호고

틱샹동 쳥녕뇌는 창고[360]호고 싀원호며

자운담 물쥴기는 구름을 퓌우난 듯

젹뇽담 너루바위 돌 빗치 붉어시며

우화담 강션디의 신션을 만날넌가

영낭참[361] 깁흔 골의 싱학[362]이 머무럿늬

진불암 빈터 녑희 삼난바위 셔 잇는디

난니 셰 번 겪글 말이 법긔보살[363] 영챵[363]이라

---

354) 갈드린디: '깃드린디'의 오기. 깃들였는데.
355) 츈풍옥져(春風玉箸): 츈풍이 옥피리 소리 같음.
356) 호의현샹(縞衣玄裳): 흰 저고리에 검은 치마. 학의 겉모양을 의인화하여 표현한 말이다. 소동파의 「후적벽부」에 "마침 외로운 학 한 마리가 강을 건너 동쪽에서 오는데 날개는 수레바퀴 같고 검은 치마에 흰 윗옷을 입은 모양으로 끼익 하고 길게 울며 배를 스쳐 서쪽으로 간다(適有孤鶴, 橫江東來, 翅如車輪, 玄裳縞衣, 戞然長鳴, 掠豫舟而西也)"라는 구절이 있다.
357) 쟝원(長遠)호여: 끝없이 길고 멀어서.
358) 슈미칠곡(須彌七曲): 금강산 수미동에 있는 소(沼). 골의 굽이돌이에 만절동, 태상동, 청랭뢰, 자운담, 우하동, 적룡담, 강선대 등 소 7개로 이루어져 있어 수미칠곡담이라 한다.
359) 조종(朝宗): 중국에서 제후가 천자를 알현하던 일. 봄에 만나는 것을 조(朝)라 하고, 여름에 만나는 것을 종(宗)이라 한 데서 유래한다. 여기서는 강물이 바다로 흘러들어가는 것을 비유적으로 이른다.
360) 창고(蒼古): 고색창연(古色蒼然). 오래되어 예스러운 풍치나 모습이 그윽함.
361) 영남참: '영랑점(永郞岾)'의 오기. 수미동에 있는 대로, 영랑대(永郞臺)라고도 한다. 신선 영랑이 내려와 놀았던 곳이라 한다.
362) 생학(笙鶴): 신선이 타는 학. 옛날 주 영왕(周靈王)의 태자 진(晉)이 일찍이 생(笙)을 불어 봉황의 울음소리를 내면서 이락(伊洛) 사이에 노닐다가 나중에 신선이 되어 백학을 타고 승천했다는 고사에서 나왔다.
363) 법기보살(法起菩薩): 금강산에서 거주하고 있다는 보살. 『화엄경』에 따르면 금강산 1

칠곡의 나린 폭포 구뷔구뷔 긔묘ᄒᆞ고
슈미봉 바로 아릐 슈미디 험ᄒᆞᆫ 셕각[365]
간신이 여긔 올나 슈미폭을 차ᄌᆞ가셔
반셕의 느러안ᄌᆞ 건너편 ᄇᆞ라보니
쳡쳡이 빨흔[366] 돌이 슈빅 쟝 놉하 이셔
아릐 넙고 우흔 좁아 탑 모양 방불ᄒᆞ여
쳔작이 아니오면 인녁으로 못 홀노다
녑흐로 보게 되연 부쳐 안즌 형용이오
압흐로 보게 되면 돌층디 의연ᄒᆞ니
디져 슈미탑이 쟝관이라 ᄒᆞ리로다
구구디 보온 후의 원통 와 졈심홀 졔
김좌슈 이긔보가 일호쥬[367] 가지고셔
먼니 와 샹듸ᄒᆞ여 졍으로 권ᄒᆞ거늘
후의를 감ᄉᆞᄒᆞ여 일비를 잠취[368]ᄒᆞ고
즉시 분슈[369]ᄒᆞ여 부듕으로 샹약혼 후[370]
남은 슐 가지고셔 헐셩누의 다시 올나
혼 잔식 취혼 후의 승샹[371]을 고쳐 보니

<hr />

만 2천 봉우리마다 보살들이 머무르고 있는데, 그중 우두머리가 법기보살이다. 반야경에는
담무갈(曇無竭)이라는 이름으로 등장하는데, 이는 법기보살의 산스크리트 이름 다르모가타
(Dharmogata)를 소리 나는 대로 적은 것이다.
364) 영챵: 영챵(靈昌). 신령스럽고 창성함. 영험(靈驗).
365) 셕각(石角): 돌 모서리.
366) 빨흔: '빠흔'의 오기. 쌓은.
367) 일호쥬(一壺酒): 술 한 병.
368) 잠취(暫醉): 잠깐 취함.
369) 분슈(分手): 서로 작별함.
370) 부즁(府中)으로 샹약(相約)혼 후: 부중에서 서로 만날 것을 약속한 후.
371) 승샹(勝象): 승경(勝景). 뛰어난 경치.

운이372)가 쳥명훈듸 어젹긔 못 보던 봉

구름 밧긔 숨엇두가 차례로 나셜 젹의

영낭봉 금잔듸가 눈셥쳐로 고앗시며

일츌봉 월츌봉은 붓곳간치 소수 이셔

도모지 셩양 송의373) 사라셔 움즉인다

져녁밥 갓다 먹고 월식374)을 기두리니

황혼이 막 지나며 즁쳔의 티음졍광375)

쳔봉만학376) 간의 명식377)이 됴요378)호니

헐셩누 졀승호 경 수시쥬야379) 일반이라

여추양야380) 쳥낭381)훈듸 일흥382)을 못 니긔여

승월완보383)호여 큰졀의 와 슉소호고

십수일 조반 후의 삼불암 구경호니

빅화암 바로 아릐 큰 바위의 삭여눈듸

젼면의 삼 화상은 지공384) 나옹385) 무학수385)요

---

372) 운이: 운애(韻靉). 구름이나 안개가 끼어 흐릿한 기운.

373) 셩양 송의: 석양(夕陽) 속에.

374) 월식: '월색(月色)'의 오기. 달빛.

375) 태음정광(太陰晶光): 밝은 달빛. '태음'은 달을 태양에 상대하여 이르는 말이다.

376) 쳔봉만학(千峯萬壑): 수많은 산봉우리와 산골짜기.

377) 명색(明色): 환한 빛. 또는 밝은색.

378) 조요(照耀): 밝게 비쳐서 빛남.

379) 사시주야(四時晝夜): 사계절과 밤낮.

380) 여차양야(如此良夜): 이같이 달이 밝고 바람이 없는 밤.

381) 청량(淸凉): 맑고 서늘함.

382) 일흥(逸興): 세속을 벗어난 흥취.

383) 승월완보(乘月緩步): 달빛을 받으며 천천히 걸음.

384) 지공(指空): 원나라 때 고승(高僧)으로, 이름은 제납박타(提納薄陀)다. 인도 마갈타국(摩羯陀國) 사람으로, 원나라로 건너가 불법을 전했는데 이때 고려 나옹화상에게 인가(印可)를 주었다.

385) 나옹(懶翁): 고려 말기 승려 혜근(惠勤)의 법호. 지공·무학(無學)과 함께 삼대화상(三大和尙)이라 일컬으며, 공민왕 때 왕사(王師)를 지냈다. 「서왕가西往歌」 2편과 「심우가尋牛歌」 「낙도가樂道歌」 등이 전한다.

엽흐로 두 화상은 김동 거스 사당이요387)

후면의 오십삼불 삼층으로 삭엿고나388)

내금강 만폭동 일대를 유람하다

금강문 도로 드러 만폭동 드러가니

바위의 졔명흔 것 반조졍 거의로다389)

바독판 삭이고셔 삼산국 셰 글즈와390)

또 그 엽희 슈운두 즈391) 옥국지공 필젹이오

봉늬풍악원화동쳔 양봉늬의 디필이라392)

386) 무학사(無學師): 무학대사. 여말 선초(麗末鮮初)의 고승으로, 법명은 자초(自超)다. 공민왕 때 연경에 가서 지공대사를 찾고 나옹에게 배우고서 이태조 등극 후에 왕사가 되었다.

387) 사당이요: 미상. 사당(私黨, 사사로운 목적을 위해 모인 무리)이라는 뜻인 듯하다.

388) 삼불암(三佛巖)~삭엿고나: 삼불암은 장안사에서 표훈사로 가는 길 중간에 있는 거대한 삼각형 바위로 문(門)바위라고도 한다. 삼불암과 관련해 대체로 다음과 같은 내용의 설화가 전하는데, 이 작품의 내용은 약간 다르다. 개성 출신 부자 김동 거사는 표훈사에서 크게 불사를 일으키고 불교를 공부했으나 시기심을 버리지 못했다. 나옹화상이 이를 알고 그에게 삼불암 바위에 부처님 새기는 내기를 제안했다. 김동은 나옹화상을 이기고 싶어 무조건 많이 새기겠다는 마음으로 화불 60개를 새겼으나 부처님 세 분을 새긴 나옹에게 미칠 수 없었다. 게다가 김동은 부처 한 분의 귀를 빼먹고 새기는 실수를 범했다. 김동은 시기심을 뉘우치고 울소로 뛰어들었다. 이 소식을 듣고 달려온 김동의 세 아들 역시 울소로 뛰어들었다. 그러자 하늘에서 천둥 번개가 치고 그 다음날 비가 그치자, 네 부자의 시신은 바위가 되어 울소 옆에 누워 있었다고 한다.

389) 바위의~거의로다: 바위에 새긴 이름 가운데 조정 대신의 이름이 많아서 마치 조정에 온 듯하다는 뜻이다.

390) 바독판~글즈와: 금강대 밑 만폭교 아래 너럭바위에 '천하제일명산(天下第一名山)' '만폭동(萬瀑洞)' '봉래풍악원화동천(蓬萊楓嶽元化洞天)' '천암경수, 만학쟁류〔千巖競秀, 萬壑爭流, 온갖 바위 경쟁하듯 빼어나고, 온갖 계곡 다투어 흐르네〕' 등의 글과 삼신산 신선들이 이곳 경치에 홀려 떠날 생각을 잊고 바둑을 두며 놀았다는 전설이 전하는 바둑판과 '삼산국(三山局)'이라는 글자가 새겨져 있다.

391) 슈운두 즈: 쉰두 글자.

392) 봉래풍악원화동천(蓬萊楓嶽元化洞天) 양봉래(楊蓬萊)의 대필(大筆)이라: 금강대 아래 개울

초입의 금강 두 조 김동조의 구셰셔라[393]

슈빅 간 너른 바위 여러 골 나린 폭포

한곳의 합뉴ᄒ여 셧들며[394] 뿌머니니

이러무로 니르기를 만폭이라 ᄒ눈고나

삼산국 조곰 엽희 바위돌 고은 곳[395]의

셩명 삼 조 크게 삭여 유람 힝젹 표ᄒ고셔

팔담으로 가눈 길의 셰두분[396] 차조ᄒ니

보덕각시 머리 감쩐 돌굼기 깁허 잇고[397]

빅뇽담 볼작시면 슈셕이 교결[398]ᄒ고

가에는 약 200미터 구간에 수백 명이 앉을 만한 큰 너럭바위가 쭉 깔려 있고, 그 바위에 16세기 이름난 서예가 양사언(楊士彦)이 썼다는 '봉래풍악원화동천'이란 글자가 새겨져 있다. 여기서 '봉래' '풍악'은 금강산의 다른 이름이며, '원화동천'은 만폭동의 다른 이름으로, '원화'는 천지조화를 의미하고, '동천'은 신선이 사는 곳을 의미한다. 즉 '원화동천'은 금강산의 기묘함과 아름다움을 다 갖춘 으뜸가는 골짜기라는 뜻이다.

393) 초입(初入)의~구세서(九歲書)라: 금강산 표훈사를 지나 100미터 정도 가면 청학대 개울 왼쪽에 금강문이라는 돌문이 있고 금강문을 빠져나가면 만폭동이 시작되는데, 왼쪽 길옆 바위에 '금강산'이라는 글자가 새겨져 있다. '금강'이라는 글자는 아홉 살 난 아이가 쓴 것이고 '산' 자는 나중에 다른 어린이가 써놓은 것이라 한다.

394) 셧들며: 섯돌며. '섯돌다'는 섞여 돌다는 뜻.

395) 고은 곳: 괸 곳.

396) 세두분(洗頭盆): 보덕굴 절벽 아래 만폭동 계곡의 바위에 있는, 보덕각시가 머리를 감았다는 동그란 샘구멍.

397) 팔담으로~잇고: 금강산 만폭동에 있는 암자 보덕굴과 관련된 설화다. 고려 때 승려 회정(懷正)은 금강산 송라암(松蘿庵)에서 3년 동안 기도하면서 관세음보살 친견(親見)을 원했다. 어느 날 꿈에 흰 옷 입은 할머니가 나타나 몰골옹(沒骨翁)과 해명방(解明方)을 찾아가라 했다. 여러 해 동안 찾아다닌 끝에 회정은 어떤 산골 집에서 해명방을 만날 수 있었고, 그의 딸 보덕각시와 결혼했다. 그러나 회정은 승려의 신분으로 결혼생활을 한다는 것에 회의를 느껴 그 집을 떠났다가 몰골옹을 만나 해명방은 보현보살이고, 보덕각시는 관세음보살이라는 사실을 알게 되었다. 다시 돌아가 그 집을 찾으려 했으나 집도 사람도 찾을 수가 없었다. 회정이 송라암으로 돌아와 기도를 계속하는데 꿈에 할머니가 다시 나타나 회정의 전신이 고구려 때의 고승 보덕임을 일러주었다. 회정이 만폭동을 찾아가자 관세음보살의 화신인 보덕각시가 개울가에서 몸을 씻고 있다가 굴 안으로 들어갔다. 회정은 이곳이 관세음보살의 거처요, 보덕이 수행한 곳임을 깨닫고 굴에 머물며 열심히 기도했다.

398) 교결(皎潔): 깨끗하고 맑음.

후룡담399) 검푸른 물 팔담의 첫 구뷔오

비파담 둘니 돌이 거문고 복판400) 갓고

벽하담 물기운은 안기가 ᄌ옥ᄒ며

장벽의 분셜담이 구뷔쳐 소쓸401) 젹의

은히402)가 어듸메오 비셜403)이 분분ᄒ다404)

언덕 밋희 파인 바위 굴 모양 갓트기의

드러가 쳐다보니 돌 빗치 오쇠이라

ᄉ십여 층 셕계로셔 보덕굴 올나가니

절벽을 의지ᄒ여 조고마치 지은 암ᄌ

좌편은 셕각부리 ᄉ오 쳑 돌기동과

우편은 빅 장 심학405) 십구 칭 구리 기동

듕간의 돌 턱진 듸 밧쳐셔 셰워노코

쇠ᄉ실 가로걸고 ᄉ층으로 미눌406) 다라

외외요요407)ᄒ여 소견이 위튀ᄒ다408)

그 속의 굴이 잇셔 혼 간즈음 되엿ᄂᄃ

도비를 졍이 ᄒ고 ᄉ셕 붓쳐 안져 잇다409)

마로창 날구멍410)으로 그 밋흘 구버보니

---

399) 후룡담: '흑룡담(黑龍潭)'의 오기.
400) 복판(腹板): 가야금이나 거문고 등의 악기 소리가 울리는 부분.
401) 소쓸: 솟을.
402) 은히: 은하(銀河) ㅣ. 은하수가.
403) 비설(飛雪): 바람에 흩날리며 내리는 눈.
404) 분분(紛紛)ᄒ다: 여럿이 한데 뒤섞여 어수선하다.
405) 백 장 심학(百丈深壑): 깊이가 백 길이나 되는 골짜기.
406) 미눌: 미늘. 창이나 살촉 따위의 날이나 밑동 부분에 달려 물체에 박히면 빠지지 않게 하는 갈고리.
407) 외외요요(巍巍嶢嶢): 산 따위가 매우 높고 우뚝하여 위태로움.
408) 소견(所見)이 위태(危殆)ᄒ다: 보기에 위태롭다.
409) 사석(四席)~잇다: 부처 4구를 안치했다는 뜻이다.
410) 마로창 날구멍: 마루창 날구멍. '창'은 얇은 물건이 해져서 뚫린 구멍이며, '날구멍'은 나

평지가 아득ᄒ여 현긔가 날 듯ᄒ다
도로 나려 물을 건너 진쥬담 바라보니
물쥴기 후리쳐다 공중의 쏩논 방울
만곡⁴¹¹⁾ 파려쥬⁴¹²⁾를 반의 담아 헤치논 듯
셕상의 칠언졀귀 디로 션셩⁴¹³⁾ 친필이라
귀담은 거북 형상 션담은 비 모양의
장마의 돌이 밀녀 보잘것 바희⁴¹⁴⁾ 업고
화룡담 깁흔 소가 너루바위 아리 잇셔
쏩거니 들네거니⁴¹⁵⁾ 변화가 무궁ᄒ다
사지봉 놉흔 돌이 룡소를 압님ᄒ여⁴¹⁶⁾
바위 즁턱 파인 곳의 돌 ᄒ나 씨엿ᄂ디
즁의 말 황당ᄒ여 디강 건져 드러ᄒ니
져 바위의 ᄉ지가 화룡더러 말을 ᄒ되
이니 몸 육즁ᄒ여 문어져 나려가면
너희 깁흔 소가 터젼도 업슬 게니
네 지조 만타 ᄒ니 니 발 조곰 고혀 다고
화룡이 올히 넉여 건너편 산의 올나
져 돌을 쌔혀다가 이 바위 괴엿다니
드르미 현혹ᄒ여 건넌산 바라보니
과연 뫼 즁층의 돌 ᄒ나 쌔힌 틈이

━━━━━

가는 구멍이다.
411) 만곡: 만곡(萬斛). 아주 많은 분량. '곡'은 10말이다.
412) 파려주(玻瓈珠): 수정 구슬.
413) 대로 선생(大老先生): '대로(大老)'는 덕과 명망이 높은 나라의 큰 어른을 말하는데, 여기
서는 우암 송시열(宋時烈)을 가리킨다.
414) 바희: 바히. '바이' '아주' '심히'의 옛말.
415) 들네거니: 떠들거니. '들네다'는 '들레다'의 옛말로, 야단스럽게 떠들다라는 뜻이다.
416) 압림(壓臨)ᄒ여: 굽어보고 있어.

이 돌 갓다 씌울 만치 되소가 방불ᄒ다

내금강 백운대 일대를 유람하다

아연일소417)ᄒ고 이윽이 지졈418)ᄒ 후
일 마장 힘ᄒ여셔 마하연419) 드러가니
법긔보살 장졈420)ᄒ 터 칠셩봉 둘녀 잇고
이십여 간 판두방과 그 뒤의 아ᄌ방421)의
공부ᄒᄂ 두셰 즁이 쇠422) 치고 념불ᄒ니
젼나무 갓튼 남긔 쓸 압희 셔 잇ᄂᄃᆡ
빗 붉고 시닙 나셔 계슈라 일홈ᄒ다
큰방의 지나셔셔 긱방의 햐쳐홀 졔
셔울 잇ᄂ 박쳠지가 어젹게 가셥동의
비탈길의 실족ᄒ여 쳔인깅참423) 나리다라424)
네 번을 뒤집고셔 그퇄남게 바지 걸녀
다힝이 구ᄒ여셔 과히 샹튼 아니ᄒ고
면부425) 조곰 버셔져셔 조셥426)ᄒ고 누엇다기

---

417) 아연일소(啞然一笑): 어이가 없어 한 번 웃음.
418) 지졈(指點): 손가락으로 가리켜 보임.
419) 마하연(摩訶衍): 금강산 만폭동에 있는 절. 신라 때 의상대사가 지었다고 하는데, 대법승 (大法乘)이란 뜻이다.
420) 장졈(粧點): 좋은 땅을 가려 집을 지음.
421) 아자방(亞字房): '亞' 자 모양으로 방고래를 만들고 구들을 놓은 방.
422) 쇠: 경(磬)쇠. 예불할 때 쓰는 불전 기구.
423) 천인갱참(千仞坑塹): 천 길이나 되는 깊고 긴 구덩이.
424) 나리다라: 높은 곳에서 낮은 곳을 향해 달려서.
425) 면부(面部): 얼굴 부분.
426) 조섭(調攝): 조리(調理).

모로논 터히라도 가셔 보고 문병ᄒ다
겸심 후 니러나셔 빅운듸 구경 갈 졔
만회암 올나가니 두어 줌 념불ᄒ다
옷 갓 버셔 맛가고셔427) 되민도리428) 바람으로
ᄒᆞᆫ 고기 너머셔니 졀벽이 가로셧니
쇠ᄉ실 붓들고셔 긔여셔 올나가셔
왼편 비탈 소로길노 슈빅여 보 나라다라
금강슈약물 ᄎᆞ져셔 두셰 그릇 먹어보니
그 마시 쳥렬ᄒᆞ여 오장이 시훤ᄒ다
도로 고기의 와 남편짝 산등셩이
칼날갓치 좁은 길의 좌우논 쳔인깅참
활 ᄒᆞᆫ 터429) 치 못 가니 빅운듸 돌바위라
안자셔 구버보니 그 아릐 □□□□
마른 긔울 너럭바위 경셩드뭇430) 느러 잇다
즁향셩431) 지쳑이라 산 밋가지 ᄌᆞ시 보니
긔묘ᄒᆞ게 보일 상은 혈셩누만 못ᄒᆞ고ᄂᆞ
혈망봉 쏙닥기의 바위틈이 굼기 되여
져편짝의 하놀빗치 이편의셔 니다뵈네
졍양ᄉ와 향노봉을 마조 건너 ᄇᆞ라보고
법긔봉 놉흔 봉이 일흠은 담무갈의

427) 맛가고셔: '맛기고셔'의 오기. 맡기고서.
428) 되민도리: 되맨드리. 오랑캐의 옷맵시. '맨드리'는 옷을 입고 매만진 맵시다.
429) 활 ᄒᆞᆫ 터: 활을 한바탕 쏠 거리.
430) 경셩드뭇: 많은 수효가 듬성듬성 흩어져 있는 모양.
431) 즁향셩(衆香城): 금강산 내금강의 영랑봉 동남쪽을 병풍처럼 둘러싸고 있는 하얀 바위 성. '즁향셩'이라는 이름은 『유마힐경維摩詰經』 「향적불품香積佛品」 제10권에 "이름이 중향이 란 나라가 있는데 불호(佛號)는 향적(香積)이라 한다"라는 구절에서 나온 것으로, 흔히 온갖 꽃 이 활짝 피어 있는 곳을 비유하는 말이다.

부쳐 형용 의연ᄒ여 가부좌ᄒᆞᆫ 듯ᄒ다

풍일이 마니 치워 잠간 보고 도로 나려

만회암 다다라셔 의관을 곳쳐 ᄒ고

건넌산 ᄇᆞ라보니 바위 우희 ᄯᅩ 바위가

사람 형용 갓트여셔 일흠은 동ᄌᆞ봉의

머리 우희 가로뇐[432] 돌 어미를 엇다[433] ᄒ니

노승ᄇᆡ 허황지셜 ᄒᆞᆫ두 곳지 아니로다

마하연 나려와셔 지듸방[434]의 안헐홀ᄉᆡ

시벽의 미우ᄒ기 과히 올가 넘녀터니

십오일 쾌쳘[435]커ᄂᆞᆯ 조반을 일작 먹고

큰방으로 드러가니 금불이 안즌 엽희

셕미화 ᄒᆞᆫ 분 노혀 산호 가지 모양이요

쟈지빗회 ᄭᅳ친[436] 희고 꼿눈갓치 쟌구멍의

가지마다 농농[437]ᄒ여 보기의 긔묘ᄒ고

돌노 본듸 삼긴 게라 드러보니 무겁고나

이삼 니 힝ᄒ여셔 불지암 ᄎᆞ자가니

암ᄌᆞ가 졍쇄[438]ᄒ고 그 압희 감노슈가

맛시 달고 비시 맑아 ᄯᅩ 셰 그릇 먹으니라

일 마쟝 힝ᄒ여셔 묘길상[439] 압희 가니

432) 가로뇐: 가로놓인. '뇌다'는 '놓이다'의 준말.
433) 엇다: '엿다'의 오기. 머리에 이었다고.
434) 지듸방(房): 절의 큰방 머리에 있는 작은 방. 이부자리, 옷 등을 넣어두는 곳이다.
435) 쾌쳘: '쾌청(快晴)'의 오기.
436) ᄭᅳ친: 끝은.
437) 농롱(瓏瓏): 빛이 매우 찬란함.
438) 졍쇄(精灑): 매우 맑고 깨끗함.
439) 묘길상(妙吉祥): 금강산 만폭동에 있는 고려시대 마애불. 묘길상암(妙吉祥庵) 터 앞 절벽에 새겨진 아미타여래좌상으로, 고려 말기에 나옹이 직접 새겼다고 전한다. 손가락 하나가 보

셕벽의 삭인 부쳐 오뉵 쟝 너머 잇고
그 압희 너른 계졍440) 잔듸가 슈십여 간
마이 큰 쟝명등441)을 중간의 노혓시며
좌우 언덕 슙헤 두견화 만발ᄒ다
ᄉ션암 젹은 바위 네 슈령 자고 간 데
빅화담 깁흔 못 빗 측빅 쓰리 흰 딘이라
오뉵 니 험흔 길의 나무 그늘 바위 언덕
겨울 눈 덜 녹아셔 자 두게ᄂ442) 나마 잇다
안무지 올나셔니 회양 고셩 지경이오
고기ᄂ 초기흔듸443) 안계가 활원444)ᄒ여
중향셩 빅운디가 비로봉 단발녕이
좌우의 버러 잇셔 소소이445) 다 뵈인다

외금강 은선대 일대를 유람하다

유졍사446) 남여군과 지로승 듸령ᄒ여
남여 타고 십 니 와셔 졈심쳥 다다르니

통 사람의 몸체보다 굵고, 두 다리의 높이는 사람 키를 훨씬 넘는다. '묘길상'은 문수사리보살
(文殊師利菩薩)의 번역어다.
440) 계정(階庭): 층계 앞에 있는 뜰.
441) 장명등(長明燈): 무덤 앞이나 절 안에 돌로 만들어 세우는 등.
442) 자 두게ᄂ: 한 자(尺) 두께나.
443) 초개(草芥)흔듸: 보잘것없는데.
444) 활원(闊遠): 탁 트이고 멂.
445) 소소(昭昭)이: 밝고 환하게.
446) 유정사: '유점사(楡岾寺)'의 오기. 서기 4년(유리왕 23)에 창건되었다고 하며, 53불의 연기
(緣起)와 관련된 창건설화가 전한다.

길가의 쓰집447) 짓고 닉물의 밥을 지어

큰졀의셔 츌ᄒ여 일힝을 격기448)ᄒ니

졈심 후 소로길노 오 리는 남즛 가셔

은션디 올나가니 빅운디 갓흔 바위

십여 인 죡히 안고 놉기는 슈빅여 장

안계롤 볼작시면 광활도 홀셔이고

셔편의 칠보디가 닐곱 바위 긔형449)이오

동으로 디히 바다 만니창파 구버보니

북으로 불졍디가 쳔심졀벽450) 셔 잇난디

긴 폭포 날니여셔 열두 구뷔 완연ᄒ며

안진 바위 남쪽으로 두견 쳘쥭 만발ᄒ다

크고 젹은 노힌 돌이 모도 다 물형이라

이윽이 완경ᄒ고 큰길노 나려올 졔

물속의 바위 굼긔 쳥쳥소451) 되엿거놀

지로승 니른 말이 옛날의 아홉 뇽이

오십삼불의게 쫏기여 다라날 졔

이 굼그로 드러가셔 구룡연의 갓다 ᄒ네

효운동 지나오니 바위의 팔분 삼 ᄌ

옥국지공 친필인디 일홈 씨셔 표ᄒ시다

반야암 겻흐로셔 유졈ᄉ 드러오니

산영누452) 지은 집이 이십팔 간 굉장ᄒ고

---

447) 쓰집: 뜸집. 간단하게 짓고 거적 또는 뜸으로 지붕을 이은 움집.
448) 격기(役只): 손님 치르기. 이두식 표현이다.
449) 기형(奇形): 기이하고 괴상한 모양.
450) 천심절벽(千尋絶壁): 천 길이나 되는 절벽.
451) 청청소(靑靑沼): 맑고 푸른 소.
452) 산영루(山映樓): 유점사 앞 시내를 건너질러서 지은 누각.

법당의 올나가셔 불좌룰 쳐다보니

느름나무 쑤럭이가 목가산453) 갓흔 곳의

틈틈이 슈방셕454)의 오십삼불 안즈 잇고

그 뒤의 금불 ᄒ나 귀양 온 부쳐라기

즁다려 무러보니 오십삼불 나오실 졔

금강산 쥬인 보살 이곳갓치 조흔 터를

구룡의게 일흔 죄로 불좌의 젹거455)타네

사즁의 젼닉 보픠456) ᄎ례로 나여 보니

잉무비457) 소라비의 옥비 ᄒ나 쏘 잇스며

픠엽경458)은 갑의 너코 진쥬 방셕 ᄒ 벌 잇고

인목딕비459) 진셔460) 친필 불법 쓰신 칙 ᄒ 권과

어필 사픠461) 문젹462) 쏘 ᄒ 족자 잇것고나

불젼의 오동463) 향노 사명딕ᄉ 어더온 것

---

453) 목가산(木假山): 나무로 만든 가산(假山). '가산'은 동양에서 정원을 만들 때 산악을 본뜬 조경물을 설치한 데서 비롯된 것이다. 대개 못이나 하천을 만들 때 파낸 흙을 처리하거나 땅기운이 허한 곳에 지기(地氣)를 보강하려 만든 인공 산으로, 석가산(石假山), 목가산(木假山), 옥가산(玉假山)이 있다.
454) 수방석(繡方席): 수를 놓아 만든 방석.
455) 적거(謫居): 귀양살이를 하고 있음.
456) 보패(寶貝): '보배'의 원말.
457) 앵무배(鸚鵡杯): 자개를 가지고 앵무새 부리 모양으로 만든 술잔.
458) 패엽경(貝葉經): 패다라엽(貝多羅葉)에 바늘로 새긴 불경. '패다라엽'은 옛날 인도에서 불경을 새기던 다라수(多羅樹)의 잎으로, 종려의 잎과 비슷하며 두껍고 단단하다.
459) 인목대비(仁穆大妃, 1584~1632): 조선 제14대 왕 선조의 계비.
460) 진서(眞書): 예전에, 우리글을 언문(諺文)이라고 낮춘 데 상대하여 진짜 글이라는 뜻으로 '한문'을 높여 이르던 말이다.
461) 사패(賜牌): 궁가(宮家)나 공신에게 나라에서 산림·토지·노비 따위를 내려줄 때 함께 주던 소유에 관한 문서.
462) 문적(文蹟): 문서와 장부.
463) 오동(烏銅): 검붉은 빛이 나는 구리. 오금(烏金)과 같은 광택이 있어 장식품으로 많이 쓴다.

그 남은 스송건464)이 무슈이 잇것고나

오탁슈465) 볼작시면 듯던 말과 판이흐여

우물이 네모지게 돌노다 ㅆ 잇눈딕

북편 작466) 두 군딕의 구멍이 크게 쏠녀

보오467) 부리만치 물길이 되엿시니

가마귀 쏘흘 말는 빅 번도 너물노다468)

열셰 층 돌탑 모와469) 법당 압희 셔 잇스며

무연실이라 흐눈 딕눈 큰 가마와 쇠시루의

큰 지가 들게 데면 밥 지눈 그릇인딕

톳남글470) 살와471) 너도 연긔가 아니 나니

아모리 운구472)라도 이상흐고 신통흐다

셔편의 노후ᄉ473)는 옛놀의 고셩 군슈

노츈이라 흐ᄂᆞ 니가 오십삼불 나오실 졔

이 면 권농474) 흐가지로475) 길 젼도흐온 후의

인흐여 그 공덕의 부쳐가 되엿다니476)

---

464) 사송건(賜送件): 임금이 내려보낸 물건.
465) 오탁수(烏啄水): 유점사에 있는 샘물. 까마귀가 쪼는 곳을 팠더니 샘물이 솟았다는 설화
가 전한다.
466) 북편 작: 북편 짝. 북편 쪽.
467) 보오: 보시기. 그릇의 종류.
468) 가마귀~너물노다: 까마귀가 쪼아 물길이 생겼다는 말을 백 번도 넘게 들었다는 의미다.
469) 모와: 만들어. 쌓아. '무오다' '뭇다'는 '여러 조각을 붙여서 물건을 만들다' 또는 '모아 쌓
다'라는 뜻의 옛말.
470) 톳남글: 톳나무를. '톳나무'는 큰 나무라는 뜻.
471) 살와: 태워서. '스로다' '솔오다'는 '사르다'의 옛말.
472) 운구: 미상.
473) 노후사(盧侯祠): 유점사를 창건했다는 노춘(盧椿)의 사당.
474) 권농(勸農): 지방의 방(坊)이나 면(面)에 속하여 농사를 장려하던 직책.
475) 흐가지로: 함께.
476) 옛놀의~되엿다니: 유점사 연기설화다. 53불이 월지국(月支國)에서 무쇠 종을 타고 바다
를 건너 안창현(安昌縣) 포구에 내려 산속으로 들어갔다. 현감 노춘이 그 소식을 듣고 그들을

져녁밥 먹은 후의 암ᄌᆞ 구경 가셔 ᄒᆞ니

동편의 흥셔암과 셔편의 ᄌᆞ묘암이

다 큰졀의 ᄯᅡ리여셔477) 갓치 사역478)ᄒᆞ다 ᄒᆞ네

능암 졔ᄌᆞ 신진이가 노독으로 몸이 알파

구경도 아니ᄒᆞ고 흥셔암 누엇기의

잠간 보고 도로 와셔 긱방의셔 유슉ᄒᆞ다

십뉵일 조반 후의 듕니원을 ᄎᆞ져와셔

션담을 다다르니 폭포 형용 긔이ᄒᆞ다

디져 금강산이 늬외산이 각각 달나

늬산은 셕산이요 외산은 토산인듸

이곳 토산 속이 어이ᄒᆞᆫ 셕벽이며

반셕이 길게 파여 ᄇᆡ 모양 갓ᄒᆞ엿고

만경듸 압흐로셔 쳣ᄉᆞ지목 너머셔셔

구여동479) 아홉 폭포 민 밋층 구버보고

만경듸 바라보니 구름 속의 셔 잇는 듯

ᄯᅩ ᄒᆞᆫ 고기 올나셔니 즁니원이 거의로다

미륵봉 아리 언덕 조고마ᄒᆞᆫ 암ᄌᆞ로셔

그 너피480) 언마련지 쳔만니를 늬다뵈여

후면의 빅마봉과 젼면의 향노봉이

ᄒᆡ식481)을 압님키ᄂᆞᆫ 은션듸와 일반이오

찾아 산속으로 따라 들어갔더니, 여러 부처가 못가의 느릅나무에 종을 걸어놓고 앉아 있었다. 노춘이 그들에게 예배하고 돌아와 왕에게 아뢰고서 그 자리에 절을 창건하고는 유점사라 명 명했다. 민지(閔漬), 「유점사기楡岾寺記」.

477) ᄯᅡ리여셔: 속해 있어. 'ᄯᅡ리다'는 '딸리다'의 비표준어.

478) 사역(寺役): 절에 부과하는 부역. 또는 절에서 하는 토목·건축 따위의 공사.

479) 구여동: '구연동(九淵洞)'의 오기.

480) 너피: 넓이. '높이'의 방언.

481) 해색(海色): 바다의 경치.

좌우의 긔암고셕 거복 형상 완연ᄒ다
졈심은 큰졀의셔 츌참482)ᄒ라 나왓ᄂᆞᄃᆡ
밥 아직 머럿기의 미륵봉 구경 갈ᄉᆡ
고롱은 노곤483)으로 아니 가고 누엇거늘
능암과 고두를 다리고 ᄂᆡ다라셔
지로승 압셰우고 오뉵 ᄂᆡ 올나가니
길의 큰 바위돌 어금막여484) 노힌 속의
흰 눈이 ᄲᅡ여 잇셔 ᄒᆞᆫ 줌 쥬여 먹어보니
시훤키도 ᄒᆞ거니와 요긔도 되거고나
측빅나무 얽혀진 ᄃᆡ 그 틈으로 길이 나셔
ᄲᅮ럭이도 당기오며 바위돌도 붓들고셔
미륵봉 압희 가니 뎡작 구경ᄒᆞᆯ 졔
슈십 장 졀벽 우의 올나가야 본다ᄂᆞᆫᄃᆡ
지로승과 동ᄒᆡᆼ들이 다 모도 못 간다기
안쥬485) 최슈ᄌᆞ486)와 다만 둘이 올나가셔
미륵봉 바로 뒤의 넙은 바위 편편커놀
놉히 안져 두루 보니 ᄉᆞ면이 □□□□
슈빅 ᄂᆡ 밧그로는 히미가 ᄌᆞ욱하여
바다 밧과 셔울 편은 ᄌᆞ셔이 아니 뵈되
삼각산 졔일봉은 져기ᄒᆞ면487) 볼 거시오

482) 츌참(出站): 사신이나 감사를 영접하려고 그가 숙박하는 역과 가까운 역에서 사람을 내보내던 일.
483) 노곤(路困): 노독(路毒).
484) 어금막여: 어금막혀. '어금막히다'는 서로 엇갈리게 놓이다라는 뜻.
485) 안주(安州): 평안남도 안주군에 있는 읍.
486) 수자(豎子): 사내아이 종. 혹은 더벅머리 아이.
487) 져기ᄒᆞ면: 발돋움하면. '젹이다' '져기다'는 제기거나 파고들다라는 뜻의 옛말. '제기다'는 발끝으로 다니다라는 뜻.

비로봉 상상두를 평연이⁴⁸⁸⁾ 바라보니

은션디 만경디는 눈 아릐 버럿시며

그 남은 봉우리들 언덕갓치 뵈는고나

봉 압희 굵은 바위 견아상졔⁴⁸⁹⁾호온 즁의

측빅나무 덤부셔리⁴⁹⁰⁾ 평지쳐로 쌀니엿다

식경⁴⁹¹⁾을 완상호고 셕벽으로 나려올 졔

험호고 위틱호기 니외산 즁 쳐음이라

이번 구경길의 쟝안셔 시작호여

니물의 증검다리 못 건널 데 졀반이라

사지목 좁은 길이 싱각호면 소마호고⁴⁹²⁾

만폭동 지나면셔 공즁의 외쪽다리

아릐는 몃 길인지 호믈며 휘쳥휘쳥

비탈길 허졉진 데⁴⁹³⁾ 외나무 뻑은 다리

위틱코 이쯔이되 예 비호면 틱평이라

졈심을 먹은 후의 쳣ᄉ지목 도로 너머

만경동 잠간 쉬여 반야암 차ᄌ드니

슈삼십 간 지은 암ᄌ 놉고 크게 지은 집이

마로 넓고 싀원호여 식경을 안ᄌ 쉬고

빅연암 명젹암이 머지 아니 잇것마는

암ᄌ는 일반이라 ᄎ자보지 아니호고

488) 평연(平然)이: 평범하고 자연스럽게.
489) 견아상졔(犬牙相制): 땅의 경계가 일직선으로 되어 있지 않고 개의 이빨처럼 들쭉날쭉 서로 어긋남.
490) 덤부셔리: 덤부사리. '덤불'의 방언.
491) 식경(食頃): 밥을 먹을 동안이라는 뜻으로, 잠깐 동안을 이르는 말이다.
492) 소마호고: 초조하고. 두렵고. '소마소마하다'는 무섭거나 두려워 마음이 초조하다라는 뜻.
493) 허졉진 데: 허술한 곳, 푹 파인 곳이라는 뜻인 듯하다.

니 건너 큰졀의 와 셕반 후 안헐ᄒᆞ다

해금강 삼일포 일대를 유람하다

십칠일 조반 후의 남여 타고 이십 니 가
기지녕 너머셔셔 상디룰 나려가니
히금강 바다빗치 안기 속의 희미ᄒᆞ다
아흔아홉 구븨 도라 잔돌박이⁴⁹⁴⁾ 십 니 나려
빅쳔교 다리 오니 게셔브터 평지로다
겸고지 졈심ᄒᆞ고 삼십 니 고셩 가니
아사는 황낙⁴⁹⁵⁾ᄒᆞ고 읍니도 소조⁴⁹⁶⁾ᄒᆞ다
히산졍 올나안자 모든 현판 구경타가
디로 션싱 칠언뉼시 원운을 차운ᄒᆞ고
경기룰 둘너보니 히식은 십여 니요
칠셩봉 셰 바위가 은은이⁴⁹⁷⁾ 뵈는고나
압 언덕의 셰운 관역 문무병용⁴⁹⁸⁾ᄒᆞ돗던지
동귀암 셔귀암이 거복의 형샹이요
그 나마 모든 바위 다 거복 모양이라
거번⁴⁹⁹⁾의 원통암셔 김좌슈 ᄒᆞᄂᆞᆫ 말이
히금강 보는 곳의 지명은 션돌인디

---

494) 잔돌박이: 잔돌이 깔려 있는 곳.
495) 황락(荒落): 거칠고 아주 쓸쓸함.
496) 소조(蕭條): 고요하고 쓸쓸함.
497) 은은(隱隱)이: 어슴푸레하게.
498) 문무병용(文武竝用): 문인과 무인이 함께 사용함.
499) 거번(去番): 지난번.

거긔 샤난 됴서방이 죠호눈 니문이오

니가 마이 친ᄒᆞ더니 마ᄎᆞ 인편 잇ᄉᆞᆸ기의

집사500)네 완경501) 힝ᄎᆞ 발셔 긔별ᄒᆞ엿시니

브ᄃᆡ 그 집 차ᄌᆞ가셔 쥬인을 졍ᄒᆞ라기502)

일셰가 일은지라 동힝과 의논ᄒᆞ여

션돌노 바로 가셔 됴싱의 집 ᄎᆞ자가니

반겨셔 마져드려 졉ᄃᆡ가 근간ᄒᆞ다503)

문어 싱복 회롤 ᄒᆞ고 히삼 홍합 젼을 붓쳐

슈어 젼어 싱션구이 닭도 잡고 계란 살마

갓갓지로 식을 가라504) 염담 마ᄌᆞ505) 먹기 조타

황혼 후 히변의셔 월츌을 구경ᄒᆞ니

히미가 자옥ᄒᆞ여 완연치506) 아니ᄒᆞ되

물밋히507) 올을 졔눈 보기의 쟝관이라

십팔일 미명시의 압 언덕의 올나안져

일츌을 구경홀 졔 히미가 그져 잇셔

ᄯᅩ ᄌᆞ셔이 못 볼넌가 염녀롤 ᄒᆞ엿더니

이윽고 바다 우히 울연이508) 붉어오며

구름이 얇아지고 물결이 슐넝이다

---

500) 집사(執事): 존귀한 사람을 높여 이르는 말.
501) 완경(玩景): 풍경 따위를 즐김.
502) 주인(主人)을 졍ᄒᆞ라기: 숙소로 삼으라 하기에.
503) 근간(懃懇)ᄒᆞ다: 은근하고 간절하다.
504) 식을 가라: 색(色)을 갈아. 다양한 음식을 바꿔가며 내놓는다는 의미다. '색을 갈다'는 이것저것 색다르게 바꾸다라는 뜻이다.
505) 염담(鹽臘) 마ᄌᆞ: 간이 맞아.
506) 완연(宛然)치: 뚜렷하지.
507) 물밋히: 물밑에서.
508) 울연이: 우련히. 희미하게.

다홍 공단 펼친 속의 둥근 박희 소사나니
삼쳔디계509)가 슌식간의 광명ᄒ다
쳔하의 장관이 이예셔 또 잇ᄂ가
식후의 비를 타고 ᄒ금강 구경 갈시
칠셩봉510) 바위 지나 ᄒ변으로 소류511)ᄒ여
일광의 빗최여셔 물속이 맑은 곳의
무슈ᄒᆫ 긔암괴셕 은영512)ᄒ여 뵈이ᄂ디
산호 가지 방불ᄒ고 쳥강셕513)도 갓트오며빠
빨닌 바위 물그림ᄌᆞ 싱복 겁질 문의로다
슈변의 셧는 봉은 필산쳐로 느러노혀
형형싴싴이요 묘묘긔긔514)ᄒ여
인션귀불간515)의 각각 형용 황홀ᄒ다
ᄒ금강 솜 짜를 셕벽의 삭여시며
ᄒ구516) 어한517)드리 바위의 느러셔셔
장씨의 쇠갈골이 쥬낙시518)도 가지고셔
지나ᄀ는 슈언519) 문어 찔너셔 잡아닌다
만경벽파 즁의 무슈ᄒᆫ 고릭들이

---

509) 삼쳔대계(三千大界): 삼천대천세계(三千大千世界). 불교에서 소천, 중천, 대천의 세 종류 천세계가 이루어진 세계를 가리키는 말. 여기서는 온 세상을 의미한다.
510) 칠성봉(七星峰): 해금강 사공바위 남쪽에 있는 바위.
511) 소류(遡流): 거슬러 흐름.
512) 은영(隱映): 겉으로 드러나지 않으면서 은은하게 비침.
513) 쳥강셕(靑剛石): 단단하고 빛깔이 푸른 옥돌.
514) 묘묘긔긔(妙妙奇奇): 몹시 묘하고 기이함.
515) 인션귀불간(人仙鬼佛間): 사람, 신선, 귀신, 부처 사이.
516) 해구(海口): 바다가 뭍의 후미진 곳으로 들어간 어귀.
517) 어한(漁漢): '어부(漁夫)'를 천하게 이르는 말.
518) 쥬낙시: 줄낚시. 낚싯대 없이 낚싯줄 끝에 낚싯바늘을 맨 채로 고기를 낚는 방법.
519) 슈언: 수어(秀魚). 숭어.

물 쁨고 희롱ᄒ여 셜낭이 졉쳔홀 졔[520]

거머혼 등셩마루[521] 키[522] 갓흔 갈기꼴[523]이

물구뷔의 올우나려 보기의 장ᄒ도다

육노로 도라올 졔 셕산의 다니면셔

금강 진면목을 괴안간[524]의 두고 보랴

긔이ᄒ고 져근 돌을 열아믄 골나 어더

짐 속의 깁히 너코 졈심 후 즉시 쩌나

읍닉를 고쳐 지나 딕호졍 올나가니

언덕의 지은 졍ᄌ 딕쳔을 압님ᄒ여

녹음이 둘러ᄂᆞᆫ듸 황조셩[525] 신긔ᄒ다

북으로 십여 리의 삼일포 차자드니

사지암 바로 마조 몽쳔암[526] 졍묘[527]ᄒ여

뎐나무 딕슈풀의 십여 간 졀이로다

일곡 벽호슈[528]를 삼십뉵 봉 둘너막아

남병산[529] 그림 속의 소항쥬 눈셥인 듯[530]

---

520) 셜낭(雪浪)이 졉쳔(接天)홀 졔: 눈처럼 날리는 물결이 하늘에 닿을 때.
521) 등셩마루: 등성마루. 등마루의 거죽 쪽.
522) 키: 곡식 따위를 까불러 쭉정이나 티끌을 골라내는 도구.
523) 갈기꼴: 갈기털. 말이나 사자 따위의 목덜미에 난 긴 털. 여기서는 고래 지느러미를 가리킨다.
524) 괴안간: 궤안간(几案間). 가까운 곳, 쉽게 손이 닿는 곳을 말한다. '궤안'은 의자, 사방침(四方枕), 안석(案席) 따위를 통틀어 이르는 말이다.
525) 황조셩(黃鳥聲): 꾀꼬리 소리.
526) 몽쳔암(夢泉庵): 삼일포에 있는, 신라시대에 지은 절. '몽천'은 이 절을 지으려 할 때 우물이 없어 근심하던 중 꿈에 백발노인이 가리켜 준 데를 파자 샘물이 나왔다 해서 붙은 이름이다.
527) 졍묘(淨妙): 깨끗하고 묘함. 청정(淸淨)하고 무구(無垢)함.
528) 일곡(一曲) 벽호수(碧湖水): 한 굽이 푸른 호수.
529) 남병산(南屛山): 중국 절강성 항주시 서호(西湖)의 남쪽 산. 삼국시대 제갈량이 적벽싸움에 앞서 이곳에서 동남풍이 불기를 빌었다고 한다.
530) 일곡~눈셥인 듯: 36봉이 삼일포를 둘러싼 모습이 남병산 그림에서 소주(蘇州)와 항주(杭州)가 눈썹처럼 그려져 있는 것과 같음을 말한다.

일엽션 씌여니여 납승531)으로 노흘 졋고
물 가온듸 셕산 우희 사션졍532)의 올나가니
무쌍승지 졔일명구533) 쥬련을 붓쳣시며
무션듸 젹은 바위 신션이 츔츄든 듸
단셔암534) 야튼 굴속 여섯 글조 삭이온 것
영슐난535) 어듸 가고 벽파빅운536) 두류537)호노
셕벽의 고인 졔명 반 나마 잠겻스니
능곡538)이 변쳔홀가 한슈침비539) 무셔 일고

외금강 구룡연 일대를 유람하다

이십 니 양진역540)의 일힝들 시장호여
져녁밥 식여 먹고 신계수롤 드러올 졔
오 리는 겨오 와셔 발 알파 어렵더니
홰불과 남여군이 맛초아 영후541)호기

531) 납승(衲僧): 중.
532) 사선정(四仙亭): 신라 때 네 화랑 술랑(述郎), 남랑(南郎), 영랑(永郎), 안상(安祥)이 삼일포에서 놀다 간 것을 기념하여 세운 정각.
533) 무쌍승지(無雙勝地) 제일명구(第一名區): 첫째로 꼽히는, 산수가 아름다운 고장.
534) 단서암(丹書岩): 삼일포 남쪽에 길쭉한 바위 여러 개로 이루어진 섬. 옛날에 신선들이 여기에 와서 놀다가 '영랑도남석행(永郎徒南石行)'이라는 여섯 글자를 석 자씩 두 줄로 새겨놓았는데 글자가 붉은색을 낸다고 하여 '단서암'이라 부르게 되었다고 한다.
535) 영슐난: 영랑(永郎)과 술랑(述郎)은.
536) 벽파백운(碧波白雲): 푸른 파도와 흰 구름.
537) 두류(逗留): 체류. 머묾.
538) 능곡(陵谷): 언덕과 골짜기를 아울러 이르는 말.
539) 한수침비(寒水沈碑): 찬물에 비석이 잠김.
540) 양진역(養珍驛): 조선시대에, 강원도 고성에 있었던 역.
541) 영후(迎候): 기다렸다가 맞이함.

쏘 오 리 타고 가니 편ᄒ고 요긴ᄒ다

져녁밥 졔ᄒ고셔542) 곤ᄒ야 즉시 자다

십구일 비 오기의 졀의셔 머무니라

종일토록 슈창543)ᄒ고 이날을 보닌 후의

이십일 음이544)ᄒ나 비 아니 오시기의

조반 후 남여 타고 구룡연 구경 갈 졔

보광암을 엽히 두고 오 리ᄂ 힝ᄒ여셔

오션암 잠간 보니 다ᄉ 슈령 노던 데오545)

좌졍암 크고 흰 돌 솟갓치 걸닌 바위

앙지되 올나안져 만장고봉546) 쳐다보니

금강문 볼작시면 돌 틈의 굼긔 커셔

허리 펴고 십여 보를 언덕으로 도나나니

만폭동 금강문의 오 븨나 웅장ᄒ다

남여군은 여긔 두고 옥뉴동을 차져가니

너루바위 쌀닌 곳의 옥갓치 흐르난 물

명불허득547)이라 쳥쾌548)ᄒ고 긔묘ᄒ다

무봉폭 못 밋쳐셔 비봉폭 바라보니

쳔심 졀벽이 반공의 셔 잇ᄂ되

542) 져녁밥 졔(除)ᄒ고셔: 저녁밥을 먹지 않고.
543) 수창(酬唱): 시가(詩歌)를 서로 주고받으며 부름.
544) 음이: 음예(陰翳). 하늘에 구름이 덮여 어두움.
545) 오선암(五仙巖)~데오: 조선시대, 금강산 주위 다섯 고을인 고성, 통천, 흡곡, 회양, 김성의 원님들이 이곳에 모여 풍류를 즐겼는데, 자신들을 신선으로 비유해 저마다 신선 이름을 하나씩 새겨넣었다고 한다.
546) 만장고봉(萬丈高峯): 만 길이나 되는 높은 봉우리.
547) 명불허득(名不虛得): 명예나 명성은 헛되이 얻을 수 있는 것이 아님.
548) 쳥쾌(淸快): 산뜻하여 기분이 상쾌함.

일도쳥쳔549)이 셰 구뷔 쳐 나라나려

진쥬를 뿜어니여 쥬렴을 드리온 듯

무봉폭은 물이 업셔 장마의나 본다 ᄒ니

구셩ᄃᆡ 놉흔 돌이 봉황니의 ᄒᄃᆺ던가550)

연담소라 ᄒ는 지명 바위의 삭여ᄂᆫᄃᆡ

구룡연 외팔담의 분노551)ᄒᄂᆫ 어귀로다

큰졀의셔 여긔가지 길이 마이 험ᄒ여셔

아홉 번 건너ᄂᆫᄃᆡ 나무다리 위퇴ᄒ기

그 밧근 언덕이오 잇다감 졀벽 비탈

ᄒ두 길식 넘ᄂᆫ 고지 드문드문ᄒ엿ᄂᆫᄃᆡ

소나무 참나무를 사다리를 만드러셔

칠팔 층 십여 층의 이십 층도 되ᄂᆫ고나

반셕 비탈 밋거른 ᄃᆡ 다리 덤불 잡고 가고

증검다리 동안552) 뜬 ᄃᆡ 건너뜰 ᄃᆡ 만커고나

폐일언 왈 노자 약ᄌ 가지 못홀 고이로다

우리 일힝들도 실족ᄒ니 더러 잇셔

돌의도 즛치여셔553) 물의도 잠아져셔554)

다힝이 평탄혼 데 상튼 아니ᄒ엿고나

큰 폭포 바로 마조 바위의 느러안져

549) 일도쳥쳔(一途淸川): 한줄기 맑은 냇물.
550) 구성대(九成臺)~ᄒ닷던가: 『서경』 「우서虞書」 「익직편益稷篇」에 "순임금이 만든 음악인 소소를 아홉 번 연주하자 봉황이 이에 감동하여 날아들어 춤을 추었다(簫韶九成, 鳳凰來儀)"라는 구절에서 따온 말로, 태평성대가 될 상서로운 조짐을 의미한다. 구성(九成)은 9부분으로 구성된 성대한 악곡을 말한다.
551) 분로(分路): 길이 갈라짐.
552) 동안: 두 지점 사이의 거리.
553) 즛치여셔: 미끄러져서. '즈치다' '즈칙이다'는 쏟아지거나 미끄러지다라는 뜻.
554) 잠아져셔: 잠겨서. '줌다'는 '잠기다'의 옛말.

삼쳔 쳑 느리는 물 건너다 브라보니
셕벽 빅여 장이 병풍쳐로 둘너 잇고
허리가 움쳐진555) 곳 물길이 되엿는디
우후의 셩닌 폭포 몃 층을 봇틔여셔
빅능556)을 드리오고 옥쥬557)를 셰윗는 듯
은하슈 혼 구뷔가 공즁의 드려 이셔558)
바위 밋히 깁흔 소를 담아 부어 찌을 젹의
안기가 뛰우면셔 빅셜이 날니오니
금강산 폭포 즁의 졔일 장관 여긔로다
이윽이 완상ᄒ고 도로 나려 금강문의
남여 타고 졀의 와셔 졈심을 먹은 후의
만물초 가는 길이 온졍으로 지는다기
극낙고기 너머셔셔 오 리는 남즛 가니
쥬막집 바로 겻히 우물집559) 지엿기의
문 열고 구경ᄒ니 상하탕이 느러노혀
박셕560)으로 네모지게 두 군디 갓치 싸고
물빗츤 흐릿ᄒ고 미즉은ᄒ다 ᄒ네
미우가 연면561)ᄒ여 듀졈의셔 유슉ᄒ고
이십일일 조반 후의 날 흐리고 안기 덥혀
만물초 구경ᄒ려 길 차리고 나려가니

---

555) 움쳐진: 움츠러진. 굽이진. '움치다'는 '움츠리다'의 준말.
556) 백릉(白綾): 흰빛의 얇은 비단.
557) 옥주(玉柱): 옥으로 만든 기둥.
558) 드려 이셔: 드리워 있어.
559) 우물집: 빗물이 들어가지 않도록 우물 위에 지붕을 만든 것.
560) 박석(薄石): 얇고 넓적한 돌.
561) 연면(連綿): 계속 이어짐.

지로승과 쥬막 쥬인 붓들고 만류ᄒ되
만물초 가논 길이 칠십 니 왕환562)이오
쳥명혼 일긔예도 운이 씨면 못 보논듸
하물며 비 오난 날 지쳑을 불분이라
밋그러운 돌사닥의 쳔신만고 드러가셔
산 밋만 겨오 보면 분탄563)키 엇더ᄒ오
드르믜 의연ᄒ고564) 일힝들도 올타 ᄒ여
봉닉의 후긔565)를 만물초의 머무르고566)
힝구를 다시 찰여 총셕으로 향ᄒ올 졔
금강 닉외산을 이곳의셔 유별567)ᄒ니
만니쳔 봉식568)이 안즁의 녁녁ᄒ다
졀마다 지로승의 일흠이 그 뉘러니
장안ᄉ는 의졍이요 표훈ᄉ는 거안이오
유졈ᄉ는 쳬쥰이요 신계ᄉ는 쟝함이라
승지의 노튼569) 표젹 여ᄉ 군듸 ᄒ여시니
만폭동의 셕각졔명 크고 깁게 삭여두고
그 남은 헐셜누570)의 장안 표훈 신계 유졈
다삿 곳은 남긔 삭여 문누의 붓쳐시니

---

562) 왕환(往還): 왕복.
563) 분탄(憤歎): 몹시 분하게 여김.
564) 의연(依然)ᄒ고: 그럴듯하고.
565) 후긔(後期): 훗날의 기약.
566) 봉래(蓬萊)의~머무르고: 만물초를 보고자 금강산을 다시 찾겠다고 약속한다는 뜻이다.
567) 유별(留別): 떠나는 사람이 남아 있는 사람에게 작별함.
568) 봉색(峯色): 봉우리의 모습.
569) 노튼: 놓던.
570) 헐셜누: '헐성루(歇惺樓)'의 오기. 정양사(正陽寺)에 있었던 누각.

타일의 다시 오면 싱면목[571] 아니 될가

해금강 총석정 일대를 유람하다

인ᄒ여 길을 써나 셩직촌 지ᄂ올 졔
십 니는 녁녁ᄒ고[572] 고셩 통쳔 지경이라
예셔부터 총셕가지 바다흘 엽희 두고
일빅이십 니룰 곳 ᄂ려간다 ᄒ니
바다흘 니다보니 파도가 흉용[573]ᄒ여
바람도 아니 부되 물결이 졀노 이러
산악갓치 미러와셔 바위돌의 다다칠 졔
우뢰가 진동ᄒ고 빅셜이 날니는 듯
음이코 비가 오면 먼니가지 난다 ᄒ니
물가 언덕 우희 소곰 굽는 집이 잇□
움쳐로[574] 집을 짓고 그 속의 흙가마의
바다물을 졸여니여 소곰을 만드ᄂ되
흔 가마의 십여 셕을 칠팔 일이 된다 ᄒ니[575]
장진역[576] 십 니 가니 셰우가 마이 오니
히변의 인가 젹어 무인지경 ᄒ다 ᄒ야

---

571) 생면목(生面目): 처음으로 대하는 얼굴.
572) 녁녁ᄒ고: '넉넉하고'의 오기인 듯하다.
573) 흉용(洶湧): 물결이 매우 세차게 일어남.
574) 움쳐로: 움막처럼. '톄로' '쳐로'는 '처럼'의 옛말.
575) 흔 가마의~ᄒ니: 가마 하나에 소금 십여 석이 나오는데, 소금을 한 번 만드는 데 7~8일 걸린다는 의미다.
576) 장진역: '장전역(長前驛)'의 오기. 강원도 고성군에 있던 역.

비 맛고 이십 니의 독벼로[577] 다다르니
슈빅 쟝 비탈 바위 독 업흔 형용이요
허리의 길이 나셔 힝인이 단니눈듸
길 아릭 싹근 졀벽 그 밋치 바다히라
다힝이 길이 널너 빵교도 단일노다
일 마장 더 누가니 남亽진 쥬졈이라
더운 방 추져가셔 져즌 옷 말니고셔
졍훈[578] 방 다시 어더 셕반 후 안헐ᄒᆞ다
이십이일 조반 후의 우셰[579]로 늣게 써나
이십 니 운암[580] 가니 쏘 셰우 오눈고나
여긔셔 빅졍봉이 십 니라 ᄒᆞ건마는
비 오고 안기 씌여 완경홀 길 업섯기의
하인과 짐군으란 두빅진의 가라 ᄒᆞ고
뒤예 싸러 누려올 졔 큰길노 바로 가니
몬져 가던 하인들이 압히 뵈지 아니ᄒᆞ기
고이ᄒᆞ여 돌쳐오니 다리 건너 집이 잇셔
젹은 산 가로 둘너 길엽헤셔 아니 뵈고
앗가 하인들은 질엄길노 바로 넘어
우리를 기다리다 마조 추자 나오거늘
훈가지로 드러가셔 졈심ᄒᆞ고 즉시 써나
문바위 차ᄌᆞ가니 빅亽장의 고셕 ᄒᆞ나

---

577) 독벼로: 옹천(甕遷). 강원도 고성군과 통천군의 경계에 있는 벼랑 이름. 옹이가 바닷물에 거꾸로 박혀 있는 것과 같다 해서 붙은 이름이다.
578) 정(淨)훈: 깨끗한.
579) 우세(雨勢): 비가 내리는 기세나 형세.
580) 운암(雲巖): 강원도 통천 지역의 옛 지명. 통천과 고성의 중간 지점에 있다.

오뉵 장 넙흔넌디581) 견면의 굼긔 쑬녀

양편이 마조뵈고 민 우층 셕각 틈의

소나무 셰 쥴기가 노송이 되엿스니

그 무산 이치런고 이샹ᄒ고 신기ᄒ다

말뫼 지ᄂ 달아고기 이십 니 와 슉소ᄒ니

비ᄂᆫ 다시 아니 오고 오십 니롤 거러고나

이십삼일 쾌쳥커놀 일작이 조반 먹고

십오 리 힝ᄒ여셔 통쳔읍 드러가셔

길쳥의 하인 식여 비잡이582) 아라보니

본면 쥬인 츌송583)ᄒ여 지금 신측584)ᄒ다 ᄒ니

이십 니 힝ᄒ여셔 고져촌 다다르니

인가ᄂᆫ 삼ᄉ빅 호 부요ᄒ 니 만타 ᄒ니

ᄒ 고기 쏘 지나셔 총셕졍 올ᄂ가니

ᄉ션봉 네 기동이 느러니585) 셔 잇ᄂ디

창옥586)을 싹가닉여 쳘쥬587)롤 밧치온 듯

셕벽의 둘닌 돌도 모도 기동 모양이오

환션졍 빈터 압흔 졉침588)쳐로 바루 싸혀

다몰속589) 바다가의 물결 치여 눌날니며

<hr />

581) 넙흔넌디: 높았는데. '넙다'는 '높다'의 방언.

582) 비잡이: 배를 다루는 사람.

583) 츌송(出送): 내보냄.

584) 신측: 신칙(申飭). 단단히 타일러서 경계함. 여기서는 부탁한다는 의미다.

585) 느러니: '느런히'의 옛말. 죽 벌여서.

586) 창옥(蒼玉): 푸른빛을 띠는 옥.

587) 쳘쥬(鐵柱): 쇠로 만든 기둥.

588) 졉침(摺枕): 짐승의 털을 두껍게 두고 드문드문 누벼서 병풍처럼 여러 조각을 포개어 만든 베개. 층층이 쌓인 바위의 모습이 접침과 비슷하다는 의미다.

589) 다몰속: 모두 다.

알셤이라 ᄒᄂ 데가 슈로로 삼ᄉ십 니
모든 날즘싱이 그곳의 가 알을 ᄂ혀
포민590)들 비 타고셔 쥬어셔 온다 ᄒᄂ
덕원 원산 포구 지형만 바라뵈고
협곡 삼바위셤 십 니ᄂ 남즛ᄒ다
삼남591) 북도592) 상고셔들 슌풍의 돗츨 달고
물우희 드믄드믄 조각구름 쩌가ᄂ 듯
고기 잡ᄂ 일엽소션 창파 간의 츌몰ᄒ여
관시슈변불외풍593)의 도로혀 한가ᄒ다
졍ᄌ 지은 넙흔 언덕 슈빅 보 길히 나가594)
그 곳희 가셔 보니 좌우의 셧ᄂ 돌이
자옹595) 업흔 모양 갓고 인물 형용 근ᄉᄒ며
그 아릭 젹은 돌은 동의596) 느러노흔 다시
슈삼 간식 빈틈업시 동안동안 쌀니엿다
비 잡아 디령ᄒ여 타고 구경ᄒ라 ᄒ되
구경홀 디 거의 ᄒ고 풍낭도 요란ᄒ여
비 타기ᄂ 그만두고 졈심 식여 먹은 후의
금난굴노 나려가ᄌ 사공의게 분부ᄒ니
육노ᄂ 이십 니오 슈로ᄂ □□인딕
굴속을 보랴 ᄒ면 □□□□ □□□□

590) 포민(浦民): 갯가에 사는 백성.
591) 삼남(三南): 충청도, 전라도, 경상도 세 지방을 통틀어 이르는 말.
592) 북도(北道): 경기도 이북의 황해도, 평안도, 함경도를 통틀어 이르는 말.
593) 관시슈변불외풍(觀視水邊不外風): 물가를 보니 바람밖에 없음.
594) 길히 나가: 길이 나 있어.
595) 자옹: 옹자배기. 주둥이보다 배 부분이 넓고 둥글며 바닥이 좁은 질그릇.
596) 동의: 동이. 질그릇의 하나.

오늘갓치 험한 풍셰 어이 승션ᄒᆞ올손고
닉 듯고 올히 넉여 동힝ᄃᆞ려597) 일은 말이
만물초 후일 긔약 금난굴도 함긔 두셰
다 웃고 이러셔셔 읍니로 도로 지나
소셩교의 유슉ᄒᆞ니 칠십 니 힝역598)이라

다시 회양부로 돌아와 쉬다

이십ᄉᆞ일 일죽 쩌나 듕ᄃᆡ599)롤 차자오니
츄기령600) 험ᄒᆞᆫ 길이 눈압희 놉핫고나
이곳의 구경ᄒᆞᆯ 것 ᄒᆞᆫ두 가지 아니로ᄃᆡ
안기가 ᄌᆞ욱ᄒᆞ여 ᄃᆡ면불견601)ᄒᆞ엿시니
챵히슈 프른 물결 아모 덴 줄 모로오며
목년화 붉은 곳츨 어ᄂᆞ 곳의 차즐넌고
일흔닐곱 구뷔 지나 녕 우희 올나셔니
속으로 ᄯᆞᆷ이 솟고 것츠로 안기 씌여
솜져고리 챵옷 ᄉᆞ미 물이 뿌게 되엿고나
고기롤 올나올 졔 홀연이 뇌셩 소리
우박 ᄒᆞᆫ줄기가 젹은 ᄃᆡ초 갓거고나
화쳔을 드러오니 안기 것고 쳥명ᄒᆞ며

---

597) 동힝ᄃᆞ려: 동행(同行)다려. 동행에게.
598) 행역(行歷): 지나온 길.
599) 듕ᄃᆡ: 중대원(中臺院)을 말한다. 추지령(楸池嶺) 아래에 있다.
600) 츄기령: 추지령(楸池嶺). 강원도 통천군과 회양군 사이에 있는 재.
601) 대면불견(對面不見): 대면하고서도 보지 못함.

졈심ᄒ고 다시 ᄂᆞ셔 가림 와 슉쇼ᄒ니

이날 ᄒᆡᆼ역ᄒᆫ 듸 뉵십 니 갓갑고나

이십오일 조반 후의 회양부 드려와셔

읍겨의 여염집의 옷 닙노라 안겨더니

그 쥬인 니ᄅᆞᆫ 말이 오날 샷도긔셔

진평 영낭 뫼시온 듸 쳠비ᄒ라 가셧다기

칙실노 브로 가니 규산 김오여가

그젹긔 왓다 ᄒ고 집의 편지 뎐ᄒ거ᄂᆞᆯ

급급히 ᄶᅦ혀 보니 평안ᄒᆞ신 하셔⁶⁰²⁾로다

가즁이 일안⁶⁰³⁾ᄒ고 ᄂᆡ 몸이 무탈ᄒ니

긱니⁶⁰⁴⁾의 깃븐 일이 이에셔 더할손가

이윽고 동헌의셔 환ᄒᆡᆼ차ᄒᆞ시기의

나아가 문후ᄒ고 산즁 경긔 말ᄉᆞᆷ ᄒᆞᆫ 후

도로 칙방의 가 졈심을 차자 먹고

김좌슈 만나보고 입셧셔 잘 먼은 말⁶⁰⁵⁾

ᄌᆞ셔이 뎐ᄒᆞ노니 만이 깃거ᄒᆞᄂᆞᆫ고나

이십뉵일 음풍⁶⁰⁶⁾커ᄂᆞᆯ 동헌과 칙실의 가

통인비 불너다가 쟝긔 두여 소일ᄒ고

이십칠일 쳥명커ᄂᆞᆯ 진평 영낭 차자가셔

목은 화샹 봉안ᄒᆞᆫ 데 쳠비를 ᄒᆞ온 후의

슈쟝헌 올나가니 아칙⁶⁰⁷⁾의셔 함긔 나와

---

602) 하서(下書): 주로 편지글에서, 웃어른이 주신 글월을 높여 이르는 말.
603) 일안(一安): 한결같이 편안함.
604) 객리(客裏): 객중(客中). 객지에 있는 동안.
605) 잘 먼은 말: '잘 먹은 말'의 오기. 잘 먹었다는 인사말.
606) 음풍(陰風): 흐린 날씨에 음산하고 싸늘하게 부는 바람.
607) 아책(衙冊): 관아의 책실.

통인과 기싱드리 쳔렵ᄒ여 회를 치며
부븸밥 졈심ᄒ고 활 소아 종일ᄒ다
이곳의 봉일ᄉ가 소총셕이라 ᄒ고
강둔 짜 취병디가 슈셕이 조타 하기
봉ᄂ니를 봉은 후의 안계가 마이 널너
여간 슈셕 말은 귀 밧긔 들니기의⁶⁰⁸⁾

귀향길에 오르다

이십팔일 쳥명커놀 ᄒᆡ구⁶⁰⁹⁾를 슈습ᄒ여
경국⁶¹⁰⁾을 향ᄒ여셔 죠반 후 길 ᄯ날시
동헌의 하직ᄒ고 관오리고기 오니
규산과 년봉 양기⁶¹¹⁾ 먼니 와 쟉별ᄒ니
말 두 필 쥬시고셔 지경가지 타라시기
짐 시러 ᄉ십 니의 깁흔기⁶¹²⁾ 졈심ᄒ고
칙실의 편지ᄒ고 인마를 보닌 후의
초리여공을 의구히 차리고셔
가동으로 짐 지우고 셔울 길 바라보니
마음이 헌거로와⁶¹³⁾ 거름이 날 듯ᄒ다

608) 봉ᄂ니를~들니기의: 금강산을 보고 나서 안목이 넓어져 어지간한 경치는 별로 관심이 없다는 뜻이다.
609) ᄒᆡ구: '행구(行具)'의 오기. 행장(行裝).
610) 경국(京國): 서울.
611) 연봉(蓮鳳) 양기(兩妓): 옥련(玉蓮)과 봉선(鳳仙) 두 기생.
612) 깁흔기: 깊은개. 강원도 회양군 현리에 있는 개울.
613) 헌거(軒擧)로와: 너그러워. '헌거롭다'는 인색하거나 까다롭지 않고 너그러운 데가 있다는 뜻.

주오고기(614) 얼핏 지나 챵도역 슉소ᄒ고

이십구일 쳥명커ᄂ 경피(615) 뒤 즈럼길노

진묵 즁화 김화 자니 팔십 니 힝ᄒ엿다

오월 초일일의 갈고기(616) 졈심ᄒ고

십 니 풍젼역을 비 맛고 드러와셔

우셰가 연면ᄒ여 인ᄒ여 뉴슉홀 졔

마참 황우쟝ᄉ(617) 셔울노셔 ᄂ려와셔

약간 소식 드러ᄒ니 반신반의ᄒ거고나

초이일 ᄯ 비 오기 늣게야 길을 ᄯ나

예셔 삼부연(618)이 오 리즈음 되여 잇고

영평 화져연(619)이 셔기울셔 삼 니로디

비도 오고 길도 도라 구경키 그만두고

굴을ᄂ 졈심ᄒ고 영평 읍ᄂ 드러가니

셔학졍 ᄉ졍집(620)이 졔도가 졀묘ᄒ다

총쥭구교(621) 홍봉소가 여긔셔 ᄉ는지라

견갈ᄒ여 만나보고 셕반을 당부ᄒ 후

ᄂ물가 칠팔 니의 금슈졍(622) 챠쟈가니

---

614) 주오고기: '쟝오고개'의 오기인 듯하다.

615) 경피: 경파(慶坡). 강원도 김화군 금성면 지명.

616) 갈고기: 갈현(葛峴). 강원도 철원군 인목면에 있는 고개.

617) 황우쟝ᄉ: 황아장수. 여러 가지 자질구레한 일용 잡화를 파는 장수.

618) 삼부연(三釜淵): 강원도 철원군에 있는 폭포. 폭포수가 높은 절벽에서 세 번 꺾여 떨어지는데, 가마솥 3개같이 생겼다 하여 붙은 이름이다.

619) 화적연(禾積淵): 한탄강 상류에 있는 연못. 바위가 물위에 솟아 있는데 그 모양이 볏짚단을 쌓아올린 듯하다고 해서 붙은 이름이다.

620) 사정(舍亭)집: 정자(亭子) 집.

621) 총죽구교(葱竹舊交): 어릴 때 파피리를 불고, 대나무 말을 타고 서로 희롱하며 놀던 옛친구. 죽마고우와 같은 말이다.

622) 금수정(金水亭): 경기도 포천시 창수면 오가리에 있는 정자. 원래는 김명리라는 사람이 우두정(牛頭亭)이라는 정자를 지었는데, 얼마 후 이 정자를 시인이자 서예가로 널리 이름을 떨

언덕의 지은 집이 수 간이 넉넉흔듸

좌우의 단풍나무 그 아릭 괴셕이요

물속의 모릭 빗치 황금을 펼치온 듯

젹은 셤 흐나 이셔 경도라 일홈흐고

졍즁 지은 바위돌의 금듸⁶²³⁾라 삭엿고나

압산 고소셩이 병풍쳐로 둘녀시며

그 뒤의 양반의 집 빅운누라 현판흐고

쳔계를 압임흐여 경기가 유슈흐다

슈삼 니 더 나가셔 챵옥병⁶²⁴⁾ 챠쟈가니

스암⁶²⁵⁾ 문곡⁶²⁶⁾ 양 션셩의 셔원⁶²⁷⁾이 놉하 잇고

바로 닉물 건너 셕벽이 셔 잇눈듸

돌 빗치 검붉으며 물속의 비최여셔

일홈으로 이를진듸 옥병이 못당흐다

양봉니 필젹드리 이 두 곳의 만타 흐되

날 져물고 춍건흐여⁶²⁸⁾ 즈셔이 아니 챳고

읍니로 드러오니 초경이 거의로다

봉소의 집 사랑 업셔 양문듸신⁶²⁹⁾ 죵손의 집

친 양사언에게 주었고 양사언은 정자 이름을 금수정으로 고쳤다고 한다.
623) 금대(琴臺): 금수정 동북방 10미터 거리에 있는 바위. 세종조 문인인 금옹선생(琴翁先生) 김윤복(金胤福)이 여기에서 거문고를 연주했다고 한다. 바위 위에 해서체로 '금대(琴臺)'라고 새겨져 있는데 양사언의 글씨라고 전한다.
624) 창옥병(蒼玉屛): 영평팔경의 하나. 창수면 영평천변에 있는 깎아지른 절벽.
625) 사암(思菴): 조선 초기 문신 박순(朴淳, 1523~1589)의 호.
626) 문곡(文谷): 조선 중기 문신 김수항(金壽恒, 1629~1689)의 호.
627) 스암~셔원: 경기도 영평의 옥병서원(玉屛書院)을 말한다.
628) 춍건흐여: 미상. 문맥상 '피곤하여' 또는 '시간이 없어'로 봐야 할 듯하다.
629) 양문대신(梁文大臣): 조선 후기 문인 이서구(李書九, 1757~1825)를 말한다. 그가 1805년 벼슬에서 물러나 경기도 포천 양문에 은거하자, 고을 사람들이 그를 양문대신이라 불렀다고 한다.

쥬인 조코 수랑 널너 거긔셔 유슉ᄒ니

초삼일 아젹밥은 그 집 쥬인 담당이라

영계구이 도랏나물630) 살찌고 염담 맛다

늦게야 쩌나올 제 후약을 말ᄉᆞᆷᄒ기를

가을 후 단풍 시의 이 고을 동면의 가

삼부연 화젹연의 빅운ᄉ 구경ᄒ고

건등ᄉ631) 조종암632)의 곳곳지 두루 노라

영가지난 슈셕지승633) 함긔 구경ᄒ엿셰라

여러히 듸소ᄒ고 남듸쳔 건너셔셔

가리마고긔 지나 무러고긔634) 너머오니

옹긔졈 이곳진듸 오지그릇 만드ᄂ 양

미통635) 아릐 갓튼 나모 흑 닉여636) 올녀노코

두 발노 돌니면셔 두 손으로 흑을 만져

---

630) 도랏나물: 도라지나물. '도랏'은 '도라지'의 방언.

631) 건등ᄉ: 현등사(懸燈寺). 경기도 가평군 조종면 운악산에 있는, 삼국시대에 세운 절.

632) 조종암(朝宗巖): 경기도 가평군 조종면 대보리에 있는, 조선시대 숭명배청(崇明排淸) 사상을 담은 글귀를 새겨놓은 바위. 조선 숙종 10년(1684)에 우암 송시열이 명나라 의종의 어필인 '사무사(思無邪, 생각에 사특함이 없음)'와 효종이 대신에게 내려준 '일모도원, 지통재심(日暮途遠, 至通在心, 해는 저물고 갈 길은 먼데 지극한 아픔이 마음속에 있네)'이라는 글귀를 쓴 것을 가평군수 이제두에게 보내 이를 새기라 했다. 이에 이제두, 허격, 백해명 등 여러 선비가 이 글귀와 선조의 어필인 '만절필동, 재조심방(萬折必東, 再造藩邦, 일만 번 꺾여도 반드시 동쪽으로 흐르니 명나라 군대가 왜적을 물리치고 우리나라를 다시 찾아 주었네)'과 선조의 후손인 낭선군이 쓴 '조종암(朝宗巖, 천자를 뵙는 바위)'을 새기고 제사를 지냈다고 한다.

633) 영가지난(詠歌之難) 수석지승(水石之勝): 시나 노래로 표현하기 힘든 뛰어난 경치.

634) 무러고긔: 물어고개. 문례현(問禮峴). 경기도 포천시 신북면 심곡리와 신읍리 사이에 있는 고개. 이성계가 왕으로 등극한 뒤 왕방산 아래에 은거하고 있던 전 고려 시중 성여완(成汝完)을 찾아와 조선에서 벼슬할 것을 권했다고 한다. 그후부터 이 고개를, 예를 갖춰 찾아온 고개라 하여 '문례현'이라 부르게 되었다 한다.

635) 미통: 매통. 벼의 겉겨를 벗기는 농기구.

636) 흑 닉여: 흙을 이겨서.

조악[637] 빗듯 비져니여 칼노 버혀 싸르노니

항아리 쑥박이의 귀씨[638] 등속 되거고나

삼십 니 구쟝터의 졈심ᄒ고 ᄯᅩ 쩌나셔

비 맛고 이십 니 와 솔모로 슉소홀 제

그 집의 계집쥬인 며ᄂᆞ리를 ᄭᅮ짓ᄂᆞ디

윤쳑[639]이 바히 업시 샹욕조차 너허가며

요년 요년 요악ᄒᆞᆫ[640] 년 불여오 갓튼 년아

누름밥 그 만흔 것 네 형[641]이나 조곰 쥬지

기를 모도 쯱긔[642] 주니 네 어미 아비러냐

어룬이 말 무르면 보로통ᄒᆞ고 셔셔

디답도 아니ᄒᆞ니 너만 년이 그러ᄒᆞ냐

양즙 ᄶᅡ 노하둔 것 된쟝의 드러붓고

기름 ᄶᅡ 담아논 것 거더차 업지르고

ᄭᅢ소곰 복가둔 것 물 타셔 니버리고

두부를 사다 쥬고 반찬 ᄒᆞ라 ᄒᆞ엿더니

시렁 우희 언져두고 쥐나 주어 보니시니

열 모의 ᄒᆞᆫ 모원들[643] 쓸데가 무어시니

너 어머니 그 사ᄅᆞᆷ이 ᄉᆞ돈 노릇 잘ᄒᆞ엿지

___

637) 조악: 주악. 떡의 종류. 찹쌀가루에 대추를 이겨 섞고 꿀에 반죽하여 깨소나 팥소를 넣어 송편처럼 만든 다음 기름에 지진다.

638) 귀씨: 귀때그릇. 귀때가 달린 그릇. '귀때'는 그릇에서 삐죽이 내민 부분을 말한다.

639) 윤쳑(倫脊): 말이나 글에서의 순서와 논리. 혹은 합당한 도리. 『시경』「소아小雅」「졍월正月」의 "부르짖는 이 말이 도리가 있고 조리가 있네(維號斯言, 有倫有脊)"라는 구절에서 온 말이다.

640) 요악(妖惡)ᄒᆞᆫ: 요사하고 간사하며 악독한.

641) 형: 손윗동서를 가리킨다.

642) 쯱긔: 찌기. '찌꺼기'의 방언.

643) 열 모의~모원들: 열 가지 중 한 가지인들.

션치⁶⁴⁴⁾ 간 것 다 먹고셔 니불소음도 아니 두고

찰하리 셔울 갓다 종으로나 팔아먹지⁶⁴⁵⁾

너 드려오노라고 교군⁶⁴⁶⁾이야 마삭⁶⁴⁷⁾이야

니 빗지 긔예⁶⁴⁸⁾ 넘어 밤낫으로 허덕이니

방정맞고 망홀 년아 쥬리 방치 안길 년아⁶⁴⁹⁾

잇다감 두드리며 의졋잔코 잡샹스러⁶⁵⁰⁾

아모리 샹것신들 무식도 홀거이고

고롱을 도라보고 곡직을 논란ᄒ다

초ᄉ일 쳥명커놀 일죽이 기은 더나⁶⁵¹⁾

쇠골 와 조반ᄒ여 츅셕녕 올나셔니

잘 잇더냐 삼각산아 우리 고향 거의로다

다락원 즁화ᄒ고 동소문 드러오니

신시⁶⁵²⁾논 남즛ᄒ고 시쟝도 ᄒ엿기의

길가의 녀직 집의 밥 ᄉ셔 요긔ᄒ고

옷쥬졔⁶⁵³⁾ 더러우며 모양도 슈통⁶⁵⁴⁾ᄒ여

어둡기 기ᄃ려서 집의를 득달ᄒ니

---

644) 선채(先綵): 전통 혼례에서, 혼례를 치르기 전에 신랑 집에서 신부 집으로 보내는 비단.
645) 너 어머니~팔아먹지: 며느리의 친정어머니를 비난하는 내용이다. 결혼 전 며느리 집에 보낸 선채를 다 떼먹고 혼수 이불에 솜도 넣지 않고 딸을 시집보냈으니, 이로써 이익을 볼 생각이면 서울 부잣집에 종으로 파는 것이 나았을 거라는 뜻이다.
646) 교군(轎軍): 가마를 메는 사람.
647) 마삭: 마삯. 말을 부린 데 대한 삯.
648) 긔예: 그예. 마지막에 가서는 기어이.
649) 쥬리~년아: 주리를 틀 년아. '방치'는 '방망이'의 방언.
650) 잡샹(雜常)스러: 잡되고 상스러워.
651) 기은 더나: '길을 떠나'의 오기.
652) 신시(申時): 오후 3시에서 5시까지.
653) 옷쥬졔: 옷주제. 변변하지 못한 옷을 입은 모양새.
654) 수통(羞痛): 부끄럽고 가슴 아픔.

즁당제졀⁶⁵⁵⁾이 일양강왕⁶⁵⁶⁾ᄒᆞ오시고
쳐자들 무양⁶⁵⁷⁾ᄒᆞ며 면면이 반겨ᄒᆞ며
어린 ᄯᆞᆯ 달포 만의 낫츨 아니 셔러ᄒᆞ니⁶⁵⁸⁾

금강산 유람을 마친 감회

셕반 후 곤ᄒᆞ여셔 벗고 누어 싱각ᄒᆞ니
젼후 삼십뉵일 만의 쥬류⁶⁵⁹⁾ 일쳔뉵빅여 리
만니쳔봉 관령⁶⁶⁰⁾ᄒᆞ고 빅ᄉᆞ십 슈 음영ᄒᆞ여
일ᄒᆡᆼ 오 인이 잡병 업시 ᄃᆞ녀오니
강산이 도왓던지 다 각각 복녁⁶⁶¹⁾인가
금강 니외 형승 눈압희 삼삼ᄒᆞ여
ᄭᅮᆷ인 듯 진경인 듯 의신간⁶⁶²⁾ 되거고나
듯고 보온 조흔 경긔 되강 젹어 긔록ᄒᆞ고
연로의 우ᄉᆞ온 일 요초⁶⁶³⁾ᄒᆞ여 너허시니
아모나 보시노 니 ᄶᅵᆷ작ᄒᆞ여주오실가
일국지명산여요⁶⁶⁴⁾ 삼한 젹 고찰드리

---

655) 즁당졔졀(重堂諸節): 조부모의 기거동작을 가리킨다. '즁당'은 상대방의 할아버지와 할머니를 높여 부르는 말이며, '졔졀'은 남의 집안 모든 사람의 기거동작을 가리킨다.
656) 일양강왕(一樣康旺): 한결같이 건강하고 기력이 좋음. '일향만강(一向萬康)'과 같은 의미다.
657) 무양(無恙): 몸에 병이나 탈이 없음.
658) 어린~셔러ᄒᆞ니: 한 달 조금 지나 만났는데도 어린 딸이 낯설어하지 않는다는 의미다.
659) 주유(周遊): 두루 돌아다니면서 구경하며 놂.
660) 관령(觀嶺): 봉우리를 구경함.
661) 복력(福力): 복을 누리는 힘.
662) 의신간(疑信間): 반은 의심하고 반은 믿는 처지.
663) 요초(要抄): 간단하게 기록함.
664) 일국지명산여(一國之名山歟)요: 한 나라의 명산이요.

한곳의 모히여셔 쳔하의 유명ᄒ다
셰샹 호걸님늬 다 ᄒᆞᆫ번 보오소셔

　　　　　　　　—「동유가」(하버드대학교 소장본)

원본 ⊙

교훈가사

農家月令歌 롱가월녕가

丁學游

셔사

天地肇判[1]호민 日月星辰 비최거다

日月은 定數[2] 닛고 星辰은 躔次[3] 닛셔

一年 三百六十日의 계 度數 도라오민

冬至[4] 夏至[5] 春秋分[6]은 日晷[7]의 追追호고[8]

---

1) 천지조판(天地肇判): 하늘과 땅이 처음으로 열려 제자리를 잡음.
2) 정수(定數): 일정하게 정해진 수효나 수량. 여기서는 해와 달의 각도를 의미한다.
3) 전차(躔次): 천체가 궤도를 따라 운행하는 길. 성좌(星座).
4) 동지(冬至): 24절기의 하나. 대설과 소한 사이에 들며 양력 12월 22일이나 23일경이다.
5) 하지(夏至): 24절기의 하나. 망종과 소서 사이에 들며 양력 6월 21일경이다. 북반구에서는 낮이 가장 길다.
6) 춘추분(春秋分): 춘분과 추분. 춘분은 경칩과 청명 사이에 들며 양력 3월 21일경이고, 추분은 백로와 한로 사이에 들며 9월 23일경으로, 밤과 낮의 길이가 같다.
7) 일구(日晷): 해그림자.
8) [교감] 추추(追追)호고: 『농가타영』본 「농가월령긔」 '츄츅호고', 『교주가곡집』본 「농가월령가」 '推測(취측)호고', 『가사육종』본 「농가월령가」 '推測(츄측)호고'.

上弦 下弦 望晦朔[9])은 月輪의 盈虧[10])로다

大地上 東西南北 곳을 짜라 틀니기를

北極을 다 보람호야[11]) 遠近을 磨鍊호니

二十四 節候로 十二朔의 分排호니

每朔 두二 節候가 一望이 수이로다[12])

春夏秋冬 往來호니 自然이 成歲[13])혼다

堯舜갓치 축혼 님군 曆法[14])을 刱開[15])호수

天時[16])를 밝혀니수 萬民을 다 맛기시니

夏禹氏[17]) 五百年은 寅月[18])노 歲首[19])호고

周나라 八百年은 子月[20])이 新正이라

當今의 쓰는 曆法 夏禹氏와 혼 法이라

寒暑溫涼 氣候 추셔[21]) 四時의 맛가지니[22])

---

9) 망회삭(望晦朔): 보름, 그믐, 초하루를 아울러 이르는 말.

10) 월륜(月輪)의 영휴(盈虧): 달이 차고 이지러짐.

11) 보람호야: 표적으로 삼아. '보람하다'는 다른 물건과 구별하거나 잊지 않기 위해 표를 해두다라는 뜻.

12) 매삭(每朔)~수이로다: 매달 절기 2개가 보름 간격으로 들어 있다는 의미다.

13) 성세(成歲): 한 해를 이룸.

14) 역법(曆法): 천체의 주기적 현상을 기준으로 하여 세시(歲時)를 정하는 방법.

15) 창개(刱開): 창시(創始).

16) 천시(天時): 때를 따라서 돌아가는 자연현상. 곧 계절, 밤과 낮, 더위와 추위 따위를 이른다.

17) 하우씨(夏禹氏): 중국 전설 속 제왕인 우임금. 요임금 때 9년 동안 비가 내려 범람하던 황하를 잘 다스려 30년 만에 큰 공을 이루고, 순임금이 죽자 왕위를 물려받아 나라 이름을 하(夏)라고 했다.

18) 인월(寅月): 음력 1월을 달리 부르는 말. 태음력에서는 각 달을 십이지로 이름 지었는데 중국 하나라에서는 정월을 인(寅)으로 표현했다. 여기서 기원하여 인월은 정월을 의미하게 되었다. 『서경』「하서夏書」편에 "하나라의 정월은 북두성의 자루가 인방(寅方)을 가리키는 달로 삼았다"라는 구절이 있다.

19) 세수(歲首): 한 해의 처음. 설의 다른 이름.

20) 자월(子月): 북두성의 자루가 자방(子方)을 가리키는 달. 음력 11월을 이른다.

21) 차서(次序): 차례.

22) 맛가지니: 알맞으니. '맛갓다'는 '알맞다'의 옛말.

孔夫子[23]의 取ᄒᆞ시미 夏政을 行ᄒᆞ도다

정월령

正月은 孟春이라 立春[24] 雨水[25] 節候로다

山中澗壑[26]의 氷雪은 남아시니

졍코 廣野의[27] 雲物[28]이 變ᄒᆞ도다

어와 우리 聖上 愛民重農ᄒᆞ오시니

愍敕[29]ᄒᆞ신 勸農綸音[30] 坊曲의 頒布ᄒᆞ니

슬푸다 農夫들아 아므리 無知ᄒᆞᆫ들

네 몸 利害 姑捨ᄒᆞ고 聖意[31]를 어길소냐

---

23) 공부자(孔夫子): '공자(孔子)'를 높여 부르는 말.
24) 입춘(立春): 24절기의 하나. 양력 2월 4일경이다.
25) 우수(雨水): 24절기의 하나. 양력 2월 18일경으로, 날씨가 거의 풀리고 봄바람이 불기 시작하며 새싹이 나는 시기다.
26) 산중간학(山中澗壑): 산속, 물이 흐르는 골짜기.
27) 졍코 광야(廣野)의: '평교광야(平郊廣野)'의 오기. '평교광야'는 교외나 성밖의 넓은 들판이다.
28) 운물(雲物)이 변(變)ᄒᆞ도다: 구름의 빛깔이 변하도다. 태양 주위에 나타나는 다섯 가지 구름의 색깔로 천재지변을 헤아리던 방법을 말한다. 『주례』 「춘관보장씨春官保章氏」에 "다섯 가지 구름 빛깔로 길흉, 가뭄과 홍수, 풍년의 조짐을 분별하였다"고 했는데, 정현(鄭玄)의 주(註)에는 "동지·춘분·하지·추분에 구름의 빛깔을 관찰하여 푸른빛이면 충해가 생기고, 흰빛이면 사람이 죽고, 붉은빛이면 병란이 일어나고, 검은빛이면 수해가 발생하고, 누른빛이면 풍년이 든다고 하였다"라고 했다.
29) 간칙(愍敕): 간절히 타이름.
30) 권농윤음(勸農綸音): 임금이 농사를 권장하고자 해마다 정월 초하루에 백성에게 반포하는 글. '윤음'은 임금이 신하나 백성에게 내리는 말로, 오늘날의 법령과 같은 위력을 지닌다. 『예기』 「치의緇衣」에 "왕의 말이 명주실 같으면 그 나오는 것은 인끈과 같고, 왕의 말이 인끈과 같으면 그 나오는 것은 동아줄과 같다(王言如絲, 其出如綸, 王言如綸, 其出如綍)"라는 말에서 유래했다. 정조는 농정(農政)을 권장하는 윤음을 여러 차례 내렸는데, 특히 정조 22년(1798)에는 권농정(勸農政) 구농서(求農書)의 윤음을 내려 농사 진흥책을 널리 구했다.
31) 성의(聖意): 임금의 뜻.

山田水畓[32) 相半[33)ㅎ게 힘듸로 ㅎ오리라

一年豊凶은 測量치 못ㅎ야도

人力이 極盡ㅎ면 天灾를 免ㅎㄴ니

져 各各 勸勉ㅎ야 게얼니 구지 마라

一年之計在春[34)ㅎ니 凡事를 미리 ㅎ라

農地를 다ᄉ리소 農牛를 살펴 먹여

지거름[35) 지와노코 一邊으로 시러 니여

麥田의 오좀 듀기[36) 歲前[37)보다 힘쎠 ㅎ소

늙으니 勤力[38) 업고 힘든 일은 못ㅎ야도

낫이면 이영[39) 녁고 밤의ᄂ 식기 쏘아

씨맛쳐 집 니우니[40) 큰 근심 더럿도다

實果나모 벗곳[41) 짜고 가지 ᄉ이 돌 쎄오기[42)

正朝[43)날 未明時의 試驗죠로 ㅎ야보소

며나리 닛지 말고 松菊酒 밋ㅎ여라[44)

32) 산전수답(山田水畓): 산에 있는 밭과 물을 쉽게 댈 수 있는 논.

33) 상반(相半): 서로 절반씩 어슷비슷함.

34) 일년지계재춘(一年之計在春): 일 년 계획은 봄에 달려 있음.

35) 지거름: 재거름. 재로 만든 거름.

36) 오좀 듀기: 오줌 주기.

37) 세전(歲前): 설을 쇠기 전. 작년.

38) 근력(勤力): '근력(筋力)'의 오기.

39) 이영: 이엉. 초가집의 지붕이나 담을 이기 위해 짚이나 띠, 억새 따위로 엮은 물건.

40) 집 니우니: 집의 지붕을 이우게 하니. '니우다'는 '이우다'의 옛말로, '이다'의 사동형이다.

41) 벗곳: 보굿. 굵은 나무줄기에 비늘 모양으로 덮여 있는 겉껍질. 보굿을 벗겨두면 그해에는 나무에 벌레가 붙지 않는다고 한다.

42) 가지~쎄오기: '나무시집보내기' 또는 '나무장가보내기'를 말한다. 정월 초하룻날이나 대보름날에 과일나무 가지 사이에 돌을 끼워두어 그해에 과실이 많이 열리기를 기원하는 풍속이다. 남녀가 혼인하고 자식을 많이 낳는 행위를 모방해 과실의 풍년을 기원한다.

43) 정조(正朝): 설날의 다른 말.

44) [교감] 송국주(松菊酒) 밋ㅎ여라: 『교주가곡집』본 「농가월령가」 '小麴酒(쇼곡쥬) 밋ㅎ여라'. '소국주(小麴酒)'는 누룩을 적게 하여 찹쌀로 담근 술로서 맑은 수정 빛깔이 나는 막걸리며, '술

三春⁴⁵⁾ 白花⁴⁶⁾ 時의 花前一醉⁴⁷⁾ 호야보즈

上元⁴⁸⁾날 달을 보아 水旱⁴⁹⁾을 안다 호니⁵⁰⁾

老農⁵¹⁾의 徵驗이라 대강은 斟酌느니

正初 歲拜호믄 敦厚혼⁵²⁾ 風俗이라

시 衣服 떨쳐닙고 親戚隣人 셔로 츠즈

老少男女 兒童까지 三三五五 단일 젹의

와각버셕⁵³⁾ 울긋불긋 物色⁵⁴⁾이 繁華호다

산나히 鳶 씌오고 계집아히 널뛰고

늦 노라 나기호기⁵⁵⁾ 少年들의 노리로다

祠堂의 歲謁⁵⁶⁾호니 餠湯⁵⁷⁾의 酒果로다

엄파⁵⁸⁾와 미나리를 무오엄⁵⁹⁾의 겻드리면

밑하기'는 술의 원료가 되는 누룩을 섞어 버무린 지에밥을 만드는 것을 말한다.

45) 삼춘(三春): 봄의 석 달. 맹춘(孟春), 중춘(仲春), 계춘(季春)을 이른다.

46) 백화(白花): '백화(百花)'의 오기. 온갖 꽃.

47) 화전일취(花前一醉): 꽃 앞에서 한번 취함.

48) 상원(上元): 정월대보름의 이칭. 도교에서는 1월 15일[上元], 7월 15일[中元], 10월 15일[下元]을 삼원(三元)이라고 통칭하는데, 각각 천관대제(天官大帝), 지관대제(地官大帝), 수관대제(水官大帝)의 생일로 삼고서 이 명절을 기념하는 의식을 행했다.

49) 수한(水旱): 장마와 가뭄을 아울러 이르는 말.

50) 상원(上元)날~호니: 달점(月占)을 이른다. 정월 대보름날 떠오르는 달의 빛깔·모양·두께 등을 보고 그해 농사의 풍흉을 알아보는 풍속. 달빛이 붉으면 가물고, 희면 장마가 지고, 달빛이 진하면 풍년이 들고, 흐리면 흉년이 든다고 한다.

51) 노농(老農): 농사일에 경험이 많은 사람.

52) 돈후(敦厚)혼: 인정이 두텁고 후한.

53) 와각버셕: 워석버석. 얇고 빳빳한 물건이나 풀기가 센 옷 따위가 부스러지거나 스치는 소리.

54) 물색(物色): 물건의 빛깔.

55) 나기호기: 내기하기. '나기'는 '내기'의 옛말.

56) 세알(歲謁): 섣달그믐이나 설날에 사당(祠堂)에 가서 인사드리던 일.

57) 병탕(餠湯): 떡국.

58) 엄파: '움파'의 방언. 겨울에 움 속에서 자란, 빛이 누런 파.

59) 무오엄: 무움. 무순. 저장해둔 무에서 자라난 순. '무오'는 '무'의 옛말.

보기의 新新[60]ㅎ야 五辛菜[61] 불워ㅎ랴

보름날 藥食 茶禮 新羅 젹 風俗이라[62]

묵은 山菜[63] 살마 니여 肉味를 밧골소냐

귀 밝히는 藥슐[64]이며 부름 삭는 生栗이라[65]

먼져 불너 더위팔기[66] 달마지[67] 홰불혀기[68]

흘너오는 風俗이오 아희들 노리로다

---

60) 신신(新新): 아주 신선함.
61) 오신채(五辛菜): 매운맛이 나는 5가지 채소. 움파, 산갓, 신감채[辛甘菜, 당귀 싹], 미나리 싹, 무 싹. 입춘에 이 5가지 채소를 나물로 만들어 먹고, 이 나물을 쟁반에 담아 이웃에 나눠주는 풍속이 있었다.
62) 보름날~풍속(風俗)이라: 정월대보름에는 약밥을 만들어 손님에게 대접하거나 이웃과 나눠 먹으며 이것으로 제사를 지내기도 했는데, 이러한 풍속의 유래는 『삼국유사』 권1 「기이紀異」 「사금갑조射琴匣條」에 전한다.
63) 묵은 산채(山菜): 묵은 산나물. 대보름날 묵은 나물을 먹으면 여름에 더위를 먹지 않는다고 한다.
64) 약(藥)슐: 귀밝이술[耳明酒]을 말한다. 대보름날 아침에 청주 한 잔을 데우지 않고 마시면 귀가 밝아지고 일 년 내내 좋은 소식만 들을 수 있다고 한다.
65) 부름 삭는 생율(生栗)이라: 정월대보름 풍속인 부럼 깨기를 말한다. 정월 대보름에 땅콩, 호두, 잣, 생밤, 은행 같은 견과류를 깨물면 한 해 동안 부스럼이 생기지 않는다고 한다. '부럼'은 '부스럼'의 방언.
66) 더위팔기: 대보름날 아침 일찍 일어나 사람을 보면 상대방 이름을 부르고, 만약 대답하면 '내 더위 사가라'고 한다. 이렇게 더위를 팔면 그해에는 더위를 먹지 않는다고 한다.
67) 달마지: 달맞이. 대보름날 저녁에 산이나 들에 나가 달이 뜨기를 기다려 맞이하는 일. 달을 보고 소원을 빌기도 하고, 달빛에 따라 1년 농사를 점치기도 한다.
68) 홰불혀기: 횃불켜기. 횃불싸움. 민속놀이의 하나로, 마을 청년들이 패를 갈라 진을 치고 있다가 달이 떠오르면 농악대의 풍악에 맞춰 횃불을 밝혀 들고 편싸움을 하여 승부를 겨루는데, 진 편은 그해에 흉년이 든다고 한다.

이월령

二月은 中春[69]이라 驚蟄[70] 春分 節氣로다

初六日 좀상이[71]는 豊凶을 안다 ᄒ되

스므날 陰晴을 대강은 斟酌ᄒ리[72]

반갑다 봄바람이 依舊히 門을 여니

말낫던 풀뿌리는 속닙히 萌動ᄒ다

기고리 우는 곳에 논물이 흐르도다

뫼비둙이 소리 나니 버들 빗 시로왜라

보장기[73] ᄎ려노코 春耕을 ᄒ오리라

살진 밧 갈희여셔 春牟[74]를 만히 갈소

綿花밧 되야두어[75] 졔씨를 기다리소

담비 모[76]와 잇[77] 스므기 일을수록 조흐니라

---

69) 중춘(中春): 봄이 한창인 때라는 뜻으로, 음력 2월을 달리 이르는 말이다.

70) 경칩(驚蟄): 24절기의 하나. 우수와 춘분 사이에 있으며 양력 3월 5일경이다. 겨울잠을 자던 벌레, 개구리 따위가 깨어 꿈틀거리기 시작한다는 시기다.

71) 좀상이: 좀생이. 좀생이별. 28수(宿)의 하나인 묘성(昴星). 음력 2월 6일 밤에 이 별과 달 사이의 거리를 보아 그해 풍흉을 점치는데, 이 별이 달과 나란히 가거나 한 자 이하 거리를 두고 앞서가면 길하고, 앞이나 뒤로 너무 멀리 떨어져 가면 흉년이 들어 어린아이들 먹을 것이 없게된다고 한다.

72) 스므날~짐작(斟酌)ᄒ리: '음청(陰晴)'은 날씨가 흐리고 갬을 말한다. 풍신(風神)이며 내방신(來訪神)인 영등할미가 2월 1일에 내려와 여러 가지 일을 살펴보고 그달 20일에 다시 하늘로 올라간다고 하는데, 신이 내려오는 날 비가 오면 풍년이 들고 바람이 불면 흉년이 든다고 한다. 2월 20일은 영등할미가 하늘로 올라가는 날이라 하기도 하고, 영등할미를 따라온 시녀들이 하늘로 올라가는 날이라 하기도 한다. 이날 역시 날씨로 풍흉을 점치는데, 비가 오면 풍년이 들고 날이 조금 흐려도 길하다고 한다.

73) 보장기: 보쟁기. 보습을 낀 쟁기.

74) 춘모(春牟): 춘모(春麰). 봄보리.

75) 되야두어: 다시 갈아두어. '되다'는 논밭을 다시 갈다라는 뜻.

76) 담비 모: 담배 모종.

77) 잇: 잇꽃. 국화과 두해살이풀. 씨로는 기름을 짜고, 꽃은 약용하고, 꽃물로 붉은빛 물감을 만든다.

園林[78]을 將點[79]ᄒ니 生理[80]를 兼ᄒ도다

一分은 果木이오 二分은 뽕나무라[81]

쐴희를 상치 말고 비 오는 날 심으리라

솔가지 찍어다가 울타리 시로 ᄒ고

垣墻[82]도 修築[83]ᄒ고 기쳔도 올니소[84]

안팟게 쓰힌 검불 淨洒히 쓰러니여

불 노화 지 바드면 거름을 보퇴련니

六畜[85]은 못다 ᄒ나 牛馬鷄犬 기르리라

씨암듥 두셰 마리 알 안겨 ᄭ여보즈

山菜는 일너시나 들나물 키여 먹시

고들박이 쓴바괴며 소로장이[86] 물쑥[87]이라

달니김치 낭이국[88]은 脾胃를 ᄭ치ᄂ니[89]

<hr>

78) 원림(園林): 집터에 딸린 숲.

79) [교감] 장점(將點): 『가사육종』본 「농가월령가」 '粧點(장졈)ᄒ니'. '장점(粧點)'은 좋은 땅을 가려 집을 지음을 뜻하는 말이다. 여기서는 좋은 땅을 골라 원림을 잘 가꾸는 것을 말한다.

80) 생리(生理): '생리(生利)'의 오기. 이익 또는 생활에 필요한 물자를 말한다.

81) 일분(一分)은~뽕나무라: 셋으로 나누어 그중 한 곳에 과일나무를 심고, 나머지 두 곳에 뽕나무를 심는다는 뜻이다. 『다산시문집茶山詩文集』 제18권 「증언贈言」 「또 윤혜관에게 주는 말[又爲尹惠冠贈言]」에는 "사방으로 길이 통한 읍과 큰 도회지 곁에 진귀한 과일나무 10주를 가꾸면 한 해에 엽전 50꿰미를 얻을 수 있고, 맛있는 채소 몇 두둑을 심으면 1년에 엽전 20꿰미를 더 얻을 수 있으며 뽕나무 40~50주를 심어 5~6칸의 누에를 길러내면 또 엽전 30꿰미를 얻을 수 있게 된다. 해마다 엽전 1백 꿰미를 얻는다면 기한(飢寒)을 구제하기에 충분할 것이니 이 점은 가난한 선비들이 의당 알아야 할 일이다"라고 하여, 농사 외에 가정 경제에 보탬이 되는 원포(園圃) 가꾸기를 권유하고 있다.

82) 원장(垣墻): 담.

83) 수축(修築): 집이나 다리, 방죽 등을 고쳐 짓거나 보수함.

84) 기쳔도 올니소: 개천도 쳐 올리소. 개천 밑바닥에 쌓인 흙 등을 파내는 것을 말한다.

85) 육축(六畜): 집에서 기르는 대표적인 6가지 가축. 소, 말, 양, 돼지, 개, 닭을 이른다.

86) 소로장이: '소루쟁이'의 옛말. 마디풀과 여러해살이풀. 어린잎은 식용한다.

87) 물쑥: 물쑥. 국화과 여러해살이풀. 이른봄에 나는 연한 줄기와 잎은 식용한다.

88) 낭이국: 냉잇국. '낭이'는 '냉이'의 옛말.

89) 비위(脾胃)를 ᄭ치ᄂ니: 식욕을 돋우니. '비위'는 어떤 음식을 먹고 싶은 마음이라는 뜻. 'ᄭ치다'는 깨달아 알다라는 뜻.

本草[90]를 詳考ㅎ야 藥材를 키오리라

蒼白朮[91] 當歸[92] 川芎[93] 柴胡[94] 防風[95] 山藥[96] 澤瀉[97]

낫낫치 記錄ㅎ야 씨 밋쳐 키아두쇼

村家의 긔구器具[98] 업셔 갑진 藥 쓰을소냐

삼월령

三月은 暮春이라 淸明[99] 穀雨[100] 節候로다

春日이 載陽[101]ㅎ야 萬物이 和暢ㅎ니

百花는 滿發ㅎ고 시소리 各色이라

堂前[102]의 雙졔비는 옛집을 ᄎᆞᄌᆞ오고

---

90) 본초(本草): 『본초강목本草綱目』. 1590년에 중국 명나라의 이시진(李時珍)이 지은 본초학 연구서. 약이 되는 흙, 옥(玉), 돌, 초목(草木), 금수(禽獸), 충어(蟲魚) 따위의 1,892종을 7항목으로 분류하고 형상(形狀)과 처방을 적었다.

91) 창백출(蒼白朮): 창출과 백출. 소화 불량에 쓰는 약재다.

92) 당귀(當歸): 신감채 뿌리를 한방에서 이르는 말. 보혈 작용이 뛰어나 부인병에 쓴다.

93) 천궁(川芎): 산형과 여러해살이풀. 어린잎은 식용하고, 뿌리는 혈액순환 장애, 타박상, 두통 따위에 쓴다.

94) 시호(柴胡): 해열, 진통, 소화기·순환기 질환에 사용하는 약재.

95) 방풍(防風): 감기, 두통, 발한 따위에 쓰는 약재.

96) 산약(山藥): 마의 뿌리를 한방에서 이르는 말. 강장제로서 유정(遺精), 대하(帶下), 소갈(消渴), 설사 따위를 치료하는 데 쓴다.

97) 택사(澤瀉): 늪이나 얕은 물에서 자라는 풀. 이뇨 작용과 해열 작용이 있어 수종(水腫) 따위를 치료하는 데 쓴다.

98) 기구(器具): 세간, 도구, 기계 따위를 통틀어 이르는 말. 또는 어떤 일을 해결하는 데 수단이 되는 세력. 여기서는 경제적 여유를 말한다.

99) 청명(淸明): 24절기의 하나. 춘분과 곡우 사이에 들며 양력 4월 5·6일경이다. 본격적으로 날이 풀리기 시작해 화창해지므로 농가에서는 이때를 기해 농사를 시작했다.

100) 곡우(穀雨): 청명과 입하의 중간인 4월 20일경이다. 봄비가 내려 온갖 곡식이 윤택해진다고 한다.

101) 재양(載陽): 절기가 비로소 따뜻함.

102) 당전(堂前): 대청마루 앞.

花間에 벌 나븨는 紛紛이 날고 긔니

微物도 得時ᄒ야 自樂호미 ᄉ랑홉다

寒食[103]날 上墓[104]ᄒ니 白楊나무 시닙 눈다

우름의[105] 感愴[106]홈을 酒果로나 려오리라[107]

農夫의 힘드는 일 加乃질[108] 첫지로다

點心밥 豐備[109]ᄒ야 ᄭ마초아 ᄇ 불니소

닐군[110]의 妻子眷屬[111] ᄯ라와 ᄀᆺ치 먹시

農村의 厚ᄒ 風俗 斗穀[112]을 앗길소냐

물골[113]을 깁히 치고 드렁[114] 발바 물을 막고[115]

---

103) 한식(寒食): 동지에서 105일째 되는 날. 청명 당일이나 다음날이며, 양력 4월 5·6일경이다. 설날·단오·추석과 함께 4대 명절로 일컫는다. 한식이라는 명칭은, 이날에 불을 피우지 않고 찬 음식을 먹는 옛 습관에서 나온 것이다. 진(晉)나라 문공(文公)이 왕위에 오르기 전 망명할 때 개자추가 그에게 자기 다리 살을 베어 먹일 정도로 19년 동안 그를 충성스럽게 모셨는데, 문공이 귀국 후 봉록을 주지 않자 면산(綿山)에 숨었다. 문공이 잘못을 뉘우치고 개자추를 불렀지만 나오지 않았다. 그를 나오게 하려고 산에 불을 질렀으나, 기어이 나오지 않고 타 죽었다. 한식은 개자추가 타 죽은 날을 기념하고자 그날 불을 피우지 못하게 한 데서 유래했다고 한다. 또한 고대에 종교적 의미로 매년 봄에 나라에서 새불[新火]을 만들어 쓸 때 이에 앞서 일정 기간 구화(舊火)를 일체 금한 예속(禮俗)에서 한식이 유래된 것으로 보기도 한다.

104) 상묘(上墓): 성묘(省墓).

105) [교감] 우름의: 『농가타영』본 「농가월령기」 '오로시의', 『교주가곡집』본 「농가월령가」 '雨露(우로)의'. '우로(雨露)'는 조상의 은혜를 말한다. 『예기』 「제의祭義」에 "봄에 비와 이슬이 내려 축축하게 젖은 땅을 군자가 밟게 되면 마치 돌아가신 분을 뵙는 것처럼 섬뜩하게 느껴지는 점이 반드시 있을 것이다(春, 雨露既濡, 君子履之, 必有怵惕之心, 如將見之)"라는 말이 나온다.

106) 감창(感愴): 어떤 느낌이 가슴에 사무쳐 슬픔.

107) 려오리라: '펴오리라'의 오기.

108) 가래[加乃]질: 가래로 흙을 파헤치거나 옮기는 일. '加乃'는 취음(取音)이다.

109) 풍비(豐備): 풍부하게 갖춤.

110) 닐군: 일꾼.

111) 처자권속(妻子眷屬): 처자식과 한집에 거느리고 사는 식구.

112) 두곡(斗穀): 1말 정도 되는 곡식.

113) 물골: '물고랑'의 준말.

114) 드렁: '두렁'의 방언. 두둑.

115) 드렁~막고: 두렁을 밟아 흘러내린 흙으로 물꼬를 막는다는 의미다.

한련旱年의 못다 ㅎ고[116] 그 나마 살미[117]ㅎ니

날마다 두셰 번番식 근거이[118] 살려보소[119]

弱ㅎ 싹 셰워닐 졔 어린아희 保護ㅎ듯

百穀中 논農事가 泛然[120]ㅎ고 못 ㅎ리라

圃田[121]의 黍粟[122]이오 山田의 豆太[123]로다

들셰 모 일즉 붓고[124] 삼 農事도 ㅎ오리라

조흔 씨 갈희여셔 그루를 相換ㅎ소[125]

보리밧 미야노코 못논[126]을 되야두소

들農事 ㅎ눈 틈에 治圃[127]를 아니 홀가

울 밋히 호박이오 籬下 가의 박 심오고

담 近處의 동아[128] 심어 간즈[129] ㅎ야 올녀보즈

무우 븨츠 아욱 상치 苦草 가지 파 마늘을

色色이 區別ㅎ야 븬 싸 업시 심어노코

---

116) [교감] 한년(旱年)의 못다 ㅎ고: 『농가타영』본 「농가월령긔」 '한편는 모판 잘ㅎ기', 『교주가곡집』본 「농가월령가」 '흔편의 모판 ㅎ고', 『가사육종』본 「농가월령가」 '흔편의 모판 ㅎ고'.
117) 살미: 삶이. 못자리를 따로 마련하지 않고 처음 삶은 논에 바로 볍씨를 뿌리는 일. '삶다'는 논밭의 흙을 써레로 썰고 나래로 골라 부드럽게 만들다라는 뜻.
118) 근거이: 근고(勤苦)히. 수고롭게. 힘써.
119) 살려보소: '살펴보소'의 오기. 『교주가곡집』본 「농가월령가」 '근거이 숣혀보소', 『가사육종』본 「농가월령가」 '근거이 살펴보소'.
120) 범연(泛然): 대범한 모양. 마음대로 하는 모양.
121) 포전(圃田): 채소밭.
122) 서속(黍粟): 기장과 조를 아울러 이르는 말.
123) 두태(豆太): 콩과 팥을 아울러 이르는 말.
124) 붓고: 씨를 뿌리고. '붓다'는 모종을 내기 위해 씨앗을 많이 뿌리다라는 뜻.
125) 그루를 상환(相換)ㅎ소: 그루를 바꾸시오. '그루바꿈'은 '돌려짓기' '윤작'을 이른다.
126) 못논: 모를 심은 논. 또는 모판을 한 논.
127) 치포(治圃): 채소밭을 가꿈.
128) 동아: 박과의 한해살이 덩굴성 식물.
129) 간즈: 가자(架子). 가지가 늘어지지 않도록 밑에서 받쳐 세운 시렁.

기버들[130] 븨여다가 기바즈[131] 둘너막아

鷄犬을 防備ᄒ면 自然이 茂盛ᄒ니

외밧츤[132] 짜로 ᄒ야 거름을 만히 ᄒ쇼

農家에 여름 飯饌 이밧긔 ᄯ 닛ᄂᄂ가

ᄲᆼ눈을 살펴보니 누에 날 찌 되거구나

어와 婦女들아 蠶農을 專心ᄒ고

蠶室를 洒掃ᄒ고 諸具을 準備ᄒ니

다락기[133] 칼 도마며 칙광쥬리[134] 달발[135]이라

各別이 操心ᄒ야 니옴시 업시 ᄒ소

寒食 前後 三四日의 果木을 接ᄒᄂ니

丹杏[136] 梨杏 欝陵桃며 문비[137] 참비[138] 林檎[139] 查果

엇接[140] 皮接[141] 도마接[142]의 行次接[143]이 잘 ᄉᄂ니

---

130) 기버들: 갯버들.
131) 기바즈: 개바자. 밭 둘레에 개가 들어가지 못하도록 야트막하게 만들어 두르는 울타리. '바자'는 대, 갈대, 수수깡, 싸리 따위로 발처럼 엮거나 결어서 만든 물건이다.
132) 외밧츤: 외밭은. '외밭'은 오이나 참외를 심는 밭이다.
133) 다락기: 다래끼. 대, 싸리, 칡덩굴 따위로 만든, 아가리가 좁고 바닥이 넓은 바구니. '다락기' '드라치' '드랏기'는 '다래끼'의 옛말.
134) 칙광쥬리: 채광주리. 껍질을 벗긴 싸릿개비나 버들가지 따위를 엮어 만든 광주리.
135) 달발: 달뿌리풀로 엮어 만든 발.
136) 단행(丹杏): 살구의 한 종류. 알이 굵고 색이 붉다.
137) 문비: 문배. 문배나무의 열매로, 모양은 고살래와 비슷하며 단단하기에 무르게 해서 먹는다.
138) 참비: 참배. 먹을 수 있는 보통의 배를 돌배나 문배에 상대하여 이르는 말.
139) 임금(林檎): 능금. 사과와 비슷한데 훨씬 작다.
140) 엇접(接): 대목(臺木)과 접지(椄枝)를 엇비슷하게 잘라서 붙이는 접.
141) 피접(披接): 두 나무의 한쪽을 깎아 껍질이 붙게 하는 접. 첩접 또는 과접이라고도 한다.
142) 도마접(接): 침접(砧接). 산접(蒜接), 요접(腰接)이라고도 한다. 나무둥치를 잘라내어 나무 도마를 만들고서 양옆을 베어내 접가지를 붙인다.
143) 행차접(行次接): 접본(接木)으로 쓸 나무를 옮겨와서 거기에 접지를 붙이는 것.

청다딕¹⁴⁴⁾ 정능梅_는¹⁴⁵⁾ 古櫖¹⁴⁶⁾의 接을 붓쳐

農事를 畢훈 後에 盆의 올녀 드려노코¹⁴⁷⁾

天寒白玉凌雪中¹⁴⁸⁾의 春色을 홀노 보니

實用은 아니로딕 山中의 趣味로다

人間의¹⁴⁹⁾ 要繁훈 닐 醬 담는 政事로다

소곰을 미리 바다 法딕로 담올리라

苦草醬 豆腐醬¹⁵⁰⁾도 맛맛스로¹⁵¹⁾ 굿쵸¹⁵²⁾ 후고

前山의 비가 기니 살진 香菜 킈오리라

삽쥭¹⁵³⁾ 두룹 고사리며 고비 도랏 어아리¹⁵⁴⁾를

一分은 역거 달고 二分은 뭇쳐 먹시

落花를 쓸고 안주 甁슐노 즐길 젹의

山村의 準備후미 佳肴¹⁵⁵⁾가 이쑌이라

---

144) 청다딕: '청다래'의 오기.

145) [교감] 청다딕 정능梅는: 『교주가곡집』본 「농가월령가」'靑(쳥)다래 靑陵梅(쳥릉미)도', 『가사육종』본 「농가월령가」'靑(쳥)다딕 靑陵梅(쳥능미)도'. '쳥릉매'는 '정릉매(靖陵梅)'의 오기. 사명대사가 일본에서 가져와 봉은사에 심었다가 나중에 정릉으로 옮긴 매화. 홑잎에 백색 꽃이 피며 수양매라고도 한다.

146) 고사(古櫖): 오래 묵은 나뭇등걸이나 그루터기.

147) 고사의~드려노코: 분재로 만들어 실내에 들여놓음을 말한다.

148) [교감] 천한백옥능설중(天寒白玉凌雪中): 『교주가곡집』본 「농가월령가」'天寒白屋(텬한빅옥)風雪中(풍셜듕)', 『가사육종』본 「농가월령가」'天寒白屋(쳔한백옥)風雪中(풍셜듕)'. '천한백옥(天寒白屋)'은 추운 날의 허술한 초가집이란 뜻으로, 엄동설한에 떠는 가난한 생활을 이른다.

149) [교감] 人間의: 『가사육종』본 「농가월령가」'人家인가의'.

150) 두부장(豆腐醬): 두부를 고추장이나 된장에 오래 박아두었다가 꺼내 먹는 반찬.

151) 맛맛스로: 입맛을 새롭게 하려고 여러 가지 음식을 조금씩 바꿔가며 색다른 맛으로.

152) 굿쵸: 갖추. 고루 있는 대로. 'フ초' '갓초'는 '갖추'의 옛말.

153) 삽쥭: 삽주. 국화과 여러해살이풀. 어린잎은 식용하고 뿌리는 약용한다.

154) 어아리: 으아리. 미나리아재빗과의 낙엽 활엽 덩굴나무. 뿌리는 약용하고 어린잎은 식용한다.

155) 가효(佳肴): 맛좋은 안주나 요리.

사월령

四月이라 孟夏[156] 되니 立夏[157] 小滿[158] 節候로다

비온 긋히 볏치 나니 日氣도 淸和[159]ᄒ다

썩갈닙 퍼질 젹의 벅국시 즈로 울고

보리 이삭 픠야니니[160] 쇠쏘리 소릐 ᄒ다

農事도 한창이오 蠶功도 方張[161]이라

男女老少 汨沒ᄒ야 집의 잇슬 틈이 업셔

寂寞ᄒ 디ᄉ립을 綠陰의 다닷도다

綿花를 만희 갈소 紡績이 根本이라

슈슈 동부[162] 菉豆 참씨 부륵[163]을 젹게 ᄒ소

갈 썩거 거름홀 졔 풀 버혀 셧거 ᄒ소

묵은 논을 쎠흘니고[164] 이른모[165] 니여보ᄉ

農糧[166]이 不足ᄒ니 還子[167] 타 보틔리라

혼잠 ᄌ고 이ᄂ 누에 ᄒ로도 열두 밥을

밤낫즐 쉬지 말고 브즈런이 먹일리라

---

156) 맹하(孟夏): 초여름. 음력 4월을 달리 이르는 말.
157) 입하(立夏): 24절기의 하나. 양력 5월 5일경으로 곡우와 소만 사이에 있으며, 이때부터 여름이 시작된다고 한다.
158) 소만(小滿): 24절기의 하나. 입하와 망종 사이에 들며 양력 5월 21일경이다. 이때가 되면 햇빛이 강해지고 만물이 점차 생장하여 가득찬다고 한다.
159) 청화(淸和): 날씨가 맑고 화창함.
160) 픠야니니: 패어내니. 이삭이 나오니. '패다'는 곡식의 이삭 따위가 나오다라는 뜻.
161) 방장(方張): 한창 세력을 뻗어감.
162) 동부: 콩과의 한해살이 덩굴성 식물. 팥과 비슷하나 약간 길다.
163) 부륵: 부룩. 곡식이나 채소를 심은 밭두둑 사이나 빈틈에 다른 농작물을 듬성듬성 심는 일.
164) 쎠흘니고: 써레질하여 논밭을 갈아엎고.
165) 이른모: 일찍 심는 모.
166) 농량(農糧): 농사짓는 동안 먹을 양식.
167) 환자(還子): 환곡(還穀).

쏭 짜는 아희들아 훗그루 보아 ᄒ야¹⁶⁸⁾

古木은 가지 씻고 힛닙흔 졋쳐 따라

씰늬곳¹⁶⁹⁾ 滿發ᄒ니 적은 가믈 업슬소냐

이씨를 乘時ᄒ야 나 홀일 生覺ᄒ소

도랑 쳐 水道 늬고 우로쳐¹⁷⁰⁾ 盖瓦¹⁷¹⁾ ᄒ야

陰雨¹⁷²⁾를 防備ᄒ소 훗근심 더 업ᄂ니

봄나이¹⁷³⁾ 匹 무명을 이씨의 마젼¹⁷⁴⁾ᄒ고

뵈 모시 形勢디로 여름옷 지어두고

벌桶의 삿기 ᄂ니 싀 桶의 밧으리라

千萬이 一心ᄒ야 蜂王을 擁衛ᄒ야

쑬 먹기도 ᄒ려니와 君臣分義 셰닷도다

八日 懸燈ᄒ믄 山村의 不繁ᄒ다

늣틔쩍¹⁷⁵⁾ 콩찌기¹⁷⁶⁾는 졔씨에 別味로다¹⁷⁷⁾

압늬의 물이 쥬니 川獵을 ᄒ야보시

히 길고 殘風¹⁷⁸⁾ᄒ니 오날 노리 잘되거다

碧溪水 白沙場을 구뷔구뷔 ᄎᄌ가니

水丹花¹⁷⁹⁾ 느즌 곳촌 봄빗치 남앗도다

---

168) 훗그루 보아 ᄒ야: 후그루(뒤에 남겨둘 그루)를 생각하면서 잎을 따라는 의미다.

169) 씰늬곳: 찔레꽃.

170) [교감] 우로쳐: 『가사육종』본 「농가월령가」 '雨漏處(우루쳐)'. 비가 새는 곳.

171) 개와(盖瓦): 기와로 지붕을 임.

172) 음우(陰雨): 오래 내리는 궂은비.

173) 봄나이: 봄낳이. 봄에 짠 무명.

174) 마젼: 마전. 생피륙을 삶거나 빨아 볕에 바래는 일.

175) 늣틔쩍: 느티떡. 느티나무의 연한 잎을 쌀가루에 섞어서 찐 시루떡.

176) 콩찌기: 콩찌기. 초파일에 검정콩을 쪄 먹는 풍속이 있다.

177) 팔일(八日)~별미(別味)로다: 석가모니의 탄생일인 사월 초파일에는 관등놀이를 하고, 느티떡과 찐 콩을 먹는 풍속이 있다.

178) 잔풍(殘風): 약해져 곧 그칠 바람.

179) 수단화(水丹花): 수달래. 산철쭉.

數罟[180]를 둘너치고 銀鱗玉尺[181] 후려니야

盤石의 爐口[182] 걸고 속구쳐[183] 쓰려니니

八珍味[184] 五侯鯖[185]을 이 맛슬 밧골소냐

오월령

五月이라 中夏[186] 되니 芒種[187] 夏至 節侯로다

南風은 찌맛쵸아 麥秋[188]를 지쵹ᄒᆞ니

보리밧 누른빗치 밤ᄉᆞ이 나거구나

문 압히 터를 닥고 打麥場[189] ᄒᆞ오리라

드ᄂᆞᆫ 낫 븨여다가 丹丹이[190] 헤쳐노코

도리ᄭᅦ[191] 마조셔셔 줏 닉여[192] 두다리니

180) 촉고(數罟): 눈을 상당히 잘게 떠서 촘촘하게 만든 그물.
181) 은린옥척(銀鱗玉尺): 은빛 비늘의 큰 물고기.
182) 노구(爐口): 노구솥. 놋쇠나 구리쇠로 만든 작은 솥. 자유롭게 옮겨 따로 걸고 쓸 수 있다.
183) 속구쳐: 솟구쳐. 팔팔 끓여서. '솟구치다'는 세차게 솟아오르다라는 뜻.
184) 팔진미(八珍味): 아주 맛있는 음식을 비유적으로 이르는 말. 「낙은별곡」 각주 50번 참조.
185) 오후청(五侯鯖): '오후(五侯)'는 전한(前漢) 성제(成帝) 때 동시에 후(侯)에 봉해진 외척 왕씨 다섯 사람을 말하며, '청(鯖)'은 어육(魚肉)을 섞어 만든 요리로, 맛있는 음식을 일컫는다. 『서경잡기西京雜記』에 "오후(五侯)가 사이가 좋지 않아 빈객들이 이 집 저 집 왕래하지 못했는데, 언변이 좋은 누호(婁護)만이 오후의 집을 두루 다니면서 환심을 얻자 그들이 앞다투어 진미를 대접했다. 누호가, 오후가 준 진귀한 반찬을 한데 합쳐서 요리를 만들고는 오후청이라고 칭했다"는 고사가 전한다.
186) 중하(仲夏): 여름이 한창인 때라는 뜻으로, 음력 5월을 달리 이르는 말이다.
187) 망종(芒種): 24절기의 하나. 소만과 하지 사이에 들며, 곡식의 종자를 뿌리기에 적당한 시기다.
188) 맥추(麥秋): 보릿가을. 익은 보리를 거둬들이는 일.
189) 타맥장(打麥場): 보리를 타작하는 곳.
190) 단단(丹丹)이: 한 묶음씩. '丹丹'은 쥐음이다.
191) 도리ᄭᅦ: 도리깨. 곡식의 낟알을 떠는 데 쓰는 농구.
192) 줏 닉여: 모양을 내어. 보기 좋게. '줏'은 모습이나 모양을 뜻하는 옛말.

불고 쓴 듯ᄒ던 집이 卒然이[193] 興盛ᄒ다

담셕[194]의 남은 穀食 하마 거의 지날너니[195]

中間의 이 穀食이 新舊生計[196]ᄒ거고나

이 穀食 아니러면 여름 農事 엇지ᄒ고

天心을 生覺ᄒ니 恩惠도 罔極ᄒ다

牧童은 노지 말고 農牛를 보살펴라

쓰믈의 꼴 먹이고 이슬 풀 ᄌ로 뜻겨[197]

그루가리[198] 모심으기 졔 힘을 빌니로다

보리집 말니우기 솔가지 만이 ᄊ하

장마나무[199] 準備ᄒ야 臨時 걱졍 업시 ᄒ소

蠶農을 맛츨 ᄯ의 사나히 힘을 비러

누에셥[200]도 ᄒ려니와 곳치나무[201] 장만ᄒ소

곳치를 짜오리라 淸明ᄒ 날 갈희여셔

발 우히 엷게 널고 曝陽[202]의 말니오라

쑬곳치[203] 무리곳치[204] 누른 곳치 흰 곳치를

---

193) 졸연(卒然)이: 갑작스럽게.

194) 담셕(儋石): 한두 섬의 곡식. 얼마 되지 않는 곡식을 이르는 말. '담'은 두 섬, '석'은 한 섬이다.

195) [교감] 하마 거의 지날너니: 『교주가곡집』본 「농가월령가」 'ᄒ마 거의 盡홀너니', 『가사육종』본 「농가월령가」 'ᄒ마 거의 盡(진)홀너니'. 벌써 거의 떨어질 것 같더니.

196) 신구생계(新舊生計): 묵은 곡식이 다 떨어지고 햇곡식이 나올 동안 보리가 양식이 된다는 뜻이다.

197) 이슬~뜻겨: 이슬 묻은 풀을 자주 뜯겨. 이슬 묻은 풀을 뜯긴다는 것은 아침 일찍 꼴을 먹인다는 말이다. 'ᄌ로'는 '자주'의 옛말.

198) 그루가리: 그루갈이. 한 해에 같은 땅에서 두 번 농사짓는 일.

199) 장마나무: 장마철에 쓸 땔나무.

200) 누에셥: 누에섶. 누에가 올라 고치를 짓게 하려고 차려주는 물건.

201) 곳치나무: 고치나무. 누에가 올라가 고치를 짓도록 섶 대신 마련한 나뭇가지.

202) 폭양(曝陽): 뙤약볕.

203) 쑬곳치: 쌀고치. 희고 굵으며 야무지게 지어 질이 좋은 고치.

204) 무리곳치: 무리고치. 군물이 들어 깨끗하지 못한 고치.

色色이 分辨ᄒ야 一二分 씨를 두고[205]

그 나마 켜오리라 ᄌ이[206]를 ᄎ져노코[207]

왕치[208]의 올녀니니 白雪 ᄀᆺ튼 실을 니여

ᄉ랑홉다 ᄌ이 소리 琴瑟을 고로ᄂ 듯

婦女들 積功[209] 드려 이 滋味[210] 보ᄂ고나

五月 五日 端午日[211]의 物色[212]이 生新[213]ᄒ다

외밧희 쳣물 짜니 이슬의 져져스며

櫻桃 익어 붉은빗치 아츰 볏희 바이도다[214]

목미친 軟鷄[215] 소리 익임벌[216]노 ᄌ로 운다

鄕村의 兒女들이 鞦韆은 말녀니와

靑紅裳 菖蒲빈혀[217] 佳節을 許送[218] 마라

노ᄂ 틈의 ᄒ올 닐이 藥쑥[219]이나 븨여두소

<hr>

205) 씨를 두고: 누에알을 두고.
206) ᄌ이: '자새'의 방언. 새끼나 실 따위를 드리워 꼬거나 감는 데 쓰는 얼레.
207) [교감] ᄌ이를 ᄎ져노코: 『교주가곡집』본 「농가월령가」 'ᄌ이를 출혀노코', 『가사육종』본 「농가월령가」 'ᄌ이를 ᄎ려노코'.
208) 왕치: 왕채. 물레의 바탕 위에 세우는 기둥 2개. 설다리.
209) 적공(積功): 많은 힘을 들여 애를 씀.
210) ᄌ미(滋味): 재미. 좋은 성과나 보람.
211) 단오일(端午日): 음력 5월 5일. 단오떡을 해 먹고 여자는 창포물에 머리를 감고 그네를 뛰며 남자는 씨름을 한다.
212) 물색(物色): 자연의 경치.
213) 생신(生新): 생기 있고 새로움.
214) 바이도다: 반짝이는구나. '바이다'는 '(눈이) 부시다'의 옛말.
215) 연계(軟鷄): '영계'의 원말. 병아리보다 조금 큰 어린 닭.
216) 익임벌: 익힘벌. 연습 삼아. '벌'은 같은 일을 거듭해서 할 때 거듭되는 일의 하나하나를 세는 단위다.
217) 창포(菖蒲)빈혀: 창포비녀. 창포 뿌리를 깎아 만든 비녀. 단옷날 부녀자들이 역병을 물리치려는 액땜으로 꽂았다.
218) 허송(許送): '허송(虛送)'의 오기.
219) 약(藥)쑥: 약쑥. 약재로 쓰는 쑥. 흔히 '산쑥'을 이른다.

上天²²⁰⁾이 至仁ᄒᆞᆺ 油然이²²¹⁾ 作雲ᄒᆞ니

ᄶᅵ 밋쳐 오ᄂᆞᆫ 비를 뉘 능히 막을소냐

쳐음 부슬부슬 오ᄂᆞᆫ 비 몬지를 젹신 後의

밤드러²²²⁾ 오ᄂᆞᆫ 소리 沛然이²²³⁾ 드리온다²²⁴⁾

관솔불 둘너안ᄌᆞ 來日 닐 磨鍊ᄒᆞᆯ 졔

뒤논은 뉘 심으고 압밧츤 뉘가 갈고

되롱이²²⁵⁾ 겹ᄉᆞ리²²⁶⁾며 삿갓슨 몃 벌인고

모ᄶᅵ기²²⁷⁾ᄂᆞᆫ ᄌᆞ네 ᄒᆞ소 논 심기²²⁸⁾ᄂᆞᆫ 뉘가 홈ᄉᆡ

들ᄶᅵ 모 담븨 모ᄂᆞᆫ 머슴아희 맛타 니고

가지 모 苦草 모ᄂᆞᆫ 아가쌀이 ᄒᆞ려니와

민도람 鳳仙花ᄂᆞᆫ 네 사쳔 너모 마라²²⁹⁾

아기어멈 방아 쓰어 들바라지²³⁰⁾ 點心ᄒᆞ고

보리밥 파쳔국²³¹⁾의 苦草醬 샹취쌈을

食口를 혜아리되 넉넉히 능을 두소²³²⁾

---

220) 상천(上天): 하늘. 또는 하느님.
221) 유연(油然)이: 구름이 뭉게뭉게 피어나는 모양.
222) 밤드러: 밤이 깊어져서. '밤들다'는 밤이 깊어지다라는 뜻.
223) 패연(沛然)이: 비나 폭포 따위가 세차게 쏟아지는 모양.
224) 드리온다: 내린다. 떨어진다. '드리오다'는 '드리우다'의 옛말.
225) 되롱이: 도롱이. 짚, 띠 따위로 엮어 허리나 어깨에 걸쳐 두르는 비옷.
226) 겹ᄉᆞ리: 접사리. 농촌에서 모내기할 때 쓰던 비옷. 머리부터 덮어쓰면 무릎까지 내려오는데, 띠나 밀짚 따위로 만든다.
227) 모ᄶᅵ기: 모찌기. 모를 내기 위해 모판에서 모를 뽑는 일.
228) 논 심기: 모를 논에 내다가 심는 일.
229) 민도람~마라: 맨드라미나 봉선화를 사사롭게 너무 많이 심지 마라. '사천(私錢)'은 부녀자가 살림살이에 쓸 돈을 절약하여 남몰래 모아 둔 돈을 말하는데, 여기서는 개인적인 취미생활을 위해 사사롭게 땅을 이용하는 것을 의미한다.
230) 들바라지: 들일하는 사람에게 음식을 가져가거나 하는 따위의 보살피는 일.
231) 파쳔국: 파찬국. 파를 넣어 만든 냉국.
232) 능을 두소: 여유를 두소. '능'은 빠듯하지 않게 넉넉히 잡은 여유라는 뜻.

실 찌의 門의 나니²³³⁾ 기올의 물 넘는다

며ᄂ리²³⁴⁾ 和答ᄒ니 擊壤歌²³⁵⁾ 아니런가

유월령

━━━━━━

六月이라 季夏²³⁶⁾ 되니 小暑²³⁷⁾ 大暑²³⁸⁾ 節氣로다

大雨로 始行ᄒ고²³⁹⁾ 더위도 極甚ᄒ다

草木이 茂盛ᄒ니 파리 모긔 모혀들고

平地에 물이 괴니²⁴⁰⁾ 악마구리²⁴¹⁾ 소릐로다

봄보리 밀 귀여리²⁴²⁾ ᄎ례로 븨여ᄂ니고

느즌 콩 팟 조 기장을 븨기 젼 ᄃ이우 드려²⁴³⁾

긔젹을 쉬지 말고²⁴⁴⁾ 極盡이 다사리소

━━━━━

233) 실 찌의~나니: 날이 샐 때 문밖에 나가니.
234) 며ᄂ리: 메나리. 경상도, 전라도, 충청도 지방에 전해오는 농부가의 하나.
235) 격양가(擊壤歌): 풍년이 들어 태평세월을 즐기는 노래. 「만언사」 각주 198번 참조.
236) 계하(季夏): 늦여름. 음력 6월을 달리 이르는 말.
237) 소서(小暑): 24절기의 하나. 하지와 대서 사이에 들며 양력 7월 7일경이다. 이때부터 본격적인 무더위가 시작된다.
238) 대서(大暑): 24절기의 하나. 소서와 입추 사이에 들며 양력 7월 24일경이다. 일 년 중 가장 무더운 시기다.
239) [교감] 大雨로 始行ᄒ고: 『교주가곡집』본 「농가월령가」 '大雨(대우)도 時行(시힝)'ᄒ고', 『가사육종』본 「농가월령가」 '大雨(대우)도 時行(시힝)ᄒ고'. 큰비가 때맞춰 내림.
240) [교감] 平地에 물이 괴니: 『농가타영』본 「농가월령긔」 '평지에도 슈심ᄒ니', 『교주가곡집』본 「농가월령가」 '平地(평디)예 물이 괴니'.
241) 악마구리: '악머구리'의 방언. 잘 우는 개구리라는 뜻으로, '참개구리'를 이른다.
242) 귀여리: 귀우리. '귀리'의 옛말.
243) ᄃ이우 드려: 대우를 들여. '대우'는 초봄에 보리, 밀, 조 따위를 심은 밭에서, 심어놓은 작물 사이에 콩이나 팥 따위를 드문드문 심는 일이다.
244) [교감] 긔젹을 쉬지 말고: 『가사육종』본 「농가월령가」 '地力(지역)을 쉬지 말고', 『교주가곡집』본 「농가월령가」 '地力(디력)을 쉬디 말고'.

졈문이[245] 호는 일이 기옴미기뿐이로다
논밧츨 갈마드려[246] 三四次 돌녀 밀 졔
其中의 綿花밧츤 人功이 더 드누니
틈틈이 나물밧도 붓도도와 미[247] 갓구고
집터 울 밋 도라가며 雜풀을 업게 호고
날 시면 호뮈 들고 긴긴 히 쉴 찌 업시
쌈 흘너 흙이 졋고 숨막혀 氣盡홀 듯
찌맛초와 點心밥이 반갑고 神奇호다
亭子나무 그늘 밋히 座次[248]를 定혼 後의
点心 그릇 여러노코 보리단슐 먼져 먹시
飯饌이야 닛고 업고 쥬린 창ᄌ 脹子 메온 後에
淸風의 醉飽[249]호니 暫時間 樂이로다
農夫야 근심 마라 슈고호눈 갑시 닛니
오조[250] 이삭 靑디콩[251]이 어니 ᄉ이 익어고나
일노 보아 斟酌호면 糧食 걱졍 오릴소냐
히 진 後 도라올 졔 노리 곳히 우슴이라
依依[252]혼 겨녁 닉눈 山村을 잠겨 닛고
月色은 朦朧[253]호야 밧길의 빗최거다

---

245) 졈문이: 젊은이.
246) 갈마드려: 번갈아가며. '갈마들다'는 서로 번갈아들다라는 뜻.
247) 미: 매. 보통 정도보다 공을 들여.
248) 좌차(座次): 좌석의 차례.
249) 취포(醉飽): 취하도록 술을 마시고 배부르도록 음식을 먹음.
250) 오조: 일찍 익는 조.
251) 청(靑)디콩: 청태(靑太). 콩의 한 가지. 열매의 껍질과 속살이 모두 푸르다.
252) 의의(依依): 희미한 모양.
253) 몽몽(朦朧): 달빛이 어슴푸레한 모양. 희미한 모양.

늙으니 ᄒᆞ는 닐도 바히[254]야 업다 ᄒᆞ랴

이슬 아젹 외 ᄯᅡ기와 ᄲᅬ약볏히 보리 널기

그늘 겻히 누역[255] 치기[256] 窓門 압히 노 소기라

ᄒᆞ다가 고달푸면 木枕 볘고 허리 쉬음

北窓 風에 잠을 드니 羲昊氏[257] 젹 百姓이라

잠 ᄭᅢ여 바라보니 急ᄒᆞᆫ 비 지나가고

먼 나무에 쓰르람이 夕陽을 지쵹ᄒᆞ다[258]

老婆의 ᄒᆞ는 닐은 여러 가지 못 ᄒᆞ야도

무근 소음 들고 안져 알들리 픠워니니

장마 속의 消日이오 낫잠 ᄌᆞ기 이것도다

三伏은 時俗節[259]이오 流頭[260]는 佳節이라

원도밧히 참외 ᄯᅡ고 밀 가라 국슈 ᄒᆞ야

家廟의 薦新ᄒᆞ고[261] 혼ᄭᅴ 飮食 즐겨보식

---

254) 바히: '바이'의 옛말. 아주 전혀.

255) 누역: '도롱이'의 옛말.

256) 치기: 만들기. '치다'는 손으로 엮거나 틀어서 만들다라는 뜻.

257) 희호씨(羲昊氏): '희황씨(羲皇氏)'의 오기. 중국 고대 제왕인 복희씨(伏羲氏). 삼황오제(三皇五帝)의 수위(首位)를 차지하며, 팔괘를 처음으로 만들고 그물을 발명해 고기잡이하는 방법을 가르쳤다고 한다. 뱀의 몸에 사람 얼굴, 소의 머리에 호랑이 꼬리를 가졌다고 한다.

258) 먼 나무에~지쵹ᄒᆞ다: 저녁 무렵이 되자 멀리 있는 나무에서 쓰르라미가 운다는 의미다. 쓰르라미는 저녁때 운다고 한다.

259) 시속절(時俗節): 시속명절(時俗名節). 설, 한식, 단오, 추석, 중양, 동지 등 세속에서 제삿날 이외에 철이 바뀔 때마다 사당이나 조상의 묘에 제철 음식을 올리는 날을 이른다.

260) 유두(流頭): 음력 6월 15일. '동류두목욕(東流頭沐浴)'의 준말. 유둣날에는 맑은 개울물에 목욕을 하고 머리를 감는데, 그렇게 하면 상서롭지 못한 것을 쫓고 여름에 더위를 먹지 않는다고 한다. 유둣날 선비들이 술과 고기를 장만해 계곡이나 물가 정자에 가서 풍월을 읊으며 하루를 즐기는 것을 유두연(流頭宴)이라 한다.

261) 가묘(家廟)의 천신(薦新)ᄒᆞ고: 집안 사당에 올리고. '천신'은 철 따라 새로 난 과실이나 농산물을 먼저 신위(神位)에 올리는 일을 말한다. 유두 무렵에는 새로운 과일이 나기 시작하므로 수박·참외 등을 따고, 국수와 떡을 만들어 사당에 올려 제사지내는데 이를 유두천신(流頭薦新)이라 한다.

婦女는 허피262) 마라 밀기울263) 흔데 모화

누룩을 드듸여라264) 流頭 누룩265) 혜는니라

호박나물 가지김치 풋苦草 藥念266)흐고

옥슈슈 시 맛스로 닐 업는 니 먹어보소

醬쪽을 살펴보아 제마슬 일치 마소

말근 醬 짜로 모와 닉는 족족 쩌니여라

비 오면 덥기 申飭267) 독견268)을 淨이 흐소

南北村 合力흐야 삼구덩이269) 흐야보시

삼대를 븨여 묵거 닉게270) 쪄 벗기리라

고흔 삼 길삼흐고 굴근 삼 바271) 드리소272)

農家의 要繁키로 穀食과 굿치 치니

山田 모밀 먼져 갈고 圃田은 나종 갈소

262) 허피: '헤피'의 방언. 헤프게.
263) 밀기울: 밀을 빻아 체로 쳐서 남은 찌꺼기.
264) 드듸여라: 디뎌라. '디디다'는 누룩이나 메주 따위의 반죽을 보자기에 싸서 발로 밟아 덩어리를 짓다라는 뜻.
265) 유두(流頭) 누룩: 유두국(流頭麴). 유둣날에 참밀의 누룩으로 구슬 모양을 만들어 오색으로 물들이고 3개씩 포개 색실로 꿰어 맨 것. 악신을 쫓는다 하여 몸에 차거나 문짝에 건다.
266) 약념(藥念): '양념'의 옛말. '藥念'은 취음이다.
267) 신칙(申飭): 단단히 타일러서 경계함.
268) 독견: 항아리 입구 주변.
269) 삼구덩이: 삼을 찌기 위해 파는 구덩이.
270) 닉게: 익게. 익도록. 익을 때까지. '닉다'는 '익다'의 옛말.
271) 바: 삼이나 칡 따위로 세 가닥을 지어 굵다랗게 꼰 줄.
272) 드리소: 땋으시오. '드리다'는 여러 가닥의 실이나 끈을 하나로 땋거나 꼬다라는 뜻.

칠월령

七月이라 孟秋[273] 되니 立秋[274] 處暑[275] 節氣로다

火星[276]은 西流ᄒ고 尾星[277]은 中天이라

늣더위 닛다 ᄒᆞᆫ들 節序야 속일소냐

비도 밋치 가븨엽고[278] 바람 긋도 다르도다

가지 우의 져 미얌이 무엇스로 비를 불녀

空中에 ᄆᆞᆰ은 소릐 다토와 ᄌᆞ랑ᄂᆞᆫ고

七夕[279] 牽牛 織女 離別노 비가 되여[280]

셕권 비[281] ᄉᆡ로 긔고 梧桐닙 ᄯᅥ러질 졔

蛾眉[282] ᄀᆞ튼 初生달은 西天의 거지거다[283]

슬푸다 農夫들아 우리 닐 거의로다

---

273) 맹추(孟秋): 초가을. 음력 7월을 달리 이르는 말.

274) 입추(立秋): 24절기의 하나. 대서와 처서 사이에 들며 양력 8월 8·9일경이다. 이때부터 가을이 시작된다고 한다.

275) 처서(處暑): 24절기의 하나. 입추와 백로 사이에 들며 양력 8월 23일경이다. 늦여름 더위가 물러가는 때다.

276) 화성(火星): 대화성(大火星). 음력 7월에 서쪽으로 흐른다고 하는 심성(心星). 숨고 나타나는 것이 일정하지 않아 사람을 미혹시키므로 형혹성(熒惑星)이라고도 한다. 이 별이 나타나면 재난이 발생한다고 한다.

277) 미성(尾星): 이십팔수(二十八宿)의 여섯째 별자리에 있는 별. 곧 혜성을 가리킨다. 이 별이 나타나면 큰 재난이 있을 징조로 여겼다.

278) 비도 밋치 가븨엽고: 비도 밑이 가볍고. 비 온 뒤끝이 가볍고. 비가 내리고서 날이 금방 활짝 갠다는 의미다. '가븨얍다' '가븨엽다'는 '가볍다'의 옛말.

279) 칠석(七夕): 음력 7월 7일 밤. 이때에 은하의 서쪽에 있는 직녀와 동쪽에 있는 견우가 오작교에서 1년에 한 번 만난다는 전설이 있다.

280) [교감] 離別노 비가 되여: 『교주가곡집』본 「농가월령가」 '離別淚(리별루) 비가 되야', 『가사육종』본 「농가월령가」 '離別淚(이별누) 비가 되야'.

281) 셕권 비: 성긴 비. 뚝뚝 흩어져 성기게 내리는 비. '섯긔다'는 '성기다'의 옛말.

282) 아미(蛾眉): 누에나방의 눈썹이라는 뜻으로, 가늘고 길게 굽어진 아름다운 눈썹을 이르는 말이다. 미인의 눈썹을 이른다.

283) 거지거다: 걸렸구나. '거디다'는 '걸리다'의 옛말.

언마나 남아스며 엇더케 되다 ᄒᆞ노

ᄆᆞ음을 놋치 마소 아직도 멀고머다

골 거두어 기음미기[284] 볘 퍼귀의 피 고르기

낫 벼려[285] 드렁 싹기 先山에 伐草ᄒᆞ기

거름풀[286] 만히 븨여 덤이 지어 모화두고

ᄌᆞ치논[287]의 시보기와 오조 밧히 졍의아비[288]

밧 가의 길도 닥고 복시[289]도 쳐 올니고

살지고 연훈 밧헤 거름ᄒᆞ고 익게 갈라[290]

沈장홀 무우 白菜 남 먼져 심어노코

가시 울 진작 막아 閭失[291]ᄒᆞ미 업게 ᄒᆞ소

婦女들도 셈이 잇셔[292] 압닐을 生覺ᄒᆞ소

뵈쌍이 우는 소리 ᄌᆞ네를 위ᄒᆞ미라[293]

져 쇼리 ᄭᅢ쳐 듯고 놀나쳐 다ᄉᆞ리고

장마를 격거시니 집안을 도라보아

穀食도 擧風[294]ᄒᆞ고 衣服도 曝晒[295]ᄒᆞ소

---

284) 골 거두어 기음미기: '골'은 두둑과 고랑, '거두다'는 집안일이나 밭일 따위를 돌보아 살 피다라는 뜻. 골을 거둬 김을 매는 것은 논밭의 두둑과 고랑을 살펴 잡초를 뽑는 것을 말한다.
285) 낫 벼려: 낫을 날카롭게 하여. '벼리다'는 불에 달구고 두드려 날카롭게 만들다라는 뜻.
286) 거름풀: 논밭에 거름으로 주려고 벤 풀이나 나뭇잎.
287) ᄌᆞ치논: 자채(紫彩)논. 일찍 여무는 벼를 심은 논.
288) 졍의아비: '허수아비'의 옛말.
289) 복시: 복사(覆沙). 물에 밀려 논밭 따위에 덮여 쌓인 모래.
290) 익게 갈라: 거름이 잘 썩도록 갈아서. '익다'는 썩히려고 하는 것이 잘 썩다라는 뜻. '거름이 익다'라고 한다.
291) 서실(閭失): 물건을 흐지부지 잃어버림.
292) 셈이 잇셔: 생각이 있어서.
293) 뵈쌍이~위ᄒᆞ미라: 베짱이가 가을이 왔음을 알려 한가하게 지내는 자네를 깨우쳐준다는 의미다.
294) 거풍(擧風): 쌓아두었거나 바람이 안 통하는 곳에 두었던 물건을 바람에 쐼.
295) 포쇄(曝曬): 젖거나 축축한 것을 바람에 쐬고 볕에 말림.

명지 오리²⁹⁶⁾ 어셔 뭉쳐 生凉前²⁹⁷⁾ 짜니여셔

늙그신니 氣衰ᄒ미 換節 찌 操心ᄒ여

秋凉²⁹⁸⁾이 굿가오니 衣服을 留意ᄒ소

쌜니ᄒ야 발이이고²⁹⁹⁾ 풀 먹여 다듬을 졔

月下의 방츄³⁰⁰⁾ 소리 소리마다 밧분 마음

室家³⁰¹⁾의 汨沒ᄒ미 一邊은 滋味로다

蔬菜 果實 흔홀 젹의 貯畜을 生覺ᄒ야

박고지³⁰²⁾ 호박고지 켜고³⁰³⁾ 외 가지 쓰게 져려

겨울의 먹어보소 貴物이 아니 될가

綿花밧 ᄌ로 살펴 울다리³⁰⁴⁾ 피엿는가

각구기도 ᄒ려니와 거두기의 달녀ᄂ니

팔월령

八月이라 中秋³⁰⁵⁾ 되니 白露³⁰⁶⁾ 秋分 節氣로다

---

296) 명지 오리: 명주(明紬) 오리. '오리'는 실, 나무, 대 따위의 가늘고 긴 조각이다.
297) 생량전(生凉前): 가을이 되어 서늘한 기운이 생기기 전에.
298) 추량(秋凉): 가을의 서늘한 기운. 음력 8월을 달리 이르는 말.
299) 발이이고: 바래고. '바래다'는 볕에 쬐어 빛깔을 희게 하다라는 뜻.
300) 방츄: 방추(棒鎚). 방망이.
301) 실가(室家): 집. 여기서는 집안일을 의미한다.
302) 고지: 호박, 박, 가지, 고구마 따위를 납작납작하거나 잘고 길게 썰어 말린 것.
303) 켜고: 썰고. '켜다'는 쪼개다라는 뜻.
304) 울다리: 올다래. 일찍 익은 다래. '올ᅳ'은 '생육 일수가 짧아 빨리 여무는'의 뜻을 더하는 접두사. '다래'는 아직 피지 않은 목화의 열매.
305) 중추(仲秋): 가을이 한창인 때라는 뜻으로, 음력 8월을 달리 이르는 말이다.
306) 백로(白露): 24절기의 하나. 처서와 추분 사이에 들며 9월 8일경이다. 이때쯤 밤에 기온이 이슬점 이하로 내려가 풀잎이나 물체에 이슬이 맺힌다. 가을이 본격적으로 시작되는 시기다.

北斗七星 주로307) 도라 西天을 가르치니

션션호 朝夕氣運 秋氣가 完然호다

귀또람이 말근 소릭 壁間의 들거고나308)

아춤의 안기 세고 밤이면 이슬 나려

百穀의 成實호고 萬物을 지促호다

들 구경 돌나보니 힘 드린 일 功生호다

百穀의 이삭 피고 염을 드러309) 고기 슉어

西風의 익눈 빗츤 黃雲310)이 이러난다

白雪 굿튼 綿花 송이 珊瑚 갓튼 苦草다리311)

簷下의 너러시니 가을볏 明朗호다

안팟 마당 닥가노코 발칙312) 망구313) 장만호소

綿花 짜눈 다락기의 슈슈 이삭 콩 가지오314)

나무군 도라오니 머루 다릭 山果로다

뒤東山의 밤 大棗눈 아히들 世上이라315)

아람316) 모화 말이워라 쳘 딕여317) 쓰게 호소

---

307) 주로: '자루'의 옛말.
308) 들거고나: '들리고나'의 오기.
309) 염을 드러: 여물 들어. '여물'은 '물알'의 방언으로, 아직 덜 여물어서 물기가 많고 말랑한 곡식알이다.
310) 황운(黃雲): 넓은 들판에 벼가 누렇게 익은 모습을 비유적으로 이르는 말.
311) 고초(苦草)다리: 고추다래. '다래'는 '타래'의 방언. '고추타래'는 고추를 말리기 위해 끈으로 엮어서 널어놓은 것을 말한다.
312) 발칙: 발채. 짐을 싣기 위해 지게에 얹는 소쿠리 모양의 물건.
313) 망구: '옹구'의 옛말. 새끼로 망태처럼 엮어 만든 농구(農具). 가마니 두 짝을 각각 양편에 망태처럼 얽은 것과, 밑이 없이 대어 밑부분을 졸라맬 수 있게 된 것이 있는데 이것을 소의 길마 위에 양쪽으로 나란히 걸쳐 얹고 거름이나 섶나무 따위를 나르는 데 쓴다.
314) 슈슈~가지오: 수수 이삭과 콩 가지가 담겨 있다는 의미다.
315) 뒤동산(東山)의~세상(世上)이라: 뒷동산의 밤과 대추는 아이들 차지라는 의미다.
316) 아람: 밤이나 상수리 따위가 충분히 익어 저절로 떨어질 정도가 된 열매.
317) 쳘 딕여: 철 대어. 철에 맞추어.

명지를 슫허니여 秋陽의 마젼ㅎ고

쪽318) 드리고 닛319) 드리니 靑紅이 色色이라

父母님 年滿320)ㅎ니 壽衣를 留意ㅎ고

그 남아 마로지아321) 子女의 婚需 ㅎ시

집 우히 구든 박은 要緊훈 器皿이라

딥쓰리322) 뷔를 믜여 마당질의 쓰오리라

참셰 들셰 거둔 後의 듕오려323) 打作ㅎ고

담비 쥴324) 菉豆325) 말을 아쇠여326) 作錢327)ㅎ랴

場 구경도 ㅎ려니와 興丁훌 것 닛지 말소

北魚夫328) 졋조긔329)을 秋夕 名日 쇠야보시

新稻酒330) 오려 松餠331) 박나물 土卵국을

先山의 祭物ㅎ고 이웃집 난화 먹시

며나리 말미332) 바다 본집의 覲親333) 갈 졔

---

318) 쪽: 쪽. 여뀟과 한해살이풀. 잎은 푸른 물을 들이는 데 쓴다.

319) 닛: 잇꽃. 붉은빛을 들이는 데 쓴다.

320) 연만(年滿): 나이가 아주 많음.

321) 마로지아: 마르재어. '마르재다'는 옷감이나 재목 따위의 재료를 치수에 맞게 자르다라는 뜻.

322) 딥쓰리: 댑싸리. 명아줏과 한해살이풀. 한여름에 연한 녹색의 꽃이 피며 줄기는 비를 만드는 재료로 쓰인다.

323) 듕오려: 중올벼. 늦벼보다 조금 일찍 익는 벼.

324) 쥴: 줄. 푸성귀나 잎담배 따위를 한 줌 한 줌 엮어 묶은 두름을 세는 말.

325) 녹두(菉豆): 녹두(綠豆).

326) 아쇠여: 앗아서. '앗다'는 수수나 팥 따위의 껍질을 벗기고 씨를 빼다라는 뜻.

327) 작전(作錢): 물건을 팔아서 돈을 마련함.

328) 북어쾌(北魚夬): 북어 20마리를 한 줄에 꿰어놓은 것.

329) 졋조긔: 젓조기. 젓을 담그는 조기.

330) 신도주(新稻酒): 햅쌀로 빚은 술.

331) 오려 송병(松餠): 올벼(제철보다 일찍 여무는 벼)로 만든 송편.

332) 말미: 어떤 일에 매인 사람이 다른 일로 말미암아 얻는 시간적인 틈. 여기서는 휴가를 의미한다.

333) 근친(覲親): 시집간 딸이 친정에 가서 부모를 뵘.

기 잡아 살마 건져 떡고리[334]와 슐甁이라

草綠 장옷[335] 반물치마[336] 粧束[337]ᄒ고 다시 보니

여름 똥안 지친 얼골 蘇復[338]이 되연ᄂᆞ냐

中秋夜 밝근 달의 지긔 펴고[339] 놀고 오소

今年 홀닐 못다 ᄒᆞ여 明年 計較[340]ᄒ오리라

밀지[341] 뷔여 더운가리[342] 牟麥[343]을 秋耕[344]ᄒᆞ시

싯싯치 못 닉어도[345] 急혼 ᄃᆡ로 것고 갈소

人功만 그러홀가 天時도 이러ᄒᆞ니

半刻[346]도 쉴 찌 업시 마치면 始作ᄂᆞ니[347]

---

334) 떡고리: 떡고리. 떡을 담아두는 상자.
335) 장옷: 여자들이 나들이할 때 얼굴을 가리느라고 머리에서부터 길게 내려쓰던 옷. 초록색 바탕에 흰 끝동을 달았고, 맞깃으로 두루마기와 비슷하며, 젊으면 청·녹·황색을 썼고, 늙으면 흰색을 썼다.
336) 반물치마: 반물 빛깔의 치마. '반물'은 검은빛을 띤 짙은 남색이라는 뜻.
337) 장속(粧束): 장속(裝束). 입고 매고 하여 옷차림을 꾸밈.
338) 소복(蘇復): 원기가 회복됨.
339) 지기(志氣) 펴고: 억눌린 마음에서 벗어나 자유롭게.
340) 계교(計較): 서로 견주어 살펴봄.
341) 밀지: '밀대'의 오기. '밀대'는 '밀짚'의 방언.
342) 더운가리: 더운갈이. 몹시 가물다가 소나기가 내린 뒤, 그 물로 논을 가는 일.
343) 모맥(牟麥): 밀보리. 밀과 보리를 아울러 이르는 말. 또는 보리의 한 품종.
344) 추경(秋耕): 가을갈이. 다음 해의 농사에 대비하여, 가을에 논밭을 미리 갈아두는 일. 여기서는 보리를 사는 것을 말한다.
345) 싯싯치 못 닉어도: 끗끗이 못 익어도. 곡식알이 한 알 한 알 완전히 다 익지 않았어도. '끗끗이'는 '끝끝내'의 방언.
346) 반각(半刻): 아주 짧은 시각. 각(刻)은 시간의 단위로, 1각은 약 15분이다.
347) 인공(人功)만~시작(始作)ᄂᆞ니: 농사일은 사람이 때에 맞춰 노력을 해야 할 뿐 아니라 천시(天時)를 놓치면 안 되므로, 잠시도 쉬지 않고 추수를 마치면 바로 다음 일로 넘어가야 한다는 의미다.

구월령

九月이라 季秋[348] 되니 寒露[349] 霜降[350] 節氣로다

졔비는 도라가고 쩨 기러기 언졔 왓노

碧空의 우는 쇼리 찬이슬 지쵹ᄒ다

滿山風葉은 臙脂를 물드리고

울 밋히 黃菊花는 秋光[351]을 ᄌ랑ᄒ다

九月九日[352] 佳節이라 花煎[353]ᄒ야 薦新ᄒ시

節序를 따라가며 튜원보본追遠報本[354] 닛지 마소

物色은 조커니와 秋收가 時急ᄒ다

들 마당 집마당의 개상[355]에 태돌[356]이라

무논은 븨여 질고 乾畓[357]은 뷔여 드려

오날은 졍근볘[358]오 니일은 ᄉ발볘[359]라

---

348) 계추(季秋): 늦가을. 음력 9월을 달리 이르는 말.

349) 한로(寒露): 24절기의 하나. 추분과 상강 사이에 들며 10월 8일경이다. 공기가 선선해짐에 따라 이슬이 찬 공기를 만나 서리로 변하기 직전의 시기다.

350) 상강(霜降): 24절기의 하나. 한로와 입동 사이에 들며 10월 23일경이다. 서리가 내리기 시작하는 시기다.

351) 추광(秋光): 추색(秋色). 가을 경치.

352) 구월 구일(九月九日): 중양절(重陽節).

353) 화전(花煎): 중양절에는 시식(時食)으로 국화 화전을 먹는 풍속이 있다.

354) 추원보본(追遠報本): 조상의 덕을 생각하여 제사에 정성을 다하고 자기가 태어난 근본을 잊지 않고 은혜를 갚음.

355) 개상(床): 볏단을 메어쳐서 이삭을 떨어내는 데 쓰던 농기구. 굵은 서까래 같은 통나무 네댓 개를 가로로 대어 엮고 다리 네 개를 박아 만든다.

356) 태돌: 탯돌. 타작할 때 개상질하는 데 쓰는 돌.

357) 건답(乾畓): 조금만 가물어도 물이 곧 마르는 논.

358) 졍근볘: 젼근벼. 늦벼의 한 가지.

359) ᄉ발볘: 사발벼. 벼의 한 종류.

724 | 교훈가사

밀짜리³⁶⁰⁾ 디죠볘³⁶¹⁾와 등트기³⁶²⁾ 경샹볘³⁶³⁾라

들의눈 조 피 덤이 집 近處 콩팟 갈이³⁶⁴⁾

볘 打作 맛츤 後의 틈나거든 두다리싀

비단ᄎ조 니북구리³⁶⁵⁾ 미눈이콩³⁶⁶⁾ 황부듸³⁶⁷⁾를

이삭으로 믄져 잘나 홋씨³⁶⁸⁾를 따로 두고

졈은니눈 틔질³⁶⁹⁾이오 계집ᄉ룸 낫질니라

아히눈 소 물니고³⁷⁰⁾ 늙으니눈 셤³⁷¹⁾ 우기기³⁷²⁾

이웃집 運力³⁷³⁾ᄒ야 계 일 ᄒ듯 ᄒ눈 거시

뒤목치기³⁷⁴⁾ 집 널기와 마당 쏫히 키질ᄒ기

一邊으로 綿花 트니³⁷⁵⁾ 씨아³⁷⁶⁾ 소릐 擾亂ᄒ다

---

360) 밀짜리: 늦벼의 하나. 까끄라기가 없고 빛이 붉다.

361) 디죠볘: 대조벼(大棗稻). 대추벼. 늦벼의 하나. 까끄라기가 없고 빛이 붉다.

362) 등트기: 늦벼의 한 종류. 등터지기(탁배도(拆背稻))라고도 하는데, 성숙할 무렵에 껍질의 등이 터진다고 한다.

363) 경샹볘: 경상벼. 늦벼의 하나.

364) 갈이: 가리. 단으로 묶은 곡식이나 장작 따위를 차곡차곡 쌓은 더미.

365) 니북구리: 이부꾸리. 조의 한 가지인 듯하다. 서유구의 『임원경제지』에 니붓그리차조(粳愧黏粟)의 특징에 대해 "까끄라기가 없고 껍질은 희며 길다. 3월에 파종하고, 8월에 익는다. 비옥한 땅에서 잘 자란다. 빻아서 떡을 만들면 기름지고 부드러워 맛이 좋기 때문에 이렇게 이름을 붙였다. 갱괴는 품질이 좋은 메벼와 같다는 말이다"라고 되어 있다.

366) 미눈이콩: 매눈이콩. 콩의 한 종류.

367) 황부듸: 환부두(鰥大豆). 홀애비콩. 누른색의 큰 콩인데, 다른 작물과 따로 심기에 홀애비콩이라 부른다.

368) 홋씨: 후(後)씨. 나중에 쓸 종자.

369) 틔질: 개상질. 볏단이나 보릿단 따위를 개상에 메어쳐서 이삭을 떠는 일.

370) 소 물니고: 소 몰리고. 소를 몰게 하고.

371) 셤: 섬. 곡식 따위를 담기 위해 짚으로 엮어 만든 그릇.

372) 우기기: 우그리기. '우기다'는 '우그리다'의 옛말. 여기서는 섬에 곡식을 넣고 입구를 잘 닫는 것을 말한다.

373) 운력(運力): 울력. 여러 사람이 힘을 합해 일함.

374) 뒤목치기: 뒷목추기. 타작할 때 북데기에 섞이거나 마당에 흩어져 남은 찌꺼기 곡식을 골라내는 일.

375) 면화 트니: 솜을 타니. '틀다'는 솜틀로 솜을 타다라는 뜻.

376) 씨아: 목화의 씨를 빼는 기구.

틀 추려 기름 쓰기 이웃기리 合力ᄒ시

灯油도 ᄒ려니와 飮食도 맛시 잇니

밤의논 방아 찌어 밥쓸을 장만홀 졔

츤 셔리 긴긴밤의 우는 아기 도라볼가

打作 点心 ᄒ오리라 黃鷄 白酒 不足홀가

싀오졋 鷄卵찌기 上饌³⁷⁷⁾으로 추려노코

白菜국 무우나물 苦草닙장앗지라

큰 가마의 안친 밥이 太半이나 不足ᄒ다

흔가을 흔홀 젹의 過客도 請ᄒᄂ니

흔 洞內 이웃ᄒ야 흔 들의 農事ᄒ니

슈고난 난화 ᄒ고 업논 것도 셔로 도와

이씨를 맛나시니 즐기기도 굿히ᄒ시

아모리 多事흔들 農牛를 보살펴라

소피째³⁷⁸⁾ 술을 씨워 졔 功을 갑흘지라

시월령

十月이라 孟冬³⁷⁹⁾ 되니 立冬³⁸⁰⁾ 小雪³⁸¹⁾ 節侯로다

나무닙 쩌러지고 鵾이³⁸²⁾ 소릐 놉히 논다

377) 상찬(上饌): 매우 좋은 반찬.
378) 소피째: 소피대. '소여물'의 방언.
379) 맹동(孟冬): 초겨울. 음력 10월을 달리 이르는 말.
380) 입동(立冬): 24절기의 하나. 상강과 소설 사이에 들며 양력 11월 8일경이다. 이때부터 겨울이 시작된다고 보아 겨울 채비를 한다.
381) 소설(小雪): 24절기의 하나. 입동과 대설 사이에 들며 11월 22·23일경이다. 첫눈이 내릴 정도로 기온이 내려가는 시기다.
382) 곤(鵾)이: 고니. 백조(白鳥).

듯거라 아히들아 農功을 畢ᄒ도다

남은 닐 生覺ᄒ야 집안닐 마즈 ᄒ시

무우 白菜 키아 드려 沈김醬383)을 ᄒ오리라

압 ᄂ니물의 淨히 씨셔 鹽淡384)을 맛게 ᄒ소

苦草 마늘 生薑 파의 졋국지385) 장앗지라

독 졋히 즁두리386)오 밧탕이387) 항아리라

陽地의 假家388) 짓고 집희 ᄊ 깁히 뭇고

박이무우389) 알밤 말390)도 얼지 안케 간수ᄒ고

방고리391) 구두질392)과 쥐구멍도 막으리라

窓戶도 발나노코 바람壁393) 밋질394)ᄒ기

슈슈ᄃ니로 덧울395)ᄒ고 喂養間의 쩨젹396) 치기

각지동397) 뭇거 셰고 過冬柴398) 싸하노코

우리집 婦女들아 겨을옷 지어는야

---

383) 침장(沈醬): '침장(沈藏)'의 오기. 김장의 원말.

384) 염담(鹽膽): 짜고 싱거움.

385) 졋국지: 젓국지. 젓국을 냉수에 타서 국물을 부어 담근 김치. 주로 조기젓국을 쓴다.

386) 즁두리: 중두리. 독보다 조금 작고 배가 부른 오지그릇.

387) 밧탕이: 바탱이. 오지그릇의 하나. 중두리와 비슷하나 배가 더 나오고 키가 작으며 아가
리가 좁다.

388) 가가(假家): 임시로 지은 집. 여기서는 김장독을 묻으려 임시로 만든 움막을 말한다.

389) 박이무우: 장다리무. 씨를 받기 위해, 장다리꽃이 피게 가꾼 무.

390) 알밤 말: 한 말쯤 되는 알밤.

391) 방고리: 방고래. 방의 구들장 밑으로 나 있는, 불길과 연기가 통하여 나가는 길.

392) 구두질: 방고래에 모인 재를 구둣대로 쑤셔 당겨내는 일.

393) 바람벽: 방이나 칸살의 옆을 둘러막은 둘레의 벽.

394) 밋질: 맥질. '매흙질'의 준말. 벽 거죽에 매흙(벽 거죽을 곱게 바르는 데 쓰는 흙)을 바르
는 일.

395) 덧울: 덧댄 울타리.

396) 쩨젹: 떼적. 비나 바람 따위를 막으려고 치는 거적 같은 것.

397) 각지동: 깍짓동. 콩이나 팥의 깍지를 줄기가 달린 채로 묶은 큰 단.

398) 과동시(過冬柴): 겨울 땔감으로 마련해두는 나무.

술 빗고 썩 ᄒ여라 降神날[399] 갓가왓다

술雪只[400] 團子[401] ᄒ고 모밀 아셔[402] 국슈 ᄒ소

소 잡고 돗[403] 잡으니 飮食이 豐備ᄒ다

들 마당의 遮日 치고 洞內 모화[404] ᄌ리 舖陳[405]

老少 ᄎ례 틀닐셰라 男女分別 各各 ᄒ소

시면[406] ᄒ 픠 어더 오소 花娘이[407] 쥴모지[408]라

북 치고 피리 부니 與民樂[409]이 졔法이라

李風憲[410] 金僉知[411]는 잔말 싯히 醉倒ᄒ고

崔勸農[412] 姜約正[413]은 쳬달이 춤[414]을 춘다

---

399) 강신(降神) 날: '강신(講信) 날'의 오기. '강신'은 향약(鄕約)에서, 여러 사람이 모여 술을 마시며 신의를 새롭게 다지던 일이다.
400) 꿀설기(蜜雪只): 떡가루에 꿀을 섞어 만든 백설기.
401) 단자(團子): '단자(團餈)'의 오기. 찹쌀가루를 쪄서 보에 싸 방망이로 치댄 다음 모양을 만들고 꿀과 잣가루 등으로 고물을 묻힌 떡.
402) 모밀 아셔: 메밀 앗아. 메밀의 껍질을 벗겨.
403) 돗: 돝. '돼지'의 옛말.
404) 모화: 모아. '뫃다'는 '모으다'의 옛말.
405) 포진(舖陳): 잔치 따위를 할 때 앉을 자리를 마련해 깖.
406) 시면: '삼현(三絃)'의 오기. 삼현육각(三絃六角). 피리 둘, 대금·해금·장구·북 각각 하나로 편성된 풍류.
407) 화랑(花娘)이: 광대와 비슷한 놀이꾼의 패. 옷을 잘 꾸며 입고 가무와 행락을 주로 하던 무리로, 대개 무당의 남편이었다.
408) 쥴모지: 줄무지. '쥼모지'라고도 한다. 기생이나 장난꾼의 행상을 이르는 말. 가까운 친구끼리 상여를 메고 풍악을 울리고 춤추며 나간다.
409) 여민락(與民樂): 조선시대에 임금의 거동 때나 궁중의 잔치 때 연주하던 아악곡. 세종 때 『용비어천가』 1~4장과 125장을 아악 곡조에 얹어 부를 수 있도록 작곡한 가락으로, 모두 10장이었는데 7장만 관현악기로 연주하며 노래는 부르지 않는다. 음률이 화평하고 웅대하다.
410) 풍헌(風憲): 유향소에서 면(面)이나 이(里)의 일을 맡아보던 사람.
411) 첨지(僉知): 원래는 중추원에 속한 정3품 무관 벼슬인 첨지중추부사를 가리키는 말이었으나, 성 아래에 붙여 특별한 사회적 지위가 없는 나이 많은 남자를 동료나 윗사람이 예사롭게 이르던 말로 바뀌었다.
412) 권농(勸農): 지방의 방(坊)이나 면(面)에 속해 농사를 장려하던 사람.
413) 약정(約正): 향약 조직의 임원. 수령이 향약을 실시할 때 보조적인 역할을 했고 실무적인 면에서는 중추적인 위치에 섰다.
414) 쳬달이 춤: 쳬괄(體适)이 춤. 망석중 놀음. 꼭두각시 춤.

將進酒⁴¹⁵⁾ ᄒᆞ올 젹의 洞長任 上座ᄒᆞ야

盞 밧고 ᄒᆞᄂᆞᆫ 말이 ᄌᆞ셔이 드러보소

어와 오날 노름이 뉘 德인고

天恩도 긔지업고 國恩도 罔極ᄒᆞ다

多幸이 農年⁴¹⁶⁾ 맛나 饑寒을 免ᄒᆞ도다

鄕約⁴¹⁷⁾은 못 ᄒᆞ야도 洞憲⁴¹⁸⁾이야 업술소냐

孝悌忠信⁴¹⁹⁾ 大강 아라 道理를 일치 말소

사름의 子息 되여 父母 恩惠 모를소냐

子息을 길너보니 그졔아 ᄊᆞ다르리

千辛萬苦⁴²⁰⁾ 길너ᄂᆡ야 男婚女嫁⁴²¹⁾ 畢ᄒᆞ오면

져 各各 몸만 아라 父母奉養 니즐소냐

氣運이 衰敗ᄒᆞ면 ᄇᆞ라ᄂᆞ니 졀무니라⁴²²⁾

衣服 飮食 잠ᄌᆞ기를 格別이 살펴드려

힝혀나 病나실가 밤낫즈로 닛지 말소

曲가오신⁴²³⁾ ᄆᆞ음으로 걱졍을 ᄒᆞ실 젹의

---

415) 장진주(將進酒): 술잔을 올림.

416) 농년(農年): '풍년(豊年)'의 오기.

417) 향약(鄕約): 조선시대에 권선징악과 상부상조를 목적으로 만든 향촌의 자치 규약. 중국 송나라 때의 여씨 향약(呂氏鄕約)을 본뜬 것으로, 조선 중종 때 조광조를 비롯한 사림파의 의견으로 추진되어 영·정조 때까지 전국 각지에서 실시됐다.

418) 동헌(洞憲): 마을 사람들이 지켜야 할 규칙.

419) 효제충신(孝悌忠信): 어버이에 대한 효도, 형제끼리의 우애, 임금에 대한 충성과 벗 사이의 믿음을 통틀어 이르는 말이다.

420) 천신만고(千辛萬苦): 천 가지 매운 것과 만 가지 쓴 것이라는 뜻으로, 온갖 고비를 겪으며 심하게 고생함을 이르는 말이다.

421) 남혼여가(男婚女嫁): 아들은 장가들고 딸은 시집간다는 뜻으로, 자녀의 혼인을 이른다.

422) 기운(氣運)이~졀무니라: 기운이 쇠하게 되면 기다리는 것이 젊은이라. 나이가 들어 기운이 없으면 젊은 사람에게 의지하게 된다는 뜻이다.

423) 곡(曲)가오신: 고까우신. '고깝다'는 섭섭하고 야속하여 마음이 언짢다라는 뜻.

줌줌거려⁴²⁴⁾ 對答 말고 和氣로 푸러닉소

드러온 지어미는 남편의 擧動 보와

그디로 本을 쓰닉 보는 딕 操心ᄒ소

兄弟는 흔 氣運이 두 몸의 난화스니

貴重ᄒ고 ᄉ랑홈이 父母의 다음이라

間隔 업시 혼통치고⁴²⁵⁾ 네 것 닉 것 計較 마소

남남기리 모휜 同婿 틈나셔 ᄒ는 말을

귀의 담아 듯지 마소 自然이 歸順⁴²⁶⁾ᄒ리

行身⁴²⁷⁾의 믄져 홀 닐 恭順이 第一이라

닉 늙은니 恭敬홀 졔 남의 어룬 달을소냐

말ᄉᆷ을 操心ᄒ야 人事를 일치 마소

허물며 上下分義⁴²⁸⁾ 尊卑가 顯隔ᄒ다

닉 道理 極盡ᄒ면 罪責⁴²⁹⁾을 아니 보리

님군의 百姓 되여 恩德으로 ᄉ라가니

거믜 ᄀᆝ튼 우리 百姓 무어스로 갑ᄒ볼가

一年의 還子 申飭⁴³⁰⁾ 그 무엇 만타 ᄒ리

限前의 畢納⁴³¹⁾ᄒ미 分義예 맛당ᄒ다

---

424) 줌줌거려: 중얼거려. '중중거리다'는 원망하듯 남이 알아들을 수 없는 군소리로 중얼거리다라는 뜻.

425) 혼통치고: 나누지 않고 한곳에 합치고.

426) 귀순(歸順): 적이었던 사람이 반항심을 버리고 스스로 돌아서서 복종하거나 순종함.

427) 행신(行身): 처신.

428) 상하분의(上下分義): 윗사람과 아랫사람 사이의 정당한 도리.

429) 죄책(罪責): 잘못을 저지른 책임. 또는 죄벌.

430) [교감] 신칙(申飭): 『농가타영』본 「농가월령가」 '신녁', 『교주가곡집』본 「농가월령가」 '身役(신역)'. '신칙'은 단단히 타일러 경계한다는 뜻이고, '신역'은 나라에서 성인 장정에게 부과하던 군역과 부역을 말한다.

431) 필납(畢納): 납세나 납품 따위를 끝냄.

허믈며 田畓 구실[432] 土地로 分等[433]ᄒᆞ니

所出을 生覺ᄒᆞ면 十一除[434]도 못 되ᄂᆞ니

그러나 못 먹으면 災 쥬어 蕩減ᄒᆞ니[435]

이런 일 ᄌᆞ셰 알면 王稅를 拒納[436]홀가

ᄒᆞᆫ 洞內 몃 戶數의 各姓이 居生ᄒᆞ니

信義를 아니ᄒᆞ면 和睦을 엇지 홀쇼

婚姻大事 扶助ᄒᆞ고 喪葬憂患[437] 보살피며

水火盜賊[438] 救援ᄒᆞ고 有無稱貸[439] 셔로 ᄒᆞ여

날보다 要富ᄒᆞ니[440] 庸心[441] ᄂᆡ여 是非 말고

其中의 鰥寡孤獨[442] 自別이[443] 救恤ᄒᆞ소

져 各各 定ᄒᆞᆫ 分福[444] 抑之로 못 ᄒᆞᄂᆞ니

ᄌᆞ니들 혀여보아 ᄂᆡ 말을 닛지 말소

이ᄃᆡ로 ᄒᆞ야가면 雜生覺이 아니 ᄂᆞ리

---

432) 구실: 온갖 세납을 통틀어 이르던 말.
433) 분등(分等): 등급이나 등수를 나눠 매김.
434) 십일제(十一除): 열에서 하나를 덜어냄. 십일세(十一稅). 십분의 일의 비율로 징수하던 세.
435) 재(災) 쥬어 탕감(蕩減)ᄒᆞ니: 재상[災傷, 자연재해로 농작물이 입는 피해]을 반영해 세금을 탕
감해준다는 의미다.
436) 거납(拒納): 세금 내기를 거부함.
437) 상장우환(喪葬憂患): 장례나 병자가 있어서 걱정되는 일.
438) 수화도적(水火盜賊): 수재, 화재, 도난 등의 재난을 아울러 이르는 말.
439) 유무칭대(有無稱貸): 서로에게 있고 없는 것을 통하여, 돈이나 물건을 서로 빌리고 빌려
주는 것.
440) 요부(要富)ᄒᆞ 니: 요부(饒富)한 이. 넉넉한 사람.
441) 용심(庸心): 남을 시기하는 심술궂은 마음.
442) 환과고독(鰥寡孤獨): 늙어서 아내 없는 사람, 늙어서 남편 없는 사람, 어려서 부모 없는 사람,
늙어서 자식 없는 사람을 아울러 이르는 말.
443) 자별(自別)이: 특별히. 남다르게.
444) 분복(分福): 각자 타고난 복.

酒色雜技⁴⁴⁵⁾ ᄒᄂᆫ 사ᄅᆷ 初頭⁴⁴⁶⁾부터 그러홀가

偶然이 그릇 드러 ᄒᆫ 번 ᄒᆞ고 두 번 ᄒᆞ면

마음이 放蕩ᄒᆞ여 긋칠 쥴을 모로ᄂᆞ니

ᄌᆞ네들 操心ᄒᆞ야 져근 허물 짓지 마소

십일월령
▬▬▬▬▬

十一月은 仲冬⁴⁴⁷⁾이라 大雪⁴⁴⁸⁾ 冬至⁴⁴⁹⁾ 節氣로다

바람 불고 셔리 치며 눈 오고 얼음 언다

가을의 거둔 穀食 언마나 ᄒᆞ얏든고

몃 石은 還子 ᄒᆞ고 몃 石은 王稅 ᄒᆞ고

언마ᄂᆞᆫ 祭飯米⁴⁵⁰⁾오 언마ᄂᆞᆫ 씨앗시오

賭地⁴⁵¹⁾ 도야 ᄂᆡ고⁴⁵²⁾ 품갑도 갑푸리라

市契돈⁴⁵³⁾ 長利邊⁴⁵⁴⁾을 낫낫치 收刷⁴⁵⁵⁾ᄒᆞ니

▬▬▬▬

445) 주색잡기(酒色雜技): 술과 여자와 노름을 아울러 이르는 말.
446) 초두(初頭): 애초. 맨 처음.
447) 중동(仲冬): 겨울이 한창인 때로, 음력 11월을 달리 이르는 말.
448) 대설(大雪): 24절기의 하나. 소설과 동지 사이에 들며 12월 8일경이다. 눈이 가장 많이 내
린다는 뜻에서 붙은 이름이다.
449) 동지(冬至): 24절기의 하나. 대설과 소한 사이에 들며 양력 12월 22·23일경이다. 동지에는
음기가 극성한 가운데 양기가 새로 생겨나는 때이므로 1년의 시작으로 간주한다. 이날 각 가정
에서는 팥죽을 쑤어 먹으며 관상감에서는 달력을 만들어 벼슬아치들에게 나눠주었다고 한다.
450) 제반미(祭飯米): 제사 때 올릴 밥을 지으려고 마련한 쌀.
451) 도지(賭地): 도조(賭租). 남의 논밭을 빌려서 부치고 논밭을 빌린 대가로 해마다 내는 벼.
452) 도야 ᄂᆡ고: 되어 내고. 분량을 헤아려서 내고.
453) 시계(市契)돈: 시장에서 운영하는 계의 돈에서 빌려온 돈.
454) 장리변(長利邊): 장리로 빌려주고 이자를 받아내는 돈놀이. 돈이나 곡식 등을 꿔 주고 받
을 때는 한 해 이자로 본디 곡식의 절반 이상을 받는 변리(邊利)를 '장리(長利)'라고 한다. 흔히
봄에 꿔 주고 가을에 받는다.
455) 수쇄(收刷): 수봉(收捧). 남에게 빌려준 돈이나 외상값 따위를 거둬들임.

엄부렁ᄒ든456) 거시 남져지457) 바히 업ᄂᆡ

그러ᄒᆫ들 엇지ᄒ리 農糧농량이나 엿토리라458)

콩기름459) 우거지로 朝飯夕粥조반석죽460) 多幸다ᄒ다ᄒ다

婦女부녀야 너 홀 닐이 며쥬 쓸 일 남아고나

닉게 삼고 ᄆᆡ오 ᄶᅵ여 ᄯᅴ워셔 죄와두고

冬至동지ᄂᆞᆫ 名日명일이라 一陽일양이 生생ᄒ도다461)

時食시식으로 팟粥죽 쑤어 隣里이ᄅᆡ와 즐기리라

시 冊曆ᄎᆡᆨ력 頒布반포ᄒ니 明年명년 節侯절후 엇더ᄒ고

ᄒᆡ 졀너 덧시 업고 밤 길어 支離지리ᄒ다

公債공ᄎᆡ 私債사ᄎᆡ 擾亂요란ᄒ니462) 官吏관리 面任면임463) 아니 온다

柴扉싀비를 닷아시니 草屋초옥이 閑暇한가ᄒ다

短晷단구의 朝夕조셕ᄒ니464) 自然자연이 틈이 업ᄂᆡ

燈盞등잔불 긴긴밤의 질쌈을 힘쎠 ᄒ소

븨틀 겻ᄒᆡ 文來문래465) 노코 틀고 ᄶᅵ고 타고 ᄶᅳᄂᆡ

---

456) 엄부렁ᄒ든: 엄부렁하던. '엄부렁하다'는 실속 없이 겉만 크다라는 뜻.

457) 남져지: '남저지'는 '나머지'의 방언.

458) 엿토리라: 여투리라. 모아두리라. '여투다'는 돈이나 물건을 아껴 쓰고 나머지를 모아둔다라는 뜻.

459) 콩기름: '콩나물'의 방언.

460) 조반석죽(朝飯夕粥): 아침에는 밥을 먹고 저녁에는 죽을 먹는다는 뜻으로, 몹시 가난한 살림을 이르는 말이다.

461) 일양(一陽)이 생(生)ᄒ도다: 매년 동짓날에 음(陰)의 기운이 다하고 양(陽)의 기운이 움직이기 시작함을 의미한다.

462) [교감] 요란(擾亂)ᄒ니: 『농가타령』본 「농가월령긔」 '요당ᄒ니', 『교주가곡집』본 「농가월령가」 '了當(료당)ᄒ니', 『가사육종』본 「농가월령가」 '了當(요당)ᄒ니'. '요당(了當)하다'는 '다 감당하다' '다 갚다'라는 뜻.

463) 면임(面任): 조선시대에, 지방의 면에서 호적과 공공사무를 맡아보던 사람.

464) 단구(短晷)의 조석(朝夕)ᄒ니: 짧은 해에 아침밥과 저녁밥을 지으니. '단구'는 짧은 해라는 뜻으로, 짧은 낮을 이른다.

465) 문래(文來): 물레. 고려시대에, 문래(文來)라는 사람이 처음 이것을 만들었다는 데서 유래한다.

주란 아희 글 비호고 어린아히 노는 소리

여러 소리 짓거리니 室家의 滋味로다

늙그니 닐 업스니 기쥼[466]이나 미야보소

喂養間 살펴보와 여물을 갓금 쥬소

깃 쥬어[467] 바든 두엄[468] 조로 쳐야 모히ᄂ니

십이월령

━━━━━━

十二月은 季冬[469]이라 小寒[470] 大寒[471] 節侯로다

雪中의 峰巒들은 히 져문 빗치로다

歲前의 남은 날이 언마나 걸녀ᄂ고

집안의 女人들은 歲時衣服 장만ᄒ니

무명 明紬 씬허 니여 온갓 무싀[472] 드려ᄂ니

紫芝 甫羅 松花色[473]과 靑花[474] 葛梅[475] 玉色이라

一邊으로 다드무며 一邊으로 지어ᄂ니

닙을 것 그만ᄒ고 飮食 장만ᄒ오리라

---

466) 기쥼: '기직'의 옛말. 왕골껍질이나 부들 잎으로 짚을 싸서 엮은 돗자리.
467) 깃 쥬어: 깃 주어. '깃 주다'는 외양간, 마구간, 닭둥우리 따위에 짚이나 마른풀을 깔아주다라는 뜻.
468) 두엄: 풀, 짚 또는 가축의 배설물 따위를 썩힌 거름.
469) 계동(季冬): 늦겨울. 음력 섣달을 달리 이르는 말.
470) 소한(小寒): 24절기의 하나. 동지와 대한 사이에 드는데 양력 1월 6·7일경이다. 연중 가장 추운 때다.
471) 대한(大寒): 24절기의 하나. 소한과 입춘 사이에 들며 1월 20일경이다. 가장 추운 때라고 하여 붙은 이름이나 소한보다 덜 추울 때가 많다.
472) 무색(色): 물감을 들인 빛깔.
473) 송화색(松花色): 소나무의 꽃가루 빛깔과 같이 엷은 노란색.
474) 청화(靑花): 청화(靑華). 중국에서 나는 푸른 물감의 하나.
475) 갈매(葛梅): 갈매색. 짙은 초록색.

쩔쑬[476]은 몃 말이며 슐쑬은 몃 말인고

淸酒를 만히 쓰시 콩 갈아 豆腐 ᄒ고

모밀쌀[477] 饅頭 빗고 歲肉은 契를 밋고[478]

北魚ᄂ 場의 ᄉ셰 臘亨[479]날 창이[480] 노하

잡은 쉥 몃 마린고 아히들 그물 쳐셔

참시 잡아 지져 먹시 ᄲᅢ乾丁[481] 콩乾丁의

곳감 大棗 生栗이라 酒樽의 슐 드르니[482]

돌 틈의 시암 소리 압뒤집 打餠聲[483]은

예도 나고 졔도 난다 시 燈盞 시발심지[484]

長燈[485]ᄒ야 시울 젹의 웃방[486] 봉당[487] 부억가지

곳곳이 明朗ᄒ다 燭籠[488]불 오락가락

묵근歲拜[489]ᄒᄂ고나 어와 닉 말 듯소

476) 쩔쑬: '쩍쑬'의 오기. 떡쌀.
477) 모밀쌀: 메밀쌀. 껍질을 벗긴 메밀.
478) 세육(歲肉)은 계(契)를 밋고: 정초에 쓰는 고기는 계를 통해 해결한다는 의미다. 조선시대에 공동으로 소를 구입해 잡는 구우계(購牛契)가 있었다.
479) 납형(臘亨): '납평(臘平)'의 오기. 납일(臘日). 민간이나 조정에서 조상이나 종묘 또는 사직에 제사지내던 날. 동지 뒤의 셋째 술일(戌日)에 지냈으나, 조선 태조 이후에는 동지 뒤 셋째 미일(未日)로 했다.
480) 창이: 창아. '덫'의 방언.
481) ᄲᅢ간정(乾丁): 깨강정. '간정'은 궁중에서 강정을 이르던 말.
482) 드르니: 떨어지니. '듣다'는 액체가 방울져 떨어지다라는 뜻.
483) 타병성(打餠聲): 떡치는 소리.
484) 시발심지: 새발심지. 종이나 실, 솜 따위로 새의 발처럼 세 갈래가 되게 꼬아 세워놓게 만든 등잔의 심지.
485) 장등(長燈): 밤새도록 등불을 켜둠.
486) 웃방: 예전의 집 구조에서, 부엌 아궁이가 달린 방을 기준으로 하여 그다음에 있는 방.
487) 봉당(封堂): 안방과 건넌방 사이의 마루를 놓을 자리에 마루를 놓지 않고 흙바닥 그대로 둔 곳.
488) 촉롱(燭籠): 촛불을 켜 드는, 긴 네모꼴의 채롱. 종이나 무명을 발라 만든다. 초롱.
489) 묵근세배(歲拜): 묵은세배. 섣달 그믐날 저녁에 그해를 보내는 인사로 웃어른에게 하는 절.

農業이 엇더호고 終年 근苦호엿스나[490]

其中의 樂이 닛니 우흐로 國家輔用[491]

안으로 祭先奉親[492] 밧그로 손님 대접

兄弟妻子 婚喪大事 먹고 닙고 쓰는 거시

土地所出 아니러면 돈 抵當을 어이할고[493]

녜로부터 니른 말이 農業이 根本이라

비 부려 船業호고 말 부려 장ぐ호기

典當 잡고 빗쥬기와 場坂[494]의 쳬계[495] 노키

슐장ぐ 쩍장ぐ며 숫幕질[496] 假家[497] 보기

아즉은 흔젼호나[498] 혼 번을 뒤쭘호면[499]

破落戶[500] 빗구럭기[501] ぐ든 곳 터이 업다

農事눈 밋눈 거시 니 몸의 달녀ぐ니

節氣도 進退 닛고 年事[502]도 豊凶 닛셔

<hr>

490) 종년(終年) 근고(勤苦)호엿스나: 일 년 내내 고생하였으나.
491) 국가보용(國家輔用): 나라의 재용(財用)에 보탬.
492) 제선봉친(祭先奉親): 조상에게 제사지내고 부모를 봉양함.
493) [교감] 돈 저당(抵當)을 어이할고:『농가타영』본 「농가월령ユ」 '집안 쇼용 뉘가 할가',『교주가곡집』본 「농가월령가」 '돈 支當(지당)을 뉘가 홀꼬',『가사육종』본 「농가월령가」 '돈 지당을 뉘가 홀고'. '지당ᄒ다'는 '지탱하거나 감당하다'라는 뜻의 옛말.
494) 장판(場坂): 장(場)판. 장이 선 곳.
495) 체계(遞計): 장체계(場遞計). 장에서 비싼 이자로 돈을 꿔 주고, 장날마다 본전의 일부와 이자를 받아들이던 일.
496) 숫막(幕)질: 주막 영업. '숫막'은 '주막'의 옛말.
497) 가가(假家): 임시로 지은 집. '가게'의 원말.
498) 흔젼ᄒ나: 넉넉하나. '흔전하다'는 생활이 넉넉해 아쉬움이 없다라는 뜻.
499) 뒤쭘ᄒ면: 뒤뚱하면. 뒤뚝하면. 중심을 잃고 기울어지면.
500) 파락호(破落戶): 재산이나 세력이 있는 집안의 자손으로서 집안 재산을 몽땅 털어먹는 난봉꾼을 이르는 말.
501) 빗구럭기: 빚꾸러기. 빚을 많이 진 사람을 낮잡아 이르는 말. '빚구럭'은 빚이 많아서 헤어나지 못하는 어려운 상태를 이른다.
502) 연사(年事): 농사가 잘되고 못된 형편.

水旱風雹503) 暫時 災殃 업다야 ᄒ랴마ᄂ

極盡이 힘을 드려 家率이 一心ᄒ면

아모리 殺年504)의도 餓死를 免ᄒᄂ니

졔 시골 졔 직희여 騷動홀505) 뜻 두지 마소

皇天이 至仁ᄒᄉ 怒ᄒ심도 一時로다

ᄌ네도 혜여보소 十年을 假量ᄒ면506)

豊年이 二分이오 凶年이 一分이라

千万 가지 生覺 말고 ᄂ 말을 고지듯고

하소졍507) 豳風詩508)를 聖人이 지엇ᄂ니

至極ᄒ 뜻 바라셔509) 디강을 記錄ᄒ니

이 글을 ᄌ시 보아 힘쓰기를 바라노라

—『악부樂府』(고대본)

503) 수한풍박(水旱風雹): 홍수와 가뭄, 바람과 우박 등 농사에 큰 타격을 주는 자연재해.
504) 살년(殺年): 크게 흉년이 든 해.
505) 소동(騷動)홀: 소란스럽게 할. '소동하다'는 놀라거나 흥분하여 시끄럽게 법석거리고 떠들어대다라는 뜻. 여기서는 마음을 붙이지 못하고 떠날 마음을 갖는 것을 가리킨다.
506) 가량(假量)ᄒ면: 계산해보면. '가량하다'는 확실한 계산은 아니나 얼마쯤 되리라고 짐작하다라는 뜻.
507) 하소정(夏小正): 중국 선진(先秦) 때의 기후 관련 저서. 원래 『대대례기大戴禮記』의 한 편으로 400여 자에 불과하며, 전한(前漢) 때 대덕(戴德)이 지은 것으로 알려졌지만 확실하지는 않다. 매월 사물과 기후를 기록해 각 계절에 해야 할 행사를 알려주는 책으로, 후세의 월령(月令)과 비슷한 역할을 했다.
508) 빈풍시(豳風詩): 『시경』 「빈풍豳風」 「칠월七月」을 가리킨다. 주나라의 선조(先祖) 공류(公劉)가 자기 증조인 후직(后稷)의 업을 잘 닦아 빈 땅에 도읍을 정하고, 백성들에게 농사를 장려해 백성들이 다 잘살게 된 내막을 노래한 시다.
509) [교감] 바라셔: '바다셔'의 오기. 받아서. 이어받아서. 『가사육종』본 「농가월령가」 '본바다셔'.

五倫歌

黃岦

五倫歌序

余按箕邦三年于玆矣. 憫吾道之不明, 慨士趨之靡正, 曩輯德行敎範一篇, 刊行省內, 繼捐俸金以助黌舍之新建, 列邑殆至十數處. 於是, 士頗相信彬彬, 有可觀焉. 然此皆孟子所謂無恒産而有恒心者也. 若夫荒村窮峽目不識字者, 縱有一篇敎範視之, 若越人之章甫. 噫. 秉彝之性, 人皆有之, 敎而養之, 得非宣化者之責歟. 竊觀近日閭巷歌謠, 皆鄙俚淫哇, 愁苦悽楚, 其湯人心, 敗風俗, 亦非細故也. 肆欲以國之方音, 粗叙民生, 日用之事, 家喩而戶曉焉. 或曰, 黃井圍岦所著五倫歌, 有足以當之也. 余取而讀之一部, 小學之義, 畧備於此矣. 卽付剞劂, 布之坊曲. 嗚呼. 唐虞之命司徒, 三代之設學校, 明此而已, 余之所編, 德行敎範, 亦欲明此而已. 惟玆衆庶, 克諒我眷眷之意, 將此一闋, 用之閨門, 播于鄕閭, 至以樵唱牧答相杵焉, 勸農焉, 使我愚夫愚婦, 誦於口, 體於身, 則不患不爲禮義之俗矣.

壬辰孟冬, 觀察使毅齋閔丙奭序.

니 이곳 안찰ᄉ[1] 되연디 ᄒᄆ 삼 년이ᄅ. 도학이 밝디 못홈을 민망
히 녀기고 션비[2]에 졍티 ᄋ니홈을[3] 기연히[4] 녀겨 일쯕 덕힝교범[5] ᄒᆞ
칙을 밍그러 도리[6]에 반포ᄒᆞ고, ᄯᅩ 여간 물녁[7]으로 각읍에서 지[8]를
창셜ᄒᆞ니, 모단 션비 ᄌᆞ맛[9] 빈빈[10]ᄒᆞ여 가히 보왐 즉홈이 잇ᄂᆞᆫ디ᄅ.
글어나 이는 다 글 닑은 ᄉᆞ롬에 효측[11]ᄒᆞᆯ 비ᄅ. 뎌 녀염쇼민[12]이야 엇
디 ᄋᆞ모런 줄을 알니오. 슬푸ᄃ 잡앗ᄂᆞᆫ 쪗쪗ᄒᆞᆫ 텬셩은 ᄉᆞ롬ᄆᆞᄃ 두엇
ᄂᆞ니, 갈ᄋ쳐 알게 홈이 시러곰 감ᄉᆞ에 칙임이 ᄋᆞ니냐 근일 녀항간에
수심가[13] 잡ᄐᆞ령[14]이 음난ᄒᆞ고 방탕ᄒᆞ여 풍쇽을 더리오미[15] ᄯᅩᄒᆞᆫ 져
근 연고[16] 아니ᄅ. 이러모로 민싱[17]에 날마ᄃ 힝홀 일을 언문으로 긔

---

1) 안찰사(按察使): 고려시대, 각 도의 행정을 맡아보던 으뜸 벼슬. 조선의 관찰사(觀察使)에 해
당한다.
2) 션비: 선배. '선비'의 방언.
3) 졍(正)티 ᄋ니홈을: 바르지 않음을.
4) 개연(慨然)히: 원통하게.
5) 덕행교범(德行敎範): 1892년(고종 29) 당시 평안감사였던 민병석(閔丙奭)이 평안도에서 시행
한 덕행과(德行科)의 규범과 의식 등을 정리한 책. 주희가 창립한 덕행과의 취지를 본받고, 이
이(李珥)의 『학교모범學校模範』을 참고해 만들었다. 19세기에 주자와 율곡의 성리학적 교육 방
법과 이념을 실천한 노력을 엿볼 수 있는 자료다.
6) 도리: 도내(道內).
7) 물녁: 물력(物力). 물자와 노력을 아울러 이르는 말.
8) 재(齋): 성균관, 사학(四學), 향교(鄕校), 정사(精舍), 서원(書院) 등에 딸린 유생(儒生)의 기숙
사. 여기서는 학교를 의미한다.
9) ᄌᆞ맛: '자못'의 옛말.
10) 빈빈(彬彬): (사물이) 문채(文彩)와 바탕이 갖추어져 훌륭함.
11) 효칙(效則): 본받아 법으로 삼음.
12) 여염소민(閭閻小民): 일반 백성.
13) 수심가(愁心歌): 구슬픈 가락의 서도 소리 중 하나로, 평안도의 대표적 민요다.
14) 잡ᄐᆞ령: 잡타령. 가곡, 가사, 시조 등 지식층이 즐기던 노래에 대하여, 대중이 즐겨 부르던
긴 노래를 통틀어 이르는 말.
15) 더리오미: 더럽힘이. '더러이다'는 '더럽히다'의 옛말.
16) 져근 연고(緣故): 작은 연고. '젹다'는 '적다' '작다'의 옛말. 한문 원문의 세고(細故)는 '자그
마한 탈' '작은 일'이라는 뜻.
17) 민생(民生): 생명을 가진 백성. 일반 백성.

록ᄒᆞ여 집무두 효유[18]코져 홀 주음[19]에 혹이 니르되 황정포[20]에 오륜가 일 편이 죡히 빅셩을 권ᄒᆞ염즉 ᄒᆞ두 할시, 취ᄒᆞ여 살펴보니 쇼혹에 요긴혼 법이 디강 가잣쎄로 즉제기간[21]ᄒᆞ여 향곡[22]에 반포ᄒᆞ노라. 오홉두[23] 요순에 ᄉᆞ도[24]를 명ᄒᆞ심[25]과 삼디[26] 쎄 학교를 베푸롬은 다 오륜을 밝히려 홈이오, 나에 덕힝교범도 쏘혼 오륜을 밝히고져 홈이라. 바르건딘 우리 빅셩 되 니는 나에 권권[27]혼 ᄯᅳᆺ을 ᄋᆞ로 이 노릭를 가지고 규문[28]에 강습ᄒᆞ고 녀향에 뎐파ᄒᆞ여 목동쵸부로도 입에 외오고 몸에 힝ᄒᆞ여 공연혼 말이 되게 아니ᄒᆞ면 녜의옛 풍쇽이 ᄌᆞ연 일니라[29].

---

18) 효유(曉諭): 잘 알아듣도록 타이름.

19) 주음: '즈음'의 옛말.

20) 황정포(黃井圃): 「오륜가」의 작자인 황립(黃岦)의 호.

21) 즉제개간(卽製開刊): 그 자리에서 만들어 간행함.

22) 향곡(鄕曲): 시골구석.

23) 오(於)홉두: 감탄하여 찬미할 때 내는 소리.

24) 사도(司徒): 고대 중국에서 호구(戶口)·전토(田土)·재화(財貨)·교육에 관한 일을 맡아보던 벼슬.

25) 요순(堯舜)에 사도(司徒)를 명ᄒᆞ심: 순임금이 아홉 관직을 만들어 직책을 분담했는데, 모든 직무를 총괄하는 사공(司空), 농업을 관장하는 후직(后稷), 교육과 호적 및 토지대장을 관장하는 사도(司徒), 법과 형벌을 관장하는 사(士), 백공(百工)을 관장하는 공공(共工), 산림과 천택(川澤)을 관장하는 우(虞), 삼례(三禮)를 관장하는 질종(秩宗), 음악을 관장하는 전악(典樂), 왕명 출납을 담당하는 납언(納言)이 이에 속한다. 순임금이 우(禹)를 사공으로, 기(棄)를 후직으로, 설(契)을 사도로, 고요(皐陶)를 사로, 수(垂)를 공공으로, 익(益)을 우로, 백이(伯夷)를 질종으로, 기(夔)를 전악으로, 용(龍)을 납언으로 삼았다.

26) 삼대(三代): 고대 중국의 세 왕조. 하(夏), 은(殷), 주(周)를 이른다.

27) 권권(眷眷): 가엾게 여겨 항상 돌봐주는 모양.

28) 규문(閨門): 규중(閨中). 부녀자가 거처하는 곳.

29) 예의(禮義)옛~일니라: 저절로 예의 있는 풍속이 왕성해질 것이다. '일다'는 '생기다' '왕성해지다'라는 뜻.

序

歌詠所以養其性情也. 近日愁謳淫謠, 來自城市, 播于閭巷, 放蕩雜亂, 不忍正聽. 初不過牧豎壠上之唱, 終至於書童月下之響, 壞心術敗風俗, 莫此爲甚. 如或太師采之, 列於樂官, 烏在其爲禮義之邦耶. 余爲是惧, 以諺文畧撮小學要義, 作爲數闋, 名之曰五倫歌, 畀之鄕村小兒, 令朝夕歌之, 語雖鄙野, 而竊有取乎子程子別欲作詩之意云. 歲壬午端陽日, 浿陽居士黃岦著.

가영[30]은 ᄉᆞᄅᆞᆷ에 셩졍을 치는[31] ᄇᆡᄅᆞ 글ᄂᆡ에 음난한 소ᄅᆡ 녀항에 뎐파ᄒᆞ여 졍ᄒᆞᆫ 풍쇽을 덜이울씨ᄅᆞ 만일 ᄐᆡᄉᆞ씨[32] 거두워 풍악에 올니면 무어스로 녜의지방이ᄅᆞ 칭ᄒᆞ리오 ᄂᆡ 이를 민망이 녀겨 쇼학에 요긴ᄒᆞᆫ ᄯᅳᆺ을 ᄲᅡᄂᆡ여 두어 곡됴 노ᄅᆡ를 ᄆᆡᆼ그려 오륜가라 칭ᄒᆞ여 향촌 져근 아희를 주워 됴셕으로 외오게 ᄒᆞ노라

오륜가

텬디만물 ᄉᆡᆼ긴 후에 귀ᄒᆞᆫ 거시 사ᄅᆞᆷ이라
무어스로 귀ᄒᆞ드뇨 오五륜倫ᄒᆡᆼ行실實 이슴이라
오륜지도 능히 하면 삼三ᄌᆡ才[33] 듕에 참예[34]하고

30) 가영(歌詠): 시가를 읊음.
31) 치는: 기르는.
32) 태사씨(太史氏): 사관(史官).
33) 삼재(三才): 우주를 구성하는 3가지 바탕, 곧 천(天)·지(地)·인(人)을 말한다. 송나라 학자 주돈이(周敦頤)의 「태극도설」에 "그러므로 말하기를, '하늘의 도(道)를 세움은 음(陰)과 양(陽)이요, 땅의 도를 세움은 유(柔)와 강(剛)이요, 사람의 도를 세움은 인(仁)과 의(義)이다'라고 하였

오륜지도 모로면은 금슈엔들 비홀소냐
부父자子유有친親 웃듬이오 군君신臣유有의義 버금이라
안에 들면 부夫부婦유有별別 밧게 나면 붕朋우友유有신信
형뎨간에 우友이愛ᄒ면 댱長유幼유有셔序 ᄌ연 알디
다슷 가지 ᄒ는 일이 녯글35)에 분명ᄒ다
됴목됴목 말슴하여 사룸마다 알게 ᄒ세

부ᄌ유친

린니향당36) 아희들ᄋ 부父ᄌ子유有친親 드러보소
텬디간에 듕한 이야 부모밧긔 또 잇는ᄀ
부모 은공 싱각하니 틔산이 경ᄒ도다
아부님이 나으시고 어무님이 길으시니
포胞틱胎십十삭朔 히解임妊할 쎄 신辛고苦ᄒ미 쓰지업다
목욕 샴겨37) 누인 후에 금옥갓티 사랑ᄒ니
홍紅딘疹38) 두痘역疫39) ᄒ여 닐 쎄 부모 마음 엇썻터냐
관貫롱膿낙落가痂40) 슌히 ᄒ며 깃부기도 측냥업다

다(故曰, 立天之道曰陰與陽, 立地之道曰柔與剛, 立人之道曰仁與義)"라는 대목이 있다.
34) 참예(參預): 참여.
35) 녯글: 옛글.
36) 인리향당(隣里鄕黨): 이웃. 다섯 집을 '린(隣)'이라 하고, 스물다섯 집을 '가(家)'라 한다. '향당'은 고대의 행정 단위로, 향은 1만 2500호가 사는 곳이고, 당은 500호가 사는 곳이다.
37) 목욕 샴겨: 목욕 감겨. 목욕시켜.
38) 홍진(紅疹): 홍역.
39) 두역(痘疫): 천연두.
40) 관롱낙가(貫膿落痂): 고름이 맺히고 딱지가 떨어짐.

말 비올 쩨 깃거ᄒ고⁴¹⁾ 거름 탈 쩨⁴²⁾ 사롱ᄒ니

됴흔 음식 됴흔 의복 부모 구口테體 니즈시고

먹이나 니⁴³⁾ ᄌ식이오 닙히나 니 ᄌ식이라

글자 능히 알 만ᄒ면 어딘 스승 마자다가

쇼학⁴⁴⁾ 대학⁴⁵⁾ 갈ᄋ쳐셔 아못됴록 사롬 되라

삼三가加관冠례禮⁴⁶⁾ 디닌 후에 어딘 비필 구혼ᄒ여

가嫁취娶지녜⁴⁷⁾ 힝홀 쩍에 부모 심녁⁴⁸⁾ 오즉ᄒ랴

부모 은혜 말홀나면 호입으로 닐흘소냐

어화 우리 ᄌ식 된 쟈 부모 은혜 갑ᄒ보세

부모 은혜 갑흘닌들 만분지일 갑흘소냐

시박⁴⁹⁾에 일즉 셰여 문問안安부터 몬져 ᄒ고

즐기시는 음식으로 졍ᄉ이⁵⁰⁾ 차려듸려

부모 한번 잡수시면 ᄌ식 마음 깃부셔라

41) 깃거ᄒ고: 기뻐하고. '깃다'는 '기뻐하다'의 옛말.
42) 거름 탈 쩨: 걸을 때. 걸음을 걷는 것을 탈것을 타는 것처럼 걸음을 탄다고 표현했다.
43) 먹이나 니: 먹이난 이. 먹이는 이가.
44) 소학(小學): 중국 송나라 유자징(劉子澄)이 주희의 가르침으로 지은 초학자들의 수양서. 쇄소(灑掃)·응대(應對)·진퇴(進退)의 예법과 선행(善行), 가언(嘉言), 수신 도덕의 격언, 충신·효자의 사적 따위를 고금의 책에서 뽑아 편찬했다.
45) 대학(大學): 유교 경전인 사서(四書)의 하나. 공자의 유서(遺書)라는 설과 자사 또는 증자의 저서라는 설이 있다. 본디 『예기』의 한 편이었던 것을 송의 사마광이 처음으로 따로 떼어 『대학광의大學廣義』를 만들고, 그후 주자(朱子)의 교정으로 현재 형태로 되었다. 명명덕(明明德)·지지선(止至善)·신민(新民)의 세 강령을 세우고, 그에 이르는 여덟 조목의 수양 순서를 들어서 해설했다.
46) 삼가관례(三加冠禮): 관례 때 세 번 관을 갈아 씌우던 의식. 초가[初加, 갓을 쓰고 단령(團領)을 입고 허리에 조아(條兒)를 띰], 재가[再加, 사모를 쓰고 단령을 입고 각대를 띰], 삼가[三加, 복두를 쓰고 공복을 입음]를 말한다.
47) 가취지례(嫁娶之禮): 혼인의 예법.
48) 심녁: 심력(心力). 마음과 힘. 또는 마음이 미치는 힘.
49) 시박: 새벽. '시박'은 '새벽'의 옛말.
50) 졍ᄉ이: 정성스럽게.

씨 느즈면 긔飢댱腸[51]할가 날이 ᄎ면 치우실가

튱념[52]에 민양 두어 잠시 부모 닛디 말세

부모님에 ᄒ고푼 일 압셔 가면 몬져 ᄒ고

부모 겻히 항샹 이서 평안케만 하여보세

부모 취就침寢ᄒ실 씨예 자리 쌀고 물너날 쎼

온溫랑涼지之절節[53] 살펴보와 춥게 말고 덥게 말고

평싱을 ᄒ로갓치 우리 부모 셤겨보쟈

글 닑고 힝실 닥가 군ᄌ에 몸 되여보세

닙立신身양揚명名[54]ᄒ는 곳에 부모님도 현달한다

간난ᄒ물 근심 말ᄋ 농사ᄒ여 공양ᄒ쟈

무논[55]에 벼 심우고 뭇밧[56]테 조 심거셔

벼는 뷔여 보모 공양 조는 뷔여 우리 냥식

뒷뫼에 뽕 ᄯ아오고 압터에 목화木花 ᄯ셔

명듀[57] ᄶ셔 부모 의복 문영[58] 나ᄋ[59] 우리 닙세

계鷄돈豚구狗톄彘[60] 갓초 치고 은銀린鱗옥玉쳑尺[61] 낫ᄶᄃ가

만滿반盤딘珍찬饌[62] ᄎ려드려 우리 부모 공양ᄒ세

위튀ᄒ 데 ᄀ지 말ᄋ 부모 근심ᄒ실이ᄅ

---

51) 기장(飢腸): 시장함.
52) 충념(衷念): 정성스러운 마음.
53) 온량지절(溫涼之節): 덥고 추운 계절의 변화.
54) 입신양명(立身揚名): 출세하여 이름을 떨침.
55) 무논: 물이 괴어 있는 논.
56) 뭇밧: 묵밭. 묵정밭. 오래 내버려두어 거칠어진 밭.
57) 명듀: 명주(明紬). 누에고치에서 뽑은 명주실로 무늬 없이 짠 피륙.
58) 문영: 무명. 솜에서 뽑은 실로 짠 피륙.
59) 나ᄋ: 짜서. '낳다'는 실로 피륙을 짜다라는 뜻.
60) 계돈구체(鷄豚狗彘): 닭, 돼지, 개, 돼지.
61) 은린옥척(銀鱗玉尺): 모양이 좋고 큰 물고기.
62) 만반진찬(滿盤珍饌): 상에 가득한 좋은 음식.

쥬식잡기 멀니ᄒᆞ쟈 부모님쎄 욕되리라

쳐ᄌ 동싱 화목ᄒᆞ니 부모님이 깃거ᄒᆞ니

ᄋᆞ못됴록 효도ᄒᆞ여 부모 은혜 갑ᄒᆞ보세

부모 만일 노ᄒᆞ시면 ᄌᆞ식 ᄆᆞ음 숑竦구懼ᄒᆞ여

말삼을 나즉ᄒᆞ고 낫빗츨 화슌ᄒᆞ여

공경 ᄉᆞ랑 더옥 ᄒᆞ면 부모 감感동動ᄒᆞ실이라

부父완頑모母은嚚⁶³⁾ 슌님군도 깃거ᄒᆞ게⁶⁴⁾ ᄒᆞ엿거든

ᄒᆞ물며 우리 부ᄌᆞ 부父ᄌᆞ慈ᄌᆞ子효孝⁶⁵⁾ 못 할소냐

일월이 여류ᄒᆞ니 당堂샹上학鶴발髮⁶⁶⁾ 늘거간다

우리 부모 빅셰후⁶⁷⁾면 효孝도道할 ᄶᆡ 업슬이루

이제 효도 못 ᄒᆞ며는 평싱 한恨쳐處 되올이라

부모 만일 병드시면 근심ᄒᆞ고 민망ᄒᆞ여

의醫약藥으로 구호⁶⁸⁾ᄒᆞ고 텬디⁶⁹⁾쎄도 빌어보와

졍셩이 지극ᄒᆞ면 신명⁷⁰⁾ 감동 안 할소냐

불ᄒᆡᇰᄒᆞ여 기棄셰世⁷¹⁾ᄒᆞ면 호昊텬天망罔극極⁷²⁾ 어이할고

셩成복服⁷³⁾ 젼에 온 먹어도 음식 싱각 젼혀 업두

---

63) 부완모은(父頑母嚚): 아버지는 완악하고 어머니는 어리석음.

64) 깃거ᄒᆞ게: 기껍게 여기며. '기꺼하다'는 '기꺼워하다' '기뻐하다'라는 뜻.

65) 부자지효(父慈子孝): 아버지는 자식에게 도타운 사랑을 베풀고 자식은 부모를 잘 섬기는 일.

66) 당상학발(堂上鶴髮): 머리가 하얗게 센 늙은 부모님. '당상'은 조부모나 부모가 거처하는 곳을 이른다.

67) 백세후(百歲後): 백 년 뒤라는 뜻으로, 사람의 죽음 후를 높여 이르는 말이다.

68) 구호(救護)ᄒᆞ고: 환자를 간호하거나 치료함.

69) 천지(天地): 천지신명.

70) 신명(神明): 하늘과 땅의 신령.

71) 기세(棄世): 세상을 버린다는 뜻으로, 웃어른의 죽음을 이르는 말이다.

72) 호천망극(昊天罔極): 부모의 은혜가 하늘처럼 넓고 커서 다함이 없음을 이르는 말.

73) 성복(成服): 상례에서 대렴(大殮)을 한 다음날 복제(服制)에 따라 상복을 입는 절차로, 죽은 날로부터 4일째 되는 날 입는다.

두 둘 석 둘 장葬亽事 젼에 모시는 이 쥭이로다

의衣금衾관棺곽槨⁷⁴⁾ 갓초와셔 션先영塋에 폄窆중葬⁷⁵⁾홀 쩨

이哀황遑⁷⁶⁾ 둥에 졍신 치려 례법딕로 힝ᄒᆞ여라

총망간⁷⁷⁾에 그릇ᄒᆞ면 죵텬지흔⁷⁸⁾ 되오리라

우虞졔祭⁷⁹⁾ 졸卒곡哭⁸⁰⁾ 디난 후에 거상지졀⁸¹⁾ 엇덧터냐

굴屈관冠졔祭복服⁸²⁾ 벗디 안코 듀야이곡⁸³⁾뿐이로다

남녀 상喪차次⁸⁴⁾ 분명ᄒᆞ여 부夫부婦동同쳐處⁸⁵⁾ 안 ᄒᆞ더라

나물 실과 안 먹거든 쥬육이야 물할소냐

쇼小상祥⁸⁶⁾ 디大상祥⁸⁷⁾ 잠싼 디나 담禪졔祭⁸⁸⁾ 길吉졔祭⁸⁹⁾ ᄃᆞ달앗다

삼 년 죵終졔制⁹⁰⁾ 필흔 후에 亽모할 곳 어더메뇨

---

74) 의금관곽(衣衾棺槨): 죽은 사람에게 입히는 옷과 관 안에 넣는 이불, 널과 덧널.

75) 폄장(窆葬): 구덩이를 파고 관을 넣어 안장하는 것. 매장(埋葬).

76) 애황(哀遑): 너무 슬퍼서 경황이 없음.

77) 총망간(悤忙間): 매우 급하고 바쁜 사이.

78) 종천지한(終天之恨): 이 세상 다하도록 끝이 없는 한.

79) 우제(虞祭): 초우(初虞), 재우(再虞), 삼우(三虞)를 통틀어 이르는 말. 초우는 장사를 지낸 뒤 처음으로 지내는데 혼령을 위안하기 위한 제사로, 장사 당일을 넘기지 않는다. 재우는 장사를 치른 뒤 두번째 지내는 제사로, 초우제를 지내고 그 다음날 아침에 지낸다. 삼우는 장사를 지낸 후 세번째 지내는 제사다. 흔히 가족들이 성묘를 한다.

80) 졸곡(卒哭): 삼우제를 지낸 뒤에 지내는 제사. 사람이 죽은 지 석 달 만에 돌아오는 첫 정일(丁日)이나 해일(亥日)을 택하여 지낸다.

81) 거상지절(居喪之節): 상중에 갖추는 예절.

82) 굴관제복(屈冠祭服): '굴관'은 굴건(屈巾)으로, 상주가 상복을 입을 때 두건 위에 덧쓰는 건이다. '제복'은 상중에 입는 상복이다.

83) 주야애곡(晝夜哀哭): 밤낮으로 슬프게 곡을 함.

84) 상차(喪次): 상이 났을 때 천막을 쳐서 임시 거처로 사용하는 곳을 말한다.

85) 부부동처(夫婦同處): 부부가 같은 방에서 거처함.

86) 소상(小祥): 사람이 죽은 지 1년 만에 지내는 제사.

87) 대상(大祥): 사람이 죽은 지 두 돌 만에 지내는 제사.

88) 담제(禫祭): 대상 두 달 후에 지내는 제사로, 삼년상을 마친 상주가 일상생활로 되돌아감을 고한다. 초상(初喪)으로부터 27개월이 되는 달 하순의 정일(丁日)이나 해일(亥日)에 지낸다.

89) 길제(吉祭): 담제를 지낸 후에 돌아가신 분의 신주를 사당에 들이면서 기존의 신위들과 함께 지내는 제사.

90) 종제(終制): 해상(解喪). 어버이의 삼년상을 마침.

ᄉ祠당堂산間에 신神쥬主 모셔 업슨 부모 계신 드시

ᄋ겨ᄆ두 현見알謁ᄒ고 삭망91)으로 분焚향香ᄒ며

싀것 나면 쳔薦신新92)ᄒ고 결일93) 되면 다茶녜禮94) ᄒ고

사듕월95)에 시時졔祭96)ᄒ고 긔일 되면 긔忌졔97) ᄒ듸

삼 일 칠 일 지齋계戒98)할 쩨 목욕ᄒ고 싀 옷 닙어

달은99) 마음 두디 말고 부모 싱각뿐이로다

ᄒ시든 일 싱각ᄒ며 즐니든 것 싱각ᄒ고

칭가유무100) 형세듸로 졍혼 음식 ᄎ릴 쩍에

쥬主인人 쥬主부婦 ᄂᆡ內외外 졔祭관官 탄殫심心갈竭녁力101)ᄒᄂᆞᆫ 쏘다

ᄒ글갓티102) 졍셩 쓰면 부모 흠歆향饗103)ᄒ시리ᄅᆞ

만련유퇵104) 뎌 산소에 부모 톄빅105) 안령ᄒ다106)

---

91) 삭망(朔望): 매달 음력 초하루와 보름.
92) 천신(薦新): 철따라 새로 난 과일이나 농산물을 먼저 신위(神位)에 올리는 일.
93) 절일(節日): 명절(名節).
94) 다례(茶禮): 차례. 음력 매달 초하루와 보름, 명절, 조상 생일 등의 낮에 지내는 제사.
95) 사중월(四仲月): 사계절의 중간달. 음력 2월, 5월, 8월, 11월을 말한다.
96) 시제(時祭): 사중월에 사당에서 지내는 제사.
97) 기제(忌祭): 사람이 죽은 날(忌日) 지내는 제사.
98) 재계(齋戒): 몸과 마음을 깨끗이 하고 부정한 일을 멀리함.
99) 달은: 다른. '달ᄋ다'는 '다르다'의 옛말.
100) 칭가유무(稱家有無): 집이 잘사는지 못사는지를 저울질한다는 뜻으로, 집의 형세에 따라 알맞게 함을 이르는 말이다.
101) 탄심갈력(殫心竭力): 마음과 힘을 다함.
102) ᄒ글갓티: 한결같이.
103) 흠향(歆饗): 신명(神明)이 제물을 받아서 먹음.
104) 만년유택(萬年幽宅): 무덤을 다르게 이르는 말.
105) 체백(體魄): 시신(屍身). 옛날에는 사람이 죽으면 혼(魂)은 위로 올라가고, 백(魄)은 시신에 깃든다고 생각했다. 그러므로 묘소에는 체백이 있고, 궤연(几筵, 삼년상 동안 신주를 모셔두는 곳)에는 영혼이 있다고 했다.
106) 안녕(安寧)ᄒ다: 아무 탈 없이 편안하다.

자로자로 셩省묘墓ᄒ여 숑松츄楸¹⁰⁷⁾ 사莎초草¹⁰⁸⁾ 북도두고

혼식 츄셕 냥 졀일에 졔물 ᄎ려 졔ᄉᄒ세

자식 되여 이리ᄒ면 불효지죄 면ᄒ리라

군신유의
────

솔率토土지之빈濱¹⁰⁹⁾ 빅셩더라 군君신臣유有의義 드러보소

님군 은혜 싱각ᄒ면 부모에서 놀일소냐¹¹⁰⁾

구九듕重궁宮궐闕 놉흔 집에 문文무武빅百관官 모으시고

억億만萬챵蒼싱生¹¹¹⁾ 살우려고 티治국國경經륜綸¹¹²⁾ ᄒ시더라

이 나라에 사는 인싱 뉘가 신ᄒᄋ니 되리

아젹 나조¹¹³⁾ 먹는 밥은 님군 짜에 심문 곡셕

삼三강綱오五샹常¹¹⁴⁾ ᄒ는 도는 니 님군이 갈롯쳣다

우리도 글 닐어셔 이伊윤尹¹¹⁵⁾ 쥬周공公¹¹⁶⁾ 효측ᄒ세

────

107) 송추(松楸): 산소 둘레에 심는 나무를 통틀어 이르는 말. 주로 소나무와 가래나무를 심는다.
108) 사초(莎草): 무덤에 떼를 입혀 잘 다듬는 일.
109) 솔토지빈(率土之濱): 온 나라의 영토 안.
110) 부모에서 눌일소냐: 부모보다 적겠는가. '눌이다'는 '이울다' '쇠하다'라는 의미다.
111) 억만창생(億萬蒼生): 억조창생(億兆蒼生). 수많은 백성.
112) 치국경륜(治國經綸): 나라를 다스리고, 천하를 다스림.
113) 나조: 저녁. '나죻'는 '저녁'의 옛말인데, 휴지(休止) 앞에서 'ㅎ'이 탈락하여 '나조'로 나타난다.
114) 삼강오상(三綱五常): 삼강오륜(三綱五倫). 유교 도덕에서 기본이 되는 3가지 강령과 지켜야 할 5가지 도리. '삼강'은 군위신강(君爲臣綱), 부위자강(父爲子綱), 부위부강(夫爲婦綱)이며, '오륜'은 부자유친(父子有親), 군신유의(君臣有義), 부부유별(夫婦有別), 장유유서(長幼有序), 붕우유신(朋友有信)이다.
115) 이윤(伊尹): 중국 은나라 탕왕의 재상.
116) 주공(周公): 주(周)나라 문왕의 아들이자 무왕의 동생으로, 무왕을 도와 은(殷)나라를 멸망시키고 천하를 통일하고서 예악(禮樂)과 문물을 정비했다. 또 성왕(成王) 때 관숙(管叔)과 채숙(蔡叔)이 무경(武庚)과 함께 반란을 일으키자, 왕명을 받들고 동방을 정벌하여 평정했다.

슈修신身졔齊가家 바로 ㅎ면 티治국國지之칙責 당ㅎ리라

티국지칙 당ㅎ거든 님군 은혜 갑ㅎ보쟈

우리 님군 잘 셤기면 요堯슌舜지군 되시리루

쇠길[117] 마음 두디 말고 곳든[118] 도로 셤겨보쟈

아阿텸諂ㅎ면 쇼인이라 면面졀折뎡廷징爭[119] 당연ㅎ다

어려운 일 당ㅎ거든 ㅎ 목쓤을 앗길 것가

닙立졀節사死의義[120] 능히 ㅎ면 사는 데셔[121] 영광이루

문文사事에 쯧 업거든 호반[122]을 일삼아셔

뉵六도韜삼三냑略[123] 능통ㅎ고 용用검劍무舞충鎗[124] 비와싸가

탈脫유有완緩급急[125] 당ㅎ거든 공公후侯 간干셩城[126] 되여보세

문무에 지조 업서 동東셔西븐班[127]에 못 밋거든

막莫비非왕王토土[128] 이 싸예셔 착鑿졍井경耕뎐田[129] 일을 삼아

오五곡穀 풍豐등登[130]ㅎ인 후에 니乃젹積니乃창倉[131] 갈여노코[132]

---

117) 쇠길: 속일. '쇠기다'는 '속이다'의 방언.
118) 곳든: 곧은.
119) 면절정쟁(面折廷爭): 임금 앞에서 실책을 들어 시비를 쟁론함.
120) 입절사의(立節死義): 절개를 세우고 의를 위해 목숨을 바침.
121) 사는 데셔: 사는 것보다.
122) 호반(虎班): 무반(武班).
123) 육도삼략(六韜三略): 중국 고대의 오래된 병서(兵書)인 『육도』와 『삼략』을 아울러 이르는 말.
124) 용검무창(用劍舞鎗): 칼을 쓰는 것과 창을 쓰는 것.
125) 탈유완급(脫有緩急): 혹시 위급한 사태가 있게 되면. '탈'은 혹시라는 뜻이며, '완급'은 위급한 일이나 돌발적 사변이라는 뜻이다.
126) 공후간성(公侯干城): 공후는 공작과 후작, 간성은 방패와 성이라는 뜻으로, 나라를 지키는 믿음직한 군대나 인물을 이르는 말이다.
127) 동서반(東西班): 양반 가운데 문반(文班)인 동반과 무반(武班)인 서반을 모두 일컫는 말.
128) 막비왕토(莫非王土): 임금의 땅이 아닌 곳이 없음.
129) 착정경전(鑿井耕田): 우물을 파고 밭을 갊. 생업에 힘씀.
130) 풍등(豐登): 농사지은 것이 아주 잘됨.
131) 내적내창(乃積乃倉): 한편으로는 더미를 만들고, 한편으로는 창고에 넣음.
132) 갈여노코: 쌓아놓고. '가리다'는 곡식이나 장작 따위의 단을 차곡차곡 쌓아올려 더미를 짓는다라는 뜻.

왕王실室 세稅랍納 몬져 ᄒ며 관官가家보補용用¹³³⁾ 순이 ᄒ고
삼동¹³⁴⁾에 일 업거든 군ᄉ 조組련練 닉엿다가
우리 님군 불우실 쩨 닷토와셔 몬져 가소
신민 되여 이리ᄒ면 불튱지죄 면ᄒ리라

부부유별

례禮의義지之방邦 남녀드라 부夫부婦유有별別 드러보소
텬天디地 음陰양陽 법을 바드 남녀 비配필匹 되여서ᄅ
은恩졍情도 지극ᄒ고 연緣분分도 듕홀시ᄃ
여슷 가지 례법¹³⁵⁾ 치려 댱기들고 싀집ᄀ셔
외外당堂¹³⁶⁾에는 남ᄌ 살고 안쌩에는 녀ᄌ 이서
가家쳐妻를 거늘이되 니 몸부터 공경ᄒ고
가家부夫를 셤길 쩍에 ᄒ글갓치 유柔슌順ᄒ여
부부지녜 엄졀¹³⁷⁾ᄒ면 가도¹³⁸⁾ 어이 안 될손가
진晉나라 쩍 각卻결缺¹³⁹⁾이는 부쳐간에 공경ᄒ여
김밧¹⁴⁰⁾테셔 밥 먹을 제 손님갓치 ᄃ뎝ᄒ니

---

133) 관가보용(官家補用): 관가의 재용(財用)에 보탬.
134) 삼동(三冬): 겨울 석 달.
135) 여슷 가지 예법(禮法): 육례(六禮). 납채(納采), 문명(問名), 납길(納吉), 납폐(納幣), 청기(請期), 친영(親迎) 등 혼인의 6가지 예법.
136) 외당(外堂): 사랑(舍廊).
137) 엄절(嚴節): 엄격하고 절도가 있음.
138) 가도(家道): 집안에서 마땅히 행하고 지켜야 할 도리.
139) 각결(卻缺): 춘추시대 진(晉)나라 사람. 기(冀) 땅에서 밭을 갈 때 아내가 들밥을 내왔는데 서로 공경하여 대하기를 손님과 같이 했다. 진나라 대부 구계(臼季)가 이를 보고 문공에게 추천하여 하군대부(下軍大夫)로 삼게 했다.
140) 김밧: 김밭. 김이 많이 자란 밭.

쳔고에 법이 되여 사史칙冊에 뉴뎐ᄒ네

부부간에 ᄒ는 도리 공경밧게 ᄯᅩ 잇는가

졍情의誼소疎박薄[141]ᄒ디 마라 빅년히偕로老ᄒ오리라

일一부夫일一부婦 셔庶인人직職[142]은 넷글에 닐너시니

유有쳐妻취取쳡妾[143]ᄒ디 마라 난亂가家지之본本[144] 그 아닌가

남ᄌ는 글 닑으면 졔가지법[145] 알 ᄭᅦ시니

밧겟일은 고샤ᄒ고 부인 힝실 의논ᄒ쟈

계집ᄌ식 길을 쩍에 유순ᄒ게 갈읏쳐셔

칠팔 셰에 날 만ᄒ면[146] 남녀유별 알게 ᄒ고

열아문[147]에 나게 되면 규閨문門 밧게 나디 마라

유幽한閒뎡貞졍靜[148] 능이 ᄒ면 녀女듕中군君ᄌ子 되올이라

넷 부인에 어딘 힝실 사思모慕ᄒ여 효측ᄒ고

의衣복服 음飮식食 ᄒ는 법과 졔祭ᄉ祀 범凡졀節 알앗다가

열다ᄉ세 빈아 ᄭᅩᆺ고[149] 이십 셰에 싀집가셔

이늬 몸 조심ᄒ미 살얼음을 드딘 드시

동洞동洞쵹屬쵹屬[150]한 마음이 밤에 ᄌ고 일즉 ᄭᅢ여

아는 일도 무러 ᄒ고 잘한 일도 못한 드시

---

141) 정의소박(情誼疎薄): 애정 문제로 부인을 박대함. '정의'는 서로 사귀어 친해진 정이라는 뜻.
142) 일부일부(一夫一婦) 서인직(庶人職): 일부일처는 평범한 사람이 마땅히 지켜야 할 직분임.
143) 유처취첩(有妻取妾): 아내를 두고 첩을 취함.
144) 난가지본(亂家之本): 집안을 어지럽게 하는 근본.
145) 제가지법(齊家之法): 집안을 다스리는 법도.
146) 칠팔~만ᄒ면: 7~8세가 될 만하면.
147) 열아문: 여남은. 10살이 조금 넘음.
148) 유한정정(幽閒貞靜): 부녀의 태도나 마음씨가 얌전하고 정조가 바름.
149) 열다ᄉ세 빈아 ᄭᅩᆺ고: 열다섯에 비녀 꽂고. 여자의 성인식인 계례(筓禮)를 말한다. 혼인한 여자 또는 15세가 된 여자는 머리를 올리고 비녀를 꽂음으로써 성인으로 인정받는다. 남자가 관례를 치를 때 자를 받는 것처럼 여자도 이때 자를 받는다.
150) 동동촉촉(洞洞屬屬): 공경하고 삼가하여 조심스러운 모양.

불不평平[151]한 일 당ᄒᆞ거든 열 쩐 참고 빅 번 참아

싀부모쎄 효도ᄒᆞ고 지아비쎄 공슌ᄒᆞ며

싀동셩을 화목ᄒᆞ니 일가친쳑 칭찬한다

칠七거去지之죄罪[152] 범치 말고 삼三죵從지之도道 일을 슘아

셩뎍단중[153] 부졀업다[154] 근勤검儉결節용用 안 할 것가

녀ᄌᆞ에 ᄒᆞ는 힝실 뎡貞졀節밧게 쏘 잇는가

금셕갓치 구든 마음 츄상디졀[155] 싁싁ᄒᆞᄃᆡ

빅옥 갓튼 이니 몸을 더러씰가[156] 념녜ᄒᆞ여

평싱에 ᄒᆞ는 일이 일월갓치 두렷ᄒᆞ다

오랍[157] 동싱 싀형뎨도 한ᄌᆞ리에 못 안쩌든

하물며 다른 친쳑 남녀 구별 업슬손가

혼婚인姻가家[158]에 왕니 말고 규문 안에 미양 이서

무巫격覡[159] 승僧니尼[160] 멀니ᄒᆞ니 긔祈도禱 불佛공供 말할소냐

밧겟일을 간예 마소 빈牝계鷄ᄉᆞ司신晨[161] 되올이라

불힝ᄒᆞ여 상부[162]ᄒᆞ면 평싱에 죄인이라

---

151) 불평(不平): 마음이 평안하지 않음.
152) 칠거지죄(七去之罪): 칠거지악(七去之惡). 아내를 내쫓을 수 있는 이유가 되었던 7가지 허물. 시부모에게 불손함, 자식이 없음, 행실이 음탕함, 투기함, 몹쓸 병을 지님, 말이 지나치게 많음, 도둑질 등을 말한다.
153) 성적단장(成赤丹粧): 붉게 화장하고 곱게 꾸밈.
154) 부졀업다: '부질없다'의 옛말.
155) 추상대절(秋霜大節): 가을의 서릿발처럼 굳은 절개.
156) 더러씰가: 더럽힐까. '더러이다'는 '더럽히다'의 옛말.
157) 오랍: '오라비'의 준말.
158) 혼인가(婚姻家): 혼인으로 맺어진 집안. 즉 시집의 친척집을 말한다.
159) 무격(巫覡): 무당과 박수.
160) 승니(僧尼): 남승과 여승.
161) 빈계사신(牝鷄司晨): 암탉이 새벽을 알리느라고 먼저 운다는 뜻으로, 부인이 남편을 젖혀 놓고 집안일을 마음대로 처리함을 이르는 말이다.
162) 상부(喪夫): 남편을 여읨.

자自결決ᄒ下죵從163) 웃듬이요 죵終신身 슈守졀節 버금이라

일신을 조심ᄒ미 녀넛 ᄡ164)에 비할소냐

추한 의복 쑥머리165)로 어린 드시166) ᄒ고 이서

어린 ᄌ식 교훈ᄒ여 문門호戶167) 보保젼全ᄒ여보쟈

공共강姜168)에 말근 졀은 죽기로 밍셰ᄒ고

탁卓문文군君169)에 모딘 힝실 일신을 더리윗다

빅柏쥬舟시詩 읍는 곳170)에 뉘가 칭찬 아니ᄒ며

봉鳳구求황凰곡曲171) 듯는 곳에 ᄉ람마다 츰 밧는다172)

규듕에 녀ᄌ들은 질쿼173) 방젹 ᄒ는 씀에

이런 도리 알앗다가 어딘 부인 되여보소

163) 자결하종(自決下從): 스스로 목숨을 끊어 남편을 따름. '하종'은 남편이 죽으면 자신도 죽어 지하로 따라간다는 뜻이다.
164) 녀넛 ᄡ: 녀녀+ㅅ+ᄯᆡ. '녀너' '녀느'는 '여느'의 옛말. 여느 때. 보통 때.
165) 쑥머리: 쑥대머리. 가지런히 빗지 않아 헝클어진 머리.
166) 어린 드시: 어리석은 듯이.
167) 문호(門戶): 대대로 내려오는 그 집안의 사회적 신분이나 지위. 가문(家門).
168) 공강(共姜): 위(衛)나라 태자 공백(共伯)의 아내. 태자가 일찍 죽자 절개를 지키려 했는데, 부모가 딸의 뜻을 꺾고 개가시키려 했다. 이에 「백주柏舟」 시를 지어 죽은 남편에 대해 절개를 지킬 것을 맹세했다. 그 시는 다음과 같다. "둥실 떠 있는 저 잣나무 배여, 황하 가운데 있도다. 두 갈래 머리 더펄거리는 저분이 진실로 나의 배필이니, 맹세컨대 다른 사람에게 가지 않으리라. 하늘 같은 어머님이 이토록 사람 마음 몰라주시는가!(汎彼柏舟, 在彼中河. 髧彼兩髦, 實維我儀, 之死矢靡他. 母也天只, 不諒人只.)" 『시경』 「용풍鄘風」 「백주柏舟」 2장.
169) 탁문군(卓文君): 한(漢)나라 임공(臨邛)의 부호인 탁왕손(卓王孫)의 딸로 무척 미인이었다. 일찍 과부가 되어 집에 있었는데, 사마상여(司馬相如)가 그 집 잔치에 가서 거문고를 타며 탁문군의 마음을 돋우니, 탁문군이 거문고 소리에 반해 밤중에 사마상여의 집에 가서 그의 아내가 되었다. 사마상여가 무릉(武陵)의 딸을 첩으로 맞으려 하자 「백두음白頭吟」을 지어 단념하게 했으며, 남편이 죽자 명복을 비는 글을 지었다.
170) 읍는 곳: 읊는 곳.
171) 봉구황곡(鳳求凰曲): 사마상여가 탁문군의 마음을 얻으려 연주한 노래.
172) 츰 밧는다: 침 뱉는다.
173) 질쿼: '길쌈'의 방언.

댱유유셔

슈垂초髫디戴빅白[174] 뎌 사람들 댱長유幼유有셔序 들어보소

댱유유셔 알을나면 형뎨부터 의논ᄒ자

부모 혈육 갓티 바다 형뎨의 몸 되여시니

텬디간에 귀ᄒ 니야 형뎨밧게 ᄯ 잇는가

분分문門할割호戶[175]ᄒ디 말고 일一실室동同거居ᄒ여이서

형兄우友뎨弟공恭[176] 능이 ᄒ면 즐겁기도 쁘지업다

네 것 니 것 ᄒ다가는 졍情 쇠衰ᄒ기 쉬오리라

형뎨실失심心[177]된 살암아 붓그럽디 아니ᄒ냐

너의 형뎨 길어날 쩨[178] 부모 슬ᄒ 한쌔 이서

한 승에셔 밥을 먹고 한 니불의 줌을 ᄌ며

진심으로 ᄉ랑ᄒ여 줍시 닛지 못ᄒ다가

듕간에 무슴 일노 젼과 갓디 못ᄒ드냐

쳐ᄌ에게 졍이 옴겨 골骨육肉니離간間[179]되엿더냐

뎐傳니來조祖업業[180] 다토다가 우이지졍[181] 니젓쩌냐

슌님굼 어딘 마음 장臧노怒슉宿원怨[182] 아느시고[183]

---

174) 수초대백(垂髫戴白): 더벅머리 총각과 나이든 노인.
175) 분문할호(分門割戶): 문호를 나눔. 분가.
176) 형우제공(兄友弟恭): 형은 동생을 사랑하고 동생은 형을 공경함.
177) 형제실심(兄弟失心): 형제간에 정이 끊어짐.
178) 길어날 쩨: 자라날 때. '길다'는 '자라다'의 옛말.
179) 골육이간(骨肉離間): 형제간에 사이가 멀어짐.
180) 전래조업(傳來祖業): 조상 때부터 대대로 내려오는 가업.
181) 우애지정(友愛之情): 형제끼리 사랑하는 정.
182) 장노숙원(臧怒宿怨): 노함과 원망을 마음속 깊이 품음.
183) 슌님굼~아느시고: 순임금의 이복동생인 상(象)이 완악한 아버지, 어머니와 공모해 순을
죽이려 했으나, 순은 우애의 정을 다하여 동생을 감화시킨 것을 말한다.

빅이슉졔[184] 말근 마음 나라 ᄉ양ᄒ엿거든

길어날 쩍 갓틀찐디 니간ᄒ 리 뉘 이스며

동거지졍 싱각ᄒ면 물物욕慾으로 변할소냐

다시곰 싱각ᄒ여 쳠과 갓치 사랑ᄒ소

형 셤기는 마음으로 어른에게 공경ᄒ며

아우 사랑ᄒ는 디로 어린 사람 혜가리면[185]

댱유지졀 분명ᄒ야 모侮쇼少능凌댱長[186] 업스리라

기듕에 스승님은 군君부父와 일톄로다

효孝뎨弟튱忠신信[187] ᄒ는 힝실 스승에게 븨와 알고

셩경현뎐[188] 외는 글은 스승에게 들어 아니

그 은혜를 싱각ᄒ면 무어스로 갑흘소냐

싱生솜三ᄉ事일一[189] 도리디로 튱효 갓티 힘써보세

<hr>

184) 백이슉제(伯夷叔齊): 백이와 숙제는 형제로 은나라 왕자였는데, 아버지가 죽은 뒤 서로 후계자 되기를 사양하다가 결국 나라를 떠났다. 이후 주나라 무왕이 은나라를 토벌하자 주나라 곡식은 먹지 않겠다며 수양산에 숨어 고사리를 캐 먹고 연명하다 굶어죽었다고 한다.
185) 혜가리면: 똑같이 대하면. '혜가리다'는 윗사람이 아랫사람을, 어른이 어린 사람을 사랑하다라는 뜻.
186) 모소능장(侮少凌長): 어린 사람을 깔보고 나이든 사람을 능멸함.
187) 효제충신(孝弟忠信): 어버이에 대한 효도, 형제끼리의 우애, 임금에 대한 충성과 벗 사이의 믿음을 통틀어 이르는 말.
188) 성경현전(聖經賢傳): 성인의 글을 '경(經)'이라 하고, 현인의 글을 '전(傳)'이라 한다.
189) 생삼사일(生三事一): 부모와 임금, 스승을 똑같이 섬기는 도리. 진(晉)나라 무공(武公)이 애후(哀侯)를 시해하자 대부 난공자(欒公子)가 애후를 따라 죽으려 했다. 이에 무공이 벼슬을 약속하며 만류하자 난공자가 거절하며 말하기를, "사람은 세 분으로 인해 살아가니, 이들을 섬기기를 한결같이 해야 한다. 아버지는 나를 낳아주시고, 스승은 나를 가르쳐주시고, 임금은 나를 먹여주셨으니, 아버지가 아니면 태어나지 못하고 임금이 먹여주지 않으면 자라지 못하고, 스승이 가르쳐주지 않으면 알지 못하니 낳아주신 것과 똑같다. 그러므로 한결같이 섬겨서 오직 그 있는 곳에서 죽음을 바쳐야 한다(欒公子曰, 民生於三, 事之如一. 父生之, 師敎之, 君食之, 非父不生, 非食不長, 非敎不知, 生之族也. 故一事之, 唯其所在, 則致死焉)"라고 했다. 『국어國語』「진어晉語」.

붕우유신

어화 벗님네덜 이니 말슴 드러보소
혼조 잇기 젹뇨[190]ᄒ여 문밧게 줌간 나가
ᄉ면을 살펴보니 샹죵ᄒ 리 누귀든고
힝杏화花촌村[191]에 가는 사람 오라기는 ᄒ 것마는
이 사람 상죵ᄒ면 흉凶험險지之뉴類[192] 되오리라
쳥靑누樓[193]에 노는 쇼년 함께 가쟈 ᄒ 것마는
이 쇼년 상죵ᄒ면 방放탕蕩하기 쉬우리라
쟝긔바득 ᄒ는 사람 한가한 듯ᄒ 것마는
허虛송送셰歲월月 밍낭ᄒ다[194] 기도[195] 샹죵 못 ᄒ리라
다시금 살펴보니 샹죵ᄒ 리 젼여 업다
오른 도리 겸겸 알고 어딘 일음[196] 도라오니
아마도 됴흔 벗은 이 벗밧게 다시업ᄃ
어화 벗님네덜 다른 사람 샹죵 몰고
현賢인人군君자子 사괴여셔 붕우유신 ᄒ여보소

— 목판본 「오륜가」 (규장각본)

---

190) 적료(寂廖): 적적하고 무료함.
191) 행화촌(杏花村): 살구꽃 피는 마을로, 술집을 의미하는 말로 사용되었다. 「목동가」의 각주 157번 참조.
192) 흉험지류(凶險之類): 흉측하고 바르지 못한 무리.
193) 청루(靑樓): 창기(娼妓)나 창녀들이 있는 집.
194) 맹랑(孟浪)ᄒ다: 생각하던 바와 달리 허망하다.
195) 기도: 그도. 그 사람도. '기'는 '그'의 방언.
196) 어딘 일음: 어진 이름. 어질다는 평판이나 명성. '어딜다'는 '어질다'의 옛말.

조선 후기 사대부가사의 존재 양상

창작 계층의 확대 및 향촌사족의 부상

　조선 전기 가사는 사대부의 전유물이라 할 수 있을 정도로 현전하는 대부분의 작품이 사대부에 의해 창작되었으며 사대부의 삶과 세계관을 담고 있다. 조선 후기에 들어서 사대부 외에 신흥 세력으로 부상한 중인이 가사 창작에 적극적으로 참여하고 뒤이어 사대부 여성과 서민도 가사 창작에 동참함으로써 작자층이 대폭 확대되었다. 작자층의 확대는 독자층의 확대로 이어졌으며, 창작 계층과 독자 계층의 거리를 좁혀 가사 문학이 크게 변화하는 파급효과를 가져왔다. 각 계층의 문화가 서로 섞이면서 조선 후기 가사는 주제 및 형식이 다양해졌다. 또한 조선 전기 가사의 서정적 분위기에서 벗어나 사실성을 추구하고 산문화하는 변모를 보인 한편, 생활 주변 대부분의 소재를 다루어 가사 문학의 보편화를 이끌었다.

　조선 후기에는 갈수록 신분의 경계가 모호해지고, 계층에 따라 일정 정도 구분되던 문화 권역마저 경계가 모호해졌다. 그 결과 시정 문화 공간 안에서 각 계층의 문화물이 서로 영향을 주고받으며 공존하게 되었다. 이러한 문화계 구조 변화로 작가와 작품의 밀착도가 낮아지면서 조선 후기에는 작가를 밝히지 않은 작품이 대거 등장하며, 「북천가」나 「승가」처럼 실제 작가가 알려졌음에도 작가명이 제거된 채 다양한 이본이 유통되기도 했다.

이처럼 조선 후기에는 작가명이 전하지 않는 작품이 많은 까닭에 작가의 신분에 따라 사대부가사, 서민가사, 규방가사로 구분하는 전통적인 분류 방식을 적용하기 어렵다. 또한 조선 후기에 들어 신분제도의 혼란, 사회체제 및 문화의 변화, 실학사상의 등장 등으로 사대부들의 의식이 변화함에 따라 작품의 내용이나 사상만으로 작가층을 규정짓는 데도 한계가 있다. 이에 조선 후기 가사 문학의 전체적인 흐름 속에서 사대부가사의 특성을 제한적으로 규명할 수밖에 없다.

다만 18세기 무렵 사대부 계층이 경화사족京華士族과 향촌사족鄕村士族으로 분화되면서 향촌사족이 주요 작가로 부상한 것은 주목할 필요가 있다. 향촌사족은 어엿한 사대부로 행세한 선조들을 부러워하며 그들이 남긴 유적과 유사遺事에 애착을 가졌으며, 별장이 없어 살림집에서 벗어나지 못하는 현실을 벗어나고자 산수유람에 대한 열망을 키워나갔다. 또한 향촌사족은 중앙 관직 진출이 어려워지자 귀농밖에 대안이 없음을 깨닫고 농업에 힘쓰며 새로운 정체성을 형성해나갔다. 이러한 향촌사족의 처지와 의식이 가사 작품 속에 적극 표출되었고, 이들의 가사는 조선 후기 사대부가사의 중요한 흐름을 형성하게 되었다.

전통적 주제의 계승과 작품 유형별 특성

조선 전기에는 사대부의 삶과 이상을 표현하는 강호가사, 유배가사, 기행가사, 교훈가사가 주축을 이루었다. 반면 조선 후기에는 조선 전기의 전통적 주제를 다룬 작품이 지속적으로 창작되는 한편 애정, 현실비판, 세태, 종교, 풍속, 역사 등 삶의 거의 모든 소재가 작품화되었다. 그리고 조선 전기에 이어 조선 후기에 지속적으로 창작된 강호가사, 유배가사, 기행가사, 교훈가사도 내용과 형식에서 상당한 변모를 겪었다.

강호가사는 조선시대 사대부들이 자연과 벗하여 지내면서 수신제가에 힘쓰고 치국평천하의 때를 기다리는 모습을 노래한 것으로, 조선 전기에는 정치적 권력 다툼으로 정계에서 밀려난 사대부나 애초부터 권력 다툼에서 물러서 있고자 한 사대부에 의해 창작되었다. 조선 전기 강호가사는 대체로 은거지 주변의 사계절 변화와 은거지에서 누리는 한가롭고 여유로운 삶을 노래하며, 자연을 통해 성리학적 이치를 깨닫는다는 주제의식을 보인다. 반면 조선 후기 강호가사에서는 관직 진출 자체가 어려워진 향촌사족들이 자기 처지에 만족하고 가문과 향촌을 보존하며 소박한 행복과 평화를 추구하는 모습을 보여준다. 조선 전기 강호가사에서 흔히 보이는 정계와의 갈등이나 자연에 대한 관념적 인식은 상당히 약화되어 있으며, 부모에게 효도하고 형제간에 우애하며 은거지에서 편안함과 즐거움을 누리는 데 가치를 두는 양상을 띤다.

당파 싸움이 치열했던 조선시대에 관료생활을 하는 정치인이 유배 가는 일이 흔했기에, 유배가사는 조선시대 전후기를 통틀어 활발하게 창작되었다. 유배가사가 사대부 문화의 소산이므로 대부분의 작가가 사대부 계층에 속하지만 조선 후기 들어서 중인의 작품이 다수 등장했다. 사대부가 유배 간 이유는 대체로 권력 다툼과 관련이 있지만, 중인은 법을 어겨 유배형에 처해진 경우가 많았다. 조선 전기 유배가사에서는 유배를 가게 된 이유와 유배생활의 고통은 구체적으로 서술하지 않고, 유배객의 쓰라린 회포와 결백, 군왕에 대한 무조건적인 충성을 절실하게 토로해 연군가사戀君歌辭의 성격이 강하다. 이와 달리 조선 후기 유배가사는 유배를 가게 된 이유, 유배지까지의 노정, 유배지에서의 생활, 유배생활의 고통, 가족에 대한 그리움 등을 구체적이고 사실적으로 표현한다. 그렇기에 조선 후기 유배가사는 각각 절절한 사연을 지닌 독창적인 작품으로 완성되었다. 그리고 유배지까지의 노정을 상세하게 기록하고 유배지에서의 생활상과 민간 풍속을 묘사하여 기행가사나 풍속가사의 면모를 드러내기도 한다.

기행가사는 조선 전기부터 지속적으로 창작되었는데, 조선 후기에 이르러 작가층이 확대됨에 따라 내용과 형식에 변화가 나타났다. 조선 전기 기행가사는 대체로 지방관으로 부임한 작가가 관풍찰속觀風察俗을 명분으로 임지 주변 승경지를 유람하면서 관료생활의 즐거움과 연군의식, 애민의식 등을 드러내는 양상을 띤다. 반면 조선 후기 기행가사는 향촌사족이나 출사出仕 전 선비들이 산수를 감상과 탐닉의 대상으로 인식하고, 탐승 욕구를 채우기 위한 유람 체험과 소회를 담아낸 작품이 많다. 내용이나 표현 면에서도 조선 전기 기행가사가 경물을 구체적으로 묘사하거나 견문을 소개하기보다 승경에서 노니는 감흥을 함축적으로 표현하는 데 주력한 반면 조선 후기 기행가사는 여행의 동기, 노정, 경물, 견문 등을 자세히 서술해 기행 문학의 특성이 한층 강화되어 있다. 산수에 대한 인식 면에서도 조선 전기 기행가사가 강호가사와 유사한 이념성을 드러내는 데 비해 조선 후기 기행가사는 자연을 미적 대상으로 인식하고 경물을 사실적으로 묘사하는 경향을 보인다.

조선은 유학을 국가 이념으로 삼았으므로 전 시기에 걸쳐 교훈시가가 창작되었다. 조선 전기에는 지배 계층이 백성을 교화하고 사회질서를 확립할 목적으로 유교 덕목을 직접적으로 제시하는 시조나 가사를 창작했다. 조선 후기 교훈가사는 서학의 전래, 신분질서의 혼란, 상업 경제의 발달 등 외부 자극으로부터 향촌 사회와 가문을 지키려는 향촌 사대부의 위기의식에서 가족, 가문의 결속과 화합에 비중을 두는 쪽으로 변화했다. 이처럼 조선 후기 교훈가사는 현실적인 이유에서 창작되었으므로 거대 담론 차원이 아니라 구체적 실천 행위를 통해 유교 윤리를 제시함으로써 문제 상황을 극복하고자 했다. 이 시기에는 가부장 중심의 유교 이념이 강화되어 가부장의 역할과 권위를 강조하고 여성에 대한 제약을 강화하는 내용이 많다. 또한 상업 경제의 발달로 물질을 숭상하는 쪽으로 가치관이 변하고 가정 경제 파탄이 심각한 사회문제로 대두되었으므로 농업과 학문을 권장하고 근검절약 덕목을 강조하는 작품도 많이 발견된다.

▨ 새로운 주제의 등장

조선 전기 가사의 주류를 이루던 강호, 유배, 기행, 교훈 같은 전통적인 주제의 가사가 조선 후기에도 지속되면서 변화하는 한편, 조선 후기에 새로운 주제의 가사가 등장하기도 했다. 당시 시대상과 사회상을 반영하는 새로운 경향의 작품으로, 인간 본연의 욕망인 애정을 노래한 애정가사, 정치 부패로 인한 백성들의 고통을 노래한 현실비판가사, 신분 질서 변화와 경제 발달로 인한 세태 변화를 보여주는 세태가사, 새로운 세계관을 보여주는 종교가사, 조선의 역사와 풍속을 소재로 한 영사가 사詠史歌辭, 풍속가사 등이 있다.

조선 전기에도 애정가사가 창작되었다. 그러나 조선 전기 애정가사는 실제 남녀의 사랑이 아니라 군신 관계를 남녀 관계에 비유해 부른 노래로 군왕에 대한 충성심을 드러내기 위한 수사로 창작되었다. 조선 후기에 접어들어 이념적 이완이 일어나면서 사대부층 일각에서 순수하게 남녀 간 연정을 노래한 애정가사가 나타났다. 17세기 중반 이후 이희징의 「춘면곡」, 이세보의 「상사별곡」, 민우룡의 「금루사」, 남휘의 「승가」 등이 출현했는데, 「춘면곡」「상사별곡」「금루사」는 사대부가 기생을 그리워하는 내용이며, 「승가」는 여승을 유혹해 환속시키는 파격적인 내용을 담고 있어 조선 전기 가사와 확연히 달라진 모습을 보인다. 사대부들의 작품은 애정가사 성행에 영향을 끼쳐 「춘면곡」은 십이가사+二歌詞로도 널리 불렸고, 정철의 「사미인곡」과 「속미인곡」도 조선 후기 풍류방에서 애정가사로 애창되었다. 또한 조선 후기에는 문학 담당층이 중인 이하 서민층으로 확대되고 문학의 대중화가 가속화되면서 애정가사가 왕성하게 창작되고 향유되었는데, 현전하는 작자 미상의 애정가사 수십 편이 이러한 정황을 말해준다. 애정가사 외에도 유배지에서 만난 기생 군산월과의 애정사가 작품의 근간을 이루는 김진형의 「북천가」와 몰락한 사대부가 주막 노파에게 성적 결합을 요구했다가 망신당하는 해프닝을 다룬 이운영의 「임천별곡」은 조선 후기 사대부들이 애정과 성을 가사 창작의 중요한 주제나 소재로 다루었음을 보여준다. 사대부의 애정가사는 남성 위주의 애정관을 투영하고 있다는 공통점을 지닌다.

18세기부터 모순에 찬 현실을 고발하면서 강한 저항 의지를 드러낸 작품들이 본격적으로 나타났는데, 수령들의 가렴주구로 정처 없이 떠도는 빈민의 현실을 생생하게 그린 「갑민가」, 전라 감사 정민시가 향락을 위해 백성들을 수탈한 사실을 비판하고 수령들을 신랄하게 풍자한 「합강정가」 등이 현실비판가사를 대표한다. 현실비판가사는 작가명이 명시돼 있지 않고, 조선의 정치와 사회를 강하게 비판한다는 이유에서 서민가사로 다루어졌다. 하지만 당대 정치와 사회에 대한 비판적 인식은 사대부들의 작품에서도 종종 발견되므로 현실비판가사를 서민가사로 단정짓는 것은 문제가 있다. 아울러 이 작품들은 대부분 탐관오리의 학정은 강하게 비판하나 국가의 근간을 이루는 유교 질서는 유지하려는 사고를 견지해, 조선 후기 사대부 분화 과정에서 서민과 같은 열악한 처지에 놓이게 된 향촌사족의 작품으로 보기에 충분하다.

현실비판가사가 당대 정치와 사회제도를 비판하고, 피지배층의 열악한 삶의 실체를 보여주는 데 주력한 데 비해, 세태가사는 변화하는 당대 사회상과 풍속을 풍자하고 비판한다. 몰락한 사대부가 주막 노파에게 성적 결합을 요구하는 해프닝을 다룬 이운영의 「임천별곡」, 순창 아전이 기녀들을 고발한 사건을 다루어 그들 사이의 갈등을 묘사한 이운영의 「순창가」 등이 세태가사에 속한다. 이외에 다른 유형의 가사 작품에서도 부정적 인물의 행태나 인심의 변화 등 세태를 엿볼 수 있는 요소가 많이 발견된다.

조선 후기에 새롭게 등장한 애정가사, 현실비판가사, 세태가사 외에 새로운 세계관을 보여준 동학가사와 천주가사도 사대부들에 의해 창작되었다. 동학가사와 천주가사는 대중적인 쉬운 언어로 종교적 가르침과 신념을 표현해 해당 종교의 민중적 기반을 확대하는 데 기여했으며, 근대사상의 출발이 되었다는 점에서 의미를 지닌다. 또한 사대부 작가들은 역사를 가사로 읊은 영사가사, 세시풍속 또는 일상생활을 묘사한 풍속가사 등도 창작했다. 이들은 생활 속 대부분의 소재를 가사로 창작해 가사 문학의 보편화를 이끌었다.

▨ 장편화, 산문화, 다른 장르 수용

조선 전기 사대부가사는 대체로 3·4조 4음보격으로 길이가 100행 안팎이었는데, 조선 후기에 이르면 장편가사와 단편가사로 분화되는 현상이 나타난다. 17세기 이후 사대부가사는 조선 전기 사대부가사의 주제 경향과 형식을 계승하면서도 부분적으로 4음보 율격에서 이탈하기도 했으며, 조선 전기에 비해 작품 길이가 약간씩 길어지는 경향을 보였다. 18세기 무렵부터는 기행가사와 유배가사에서 장편화 현상이 심화되어 조선 전기 가사와 완전히 다른 성격을 지닌 작품이 나타났다.

가사의 장편화는 내용 변화에서 근본 원인을 찾을 수 있다. 조선 후기 가사는 정서를 표출하기보다 실제 경험을 전달하고 생활상을 구체적으로 서술하는 것을 중시한 까닭에 분량이 크게 늘어날 수밖에 없었다. 또한 18세기 이래 문학과 예술에서 뚜렷이 나타난 사실적·구체적 묘사의 기풍 또한 장편가사의 발달에 영향을 주었다. 조선 후기 장편가사는 4음보 율격을 지니기는 하나 장형화되면서 율동감을 상당히 상실해 산문 문학에 가깝게 변모해갔다.

장편가사의 산문화는 향유 방식에도 영향을 끼쳐, 장편가사는 음영보다 낭독 위주로 향유되었으며 독서물로 수용되었다. 가사의 형식은 4음보격 율문체로서 행이 무한 반복되는 것 외에 특별한 규제가 없어, 장편가사는 가사 문학의 개방적 포용성을 극도로 발휘하고 다른 장르와 다양하게 교섭하여 서사적 성격, 교술적 성격, 극적 성격까지 두루 포함하는 양상을 띠게 됐다. 또한 장편가사의 정연한 4음보격은 판소리계 소설의 문체에도 영향을 주어 서사 문학인 소설에 읽기 좋고 외우기 쉬운 율격적 장치를 마련해주기도 했다.

가사의 장형화가 진행되는 한편 조선 전기 가사보다 길이가 짧아지는 단형화 현상도 나타났는데, 가창가사가 이에 해당한다. 유흥 문화의 발달로 놀이판에서 가사가 널리 가창되면서 곡조와 창 솜씨를 중시하고 노랫말을 상대적으로 소홀히 여기게 되었다. 그러면서 가창가사는 '4음보 연속'이라는 최소한의 제약 장치마저 잃어 가사로서의 특성을 상실했다. 조선 후기에 사대부가사가 가창가사로 불리고, 사대부가사가 유흥 문화의 영향으로 주제와 형식의 변화를 겪은 것을 볼 때 가사의 단형화 역시 조선 후기 사대부가사의 흐름 속에서 살펴볼 필요가 있다.

참고문헌

고순희, 『조선후기 가사문학 연구』, 박문사, 2016.

김석회, 『조선후기 시가 연구』, 월인, 2003.

성호경, 『조선시대 시가 연구』, 태학사, 2011.

육민수, 『조선후기 가사문학의 담론 양상』, 보고사, 2009.

윤성현, 『후기가사의 흐름과 근대성』, 보고사, 2007.

장정수, 「금강산 기행가사의 전개 양상 연구」, 고려대학교 박사 논문, 2000.

정재호, 『한국 가사 문학 연구』, 태학사, 1996.

최상은, 「최초의 애정가사, 〈채란상사곡〉」, 『오늘의 가사문학』 19, 고요아침,
    2018.

【 참고문헌 】

목동가

박삼찬, 「「목동문답가」 고찰」, 『한민족어문학』 14, 한민족어문학회, 1987.

육민수, 「〈목동문답가〉 창작 시기 및 이본의 실현 양상」, 『반교어문연구』 26, 반교
　　　어문학회, 2009.

이상보, 「임유후의 '목동가' 연구」, 『명대논문집』 1, 명지대학교, 1968.

주종연, 「목동문답가에 대한 일고찰」, 『국민대학교 논문집』 4, 국민대학교, 1972.

일민가

강전섭, 「〈상춘곡〉의 작자를 둘러싼 문제: 「일민가」와 「상춘곡」의 화동성」, 『동방
　　　학지』 23 · 24 합집, 연세대학교 국학연구원, 1980.

구수영, 「윤이후尹爾厚의 일민가逸民歌 연구研究」, 『동악어문학』 7, 동악어문학회,
　　　1971.

김명준, 「〈일민가逸民歌〉의 의식 지향과 시가사적 의미」, 『한국 시가연구』 18, 한
　　　국시가학회, 2005.

조연숙, 「〈일민가〉 연구: 작가 의식과 공간 의식을 중심으로」, 『한국시가문화연구』
　　　22, 한국고시가문화학회, 2008.

낙은별곡

강전섭, 「'낙은별곡'과 그 작자」, 『한국고전문학연구』, 대왕사, 1982.

강전섭, 「낙은별곡의 연구」, 『어문연구』 6, 어문연구학회, 1970.

강전섭, 「한국 가사 문학 사상의 낙은별곡의 위치」, 『한국시가문학연구』, 대왕사, 1986.

신현정, 『가평의 자연과 역사』, 피플뱅크, 1994.

안혜진, 「강호가사의 변모 과정 연구: 누정계와 초당계 가사를 중심으로」, 이화여자대학교 석사 논문, 1998.

이상보, 『18세기 가사전집』, 민속원, 1991.

갑민가

고순희, 「〈갑민가〉의 작가 의식: 대화체와 생애 수용의 의미를 중심으로」, 『이화어문논집』 10, 이화여자대학교 이화어문학회, 1988.

김용찬, 「「갑민가」의 주제에 대한 재검토」, 『어문논집』 33, 안암어문학회, 1994.

김일렬, 『〈갑민가〉의 성격과 가치」, 『한국고전시가작품론』 2, 백영 정병욱 선생 10주기 추모 논문집 간행 위원회, 집문당, 1992.

이상보 교주, 「갑민가」, 『현대문학』 543호, 1966.

합강정가

고순희, 「〈합강정가〉의 작품 세계와 역사적 성격」, 『비교한국학』 6, 국제비교한국학회, 2000.

고순희, 「19세기 현실비판가사 연구」, 이화여자대학교 박사 논문, 1990.

고순희, 『현실비판가사 자료 및 이본』, 박문사, 2018.

박창균, 「18·19세기 시가의 현실비판 성향 연구」, 연세대학교 석사 논문, 2012.

윤성근, 「〈합강정가〉 연구」, 『어문학』 18, 한국어문학회, 1968.

순창가

박수진, 「〈순창가〉의 구조와 인물의 기능」, 『한국언어문화』 28, 한국언어문화학회,
    2005.

이승복, 「〈순창가〉의 서술 방식과 작가 의식」, 『고전문학과 교육』 17, 한국고전문
    학교육학회, 2009.

이승복, 『옥국재 가사 연구』, 월인, 2013.

임천별곡

강혜정, 「〈거사가〉와 〈임천별곡〉을 중심으로 본 조선 후기 대화체 가사의 특수
    성」, 『한민족어문학』 68, 한민족어문학회, 2014.

고순희, 「인유와 해학의 미학: 이운영의 가사 6편」, 『이화어문논집』 15, 이화여자
    대학교 이화어문학회, 1997.

박경남, 「18세기 애정愛情시가의 출현과 〈임천별곡林川別曲〉」, 『국문학연구』 7, 국
    문학회, 2002.

박수진, 「〈임천별곡〉의 내용과 표현 양상」, 한양대학교 석사 논문, 2003.

박연호, 「옥국재 가사의 장르적 성격과 그 의미」, 『민족문화연구』 33, 고려대학교
    민족문화연구원, 2000.

소재영, 「「언사」 연구: 동양적 인문 정신의 시각에서」, 『민족문화연구』 21, 고려대
    학교 민족문화연구소, 1988.

신현웅, 「옥국재 이운영 가사의 특성과 의미」, 서울대학교 석사 논문, 2010.

이승복, 「〈임천별곡〉의 창작 배경과 갈등의 성격」, 『고전문학과 교육』 18, 한국고
    전문학교육학회, 2009.

이승복, 「옥국재 가사에 나타난 일상성의 양상과 의미」, 『고전문학과 교육』 25, 한
    국고전문학교육학회, 2013.

이승복, 「옥국재 이운영에 대한 전기적 고찰」, 『고전문학과 교육』 7, 한국고전문학
    교육학회, 2004.

옥국재 이운영 생애, 한국민족문화대백과사전 홈페이지 encykorea.aks.ac.kr

승가

김팔남, 「연정가사 〈승가〉의 실상 고찰」, 『어문학』 81, 한국어문학회, 2003.

박경우, 「〈승가〉의 원작에 대한 재론」, 『열상고전연구』 64, 열상고전연구회, 2018.

안대회, 「연작가사 『승가僧歌』의 작자와 작품 성격」, 『한국 시가연구』 26, 한국시
　　　가학회, 2009.

최현재, 「연작가사 《승가》의 원형과 구조적 특징」, 『한국문화』 26, 서울대학교 규
　　　장각한국학연구원, 2000.

금루사

박수진, 「〈금루사金縷辭〉의 의미 구조 분석과 공간 구조 연구-그레마스의 행위소
　　　모형을 적용하여-」, 『한국언어문화』 48, 한국언어문화학회, 2012.

안혜진, 「〈금루사〉 연구」, 『이화어문논집』 21, 이화어문학회, 2003.

정인숙, 「남성작 애정가사에 나타난 기녀의 형상화 방식: 〈금루사金縷辭〉와 〈농서
　　　별곡隴西別曲〉을 중심으로」, 『한국고전여성문학연구』 16, 한국고전여성문
　　　학회, 2008.

홍재휴, 「금루사 고」, 『국문학연구』 5, 효성여자대학교 국어국문학연구실, 1976.

북찬가

김명준, 「〈북찬가北竄歌〉의 주제의식과 '효'의 의미」, *Journal of Korean Culture*
　　　22, 한국어문학국제학술포럼, 2013.

우부식, 「유배가사 연구」, 충남대학교 박사 논문, 2005.

정흥모, 「영조조英祖朝의 유배가사 연구-〈속사미인곡〉과 〈북찬가〉를 중심으로」,
　　　『국어문학』 45, 국어문학회, 2008.

최상은, 「유배가사 작품 구조의 전통과 변모」, 박노준 편, 『고전시가 엮어 읽기』

하, 태학사, 2003.

최홍원, 「공간을 중심으로 한 〈북찬가北竄歌〉의 새로운 이해와 접근」, 『국어국문
학』 167, 국어국문학회, 2014.

만언사

노재준, 「유배가사 「만언사萬言詞」의 작가와 그의 삶에 대한 고증」, 『문헌과 해석』
69, 태학사, 2014.

백순철, 「연작가사 〈만언사〉의 이본 양상과 현실적 성격」, 『우리문학연구』 12, 우
리문학회, 1999.

심재완, 『일동장유가 · 만언사 · 연행가 · 북천가』, 보성문화사, 1978.

육민수, 「〈만언사〉의 담론 특성과 텍스트 형성」, 『동양고전연구』 52, 동양고전학
회, 2013.

윤성현, 「동양문고본 만언사 연구: 세책 유통의 정황과 작품 내적 특징을 주로 하
여」, 『열상고전연구』 21, 열상고전연구회, 2005.

이윤석, 『금방울전 · 김원전 · 적성의전 · 만언사』, 경인문화사, 2006.

이재식, 「만언사 이본 연구」, 『논문집』 32, 건국대학교, 1991.

이재식, 『유배가사』, 시간의물레, 2008.

최상은, 「유배가사의 보수성과 개방성: 〈만언사〉와 〈북천가〉를 중심으로」, 『어문
학연구』 4, 상명대학교 어문학연구소, 1996.

최현재, 「《만언사》의 복합적 성격과 현실적 맥락에서의 의미」, 『한국 시가연구』
37, 한국시가학회, 2014.

북천가

김시업, 「북천가 연구-북천록과의 비교 고찰을 통하여-」, 성균관대학교 석사 논
문, 1975.

김윤희, 「19세기 사대부 가사에 표면화된 기녀妓女와의 애정愛情 서사와 형상화의

　　　특질-북천가, 북행가를 중심으로-」, 『어문논집』 67, 민족어문학회, 2013.

이재식, 「고전문학: 국문학 자료; 북천가北遷歌」, 『겨레어문학』 25, 겨레어문학회, 2000.

최강현, 「기행가사의 유형적 고찰類形的考察: 주로 유배가사類配歌辭를 중심하여」, 『홍대논총』 12, 홍익대학교, 1980.

최상은, 「유배가사의 보수성과 개방성: 〈만언사〉와 〈북천가〉를 중심으로」, 『어문학연구』 4, 상명대학교 어문학연구소, 1996.

영삼별곡

권성민, 「옥소 권섭의 국문 시가 연구」, 서울대학교 석사 논문, 1992.

김현식, 「〈영삼별곡〉과 〈도통가〉를 통해서 본 권섭의 가사 창작 양상과 그 의미」, 『국문학연구』 14, 국문학회, 2006.

박요순, 『옥소 권섭의 시가 연구』, 탐구당, 1987.

장정수, 「「영삼별곡寧三別曲」 연구」, 『어문논집』 32, 안암어문학회, 1993.

최규수, 「〈영삼별곡〉에 나타난 탐문의 특징적 형상화와 의미」, 『열상고전연구』 18, 열상고전연구회, 2003.

북새곡

강전섭, 「남호 구강의 「북새곡」에 대하여」, 『한국학보』 18, 일지사, 1992.

박요순, 「구강의 「북새곡」 특성 고」, 『어문연구』 25, 충남대학교 문리과대학 어문연구회, 1994.

이형대, 「〈북새곡〉의 표현 방식과 작품 세계」, 고려대학교 고전문학한문학연구회 편, 『19세기 시가문학의 탐구』, 집문당, 1995.

최강현, 「가사 작가 휴휴休休 구강具康을 살핌: 주로 인품을 중심하여」, 『모산학보』 4.5, 동아인문학회, 1993.

최미정, 「〈북새곡〉에 나타난 북관의 풍경과 관직자의 감성」, 『한국학논집』 53, 계명대학교 한국학연구원, 2013.

동유가

이상택, 「금강산 기행가사 〈동유가〉」, 『한국고전시가작품론』 2, 백영 정병욱 선생 10주기 추모 논문집 간행 위원회, 집문당, 1992.

이승복, 「〈동유가〉의 서술 방식과 작가 의식」, 『고전문학과 교육』 23, 한국고전문학교육학회, 2012.

장정수, 「19세기 후반 금강산 기행가사의 의식 세계」, 『어문논집』 41, 안암어문학회, 2000.

장정수, 「금강산 기행가사의 전개 양상 연구」, 고려대학교 박사 논문, 2000.

조세형, 「후기 기행가사 〈동유가〉의 작자 의식과 문제」, 『선청어문』 21, 서울대학교 국어교육과, 1993.

최강현, 「동유가의 지은이를 살핌: 하버드대학본 금강산 기행가사를 중심하여」, 『한국 시가연구』 6, 한국시가학회, 2000.

최상은, 「금강산 기행가사의 형상화 양상」, 『도남학보』 16, 도남학회, 1997.

농가월령가

권정은, 「조선시대 농서農書의 전통과 〈농가월령가〉의 구성 전략」, 『새국어교육』 97, 한국국어교육학회, 2013.

김은희, 「「농가월령가」의 짜임새와 그 의미」, 『어문연구』 37, 한국어문교육연구회, 2009.

김형태, 「〈농가월령가〉 창작 배경 연구-세시기 및 농서, 가학家學, 시명다식詩名多識』과의 연관성을 중심으로」, 『동양고전연구』 25, 동양고전학회, 2006.

이상원, 「고전시가의 문화론적 접근-〈농가월령가〉를 중심으로」, 『어문논총』 60, 한국문학언어학회, 2014.

홍재휴, 「농가월령가의 작자에 대한 별견」, 『어문학』 4, 한국어문학회, 1959.

오륜가

박연호, 「19세기 오륜가사 연구」, 고려대학교 고전문학한문학연구회 편, 『19세기 시가문학의 탐구』, 집문당, 1995.

박연호, 『교훈가사 연구』, 다운샘, 2003.

육민수, 「가사 〈오륜가〉의 담론 양상」, 『한국 시가연구』 9, 한국시가학회, 2001.

하윤섭, 『조선조 오륜시가의 역사적 전개 양상』, 고려대학교 민족문화연구원, 2014.

　우리가 고전에 눈을 돌리는 것은 고전으로 회귀하기 위해서가 아니다. 한국의 고전은 고전으로서 계승된 역사가 극히 짧고 지금 이 순간에도 발견되고 있으며 심지어 어떤 작품은 저 구석에서 후대의 눈길을 간절하게 기다리고 있기도 하다. 우리의 목표는 바로 이런 한국의 고전을 귀환시키는 것이다. 그러니까 고전 안에 숨죽이며 웅크리고 있는 진리내용들을 다시 불러들이고 그것으로 이 불투명한 시대의 이정표를 삼는 것, 이것이 우리의 궁극적인 목적이다.

　문학동네 한국고전문학전집은 몇몇 전문가의 연구실에 갇혀 있던 우리의 위대한 유산을 널리 공유하는 것은 물론, 우리 고전의 비판적·창조적 계승을 통해 세계문학사를 또 한번 진화시키고자 하는 강한 열망 속에서 탄생하였다. 그래서 문학동네 한국고전문학전집은 이미 익숙한 불멸의 고전은 말할 것도 없고 각 시대가 새롭게 찾아내어 힘겨운 논의 끝에 고전으로 끌어올린 작품까지를 두루 포함시켰다. 뿐만 아니라 한국 고전의 위대함을 같이 느끼기 위해 자구 하나, 단어 하나에도 세밀한 정성을 들였다. 여러 이본들을 철저히 비교하는 과정을 거쳐 정본을 확정했고, 이제까지의 모든 연구를 포괄한 각주를 달았으며, 각 작품의 품격과 분위기를 충분히 살려 현대어 텍스트를 완성했다. 이 모두가 우리의 고전을 재발명하는 것이야말로 세계문학의 인식론적 지도를 바꾸는 일이라는 소명감 덕분에 가능했음은 물론이다. 부디 한국의 고전 중 그 정수들을 한자리에 모은 문학동네 한국고전문학전집이 그간 한국의 고전을 멀리했던 독자들에게 널리 읽히고 창조적으로 계승되어 세계문학의 진화를 불러오는 우리의, 더 나아가 세계 전체의 소중한 자산으로 자리하기를 기대해본다.

문학동네 한국고전문학전집 편집위원
심경호, 장효현, 정병설, 류보선

옮긴이 **장정수**

경북대학교 국어국문학과를 졸업하고 고려대학교에서 석사와 박사 학위를 받았다. 고전시가의 대표 장르인 가사 문학에 관심을 두고 사대부가사와 규방가사를 꾸준히 공부하고 있다. 특히 기행가사를 집중적으로 연구했으며, 최근에는 한문 기행문으로 연구 영역을 확장하고 있다. 현재 고려대학교 한국어문교육연구소 선임연구원으로 재직하고 있다. 저서로『송강가사』(공저)『옥소 권섭과 18세기 조선 문화』(공저)『18세기 예술·사회사와 옥소 권섭』(공저), 논문으로「20세기 기행가사의 창작 배경과 작품 세계: 1945년 이전 작품을 중심으로」「기행가사와 산수유기山水遊記 비교 고찰」「규방가사에 나타난 '혼인문제'와 여성의 인식」 등이 있다.

한국고전문학전집 024

조선 후기 사대부가사

ⓒ장정수 2021

초판 인쇄 | 2021년 3월 30일
초판 발행 | 2021년 4월 14일

옮긴이 장정수 | **책임편집** 유지연 | **편집** 이현미 | **디자인** 윤종윤 이주영
마케팅 정민호 양서연 박지영 안남영
홍보 김희숙 김상만 함유지 김현지 이소정 이미희 박지원
제작 강신은 김동욱 임현식 | **제작처** 영신사

펴낸곳 (주)문학동네 | **펴낸이** 염현숙
출판등록 1993년 10월 22일 제406-2003-000045호
주소 10881 경기도 파주시 회동길 210
전자우편 editor@munhak.com | 대표전화 031)955-8888 | 팩스 031)955-8855
문의전화 031)955-2655(마케팅) 031)955-2690(편집)
문학동네카페 http://cafe.naver.com/mhdn | 트위터 @munhakdongne
북클럽문학동네 http://bookclubmunhak.com

ISBN 978-89-546-7086-9 04810
      978-89-546-0888-6 04810 (세트)

• 이 책의 판권은 옮긴이와 문학동네에 있습니다.
• 이 책 내용의 전부 또는 일부를 재사용하려면 반드시 양측의 서면 동의를 받아야 합니다.
• 잘못된 책은 구입하신 서점에서 교환해드립니다. 기타 교환 문의: 031) 955-2661, 3580.

www.munhak.com